Lauren Bravo

Ein Ort für Herzensdinge

Roman

Aus dem Englischen von
Silke Jellinghaus und
Katharina Naumann

Rowohlt Taschenbuch Verlag

Die Originalausgabe erschien 2023 unter dem Titel «Preloved»
bei Simon & Schuster UK, London.

Deutsche Erstausgabe
Veröffentlicht im Rowohlt Taschenbuch Verlag,
Hamburg, April 2023
Copyright © 2023 by Rowohlt Verlag GmbH, Hamburg
«Preloved» Copyright © 2023 by Lauren Bravo
Redaktion Elisabeth Mahler
Covergestaltung FAVORITBUERO, München
Coverabbildung Shutterstock
Satz Guyot Text bei Dörlemann Satz, Lemförde
Druck und Bindung GGP Media GmbH, Pößneck
ISBN 978-3-499-00855-9

Die Rowohlt Verlage haben sich zu einer nachhaltigen Buchproduktion verpflichtet.
Gemeinsam mit unseren Partnern und Lieferanten setzen wir uns für eine klimaneutrale
Buchproduktion ein, die den Erwerb von Klimazertifikaten zur Kompensation des CO_2-
Ausstoßes einschließt.
www.klimaneutralerverlag.de

Für Matt,
mein allerliebstes Lieblingssammlerstück.

«Wenn man doch nur den Kopf und das Herz so gründlich aufräumen könnte wie einen Kleiderschrank.»

BARBARA PYM, *Some Tame Gazelle*

Geschenk

Sie steht vor dem Laden, etwas verlegen in ihrer Pracht.

Ein seltsamer Anblick zwischen all den aufgerissenen Müllsäcken und Supermarktwagen, aus denen alte Sweatshirts und zusammengeknüllte T-Shirts wie Eingeweide auf den Gehweg quillen. Eine golden glänzende Geschenktüte – makellos, brandneu – mit einer seitlich aufgeklebten Rosette und sorgfältig um den Henkel gewickelten Bändern.

Trotz des Windes steht die Tüte stolz und aufrecht da. Offenbar befindet sich darin etwas Schweres, umhüllt von einem Nest aus gepunktetem Seidenpapier. An der Seite hängt ein Etikett – beschriftet, jetzt kann es nicht mehr wiederverwendet werden – mit einer Nachricht in schwarzer Tinte geschrieben, leicht verwischt.

«Suzy-Q, als ich das hier gesehen habe, musste ich an dich denken. Hoffe, es gefällt dir. Alles Liebe.»

1.

Es passierte beim Abendessen.

Gwen saß da und kaute. Sie bewegte die geschmorte Ochsenbacke mit buttriger Parmesan-Polenta in ihrem Mund hin und her, und da kam ihr plötzlich der Gedanke. Er kam in zwei Herzschlägen, *Ba-Bumm*, wie eine Münze, die in einen Münzautomaten fällt.

«Das hier ist vielleicht das beste Essen, das ich je gegessen habe», lautete ihr Gedanke, «und es gibt niemanden, dem ich davon erzählen kann.»

Der Gedanke war eigentlich kein Selbstmitleid, nicht wirklich. Sie schob ihn nicht beiseite, wie sie es in den letzten Jahren so oft getan hätte – getan *hatte*. Sie nahm den Gedanken aus einem Aktenschrank in ihrem Kopf, hielt ihn sich vor Augen und überlegte, ob er den Tatsachen entsprach.

Er *entsprach* den Tatsachen. Es gab niemanden, mit dem sie dieses Essen teilen konnte, abgesehen von dem Kellner, der ihr galant den Mantel abgenommen und ihre Mütze mit einer flüssigen, geschickten Bewegung aufgehoben hatte, als sie sie mit einem entschuldigenden «Ups» auf den Boden hatte fallen lassen. Zählte der Kellner? Eigentlich nicht.

Sie würde ihm sagen, dass das Essen gut gewesen sei, aber das wäre für ihn nichts Neues. Der Kellner aß vermutlich drei Mal die Woche geschmorte Ochsenbacke mit buttriger Parmesan-Polenta zum Abendessen, wenn er nicht gerade übrig gebliebene Messermuscheln verzehrte oder an den gegrillten Enden von Schweinelendchen nagte. Nein, dem Kellner war es vermutlich egal, dass dieses Essen neue Standards in der Geschichte von Gwens Magen setzte. Er würde lächeln, weil sie lächelte. Er würde lächeln, weil sie ihm ein Trinkgeld gab.

Dabei war sie noch nicht einmal beim Nachtisch. Sticky-Toffee-Pudding mit Bourbon-Vanilleeis *und* – weil sich Gwen gern einredete, dass sie sich inzwischen über die Selbstbeschränkungen anderer Menschen hinwegsetzte, zumindest wenn es um Süßigkeiten ging – mit einem Kännchen Vanillesoße. Beides, nicht entweder oder.

Vielleicht würde das Dessert sogar eine Enttäuschung werden, dachte sie. Sie hoffte es halb, denn in diesem Moment gab sie sich der Vorstellung hin, dass dieses Abendessen, dieses überraschend gute Abendessen in einem fast leeren Gastro-Pub in der Vorstadt, ein Schlüsselmoment, ja schicksalhaft war. Vielleicht war der Nachtisch trocken und klebrig, mit viel zu wenig Soße, und sie würde aus ihrem Schwelgen herausgerissen werden und sich an all die Gründe erinnern, warum sie allein hier saß und niemandem von dem Abendessen erzählen konnte. Und es waren gute Gründe! Viele Gründe! Gründe, die sie damals immer wieder in hastigen Halbsätzen oben im Bus der Linie 43 aufgesagt hatte.

Oder würde sie einen Löffel vom besten Sticky-Toffee-Pudding der Welt kosten und vor dem lächelnden Kellner in Tränen ausbrechen?

Dann kam der Nachtisch. Er war dunkel und klebrig vor Datteln und schwamm in einem großen See aus Sirup. Er war nicht der beste, den sie je gegessen hatte, aber eindeutig unter den besten fünf.

Gwen brach nicht in Tränen aus. Stattdessen machte sie eine Liste.

1. Eine Beschäftigung suchen

Das war zu vage, das merkte sie schon, als sie den Satz noch nicht einmal zu Ende geschrieben hatte. Der TED-Talk «Bessere Ziele setzen und die eigenen ungenutzten Superkräfte wecken», den sie vor ein paar Monaten im Internet gehört hatte, war ganz eindeutig gewesen: Ziele mussten spezifisch sein. Oder zumindest glaubte sie, dass das die Kernaussage des Ganzen gewesen war.

Aber wenn Gwen genau wüsste, was sie zu tun hatte, müsste sie die Liste gar nicht erst schreiben oder verstohlen mit dem Finger einen Klecks Soße vom Papier wischen. Im Moment konnte sie allerhöchstens flüchtige Einfälle notieren. Die lahmen Kühlschrankmagnet-Plattitüden einer plötzlich Arbeitslosen.

Arbeitslos. Sie wiederholte das Wort ein paarmal flüsternd, mühsam und unheilvoll. Drei plumpe Silben, die sich viel zu schwer anfühlten für jemanden, der noch nicht einmal wirklich draußen war. Streng genommen. Jedenfalls nicht in den nächsten vier Tagen.

Offiziell hieß es, dass Arbeitsplätze abgebaut werden sollten. Das wirtschaftliche Klima, wichtige Umstrukturierungen und Anpassungen an einen sich schnell verändernden Markt, laber-laber, blablabla.

Inoffiziell war es sicher kein Zufall, dass Gwen ihren Job nur eine Woche nach einem Meeting verloren hatte, in dem sie darauf hinwies, dass die Agentur einer kleinen gemeinnützigen Organisation überhöhte Preise und einige Dienste in Rechnung gestellt hatte, die gar nicht geleistet worden waren. Gwen machte normalerweise keine Szenen. Eisiges Schweigen hatte sich über das Tablett mit Sandwiches gelegt.

Das Abfindungspaket – ihr Chef hatte darauf bestanden, es ein «Paket» zu nennen, als käme das Geld zusammen mit einer schicken neuen Tasche und ein paar Snacks – war großzügig. Sie würde davon mindestens ein paar Monate leben können. Es sei die Anerkennung für ihre Loyalität gegenüber dem Unternehmen, hatte er gesagt, obwohl das in ihren Ohren ironisch klang. Außerdem wusste Gwen, dass die Festlegung der Summe letztlich darauf beruhte, wie viele Jahre sie entweder zu faul oder zu wenig überzeugend gewesen war, um woanders angeheuert zu werden. Die Personalabteilung biss sich vermutlich in den Allerwertesten, dass sie es ihr so bequem gemacht hatten. Sie dagegen biss sich in den Allerwertesten, weil sie nicht gekündigt hatte, bevor sie ihr hatten kündigen können.

Nichtsdestotrotz stellte sich heraus, dass auch Mittelmäßigkeit einen Preis hatte, und der reichte, um ihre Miete und ihre Rechnungen und das Essen zu bezahlen, bis sie etwas Neues fand. Gwen hätte sich glücklich schätzen sollen, wirklich – und vielleicht würde sie das auch noch tun, wenn sie es aus der Erholungsphase schaffte und die atemlose Panik überwand, die ihr jetzt noch jede Nacht die Luft abschnürte. Wenn sie damit aufhörte, verzweifelt unter der Dusche zu hocken.

Im Moment konnte sie die Zukunft nur wie durch einen Nebel sehen, einen fernen Umriss am Ende eines langen Korridors, den man vielleicht irgendwann deutlicher würde erkennen können. Das Morgen und das Übermorgen machten ihr mehr Sorgen. Denn die konnte sie deutlich als hinternförmige Mulde in dem ohnehin durchgesessenen Sofa erkennen, das mit Haaren und Chipskrümeln übersät war.

Also: Eine Beschäftigung suchen. Sie murmelte es leise vor sich hin. *Irgendetwas. Tu was! Nächster Punkt.*

2. Soziale Kontakte pflegen

Gwen bereute diesen Punkt schon, bevor die Tinte ihres Stifts getrocknet war, denn niemand würde soziale Kontakte mit jemandem pflegen, der dies «soziale Kontakte pflegen» nannte. Aber sie nahm an, dass es trotzdem helfen könnte. Sie würde sich, das schwor sie sich, mehr Mühe geben. Sie würde ein paar Freundschaften, die in den letzten Jahren eingeschlafen waren, eine Starthilfe geben, um sie wieder zum Laufen und ... äh, wieder auf Spur zu bringen. (Gwen konnte nicht Auto fahren.)

Aber wie machte man das? Wie versammelte eine Frau Ende dreißig ihre Freunde um sich, ohne den Anlass einer Hochzeit, eines Babys oder eines runden Geburtstages?

Wie schrieb man jemandem eine Textnachricht, «Hey! Hast du Lust, morgen mit mir ins Kino zu gehen?», ohne dass es so klang, als wolle man demjenigen tief in die Augen schauen und ihm gestehen, dass man in ihn schon immer heimlich verliebt sei – oder dass man Krebs habe?

Wenn sie die Antwort darauf gekannt hätte, säße sie nicht hier. Würde nicht an einem Glas nippen, in dem sich Gin befunden hatte, von dem jetzt aber nichts als lauwarme geschmolzene Eiswürfel übrig waren, und versuchen, dem Drang zu widerstehen, die Zitronenscheibe auszusaugen, weil sie befürchtete, dass der nette Kellner sie dabei erwischte.

Den Job zu verlieren, taugte das zu etwas? Es reichte vielleicht aus, um tröstliches Murmeln und ein mitfühlendes Neigen des Kopfes zu ernten, ja – aber war es auch genug, um Leute freiwillig mitten in der Woche zum Abendessen zu locken? Da war sie sich nicht so sicher.

Sie hatte lange von einer Art «Notfall-Unterstützungsrunde» geträumt. Davon, dass ihre Freunde und Freundinnen alles stehen und liegen ließen, durch die Stadt rasten und vor der Tür des jeweils anderen standen, wie sie das im Fernsehen

immer taten. *I'll be there for you, when the rain starts to fall* –
wie in dem Song zur Serie «Friends». In den letzten Jahren, in
dunkleren Momenten, hatte sie sich dabei erwischt, wie sie
von Scheidungen, Beerdigungen, gebrochenen Herzen und
Knochen träumte. Irgendeine Tragödie, die die Entfernung
und praktische Erwägungen zunichtemachte, sodass die Leute
einfach auftauchten, ohne Termin, mit ausgebreiteten Armen.
Winter, spring, summer or fall, all you gotta do is call. Der alte
James-Taylor-Song.

Aber selbst in ihren Träumen war sie niemals der Mittelpunkt
dieser Runde, nur eine willige Teilnehmerin mit einer Tasche
voller Wein und Tiefkühlpizza; sie ließ das Badewasser für ihre
Freundinnen ein oder deckte sie zu, mit einer Intimität, die
sie im Grunde seit 2008 nicht mehr gespürt hatte. Sie schaute
Serien und Filme und las Bücher über enge Freundschaften zwischen Frauen und fragte sich, ob es schlimm war, dass niemand
je mit ihr hatte baden wollen. Gwen hatte niemals einer ihrer
Freundinnen den Rock hochgehalten, während diese auf einen
Schwangerschaftstest gepinkelt hatte, und manchmal hatte sie
das Gefühl, deshalb etwas Grundlegendes falsch gemacht zu
haben.

Aber das war nicht immer so gewesen. Es hatte eine Zeit gegeben, in der es viel leichter gewesen war; damals, als ihr Sozi-
alleben wie ein reißender Strom um sie herum gesprudelt war.
Damals, als es schwieriger gewesen war, dem Strom zu widerstehen, als nachzugeben und sich zu einem weiteren Pub-Quiz-
Abend tragen zu lassen, zu einer weiteren halb ironischen Dinnerparty, zu einer weiteren Runde Drinks für den Freund des
Freundes einer Freundin, der in Acton zu einer Trekkingtour
aufbrach. (Die Drinks gab es in Acton, die Trekkingtour fand
woanders statt.)

Früher hatten Gwen und ihre Freunde überhaupt das meiste nur deshalb getan, weil es hinterher eine gute Anekdote abgegeben hatte. Und zum Glück war das so gewesen, denn so konnten sie jetzt, ehe es peinlich wurde, «Weißt du noch ...?» sagen, wenn die Unterhaltung bei ihren seltenen Treffen ins Stocken geriet. Vielleicht war Freundschaft in den Zwanzigern so, als sammelte man Nüsse für den Winter. Man verbrachte so viel Zeit wie möglich damit, die Speisekammer zu füllen, damit man in den Dreißigern genug hatte, wovon man zehren konnte.

Sie aß den letzten Löffel Pudding und bemühte sich, dabei auch noch den allerletzten Tropfen Soße aufzutunken – und dann, ganz vorsichtig, goss sie den Rest der Vanillesoße direkt auf den Löffel. Gwen betrachtete ihn einen Augenblick: den letzten, glänzenden Happen. Zwang sich innezuhalten und den Moment des Aufschubs zu genießen, bevor sie sich den Löffel in den Mund schob. Es hatte sie immer schon sentimental gemacht, wenn etwas zu Ende ging.

3. Mum und Dad anrufen

Dieser Punkt entsprang nicht sosehr dem Wunsch, eine bessere Tochter zu sein, sondern eher dem Umstand, dass der letzte Anruf schon fünf Wochen und drei Tage her war und weil Gwen zugeben musste, dass das Kopf-in-den-Sand-Stecken nicht funktionierte. Was als Experiment begonnen hatte, um herauszufinden, wie lange ihre Eltern wohl brauchten, um darüber nachzudenken, wie es ihr ging, und nach ihr zu fragen, hatte nur gezeigt, dass sie sich absolut keine Sorgen zu machen schienen, während ihre eigenen Sorgen immer größer wurden.

Seit Jahren lief das in der Familie Grundle schon so. Zuerst plapperte man gezwungen fröhlich drauflos; man weigerte sich, gefühlig zu werden selbst angesichts tragischer Ereignisse, die in der Einschätzung der meisten Menschen Emotionen absolut gerechtfertigt hätten. Keiner wollte den anderen herunterziehen oder aufregen oder gar die dünne Schicht aufkratzen, die sich über der offenen Wunde gebildet hatte wie Frischhaltefolie über einem zu vollen Soßenkännchen. Besser gar nicht erst fragen als eine ehrliche Antwort bekommen. Sie verstand das und hasste es gleichzeitig.

Aber in letzter Zeit hatte sie mit diesen Spielchen begonnen, hatte immer mehr Zeit zwischen ihren Anrufen vergehen lassen und neugierig gewartet, wann ihr Schweigen ihre Eltern wohl dazu bringen würde, Kontakt zu ihr aufzunehmen. Bisher hatte es das noch nie getan. Und was, wenn ihnen in der Zwischenzeit selbst etwas Schreckliches passiert war? Was, wenn sie den Behörden würde erklären müssen, dass sie als erwachsene Frau mit ihren eigenen Eltern Spielchen spielte?

Sie beschloss, morgen anzurufen, um zu hören, ob sie noch am Leben waren. Und das Gespräch zu beenden, bevor man ihr eine Vorlesung über das richtige Anlegen von Blumenrabatten halten konnte.

4. Zum Zahnarzt gehen

Irgendwann im Verlauf der letzten zehn Jahre hatte sich der Besuch beim Zahnarzt von etwas, was eigentlich niemand tat, stillschweigend zu etwas entwickelt, was alle taten, aber niemals darüber sprachen. Und so hatte Gwen die Erinnerungen, die ihr Zahnarzt ihr schickte, jahrelang fröhlich ignoriert in der Annahme, dass es die anderen genauso machten, bis Sonja bei der Arbeit den Vormittag für einen Zahnarzttermin freigenommen hatte, der sich tatsächlich als Zahnarzttermin entpuppt hatte – und nicht, wie Gwen angenommen hatte, eigentlich eine Ausrede für eine Bewerbung bei einer anderen Firma oder ein Termin im Waxing-Studio war. So war man auf das Thema gekommen.

Es hatte sich herausgestellt, dass niemand über fünfundzwanzig in ihrem Team länger als acht Monate zwischen zwei Zahnarztterminen verstreichen ließ. Einige von ihnen besaßen sogar Zahnseide und benutzten sie. Gwen fand das, wie die Praktikanten es auszudrücken pflegten, voll weird.

Dabei hatte sie nicht einmal Angst vorm Zahnarzt. Tatsächlich hatte sie eine eher hohe Schmerzschwelle und ein heimliches Faible für jegliche Aktivität, bei der sich ein Fremder um sie kümmerte. Zum Beispiel, wenn ihr ein Lehrling im Friseursalon gründlich die Haare wusch oder ihr ein Arzt mit weichen Händen den Puls maß. Sie hatte einmal Hunderte Pfund für eine sechs Monate lange Behandlung bei einem Osteopathen über einem Grillhähnchenimbiss ausgegeben, der ihr kaputtes Knie zwar nicht wieder in Ordnung gebracht, aber sanft seine Hand darauf gelegt hatte, während sie über Kochsendungen geplaudert hatten. Sie wollte diese Erinnerung lieber nicht genauer analysieren, für den Fall, dass das doch etwas pervers war.

Gwen mochte sogar die Vorstellung, sich einen Nachmittag für den Zahnarztbesuch freizunehmen, um danach in einem Café Kaffee zu trinken. Praktisch als Belohnung.

Es gab also wirklich keinen Grund dafür, dass sie nie zum Zahnarzt ging, abgesehen davon, dass das Thema irgendwie immer in dieses unerreichbare Loch in ihrem Kopf fiel, zusammen mit all den E-Mails und Textnachrichten, die sie nicht beantwortete, bis es zu peinlich war, es doch noch zu tun, dem Geburtstagsscheck von einer Tante, den sie noch nicht eingelöst hatte, und dem Joghurt, der jetzt schon seit bestimmt acht

Monaten ganz hinten im Kühlschrank vor sich hin schimmelte. Anscheinend ganz einfache, klare Aufgaben glitten in dieses Loch, manchmal völlig ohne Vorwarnung, und sie wieder herauszuholen hätte mehr Energie gekostet, als Gwen aufbringen konnte. Also tat sie es nicht. Aber jetzt würde sie es angehen.

5. Loslassen

Ein Außenstehender würde diesen Punkt vielleicht verwirrend finden, dachte sie. Sofort war es ihr peinlich, diesen Gedanken überhaupt gedacht zu haben. *Wann sollte irgendjemand das hier lesen, Gwen? Wenn dein Nachlassverwalter deine Hinterlassenschaften nach Texten durchsucht, die er nach deinem Tod veröffentlichen könnte? Ist das wahrscheinlich für eine Senior-Account-Managerin aus Dorking?*

Für eine ehemalige Account-Managerin.

Gwen wurde rot und verzog das Gesicht, so sehr sie konnte, zu einer Art Grimasse, die ihr inneres höhnisches Grinsen ausdrückte. *Mach dich nicht lächerlich.*

«Loslassen» – und zwar den Haufen an Beziehungsmüll, den sie methodisch, rituell vor all den Jahren in Tüten gepackt hatte. «Dein emotionaler Ballast», hatte Suze damals gesagt, weil sie jedes Mal über den schwarzen Plastiksack gestolpert war, wenn sie den Staubsauger unter der Treppe hatte herausholen wollen. Einen Monat später hatte sie sanft angedeutet, dass der emotionale Ballast irgendwohin müsse – am besten in eine Mülltonne, aber wenn nicht dorthin, dann vielleicht wieder in Gwens Zimmer, wo sie selbst darüber stolpern konnte?

Sie hatte nachgegeben, und so war die Tüte hinter ihre Schlafzimmertür gewandert, wo sie sie vergaß, wenn andere da waren. Wenn sie jedoch allein war, verhöhnte die Tüte sie.

Im Laufe der Zeit war die Tüte begraben worden. Unter einem alten Handtuch, einem heruntergefallenen Morgenmantel, einem Stück Blisterfolie, das sie für irgendeine hypothetische zukünftige Notlage aufbewahrt hatte, in der sie dringend etwas polstern musste. Das Sandkorn im Inneren einer beschissenen emotionalen Perle. Irgendwann war die Tüte tiefer im Loch in ihrem Hirn verschwunden als alles andere, bis ihr allein die Vorstellung, die staubigen Schichten abzutragen und diesen schwarzen Sack der Erinnerung hervorzuholen, so absolut unmöglich vorkam, dass es beinahe lachhaft war. Als sie auszog, hatte sie den ganzen Haufen einfach mit den Armen hochgehoben, in eine blaue Ikea-Tüte gestopft und war in aller Seelenruhe damit in die nächste Wohnung gezogen. Dann wieder in die nächste. Auf diese Weise hatte sie die Tüte beinahe neutralisiert: Sie war zu einer Art Verwaltungsmasse geworden, etwas, das man zur Seite stieß, wenn man nach einem verlorenen Schuh suchte. Ungefähr zwei Mal im Jahr verursachte die Tüte ihr körperlichen Schmerz – wenn sie zum Beispiel von einem Schrank auf ihren Kopf fiel – und kaum häufiger emotionalen Schmerz.

Aber damit war jetzt Schluss. Sie würde die Tüte loslassen. Die Liste hatte gesprochen.

Gwen hätte in weitere Einzelheiten gehen können, aber in diesem Augenblick tauchte der Kellner in ihrem Blickfeld auf und blieb dort höflich stehen, um zu signalisieren, dass es Zeit war zu zahlen und ihn zurückkehren zu lassen zu ... ja, was? Ehefrau und Kindern? Ehemann und Schnauzer? Den Genossen, die mit ihm ein Lagerhaus besetzten? Zu einem heißen Bad und einem drei Tage alten Vanille-Sanddorn-Käsekuchen in Alufolie? Gwen zwang sich aufzuschauen, als hätte sie ihn eben erst bemerkt, seinen Blick aufzufangen und das international gültige «Die-Rechnung-bitte»-Zeichen zu machen. Unglücklicherweise war der Kellner in den letzten paar Sekunden näher gekommen, sodass sie das Wort «Bitte» mit den Lippen formte, obwohl es an einen Mann gerichtet war, der in Hörweite stand, in einem leeren Restaurant nur zwei Meter von ihr entfernt.

Sie wurde vom Hals bis zum Scheitel rot, faltete die Liste zu einem ordentlichen Quadrat und steckte sie weg. Dann wühlte sie übertrieben geschäftig in ihrer Tasche nach dem Lippenbalsam, um die Stille zu überbrücken, die entstand, nachdem sie die Karte in den Kartenleser gesteckt hatte. Endlich ging ihre Zahlung durch. Der nette Kellner wünschte ihr eine gute Nacht und verschwand in der Küche. Sie schaute ihm hinterher, legte sich dann den Schal um und ging, wobei sie leise «Danke» über die Schulter rief.

Gwen trat in den beißenden Aprilwind hinaus und ging die Straße hinunter zu ihrem Hotelzimmer, wo ihr Laptop und ein kleines Fläschchen Whisky auf sie warteten.

Eigentlich war das nicht ihr schlimmster Geburtstag, dachte sie.

Nicht der schlimmste, aber eindeutig unter den schlimmsten fünf.

2.

Der schlimmste Geburtstag, den Gwen je erlebt hatte, war der vor sechs Jahren gewesen. Ihr zweiunddreißigster, den sie in einem Krematorium, in einem billigen Möbelladen und in einer Notaufnahme verbringen musste, in dieser Reihenfolge.

Ihr heutiger Geburtstag war einen Hauch besser als ihr vierunddreißigster, der um genau 21.42 Uhr ein abruptes Ende genommen hatte, als ihre drei Gäste allesamt die Dessertkarte ablehnten und sich ihre Jacken anzogen, wobei sie etwas vom letzten Zug nach Hause und Yoga am nächsten Morgen murmelten. Sie wusste das immer noch so genau, weil sie an jenem Abend permanent auf ihr Handy geschaut und entschieden hatte, dass alles nach zehn Uhr abends in Ordnung wäre. Gwen veranstaltete oft solche Wettstreits mit sich selbst. Normalerweise verlor sie dabei.

Allerdings war der heutige Geburtstag eindeutig nicht so gelungen wie ihr dreißigster («dreißig, voller Kummer und blühend» hatte sie in viele verschiedene Ohren auf der Tanzfläche im Old Grey Bugle gebrüllt, wo es freitags auch außerhalb der Hochzeitssaison einen DJ bis Mitternacht gab), aber besser als ihr fünfunddreißigster, an dem ein kleiner Terroranschlag am anderen Ende der U-Bahn-Linie ihren Gästen einen viel zu verlockenden Grund zum Absagen lieferte. Seitdem hatte sie keinen Geburtstag mehr geplant, immer in der schwachen Hoffnung, dass irgendwer – Suze vielleicht, womöglich auch eine von den austauschbaren Claires oder Gemmas von der Arbeit – etwas für sie organisieren würde, so wie es die Leute in den Serien immer für ihre Freunde taten. Sie würde natürlich protestieren, weil ihr das peinlich wäre und sicher nur Leute kämen, die Suze oder eine von den Gemmas unter Druck gesetzt hatten. Aber leider musste sie niemals protestieren, weil das nie passierte.

Die Umstände, die Gwen an ihrem achtunddreißigsten Geburtstag allein in einen Gastropub irgendwo südlich von Leicester verschlagen hatten, waren zu jämmerlich, als dass man sie hätte näher betrachten wollen. Keine lange Geschichte, nur eine, die damit begann, dass ihr Chef sie gebeten hatte, an seiner Stelle zu einer *Immersion Session* mit Kunden zu gehen und «nett zu sein», und die damit endete, dass Gwen, die viel zu gut darin war, «nett zu sein», leider vergaß, «das ist aber mein Geburtstag, also ist die Antwort nein» zu sagen.

Oder: «Sie haben mich doch gerade gefeuert, also ist die Antwort nein.»

Oder noch besser: «Was zum Teufel ist überhaupt eine *Immersion Session*?»

Sie hätte das Unternehmen auf der Stelle verlassen können. Sie hatten ihr eine Abfindung angeboten, damit ihr Austritt schnell und schmerzlos vonstattenging. Aber eine merkwürdige Mischung aus Angst und Sturheit hatte sie dazu gebracht, eine letzte, unangenehme Woche zu bleiben.

«Ich würde die Dinge gerne selbst zu Ende bringen», hatte sie geschnieft und versucht, dabei großzügig zu klingen. «Das bin ich meinen Kunden schuldig.»

Die Vorstellung, dass diese Dienstreise irgendeine Art von Belohnung sein könnte, ein letzter Gruß ihres Lebens als Vorgesetzte, bevor man sie in den eiskalten Schnee vor dem Unternehmen trat, schien zu weit hergeholt. Selbst für Chris, der die Sorte Chef war, die ständig nur eine heulende Praktikantin davon entfernt war, zu einem Führungskurs verdonnert zu werden. Er hatte regelrecht schockiert gewirkt, als Gwen gesagt hatte, sie würde tatsächlich fahren. Dann hatte er Gemma Drei gebeten, die «Penthouse Suite» als Dankeschön-Schrägstrich-Bestechung zu buchen, damit sie später keine bösen Dinge über das Unternehmen verbreitete. All das endete damit, dass sie ein Familienzimmer im dritten Stock der Lutterworth Travellodge bekam, aber immerhin. Immerhin hatte sie sich ihre moralische Überlegenheit bewahrt.

Aber noch wichtiger war der wahre Grund für diese Reise: Sie war dadurch aus London herausgekommen. Was bedeutete, sie konnte die Augen verdrehen und eine «Was-soll-man-machen!»-Grimasse ziehen, wenn jemand sie nach ihren Geburtstagsplänen fragte. Sie konnte etwas Ironisches sagen, zum Beispiel, dass sie so endlich die Gelegenheit habe, die Attraktionen von Lutterworth zu erleben. Und so war es gekommen, dass sie an diesem Abend mit ihrem prallen Bauch in die gestärkten, sauberen Laken ihres Billig-Hotels klettern und Netflix schauen und entspannt vor sich hin pupsen konnte, bis sie schließlich einschlafen würde. Alles, ohne darüber nachzudenken, was sie stattdessen an ihrem Geburtstag zu Hause veranstaltet hätte.

Außerdem hatte sie jetzt einen Plan. Ein Programm in fünf Schritten, um ihr Leben wieder auf Spur zu bringen. Morgen würde es winzig kleine Shampoofläschchen, warme Butter auf kaltem Toast und die gnädige Bestätigung geben, dass sie für die Immersion-Session zumindest keinen Badeanzug brauchte. Die Dienstreise war eine gute Entscheidung gewesen.

So murmelte Gwen vor sich hin, das Mantra, das sie benutzte, seit sie vor vielen Jahren so lange gegen die unter die Matratze geschobenen Laken getreten hatte, bis ihre Füße endlich befreit waren. Und sie versuchte, das alles auch tatsächlich zu glauben.

Sie lauschte dem Rauschen der Hotelklimaanlage, dem Hintergrundgeräusch für das orchestrale Gurgeln und Rumpeln ihres Magens. Sie stellte ihren Handywecker und schaute extra nicht auf die Nachrichten auf dem Display – eine Textnachricht von Suze, kurz, aber voller Ballon-Emojis, und eine Happy-Birthday-Mail von einem Tapas-Restaurant, in dem sie im Jahr 2014 einmal gegessen hatte.

Es war eine gute Entscheidung gewesen.

3.

Die nächste gute Entscheidung traf Gwen eine Woche später, als sie ihren emotionalen Ballast in ein Sozialkaufhaus schleppte und ihn triumphierend vor den Tresen stellte.

«Halloooo!», sang der Mann hinter dem Tresen, ohne von seinem Kreuzworträtsel aufzuschauen. Er war dünn, sah aus wie eine Spitzmaus und war vermutlich irgendetwas zwischen vierzig und sechzig, mit gebräunter, glänzender Haut, die ihn ein wenig wie eine eben erst eingemottete Wachsfigur von Madame Tussauds wirken ließ.

«Ich habe Ihnen eine Spende mitgebracht», erwiderte Gwen im selben heiteren Tonfall und versuchte, so zu klingen, als hätte sie das nicht vorher geübt.

«Wunderbar. Worum handelt es sich denn?», fragte der Mann und leckte seinen Finger, um umzublättern. Er hatte einen weichen, melodiösen Birmingham-Akzent. Und er schaute immer noch nicht auf.

«Es ist – also – na ja. Äh ...» Gwen zögerte. Der freundliche Tonfall des Mannes zusammen mit seiner Körpersprache, die völlige Gleichgültigkeit signalisierte, brachte sie aus dem Konzept. «Es sind Männer... äh ...*kleider*? Männerkleidung», sagte sie dann fest. «Ein paar Pullis, ein paar Hemden. T-Shirts. Eine Mütze. Ehrlich gesagt, eine schreckliche Mütze. Es tut mir leid, dass ... äh, was noch? CDs! Nehmen Sie auch CDs? Ich war mir nicht sicher, das kommt mir so altertümlich vor ... Aber das ist vermutlich ziemlich respektlos, denn es gibt sicher viele Menschen, die immer noch ... äh ... Bücher hab ich auch. Ein paar Taschenbücher. Ich kann die Qualität nicht beurteilen, aber eins davon hat den Pulitzer-Preis gewonnen, daher denke ich, also meiner Meinung ... ähm ... Da sind auch Flip-Flops drin, glaube ich, die jetzt nicht in die Jahreszeit passen, aber ich dachte, Sie könnten sie bis zum Sommer hierbehalten oder ... Na ja, es gibt ja auch Leute, die Flipflops im Regen tragen. Und Schienbeinschoner! Zumindest glaube ich, dass es welche sind und dass sie nicht etwas ... anderes schützen sollen. Ähm. Zwei Sets Whiskysteine. Eine ungeöffnete Dose mit etwas, das sich *Beard Butter* nennt.»

Sie hielt inne und räusperte sich. Nahm innerlich Anlauf.

«Und das hier.»

Gwen holte die kleine mit Leder bezogene Schatulle aus der Tasche, legte sie auf den Tresen, öffnete sie, und der schimmernde Diamant im Smaragdschliff kam zum Vorschein. Die Situation wirkte wie eine schmerzhafte Parodie.

«Das heißt, wenn Sie auch Ringe nehmen?»

Eine Woche lang hatte sie sich Schritt für Schritt auf diesen Moment zubewegt. Zuerst hatte sie die blaue Tüte vom Schrank geholt und sie ein paar Tage mitten auf dem Teppich stehen lassen. Dann hatte sie die Mülltüte mit der Küchenschere aufgeschlitzt, fast wie in einer Krimiserie, um sich das Zeug darin anzuschauen und sicherzugehen, dass es sich nicht in den letzten Jahren irgendwie in gefälschte Designer-Handtaschen oder mehrere hundert Kokain-Tütchen verwandelt hatte.

Dazu brauchte sie eine Weile, denn immer, wenn ihr der Geruch der Kleider in die Nase stieg – diese merkwürdige, typische Mischung aus extra sensitivem Waschpulver, Mitchum for Men und Fishermen's Friend mit Kirschgeschmack gegen die chronische Nebenhöhlenvereiterung –, musste sie dem Drang widerstehen, mit dem Laptop ins Bett zu steigen und über den falschen Account, den sie eigens zu diesem Zweck angelegt hatte, in seinem privaten Instagram-Konto herumzustöbern.

Sie hatte den Ring noch einmal anprobiert, natürlich. Sie

hatte kurz darüber nachgedacht, ihn zu behalten, ihn einfach an einem anderen Finger zu tragen als ... was? Als Zauber, um ihn zurückzugewinnen? Als lustiges Requisit, mit dem sie die Leute auf Partys erschrecken konnte? Sie hatte im Laufe der Jahre oft darüber nachgedacht, ihn zu verkaufen, immer dann, wenn eine Rechnung vom Finanzamt kam oder ein Junggesellinnenabschied sie zu ruinieren drohte. Aber bei dem Gedanken, Profit daraus zu schlagen, juckte ihr auch jetzt noch die Haut. Wenn sie ihn ans Sozialkaufhaus gab, würde ihr Gewissen vielleicht nicht so rein werden wie eine Zaubertafel für Kinder, wenn man an den Knöpfen dreht, aber es war die beste Lösung, die ihr einfiel.

Jetzt, da sie den Ring auf dem Tresen sah, stellte sich Gwen vor, wie sie einen Golfschläger nahm, ausholte und den Ring mit einem lauten Plopp weit, weit weg schlug. Sie konnte es beinahe in ihren Armen fühlen.

Endlich schaute der Wachsmann von seinem Kreuzworträtsel auf. Er warf einen Blick auf den Ring, dann auf Gwen und blinzelte, ohne das Gesicht zu verziehen.

«Ja, ich will!», antwortete er.

Staub

Für Leute, die keine Ahnung haben, sind alle Sozialkaufhäuser und Secondhandläden gleich.

Der spezielle Geruch nach weichen Keksen, vergilbten Taschenbüchern und alten Speicheröfen, die eine Idee zu hoch eingestellt sind. Die Sendung Steve Wright in the Afternoon, *die knisternd aus einem tragbaren Kofferradio plärrt. Die Ständer, die ein wenig zu nah beieinanderstehen, als dass man bequem hindurchstöbern könnte,* beladen mit Kleidung, die gleichzeitig zu alt und zu neu ist, um als modern durchzugehen. Ein Bücherregal, das nach einem undurchschaubaren System geordnet ist und in dem sich verlässlich einige Exemplare von Shantaram, der Dukan-Diät und Bridget Jones – Schokolade zum Frühstück finden. Eine offene Tür, die den Blick in einen Lagerraum freigibt, in dem Mülltüten und halb ausgetrunkene Teetassen herumstehen und aus dem das theatralische Zischen eines Dampfbügeleisens dringt.

Und hinter dem Tresen steht eine freundliche Seele, deren Aufgabe es ist, dich zu beobachten. Er oder sie ist ein großzügiger Mensch, der seine Zeit dem Wohl der weniger Glücklichen widmet, der sich vermutlich deine Spenden ansieht, nachdem du gegangen bist, und darüber lacht, wie grauenvoll das alles ist. Ein Engel auf Erden, der dennoch deine peinlichen Urlaubsshorts von 2009 in die Höhe halten und schreien wird: «Cor, Brenda, schaut euch die mal an!»

Und das dürfen sie, denn was hat man selbst in letzter Zeit getan, um anderen zu helfen? Die Shorts hat man gespendet. Und das war's.

Für die Unwissenden herrscht in allen Sozialkaufhäusern dieselbe Atmosphäre. Es ist eine betörende Mischung aus Deprimierendem, Nostalgischem und Wertvollem. Es ist die Essenz eines lange verstorbenen Vorfahren, destilliert in Kisten voller Krimskrams. Die unerträgliche Traurigkeit ungewollter Geschenke, die nie aus ihrer Plastikverpackung genommen wurden. Eine Kindheitserinnerung, die schon zu weit entfernt ist, als dass sie einem noch bewusst wäre, und die jetzt nur noch als winziges Zwicken in der Magengrube existiert, hervorgerufen durch ein bestimmtes Parfüm oder das Gefühl von Baumwollstrick zwischen zwei Fingerspitzen.

Und Tod. Er ist das, was wie ein dicker Elefant in der Ecke eines jeden Secondhandshops im Land hockt. Der Grund, warum die Hälfte des ganzen Zeugs hier ist, warum es verkauft wird. Kleider toter Menschen, die wiederum todkranken Menschen helfen sollen, verkauft von Menschen, die dem Tod näher sind als du. Das ist alles ziemlich viel für ein einzelnes, billiges T-Shirt.

Aber in Wahrheit gibt es so viele unterschiedliche Sorten von Secondhandläden und Sozialkaufhäusern, wie es Wohltätigkeitsorganisationen gibt, die sie führen. Es gibt schicke und hippe Sozialkaufhäuser, Hippie-Secondhandläden, minimalistische Wohltätigkeitsläden, betont ordentliche «Boutiquen» und chaotische, schimmlige Königreiche des Mülls. Es gibt für jede Nachbarschaft Secondhandläden, für jeden Zweck, die all den Müll verdauen und verwerten, um neue Energie zu erzeugen. Jeder Laden verändert sich jeden Tag, wenn wieder neue alte Bündel in seinen Bauch geleert werden. Er stellt sich um, um die Welt um sich herum widerzuspiegeln. Oder die Welt, in der er vor fünf bis zehn Jahren war.

Im Supermarkt kann man viel über die Menschen lernen, indem man in ihren Einkaufswagen schaut; und man lernt sogar noch mehr aus dem, was sie weggeben. Denn diese Dinge erzählen von Hobbys, die aufgegeben wurden, oder Beziehungen, die nicht funktionierten. Jedes abgelegte Stück hat eine Geschichte, von «Zu verkaufen: Babyschuhe, nie getragen» bis hin zu «Zu verkaufen: Smoothie-Maker, unbenutzt». Es sind Geschichten, die zum Zeitpunkt des Verkaufs nur halb geschrieben sind; sie leben ein neues Leben und inspirieren zu einem weiteren Band bei ihrem neuen Besitzer.

«Zweite-Chancen-Läden», nannte Michael sie gern,

wobei er damit ebenso sich selbst wie die Ware meinte. Es ist irgendwie paradox, dachte er oft bei sich, dass gerade die Leute, die zu zimperlich sind, um Secondhandware zu kaufen, oft so tun, als wäre in der Vergangenheit alles besser gewesen.

Die anderen Ehrenamtlichen nannten ihn immer nur «den heiligen Michael», vor allem wegen seiner Fähigkeit, ein Stück von Marks and Spencer aus zwanzig Metern Entfernung zu erkennen, weniger wegen seines himmlischen Kundenservices. Tatsächlich schien er, wie alle moralisch Überlegenen, ein schlimmer Menschenfeind zu sein. Dem heiligen Michael war das nur recht. Er hatte auf die harte Art lernen müssen, dass man normalerweise im Leben mehr davon hatte, Menschen zu beobachten, als nett zu ihnen zu sein.

«Sozialkaufhäuser geben den Leuten ein mulmiges Gefühl, weil sie so viel Gutes tun», sagte Michael gern auf Partys, in Bars oder zu den Leuten, die in der Schlange vor ihm standen. «Sie bringen Geld, sie reduzieren den Müll, sie helfen den Armen, sie helfen den Verrückten (an dieser Stelle zeigte er auf sein eigenes Gesicht und wartete auf einen Lacher), sie schenken den Wohlhabenden einen Ort, wo sie ihren Mist abladen und sich dann besser fühlen können. Aber all das dient nur dazu, die Leute daran zu erinnern, wie beschissen sie selbst sind. Deshalb rümpfen die Leute die Nase. Das hat nichts mit dem Geruch zu tun.»

An dieser Stelle machte er regelmäßig eine Pause, aber nicht so lang, dass die Leute auf die Idee hätten kommen können, dass er jetzt fertig war.

«Ich habe mich richtig reingekniet», fuhr er dann mit einem verschwörerischen Lächeln fort. «Am Anfang war es für mich eine Therapie, aber jetzt bin ich der Therapeut. Der Verkaufstresen ist praktisch meine Couch. Und Darling (an dieser Stelle benutzte er einen amerikanischen Akzent und machte eine Geste à la Joan Rivers), ich kann dir sagen – irgendwann braucht jeder ein bisschen Wohltätigkeit.»

Wenn jemand nach Beispielen fragte, was selten vorkam, nannte er ihnen welche. Er erzählte Geschichten, deren Leerstellen er genau wie das Kreuzworträtsel im Evening Standard füllte. Er erzählte von dem Witwer, der ausgeblichene Blümchenblusen aus dem Schrank geholt und darin die Briefe eines anderen Mannes gefunden hatte. Oder von der Frau, die Kleider für ein Vorstellungsgespräch brauchte, um einen Job zu bekommen, mit dem sie das Geld verdienen konnte, das sie brauchte, um wieder ins Sozialkaufhaus zu gehen und Kleider zu kaufen, die ihre Kinder brauchten. Über Leute in den Zwanzigern, die Vintage-Kleidung kauften, um ihr schlechtes Gewissen wegen ihrer Kokainsucht zu beruhigen. Und Leute in den Fünfzigern, die ihre Kaschmir-Pullover spendeten, um ihr schlechtes Gewissen zu beruhigen, weil sie für den Brexit gestimmt hatten.

Von dem Teenager, der sich aus den Kleidern anderer Leute eine neue Identität zusammenbaute. Von dem Paar, das im April Latexkleider und Masken kaufte, angeblich «für Halloween». Von dem Millionär, der es einfach nicht über sich brachte, mehr als vier Pfund für ein Hemd zu bezahlen. Oder von der Frau, die eines Nachmittags mit einer Mülltüte reinkam und einen Verlobungsring auf den Tresen legte.

Wenn Sozialkaufhäuser an den Tod erinnern, dann nur, weil sie so voller Leben sind.

4.

Gwen hatte das Schild im Fenster gesehen, als sie den Laden betreten hatte, obwohl sie abgelenkt gewesen war. Sie bemerkte es erneut, als sie den Laden wieder verließ. Jetzt ging sie sehr viel langsamer, strich beiläufig über den Ärmel eines Sweatshirts und blieb dann stehen, um sich kurz durch eine Kiste mit dicken Magazinen zu wühlen, auf der «Kunst, Stück zwei Pfund» stand.

Sie zögerte, weil es sich komisch anfühlte, nach einer so großen Tat einfach wieder hinauszugehen. Halb erwartete sie, dass jemand aus dem Hinterzimmer gerannt kam und rief: «Warten Sie! Halt! Wollen Sie nicht noch einmal darüber sprechen?»

Aber als sie die Tür erreicht hatte, wobei sie so langsam ging, dass sie sogar über ihre eigenen Füße stolperte, war noch niemand angerannt gekommen, und sie konnte nur noch nach draußen und in ihre unbelastete Zukunft treten.

Aber – da war es wieder, mit Edding geschrieben und mit Malerkrepp am Fenster befestigt. EHRENAMTLICHE MITARBEITER DRINGEND GESUCHT.

«Es wäre so schön, dringend gesucht zu werden», war der erste Gedanke, der ihr durch den Kopf schoss. Ziemlich öde. Denn das konnte ja wohl nicht der Grund sein, aus dem man ehrenamtliche Arbeit leistete. Aber Gwen sagte sich, dass sie, wenn jemand fragen sollte, immer noch lügen konnte. Sie konnte sagen, dass sie etwas zurückgeben wolle. Dass sie beschlossen habe, sich ein neues Hobby zuzulegen und sich mehr in der Nachbarschaft zu engagieren. Das war immerhin nicht ganz gelogen; es war der erste Punkt auf ihrer Liste, oder zumindest ganz oben. *Eine Beschäftigung finden.* Und hier gab es etwas zu tun, direkt vor ihrer Nase, praktisch huckepack mit Punkt Nummer 5.

Heute war der Tag, an dem die Abfindung auf ihrem Konto

gelandet war. Sie genoss die Illusion von plötzlichem Reichtum, genau wie damals, wenn das Bafög gekommen war. Sie musste natürlich bald wieder einen anständigen Job mit ordentlichem Gehalt finden. In den nächsten fünf Monaten und zwei Wochen, wenn ihre optimistischen Berechnungen stimmten. Aber verdiente sie nicht auch eine Pause? Und breitete sich nicht gleichzeitig in ihrer Brust Panik aus bei dem Gedanken an noch mehr Freizeit? Würde sich ein wenig ehrenamtliche Arbeit nicht großartig in ihrem Lebenslauf machen? Ja. Ja, lautete die Antwort auf alle drei Fragen.

Es war wichtig, das jetzt durchzuziehen, das wusste sie; jetzt, wo sie noch ganz erfüllt war von dem Rausch nach der erfolgreichen Erledigung ihrer großen Aufgabe. Bevor sie wieder in Das Loch fiel. Daher schaute Gwen noch einmal übertrieben gründlich das Schild an, für den Fall, dass irgendwer zusah, drehte sich um und ging zurück an den Verkaufstresen, wo der Wachsmann jetzt weiter zum Immobilienteil geblättert hatte.

«Hallo, noch mal», sang sie halb.

«Hallo», erwiderte er, den Blick fest auf einen Artikel geheftet, in dem diskutiert wurde, warum Bognor das neue Bexhill war, das wiederum früher das neue Balham gewesen war.

«Ich habe gedacht, ich könnte hier vielleicht ehrenamtlich arbeiten», fuhr sie fort und lächelte seinen Scheitel breit an.

Ohne aufzusehen, griff der Wachsmann unter den Tresen und holte in einer flüssigen Bewegung ein Formular hervor. «SIE WOLLEN ALSO EHRENAMTLICH ARBEITEN?», stand dort in großen Lettern. Er schob das Formular zu ihr herüber. Gwen nahm es entgegen und wartete darauf, dass er ihr weitere Anweisungen gab, aber offenbar war ihr gemeinsamer Austausch schon wieder beendet. Er gähnte und blätterte seine Zeitung um. Sie ging.

In einem Café etwas weiter die Straße hinauf tunkte sie Bananenbrot mit einem Löffel in einen Flat White und dachte über die Eigenschaften nach, die sie haben sollte, um eine gute ehrenamtliche Mitarbeiterin zu sein. Es war ziemlich schwierig, etwas zu finden, abgesehen von dem Offensichtlichen: bereit zu sein, ehrenamtlich zu arbeiten. Sie konnte sich nicht vorstellen, dass ein Sozialkaufhaus mit so vielen Angeboten überflutet wurde, dass sie die Einstellungskriterien verschärfen mussten.

«Ich habe großes Interesse an Altem», schrieb sie, dann machte sie sich Sorgen, dass es vielleicht so klang, als meinte sie die Stammkunden. Oder die Mitarbeiter. Ihrem kurzen Eindruck von dem Laden nach zu schließen, sah es nicht so aus, als würde er von schlurfenden Rentnern geleitet, als vielmehr von Leuten, die ihre Mutter als «Charakterköpfe» bezeichnet hätte. Leute mit blauem Haar und rot gerahmten Brillen und viel Freizeit, die es ihnen erlaubte, den Dienstagnachmittag damit zu verbringen, Preisschilder auf DVDs mit dem Titel «Ey Mann, wo is' mein Auto» zu kleben.

Sie brach sich noch ein Stück vom Kuchen ab. Lud es auf den Löffel, senkte es in den Schaum ab, ließ die Masse sich mit Kaffee vollsaugen, bis das Kuchenstück sich aufzulösen drohte, um es sich dann in den Mund zu manövrieren.

«Ich glaube leidenschaftlich an die Arbeit, die … » – Mist, was war das überhaupt für eine Art ehrenamtliche Arbeit? Kam das Geld Kindern zugute? Dem Kampf gegen Krebs? Katzen? – *«… Ihre Organisation leistet, und würde gerne meinen Teil dazu beitragen.»*

Gwen hielt inne und besah sich ihre Handschrift, das ungleichmäßige Gekrakel einer Frau Ende dreißig. Zu Beginn war ihre Schrift immer selbstbewusst und elegant, aber das hielt nur ein paar Sätze an und ließ dann stark nach, weil ihre Hand um den

Stift verkrampfte. Vor langer Zeit hatte sie während der Schulferien Schönschreiben geübt, hatte sich alle Mühe gegeben, um ihre Schrift neu zu erfinden, als Teil ihres alljährlichen Versuchs, sich als Persönlichkeit zu entwickeln. Schnörkel über ihren Gs und Ys. Kreise statt Punkten über ihren Is. An diesem Tag aber sah es aus wie die Schrift von jemandem, dem man mitten beim Schreiben plötzlich eine Waffe an die Schläfe gehalten hatte. Die Buchstaben sackten krakelig und verzweifelt nach unten ab.

«Ich bin sehr darauf erpicht, mir neue Hobbys zuzulegen und mich mehr in der Nachbarschaft zu engagieren», fügte sie hinzu.

Wie viele Londoner hielt Gwen große Stücke auf ihre Nachbarschaft, ohne auch nur irgendjemanden persönlich zu kennen. Sie hatte in den letzten sechzehn Jahren stets in derselben Gegend gewohnt, seit das Glück und der Freund eines Freundes von Suzes Cousine sie beide in die erste schäbige WG in einer abgelegenen Straße zwischen Kentish Town und Holloway Road gebracht hatten, wo die Küchenschränke verriegelt waren und die Anzahl der Mitbewohner ständig im Fluss war und wo Gwen am Morgen den Schimmel von ihren Turnschuhen kratzen musste. «Liegt ganz in der Nähe von dieser Wohnung aus der Sitcom *Spaced*!», hatte damals viel attraktiver geklungen als doppelte Verglasung.

In den folgenden Jahren arbeiteten sie sich durch den Norden der Stadt, durch immer kleinere, wärmere, teurere Wohnungen mit stilleren, saubereren und weniger kriminellen Mitbewohnern. In der letzten Wohnung hatten sie schließlich nur noch zu zweit gewohnt, in einer charmanten Zwei-Zimmer-Wohnung in der Harringay Ladder, deren Interieur man als Shabby Chic bezeichnen konnte. Jetzt wohnte Gwen allein. In einer Ein-Zimmer-Wohnung in einer riesigen, schlecht umgebauten Viktorianischen Villa, aber noch mit den alten Fenstern, einem gefliesten Boden um den Kamin herum und abgeschliffenen Dielen voller Wurmlöcher. Dieser architektonische Luxus war die Belohnung dafür, dass sie ein avocadofarben gefliestes Badezimmer ertrug, orangefarbenen Schimmel in den Fugen und eine Sammlung an Mausefallen, die so selten zuschnappten, dass sie vor allem Wollmäuse auf den Cheddar-Stücken fingen, aber auch nicht selten genug, als dass es richtig gewesen wäre, sie zu entsorgen. Gwen glaubte, ihre Wohnung zu lieben. Sie war immerhin emotional, wenn auch nicht legal, ihre eigene Wohnung.

Das Vernünftigste wäre gewesen, wieder in eine WG zu ziehen und so lange zu sparen, bis sie irgendwo etwas kaufen konnte. Eine Ex-Genossenschaftswohnung «mit Potenzial» am Rande von Zone 5 oder einen Teilbesitz in einem Neubau in der Nähe des Nordrings, der so ähnlich wie «Elderberry Grove Lawns» hieß und von dem aus sie zwanzig Minuten zu Fuß würde gehen müssen, um überhaupt einen Kiosk zu finden. Aber das wollte sie nicht. In ihrer zugigen, dekadenten Miet-Schuhschachtel zu bleiben, war Gwens kleine Rebellion.

«Zurzeit mache ich eine kurze Karrierepause.»

Dennoch wusste Gwen, dass sie Glück hatte. Die Gegend war alles in London, und aus purem Glück war sie in einer guten gelandet. In einer Gegend, die gerade genügend Charme hatte, um Treue und Zuneigung hervorzurufen, aber nicht so viel, dass sie von Touristen oder Horden schmollender Teenager überlaufen wurde. In diesem Viertel konnte sie ein Lieblingscafé haben, ein Zweitlieblingscafé und eins, das sie aus Prinzip nicht betrat, weil dort irgendwann einmal etwas Unerfreuliches passiert war, das sie längst vergessen hatte (ein trockener Scone?, eine eklige Toilette?), aber nicht verzeihen konnte. Die Gentrifizierung schritt hier nur langsam voran, relativ gesehen, und für jedes neue hippe Café gab es hier noch immer mindestens drei andere mit Kunstledersitzen und Papyrusschrift auf laminierten Speisekarten. Immobilienmakler nannten das Viertel «dynamisch». Ihre Eltern nannten es «kosmopolitisch». Gwen hatte einige verwilderte, offene Grünflächen ganz in der Nähe und einen beliebten Park, in dem man mit dem Hund joggen konnte, sodass sie ganze Wochenenden in ihrem Viertel verbrachte, ohne je einen Fuß in den öffentlichen Nahverkehr setzen zu müssen.

Nichts davon war selbstverständlich. Früher hatte sie oft verfolgt, wie ihre Freunde und Bekannten tief durchgeatmet und den Sprung in die Stadt gewagt hatten, voller Hoffnung und Enthusiasmus – nur, um schließlich in einer öden, charmebefreiten Stichstraße an einem Umgehungsring zu enden. Meist wählten die Bedauernswerten ihre Wohnung danach, ob sie mit irgendeinem Firlefanz ausgestattet war wie zum Beispiel mit einem Bad direkt neben dem Schlafzimmer, ohne vorher jemanden zu fragen, der sich auskannte und sie hätte beraten können. So waren die Armen bald erschöpft und einsam, weil ihr Leben nur noch ein einziges Pendeln vom äußersten Ende der District Line bis in die Innenstadt war – und nach einem oder zwei Jahren verließen sie London wieder und behaupteten, dass die Stadt einfach nichts für sie sei. Zu groß, zu hart. Zu einsam. Zu teuer.

Gwen fühlte sich jedes Mal, wenn so etwas passierte, beinahe persönlich beleidigt. Sie wurde dann immer wütend und hatte das Gefühl, mitverantwortlich zu sein, als hätte sie die Betroffenen allein mit einem guten Brunch und noch besseren Ratschlägen zur Wohnungssuche retten können. Wenn sie mehr Spaß in der Stadt gehabt hätten, wenn Gwen selbst unterhaltsamer gewesen wäre, vielleicht wären die Bekannten und Freunde dann länger geblieben. So lächelte sie sich durch die diversen Abschiedsfeiern und guten Wünsche, versprach, die Scheidenden in Berkshire und Bristol und Welwyn Garden City zu besuchen. Aber innerlich brach sie dann immer in Tränen aus. Ihr Drückeberger! Ihr Verräter! Ihr Weicheier!

Aber sie kannte natürlich die Wahrheit: dass London wirklich nicht für jeden etwas war. Damals nicht, als die Haut der Menschen um sie herum schon nicht dick genug war und mitunter ein paar Monate im Dschungel der Großstadt ausreichten, um ihr Selbstbewusstsein für Jahre zu zerstören. Und jetzt erst recht nicht, da alle laichten wie die Lachse und flussaufwärts zu den erschwinglichen Doppelhaushälften in guten Fanggründen schwammen. Zu Orten, wo man sich ausbreiten und das Leben voll auskosten konnte, ohne dass Fäuste gegen die Schlafzimmerwände schlugen. In London zu wohnen, wenn man schon Ende dreißig war, war nur etwas für Träumer und Millionäre, das wusste jeder.

Außerdem verließen einen selbst die Leute, die geblieben waren, irgendwann. Auf andere Weise.

SPEZIELLE FÄHIGKEITEN?, fragte das Formular.

Gwen runzelte die Stirn. Sie überlegte eine Weile und schrieb dann: «MS Word, MS Excel, Keynote.» Reichte das? Wollten sie vielleicht von ihrem Deutschkurs in der Mittelstufe wissen oder von ihrer Duke-of-Edinburgh-Bronzemedaille?

Sie kaute nachdenklich auf ihrem Stift herum und fügte schließlich hinzu: «Durchhaltevermögen».

Scrabble

Vor fünfundzwanzig Jahren hatten sie das Brettspiel gekauft, um es mit nach Wales zu nehmen.

Maureen, die ein wenig zum Aberglauben neigte, was sie

ihrem Ehemann wohlweislich verschwieg, glaubte, dass es umso weniger regnen würde, je mehr Ablenkungen für schlechtes Wetter sie in den Kofferraum ihres Ford Escort packten.

Ellen hatte Probleme in der Schule, und Mark, wie seine Großmutter beim letzten Mal spitzmündig bemerkt hatte, als sie auf ihn aufpasste, konnte eine gewisse Erweiterung seines Vokabulars nicht schaden. Scrabble hatte daher gegen «Mausefalle» gewonnen (zu viele Einzelteile, die auf dem Teppich des Wohnwagens landen würden, sodass man dann sicher mit bloßen Füßen darauf treten würde), gegen «Operation» (aus denselben Gründen, außerdem wegen der unangenehmen medizinischen Thematik) und gegen «Frustration» (Len hasste das Geräusch der Würfel, und Maureen hasste es, dass Len das Würfeln hasste; der Name des Spiels war nur zu treffend). Also sollte es Scrabble sein.

Die Fahrt nach Wales war die reine Hölle gewesen, wie immer. Ellen war übel geworden, wie immer, und sie hatte sich in einen alten Gino-Ginelli-Eisbehälter übergeben, irgendwo hinter der Autobahnraststätte, und dann weitere 70 Kilometer geschluchzt, weil Maureen versucht hatte, die Reste der Kotze mit stark verdünnter Apfelschorle aus ihren Haaren zu waschen. Mark hatte sich laut über den Geruch beschwert und seine Schwester geärgert, indem er einen riesigen Burger mit Extra-Gürkchen von einem Imbisswagen an der Straße verlangt hatte, den er kurz darauf dramatisch wieder auskotzte, gerade, als sie über die Mautbrücke fuhren.

Len hatte sich geweigert, in den Straßenatlas zu schauen, so wie immer, und in der Folge kamen sie erst einige Stunden später im Ferienpark an. Die Luft im Auto war zum Schneiden dick.

In jener ersten Nacht peitschte der Regen gegen den Wohnwagen, wie immer. Als die Kinder sich dabei abwechselten, die Fernsehantenne aus dem Fenster zu halten, und Len mit seinem Handstaubsauger die Krümel aus dem Auto saugte, holte Maureen die dunkelgrüne Spielschachtel hervor und winkte voller Hoffnung damit.

«Scrabble? Wer hat Lust auf ein Spiel?»

Keine Reaktion. Mark jauchzte auf, als ganz kurz ein Bild auf dem Fernsehschirm erschien, und brüllte wütend, als das Bildrauschen zurückkam. Er schlug seine Schwester mit der Antenne, die wiederum biss ihn ins Bein. Es war ein schneller, selbstbewusster Biss wie von einem Tudor-König, der in einen Hähnchenschenkel beißt.

«Scrabble?», versuchte sie es erneut, diesmal mit festerer Stimme. «Der Gewinner darf morgen zuerst auf die Wildwasserbahn!»

Das Gerangel ging weiter. Len kehrte vom Auto zurück, um zu verkünden, dass einer der Reifen platt sei, sein Rücken schmerze und sie vergessen hätten, die Luftpumpe für die Luftmatratze mitzunehmen. Wie immer klang es, als sei das alles Maureens Schuld. Die fehlende Pumpe, der platte Reifen, die Ferien, das Wetter, die Kinder. Die Eierschalen, die sie ständig zerbrach, den ganzen Tag, jeden Tag, obwohl sie schon mit größter Vorsicht auftrat.

Ihre Schritte waren im Laufe der Jahre kleiner geworden, während sie still und leise durchs Leben wanderte, um nur ja nicht die Kettenreaktion von Lens Launen auszulösen. Aber nicht heute Abend. Heute war sie stark und mutig. Sie explodierte.

«JETZT HALTEN ALLE DEN MUND, WIR SPIELEN JETZT DAS VERDAMMTE SCRABBLE!», bellte Maureen.

Tatsächlich verstummten alle. Aus der Ferne hörte man das Wummern der Ferienanlagen-Disco. Drei Standplätze weiter jaulte ein Hund.

Sie spielten also Scrabble. Maureen wusste später nicht mehr, wer gewann, aber sie wusste, dass sie beim Spielen viel gelacht hatten. Alle schienen loszulassen. Sie hatte wahre Lachanfälle, bei denen sie sich am Klapptisch festhalten und sich die Tränen mit dem Ärmel abwischen musste. Was seltsam war, denn normalerweise lachte man nicht bei Scrabble. Scrabble war nicht lustig.

Ein, zwei Stunden lang war die Anspannung verflogen, und es hatte Waffenstillstand geherrscht. Im Spiel war Maureens Familie vereint, und es ging hoch her beim Streit über pubertäre Schimpfworte («Penner» [9], «Arschloch» [15]) oder bei der Diskussion, was ein echtes Substantiv ausmachte. Das Gelächter setzte sich noch fort, als sie mehrere Anläufe machten, die Luftmatratzen aufzupusten, bevor sie schließlich aufgaben und sich auf einen Haufen muffiger Sofakissen legten. Ihr tat der Bauch von dem ganzen Lachen weh.

Am nächsten Morgen schien die Sonne. Nicht lange, aber lange genug, dass sie den Rest der Woche immer wieder hoffnungsvoll in den düsteren Himmel schauten. Es waren die letzten Ferien, die sie alle zusammen verbrachten, obwohl das natürlich noch keiner wusste, und wenn man die Kinder gefragt hätte, hätten sie vermutlich angenommen, dass Ferien immer so sein würden, grau und voller schlechter Laune und enttäuschend, bis zum Ende aller Tage.

Als sie wieder zu Hause waren, wurde das Scrabble-Spiel ganz hinten in den Schrank geschoben, hinter den anderen Kram. Dort blieb es unberührt, mehr als zwei Jahrzehnte

*lang. Bis Maureens Schwester das Haus leerräumte, um es
zu verkaufen.*

*«Scrabble?», fragte sie und drehte sich zu der Ecke, in der
Ellen saß und in einem alten Fotoalbum blätterte, wobei sie
zärtlich mit dem Finger über die längst vergangene Dauer-
welle ihrer Mutter auf einem alten Bild strich und nach
Hinweisen darauf suchte, wie schlimm alles werden würde.
Keine Antwort.*

*Ihre Tante wollte sie nicht unterbrechen; es war ohne-
hin besser, die Sache schnell hinter sich zu bringen. Maureen
hatte nie etwas von zu viel Getue gehalten.*

*Also blieb sie einen Moment mit dem staubigen Spiel in der
Hand stehen und überlegte, was es wohl wert wäre – sei es
emotional oder finanziell –, um sich dann zu entscheiden und
es in die Kiste mit der Aufschrift «Spenden» zu legen.*

5.

Gwen hatte immer geglaubt, dass die Leute nur im Fernsehen
Kartons mit ihren Habseligkeiten aus dem Büro trugen, bis sie
es selbst tat.

Vielleicht hatte sie es nur so gemacht, *weil* die Leute im Fernsehen das immer so machten? Rückblickend hätte es eine der
achttausend Werbetüten der Firma ebenso getan und wäre in
der U-Bahn sicher weit weniger peinlich gewesen. Aber sie hatte
die Box hinausgetragen, und jetzt waren ihre sieben (Herrgott,
waren es wirklich sieben?) Jahre Dienst in der Abteilung Strategisches Marketing und Synergetische Branding-Lösungen
zur beschissensten Box der Welt zusammengeschrumpft: eine
Handgelenksstütze aus Synthetikschaum, eine Mini-French-

Press für eine einzelne Tasse Kaffee, ein Knautschball gegen den Stress in Form einer Avocado, eine Tüte geröstete Mandeln mit dem Mindesthaltbarkeitsdatum 2017, ihr gerahmtes Erste-Hilfe-Zertifikat und fünf orange verfärbte Tupperware-Behälter in verschiedenen Stadien der Gärung.

Sie hatte die Box ein paar Tage lang auf dem Küchentisch stehen lassen und war darum herumgeschlichen wie um eine scharfe Bombe. Jetzt strich Gwen mit der Hand über den Rand, während sie dem nervösen Zwitschern in der Telefonleitung zu ihren Eltern lauschte. Ihr Ohr war schon ganz heiß. Zuerst musste sie etwas anderes auspacken.

Heute ging ihr Vater ran, was bedeutete, dass Gwen ganze dreißig Sekunden Geräuschen lauschen konnte, die die Stille füllen sollten («dumdidum», «Bubedidu», «Wo ist die olle Dingsbums bloß»), während er durch das Haus ging, um ihre Mutter zu finden. Keiner erwähnte, dass schon sechs Wochen vergangen waren, seit sie zuletzt mit ihrer einzigen Tochter gesprochen hatten. Ihre Mutter redete einfach mitten in dem Halbsatz weiter, wo sie zuletzt aufgehört hatte.

«Und dann habe ich gerade erst neulich zu Yvonne gesagt, dass ich nicht weiß, ob Gwendoline das aushält.»

«Was aushält?»

«Den Lärm!»

Bei ihrem letzten und auch einzigen Besuch in ihrer Wohnung, während einer Hitzewelle am Maifeiertag vor ein paar Jahren, hatten die Nachbarn im winzigen Gärtchen unter ihr gegrillt. Gwen und ihre Eltern hatten zu dritt in der kleinen Wohnung gesessen, Tee getrunken und leise vor sich hin geschwitzt, und das Gelächter der Nachbarn war durch die offenen Fenster gedrungen. Das Wummern eines Subwoofers hatte die morschen Rahmen der Schiebefenster erzittern lassen.

«Es ist nicht laut. Das war nur ein einziges Mal», protestierte sie. «Ich wohne eigentlich sogar in einer sehr friedlichen Straße.»

«Na ja, man will es ja auch nicht zu ruhig haben», versetzte ihre Mutter. Selbst nach achtunddreißig Jahren war Gwen auf derartige Kehrtwenden nicht vorbereitet. Ihrer Mutter zuzustimmen, bedeutete, jedes Mal ein verbales Schleudertrauma zu erleiden. «Aber es sind immer die ruhigsten Wohnlagen, die am gefährlichsten sind. Wenn du irgendwann nachts nach Hause kommst, ganz allein. Ich mache mir Sorgen.»

Gwen war ein wenig gerührt davon, allerdings mehr davon, dass ihre Mutter offenbar annahm, sie käme immer noch «irgendwann nachts nach Hause», als von der Sorge ihrer Eltern. Wenn ihre Mutter sagte: «Ich mache mir Sorgen», klang das immer so, als beschwere sie sich über ein gesundheitliches Problem. *«Ich habe Kopfschmerzen. Das Sandwich ist mir nicht bekommen. Ich mache mir Sorgen.»*

«Mum, ist schon in Ordnung. Mir geht es gut. Es ist ruhig, aber, äh, wir haben eine schöne nachbarschaftliche Gemeinschaft.»

Stimmte das? Vielleicht. Natürlich stand sie hin und wieder in der Schlange vor einem Laden hinter Leuten, die einander kannten, und lauschte Zufallsbegegnungen im Bus. An den Straßenlaternenpfählen klebten Zettel, auf denen entlaufene Katzen gesucht wurden, und Immobilienmaklerlogos, außerdem Kinderzeichnungen, die Schulsommerfeste ankündigten. Jemand hatte ihr einmal ein Flugblatt unter die Tür geschoben, das zu einem Straßenfest anlässlich der Krönungsfeier der Queen einlud. Oder war es um die Olympischen Spiele gegangen?

Gwen hatte die grillende Familie ein paarmal angelächelt und sich ein Paralleluniversum vorgestellt, in dem sie einander

Werkzeuge ausliehen und im Flur tratschten. Aber da sie im dritten Stock wohnte, war sie im Nachteil, fand sie. Sie konnte nicht wie andere Leute über den Gartenzaun hinweg mit den Nachbarn plaudern. Was sollte sie tun, vom Fenster oben Nettigkeiten in den Hof schreien? Einen Korb mit einem Zettel darin hinunterlassen, auf dem stand: «Wollen wir Freunde sein?»

«Bist du noch da?», fragte ihre Mutter. Es klang etwas gedämpft. Sie hatte das Telefon zwischen Kopf und Schulter geklemmt und die Gartenschere wieder in der Hand, das merkte Gwen. Im Hintergrund hörte sie ein metallisches Schneidegeräusch und Rascheln. «Ich wollte wissen, ob die noch etwas wegen deiner Beförderung gesagt haben?»

Sie fragte sich, ob das wohl alle Eltern so machten: sich auf eine vage, allmächtige Instanz namens «die» zu berufen, die die Quelle aller Ordnung und Gerechtigkeit auf der Welt war. *«Die können doch nicht erwarten, dass du auch sonntags arbeitest?»*, *«Haben die noch was über deinen Ausschlag gesagt?»*, *«Ich dachte, die sagen jetzt nicht mehr ‹behindert›?»* Wer auch immer «die» waren – ihre Eltern hatten mehr Vertrauen in die, als sie je in sie gehabt zu haben schienen.

«Nein, noch nicht.» Sie packte den Avocado-Antistress-Ball und zwang sich, in den Hörer zu lächeln. «Aber hoffentlich bald!»

«Hoffentlich bald» reichte ihrer Mutter, um sich daran festzuhalten, aber es war für Gwen nicht genug, um sich daran aufzuhängen. Sie würde es ihnen irgendwann sagen. Sie würde ihnen sagen, dass sie etwas Neues in Aussicht hätte, dann würde es wie ein dynamischer Karriereschachzug klingen.

«Ach so», sagte ihre Mutter, und es klang etwas mechanisch. «Hoffentlich bald.»

Gwen hatte sich oft über ihre Karriere gewundert, aber nicht auf gute Weise. «Ehrlich, selbst *ich* weiß kaum, was ich den ganzen Tag so mache!», scherzte sie stets, wenn die höfliche Frage kam, nachdem sie ihre Berufsbezeichnung genannt hatte.

Andere Frauen neigten dazu, darauf mit einem Schnauben zu reagieren und Hochstapelei zu wittern – aber das war ihr egal. Sie glaubte nicht, dass sie für ihren Job unterqualifiziert war, eher hielt sie den Job selbst für dumm. Sie machte sich keine Sorgen darum, als Betrügerin entlarvt zu werden, eher befürchtete sie, eines Tages ins Büro zu kommen und herausfinden zu müssen, dass Invigorate Media Inc. über Nacht verschwunden war; dass dort nichts mehr war außer einem zahnlosen alten Mann mit einem Aluhut und einem E-Zigaretten-Shop, wo der Pausenbereich gewesen war.

Mit jedem Jahr, das verging, war es ihr peinlicher geworden, die Sorte Job zu haben, über die Drehbuchschreiber von Sitcoms ihre Witze rissen. Es war alles da, von Airhockey-Tischen bis hin zu Kühlschränken mit isotonischen Sportgetränken. Sie beneidete ihre Freunde, die Jobbezeichnungen hatten, die aus einem Wort bestanden und bei Familienfeiern leicht zu erklären waren. Lehrer. Ärztin. Schlachter. Bäckerin. Als Melody aus dem Accounting den Job schmiss, um Kerzenmacherin zu werden, hätte sich Gwen beinahe für einen Anfängerkurs im Töpfern angemeldet. Sie mochte die Vorstellung, auf die Frage, was sie denn so mache, einfach eine kleine, rustikale Schüssel aus dem Rucksack ziehen und sagen zu können: «Das hier!»

Aber dennoch war es bequemer gewesen, in ihrem Job weiterzumachen, als ihn von außen zu betrachten. An guten Tagen war es ein wenig so, als spräche sie eine gemeinsame, ausgedachte Sprache mit vierundsiebzig anderen Menschen. Dann fühlten sich der Pomp und die Angeberei, die mit dem Gewinnen eines

Auftrages verbunden waren, oder ein Durchbruch beim Brain-storming so an wie ein ausgeklügeltes Fantasiespiel, wie sie es als Kind so geliebt hatte, und sie ließ sich vollkommen von den Regeln und der Stimmung der ausgedachten Welt aufsaugen, sodass es schwierig wurde, sie wieder abzuschütteln und zum Abendessen nach Hause zu gehen.

Aber die Aussicht auf eine Beförderung hatte es nie gegeben. Sie hatte sich das vor einem halben Jahr ausgedacht, um ihre Eltern davon zu überzeugen, dass sie nicht einfach nur auf der Stelle trat, professionell und auf anderen Gebieten. Jahrelang war sie meist zufrieden gewesen. Sie hatte darauf geachtet, zwar kompetent, aber gleichzeitig faul genug zu sein, damit ihre Chefs sich nicht schlecht fühlten, wenn sie sie nicht beförderten. Sie war zufrieden, bis Bekannte fragten, was sie «jetzt tat», und mitfühlend den Kopf zur Seite neigten, wenn sie ihnen kein kleines, glänzendes Goldbröckchen des Erfolges präsentieren konnte. Schließlich bemerkte sie, dass die Leute die Stirn runzelten, wenn sie begriffen, dass sie sie von einer «Karrierefrau, die das Privatleben hintangestellt hatte», zu einer «Herumtreiberin/einsamen Alten/möglicherweise besorgniserregenden Person» herabstufen mussten. Bis ihre Mutter begann, Fragen zu stellen.

Nachdem sie von der Veranstaltung in Lutterworth zurückgekommen war, die Taschen voller Gratis-Kekse, hatte sich Chris auf ihre Schreibtischkante gesetzt (Chris war ein berüchtigter Schreibtischkantensitzer) und sie gefragt, ob sie dort wegen des «Churchill-Projekts vorgefühlt» habe. Gwen hatte noch nie vom Churchill-Projekt gehört.

«Winston oder der Wackelkopf-Hund?», hatte sie gefragt.

Chris hatte gelacht, als wäre sie wahnsinnig witzig, mit den Fingern auf dem Schreibtisch herumgetrommelt und sie gebeten, «alles in eine E-Mail zu packen, tschüss, G», um dann zum

Mittagessen fortzuschlendern. Gwen hatte ihm keine E-Mail geschickt. Und Chris hatte das Thema nie wieder erwähnt.

Drei Tage später, nach einem einschläfernden Lunch mit ihrem Team, hatte Gwen Invigorate Media für immer verlassen, in der Hand eine Abschiedskarte mit ihrem Kopf, der von einem überarbeiteten Junior Designer, der nicht einmal ihren Namen kannte, auf ein Bild von Dame Maggie Smith montiert worden war (warum?).

Sie hatte einen Blick zurück in ihr Büro geworfen, als sie ging, halb in der Annahme, dass es wie ein fehlerhaftes Hologramm flackern würde. Aber es hatte nie solider gewirkt. Ein stählerner Anker von einem Gebäude, das von nun an diesen Teil der Stadt für sie mit einer weiteren Niederlage verbinden würde. Der gesamte Stadtplan war inzwischen voll davon. Emotionale Sperrzonen, von denen es mehr gab als Pret-A-Manger-Filialen.

«Jedenfalls haben die miesen kleinen Blattläuse die Lupinen völlig zerstört», sagte Marjorie gerade. Bei jeder kleinen Verzögerung in der Unterhaltung kam sie sofort wieder zurück zum Thema Garten. «Dein Vater hat versucht, sie mit dem Hochdruckreiniger abzuwaschen, aber er hat mich nicht vorgewarnt, und dann war es genauso wie in diesem Film mit der nassen Frau. Du weißt schon!»

Gwen wusste nicht.

«Du *weißt* schon», gackerte sie ungeduldig. «Diese nasse tanzende Frau in Hosen. Jazz Spray?»

«Du meinst Flashdance?»

«Genau. Die waren hinterher ganz platt, ich könnte wirklich heulen.»

Eine Pause entstand, in der sie respektvoll der Lupinen gedachten. Dann: «Dein Vater hat seine Ergebnisse bekommen. Er ist ziemlich außer sich.»

«Ergebnisse? Was für Ergebnisse?» Gwen ging in Gedanken wie ein morbider Glücksspielautomat die Möglichkeiten durch: Ein Tumor? Verstopfte Arterien? Eine Geschlechtskrankheit? Hatten sie das erwähnt, als sie zum letzten Mal miteinander gesprochen hatten? Hätte sie sie nicht früher angerufen, wenn sie gewusst hätte, dass da wichtige Ergebnisse anstanden?

«Die Ergebnisse von seinem Gentest, wo er in ein Reagenzglas spucken musste. Alles, was Nana Marlowe ihm gesagt hat, dass er ein Achtel Maori sei, stimmt überhaupt nicht, er ist zu siebenundneunzig Prozent Waliser. So eine Geldverschwendung.»

Gwen öffnete den Mund, um auf diese Sensation zu reagieren, aber ihre Mutter war ganz offensichtlich bereits dabei, die Entwicklung des Wochenplans der Müllabfuhr zu diskutieren, ohne auch nur einmal Atem geholt zu haben.

Marjorie Grundle redete gern und viel. Obwohl sie nach außen nicht immer selbstbewusst auftrat – sie neigte dazu, nervös und unruhig zu werden, wenn sie sich mit Autoritäten konfrontiert sah, und eine Autorität konnte jeder sein, Nachbarn, die in Einzelhäusern wohnten, Kellner, die «die Speisekarte erklären» wollten –, war sie auf ihrem eigenen Terrain so energisch gesprächig, dass die einzige Möglichkeit, eine Unterhaltung mit ihr zu beenden, oft nur noch darin bestand, schlicht aus dem Zimmer zu gehen. Obwohl selbst das nicht immer funktionierte. Mehr als einmal hatte sich Gwen in der Situation wiedergefunden, zustimmende Geräusche durch die Toilettentür hindurch machen zu müssen.

In den letzten Jahren waren die Gespräche mit ihrer Mutter immer einseitiger geworden, wie bei diesen Tennis-Trainingsmaschinen, die unablässig Bälle ausspucken. Während Gwen noch dabei war, ein Thema zu besprechen, war ihre Mutter schon beim nächsten, normalerweise mit geringem Interesse an ihren Entgegnungen. Es war, als hätte sie jeden flüchtigen Gedanken, jede zufällige Meinung und magere häusliche Neuigkeit über Wochen angesammelt und nur auf eine Gelegenheit gewartet, sie endlich auszustoßen. Und vermutlich verhielt es sich ganz genau so, begriff Gwen jetzt, wobei sich ihr Magen traurig zusammenzog.

Vor ein paar Jahren hatte Marjorie erwähnt, dass einige ihrer Freundinnen Familien-WhatsApp-Gruppen hätten, in denen sie Neuigkeiten über ihre Enkel und Gewächshäuser und mehrstufige Marketingpläne austauschten. Gwen hatte angeboten, eine Gruppe für sie drei einzurichten, aber ihre Mutter hatte abgelehnt.

«Ich weiß doch sowieso nicht, wie man so was macht.»

«Ich könnte es dir zeigen.»

«Nein, nein, ich glaube nicht. Dann brummt es nur den ganzen Tag! Nein danke.» Sie war ganz untypisch still geworden und hatte am Deckel des Senfglases herumgefummelt. «Außerdem» – ein langsames, betontes Ausatmen – «haben wir ja gar nichts, worüber wir schreiben könnten.»

Die unausgesprochenen Worte hatten in der Luft gehangen. «Nicht mehr.»

«Also ich muss allmählich auflegen», unterbrach Gwen die Neuigkeiten über den erbitterten Sorgerechtsstreit einer entfernten Cousine. Sie fühlte sich plötzlich furchtbar erschöpft, und Gewissensbisse krochen in ihr hoch.

«Natürlich, natürlich, ich will dich nicht aufhalten», erwiderte ihre Mutter. Schuldbewusst, als wäre sie es gewesen, die angerufen und Gwens vollen Terminplan unterbrochen hatte. «Schön, dass wir miteinander gesprochen haben.»

Die knappe formelle Erwiderung machte es nur noch schlimmer.

«Finde ich auch», sagte Gwen und versuchte, heiter zu klingen. «Viele Grüße an die Lupinen!»

Sie hörte ein gedämpftes Schnauben und dann das Klicken, als Marjorie auflegte. Goldenes Spätnachmittagslicht fiel durch die Jalousien, die Gwen heute gar nicht erst geöffnet hatte. In der Straße dahinter war alles ruhig. Immerhin eine Lüge weniger.

Schuhe

Sie taten weh, aber darum ging es nicht. Oder vielleicht doch – ein Opfer an die Partygötter, damit der Abend besser wurde.

Am nächsten Tag würden Nish und ihre Freundinnen heldenhaft herumhumpeln und einander stolz ihre Blasen zeigen. Sie befanden sich noch einige Jahre vor dem Punkt, an dem sie begreifen würden, dass Füße nicht überflüssig waren. Einmal war ihre Freundin Rana auf Glasscherben getreten, barfuß vor einem McDonald's, und musste mit einem Stapel Servietten, die den Blutfluss eindämmen sollten, in die Notaufnahme gebracht werden. Noch eine ganze Weile danach hatte keine von ihnen Ketchup essen wollen.

Als sie im Krankenhaus angekommen waren, erklärten sie dem Personal dort hundert Mal, dass Rana nicht betrunken war, dass sie überhaupt nicht trank, aber sie quartierten sie dennoch mit den Samstagnacht-Betrunkenen und ihren unvorhersehbaren Auswürfen zusammen ein, bis sie schließlich ohnmächtig wurde. Nish war bis vier Uhr morgens bei ihr geblieben. Da hatten sie endlich ihren Fuß genäht und sie mit geliehenen Flip-Flops nach Hause geschickt. Diese Flip-Flops, fand Rana, waren im Grunde die viel schlimmere Verletzung.

Nish hatte auf diese Schuhe gespart. Sie waren nicht von einem Top-Designer, nur Mittelklasse, aber sie wurden mit eigenem Staubbeutel geliefert, und das war schon Prestige genug. Fünf Wochen Nachhilfegeld, mit dem sie ihren Studentenkredit aufbesserte, außerdem schreckliche Hühnerfleisch-Wraps, die sie morgens früh vor den Vorlesungen selbst machte, statt Sushi zum Mittagessen – aber sie waren es wert.

Hohe Absätze, aber nicht bescheuert hoch. Weißes Leder, was vermutlich doch bescheuert war, wenn man an den Straßenschmutz dachte, durch den man täglich hindurchnavigieren musste, aber Nish glaubte fest daran, dass man sich für das Leben anziehen musste, das man sich wünschte, und nicht für das, das man führte. In dem Leben, das sie sich wünschte, gab es Taxis und glatte, saubere Chelsea-Bürgersteige.

Stiletto-Absätze, vorne spitz und mit Riemchen wie ein Gitternetz über dem Spann. Sie erinnerten sie ans Dach der King's-Cross-Station, deren Kuppel sich wie ein Teiggitter über das Gebäude wölbte. Sie liebte es, hinaufzustarren, besonders spätnachts. Dann drehte sie sich um die eigene Achse, bis ihr Blick zu verschwimmen begann und sie rückwärtsstolperte und sich an einem Ticketautomaten festhalten musste, woraufhin ihre Freunde vom Nebenbahnsteig aus kicherten und johlten. Im Gegensatz zu Rana trank Nish durchaus.

Es gab keinen Anlass für diese Schuhe. «Diese Schuhe SIND der Anlass», hatte sie im Gruppenchat verkündet und darauf bestanden, dass Verabredungen abgesagt und neue gemacht wurden, um ihre Ankunft zu feiern und den Preis zu rechtfertigen. Sie hatte ihrer Mutter gesagt, sie hätte sie bei Peacocks im Schlussverkauf bekommen. Die würde den Unterschied ohnehin nie erkennen.

Bei diesem ersten Anlass, sie auszuführen, quälte sie sich durch zwei Bars und dann in einen Club, den Millie vorgeschlagen hatte – einen schmuddeligen Keller voller bierseliger Mittdreißiger, die zu UK Garage tappten. Nicht gerade die Umgebung, die die Schuhe verdienten, aber immer noch besser, als stundenlang auf ihnen durch die Straßen zu laufen, den Blick immer auf Google Maps gerichtet.

Normalerweise spaltete sich die Gruppe zu dieser Zeit auf. Die Vernünftigen murmelten etwas von Pommes und Bett und frühen Vorlesungen. Diejenigen, die einen Freund hatten, riefen ihn von der Straße aus an, und das dauerte jedes Mal zwanzig Minuten; Unterhaltungen, die daraus bestanden, dass sie all die lustigen Begebenheiten des Abends bisher erzählten, wodurch sie verhinderten, dass sich neue lustige Begebenheiten entwickelten. Und eine oder zwei gingen irgendwo verloren, nur, um zum Nachhause-Gehen mit einem neuen besten Freund und einer völlig unverständlichen Geschichte wiederaufzutauchen, wie sie ihn kennengelernt hatten, oder mit einem Immobilienmakler der Firma Pinner am Hals. Oft kam es auch zu Überlappungen der Freundeskreise; andere Gruppen mit Freunden von Freunden und Brüdern von Freunden vermischten sich dann mit ihrem, bekannte Gesichter von der Schule oder der Uni tauchten auf der Tanzfläche auf. Es kam nicht selten vor, dass man diese Leute an der Bushaltestelle ausgiebig zum Abschied drückte, nur, um dann zu fragen: «Wer war das eigentlich?» Meist wusste es niemand.

Aber heute Abend war Nish die einzige Spalterin. Sie hatte seine Hand auf ihrer Taille gefühlt, bevor sie ihn gesehen hatte, war zur Seite getreten, um ihn vorbeizulassen. Aber er ließ seine Hand da und zog sie zu sich, als sie tanzten. Rana hätte seine Hand weggeschlagen, wenn sie es gesehen hätte, und ihn so lange angeschrien, bis die Türsteher gekommen wären, aber Nish hatte einfach weitergetanzt. Es war normalerweise einfacher weiterzutanzen.

Nach ein paar Takten wagte sie es, sich zu ihm umzudrehen. Braunes Haar, blaues Hemd, graue Augen, ein unerschütterliches Grinsen. Absolut nichts Außergewöhnliches, aber sein Lächeln hatte etwas Welpenhaftes – wie das eines Schuljungen, der gerade einen Streich spielte, von dem er kaum glauben konnte, dass er damit durchkam. Ein nasses Taschentuch an der Decke des Klassenraums. Eine Hand in der Flamme des Bunsenbrenners. Nish lächelte nicht zurück, aber sie bewegte sich auch nicht weg.

Er war ein schlechter Tänzer. Er trat von einem Fuß auf den anderen, versuchte hin und wieder, die Hüftschwünge und verschlungenen Arme um sich herum nachzumachen, dann stolperte er und setzte sein Plattfuß-Schwanken fort. Sie fragte sich halb, ob er seine Hand wohl deshalb an ihrer Taille ließ, weil er sich abstützen wollte. Ein Lied ging ins nächste über. Ganz offenbar beschloss er, dass jetzt genügend Zeit vergangen sei, beugte sich zu ihr herunter und atmete ihr ins Haar. «Kannichdirwaszutrinkenholn?» Nish schüttelte den Kopf. Sie hätte vielleicht gern etwas getrunken, aber sich mit ihm an der Bar schreiend zu unterhalten war eine Aussicht, für die sie keine Energie hatte. «Schsch, holdirjetztnDrink», sagte er und drückte ihre Taille.

«Ehrlich, nein danke», erwiderte sie, hob die Hände und drehte sich etwas weg im Versuch, seine Hand abzuschütteln. Die blieb, wo sie war.

«Heeeyy», versuchte er es erneut. Sein Lächeln fiel in
sich zusammen. Es war, als spielte er ein Computerspiel
und glaubte, dass er das nächste Level nur erreichen könne,
wenn er ihr einen Drink kaufte. Nish musste bei diesem
Gedanken grinsen und tanzte weiter.

Ein paar Takte lang tat er es ihr nach. Sie schaute sich im
Raum nach ihren Freundinnen um – halb, um eine Exit-
Strategie zu haben, halb, um zu sehen, ob sie ihr zuschauten.
Sie reckte den Hals, um über die Menschenmenge hinweg-
zusehen. Der Typ ließ seine Hand auf ihre Hüfte gleiten. Er
zog sie an sein Becken und rieb sich übertrieben an ihr, und
sie schämte sie ein wenig für ihn. Jegliches Begehren, das
sie womöglich für ihn gehabt hatte, erlosch in der Sekunde,
als sie seins an ihrer Hüfte wachsen spürte. Nish griff nach
unten und schob seine Hand von sich weg, wobei sie sie
in einer gespielten Paartanz-Haltung hoch hielt. Sie wirbelte
herum, sodass sie ihn direkt ansah. «Wir sehen uns dann
vielleicht später, ja», rief sie, wobei sie es absichtlich nicht
als Frage klingen ließ.

Über seine Schulter hinweg hatte sie Millies blaues Haar
und Ranas mit Schmucksteinen verzierte Handyhülle in
der Schlange vor den Toiletten entdeckt und wollte zu ihnen,
als der Junge – selbst rückblickend konnte sie ihn einfach
nicht als Mann bezeichnen – einen Schritt zur Seite machte
und ihr den Weg verstellte. Einer ihrer spitzen Stöckel
landete mitten auf seinen Zehen (braune Slipper, was hatte
sie auch erwartet?), und er heulte auf, ein kehliges Brüllen,
vor Schmerz und noch etwas anderem. Wut.

«DU BLÖDE SCHLAMPE», brüllte er Nish an, und das
«Sorry» erstarb auf ihren Lippen. Stattdessen drehte sie sich
auf demselben Absatz um und drängte sich durch die Menge

zu ihren Freundinnen. «Schuldigung. Ups. Sorry. Vorsicht.»
Etwas Bitteres stieg in ihrer Kehle auf, aber sie schluckte es
wieder runter und warf das Haar über die Schulter. Klebte
sich ein ironisches Lächeln ins Gesicht und legte sich in Gedanken schon die Anekdote zurecht, als lustige Geschichte.

Eine Stunde später verließen sie den Laden, klackerten
die Stufen hinauf, zogen sich die Jacken an und zankten sich
um die richtige Busverbindung, als sie ihn oben vor sich
auf der Treppe sah. Nish schaute auf ihr Handy, um seinem
Blick auszuweichen. Als sie näher kam, sah sie mit einem
befriedigenden Kribbeln den schwarzen Punkt, den die Spitze
ihres Absatzes mitten auf seinen braunen Wildlederslippern
hinterlassen hatte.

Er schwieg, als sie vorbeiging, aber sie spürte seinen Blick
auf sich. Hoch, runter, wieder hoch. Dann, eine Sekunde,
bevor sie aus seiner Reichweite verschwunden war, spürte
sie sie – warme, fremde Finger unter ihrem Kleid, die fest
in das Fleisch zwischen ihrem Hintern und ihrem Schenkel
kniffen. Nish riss den Arm zurück, um seinen wegzuschlagen,
aber in derselben Sekunde zog er ihn zurück, und stattdessen flog ihr das Handy aus der Hand, hüpfte einige Stufen
hinunter, bis es mit einem üblen Knirschen auf dem polierten
Beton des Fußbodens aufschlug. Jetzt heulte sie auf.

Sein kaltes, maschinengewehrartiges Gelächter schmerzte
in ihren Ohren. Sie drängte sich an ihm vorbei und rannte
nach unten, um ihr Handy aufzuheben. Das Display war
so sehr zerschmettert, dass es Nish an die besten Kristall-
Dessertschüsseln ihrer Mutter erinnerte. Sie spürte immer
noch seinen Blick auf sich. Ihre Wangen brannten, ihre
Haut prickelte bei der noch frischen Erinnerung an seine
Berührung, aber sie zwang sich, nicht aufzusehen.

«Nishaaaaaaa», hört sie Rana von ganz oben kreischen, gefolgt vom Donnern ihrer Artillerie, die jetzt zu ihr die Stufen hinunterkam. Als sich alle um sie geschart, sie bemitleidet und ihre Ungeschicklichkeit beklagt hatten, war er verschwunden. Sie erzählte ihren Freundinnen nichts; sie hatte keine Kraft dafür. Sie erklärte nicht, warum sie zitterte.

Danach trug Nish die Schuhe nur noch zwei Mal. Einmal zu irgendeinem Geburtstag (reine Verschwendung, alle anderen trugen Doc Martens) und einmal auf dem Junggesellinnenabschied ihrer Cousine, weil die Braut angeordnet hatte, dass alle Weiß tragen sollten. Jedes Mal hatte Nish sie später ausgezogen, sorgsam abgewischt und das Leder nach Dellen und Flecken untersucht. Sie strich mit dem Finger über den Absatz, befestigte liebevoll die gekreuzten Riemchen und ließ sie zurück in ihren Staubbeutel gleiten.

Jedes Mal, wenn sie die Schachtel unter dem Bett sah, zog sich etwas in ihr zusammen – es waren keine Gewissensbisse, aber etwas mit einem ähnlichen Geschmack. Irgendwann brachte ihre Mutter sie in ein Sozialkaufhaus, ohne Nish zu fragen. Warum sie deswegen so wütend sei, erkundigte sie sich später im Streit. Das sei schließlich nur billiger Ramsch von Peacocks, und sie trage sie doch ohnehin nie.

«Soll sich doch jemand anders damit die Füße ruinieren», hatte ihre Mutter über die Schulter gerufen. Dagegen konnte sie nur schwer etwas einwenden.

6.

Als Gwen zur ersten Schicht in den Laden kam, konnte sie den Ring nirgends sehen, was sie sehr erleichterte.

Ihre Wangen wurden ganz heiß vor Scham, wenn sie sich vorstellte, den Ring mit einem teuren Preisschild daran im Wertsachen-Schrank neben Armbanduhren, Digitalkameras und original verpackten Promi-Parfüms zu finden. Die Vorstellung, eine Fremde dabei zu beobachten, wie sie ihn betrachtete, ihn anprobierte, mit einer Freundin darüber diskutierte, war unerträglich, und sie war sich nicht sicher, was schlimmer wäre – zuzusehen, wie sie den Ring kauften, oder zu sehen, wie sie ihn wieder weglegten.

«Hast du schon mal Kleider mit einem Dampfglätter bearbeitet?», fragte die junge stellvertretende Geschäftsführerin, die sie einarbeiten sollte. Sie hatte flammend rote Haare, tintenschwarze Augen und wirkte auf stille Weise selbstbeherrscht. Kunstvolle Blumen-Tattoos kamen unter ihrem lockeren Häkelpulli hervor. Sie hatte einen lispelnden skandinavischen Akzent, der jedes Wort bei ihr ironisch klingen ließ.

«Nein. Ich meine, keine, äh, Kleidung», antwortete Gwen, als würde sie sonst immer ihre Vagina dampfglätten. Die Frau, Lise, nickte, als hätte sie genau das erwartet.

«Alles wird mit dem Dampfglätter bearbeitet, bevor es in den Laden kommt», fuhr sie fort.

«Auch die Bücher?», fragte Gwen, die sich so viel Mühe gab, engagiert und aufmerksam zu wirken, dass sie weder engagiert noch aufmerksam war.

«Nein», erwiderte Lise und verengte die Augen zu Schlitzen. Hatte sie gerade beschlossen, dass die Neue nicht für eine Führungsposition geeignet war? «Wir wischen die Bücher mit einem Desinfektionstuch ab.»

Gwen schrieb in ihr Einarbeitungsformular: «Bücher – abwischen».

Sie war nervös, was natürlich völlig lächerlich war. Immerhin arbeitete sie hier nur ehrenamtlich! Sie konnte gar nicht entlassen werden, sie wurde ja nicht einmal bezahlt! Der Spaß an der ganzen Sache lag doch darin, dass sie die Möglichkeit hatte, sich in einem Job gut zu fühlen, ohne wirklich gut darin zu sein. Aber das hatte ihrem Magen anscheinend noch niemand gesagt, denn dort rumorte, krampfte und gurgelte es, und zwar mit derselben vulkanischen Macht wie sonst nur bei ersten Dates und Kundenpräsentationen. Ihr Darm verstand das Schlupfloch der Ehrenamtlichkeit nicht. Er hielt das hier nur für eine weitere Möglichkeit, etwas zu vermasseln.

Während Gwen sich diskret verkrampfte, erklärte ihr Lise, wie man Kleidung dampfglättete. Wie man sie aufhängte, das Gerät auffüllte, wie man es schaffte, sich nicht am Dampf zu verbrennen, um dann das Sozialkaufhaus wegen Fahrlässigkeit zu verklagen. Sie zeigte ihr, wie man mit der Auspreispistole Kleider auszeichnete, was Gwen an die Piercing-Pistole erinnerte, mit der sie sich als Zwölfjährige bei Dream Cutz an der Hauptstraße hatte verstümmeln lassen, nachdem sie monatelang um ein Piercing gebettelt hatte.

«Nach Verwendung die Verschlusskappe wieder draufsetzen», sagte Lise ernst. Gwen stellte sich die verschiedenen Arten und Weisen vor, wie sie sich oder andere Leute mit der Nadel verletzen konnte.

Schließlich erklärte Lise ihr, wie man die Spenden archivierte, die das Chaos im hinteren Büro dominierten.

Anders als im Verkaufsraum, der ein paar halbherzige Versuche aufwies, alles etwas moderner wirken zu lassen – blassgraue Wandfarbe, ein einzelner, samtbezogener Fußhocker, Raumdüfte von Aldi –, war das Büro im Hinterzimmer ein mit braunem Teppichboden ausgelegtes Portal in eine vergangene Welt. Es war kaum größer als Gwens eigenes Schlafzimmer. An drei Wänden hing ein ganzer Wald von Kleidern an groben Industriestangen. Auf laminierten Schildern stand «Männermäntel», «Frauenjeans» und «AUFBEWAHREN FÜR HALLOWEEN». An der vierten Wand war unter einem schmutzigen Fenster eine kleine beigefarbene Küchenecke eingerichtet. Daneben standen ein Computertisch und ein Regal voller Kisten, Kassenbonrollen, Gummibändern, Gläsern mit Papierklemmen, Tesafilm-Rollen und anderem Krimskrams. Eine Pinnwand hing voller Dienstpläne, Kalender, Werbeposter, deren Ecken sich schon eingerollt hatten (dies hier war ein Sozialkaufhaus, dessen Erlöse an Einrichtungen für psychisch Kranke gingen, stellte sich heraus), und übergroßer Grußkarten, auf denen «Danke schön!» und «Du bist ein Star!» in Heißfolienprägung geschrieben war. Auf einem bemalten Metallschild stand «Mehr Kaffee, weniger Montag».

Hier gefiel es Gwen sofort. Sie mochte die Gemütlichkeit, die shabby Einrichtung, die nach handfester Arbeit aussah und so weit entfernt war vom ironischen Pop-Art-Ambiente und der aggressiven Clear-Desk-Politik bei Invigorate Media Inc. Sie mochte das Gefühl, nie weiter als anderthalb Meter entfernt zu sein von einem Tee in einem leicht gesprungenen Freunde-für-immer-Becher. Allerdings gefiel ihr weniger, dass sich die Toilette in Hörweite des Büros und der meisten Kunden befand. Aber immerhin gab es hier einen Handtrockner, den sie während ihrer Sitzung laufen lassen konnte.

In der Pause unterhielt sich Gwen etwas angestrengt mit Lise. Genauso hatte sie sich bei Invigorate Media gefühlt, wenn sie einen der zwei Junior-Designer in der Büroküche getroffen hatte – beide inzwischen zu alt für den Job und beide zu ahnungslos für diese Welt.

«Wohnst du in der Nähe?», fragte Gwen, als sie darauf warteten, dass der Kessel pfiff.

«Ja, dort drüben», antwortete Lise und deutete in Richtung Fenster. Dahinter war am Rande des Parks ein Haufen halb hoher Betonsilos zu sehen.

«Ah. Wie schön», sagte Gwen. Dann, als sich die Stille über beide senkte und der Kessel sie immer noch nicht erlöste: «Wie lange bist du denn schon hier?»

«Ungefähr vier Jahre», antwortete Lise. «Ich bin hierhergezogen, direkt nachdem ich von der ... wie heißt das noch mal ...»

«Uni?», half Gwen.

«... Entzugsanstalt gekommen bin», beendete Lise ihren Satz. Der Kessel pfiff, noch mehr Dampf erfüllte den kleinen Raum. «Möchtest du Milch?»

Als Nächstes brachte Lise Gwen bei, wie man die Kasse bediente, und sie entdeckte, dass ihr auch das gefiel. Es hatte einen angenehmen Rhythmus, wenn man die Zahlen eintippte, die Kleidung faltete. Dann das mechanische Rauschen, mit dem die Kassenlade in ihren Unterleib stieß, wenn sie sich öffnete, und das feste Klacken, wenn sie die Lade wieder schloss. Es gefiel ihr, eine Art Drehbuch für ihre Arbeit an der Kasse zu haben. «Hallooo danke schön sechs Pfund bitte bar oder mit Karte möchten Sie eine Tüte hier ist Ihre Quittung danke noch mal tschüüüss.» Es war ein Rahmen, innerhalb dessen sie charmant und heiter sein konnte, ohne sich zu sehr bemühen zu müssen. Niemand erwartete hier, dass sie mit witzigen Repliken aufwartete; die Kunden wollten einfach nur für einen Rucksack oder das fünfteilige Tellerset von Ikea bezahlen (drei Pfund fünfzig, ohne Garantie) und dann wieder gehen.

Natürlich, sagte sie sich, war es leicht, charmant und heiter zu sein, weil sie dies nur ein paar Stunden lang tun musste, nicht tage-, monate- oder gar jahrelang. Sie spielte mittwochnachmittags nur Verkäuferin, während auf ihrem Konto immer noch das Geld von einem Job lag, bei dem sie niemals ein Desinfektionstuch oder Ähnliches hatte verwenden müssen.

Trotzdem war es schön. Es war schön, sich mit der Hüfte an den Verkaufstresen zu lehnen, einen Becher Tee in den Händen, und zu der Musik im Radio zu pfeifen, mit der ruhigen Autorität von jemandem, der hier zu sein hat.

Und nicht jeder Kunde wollte nur bezahlen und sofort wieder gehen. Viele blieben noch etwas und plauderten, einige begrüßten sie mit einem vertrauten «Hallo, meine Liebe!» oder «Na, wie geht es denn heute?», obwohl sie Gwen noch nie zuvor gesehen hatten. Frauen in ihrem Alter kamen oft paarweise, beide in Yogahosen, und tauschten einen stetigen, ununterbrochenen Strom persönlicher Neuigkeiten und Tratsch aus, während sie sich durch die Kleiderständer arbeiteten. Ein Schwarm pubertierender Mädchen blieb ewig; sie probierten alle möglichen Outfits an, standen allen Kunden im Weg und schrien sich unverständliche Scherze durch den Laden zu.

Die meisten Leute kauften auch etwas. Einige schienen einfach nur irgendwelchen Tand zu kaufen, um die Zeit im Laden zu verlängern, als gäbe es die Möglichkeit schlicht nicht, den Laden zu verlassen, ohne ein Pfund für ein Portemonnaie mit Klettverschluss oder einen Schreibtischkalender auszugeben.

Eine ältere Frau mit einem Rollator, auf den man sich auch setzen konnte, parkte das Gefährt vierzig Minuten lang fröhlich neben dem Verkaufstresen und verlangte, dass man ihr einige Waren aus dem Laden brachte, damit sie diese inspizieren konnte, darunter ein Paar Fußballstiefel, ein Minirock mit Pailletten und ein Set Salz- und Pfefferstreuer in Form von Fröschen aus Keramik. Sie besah sich jedes Stück mit äußerster Konzentration, drehte es in den Händen, sog dann beim Blick auf das Preisschild scharf die Luft ein und gab Gwen alles zurück, wobei sie herablassend abwinkte. Schließlich stand die Frau auf und schlurfte langsam hinaus, wobei sie sich mit der Attitüde eines Mitgliedes der Royals aus der zweiten Reihe, das gerade ein Freizeitzentrum eröffnet hatte, elegant verabschiedete.

Schnell war es fünf Uhr nachmittags, und der Laden schloss. Allein das war eine tröstliche Vorstellung für Gwen. Wenn sie ihre Eltern in ihrer Kleinstadt in Surrey besuchte («Die Vorstadt aller Vorstädte», lautete die prägnante Beschreibung, die sie in der Uni verwandt hatte, als es noch ebenso Pflicht war, sich herablassend über die eigene Heimatstadt auszulassen, wie Toulouse-Lautrec-Poster im Zimmer hängen zu haben oder Nestlé zu boykottieren), verzweifelte sie immer daran, dass alles außer Pubs und Imbissen so früh schloss. Das kam ihr so kleinbürgerlich und provinziell vor. Immerhin lebten sie alle im Zeitalter des Internets! Zeit war nur ein oberflächliches Konstrukt! *Wollten* die Unternehmen die Einkünfte des aufstrebenden Abend-Einkäufers etwa nicht?

Aber inzwischen fand sie es beruhigend, dass es noch eine Welt gab, in der der Arbeitstag vor der Abenddämmerung beendet war und man noch vor dem Ende der abendlichen Quizsendung zu Hause sein konnte. Es passte zu einer Sehnsucht, die manchmal wie aus dem Nichts in ihr emporstieg, nach einem friedlich analogen Butterdose-und-Toaster-Lebensrhythmus, den es womöglich nirgends mehr gab, nicht einmal in dieser Vorstadt aller Vorstädte.

Niemals hätte sie diese Sehnsucht jemand anderem gestanden. War eine solche Lebenseinstellung nicht sogar ein wenig problematisch? Vermutlich auch ignorant. Entsprach so etwas nicht den Vorstellungen der konservativen Wählerschaft? Aber sie konnte diese Sehnsucht nicht leugnen.

Gwen lungerte etwas nutzlos herum, stellte die Taschenbücher gerade in eine Reihe und trank ihren dritten Becher Tee, als Lise und die anderen Kollegen den Laden schlossen. Ein schweigsamer Teenager namens Harvey im Kapuzenpullover, die drahtige Siebzigerin Brenda mit neonfarbenen Turnschuhen und der Wachsmann, der Filialleiter, der Michael hieß und der Gwen bisher nur mit den Worten «Ah, die Braut, die sich nicht traut!» begrüßt und ihr eine Haftungsausschlusserklärung für ehrenamtliche Mitarbeiter zur Unterschrift gegeben hatte.

Jetzt tauchte er in der Tür zum Büro auf, musterte sie langsam von Kopf bis Fuß und sagte: «Du verlierst gleich deinen Keks.» Er sagte das in einem so mürrischen, übellaunigen Ton, dass sie ein paar Sekunden brauchte, bis sie begriff, dass das keine Kritik an ihrer Leistung am ersten Arbeitstag war, sondern nur eine Warnung, dass ihr Haferkeks gleich in den Tee fallen würde. Sie wusste nicht, was sie von Michael halten sollte.

Aber die anderen wirkten nett, oder zumindest gutartig, und Gwens Magen hatte sich irgendwann an diesem Nachmittag wieder beruhigt. Als Lise mit dem Dienstplan wedelte und sie fragte, ob sie zurückkommen würde, bejahte Gwen und sagte eine weitere Schicht am Sonntag zu, dann noch eine am folgenden Dienstag.

«Gut», nickte Lise und lächelte, als hätte sie gerade eine private Wette gewonnen. «Ich finde, du hast Potenzial.»

Als Gwen den Laden verließ, sah sie schon, wie ihr Bus fünfzig Meter weiter an der Haltestelle hielt. Aber sie rannte nicht, weil Gwen niemals Bussen hinterherlief. Oder Zügen. Oder sonst irgendwas, nicht mehr. Das war ihre eiserne Regel.

«Wenn du rennst, verpasst du den Bus vermutlich ohnehin. Aber wenn du nicht rennst, behältst du immerhin deine Würde», hatte sie der wütenden Suze einmal erklärt, damals, als es noch lange keine Taxi-Apps gab. Und jetzt sah sie zu, wie der letzte Passagier vor ihr in den 341er stieg und der Bus sich stockend wieder in Bewegung setzte und sie allein mit ihrer Würde auf dem Bürgersteig stehen ließ.

Das war in Ordnung, beschloss sie. Der Fußweg würde ihr guttun.

Hut

Es war eine idiotische Summe für einen Hut. Es war eine idiotische Summe für etwas, in das man sich weder setzen, mit dem man nicht fahren oder in dem man nicht leben konnte. Und doch war es eine Art Vertrag, eine stillschweigende Übereinkunft: Wenn man den Fuß über die Schwelle zu diesem Laden setzte – zu dieser winzigen, altmodischen Boutique mit ihren Türmen aus Sherlock-Holmes-Mützen und Filz-Fedoras im Schaufenster, die in einer Seitenstraße zwischen Soho und Piccadilly Circus lag –, dann war man auch bereit, eine irre Summe Geld für einen Hut auszugeben. In dem Moment, in dem die Glocke die Ankunft eines neuen Kunden ankündigte und man höflich den eifrigen Gruß des Mannes mit der Hornbrille hinter dem Verkaufstresen erwiderte, war das Schicksal besiegelt.

Toby empfand das als merkwürdig befreiend. Sobald er mit dem Finger über mehrere Krempen gestrichen und einige Hüte anprobiert hatte, sobald er nach einem bestimmten Modell gefragt hatte, das der Mann vom Regal ganz oben herunterholen musste, sobald der Mann mit der Hornbrille ihm versichert hatte, dass, ja, dieser Hut die perfekte Form für das Gesicht des Herrn habe, und, nein, er sehe damit nicht aus wie eine dieser Steinfiguren auf den Osterinseln, lag die Sache nicht mehr in seinen Händen. Das Geld war bereits so gut wie ausgegeben. Er musste jetzt nur noch seine Karte hinüberreichen, die steife Papptasche entgegennehmen und den Laden würdevoll verlassen, ohne sich umzudrehen, wieder hineinzurennen und zu schreien: «DAS IST EIN SCHRECKLICHER FEHLER.»

Toby war kein Hut-Typ. Rein statistisch gesehen: Wer war das schon? Vielleicht einer von zehn Männern? Einer von fünfzig? Leute, die einen Hut vollkommen ernsthaft aufsetzen können, ohne dass sie mit einem Blick auf die Kopfbedeckung gegrüßt werden, sind ausgesprochen selten – und Toby hätte vorher niemals angenommen, dass er zu ihnen gehörte, trotz eines Haaransatzes, der einen Hut durchaus nahegelegt hätte. Aber an diesem Morgen war er aufgewacht und hatte gedacht: Verdammte Kiste, warum bin ich kein Hut-Typ? Warum?

Immerhin besaß er einen Kopf, oder etwa nicht? Er wusste das genau, denn Deborah hatte erst letzte Woche einen Teller nach ihm geworfen, bevor sie ausgezogen war. Sie hatte den Teller eigentlich dramatisch hinter ihm an der Wand zerschellen lassen wollen, da war er sich sicher. Aber weil Toby nicht einmal dazu in der Lage war, leidenschaftlich verlassen zu werden, hatte der Teller sein linkes Ohr gestreift und war nur mit einem lahmen Fump! auf dem Teppich gelandet.

Und jetzt war sie fort, zusammengezogen mit einem Mann aus ihrem Lesekreis, der einen Goldzahn hatte und mehrere Pythons als Haustiere hielt. Und Toby war jetzt ein Hut-Typ, zumindest belegte das sein Bankkonto.

Das Gesetz eines solchen Spontankaufs, der einem die Tränen in die Augen treibt, lautete in einem solchen Fall, dass es nur zwei Möglichkeiten gab: Entweder man trug das Ding ununterbrochen, aus Schuldbewusstsein und finsterer Entschlossenheit, den Kaufbetrag so wieder hereinzuholen, oder man trug es überhaupt nie, aus Schuldbewusstsein und dem dringenden Wunsch, so zu tun, als sei überhaupt nichts passiert. Toby war neugierig, welche von beiden Möglichkeiten er wählen würde, als er aus dem Laden trat und sich fühlte, als habe er sich drei Jahrzehnte in die Zukunft katapultiert.

7.

«Hey! Wir laden nächsten Montag ein paar Freunde ein, am Zehnten. Kommst du auch? Du kannst gern jemanden mitbringen! X»

Das war hundertprozentig Suze. «Wir laden ein paar Freunde ein» konnte alles bedeuten, von einer Domino's-Pizza an der Kücheninsel bis hin zu professionellem Catering und einem Streichquartett, das diskret unter dem Treppenaufgang saß.

Einmal, vor ein paar Jahren, war Gwen mit nassem Haar und einer Flasche Blanchet aus dem Kiosk nebenan aufgetaucht, nur, um feststellen zu müssen, dass alle anderen rückenfreie Roben trugen und Negronis tranken, die ein Mann mit Weste zubereitete.

«Warum hast du mir nicht gesagt, dass es schick wird?», hatte Gwen wissen wollen und sich den Parka zugehalten, als wäre sie darunter aus Versehen nackt.

«Das sollte es gar nicht!», hatte Suze zurückgejammert. «Das sind seine Freunde, die denken, alles sei mindestens eine Sommerparty im Hyde Park!» Später gab sie zu, den Bartender selbst engagiert zu haben, beharrte aber darauf, dass die Weste kein Teil der Vereinbarung gewesen sei.

Obwohl Gwens Herz einen jämmerlich erfreuten Hüpfer gemacht hatte, als die Nachricht auf ihrem Handy aufgeleuchtet war, tat der «Du-kannst-gern-jemanden-mitbringen»-Teil ein wenig weh. Sie wusste nicht genau, warum. Vielleicht, weil es andeutete, dass Gwens Anwesenheit belastend war, dass Suze sich nicht verpflichtend fühlen wollte, sie den ganzen Abend zu bespaßen. Oder vielleicht, weil Suze eigentlich hätte wissen müssen, dass es keinen «Jemand» gab, den sie hätte mitbringen können.

Seit Ryan hatte es durchschnittlich eineinviertel Männer jährlich gegeben. Gwen zog ihre romantische Timeline im Kopf gern in die Länge, damit sie etwas länger reichte. Ein und ein Viertel Männer pro Jahr oder 0,09 Männer pro Monat oder 0,023 Männer pro Woche. Ziemlich mager, aber meistens akzeptierte sie es, wie es war. Die moderne Dating-Welt war eine unfruchtbare Landschaft, das sagten alle, und im Übrigen hatte sich das Design von Vibratoren neuerdings stark weiterentwickelt.

Zuerst hatte es sich wie eine Art Buße angefühlt. Wie ein freiwilliger Keuschheitsschwur. War das nicht das Mindeste, was sie tun konnte, nach dem, was sie Ryan angetan hatte? Den Zuschauern zu beweisen (Gwens Handlungen waren oft von einem imaginären griechischen Chor begleitet, bestehend aus «Leuten» mit «Meinungen»), dass sie bereute und «etwas durchmachte» und natürlich keinesfalls mit ihm Schluss gemacht hatte, weil sie mit jemand anderem gevögelt hatte.

Sie brauchte fast ein Jahr Abstinenz, in dem sie absichtlich keine Dating-Apps installierte, vor jedem Kollegen zurückwich, der sich an der Bar zu weit zu ihr herüberbeugte, sogar den Blicken von Männern in der U-Bahn auswich, verdammt noch mal, bis sie zu argwöhnen begann, dass diese Herangehensweise womöglich gar nicht gut war. Hätte es besser ausgesehen, wenn sie Ryan für einen höheren *Zweck* verlassen hätte? Um richtig Gas zu geben, sich auszutoben, das Leben auszukosten? Je länger sie darüber nachdachte, desto mehr machte sie sich Sorgen, dass es womöglich ein schlimmeres Verbrechen war, erst eine ganz anständige Beziehung zu zerstören und eine vollkommen ordentliche Hochzeit abzusagen, um dann mit ihrem Jammer und ihrem Satisfier3000 zu Hause zu sitzen.

Gwen brauchte noch eine Weile, um zu begreifen, dass im Grunde niemand zusah. Nicht wirklich. Nicht einmal Ryan.

Danach hatte es Toby mit den langen Haaren gegeben, den Belle-and-Sebastian-Fan in Strickjacke, der sie bei ihrem ersten Date zu einem Jasmintee eingeladen hatte und beim zweiten eine Ayahuasca-Session vorschlug. Lawrence, ein «halbprofessioneller DJ» Anfang fünfzig, den sie in einem stehen gebliebenen Zug kurz vor Woking kennengelernt hatte, der ihr Boeuf Stroganoff gekocht und ihr väterlich übers Haar gestreichelt hatte, was sie so sehr gemocht hatte, dass sie entschieden hatte, ihn nie wieder zu sehen. Matthias, einen dieser einsilbigen IT-Typen von der Arbeit, der sie nach der Weihnachtsfeier im Büro mit nach Hause genommen und sie dazu gezwungen hatte, einige Runden «Ich habe noch nie ...» mit seinen Mitbewohnern zu spielen, bevor er in der Küche seine Hand unter ihr Top geschoben hatte.

Rav, ein Sozialarbeiter mit freundlichen Augen, den sie in den letzten Wochen kennengelernt hatte, bevor die Website Guardian Soulmates geschlossen worden war. Auf der gesamten Site war eine gewisse Hektik ausgebrochen wie in den letzten zehn

Minuten in der Schuldisco, bevor die Lichter wieder angehen. Sie hatte Rav einen Monat lang begeistert gedatet, aber dann hatte er die Beziehung beendet, weil sie sich nicht genügend für Marvel-Superhelden-Filme interessierte und lieber keine Nacktfotos von sich schicken wollte. Kyle, der vielversprechend gewirkt hatte, bis er ihr gesagt hatte, sie habe einen sehr «schweren Schritt», um sie dann zu ghosten. Ben, der beigefarbene Ben, der große beigefarbene Ben, der so öde war, dass sie ihn wirklich geghostet als vielmehr seine Existenz vergessen hatte, bis sie vierzehn Tage später eine Textnachricht von ihm auf ihrem Handy fand. Und Marcus. Ein Schauspieler, der hin und wieder als Komparse in Gerichtsdramen und Werbespots für Autoversicherungen auftrat. Er hatte sie zu einem luxuriösen Abendessen in einem Restaurant ganz oben im Heron Tower ausgeführt und sie dann genau drei Mal zu sich nach Hause mitgenommen, um Sex zu haben und sich beim Assassin's-Creed-Spielen zuschauen zu lassen. Beim letzten Mal war der Pizzabote gekommen, als sie sich gerade die Strumpfhosen wieder angezogen hatte, und er hatte ihr nichts von der Pizza angeboten. Marcus war der Einzige, der immer noch wehtat.

Das war vor über einem Jahr gewesen, und seitdem hatte sich Gwen wieder hinter ihrem alten Keuschheitsschwur verkrochen. Nicht für Ryan, sondern um ihrer eigenen Würde willen. Der Quell war versiegt. Wie sollte sie potenzielle Liebhaber überhaupt anlocken? Indem sie zeigte, wie wunderbar sie ein einziges Ei in der Mikrowelle zu Rührei verarbeiten konnte? Mit dem achtfach gespaltenen Haar, das sie in ihrer Hosentasche für die Nachwelt aufbewahrte?

Es war alles zu mühsam, daher hatte sie sich ein paar datingfreie Monate gegönnt. Als Belohnung. Zeit, sich zu erholen und wieder zu sammeln. Sich eine neue Strategie auszudenken.

Zum Friseur zu gehen. Aber die wenigen Monate wurden zu mehr Monaten, wie immer, und dann wurde es Winter, und dann ... kam die Fastenzeit? Und ehe sie sich's versah, war ihr Liebesleben in Das Loch geglitten, gemeinsam mit ihrer überfälligen Gasrechnung.

Gwen öffnete Suzes Textnachricht drei Tage lang nicht, um zu vermeiden, dass die «gelesen»-Häkchen auftauchten. Sie war zu faul, die Funktion zu deaktivieren.

Endlich verfasste sie eine Antwort.

«Klingt super, danke! Aber vermutlich komme ich allein x»

Sie hielt inne, löschte den Text und schrieb einen neuen.

«Klingt super, ich würde so gern kommen! Aber an diesem Abend habe ich schon eine andere Verabredung:-(

Sie löschte den letzten Teil, weil sie ihre eigene Lüge selbst nicht überzeugte.

«Aber an dem Abend habe ich eine Wurzelbehandlung.»

Sie fürchtete, damit das Unglück zu beschreien.

«Aber ich muss an dem Abend eine Kiste auspacken.»

«Aber ich muss an dem Abend im Auftrag des Geheimdienstes in einer Spezialmission das Land verlassen.»

«Aber ich will nicht.»

«Aber ich will viel zu sehr.»

Gwen löschte den ganzen Text und schaltete ihr Handy ab. Der griechische Chor seufzte frustriert.

Schlips

Es war der Schlips, den er mit dem Zehn-Pfund-Schein kaufte, den seine Mum ihm gegeben hatte. Als Gratulation und Dankeschön, dafür, dass er den Job bekommen hatte,

was ihm niemand zugetraut hatte, und dafür, dass er ihrem bangenden Herzen damit fünf Minuten Ruhe auf Erden
gönnte. Es war der Schlips, den er selbst mit zitternden
Händen knotete, nur ein paar kurze Wochen, nachdem er
seine letzte Schulkrawatte getragen und sie dann mit einem
Feuerzeug angezündet hatte, als symbolische Scheiß-drauf-
Geste nach all den Jahren erzwungenen Schlipstragens.

Er war marineblau. Aus Polyester. Eine andere Art von
Schlips kannte er gar nicht.

Es war der Schlips, den er gekauft hatte, obwohl ihm
niemand gesagt hatte, er müsse einen Schlips tragen, und
obwohl alle anderen im Büro den obersten Knopf geöffnet
trugen und das Hemd in die Hose gesteckt hatten. Einige
trugen sogar eng anliegende Sweatshirts und überhaupt
keinen Kragen. Sogar der Chef. Es war der Schlips, den
er sechs Wochen lang täglich trug, zusammen mit seinen
Schulhosen und dem von seinem Cousin geerbten Jackett,
bis seine neuen Kollegen begannen, ihn hinter seinem
Rücken «Alan Partridge» zu nennen, nach dem spießigen
und verklemmten Radiomoderator aus der Comedy-
Serie. Und es ihm schließlich direkt ins Gesicht sagten.

Es war der Schlips, den er weiterhin trug, wenn er das
Haus verließ, und den er dann in die Tasche steckte, wenn er
um die Ecke bog und seine übers ganze Gesicht strahlende
Mutter hinter der Fensterscheibe ihn nicht mehr sehen konnte.
Derselbe Schlips, den er wieder anlegte, wenn er abends
zurückkam und mit Fragen bestürmt und vom warmen Mief
der Küche begrüßt wurde, in der es nach Gewürzen und
Zucker und Salz und Fett roch.

Es war der Schlips, den sie jeden Morgen liebevoll bügelte.
Sie verstand nicht, warum er immer so zerknittert war.

8.

«Entschuldigung! Hier fehlt das Kabel.»

Ein drahtiger Mann mittleren Alters legte etwas Großes, Verziertes aus Messing auf den Verkaufstisch. Um seine Lippen spielte ein Lächeln, als machte er sich bereit, sie so richtig dumm aussehen zu lassen.

«Ah», machte Gwen und tat so, als sähe sie sich das Ding an.

«Sehen Sie, hier.» Er zeigte auf ein Loch hinten an dem Ding, wo offenbar ein Kabel hätte stecken müssen, aber kein Kabel war.

«Verstehe. Tut mir leid.»

«Und?», fragte er fordernd. «Haben Sie das Kabel?»

«Ich fürchte nicht», sagte sie zu ihm. «Tut mir sehr leid.»

«Aber ohne Kabel ist es nutzlos!», zischte er.

«Vermutlich verkaufen wir es eher als Dekostück», versuchte Gwen ihn zu beschwichtigen. Sie war sich immer noch nicht ganz sicher, was dieses «es» eigentlich war. «Vielleicht ist es etwas für Bastler.»

«Dafür müsste ich mir erst einen Elektriker mit Spezialausbildung suchen!»

«Tut mir leid», sagte sie erneut. «Die Sache ist die, wir können die Ware nur in dem Zustand verkaufen, in dem sie uns gespendet wird ... »

«Das Kabel könnte mehr kosten als die Lampe!»

«Deswegen ja auch der Aufkleber: *Keine Garantie!*»

«Vielleicht gibt es das passende Kabel ja gar nicht mehr!»

«Stimmt. Na ja, es zwingt Sie ja niemand, die Lampe zu kaufen.»

An dieser Stelle kamen sie nicht weiter und standen einen Moment lang einfach nur da, starrten die Lampe an, beide die

Arme vor der Brust verschränkt, als warteten sie darauf, dass ein säumiger Geist aus der Flasche erschien.

«Wenn sie die Ware nicht wollen, dann ...»

Sie machte Anstalten, die Lampe zu nehmen und zurück in die Krimskrams-Ecke zu bringen, aber der Mann holte sein Portemonnaie hervor und zog einen Zehn-Pfund-Schein heraus.

«Ich nehme die Lampe dann wohl», murmelte er, als täte er ihr einen großen Gefallen.

«Wunderbar», sagte Gwen.

Das war durchaus keine unübliche Unterhaltung, wie sie mit der Zeit lernte. Nicht jeder begriff den Sinn und Zweck eines Sozialkaufhauses, und die, die es begriffen, taten oft so, als hätte man jedes einzelne Stück absichtlich in die Regale gestellt, um sie persönlich zu enttäuschen. Oder als ob Gwen persönlich das getan hätte. Die Kunden redeten oft mit ihr, als wäre sie dumm oder als müsste ihr Leben eine tragische Wendung genommen haben, in deren Folge sie hier gelandet war und an einem Nachmittag in der Woche ohne Bezahlung arbeitete. Womit sie gar nicht so falschlagen.

Aber je mehr Schichten sie arbeitete und je mehr ihr Lampenfieber verging, desto mehr musste sie feststellen, dass die Kunden sie ebenfalls enttäuschten. Hier gab es nur wenig Respekt für die Anstandsregeln in einem Geschäft – sich diszipliniert anzustellen, Kleidungsstücke wieder an die Stangen zurückzuhängen und sich im Laden zu entscheiden, anstatt mit mehreren Teilen zum Verkaufstresen zu gehen, erst dort in Ruhe zu überlegen und damit die anderen Leute in der Schlange aufzuhalten. Vielleicht benahmen sich manche Leute auch in anderen Geschäften so unmöglich, das wusste sie nicht. Sie wusste jedoch, dass es müßig war, sie darum zu bitten, die Kleidungsstücke, die sie nicht wollten, auf einem Haufen am Ende des Verkaufstresens liegen zu lassen, zumal das die Ware war, die noch *ausgezeichnet* werden musste, und nicht der Haufen mit den Kleidern, die bereits anprobiert worden waren – die feinen Mechanismen des Sozialkaufhauslebens bedeuteten solchen Kunden nichts. Für sie waren es bloß Kleiderhaufen.

Manchmal telefonierten sie noch, wenn sie zum Verkaufstresen kamen, sprachen auch dann noch weiter, wenn sie bezahlten, und würdigten weder sie noch der Summe auf dem Kartenlesegerät eines Blickes. So etwas war unhöflich, aber vermutlich auch nicht unhöflicher als das Benehmen des heiligen Michael, der seine Kunden einhändig bediente, während er ein Kreuzworträtsel löste, oder als Brenda, wenn sie hässliche gespendete Stücke hochhielt und vor Abscheu kreischte, noch bevor der Spender den Laden verlassen hatte. In vielerlei Hinsicht fand sie es eher noch schlimmer, wenn die Leute sich mit ihr unterhalten wollten. So wie der Mann, der ihr zehn Minuten lang ziemlich aufdringlich erklärte, warum Gwen unbedingt ein Traumtagebuch führen sollte. Oder wenn Kunden sie baten, ihnen bei der Entscheidung zwischen zwei Stücken zu helfen, und dann unausweichlich das kauften, von dem sie abgeraten hatte.

Der Mann mit der Lampe verließ grummelnd den Laden, und es wurde wieder still. Gwen holte ihr Handy aus der Tasche.

Wie immer strahlte ihr vom Display das eigene Schuldbewusstsein entgegen. Das Schuldbewusstsein, das unbeantwortete Nachrichten hervorriefen, ungelesene Abonnements, noch nicht unterschriebene Petitionen, Fotos von vermissten Kindern, die sie nicht geteilt hatte, und nicht verstandene Memes, die sie sich noch einmal hatte ansehen wollen, um sie dann aber zu vergessen. Sie spielte mit dem Gedanken, auf die Nachricht von Suze zu antworten – sie war vor drei Tagen gekommen –, ertrug aber die Tyrannei des leeren Textfensters nicht. Dann checkte sie ihre E-Mails. Zehn Prozent Rabatt auf Algen-Präparate. Sie sah nach dem Wetter. Sechzehn Grad, bewölkt.

Auf Instagram war Gwen nicht mehr unterwegs, jedenfalls kaum noch. Es war nicht gut für sie, aber das war gar nicht der Grund; sie war nicht mehr dort, weil sie nicht gut *darin* war. Sie dachte stundenlang über Bildunterschriften nach, verfasste sie immer wieder neu, bis sie ausgelutscht und unlustig klangen, so wie ein schlichter Bungalow, dessen Architektur man mit einer Reihe klobiger Anbauten verdorben hatte. Nach einer Weile postete Gwen gar nichts mehr, sie beobachtete und likte nur noch und wischte auf ihrem Display herum wie auf einem jämmerlichen Fidget Spinner für Erwachsene. Eines Tages dann löschte sie die App, um wieder mehr Speicherplatz auf ihrem Handy zu haben, womit sie die letzte Verbindung zu den Freunden kappte, die sie im wahren Leben nur selten sah. Offenbar war das gesünder für sie.

Aber Twitter übte noch eine gewisse Faszination auf Gwen aus. Twitter war, als lauschte man Fremden, was sie im wahren Leben auch gern tat. Manchmal wechselte sie sogar die Bank im Park, um näher bei einem Paar zu sitzen, das sich gerade stritt. Nicht aus Schadenfreude, oder jedenfalls nicht wirklich. Sondern nur, um Bescheid zu wissen.

Sie scrollte weiter, und ein Retweet fiel ihr ins Auge. «Ich bin untröstlich zu verkünden, dass meine liebe Frau, meine beste Freundin, gestern gestorben ist. Sie war 37. Das Leben wird nie wieder dasselbe sein ohne dich, Rachel.»

«Aber woran ist sie denn gestorben?», murmelte Gwen. Das war die Frage, die sie meist nicht stellen konnte, aber stets stellen wollte, wenn sie mal wieder von dem frühen Tod eines anderen hörte. Wie waren sie gestorben? *Warum?* Und wie hoch genau war die Wahrscheinlichkeit, dass ihr etwas Ähnliches zustoßen konnte? Dann versank sie oft stundenlang in einem Loch, folgte den digitalen Fußspuren der Toten, suchte nach Erklärungen. Dass die Verstorbenen vielleicht einen gefährlichen Lebensstil gepflegt, zweifelhafte Pilze gehortet oder Vielfraße in schlecht konstruierten Käfigen gehalten hatten. Dass sie vierzig Zigaretten am Tag geraucht und das ausgelassene Fett von gebratenem Speck löffelweise gegessen hatten. Dass ihre Eltern Cousins ersten Grades waren, außerdem Neffe und Tante. Alles, was ihr erlaubte, erleichtert auszuatmen, ihre Panik beiseitezuschieben und wieder Mitleid zu fühlen, wie es sich für einen guten Menschen gehörte.

«Einen Penny hierfür?», fragte Brenda, die hinter ihr mit dem Arm voller Männerhemden aufgetaucht war.

Gwen steckte das Handy zurück in ihre Tasche und beruhigte sich wieder. «Nur noch Tod!», erwiderte sie. «Muss ich die hier auszeichnen?» Sie nahm die Hemden dankbar entgegen und drückte sie kurz an ihre Brust.

«Da wir gerade von Tod sprechen ...», begann Brenda, die in diesem Moment von einem Kunden unterbrochen wurde, der eine Strickjacke kaufen wollte.

Das passierte oft bei Brenda. Tatsächlich passierte es bei ihnen allen, wobei gerade Brenda – eine Stewardess im Ruhestand, die offenbar der halben Forbes-Liste der Superreichen Wodka und Erdnüsse serviert hatte – die besten Geschichten auf Lager hatte. Sie begann mit etwas, aus dem sich eine lange, saftige Anekdote zu entwickeln versprach, während sie alle am Verkaufstresen standen, nur, um dann mitten im Satz abzubrechen, ausgerechnet bei einem quälenden Cliffhanger, weil ein Kunde gerade an die Kasse trat. *«Wir waren also splitterfasernackt und hatten sein Frettchen an der Leine, als AUSGERECHNET ... Oh, hallo, die rote Jacke von der Schaufensterpuppe soll es sein? Warten Sie, ich hole nur eben den Hocker.»*

Der heilige Michael neigte dazu, streng über den Laden zu herrschen. Er tadelte seine Angestellten schon für die kleinste Nachlässigkeit, wenn sie beispielsweise zu lässig am Tresen standen oder unbritische Siebenen mit Querstrich auf die Preisschilder schrieben, aber dennoch war es allgemein akzeptiert, dass die Ehrenamtlichen nicht nur Gutes tun, sondern auch miteinander reden wollten.

«Unsere Plaudereien sind meine Bezahlung», hatte Brenda erst letzte Woche zu Gwen gesagt, und zwar mit der Autorität einer Gewerkschaftsführerin. «Es ist schön, ein bisschen was für diese Irren hier zu tun, klar, aber wenn ich hier nicht reden dürfte, würde ich nicht kommen.»

«Ich bin nur hier, weil ich kein Leben habe», hatte sie Brenda daraufhin gestanden. «Entweder das hier oder der Zahnarzt, habe ich mir gedacht.»

Brenda hatte genickt und nicht weiter nachgefragt. Gwen hatte beschlossen, ihr die «Irren» durchgehen zu lassen.

Jeder ehrenamtliche Mitarbeiter schien auf seiner eigenen Umlaufbahn zu kreisen. Nur selten kreuzten sich ihre Pfade. Einige Kollegen bestanden auf festen Tagen jede Woche, andere kamen nur je nach Stimmung alle paar Monate vorbei. Der Dienstplan, der im Büro hing, war ein verworrenes Netz aus Kritzeleien, ausgestrichenen Namen und Pfeilen, im verzweifelten Versuch, deutlich zu machen, wer wann wo sein musste, und man schien ehrlich überrascht zu sein, wenn sie tatsächlich zu ihrer vorgesehenen Schicht auftauchte. Es war schön, einen Arbeitsplatz zu haben, wo niemand mit den anderen um eine Beförderung konkurrierte oder versuchte, der Beste im Pitch-Meeting zu sein. Hier waren die Leute einfach nur dankbar, wenn sie überhaupt auftauchte.

War das das Geheimnis der ehrenamtlichen Arbeit?, fragte sie sich. Dass man seine Freizeit im Austausch dafür hergab, dass sich andere freuten, wenn man erschien. War das nicht auch der Grund, aus dem die Leute sich einen Hund anschafften? Oder Escort-Girls bestellten? Gwen hatte früher einmal eine sehr ernste Mitbewohnerin zu einer kümmerlich besuchten Podiumsdiskussion mit dem Titel «Warum Altruismus nicht existiert» begleitet. Zwei Stunden lang saß sie in einem Hörsaal, in dem es nach gekochten Kartoffeln roch, und hörte einem Mann mit Unterlippenbärtchen zu, der erklärte, dass jede gute Tat im Grunde genommen vollkommen selbstsüchtig und dass Wohltätigkeit nur ein Trick des Kapitalismus sei. Damals war sie sehr wütend geworden, nicht zuletzt, weil die ernste Mitbewohnerin eingeschlafen war und schnarchte, aber jetzt wünschte sie sich, sie hätte diesem Wink des Schicksals damals mehr Aufmerksamkeit gewidmet. Anderen zu helfen war vielleicht der entscheidende Lifehack, den sie viel zu lange nicht ausprobiert hatte.

Ebenso wie mit Brenda und Lise hatte sie jetzt auch schon zusammen mit Harvey, dem elfenhaften Teenager, der niemals sprach, und mit Gloria, einer wunderschönen Apothekerin aus Trinidad, die niemals aufhörte zu reden, gearbeitet. Nach der ersten Schicht mit ihr war Gwen heiser und fühlte sich ein wenig schwindelig, hatte dafür jedoch eine Empfehlung für die besten billigen Multivitaminpräparate und ein Rezept für Gemüsemoussaka in der Tasche.

Außerdem war da noch Jeremy, ein Banker aus Highgate, jetzt im Ruhestand, der die Haare wie der Schauspieler Nigel Havers trug. Er arbeitete ehrenamtlich, weil er endlich eine Gewissenskrise wegen seines Berufs hatte und um sich vor seiner zweiten Frau zu verstecken. Und es gab Keely, eine «Tanzen gegenüber positiv eingestellte Influencerin», die alle unter 25 kannten, aber absolut niemand darüber. Des Weiteren: Finn, ein Barista-Schrägstrich-Irgendwas mit Rehaugen und einer ironischen Vorhangfrisur. Brian, ein ehemaliger Gefängniswärter mit einem Schnurrbart so dick wie ein Besen, der auf den Schrank mit den Wertsachen aufpasste, als wäre er eine Figur in einem Andy-McNab-Roman. Und eine feenhafte Blondine in Haremshosen, die Gwen nur mit «Hallo, du da!» ansprechen konnte, denn als sie einander vorgestellt wurden, hatte sie zu hören geglaubt, dass Michael «Harp» sagte – aber war Harp überhaupt ein Name?

Ihre Lieblingskollegin war Asha, eine Rechtsanwältin Ende zwanzig, die über eine entwaffnende Gesprächstaktik verfügte. Sie bombardierte einen sowohl mit oberflächlichen («Wie findest du Marmite-Hummus?») als auch zutiefst persönlichen Fragen («Glaubst du an ein Leben nach dem Tod?»). Asha respektierte alle Antworten gleichermaßen, wobei sie einen anschaute, ohne zu blinzeln, und dann einen ganzen Schwall von Folgefragen abfeuerte. Wie man zu dieser Schlussfolgerung gekommen sei? Wie so etwas das eigene Leben beeinflusse? Durfte ein Frühstücksaufstrich den Markt für Picknick-Dips infiltrieren, oder würde das einen gefährlichen Präzedenzfall darstellen?

Irgendetwas an der Mischung aus niedrigen Erwartungen und vertrauter Zusammenarbeit führte dazu, dass ihre Anspannung immer mehr nachließ, und Gwen stellte fest, dass sie sich Asha auf eine Weise öffnete, wie sie es schon lange nicht mehr getan hatte. Nicht, seit all ihre Freunde damit aufgehört hatten, länger als neun Uhr abends auszugehen, und sie sich wie eine ältliche Anstandsdame unter ihren Kollegen fühlte. Lang und breit von sich selbst zu sprechen, war ein wenig merkwürdig, aber irgendwie befriedigend – es war, als reckte und streckte man einen lange eingeschlafenen Muskel. Es fühlte sich an, dachte sie mit einem schlechten Gewissen, wie das Gegenteil eines Gesprächs mit ihrer Mutter.

Es brauchte einige Schichten, bis Gwen begriff, dass Asha jetzt beinahe alles über sie wusste, von den Noten ihres Mittleren Schulabschlusses bis hin zu ihrer präferierten Menstruations-hygiene, aber Gwen kaum etwas von Asha. Daher versuchte sie eines Tages, als es im Laden beinahe leer war und nach nassen Regenmänteln roch, die einseitige Richtung ihrer Konversation zu ändern.

«Aaalso. Was bringt dich eigentlich hierher?», fragte Gwen und neigte den Kopf zur Seite, in der Hoffnung, das würde Asha dazu ermutigen, Geheimnisse über sich zu enthüllen.

«Der Einhunderteinundvierziger», erwiderte Asha, ohne aufzublicken. «Da drin stinkt es nach Pisse.»

Asha versuchte gerade, einen riesigen Haufen Halsketten zu entwirren. Der Haufen war praktisch der Zauberwürfel der Sozialkaufhausarbeit. Niemand erwartete, dass diese Aufgabe jemals gelöst würde, aber es war entspannend, an den Ketten herumzufummeln.

Gwen lachte. Sie versuchte es erneut.

«Ich meinte, äh, warum arbeitest du ehrenamtlich?»

«Oh.» Ashas Schultern schienen sich ein wenig zu verspannen. «Ich ... ha. Ich bin kurz durchgedreht und dann eine Weile nach Hause geschickt worden. Krankgeschrieben. Völlig über-trieben!» Sie verdrehte die Augen. «Ich meine, es ist für alle völlig okay, wenn man bis drei Uhr morgens im Büro hockt und ein Cannabis-Dragee nach dem anderen kaut, aber kaum heult man mal vor den Kunden, heißt es ständig ‹Besorgniserregend› hier und ‹Nimm dir Zeit, dich wieder zu fangen› da. Jedenfalls, nachdem ich dann alle Staffeln *Gilmore Girls* geschaut hatte, musste ich mal wieder aus dem Haus. Deswegen bin ich hier.»

Sie machte eine unbestimmte Handbewegung in den Laden, als würde ihre Antwort auf der Hand liegen. Gwen nickte verständnisvoll.

«Das ist hart. Tut mir leid.»

«Egal. Ist schon okay. Bezahlter Urlaub! Ich bin lieber hier, als meiner Mum zum tausendsten Mal zu erklären, dass es normal ist, wegen Stress freigestellt zu werden, und kein Code für *wegen zu viel Stänkerei gefeuert werden*. Sie macht sich mehr Sorgen darum, was sie den Tanten an Weihnachten erzählen soll, als um meine zerbrechliche seelische Gesundheit.»

«Kann sie ihnen nicht einfach die Wahrheit sagen?»

Asha grinste Gwen an. «Machst du Witze? Sie würde mir eher glauben, wenn ich ihr erzählte, dass mich drei Gespenster und der halbe Cast der Muppets besucht haben.» Sie sprach jetzt mit einem westafrikanischen Akzent. «Warum bist du traurig? Ashanti, ich sage dir, es gibt nichts, was ein Gebet und ein sauberes Badezimmer nicht wieder in Ordnung bringen können, auch nicht dein Hirn.»

«Ah.» Sie wusste nicht, was sie darauf sagen sollte.

«Ja.» Asha zuckte die Schultern. «So isses.»

Gwen schaute zu, wie sie gerade fest an einer Halskette zog. Die Kette löste sich ganz plötzlich aus dem verknoteten Kettenhaufen. «GESCHAFFT!», jubelte Asha und hielt sie in die Höhe, um sie genauer zu betrachten. Es war ein angelaufener Silberanhänger; ein Relikt aus den Zeiten, als fast jedes Schmuckstück mit einer Eule verziert wurde.

«Siehst du», sagte sie und fächelte sich Luft zu. «Man kann nicht behaupten, ich würde meine Ziele nicht erreichen.»

War das damals ironisch gemeint? Sie erinnerte sich nicht.

War es jetzt ironisch? Sie war sich nicht sicher.

War es möglich, dass er sich mit ihr um das Sorgerecht für einen Kühlschrankmagneten in Form einer Paella-Pfanne mit der Aufschrift «¡Te amo!» in Rot, Schwarz und Gelb streiten wollte, nachdem sie Stunden um Stunden aufgewendet und Tausende Pfund an Rechtsanwälte mit weichen Stimmen und feuchten Händen gezahlt hatten, die ihre gemeinsamen Güter wie ein Pfund Rumpsteak zerfledderten und wie die Geier aus dem «Dschungelbuch» um die Reste ihrer Beziehung stritten, nur dass sie noch schlechtere Frisuren hatten?

Wollte sie das Ding behalten? Nein. Sie wollte nicht, dass es ihr jedes Mal ins Auge fiel, wenn sie den Küchenschrank öffnete, sie wollte es nicht jedes Mal angestrengt übersehen müssen, wenn sie einen Servierteller brauchte, nur, um dann plötzlich von einer flüchtigen Erinnerung überfallen zu werden, einer Erinnerung an seine Haut auf ihrer, an den Geschmack von Meer und Salz und Blut und Feuer.

Wollte sie, dass er ihn bekam? Ebenfalls nein.

Jetzt liegt der Magnet auf dem Regal im Sozialkaufhaus, neben einem Paar hölzerner Eierbecher, einem Zuckernapf von Derby und einem Metallschild, auf dem steht: «Beim Wort Prosecco hattest du mich schon rumgekriegt.» Wo ihn in zehn Tagen ein Mann aus Tottenham für seine Freundin aus Valencia kaufen wird, deren Heimweh in letzter Zeit besonders schlimm geworden ist, weshalb sie still auf dem Sofa weint und er nachts hellwach liegt, voller Angst, dass sie am nächsten Morgen fort sein könnte. Sie wird ihn mit leerem Blick anschauen, mit zusammengezogenen Brauen. Er wird ihr sagen, dass das Geschenk ironisch gemeint ist.

9.

Sie arbeitete seit drei Wochen im Laden, als Asha sie fragte, ob sie mit in den Pub kommen wolle.

«Du kommst doch mit in den Pub, Gwen?», rief sie kurz vor Ladenschluss durch den ganzen Raum. Als Gwen den Mund öffnete, um zu sagen, dass sie davon gar nichts wisse, presste Asha die Lippen zusammen und riss die Augen auf, ein stummes Flehen.

«Ich ... ähm, ja! Pub! Natürlich komme ich mit», spielte sie mit. Asha legte die Hände wie zum Gebet zusammen. In diesem Moment tauchte ein Mann aus dem Büro im Hinterzimmer auf und skandierte «Pub! Pub! Pub!», als gäbe es auf der Welt nicht schon genügend Privatschul-Initiationsriten.

Sie schätzte ihn auf siebenundzwanzig, höchstens achtundzwanzig. Er hatte blondes, stark gegeltes Haar und die weichen, roten Wangen eines Rauschgoldengelchens. Er trug hochgekrempelte Stoffhosen, die seine Fußgelenke zeigten, und ein zahnpastafarben rot-weiß-blau gestreiftes Hemd.

«Gwen, kennst du schon Nicholas? Er ist gerade aus dem Urlaub zurück.»

Sie kannte ihn noch nicht, und zwar absichtlich. Er war während des ganzen Nachmittags immer wieder aus dem Hinterzimmer herausgekommen und wieder hineingegangen, hatte viel zu laut Witze gerissen und kleine, unbeholfene Clownerien veranstaltet – er hatte ein Federhütchen aufgesetzt, Buchtitel laut vorgelesen, mit einem Mopp Luftgitarre gespielt. Sie hatte es leichter gefunden, sich jedes Mal intensiv mit etwas anderem zu beschäftigen und seinem Blick auszuweichen, als den ganzen unangenehmen «Hallo-wie-geht-es-dir-ich-glaube-wir-kennen-uns-noch-nicht»-Tanz abzuspulen.

Der Durchsatz an Ehrenamtlichen war hier hoch, und sie hatte angefangen zu begreifen, dass sich die Schichtpläne hier so oft änderten, dass es Wochen oder sogar Monate dauern konnte, bis sie einzelne Kollegen wiedersah. Außerdem wirkte dieser hier wie jemand, der Hände schütteln wollte. Oder noch schlimmer: anderen Wangenküsschen gab.

«Hallo! *Gwen*, oder? Schön, dich kennenzulernen, *Gwen*.» Er sprach ihren Namen aus, als wäre er die Pointe eines Witzes, den er nicht verstand. Dann fügte er seinen eigenen hinzu, für den Fall, dass sie ihn überhört hatte. «Nicholas.»

Gwen hatte Leuten nie getraut, die statt Kurzformen, die auf der Hand lagen, ihren vollen Namen nannten. Toms, die lieber Thomas genannt werden wollten. Kims, die darauf bestanden, stets Kimberley genannt zu werden. Ihr kam es arrogant vor, alle dazu zu zwingen, drei ganze Silben zu artikulieren, obwohl auch eine reichte. Das war vermutlich einer der Nebeneffekte davon, selbst einen absonderlichen Namen zu haben; einen albernen, neckischen Namen wie eine gehäkelte Klorollenhülle, den sie nur dann voll aussprach, wenn sie gesetzlich dazu gezwungen war.

Und dann kam sie – Nicholas' Hand, die er ihr mit der Geste eines Ehrengastes auf einer Preisverleihung reichte. Sie war warm und kindlich weich. Sie wappnete sich für den Wangenkuss, aber er pumpte ihren Arm nur einige Male auf und ab und ließ sie dann los. «Puuuub!», dröhnte er, wirbelte einmal herum und führte sie mit einem überdimensionierten Golfschirm im ausgestreckten Arm hinaus.

«Tut mir leid», murmelte Asha, während sie ihm folgten. «Es war ein medizinischer Notfall.»

Zehn Minuten später saßen sie zu dritt in einer Nische des Coach&Horses-Pubs. Gwen und Asha hatten einen Wein vor sich stehen, Nicholas polierte liebevoll einen Bilderrahmen mit einem weichen Tuch und einem Töpfchen Silberpolitur.

«Das mache ich beruflich», erklärte er Gwen. «Beziehungsweise, das macht meine *Firma*. Wir sind eine Innenausstattungsfirma, die sich darauf spezialisiert hat, authentische kulturelle Requisiten an die urbane Gastroindustrie zu vermarkten.»

«Er verkauft Retro-Gerümpel an Restaurants», übersetzte Asha. Sie nahm sich eine Handvoll Chips aus der geöffneten Tüte, die auf dem Tisch lag. «Ölgemälde, alte Uhren, Teewärmer. Immer, wenn du ein Getränk bestellst, und ein ausgestopfter Otter schaut auf dich hinunter, dann war er das.»

Nicholas wurde rot, zog dann eine Visitenkarte aus der Brieftasche und reichte sie Gwen, wobei er ölige Flecken auf der edel mattierten, anthrazitfarbenen Karte hinterließ.

«Restaurants, Cafés, Boutique-Hotels, Bars, Co-Working-Spaces – alle, die wissen, was sie für eine Atmosphäre wollen, aber keine Zeit haben, durch Sozialkaufhäuser, Antikläden und eBay zu stöbern, um die perfekten Requisiten für ihre Vintage-Ästhetik zu finden.»

«Also erledigst du für sie das Stöbern?»

«Ja! Ich meine, nein. Ich habe dafür einen Praktikanten», erwiderte Nicholas und lachte dabei kurz schnaubend auf, als wäre der Praktikant eine Selbstverständlichkeit. «Wir versorgen unsere Kunden mit einer maßgeschneiderten Auswahl an Gegenständen, die zu ihrem einzigartigen Markenprofil passt. Ob das jetzt, du weißt schon, Nachkriegs-Vorstadtkitsch oder, äh, Kitsch aus den Fünfzigerjahren ist.»

«Ist das nicht dasselbe?», fragte Asha und versprühte dabei Chipskrümel.

«Nein», sagte Nicholas erstaunt. «Der Nachkriegskitsch hat Untersetzerdeckchen.»

Gwen hatte durchaus nach Jobs gesucht. Sozusagen. Jeden Abend, nachdem sie ihren Topf abgewaschen hatte, atmete sie einmal tief durch, öffnete den Laptop auf dem Sofa und durchsuchte Jobangebote. Sie hoffte, dass neue Angebote auf der Website auftauchen würden, wenn sie die ältesten verworfen hatte.

Hin und wieder fiel ihr etwas auf – Projektstratege/in bei einer App für Hunde, Systemspezialist/in bei einem Start-up namens Upstart, Chefwürzer/in bei einem Unternehmen, das basierend auf der DNA der Kunden maßgeschneiderte Säfte herstellte –, aber sie verlor jedes Mal die Begeisterung, noch bevor sie die Stellenbeschreibung ganz durchgelesen hatte.

Gwen hatte immer behauptet – meist nur vor sich selbst –, dass der Grund, warum sie es nie geschafft hatte, Invigorate endlich zu verlassen, letztlich der war, dass die Jobsuche selbst ein Vollzeitjob war. Sie war an den Abenden nach einem langen Tag, den sie damit verbracht hatte, «Ideenfindungssitzungen» voller lärmender 24-Jähriger wie eine Kindergärtnerin in einer Kita im Shopping-Zentrum vorzusitzen, einfach viel zu müde. Aber jetzt, da sie gar keinen Job mehr hatte und ihre Woche nur mehr ein plumpes, unhandliches Ding war, das allein durch ihre vierstündigen Stippvisiten im Sozialkaufhaus, Spaziergängen um den Block und «Mieten, Kaufen, Wohnen» zusammengehalten wurde, stellte sich heraus, dass die Zeit eigentlich gar nicht das Problem gewesen war.

Das Problem war, dass sie eigentlich gar nichts tun *wollte*.

Sie wollte eigentlich gar nichts *tun*.

Sie wollte eigentlich *gar nichts* tun.

Sie hatte schon in ihrer Jugend keine besondere Neigung zu irgendeiner Karriere gespürt. Aber viele Menschen schlossen die Universität ab und hatten keine Ahnung, was sie werden sollten. Sie nahmen dann einfach die erstbeste Stelle an, die man ihnen anbot. Aber Gwen hatte auch danach noch keinerlei Gefühl dafür gehabt, was aus ihr werden sollte, als alle, sie eingeschlossen, mit Mitte, Ende zwanzig die erste Zwischenbilanz zogen, wenn sie aufregende neue Karrieresprünge machten und ein paar Sprossen auf der Leiter in Richtung Sicherheit emporklommen. Sie hatte auch die dritte Welle verpasst, den Exodus der Anfang Dreißigjährigen, als die Leute, die in der City zu viel oder in Bloomsbury nicht genug verdient hatten, in den Sack hauten und eine Umschulung zum Grundschullehrer machten oder eine Boutique öffneten und handgezogene Sojakerzen verkauften. Sie hatte darauf gewartet, dass ihre Leidenschaft sie finden würde, aber das hatte sie nicht getan, und jetzt war sie gezwungen, der traurigen Wahrheit ins Gesicht zu blicken, dass sie womöglich gar keine Leidenschaft hatte.

«Warum wolltest du eigentlich Rechtsanwältin werden?», fragte sie Asha am nächsten Morgen, als sie zusammen das Schaufenster «für den Eurovision» dekorierten, mit einer Doktor-Schiwago-Mütze aus Kunstfell, Leggings aus Goldlamé und einem Bustier mit der britischen Flagge über der Brust.

«Ich habe Papierkram einfach immer gern gemocht», antwortete Asha. «Ich war immer schon besessen von Formularen. Wenn die anderen Kinder draußen auf der Straße spielten, bin ich in meinem Zimmer geblieben und habe ausgedachte Verträge aufgesetzt.»

«Echt?»

«Nein, du dumme Nuss. *Ally McBeal*.»

Pantoffeln

Warum nehmen die Leute die weißen Frottee-Pantoffeln
aus dem Hotel mit?

Entweder ist man ein Pantoffel-Mensch, was bedeutet,
dass man bereits Pantoffeln besitzt, vermutlich bessere,
oder man ist kein Pantoffel-Mensch, was bedeutet, dass
einen allein die Vorstellung zum Würgen bringt, zu
Hause mit Pantoffeln herumzuschlurfen, als wäre man
gerade aus einem Luxushotel geflohen. So oder so,
man wird diese Pantoffeln nie tragen.

Das weiß man ganz genau. Es wäre einem hochnotpein-
lich, wenn jemand an der Tür klingelte, während man
diese Pantoffeln trägt. Das wäre, als trüge man ein Schild
vor der Brust, auf dem steht: «Ich war auch schon mal
in einem Hotel!!! Hab ich das je erwähnt?»

Und doch nimmt man sie mit nach Hause. Natürlich
tut man das, denn sie sind – frisch und jungfräulich –
zwei große weiße Scheiben Pseudoluxus in knisterndem
Cellophan. Sie versuchen nur, ihren Job zu erledigen,
also einem das Gefühl zu geben, etwas Besonderes zu sein;
außerdem helfen sie dabei, den Zimmerpreis zu rechtfertigen. Man nimmt sie aus demselben Grund mit nach
Hause, aus dem man die Fleecedecke aus dem Flugzeug
oder den Kalender vom chinesischen Imbiss und den winzigen kleinen Stift damals bei Argos mitnimmt. Weil es
nicht so oft vorkommt, dass einem diese Welt etwas umsonst gibt. Und wenn sie es schon einmal tut, kann man
es auch annehmen.

Nur dass sich die Pantoffeln schon im Koffer verwandeln.
Wenn man sie zu Hause herausnimmt, wirken sie nicht
mehr pseudo-luxuriös, sondern nervig. Schon wieder ein

neues Ding, ein Haufen Atome und Weltraumstaub, das Platz im ohnehin schon überfüllten Schrank wegnimmt.

«Warum habe ich bloß diese Pantoffeln mitgenommen?»», fragt man sich und kichert liebevoll über das Ich von vor ein paar Stunden. Aber schon während man sie in die Schublade wirft oder sie gleich in die Tüte für das Sozialkaufhaus legt (immerhin hat man die Cellophanverpackung sofort wieder verschlossen, denkt man, so kann man sie besser weiterverkaufen), weiß man, dass man auch das nächste Paar mitnehmen wird und das danach ebenfalls. Wenn man das Glück hat, wieder einmal in einem Hotel zu übernachten.

Denn wer wäre man denn, wenn man ein Paar Gratis-Pantoffeln nicht annähme? Was, wenn das Leben nie mehr etwas Besseres zu bieten hätte als dieses Paar Gratis-Pantoffeln? Gratis-Pantoffeln! Man stelle sich das nur mal vor.

10.

Es war schon komisch, dass die gespendeten Gegenstände manchmal hässlicher wirkten, wenn sie aus dem Kontext gerissen waren – ein ausgeleiertes, ehemals hautenges Kleid, grünlich angelaufener Schmuck, leere Notizbücher und obskure Poster aus dem Geschenkeladen –, aber manchmal erhielten sie dadurch auch eine Art vergängliche Schönheit, wie die kleine Verliebtheit, die man während eines dreistündigen Zwischenstopps in der Flugzeuglounge entwickeln kann.

An diesem Nachmittag staubte Gwen gerade die Krimskrams-Abteilung ab und bewunderte die Umrisse eines angeschlagenen Topfs aus Emaille. Sie betrachtete seinen massiven Boden, hob den hübschen kleinen Deckel an und legte ihn wieder zurück. Brauchte sie einen angeschlagenen Topf aus Emaille? Brauchte er sie?

Zurzeit benutzte Gwen nur einen einzigen Topf. Sie hatte natürlich noch andere – ein ganzes Tefal-Set, leicht verbeult, das sie auf Großtante Dors Totenwache stibitzt hatte, als sich alle anderen um die Lladro-Porzellanfigürchen stritten –, aber es war irgendwie sinnlos, das Set zu benutzen. Stattdessen wusch sie den immer gleichen Stieltopf drei Mal am Tag aus. Porridge, Suppe, Pasta und dann wieder von vorn, sodass der Topf ständig auf dem Trockengestell lag und den Küchenschrank nie von innen sah.

Als sie eines Tages beim Abwaschen die angebrannten Überreste von Haferflocken und/oder Zwiebeln vom Topfboden abkratzte, musste Gwen an den rund um die Uhr geöffneten Billigladen in der Kentish Town Road denken. Suze und sie waren eine Weile lang geradezu besessen davon gewesen, damals, als sie zweiundzwanzig und neu in der Stadt waren.

«Aber die haben Rollläden», hatte Suze einmal gesagt, die Stimme ganz schwer vom Gin, als sie nach einer der langen Nächte in den Kellerbars von Islington und Umgebung an der Bushaltestelle saßen.

Sie hatte darauf gezeigt, Gwens Blick war ihrem Finger gefolgt. Tatsächlich, Rollläden. «Und?»

«Also, der Laden macht doch nie zu! Die Rollläden werden nie heruntergelassen», hatte Suze erwidert. *Nie. Herunter. Gelassen*, fügte sie hinzu, als wäre es das Ende einer am Lagerfeuer erzählten Geistergeschichte.

Sie hatten dagesessen und einige Minuten über die Rollläden nachgedacht. Sie bekamen ein wenig Kopfschmerzen dabei, wobei das auch am London Dry gelegen haben konnte. Irgendwann kam der Bus, sie setzten sich in die hinterste Reihe mit den warmen Pommesschachteln im Schoß und schwiegen noch ein wenig.

Schließlich hatte Gwen gesagt: «Vielleicht werden die Rollläden zu Weihnachten runtergelassen.»

Ja, hatte Suze zugestimmt. Vielleicht an Weihnachten.

Susannah. Susie. Suze. Suzy Q. SuBo, für eine Weile, nachdem Susan Boyles Auftritt bei *Britain's Got Talent* sie auf einer Party so sehr gerührt hatte, dass sie heftig schluchzend in der Ecke saß. Suze war ihre Retterin. Sie hatte nie darum gebeten, war aber unwillkürlich in diese Rolle geraten, nachdem sie Gwen auf dem Schulausflug zur Römervilla in Bignor einen Platz freigehalten hatte, genau zu dem Zeitpunkt, an dem die chronische Einsamkeit der dreizehnjährigen Gwen in ihrer Mädchenschule kurz davor war, sie von einem «melancholischen Kind» zur «klinisch depressiven Heranwachsenden» werden zu lassen.

Es gab tatsächlich Anlass zur Sorge. Zu Hause hatte es geflüsterte Unterhaltungen in der Küche gegeben, nachdem Gwen schon im Bett war, gefolgt von Gesprächen mit Lehrern und freundlich blickenden Ärzten in Strickjacken. Gwen hatte nicht viel Widerstand geleistet, sondern die Sorge der anderen einfach über sich ergehen lassen, ebenso, wie sie den Lärm und die Unruhe ihrer Mitschüler über sich ergehen ließ. Wobei Gwen sich fragte, wie sie etwas von diesem Leben und dieser Energie um sie herum einmal für sich selbst nutzen konnte.

Es war nicht so, dass sie niemals Freundinnen gehabt hatte. Sie hatte welche gehabt, damals; sie hatten sich die neuesten Gerüchte in den Klassenzimmern erzählt und die geflüsterten Geheimnisse auf dem Schulhof, Gwen war auch einmal bei einer Geburtstagsübernachtung dabei, wobei sie sich Mühe gegeben hatte, immer dann zu lachen, wenn alle anderen es taten.

Ihr Problem war eher, Freundinnen auch zu *behalten*. Sie glitten ihr wie Sand durch die Finger.

Aber dann war da plötzlich Susannah – die schlaue, selbstsichere Susannah, mit ihrer Torhüterfigur und ihrer beeindruckenden Sammlung an bunten Armbändern. Susannah, die die Lehrer mit ihren Fragen entwaffnete und das Kantinenpersonal mit ihrem Lächeln bezirzte – und diese Susannah streckte die Arme aus, um Gwen aufzufangen.

Aber tat sie das überhaupt? Gwen erinnerte sich an jede Einzelheit ihrer ersten Begegnung. Wie sie den Gang im Bus hinunterging, ihren Namen hörte, erwartete, eine mitleidige Lehrerin zu sehen, die sich um ein bedauernswertes Kind kümmern wollte – und stattdessen Susannah sah. Wie ihre Zahnklammer im Licht blitzte und wie sie auf den leeren Sitz neben sich deutete. Wie Gwen (wie in einem Cartoon) zweimal hinsehen musste, wie sie sich umdrehte und dann begriff, dass wirklich sie gemeint war. Wie Suze darüber lachte, als hätte Gwen einen Scherz gemacht, wie sie sie an ihrem Blazerärmel neben sich auf den Sitz zog, ein Magazin hervorzog und eine Tüte M&Ms öffnete, als wäre es das Normalste der Welt.

Gwen erinnerte sich an die Wärme, die Suze ausgestrahlt hatte wie ein Kraftfeld, als hätte ihr Körper zu viel kinetisches Potenzial für einen einzigen schlaksigen Teenager und müsste etwas davon an die Umgebung abgeben. Gwen hatte diese Wärme genossen wie eine Straßenkatze, die einen Sonnenflecken auf dem Bürgersteig entdeckt. Sie erinnerte sich daran, wie sie, über das Magazin gebeugt, beide kicherten, wie sie einen zickigen Kommentar über die Sängerin Whigfield machte, der Suze zu gefallen schien. Sie erinnerte sich, wie sie auf keinen Fall aus dem Bus steigen und den Bann brechen wollte, und an die Welle der Erleichterung, als Suze sie als Partnerin für eine

Mutprobe wählte. Sie erinnerte sich an die Selbstverständlichkeit, mit der sie sich am nächsten Tag im Klassenraum trafen und das Zimmer mit ihrem Geplauder und Gelächter füllten, und an den nächsten und übernächsten Tag.

Gwen hatte sich gefühlt, als könnten jetzt all die Gedanken und Beobachtungen, die sich jahrelang in ihr angesammelt hatten, endlich aus ihr herauskommen, geradezu herausbersten wie aus einem geplatzten Rohr oder wie Styroporkügelchen aus einem geplatzten Sitzsack (es waren immerhin die Neunziger). Gwen fing mit dem saubersten und unverfänglichsten Gedankenblitz an, mit dem sie Suze vermutlich nicht sofort abstoßen würde: *Ist es nicht lustig, dass die Gruppe Manic Street Preachers heißt, also Leute, die manisch auf der Straße predigen, und gleichzeitig sprechen wir es so aus, als ginge es um Prediger, die in der Manic Street wohnen?* Dann bohrte sie weiter, immer tiefer und tiefer in ihren eigenen Brunnen hinunter, bis sie zu ihren eigensten und merkwürdigsten Gedanken kam, die in der Dunkelheit mutiert waren und eigentlich niemals ans Licht hätten kommen dürfen. *Machst du dir jemals Sorgen, dass du aus Versehen in der Öffentlichkeit in der Nase popeln könntest? Hast du schon mal daran gedacht, dass du, wenn du von einer Klobrille schwanger wirst, dass du dann aus Versehen das Kind deines Dads bekommen könntest?* Selbst mit solchen Gedanken hatte Suze kein Problem. Sie lachte darüber, stimmte Gwen oft zu und erzählte zum Trost von ihren eigenen geheimen Gedanken. Gwen erinnerte sich an alles.

Es stellte sich heraus, dass sich Suze, nachdem Gwen ungefähr zum fünfzehnten Mal erzählte, wie sie sich kennengelernt hatten, gar nicht mehr daran erinnern konnte, dass sie Gwen einen Sitz freigehalten hatte. «Weiß nicht, irgendwie sind wir einfach ... Freundinnen geworden», sagte sie und zuckte die

Achseln. «Habe ich dir echt einen Platz freigehalten? Was war ich doch für ein süßes Mädchen!»

Als wäre alles so leicht. Suze machte das Leben leicht.

Sie machte es Gwen leicht, ihr auf die Uni zu folgen, und sie bettelte Gwen an, dieselbe Universität im Norden zu wählen, «damit wir uns gegenseitig bei geistiger und seelischer Gesundheit halten und daran hindern können, zu Toga-Partys zu gehen». Sie hielt sich immerhin an den einen Teil des Schwurs. Innerhalb von vierzehn Tagen riss Suze um Mitternacht die Decke von Gwens Kopf und zerrte sie aus dem Bett, damit sie mit ihr zu irgendeinem schrecklichen Küchen-Rave ging, der vom anderen Ende des Gebäudes durch ihre Knochen wummerte. «Schon okay, ich finde das auch schlimm», trillerte sie und zog Gwen bei der Hand in die verrauchte Menschenmenge, wobei sie sie mit einer Reihe von Stus und Steves und Darrens und Nickis und Nadias und Leuten namens «Wazzo» bekannt machte, denen Suze im Waschraum bereits ihre Lebensgeschichte erzählt hatte. Suze war Gwen stets drei Schritte voraus. Aber das war okay, solange sie ihre Freundschaft nicht vergaß.

Eine Weile hatte es so ausgesehen, als holte Gwen auf. Gegen Ende der Uni, als das Schicksal es zuließ, dass sie sich wohlzufühlen begann, dass vielleicht alles gut werden würde. Damals, als sie sich der Massenvölkerwanderung in Richtung Süden zur Hauptstadt anschlossen und sich in die Behausungen quetschten, die sie in London fanden. In jenen Jahren hatte Gwen das Gefühl, mit ihrer Freundin Schritt halten zu können und nicht nur immer einen halben Schritt hinter ihr her zu hetzen.

In jenen glücklichen Jahren war Gwen entspannt und vertraute auf ihre Freundschaft. Sie konnte Suze jederzeit anrufen, sie im Notfall auf ein paar Drinks herholen und den Kopf auf ihre Schulter legen, das seidig schwarze Haar flechten, als wäre es ihr eigenes. Sie konnte sie am nächsten Morgen beruhigen, wenn Suze sich schämte und sagte: «Ich war mal wieder viel zu viel», während Gwen sich nur Sorgen machte, mal wieder nicht genug gewesen zu sein.

Als sie begann, mit Ryan auszugehen, ein halbes Jahr, bevor Suze Paul kennenlernte, scherzten sie, dass sie irgendwann zusammen sitzengelassen werden würden. Gwen glaubte damals heimlich, dass Suze sich von Paul trennen würde, sobald sie sich von Ryan trennte. Aber das hätte sie niemals laut gesagt. Sie glaubte, dass sie beide dann über ihren schrecklichen Männergeschmack lachen, auf ihren Mut anstoßen und fröhlich neu beginnen würden. Zusammen.

Aber natürlich ging Paul nicht. Und Ryan kam nicht zurück. Er verlor keine Zeit und schwängerte sofort eine Schmuckdesignerin mit Bürstenhaarschnitt namens Clea Frears, deren unaussprechlicher Name das Einzige war, was Gwen daran hinderte, sich etwas anzutun, als sie die Neuigkeit hörte. Unterdessen schritt Suze zwei Jahre, nachdem sie Gwens Tränen vom Sofa gewischt und sie mutig, brillant und eine furchtlose Frau aus Stahl genannt hatte, zu den Klängen eines Streichquartetts zum Altar und verbrachte die Flitterwochen auf Santorini. Stück für Stück wurden aus drei Schritten, die sie Gwen voraus war, fünf, dann zehn, und schließlich lag zwischen ihnen eine riesige Entfernung. Gwen musste Suzes Facebook-Tags durchsuchen, um zu erfahren, was sie in all der Zeit tat, in der sie sich nicht sahen.

Wenn sie sich doch trafen, war die Stimmung immer noch herzlich und vertraut. Es war immer noch lustig, eben die pinotgetränkten Gespräche, die auch Ende dreißig noch als «lustig» durchgingen. Früher hatte Suze die Arme ausgestreckt, um Gwen aufzufangen, aber jetzt schien sie Gwen eher ganz hinten in einen Schrank gestellt zu haben, durchaus liebevoll, und sie immer seltener hervorzuholen. Suze staubte sie hin und wieder ab, eher aus Nostalgie, vielleicht auch aus schlechtem Gewissen, aber sie brauchte Gwen nicht wirklich. Gwen war nur mehr ein Teil ihrer Vergangenheit, aber kein wirklicher Quell der Freude mehr.

Als sie endlich auf Suzes Textnachricht antwortete, hatten diese Gedanken schon eine Woche lang in ihrem Kopf gegärt und waren zu einer Art Trotzhaltung mutiert.

«Klar, klingt super! Ich bringe jemanden mit x»

Gwen schien sich selbst dabei zuzusehen, wie sie die Nachricht schrieb, und tippte dann fröhlich auf *Senden*.

T - S h i r t

Lindsay sagte, sie wolle die T-Shirts selbst kaufen.

Sie hatten eigentlich keine T-Shirts besorgen wollen, weil Megan gesagt hatte, sie wolle keine. «Keine T-Shirts, keine Schärpen, keine Strohhalme in Penis-Form», hatte die Regel in den Monaten der Planung geheißen; es war praktisch die Stimmgabel gewesen, um die herum sie das gesamte Wochenende organisiert hatten.

Dann, vor nur zwei Wochen, hatte Megan eine beiläufige Bemerkung gemacht – «Ich kann es kaum erwarten, meine ganze Truppe in passenden T-Shirts zu sehen!» –, die sofort Panik und eine lange Reihe von Textnachrichten im Gruppen-Chat ausgelöst hatte, gefolgt von der vorsichtigen Wahrheitsfindung (Lindsay galt stets als Haupt-Wahrheitsfinderin). Megan wollte T-Shirts, wie sich herausstellte. Und konnte sich nicht daran erinnern, jemals gesagt zu haben, dass sie keine wolle. Und sie hatte definitiv gesagt, sie habe angenommen, dass sie ohnehin nicht auf sie achten würden, denn so lief das nun mal. Das wussten ja wohl alle.

Also: T-Shirts. Sie zahlten einen Halsabschneider-Preis, weil der Auftrag so eilig war, und Lindsay hielt den Atem an, als sie ihre Kreditkarten-Daten auf einer Website auf der dritten Such-Seite eingab, um sechzehn knallpinke T-Shirts mit der Aufschrift «MEGZ'S MEGA-HEN-PARTY» vorn auf der Brust und «Für uns einen Amaretto!!» auf der Rückseite zu bestellen. Das war eine schwache Anspielung auf einen Abend vor sechs Jahren, bei dem eine Flasche Disaronno eine größere Rolle gespielt hatte, und sie beteten alle innerlich, dass Megan sich ausreichend an diesen Abend erinnern konnte, um den Witz zu verstehen. Man hatte sich hastig auf den Spruch geeinigt, nachdem sich eine der bisher eher zurückhaltenden Cousinen im Gruppenchat mit dem Vorschlag «MEGASCHLAMPEN» für die Rückseite gemeldet hatte, was man ihr sanft wieder hatte ausreden müssen, zumal Megan ihre zukünftige Schwiegermutter sicher nicht als Megaschlampe oder auch nur als normalgroße Schlampe bezeichnen wollte, aber wer wusste das schon genau? Vielleicht wollte sie gerade das.

Lindsay hatte um Rat gebeten, wo man den Apostroph hinsetzen sollte – gehörte die Mega-Hen-Party Megz, oder war es im Grunde Meg's Mega Hen und daher Meg'z Mega Hen? –, aber dazu hatte sich niemand gemeldet.

Um den Stil des T-Shirts gab es einige Diskussionen. Die Hälfte der Gruppe war für Stretch und den taillierten Schnitt («sitzt besser»), was aber pro Stück drei Pfund teurer gewesen wäre, während die andere Hälfte traditionelle, weit geschnittene T-Shirts wollte, angeblich, weil sie billiger waren, aber in Wirklichkeit, weil sie sie so in die Hose stecken, knoten oder abschneiden konnten, um so jungen- und elfenhafter auszusehen. Lindsay, die bei der Anprobe der Kleider für die Brautjungfern einen herben Schlag gegen ihr Selbstbewusstsein hatte hinnehmen müssen, berappte den Zuschlag für die taillierten T-Shirts schließlich aus eigener Tasche.

Zwei von Megans Kolleginnen, Carlotta und Neve, schickten bissige Kommentare über die T-Shirts. Waren die wirklich nötig? Konnte man sich nicht stattdessen auf Megaschlampen-Taschen einigen? Bestand nicht die Gefahr, dass man sie in bestimmte Lokalen nicht reinlassen würde, weil man die falsche Sorte Junggesellinnen-Abschied war? Obwohl Lindsay ihnen innerlich zustimmte, ließ die Dreistigkeit dieser Eindringlinge die anderen nur noch sturer werden. Neve befand sich ohnehin schon auf dünnem Eis, weil sie vorgeschlagen hatte, in Jurten zu schlafen. Die T-Shirts würde es also geben.

Als die Shirts am Donnerstag vor der Hochzeit immer noch nicht da waren, hatte Lindsay sich krankgemeldet, um zu Hause bleiben zu können, bunte Süßigkeiten in geblümte Geschenktüten zu füllen und auf den Paketdienst zu warten. Am Freitagmorgen war sie bereits vollkommen in Panik, suchte nach bunten Textilstiften auf Amazon und fragte sich, ob sie die ganze Sache in einen Bastelabend umwidmen konnte, zwischen der Käseverkostung und dem Aerial Yoga. Aber die Göttinnen waren freundlich gesinnt, und der Paketbote kam just zehn Minuten um die Ecke gebogen, bevor sie das Haus verlassen musste. Sechzehn knallpinke, taillierte T-Shirts aus Stretchstoff mit der Aufschrift «Meg'zs Megahen» auf der Brust, die nach Sägespänen und geschmolzenem Plastik rochen, waren den ganzen Weg aus Taiwan zu ihnen gekommen.

Am Ende hatte es das ganze Wochenende so stark geregnet, dass die T-Shirts die meiste Zeit von Pullovern und Regenmänteln verdeckt waren. Das war vermutlich auch gut, denn Megan hatte die Nase gerümpft, als sie sich vor Kälte zitternd in einer Reihe aufgestellt hatten, um das obligatorische Foto vor dem Workshop für Bogenschießen und Barkultur zu machen, und gesagt: «Ich habe nie gedacht, dass ihr diese Art von T-Shirt kauft.»

Dieser Kommentar quälte Lindsay lange, sogar noch, nachdem Megans Scheidung durch war.

11.

Als Gwen das nächste Mal auf Nicholas traf, zeichnete er Schallplatten im Büro aus, während sie einen Haufen Jacken mit Preisschildern versah. Er pfiff beim Arbeiten vor sich ihn, hielt bei jedem zweiten oder dritten Album inne, um die Songtitel auf der Rückseite zu lesen, anerkennend zu nicken, vielleicht die Schallplatte aus der Hülle gleiten zu lassen und sie sich anzusehen, wobei er sie vorsichtig zwischen den Fingerspitzen hielt. Hin und wieder hörte sie ihn nicht allzu leise vor sich hin murmeln: «Cooler Sound.»

Tat er das, weil sie da war? An Lise, die Pad Thai aus der Mikrowelle aß und sich dabei Videos auf dem Handy ansah, konnte es nicht gerichtet sein. Plötzlich schaute Nicholas auf, und ihre Blicke trafen sich zufällig. *Mist.* Er strahlte sie an.

«Hier sind echt ein paar Goldstücke reingekommen!»

«Ach?» Gwen fühlte sich verpflichtet zu reagieren, daher

beugte sie sich vor, um zu sehen, was er da in der Hand hielt. Es war *Making Waves* von The Nolans. «Bist du ... ein Fan von denen?»

Sie musste ihm zugutehalten, dass er daraufhin lachte. Gwen lachte ebenfalls. Nicholas lachte weiter, jetzt lauter. Gwen hörte auf zu lachen. Nicholas klatschte sich auf die Schenkel, wischte sich die Tränen aus den Augen und drohte ihr scherzhaft mit einem wissenden Zeigefinger, als wollte er sagen: «Diesmal hast du mich reingelegt, du Luder!»

Gwen wandte sich wieder den Jacken zu.

Als Gwen Nicholas das nächste Mal traf, wickelte er gerade eine Teekanne in alte Ausgaben der *Metro* und kicherte vor sich hin. Sie fragte nicht, warum, obwohl es auf der Hand lag, dass er es ihr sagen wollte.

Als Gwen Nicholas das nächste Mal traf, trug er eine Filz-Fedora und bot ihr einen Donut aus einer Papiertüte an, auf der stand: «30 PENCE REDUZIERT WEGEN ABLAUF DES HALT-BARKEITSDATUMS». Es war nur so, dass sie wirklich einen Donut wollte.

Als Gwen Nicholas das nächste Mal traf, stand er plötzlich hinter ihr, als sie durch eine Kiste mit alten Kunstpostkarten blätterte; genau die Sorte Postkarten aus Museumsshops, die sie, als sie noch jünger war, gesammelt und an die Wände einiger ihrer Schlafzimmer gepinnt hatte.

«Interessierst du dich für Kunst, Gwen?», fragte er, und Gwen fiel nichts ein, was sie nicht zickig oder dumm hätte erscheinen lassen, daher sagte sie: «Ja.»

«Wo schaust du dir denn Kunst so an?», fragte er, wuchtete

seinen Hintern auf den Verkaufstresen und ließ die Beine baumeln. Vermutlich hielt er das für lausbubenhaft. Man hörte ein lautes Klonk!, als sein Fuß gegen den Mülleimer stieß.

Gwen zögerte. In ihrem Kopf liefen Szene aus dem Film *Mona Lisas Lächeln* ab. «Hauptsächlich in Galerien.»

Er lachte erneut, zu heftig und zu laut. Es missfiel ihr nicht gänzlich.

«Na, komm schon, *Gwen*!» Wieder sprach er ihren Namen aus, als wäre er irgendwie ironisch gemeint. «Erzähl mir all deine Geheimnisse.»

Sie spürte, wie sich von der Brust aus rote Flecken über ihren Hals ausbreiteten.

«Ach, weißt du ... das Übliche.» Sie überlegte, ob es sich lohnte, etwas sehr Spezifisches und Beeindruckendes zu nennen – *die Galerie White Cube? Eine unterirdische Galerie unter einem Parkhaus in Soho? Die «Ausstellungseröffnungsparty», zu der Suze sie mitgenommen hatte, die aber nur aus zwölf Leuten bestanden hatte, die sich in die Schlange gestellt hatten, um sich einen Analstöpsel in einer Vitrine anzusehen?* –, aber dann entschied sie, dass Ehrlichkeit am wenigsten anbiedernd war. «Ich bin da ganz traditionell. Ich mag, ähm, die Tate Gallery? Natürlich beide Tates! Nur dass ich bei der Modern immer aufs Klo muss. Und die Tate Britain ist ... na ja, du weißt schon. In Pimlico.»

Er nickte ernsthaft. Offenbar sollte sie fortfahren.

«Die Dulwich Gallery ist gut, womit ich eigentlich meine, dass die Käse-Scones im Café gut sind. Die Whitechapel Gallery hat ein paar ... interessante Ansätze, wie ich höre. Und äh, die National Gallery. Natürlich.» Klang das pathetisch? Sie musste das unbedingt mit einem Witz wieder zurücknehmen. «Die Lieblingsbeschäftigung eines jeden Rucksack-Touristen, wenn er Zeit totschlagen muss.»

«Da war ich noch nie!» Plötzlich kam Leben in Nicholas. «Ich weiß! Ist das nicht IRRE? Ich bin in Fulham geboren und aufgewachsen und bin trotzdem noch nie durch ihre heiligen Pforten geschritten.»

Gwen fand auch, dass das wirklich irre war.

Als Gwen Nicholas das nächste Mal traf, wollte er sich mit ihr auf ein Date in der National Gallery verabreden. Sie sagte zu, was noch viel irrer war.

Reiseführer

Doug sammelte schon seit zweiundzwanzig Jahren Reiseführer. Er war stolz auf seine Sammlung – geordnet zuerst nach Kontinenten und dann alphabetisch, nahmen sie vier ganze Regale an der Wand seines Wohnzimmers ein. Lonely Planets waren seine Lieblingsreiseführer; er mochte es, dass sie den Leser niemals von oben herab behandelten, und genoss, dass sie doch in einiger Tiefe die politische und soziale Geschichte der Orte behandelten, neben den üblichen touristischen Informationen. Aber er kaufte auch andere. Kurz-Reiseführer wie «Die 10 wichtigsten Orte in Turkmenistan, die man gesehen haben muss», sogar Broschüren und abgegriffene alte Reiseführer für Länder, die es längst nicht mehr gab oder die inzwischen einen anderen Namen trugen. Straßen in Rhodesien. Auf nach Jugoslawien. Oft waren genau die die interessantesten.

Aus seinen Reiseführern hatte Doug alles gelernt. Er wusste, wie man in Tibet Trinkgeld gab. Er wusste, wo man in Angkor Wat am besten ein Taxi bekam, und war ausgezeichnet darüber informiert, wann man in einem ägyptischen

Badehaus nackt sein durfte. Er hätte zu gern venezolanische Maiskuchen und norwegisches Salzlakritz und eine ganz bestimmte Sorte litauische Kartoffelknödel probiert; er konnte sich genau vorstellen, wie der stärkehaltige Teig in seinem Mund nachgeben und die würzige Füllung auf seine Zunge entlassen würde.

Doug hatte ein enzyklopädisches Gedächtnis für Einzelheiten und vergaß nur ganz selten etwas, das er einmal gelesen hatte, allerdings passierte es manchmal, dass er sich Ähnlichkeiten oder Unterschiede in den verschiedenen Reiseführern notierte. Wussten Sie zum Beispiel, dass es nur zwei Rolltreppen im gesamten Staat Wyoming gibt? Doug hatte es nicht gewusst. Aber jetzt schon.

Diese Einzelheiten kamen ihm gut zupass, wenn er mit den Frauen auf seinen Chatseiten sprach. Obwohl ihm klar war, dass er sie nicht beeindrucken musste – tatsächlich bezahlte er, um sich von dieser Last zu befreien –, fühlte es sich doch gut an, hin und wieder einen Kommentar abzugeben, der ein wenig kulturelles Bewusstsein und weltoffene Sensibilität zeigte, bevor man zu einer etwas universelleren Form von Kommunikation überging. Er hatte den Eindruck, dass die Damen das schätzten.

Von Zeit zu Zeit nahm er auch London-Führer zur Hand. Er las sie ebenso hingebungsvoll wie die anderen Bücher, wunderte sich, wie sehr sich die Stadt von Jahr zu Jahr veränderte, dass sich ihre Ränder immer weiter nach außen verschoben, dass die coolen Gegenden sich weiter nach Osten verlagerten, von Norden nach Süden und wieder zurück. Viertel, die noch vor einem Jahrzehnt nicht einmal einer Erwähnung wert gewesen waren, bekamen plötzlich ganze Kapitel gewidmet, als hätten sie sich durch die Ritzen gekämpft und wären über Nacht wie Blumen erblüht. Zugleich war der Kommentar zum Thema Kultur oft so lächerlich inkorrekt, dass es ihn ganz traurig machte. Er überlegte dann sofort, wie viele idiotische Tipps er wohl aus den anderen Büchern lernte, ohne es zu wissen. Doug machte sich Notizen auf den Seitenrändern. Entweder korrigierte er die offensichtlichen Fehler (warum hielten so viele Verlage es für einen sinnlosen Luxus, die Bücher von einem echten Briten gegenlesen zu lassen?), oder er merkte sich die Stellen, um darüber weiter zu recherchieren. Ist «Bällebad für Erwachsene» ein Code für irgendwas? Herausfinden, was ein Cruffin ist. Deptford?

Doug kaufte seine Reiseführer am liebsten im Sozialkaufhaus um die Ecke – er mochte den Überraschungseffekt, wenn er nicht wusste, was er finden würde und ob dort vielleicht Exemplare lagen, die er schon hatte. Als Kind der Siebziger hatte er Fußball-Sticker gesammelt und jedes Mal, wenn er wieder ein Tütchen aufriss, eine ähnliche Spannung verspürt. Doug mochte es, wenn man ihm die Entscheidung abnahm. Die Vorstellung, in einen Buchladen an der Hauptstraße zu gehen und sich aus den ewig langen Regalen mit neuen Büchern eins aussuchen zu müssen, kam ihm absurd vor, aus einer ganzen Reihe von Gründen.

Die Mitarbeiter im Laden grüßten ihn nicht so vertraut, wie sie es mit anderen Kunden taten – dazu kam er nicht oft genug her, und die ehrenamtlichen Mitarbeiter schienen so oft zu wechseln wie die Schaufensterdekoration –, aber meistens kommentierten sie die Bücher, die er kaufte. Doug hatte festgestellt, dass die Leute einfach nicht widerstehen können – sie müssen erzählen, wenn sie irgendwo schon einmal waren.

«Da kann man toll essen!», sagten sie dann oder: «Sie müssen UNBEDINGT den Ausflug zu den Ruinen mitmachen, das ist es wirklich wert», oder: «Egal, was Sie da tun, passen Sie auf ihre Brieftasche auf der Piazza auf.» Und Doug lächelte dann und dankte für ihre aufschlussreichen Tipps, nickte, wenn sie sagten, was für ein Glück er habe, dass es so schön wäre, diesem ewigen Regen zu entfliehen, und dass er unbedingt Tony im Kiosk bei dem alten Kloster von ihnen grüßen solle.

Das tat er nie, natürlich, aber er kam auch nicht häufig genug in den Laden, als dass sie hätten nachfragen können. Manchmal vergingen Wochen, in denen er nicht weiter ging als bis zum Ende des Pfades. Immer, wenn er es in den Laden schaffte, war es wie ein persönlicher Sieg, jedes Buch eine kleine Trophäe als Belohnung für seine Mühen. Zu Hause schloss er dann die Tür hinter sich, kochte einen Tee und setzte sich, um ein paar Stunden zu lesen, die manchmal zu Tagen wurden, wobei er sich dabei immer wieder sagte, dass er in der Tat wirklich Glück habe. Es war so schön, dem ewigen Regen entfliehen zu können.

12.

Vor ihr in der Station Leicester Square facetimte ein Amerikaner auf der Rolltreppe mit jemandem.

«Oh, du würdest es schrecklich finden!», rief er fröhlich dem pixeligen Umriss auf dem Display zu. «Du würdest es geradezu HASSEN!»

Was der Adressat hassen würde, war nicht klar; die Rolltreppe, die Londoner U-Bahn oder die Stadt selbst? Gwen fragte sich, warum alle anderen in der U-Bahn immer WLAN hatten, nur sie nicht.

Sie traf sich mit Nicholas unter dem Vordach des Hippodrome, was dazu beitrug – abgesehen von den Menschenmengen an einem Samstag und den «Mwah-mwah!»-Küsschen an der Wange vorbei, wobei seine babyweiche Kinnlinie mit ihrer zusammenstieß –, dass sie sich wie ungefähr vierzehn fühlte. Als würde er ihr gleich einen McFlurry kaufen und sie im Autoscooter betatschen. All das stand in harschem Kontrast zu seinem weißen Hemd und den umgeschlagenen Chinos, zu denen er braune Slipper (was hatte sie denn erwartet?) und eine abgeschabte Ledertasche trug, um die Welt daran zu erinnern, dass er selbst in einer irren Dreißig-Grad-Hitzewelle immer noch ein Mann mit Urteilsvermögen war.

In der Gallery freundete sich Nicholas' Hand mit ihrem unteren Rücken an, und es war sofort klar, dass die beiden fortan unzertrennlich waren. Er berührte sie, um ihr etwas zu sagen. Er berührte sie, um ihre Antwort zu bestätigen. Er berührte sie, um sie durch das überfüllte Gebäude zu lenken, ebenso, wie er einen Golf-Buggy lenken würde. Das Ganze hätte vielleicht cooler gewirkt, wenn Gwen, zum Beispiel, ein hautenges Seidenkleid und keinen sackartigen Kittel getragen hätte, aber sie bewunderte beinahe seine Hingabe.

Nicholas beherrschte die Museumsplauderei perfekt. Selbstbewusst, durchdacht, mit protzigen Einsprengseln echten Fachwissens («Natürlich kam die spanische Armada erst im Jahr darauf ...», «Das ist eigentlich eine Art japanische Zitrusfrucht ...»), gewürzt mit vorsichtigen Anwandlungen von etwas, das er vermutlich für Selbstironie hielt («Ich vergesse einfach immer wieder den Unterschied zwischen den Hugenotten und den Argonauten!»). Er betrachtete einige Gemälde länger, als es notwendig schien; dabei verschränkte er die Arme vor der Brust und neigte den Kopf zur Seite, bis sie sich Sorgen machte, er könnte in eine Art Gefühlstrance verfallen.

Und während er die Kunstwerke abschätzte, schätzte Gwen ihn ab. Sie versuchte, etwas an ihm zu finden, das sie anziehend finden konnte, wie ein Kind, das man dazu überredet, Gemüse zu essen. Sie versuchte, sich auf seine gut aussehenden Unterarme zu konzentrieren oder auf sein breites Wissen über den Gebrauch der Camera Obscura im niederländischen Barock des 17. Jahrhunderts und nicht darauf, dass er in jedem Satz bis zu drei Mal das Wort «natürlich» verwendete oder sich mit Servietten von Pret a Manger die Nase putzte statt mit Taschentüchern. Als er in einem der langen Flure stehen blieb, um den Namen des Stifters in goldenen Lettern über dem Eingangsbogen zu lesen, war sie erleichtert, dass er: «Lol, stell dir vor, du würdest so heißen», sagte und nicht: «Oh, schau mal, Onkel Topsy!» Gwen war klar, dass sie nach Strohhalmen griff.

Mit Nicholas auszugehen (oder sich von ihm hofieren zu lassen?), fühlte sich so unwahrscheinlich an, dass sie kaum vor sich selbst zugeben konnte, dass es tatsächlich geschah – es war leichter zu glauben, dass ihre Beine sie selbsttätig hierhergebracht hatten, praktisch wie in einem Streich. Vielleicht war es schon genug, dass sich jemand, der so jung, so piekfein und so offen war, ungeniert für sie interessierte? Vielleicht ersetzte das echte Gefühle. Oder vielleicht war sie auch einfach nur sehr gelangweilt.

Dennoch lachte er laut über jeden ihrer Witze, und sie konnte nicht sagen, dass sie das *nicht* nett fand. Er roch würzig und berauschend nach etwas, das zweifellos teurer war als Axe Africa. Und doch erweckte es einen lange verschütteten Teil in ihr, der früher Testosteron schon vom anderen Ende eines Schulflurs hatte riechen können. In seiner Gegenwart wurde ihr flau, und gleichzeitig war sie fasziniert, und sie war neugierig, welches Gefühl wohl die Oberhand gewinnen würde.

Nach eindreiviertel Stunden, in denen sie in diesem speziellen, langsam schlendernden Museumsgang durch die Ausstellungsräume mäandert waren, schmerzte ihr unterer Rücken, und die ganze Betatscherei half nichts. Ihr Gesicht schmerzte ebenfalls, weil sie ständig leicht schief und gleichzeitig nachdenklich aussehen musste. Ihre Kontaktlinsen juckten. Als sie aus einem der endlosen Säle in ein ihr bekanntes Treppenhaus traten, ergriff sie die Gelegenheit, ihren Nacken zu dehnen (er knirschte, was er hoffentlich nicht gehört hatte) und ein demonstratives «Aaaaalso» von sich zu geben.

«Hast du Hunger?», fragte er.

Sie vergaß zu lügen. «Ja.»

«Magst du Ramen?»

Gwen mochte Ramen. Instant-Nudeln waren eins ihrer verlässlichsten Abendessen. Wenn man sie im Asia-Supermarkt kaufte und ein weich gekochtes Ei hinzufügte, konnte man sich vormachen, sie seien nahrhaft und stärkend. Und wenn sie Ramen essen gingen, dachte sie, konnte er sie nicht zu Simpson's oder Rules oder in ein anderes leicht einschüchterndes Restaurant einladen, wo der Fish Pie dreißig Pfund kostete und ein in Ungnade gefallener Tory-Politiker in der Ecke herumhing. Ramen bedeutete auch: kein Nachtisch, sodass sie sich eine Packung Magnum-Double-Gold auf dem Weg nach Hause kaufen konnte.

«Ich liebe Ramen!», antwortete sie.

Aber kaum, dass sie aus der marmornen Kühle der Gallery in die drückende Hitze des Nachmittags trat, begriff sie ihren Fehler.

Gwen begriff den Fehler erst recht, als er sie durch die dampfenden Menschengruppen vor M&M-World, am Gewimmel von Chinatown vorbei und in die edlen Straßen um Haymarket herum führte. Ihre Schenkel begannen aneinanderzureiben, und sie fragte sich, ob er das wohl ahnte.

Endlich blieben sie vor einer Noodle Bar stehen, und Gwen betete für eine Klimaanlage. Nicholas hielt ihr theatralisch die Tür auf und versuchte sie gleichzeitig hineinzuführen. Es gab keine Klimaanlage. Oder vielleicht gab es eine, aber deren Wirkung wurde von all den dampfenden Suppenschüsseln zunichtegemacht. Jedenfalls schwitzte sie schon, als sie sich setzten. Ihr Fehler rann ihr in Bächen aus dem Haaransatz.

Zum Glück war Nicholas gut genug erzogen, dass er so tat, als hätte er nichts bemerkt. Als würde die Queen aus ihrer eigenen Fingerschale trinken, dachte Gwen. Er sprach über sein Business und seine Freunde und dass er die Sopranos so gern schaute, er redete davon, wie sehr er seinen australischen Mitbewohner hasste, legte seine Meinung über verschiedene alpine Skigebiete dar und erzählte Anekdoten von den beiden Dobermännern der Familie, Jeeves und Wooster, aber Gwen konnte sich nur noch auf den Schweiß an ihrem Körper konzentrieren. Er strömte jetzt – nicht aus ihren Achseln, was zumindest ein konventioneller Ort für Schweiß gewesen wäre, sondern auch aus seltsamen Stellen wie zum Beispiel ihrem Nacken, ihren Armbeugen und den Kniekehlen. Der lockige Flaum an ihren Schläfen klebte jetzt sicher an ihrem Gesicht, das wusste sie, ohne auch nur mit den Fingern danach tasten zu müssen, und unter ihren Brüsten hatten sich praktisch Wasserspiele gebildet.

Er redete, und sie nickte so schwach, wie sie nur konnte, ohne unhöflich zu wirken. Sich so wenig zu rühren, wie es überhaupt nur möglich war, schien ihr die beste Taktik zu sein, um den

Verdunstungsprozess zu unterstützen, ohne gleichzeitig neue Sekrete zu produzieren. Vielleicht fand er sie geheimnisvoll und kokett? Mochten heterosexuelle Männer vielleicht heimlich sehr, sehr regungslose Frauen? Ihre Gedanken schweiften zu dem Fragebogen ab, den sie jedes Mal ausfüllen musste, wenn sie beim Arzt wieder ein Rezept für ihr Antidepressivum brauchte. «Sprechen oder bewegen Sie sich so langsam, dass es andere Menschen bemerken?» Wie langsam musste man sein, dass es die anderen merkten?, fragte sie sich jedes Mal. Konnte es sein, dass Menschen eine Depression diagnostiziert wurde, obwohl sie einfach nur versuchten, ihre Schweißdrüsen zu schließen?

«Du bist wirklich eine tolle Zuhörerin», sagte er. «Sollen wir bestellen?»

Wenn Nicholas die Tasche ausgesucht hatte, um eine vergangene Epoche heraufzubeschwören, dann wirkte sein kulturelles Verständnis wie das eines Mannes, der der jüngeren Vergangenheit verhaftet war. Er benutzte Ausdrücke aus den Neunzigerjahren und redete von seiner Liebe zu Woody-Allen-Filmen, ohne auch nur einmal das Gesicht zu verziehen. Und er war noch nie auf TikTok gewesen.

Er fluchte oft und übermäßig und viel zu laut, mit der etwas gehemmten Angeberei eines Schuljungen, der gerade erst die Wörter auswendig gelernt hat. Er zögerte jedes Mal eine Millisekunde, bevor er eine Unflätigkeit ausstieß, was Gwen zutiefst unsexy fand. An einem besonderen Tiefpunkt reagierte er auf ihren Vorschlag, sich eine Portion Gyoza zu teilen, mit einem nicht besonders überzeugenden «SHIT, aber so was von!».

Und doch war da etwas – etwas in seiner Unverstelltheit und seinem anscheinend grenzenlosen Enthusiasmus –, das sie trotz allem anziehend fand. Er war unglaublich höflich zur

Kellnerin, ohne auch nur im Mindesten schleimig zu wirken. Und er wollte alles über Gwen wissen; er wollte es wirklich und ganz ehrlich wissen. Jeden Knochen, den sie ihm hinwarf – ihre Karriere, ihre Lieblingschips, ihre Eltern, ihren fiktiven Freund in der Kindheit –, fing er dankbar auf und nagte ihn ab, wobei er einzelne Sätze von ihr wiederholte, um deutlich zu machen, wie aufmerksam er war.

«Dorking.» Er bewegte das Wort im Mund, als wäre es ein feiner Merlot. «Dooooooorkkkkkinnnng.» «Krabben-Chips.» «Strategisches Marketing und Synergetische Branding-Lösungennnn.»

Vielleicht lag es an ihrem Altersunterschied oder an der Tatsache, dass er glaubte, Chintz-Lampenschirme mit einem Preisaufschlag von fünfhundert Prozent zu verkaufen, könne als bewundernswerter Unternehmergeist durchgehen. Aber Nicholas hatte etwas an sich, das der Wahrheit einen rosigen Glanz verlieh. Als sie ihm sagte, dass man ihr neulich aus betrieblichen Gründen gekündigt habe und sie jetzt «eine kleine Karrierepause» einlege, um sich über einiges klar zu werden, klang es nicht wie eine traurige Notlüge. Es klang selbstsicher. Er fragte, ob sie darüber nachgedacht habe, eine eigene Beratungsfirma zu gründen. «Vielleicht», antwortete sie, und ganz kurz glaubte sie es sogar.

Jede Erleichterung, die sie spürte, weil sie nicht mehr ganz so sehr schwitzte, endete, als das Essen kam. Trotz der schönen, kühlen, öden Salate, die sie von der gegenüberliegenden Seite der Speisekarte aus angelacht hatten, hatte sie sich bemüßigt gefühlt, Ramen zu bestellen, um ihr Gesicht zu wahren – was paradox war, denn ebenjenes Gesicht tropfte gerade ihre Wangen hinunter und in ihre Suppe. Sie setzte sich auf ihrem Stuhl zurecht und fragte sich, ob sie wohl einen nassen Fleck auf dem

Kunstleder hinterlassen würde, wenn sie aufstand, um auf die Toilette zu gehen. Sie beschloss, es dennoch zu riskieren, und rutschte mit dem Hintern ein wenig auf dem Sitz herum, um die Spuren zu beseitigen, bevor sie aufstand.

In der Toilette hielt sie sich feuchte Papiertücher an den Nacken und restaurierte ihr Make-up, so gut es ging, im schlecht beleuchteten Spiegel. Es war eigentlich jämmerlich, dachte sie, dass sie sich von jemandem auf so ungefähr jeder Ebene abgestoßen fühlen konnte und sich dennoch Sorgen machte, dass ihn ein Krümel Mascara an der falschen Stelle für immer abturnen könnte.

Als sie das Restaurant verließen, war noch ein wenig Licht am Horizont, aber die Luft war gnädigerweise kühler geworden. Sie gingen ein paar Schritte ohne ein bestimmtes Ziel und versuchten, nicht von den Menschenmengen mitgerissen zu werden, die das Musical «Jersey Boys» besuchen wollten.

«Es gibt da ein cooles kleines Lokal in der Nähe, wo wir ... äh, noch einen Schlummertrunk nehmen könnten?», schlug er vor, und zum ersten Mal hörte sie in seiner Stimme Nervosität. Einen Moment lang dachte sie ernsthaft darüber nach. Sie war beinahe neugierig darauf, was wohl passieren würde, oder zumindest hätte sie gern gewusst, ob Nicholas' Definition von einem «coolen kleinen Lokal» vielleicht The Garrick Club oder The Rainforest Café war. Aber als er sich vorbeugte, um seine Hand mit ihrem unteren Rücken wiederzuvereinigen, spürte Gwen, wie sich ein dicker, einzelner Schweißtropfen aus der Hautfalte unter ihrer rechten Gesäßbacke löste und langsam ihren Schenkel hinunterrollte. Das Bild ihrer Dusche erschien vor ihrem inneren Auge. Wie sie ihre Kleider auszog und sich auf die Badezimmerfliesen setzte. Das kühle Knacken eines Magnum.

«Heute Abend nicht ... müde ... heiß ... tut mir leid ... wirklich ein schöner, ähm, Abend heute!», erwiderte sie und machte sich kaum die Mühe, ganze Sätze zu formulieren. Sie nahm seine Hand in beide Hände und schüttelte sie wie eine liebe Tante. «Tschüss, Nick.»

Gwen drehte sich um und strebte in Richtung Freiheit. Aus den Augenwinkeln sah sie, wie Nicholas einen Stapel Servietten aus seiner Tasche holte und sich die Stirn abtupfte.

Taschenbuch

So, wie sich ein Bauer nicht zu sehr an seine Lämmer gewöhnen darf, hegte Michael keinerlei sentimentale Gefühle seinen Waren gegenüber, so, wie es die anderen Ehrenamtlichen manchmal taten. Aber Widmungen in Büchern hatten etwas, das ihn jedes Mal packte.

Die älteren waren am romantischsten, mit ihren Schnörkeln und ihrer kuriosen Höflichkeit – «Mit den herzlichsten Grüßen zu diesem verheißungsvollen Anlass, Pater» und so weiter – aber die neuesten waren am tragischsten, weil es bedeutete, dass diese Bücher nur sehr kurz behalten und geliebt worden waren. Sein Herz brach beinahe, wenn er sich die Zuversicht vorstellte, mit der die Sätze geschrieben worden waren, den Stolz, mit dem das Buch geschenkt worden war, und dann die kalte Gleichgültigkeit, mit der es weggegeben worden war, nur ein oder zwei Jahre später, vielleicht sogar gänzlich ungelesen.

Er verstand das natürlich, dieses Weggeben. Die Häuser der Menschen platzten vor Krimskrams fast aus allen Nähten, und vermutlich würden sie Historische Plätzchenrezepte. Eine kleine Sammlung nach Weihnachten niemals mehr ansehen. Sicher. Aber die Widmungen fand er dennoch jedes Mal wieder ergreifend. Er nahm diese Mini-Dosis Ablehnung anstelle der Schenkenden persönlich, die niemals davon erfahren würden. Die vermutlich gerade nach dem Großen Buch der Kaktus-Fakten suchten, um es zum nächsten Geburtstag zu verschenken. Er opferte sich für die Allgemeinheit, schluckte die Ablehnung hinunter und behielt die Bitterkeit in seinem Bauch. Als Gefallen an die Schenkenden.

In seinem Bauch war es schon lange bitter. Egal, wie sehr er die Bitternis mit kühlem Weißwein und sprudelnden Vitaminen, mit zuckersüßer Pop-Kultur oder buttriger Kunst zu verdünnen suchte. Es ging ihm besser, wenn er für die Außenwelt gute Taten vollbrachte, also opferte er die lukrative Karriere einer wohltätigen, das gemütliche Leben für eins, in dem immer alles einen Hauch zu knapp war. Er hielt sich an einen strengen Plan der Selbstgeißelung, so, wie seine Freunde Pilates machten und auf dem Spinning-Rad schwitzten. Der heilige Märtyrer Michael. Der immer noch bitter war.

Es hatte mit einem Buch begonnen.

Wiedersehen mit Brideshead, so ein Klischee! Er wünschte, es wäre wenigstens Die Schönheitslinie oder Giovannis Zimmer gewesen, etwas, das sexyer und weniger katholisch war, aber so war es nun einmal. Zuerst hatte ihn das Cover in der Schulbibliothek angesprochen; der weiche Penguin-Klassiker mit seiner eleganten Art-déco-Illustration. Dann hatte ihn seine Welt eingesogen; der Luxus eines Lebens mit Samtkissen, Exzentrik, Teddybär-Picknicks und spirituellen Krisen, ohne sofort hinter dem Billigsupermarkt in Erdington eine aufs Maul zu bekommen. Im ganzen Roman gab es *keinerlei explizite Szenen, aber das war gut, denn damals hatte er noch Angst vor Explizitem gehabt. Er sehnte sich nach der köstlichen Zweideutigkeit, hegte ganz glücklich seine Grauzone, in der nichts bestätigt war, aber alles alles bedeuten konnte.*

Durch den Filter von Charles' Verliebtheit von Sebastian zu lesen, hatte sich für ihn so vertraut angefühlt, dass er beinahe gar nichts gefühlt hätte. Es war, als sinke er in ein genau richtig temperiertes Bad und könne ein paar selige Minuten die Last und den Ärger von so gut wie allem anderen in seinem Leben vergessen. Er las, dann las er erneut, und es reichte aus, und dann reichte es nicht mehr. Nach einer Weile hatten die Seiten Eselsohren und der Rücken war gebrochen, und das warme Bad kühlte ab, sodass Michael Gänsehaut bekam und wieder verletzlich wurde. Er musste es teilen. Er brauchte jemanden, dem es auch so ging wie ihm.

Also ging er eines Tages nach der Schule in den Buchladen in der Stadt und kaufte ein neues Exemplar, das klein genug war, um es in die Innentasche seines Schuljacketts zu stecken. Es sah gar nicht so klein aus, als er es über den Resopaltisch des rund um die Uhr geöffneten und primär von Bauarbeitern frequentierten Cafés schob, in das sie freitags immer gingen, wobei sie Kaffeeflecken und den dunklen, klebrigen Ketchupklecksen auswichen. Das Buch wirkte riesig, wie es da so zwischen ihnen lag. Es drohte, den ganzen Raum auszufüllen und sie alle zu ersticken. Eine Sekunde lang wollte er es einfach wieder schnappen und weglaufen, aber irgendetwas brachte ihn dazu zu glauben, dass er unter seinem Gewicht einknicken würde.

Greg nahm es in die Hand. «Danke, Mann.»

«Ich dachte, das könnte dir gefallen. Weiß auch nicht.
Ich mag es.»

«Cool. Gefällt mir bestimmt.»

«Herzlichen Glückwunsch zum Geburtstag.»

Er sah das Buch ein paar Jahre später wieder, als er Greg
beim Ausfüllen des Papierkrams half, den er brauchte,
um aus seiner unbedacht eingegangenen ersten Ehe heraus-
zukommen, und, kurz darauf, als er zum zweiten Mal
heiratete. Es lag in einer Kiste mit der Aufschrift «Bücher –
zum Wegwerfen», zwischen «Der Mikrowellen-Gourmet»
und «Unendlicher Spaß».

Als er es herausholte, tröstete es ihn sehr zu sehen, dass
der Rücken gebrochen und die Seiten ein wenig zerfleddert
waren. Aber die Schrift auf dem vergilbten Vorsatzblatt
schmerzte wie Salt-and-Vinegar-Chips in einer offenen Wunde.

Für Greg,
In ewiger Verbundenheit
Dein Michael

13.

Der Dampfglätter war im Hinterzimmer, und Gwen arbeitete
sich durch eine Kleiderstange Herrenpullis.

Systematisch bedampfte sie jeden einzelnen, genoss den
Lärm der Maschine und sah zu, wie die heißen Tröpfchen in
einer Wolke verdampften, die jedes Mal ein wenig anders roch.
Manchmal süß oder nach Parfüm. Manchmal nach der muffigen Wärme dunklen Holzes, wie wenn man Verstecken in den

Schränken der Großeltern spielte. Manchmal nahm sie den Geruch von fremdem Weichspüler wahr, was sie an Nachmittage zu Besuch bei Klassenkameraden erinnerte; an die lähmende Sorge, wie das eigene Zuhause wohl für andere roch, und ob man das irgendwie herausfinden konnte.

Manchmal holte der Dampfglätter einen Schwall Körpergeruch hervor, der so seltsam nach Essen roch – vielleicht nach Falafel? –, dass sie Hunger bekam, wovon ihr dann übel wurde. Es war einer dieser Momente – sie hielt gerade den Atem an, während sie ein Good-Charlotte-Tournee-Sweatshirt von 2002 dampfte –, in dem Nicholas hereinkam.

Gwen war ihm den ganzen Morgen aus dem Weg gegangen. Ebenso, wie sie es am Sonntag vermieden hatte, seine Textnachricht zu öffnen («Hey, Kumpel», hatte sie begonnen, was irgendwie noch schlimmer klang als das «Mylady», für das sie sich gewappnet hatte). Aber jetzt stand er hier, und sie konnte nur an ihr glänzend-rosafarbenes Gesicht denken und daran, dass der Dampf ihre Ponyfransen nass an ihre Stirn geklebt hatte. Warum konnte sie diesen Mann nicht in Situationen treffen, in denen weniger als 70 Prozent Luftfeuchtigkeit herrschten?

«Gwen! Hi!» Er tat so, als taumelte er ein wenig zurück, als wäre ihre Anwesenheit eine freudige Überraschung.

«Hey, hallo.» Sie winkte ihm hinter dem Kleiderständer kurz zu, dankbar, dass die Reihe unsichtbarer Geistermänner einen Puffer zwischen ihnen bildete.

«Wie geht's dir heute?»

Nicholas besaß nicht den Anstand, sich mit etwas zu beschäftigen, wie es ein normaler Mensch getan hätte. Stattdessen stand er einfach nur regungslos da, starrte sie an und wartete auf eine Antwort.

«Ich dampfe», antwortete sie, was eigentlich keine Antwort war, aber der Sache nahekam.

«Du hast mir nicht zurückgeschrieben.»

War das – Moment mal, *sagten* die Leute solche Dinge jetzt einfach? Was war mit der schönen Tradition passiert, die unangenehmen Fakten einfach unausgesprochen zwischen sich stehen zu lassen?

War die heutige Dating-Szene voller Leute, die einfach frech die Wahrheit aussprachen und Dick Pics schickten?

«Ich, äh – nein? Nein. Tut mir leid. Viel zu tun gerade!» Sie schüttelte einen Pullover aus, als wollte sie damit unterstreichen, was sie gerade gesagt hatte.

Nicholas lächelte immer noch, was sie irritierte. «Schon okay. Wirklich. Ich versteh das, voll.»

Was verstand er denn? Und konnte er ihr das bitte erklären?

Gwen lächelte zurück, sie hoffte, es sah verbindlich, aber entschlossen aus. Doch Nicholas hatte eine Augenbraue hochgezogen – natürlich war er ein Augenbrauen-Hochzieher – und sah sie weiterhin fragend an, sodass es in ihrem Nacken zu prickeln begann. Gerade, als sie sich räusperte, um etwas zu erwidern, ohne auch nur die leiseste Ahnung zu haben, was genau sie sagen sollte, war der Dampfglätter leer und begann, laut um Aufmerksamkeit zu rattern.

«Ich sollte erst ...» Sie griff nach dem Plastikkrug, den sie zum Nachfüllen benutzten. Nicholas nickte, als wäre das die Antwort, die er die ganze Zeit erwartet hatte, drehte sich auf dem Absatz um und ging wieder.

Auf dem Weg nach Hause atmete sie tief durch und öffnete endlich seine Nachricht.

«Hallo, Kumpel», stand da. «War lustig gestern. Bin nach

Hause gegangen und habe den ganzen Wikipedia-Eintrag über die Hugenotten durchgelesen, das waren ja verdammt wilde Zeiten! Egal, was machst du eigentlich Freitag? Nx»

«Da habe ich was vor», sah sie sich antworten.

Das war merkwürdig.

«Willst du mitkommen? x»

Ring

Wie in den meisten Langzeitbeziehungen waren gemütliches Schweigen und überflüssige Bemerkungen zum Tenor bei Gwen und Ryan geworden. «Isst du diese Kruste nicht mehr?» «Oh, du hast das Hemd an.» «Es regnet.» Sie erklärten einander die Welt, wie sie sie sahen, und genossen es, dass quasi ihre eigene Stimme zurückgespielt wurde.

Vor anderen erzählten sie eine Auswahl an Geschichten, poliert und verfeinert in vielen, vielen Runden des Wiedererzählens. Zusammen behielten sie einige Lügen bei, auf die sie sich geeinigt hatten – dass er etwas geizig war, was hin und wieder stimmte, oder dass sie überhaupt keinen Orientierungssinn hatte, was definitiv nicht stimmte. Sie spulten immer wieder dieselben Geschichten ab, persönliche Nachrichtenschlagzeilen und kleine Zwei-Personen-Comedy-Stücke aus ihrer immer wiederkehrenden Auswahl, wobei sie hin und wieder neue hinzufügten und andere einmotteten, wenn alle, die sie trafen, sie schon einmal gehört hatten. Damals, als Ryan seine Brieftasche auf einem Schiff im Kanal verloren hatte. Als Gwen in den Spalt zwischen U-Bahn und Gleis fiel. Der Film, den sie letzte Woche gesehen hatten, der Urlaub, den sie letztes Jahr gemacht hatten. Sie nahm an, dass alle Paare das so handhabten.

Ungefähr im fünften Jahr ihrer Beziehung hatten sie echte körperliche Intimität erreicht, und das war schön. Sie kuschelten und schmiegten sich nachts aneinander wie neugeborene Welpen. Sie pinkelten bei offener Klotür, und es war ihr inzwischen egal, wenn er sah, wie sie sich kratzte oder das lange, drahtige Haar auszupfte, das wie die Bohnenstange aus dem Märchen praktisch über Nacht aus ihrem Kinn gewachsen war.

Aber die emotionale Intimität war ein Problem. Selbst nach drei, vier Jahren verbarg Gwen immer noch ängstlich Teile ihrer Persönlichkeit. Sie bearbeitete die Sätze immer noch in ihrem Kopf, bevor sie sie laut aussprach, überlegte immer noch nervös, ob sie ihn mit einer Belanglosigkeit langweilen durfte. Statt all ihre Gedanken einfach so auszusprechen, so, wie sie sie auch dachte, gab sie sich alle Mühe, sie zu bewerten und zu rationieren und sie nur herauszulassen, wenn er bester Laune war und vermutlich gut darauf reagierte. So hatte sie es sich nicht vorgestellt.

Manchmal ging er ans Telefon und sagte: «Hallo?», wobei sich sein Tonfall am Ende des Satzes etwas hob wie bei einer Frage. So, wie jemand auf eine unbekannte Nummer reagieren würde. Manchmal sagte er: «Hallo, Gwen», was beinahe noch schlimmer war. Denn niemand nennt denjenigen, den er liebt, beim Namen, wenn er ans Telefon geht. Man nennt den anderen Süße oder Süßer, Baby, Schatz, Arschgesicht. Man singt Hallooooo, oder man lässt den Gruß gleich ganz weg und redet einfach dort weiter, wo man aufgehört hat. Sie hatte ihm das einmal zu erklären versucht, aber sie hörte selbst, dass es verrückt klang.

«Du willst, dass ich dich Arschgesicht nenne?», hatte er

ernsthaft gefragt. Er versuchte, seinen neuesten Tritt ins Beziehungsfettnäpfchen zu verstehen.

«Nein. Nein! Ich finde es nur komisch, wenn du meinen richtigen Namen verwendest, du nicht? Es ist so förmlich.»

«Soll ich dann ein Pseudonym verwenden?»

«Ich glaube, andere Paare nennen so etwas Kosenamen.»

«Aber wir haben keine Kosenamen. Willst du Kosenamen?»

Sie atmete lang und bebend aus.

«Nein.»

Das Problem war, dass sie keinen Vergleich hatte. Niemand sprach über so etwas. Ihre Freundinnen und Kolleginnen beschwerten sich, dass ihre Partner zu lange wegblieben oder keine ordentlichen Geburtstagsgeschenke kauften, und später schimpften sie darüber, dass sie nicht in der Lage waren, den Geschirrspüler ordentlich zu beladen oder ein Rezeptbuch in die Hand zu nehmen, ein Rezept auszuwählen und es zum Abendessen zuzubereiten. Sie beschwerten sich über die Last der emotionalen Arbeit und des «mental load» – zuerst nicht in genau diesen Worten, aber dann, als sie die einschlägigen Artikel darüber gelesen hatten, genau in diesen Worten. Aber es war stets ein Schimpfen, das praktisch der Erholung diente, ein Sich-Beschweren als Sport, als Ritus, um sich einander näher zu fühlen. Diese Klagen wurden niemals als K.-o.-Kriterien aufgefasst, weil die Kriterien offenbar schon längst in Stein gemeißelt waren, lange bevor man die Beziehung mit einer Eheschließung besiegelte.

Normalerweise nahm man an, dass derjenige, mit dem man Anfang zwanzig länger als zwei Jahre, Ende zwanzig ein Jahr oder ein halbes Jahr in den Dreißigern zusammen war, Der Richtige war, bis sich das Gegenteil herausstellte. Man konnte oft die Erleichterung mit Händen greifen, wenn eine

Frau, die bisher Single war, wieder mit jemandem ausging; alle anderen spulten ihre Beziehung praktisch im Kopf schon vor. Es dauerte dann nur ein paar Wochen, bis beide zusammen eingeladen wurden. Alle kommentierten eifrig die Zukunftspläne, schlugen Gruppenurlaube, Spieleabende, Sportaktivitäten, Ratschläge, Werkzeugleihgaben und all die anderen Dinge vor, mit der der neue Mensch ins soziale Gefüge eingebaut werden sollte. Niemand sagte je: «Wenn ihr bis dahin noch zusammen seid ...», natürlich nicht. Das wäre unhöflich.

Von Zeit zu Zeit machte jemand – normalerweise irgendeine Freundin einer Freundin – eine schreckliche Trennung durch, und Gwen hörte Bröckchen von Tratsch aus dritter Hand über angebliche Untreue und den Sorgerechtsstreit um Hunde und maßangefertigte Sofas. Dann redeten die Leute. Dann schenkten sie ihre Weingläser nach und lächelten in gespielter Sorge und gaben sich kaum Mühe, ihre wahren Gedanken zu verbergen, die da waren: Gott sei Dank sind wir das nicht.

Aber niemand sprach je darüber, ob er oder sie Zweifel daran hatte, dass der jeweilige Partner Der Richtige oder zumindest Ein Richtiger war. Gwen suchte erfolglos nach der Pause in Gesprächen, in der jemand vielleicht diese Frage stellen würde, aber sie tauchte nie auf. Es wurde noch schwieriger, als sie älter und die gemeinsamen Treffen kürzer, zivilisierter und, was der Hauptgrund war, verpaarter wurden. Man konnte vielleicht im Nachtbus nach Hause den Kopf an jemandes Schulter legen und flüstern: «Ich weiß nicht, ob ich ihn genug liebe», aber man konnte das nicht über die Dips für das Geburtstagsbarbecue hinweg verkünden.

Niemand wollte darüber reden, nahm sie an, für den Fall, dass der Zweifel ansteckend war. Denn wenn man seine Fallakte herauszog, wenn man seine eigenen Unsicherheiten und Vorbehalte ausbreitete und sich herausstellte, dass sie auch nicht schlimmer waren als das, was sie fühlten und über ihre eigenen Beziehungen dachten, dann was? Chaos? Dann müssten sich ja alle trennen und wieder neu anfangen! Das durften sie nicht riskieren.

Betrügen, Lügen, emotionaler oder körperlicher Missbrauch, Schreikämpfe im Supermarkt – all das waren Gründe, eine langjährige Beziehung aufzugeben. Nicht dünne, halbgare Sorgen. Nicht ein vages Jucken der Unzufriedenheit. Definitiv nicht die Art, wie sich jemand am Telefon meldete. Bis es dann schließlich doch ein Grund war.

Sie hatte sich quasi aus Versehen von Ryan getrennt, während eines Gesprächs, das kein Streit, nicht einmal eine besonders ernsthafte Diskussion war. Bis es dann doch zu einem Streit wurde.

Sie waren zunächst so weit von einem Streit oder einer ernsthaften Diskussion entfernt, dass sogar noch der Fernseher lief, und so beendete sie schließlich ihre Verlobung und ihre siebenjährige Beziehung, während im Hintergrund Große Träume, Große Häuser lief.

Er hatte etwas verloren: Torwarthandschuhe, die Gwen in ihrem ganzen Leben nicht gesehen hatte. Ryan bestand darauf, dass sie sie kannte (was nicht stimmte), dass sie sie von ihrem Platz ganz unten im Schrank, wo er sie immer (nie) aufbewahrte, irgendwo anders hingelegt haben musste. Er war gar nicht besonders wütend, nur vollkommen sicher.

«Es ist ja keine große Sache, aber du hast sie nun mal woanders hingelegt», sagte er immer wieder.

Dann pikte er mit dem Zeigefinger in ihre Wange, in dem Versuch, niedlich zu sein: «Ist schon okay, zukünftige Ehefrau. Wir haben noch unser ganzes gemeinsames Leben vor uns, Zeit genug, es zuzugeben.»

Angesichts seiner bombensicheren Überzeugung erkannte Gwen plötzlich ihre eigene Unsicherheit. Ihr gesamtes gemeinsames Leben lief vor ihrem inneren Auge ab, Jahrzehnt um Jahrzehnt. Er stets vollkommen sicher, sie zögernd und schließlich immer mehr zerbröselnd wie Sandstein unter Granit. Nur ein winziger Metallring hielt sie noch zusammen. Und statt ihm einfach noch einmal zu sagen, dass sie die Torwarthandschuhe nicht angerührt hatte, dass sie die beschissenen Torwarthandschuhe noch niemals gesehen hatte, und seit wann spielte er überhaupt Fußball, sagte sie ihm, dass es vorbei sei.

Sie weinte, und die Gründe kamen in verrotzten, halbfertigen Sätzen heraus. Derweil befragte der Moderator in der Sendung ein strahlendes Paar in Warnjacken unter einer Plane im Regen. Sie gab sich Mühe, ihm die Welt zu erklären, wie sie sie sah, und Ryan gab sich Mühe, dieser Unterhaltung zu folgen, die ganz und gar nicht in ihr gemeinsames Repertoire gehörte.

Als sie ihn davon überzeugt hatte, dass das hier kein gereizter Ausraster war, dass sie es ernst meinte, dass sie ihn nicht heiraten könne, dass er nichts falsch gemacht habe, aber dennoch alles falsch sei, besichtigten der Moderator und das Paar mit einem schlafenden Baby auf dem Arm einen Palast mit Glasfenstern vor dem Hintergrund eines strahlend blauen Himmels.

Als sie sich selbst davon überzeugt hatte, dass sie es ernst
meinte, war Ryan zu seinen Eltern gefahren, und sich auf
die Stille einzulassen, war erschreckender als alles, was sie
je getan hatte. Gwen hatte sofort den Ring abgenommen.
Aber den Fernseher ließ sie einige Tage lang angeschaltet.

14.

An dem Tag, an dem Suzes Einladung stattfinden sollte, dachte Gwen gerade darüber nach, wie sie den überzeugendsten, aber gleichzeitig am wenigsten beleidigenden Absage-Text formulieren sollte, da traf sie Connie.

Im Laden war viel los, anscheinend völlig grundlos. Diese plötzlichen Phasen der Betriebsamkeit gab es manchmal an sonst toten Tagen – ein Haufen Kunden trat plötzlich gleichzeitig an den Verkaufstresen, so wie Eisenspäne von einem Magneten angezogen werden. Gwen hatte eine Panikattacke, ebenfalls anscheinend völlig grundlos. Ein Kloß pochte in ihrem Hals, der sich nicht einmal mit großen Schlucken Wasser vertreiben ließ. Sie hatte ein Engegefühl in der Brust, atmete abgehackt und musste ihre Lunge bewusst mit Luft füllen, wieder und immer wieder. Atmen war wirklich eine gnadenlose Angelegenheit, wenn man mal darüber nachdachte.

Eine Frau hielt ein Sweatshirt hoch und rief, ob man das auch in anderen Farben haben könne. Ein Mann klatschte ein Taschenbuch auf den Verkaufstresen und sagte ungeduldig: «Nur das hier», als wäre die Unwichtigkeit eines Ein-Pfund-Einkaufs die Berechtigung, in der Schlange vorgelassen zu werden.

Die Schlange bestand jetzt aus vier Leuten, und Gwen grub die Fingernägel tief in ihre Handfläche, während die Kundin ganz vorn noch einmal über ihre Auswahl nachdachte – eine Jeansjacke, eine Porzellan-Schäferin und ein Toaster, der jede Scheibe mit einem Emoji mit Herzchen-Augen toastete. *Funktionierte der Toaster?* Er war TÜV-getestet, aber nicht mit Brot. *War die Schäferin ein Sammlerstück?* Schwer zu sagen. *Würde meiner Nichte die Jeansjacke gefallen?* Tja – Gwens Kiefer spannte sich an, es kribbelte in ihren Wangen. Noch mehr Kunden stellten sich in der Schlange an – wer stand nicht auf Moonwashed-Jeansjacken?

Dann, gerade als der Raum zu verschwimmen drohte und sie das Gefühl hatte, auf trockenem Land unter einer Neonröhre zu ertrinken, während aus dem Radio «Wichita Lineman» plärrte, stand plötzlich eine Frau neben ihr, wickelte die Schäferin in Zeitungspapier und steckte alles ganz sachlich in eine Papiertüte.

«Wunderbare Wahl! So ein exzellenter Geschmack! Sechzehn Pfund fünfzig bitte, danke schöööön, bitte sehr. Der Nächste bitte!»

Gwen trat widerspruchslos zur Seite und begann, die Kleiderbügel zu ordnen. Die Frau fertigte die Schlange ab, wobei sie unablässig plauderte und Nettigkeiten von sich gab, ohne innezuhalten, sodass niemand ihren Fluss unterbrechen konnte. «Ein klassischer Gürtel! Braun passt zu allem, oder? Na, ich wünsche nur das Allerbeste zur Beerdigung *und* zum Bewerbungsgespräch. Hallo, was für ein hübscher Anorak!»

Schließlich ebbte der Ansturm ab, und die Frau ließ sich in gespielter Erschöpfung theatralisch auf den Verkaufstresen fallen. Ihr dickes, grau meliertes Haar war zu einem losen Dutt auf dem Kopf gesteckt, der sich stets den Bruchteil einer Sekunde später bewegte als ihr Kopf. Sie war vermutlich Anfang sechzig, trug kurze Palazzo-Hosen und eine Leinenbluse, die auf die elegante Art, die Gwen niemals hinbekam, halb in die Hose gesteckt war. An ihren Handgelenken klimperten silberne Armbänder, und sie roch nach Tobacco – dem Duft, nicht den Zigaretten. Oder vielleicht auch nach beidem. Die Frau wuchtete sich wieder hoch und wandte sich an Gwen.

«Hallo. Connie. Wie heißt du?»

Gwen sagte es ihr.

«Schön, dich kennenzulernen, Gwen! Du siehst halb tot aus, hast du eine Art Anfall?»

Gwen erfuhr später, dass das typisch Connie war. Sie war stolz auf ihre trockene Direktheit, die bei jemand Jüngerem oder Ärmerem vielleicht unhöflich geklungen hätte, aber ihre flotte Radio-4-Stimme und die auffälligen Ohrringe ließen sie frisch und charismatisch wirken. Sie war die Art Mensch, die den Autor bei einem Literatur-Interview entwaffnete oder es schaffte, das Geld im Edelkaufhaus John Lewis zurückzubekommen. Hinter den schicken, dick gerahmten Brillengläsern waren ihre Augen faltig und blickten listig drein. Ja, bestätigte Gwen. Sie hatte eine Art Anfall.

Binnen einer Stunde hatte Connie sie nicht nur beruhigt, sondern es ging ihr auch wieder gut. Kaffee wurde gekocht («Für dich wohl lieber entkoffeinierter Kaffee, glaube ich»), dazu gab es Kekse, und Kurzbiografien wurden ausgetauscht. Connie war gerade erst in Rente gegangen und sehr wütend darüber, außerdem frisch geschieden und sehr glücklich deswegen. Sie hatte dreißig Jahre lang in Tufnell Park gewohnt, in einem Haus, das sie für «ungefähr zwei Pfund fünfzig» gekauft hatte, allerdings: «Tut mir leid, das sagen zu müssen, aber wir haben früher ständig Spritzbesteck in den Rhododendronbüschen gefunden.» Es war erst ihre zweite Schicht im Laden, und Gwen bewunderte ihre Fertigkeiten als Neuling.

Connie hatte sich aus Langeweile für die ehrenamtliche Arbeit gemeldet. Außerdem brauchte sie eine Ausrede, wenn ihre Freundinnen sie in ihre Chöre oder Wandergruppen zu locken versuchten.

«Ehrlich, ich kann nicht einmal mehr zu einer Mammografie gehen, ohne dass eine von ihnen mit irgendeinem rotweinnasigen Deppen namens Nigel hinter dem Vorhang hervorspringt, der eine neue Frau braucht, um die verlöschende Glut seines Egos wieder anzufachen», seufzte sie. «Ich sage ihnen immer, dass ich gern allein bin! Allein zu sein, ist wahre Glückseligkeit! Ich rülpse wie ein Lkw-Fahrer und schlafe wie eine Königin.»

Gwen dagegen war neuerdings arbeitslos und sich nicht sicher, wie sie das finden sollte, außerdem Single, was sie akzeptierte, und hatte eine Panikattacke gehabt, weil sie zu einer Feier im Haus ihrer besten Freundin mit einem großen Jungen gehen musste, der sie ... verwirrte. Sie war sich nicht ganz sicher, ob Connie Nicholas schon kennengelernt hatte, daher ließ sie die Details im Vagen.

«Nur ... warum zwinge ich mich dazu, dorthin zu gehen?», lachte sie schwach. «Welchen Sinn hat das?»

Connie dachte ernsthaft darüber nach, welchen Sinn das haben konnte.

«Du willst, dass ich dir sage, dass du nicht gehen sollst», vermutete sie, während Gwen gerade mit der Auspreispistole nach einem Paar Herrenshorts schoss. «Du willst, dass ich sage: ‹Sag einfach ab! Bleib zu Hause, bestell eine Pizza, leg dich in die Badewanne, sei nett zu dir selbst.›»

«Nein, das stimmt nicht», protestierte Gwen. Aber es stimmte genau.

«Na ja, das werde ich aber nicht tun», fuhr Connie fort. «Du solltest gehen. Eigentlich bereut man es nie, ausgegangen zu sein. Entweder ist es besser, als man befürchtet hat, dann ist man froh, hingegangen zu sein, oder es ist ein Albtraum, und man hat bei der nächsten Party eine gute Geschichte zu erzählen. Aber normalerweise ist es die erste Variante, meiner Erfahrung nach. Es ist immer besser, etwas zu tun, als nichts zu tun.»

Gwen dachte darüber nach. Es hatte eine Zeit gegeben, in der sie in schlechterem Zustand vor Suzes Tür gestanden hatte – oder eher über den Flur zu ihrem Zimmer gekrochen war und gejault hatte, um sich dann zwischen der herumliegenden Wäsche auf dem Boden auszustrecken, nach Tee und Mitleid und jemandem zu verlangen, auf dessen Schoß sie ihre bleiernen Beine legen und mit dem sie «Das perfekte Dinner» schauen konnte. Aber jetzt fühlte sich allein die Vorstellung, ihr etwas anderes von sich zu zeigen als die leichteste, funkelndste, unkomplizierteste Version ihrer selbst, an wie schlechtes Benehmen.

«Was ist ... was ist, wenn ich einfach eine schreckliche Gesellschaft bin? So, meine ich?»

«Na ja, ist doch egal», antwortete Connie zwischen zwei Kunden. Gwen sortierte einen Haufen neuer Spenden. Nebeneinander am Verkaufstresen zu stehen, machte es irgendwie weniger seltsam, so offen über die eigenen Unsicherheiten mit einer Frau zu sprechen, die sie gerade erst kennengelernt hatte, genau wie mit Brenda, Asha und den anderen. Außerdem hatte Connie die Ausstrahlung – das wurde ihr plötzlich klar – der Sorte Privatpsychotherapeutin, die sich Gwen nicht leisten konnte.

«Das fällt niemandem auf. Die sind alle viel zu sehr mit sich beschäftigt, meiner Erfahrung nach», fügte Connie hinzu, und es klang, als halte sie Gwen nicht unbedingt für eine Ausnahme.

«Und hey, außerdem sehen es die Menschen gern, wenn es anderen nicht so gut geht. Dann fühlen sie sich selbst besser. Die schlimmste Sorte Gesellschaft ist die, die gar nicht erst auftaucht.»

Gwen war sich da nicht so sicher, aber die Aufmunterung war in ihrer Deutlichkeit erfrischend.

«Was war das noch, was meine Nichte auf ein scheußliches Kissen gestickt hat? *Es ist okay, nicht okay zu sein*», fuhr sie fort.

Gwen hasste diesen Spruch heimlich, der in den letzten Jahren in Online-Memes und in der Pop-Lyrik und Disney-Pixar-Filmen immer wieder durchgenudelt worden war, bis sie das Gefühl beschlichen hatte, dass eine ganze Generation mehr damit beschäftigt war, einander zu versichern, dass es völlig in Ordnung war, in traurigen Löchern zu hocken, statt einander herauszuhelfen.

Sie verstand natürlich, was der Spruch sagen wollte. Er sollte den Kampf entstigmatisieren und deutlich machen, dass man Traurigkeit und Unsicherheit und Ängste und Verstopfung als Teil der reichen emotionalen Landschaft des Menschen begreifen musste. Dass diese Gefühle keinesfalls abgewürgt oder hinuntergeschluckt werden sollten, weil sie sonst im Inneren gärten und irgendwann wie ein überreifer Kombucha aus einem herausbrachen. Sie begriff das. Und doch hätte sie jedes Mal, wenn sie den Spruch las, am liebsten geschrien. Es war *nicht* okay, nicht okay zu sein, denn das war schließlich die Definition vom Nicht-okay-Sein. Bitte, flüsterte dann eine leise Stimme in ihr. Sag nicht, dass das normal ist. Und lass mich hier nicht allein.

Gwen schluckte und spürte, dass der Kloß in ihrem Hals immer noch da war. Eine Rettungsboje, die im Ozean schwamm. Aber ihr Gesicht kribbelte nicht mehr, und sie hatte in den

letzten Minuten nicht mehr bewusst atmen müssen. Stattdessen spürte sie die beruhigende Schwere in ihren Gliedern,
den müden Schmerz, der sich auf sie herabsenkte, weil sie Das
Schlimmste Hinter Sich Hatte.

«Na gut. Du hast recht. Ich gehe hin.» Noch eine Viertelstunde
bis Ladenschluss, was bedeutete, dass sie noch eine Dreiviertelstunde hatte, um sich zusammenzureißen, auf der Toilette ein
hübsches Top anzuziehen, ein bisschen Parfüm aus den Testern
aufzutupfen, um den muffigen Geruch der Panik zu übertün-
chen, die ihren Körper im Griff hatte, und in der U-Bahn ein
belegtes Baguette hinunterzuschlingen, für den Fall, dass Suzes
neueste Interpretation von «ein paar Leute einladen» Martinis
und Sashimi waren. «Aber ich ziehe dich persönlich zur Verant-
wortung, wenn es eine Katastrophe wird.»

Connie gab ihr einen sportlichen Klaps auf die Schulter.
«Wenn es eine Katastrophe wird, koche ich dir höchstpersönlich
ein Abendessen.»

Und das glaubte ihr Gwen sogar.

Brosche

Geformt wie ein kleines Silberschiffchen, mit glitzerndem
Markasit, reitet sie nun schon seit fast sieben Jahrzehnten
die Wellen der Mode; sie war schon in unmodischen Tiefen
versunken und dann wieder hervorgeholt worden – erst
ironisch, dann, weil sie irgendwie neu wirkte, weil sie zu
einem edlen Kleid passte, weil es in der Vogue hieß,
dass Broschen zurück seien. Haben Sie das nicht gehört?

Zuerst gehört sie Dorothy, die sie 1952 in einem kleinen
Geschenkeladen in ihren Flitterwochen in Suffolk kauft.
Dann ihrer Tochter Barbara, die sie ihrer Schwester Judith

weitergibt, die sie scheußlich findet und sie dem Wohltätig-
keitsbasar der Kirche spendet, wo sie wiederum von der Frau
des Schlachters gekauft wird, die sie gern an ihren weißen
Mantel steckt, bis sie bemerkt, dass Reste von Innereien am
Mast des Schiffchens kleben und wie eine monströse Meer-
jungfrau aussehen.

Also wird sie abgewischt, eingepackt und ihrer Schwägerin
Esther zu Weihnachten geschenkt, die lieber eine Flasche
Cinzano gehabt hätte. Die Brosche liegt einige Jahre ganz
unten in der Schmuckschatulle, bis ihr New-Romantic-Sohn
sie aus dem Wirrwarr befreit und sie auf sein gerüschtestes
Hemd steckt. Von dem sie prompt herunterfällt, vermutlich
weil der Verschluss nicht mehr hält oder weil er in der Ecke
eines Kellerclubs zu wild getanzt hat. Ein Türsteher fischt
sie aus der Kiste mit den Fundsachen und schenkt sie seiner
Freundin, die sie später in einer Wohngemeinschaft liegen
lässt, wo sie irgendwann von einem siebenjährigen Mädchen
in einer alten Kommode gefunden und ihrer Sammlung
alter Schätze hinzugefügt wird: ein Lippenbalsamstift,
ein Moon-Ring, der je nach Körpertemperatur seine Farbe
verändert, und eine Schildkröte mit Anzugfliege aus einem
Kinder-Überraschungsei.

Als sie älter wird, taucht die Brosche in einem Second-
handladen auf, wo sie von Bola gekauft wird, die Broschen
liebt und sie einige Jahre an ihrem besten Mantel trägt,
bis ihre arthritischen Finger sie dazu zwingen, von Knöpfen
zu praktischeren Klettverschlüssen überzugehen. Die
Brosche liegt ein paar weitere Jahre in einer Schmuckschatulle, bis sie an Bolas Enkelin Maya vererbt wird, die sich
damit nicht einmal tot überm Zaun hängend erwischen lassen würde.

Dann taucht sie auf einem Flohmarkt auf, wo sie von Ahmet gekauft wird, der alten Schmuck auf einer neumodischen Plattform namens eBay verkauft – an Leute wie Pauline, die einen Stand in der Portobello Road hat und dort Vintage-Klimbim an Touristen verkauft, die die Hände voll mit Handys und extravagant dekorierten Cupcakes haben.

An Touristinnen wie Emily, die einen Tagesausflug aus Northamptonshire gemacht hat. Sie steckt sich das Schiff an ihren Samtblazer neben Abzeichen und Sticker und einen Flicken, auf dem steht «Normale Menschen jagen mir Angst ein». Die Brosche bleibt bei ihr, als sie mit ihren Habseligkeiten nach London zieht und rechtzeitig, enttäuschenderweise, normal wird.

Im Laufe eines Jahrzehnts tritt sie genau auf zwei Halloween-Feiern und einer Beerdigung in Erscheinung. Schließlich wird das kleine Silberschiffchen zum Opfer eines «bewussten Frühlingsputzes», ihm wird gedankt, dann wird es wieder den kabbeligen Gewässern der Sozialkaufhäuser überantwortet, wo es an einem ruhigen Mittwochvormittag von Gloria ausgegraben, abgewischt, ausgezeichnet und auf ein mit schwarzem Samt bezogenes Schmucktablett auf den Verkaufstresen gelegt wird, neben einen Plastik-Kaugummiring und ein Armband, das aus einer Gabel besteht.

Der heilige Michael nimmt später einen Edding und erhöht den Preis auf drei Pfund, denn in der Vogue heißt es, dass Broschen wieder in sind. Erzählen Sie es weiter.

15.

In der U-Bahn roch es nach nassem Hund. In der Hitze des Wagens stieg der Regen sanft aus den nassen Jeanshosen und Regenschirmen auf, und Gwen atmete durch den Mund, während sie im Gang versuchte, das Gleichgewicht zu halten. Ihre Füße waren zwischen dem Rucksack eines Touristen und einem Haufen durchnässter, schon beinahe zerfallener Primark-Tüten eingeklemmt. Drei Sitze weiter sah ein Mann zu ihr herüber. Nicht verstohlen oder wütend, nicht einmal anerkennend – nur eine entspannte Betrachtung. Er musterte ihre Beine, ihre Brust, ihr Gesicht, und dann glitt sein Blick ruhig zum Werbeschild über ihrem Kopf weiter, auf dem das neueste Glasfasernetz angepriesen wurde. Sie tauschte die Hände an der Haltestange und drehte sich um.

Die Panik hatte fürs Erste nachgelassen, oder vielleicht hatte sie sie auch einfach mit dem Butter-Schinken-Baguette erstickt. Aber statt ihrer war die mulmige Neugier wieder erwacht. Der Nicholas-Effekt. Sie war irgendwie gleichgültig und doch interessiert, als schaute sie mit einer Tüte Popcorn auf dem Schoß zu, wie sich das Ganze entwickelte. Sie war neugierig genug, um ihn mitten in der makellosen offenen Küche von Suze und Paul stehen zu lassen, ihn anzuzünden und einen Schritt zurückzumachen, um zu sehen, was passieren würde.

Vielleicht würde er alle von der Tatsache ablenken, dass sie arbeitslos war, keine Ziele hatte und billigen Wein aus dem Laden an der Ecke kaufte. «Seht nicht mich an! Seht dorthin, seht diesen Blödmann an!» Oder vielleicht – ein tröstlicher Gedanke – würde er gar nicht auftauchen.

Gwen hatte nicht gewusst, wie sie Suze hätte sagen sollen, dass sie ihren Job verloren hatte. Sie hätte dazu nur eine Textnachricht mit der Frage «Wie geht es dir?» gebraucht, aber die war nicht gekommen, weil Suze keine Gedanken lesen konnte und das auch nicht ihr Stil war. Ihr alles zu erzählen, kam ihr irgendwie übergriffig vor. Unhöflich.

Am Ende hatte sie es in ihrer Antwort erwähnt und hoffte, dass es als Entschuldigung für ihre späte Reaktion dienen würde.

«Toll! Ich freu mich so, dass du kommst!», hatte Suze geschrieben.

«Ich mich auch!», hatte Gwen zurückgetextet. «Übrigens: Mir wurde gekündigt x»

«Waaaaas? Gekündigt?? Dir?!», kam die Antwort. Das war nicht gerade der besorgte Anruf, den sie sich gewünscht hätte, aber immerhin wirkte es interessiert. Mehr Tippen, dann: «Hast wohl ins Firmenkonto gegriffen?»

Gwen hatte kurz geschwankt, aber dann geantwortet: «Genau, bin mit der Firmenkreditkarte bei Whole Foods durchgedreht. Habe einen dieser Eimer mit Mandelbutter gekauft.»

«Du Gaunerin!»

Eine Pause. Suze tippte ... dann hörte sie auf. Gwen hatte wieder eine Nachricht geschickt.

«Um genau zu sein, haben sie mir aus betrieblichen Gründen gekündigt. Das ist weniger sexy, als gefeuert zu werden. Aber ich glaube, es liegt daran, dass ich einem Kunden verraten habe, dass wir ihm zu viel Geld abknöpfen ...»

«Ah.»

«... vor meinem Chef.»

«Ja, das war's wohl. Arschlöcher.»

Eine Pause. Dann: «Aber irgendwie auch Mist! Süße! Geht es dir gut? Das wird wieder, oder?»

«Mir geht es gut! Das wird wieder. Habe genügend Abfindung bekommen, dass ich ein paar Monate damit durchkomme. Vielleicht sogar vier, wenn ich das Fitnessstudio kündige, in dem ich seit 2016 nicht mehr war.»

«Gut! Es wird bestimmt besser! Vier Monate sind praktisch eine bezahlte Freistellung. Sag den Leuten doch das.»

«Bezahlte Freistellung! Ein Traum!»

«DER TRAUM.»

Kein Tippen mehr. Gwen hatte ihr Handy weggelegt und starrte aus dem Fenster in die graue Pampe des Himmels hinaus. Dann nahm sie es wieder in die Hand und fügte hinzu: «Ich arbeite jetzt ehrenamtlich in einem Sozialkaufhaus.»

Drei Minuten waren vergangen.

«Toll! Sieh mal an, eine richtige Mutter Teresa.»

«Eigentlich war Mutter Teresa die Anführerin einer Sekte.»

«Hä, was?»

«Ich hab da was gelesen.»

Dann, gerade als Gwen noch eine Erklärung tippte: «Gibst du mir Bescheid, wenn mal ein echter Schatz auftaucht? Pauls Schwester hat irgendwann eine echte Chloe-Paddington-Tasche beim Flohmarkt der Krebshilfe gefunden und redet nur noch davon.»

«Na klar! Das ist der Plan, eine unbezahlbare Antiquität aus einer ollen Tasche zu ziehen und nie mehr arbeiten zu müssen.»

«Genau so!»

Mehr Tippen. Eine Pause. Dann, nichts.

Suze musste es weitererzählt haben, denn in den nächsten Tagen trudelten Nachrichten von gemeinsamen Freunden ein. Eine alte Mitbewohnerin, ein Freund von der Uni und sogar eine von der Schule, die ihr jetzt nur noch auf Facebook zum Geburtstag gratulierten, mit Suze aber noch zu sprechen schienen. Aber da keiner von ihnen überhaupt je gewusst hatte, was für einen Job Gwen gehabt hatte, klangen die Mitleidsbekundungen ziemlich hohl. *«Hoffentlich ist alles okay bei dir!»* kam ihr weniger wie eine Frage als vielmehr wie ein Befehl vor.

Also spielte sie mit und beteuerte, dass alles okay sei. Es war vielleicht okay, nicht okay zu sein, aber es war leichter, einfach so zu tun, als wäre man okay.

Gwen bog um die Ecke und in Suzes Straße ein. Sie war erleichtert, dass sie nirgends eine Spur von Nicholas entdecken konnte. Halb hatte sie erwartet, dass er mit einem Zylinderhut auf dem Kopf vor Suzes Haus stehen würde. Oder in einer Toga. Hastig kaute sie ein paar Gaviscon-Magentabletten, schüttelte ihren Schirm aus und versuchte, mit der Zungenspitze die kalkigen Stückchen aus den Backenzähnen zu entfernen, um dann auf Suze und Pauls Rotklinker-Reihenhaus in Walthamstow zuzusteuern. («Wie kommt er denn dazu?!» «Er hatte eine alte tote Tante.» «Ah, das sind die besten.»)

Sie atmete tief durch – eine gute Entscheidung, eine gute Entscheidung – und klingelte.

Armbanduhr

Sieben Jahre lang hatte sie das Zimmer genau so belassen, wie er es zurückgelassen hatte. Was bedeutete: eklig.

All das widerstrebte ihrer natürlichen Neigung zu Sauberkeit und Ordnung, und daher war es für sie eine Sache des persönlichen Stolzes. Ein Opfer an sein Andenken. Sie gedachte ihres Jungen, wie er gelebt hatte: im Chaos, in Buntheit und Schmutz.

Manchmal, an den schlimmen Tagen, stieg sie in sein Bett und vergrub das Gesicht in seinem Kissen. Seinen Geruch bildete sie sich inzwischen nur noch ein, und doch konnte sie ihn heraufbeschwören, wenn sie sich genug Mühe gab. Der schwache Duft nach Bodyspray und der würzige Mief nach reifem Testosteron. Die süßliche Kopfnote von Marihuana, die sie damals gehasst hatte, aber jetzt voller genüsslicher Zuneigung inhalierte. Der Geruch seines Nackens, den sie früher zu küssen versucht hatte, indem sie ihn in den Schwitzkasten nahm, weil er einfach zu groß war, ihre Bohnenstange von einem Jungen, als dass sie sein Gesicht hätte erreichen können. Es sei denn, es war ihr Geburtstag oder Muttertag. An den Tagen ließ er sich dazu herab, sich zu ihr herunterzubeugen.

Vielleicht hätte sie sein Zimmer früher aufgeräumt, wenn seine Habseligkeiten irgendeinen Wert für die Familie gehabt hätten, aber welcher normale 19-Jährige besaß etwas, was irgendwer anders wollen könnte, sofern er noch bei Trost war? Ein gammeliger Sportbeutel und zerfledderte Bücher fürs Abitur. Die CDs und DVDs, die vor dem Aufkommen der Streamingdienste so praktische Weihnachts- und Geburtstagsgeschenke gewesen waren. Eine Spielekonsole, die schon damals veraltet war, und jetzt erst recht.

Alte Sticker-Alben aus der Kindheit, die staubigen Überbleibsel von Figuren zum Selberzusammenbauen aus Zeitschriften – Bau dir einen Dinosaurier! Erste Ausgabe nur 99 Pence, alle folgenden 8 Pfund 99 Pence – angefangen und nie fertiggestellt. Pullis mit absichtlich hineinfabrizierten Rissen an den Ärmelbündchen, verblichene Jeans mit ausgefransten Säumen. Ein Paar Turnschuhe mit einem Loch dort, wo der große Zeh gewesen war. Sie hatte darum gebettelt, ihm neue besorgen zu dürfen, sie sogar einmal vor ihm versteckt und dabei mit 30 Pfund in Geldscheinen gewinkt, um dann den Streit peinlich berührt aufzugeben, als er ihr erklärte, wie viel Turnschuhe heutzutage kosteten. Wer würde so was wollen?

Das ließ sie in einer Art Pattsituation verharren. Sie konnte es nicht ertragen, sein Zimmer auszuräumen, diesen sumpfigen Altar, weil sie es nicht ertragen konnte zu erkennen, dass jedes einzelne Teil so viel weniger als ihre Summe wert war. Wie konnten sie jedes lausige Stück Müll einpacken und ihn damit wegputzen?

Und doch wurde der Druck größer mit jedem Jahr, das verging, und die Aufgabe immer unmöglicher. Sie hatten es zu lange schleifen lassen. Sie hätten organisiert sein, schnell handeln sollen. Bei der Beerdigungsfeier hätten sie schon die ersten Dinge weggeben sollen, oder zumindest bald danach. Sie hätten daraus ein Ereignis machen können, zum Beispiel indem sie all seine Freunde einluden, damit sie sich Erinnerungsstücke aussuchten, dann mit ihnen ein Bier trinken gingen und sie nach Geschichten und Geheimnissen ausquetschten. Sie hätten all die kleinen Teile von ihm in die Arme nehmen und an sich drücken können, bevor sie ins Nichts verpufften. «Eine Feier des Lebens». Aber niemand hatte ihnen das damals gesagt.

Damals waren sie von der Trauer vernichtet. Sie waren wie ausgehöhlt, hatten wie in Trance all die Behördengänge erledigt und kaum die Energie für alles aufbringen können. Sie wünschten sich jeden Morgen, der Tag möge schnell vorbeigehen, dann der nächste und wieder der nächste, sie setzten beharrlich einen Fuß vor den anderen und fürchteten sich davor, den Blick zum Horizont zu heben. Sie beteten verzweifelt darum, dass der Augenblick kommen möge, in dem der Anästhesie-Cocktail aus Zeit und Distanz endlich zu wirken begann.

Und jetzt ist so viel Zeit vergangen, dass es sich albern anfühlen würde, alles noch einmal aufzuwühlen. Seine Freunde waren inzwischen erwachsene Männer mit Berufen, einige sogar schon mit Familien. Sie traf sie hin und wieder in der Gegend, wenn sie ihre Babys wie dicke Medaillen im Tragetuch vor dem Bauch trugen, und dann musste sie hastig aus dem Weg gehen und die Tränen zurückblinzeln. Es wäre albern zu glauben, sie würden gern noch einmal vorbeikommen und ein Stück von ihrem Freund aus der Teenagerzeit mitnehmen wollen, an den sie sich vermutlich kaum noch erinnerten. Vielleicht war es auch unfair, den Schmerz wieder zu wecken, falls sie sich doch erinnerten.

Das alles sagte sie sich, wenn sie sich in seine Decke hüllte – nur wenige Tage, bevor es passierte, hatte sie sie gewaschen, zum Glück – und an die Decke starrte. einzigen Ort, wo alles ruhig und klar und sauber war.

Seine Schwester hatte natürlich angeboten zu helfen. Oft, am Anfang. Aber nach einer Weile hatte sie damit aufgehört, vielleicht, weil sie nicht wollte, dass ihre Eltern sie für gefühllos hielten. Vielleicht wollte sie es auch einfach nicht mehr tun. Vielleicht nahm sie sogar an, dass sie es inzwischen auch ohne sie getan hatten, was eine logische Annahme war, denn es war schon sieben Jahre her, und ihre Mutter war eigentlich bekannt dafür, die Sorte Mensch zu sein, die den Tisch schon abwischte, wenn man noch am letzten Bissen kaute. Aber es ohne sie zu bewerkstelligen, war undenkbar, ebenso wie es undenkbar war, es mit ihr zu bewerkstelligen.

«Nein», sagte sie schmallippig zu ihrer Tochter, um dann

schnell das Thema zu wechseln. «Nein, ich glaube nicht. Danke. Noch nicht.»

Es war leichter gewesen, so zu tun, als sei sie beleidigt, als die Wahrheit zuzugeben – dass dieses Zimmer in einen unerreichbaren, stählernen Teil ihres Gehirns geglitten war, zu dem sie, ein schwacher Mensch, keinen Zugang mehr hatte. Selbst als sie hier in seinem Bett lag und zusah, wie die Staubpartikel im letzten Licht des Nachmittags tanzten, das durch die Lücke zwischen den Vorhängen fiel, fühlte es sich an, als sei dieser Raum nicht mehr in dieser Welt. Sie war auf die andere Seite des Spiegels geraten, tief im Kaninchenbau, in der magischen Welt hinter dem Schrank, wo die Zeit stillstand.

Probeweise streckte sie die Hand nach dem Gegenstand auf dem grob zusammengezimmerten Sperrholznachttisch aus, der ihr am nächsten war – eine Armbanduhr von Casio mit einem Stahlarmband. Sie erinnerte sich nicht daran, dass er sie getragen hätte. Oder vielleicht war diese Erinnerung auch nur vom Bild dieses historischen Artefakts hier auf dem Nachttisch überschrieben worden. Sie blies den Staub von der Retro-Digitalanzeige und nahm sie erst in die eine, dann in die andere Hand, spürte ihrem Gewicht nach, erwartete halb, dass ihr die Tränen kommen würden. Aber sie kamen nicht. Daher steckte sie nach einer Weile die Armbanduhr in die Tasche, wuchtete sich langsam aus dem Bett und verließ das Zimmer.

Unten werkelte Derek in der Küche herum und kippte zu viel Rotwein in seine Samstags-Bolognese. Sie legte die Uhr in die zusammenfaltbare Einkaufstasche, die im Hausflur hing. Sie gab noch ein paar Taschenbücher dazu und gratulierte sich innerlich. Ein Fortschritt.

16.

Irgendwo links von ihrem Kopf hörte sie das tröstliche *Plink-Zisch* einer Vitamin-Brausetablette, die in ein Wasserglas fiel. Gwens Mund zuckte. Jemand schien sich in der Nacht hereingeschlichen und ihre Zunge mit Teppich belegt zu haben.

Sie streckte mit geschlossenen Augen vorsichtig eine Hand aus, aber Suzes Stimme klang knapp und lehrerinnenhaft. «Erst aufsetzen, diese Laken sind einfach zu teuer.»

Gwen zog im Kissen eine Grimasse und atmete den typischen Geruch von Vitaminwasser mit Granatapfel- und Feigengeschmack ein. «Warum bin ich in deinem Bett?»

«Du hast dich versteckt.»

«Versteckt?» Sie setzte sich zwischen Suzes frischen Baumwollbezügen auf und nahm das Glas.

«Vor dem jungen David Dickinson.»

Die letzte Nacht schoss ihr wieder in den Kopf wie das verpixelte Bild einer TV-Spieleshow. Dann erinnerte sie sich. Sie stöhnte. «*Nicholas* ist gekommen.»

«Nicht nur Nicholas, den Geräuschen nach zu urteilen.»

Gwen verschluckte sich und sprühte grellgelbe Flüssigkeit über das Bett.

«Was? *Hier* drin?» Das konnte nicht sein. Nicht in dieser makellosen Flitterwochen-Suite. Das wäre eine Besudelung, die noch weit schlimmer wäre als der gelbe Fleck auf der Bettdecke, der 700 Prozent ihres Vitamin-C-Tagesbedarfs enthielt.

«Nein, nein, nein. Im Garten, wenn ich bitten darf! Ein großartiges Schauspiel für die Nachbarn. Das ist jetzt bestimmt überall auf Facebook.»

Suze versuchte, bissig zu klingen und das Gesicht missbilligend zu verziehen, aber in ihr steckte einfach zu viel von einer alten Klatschtante. Und sie war schon immer voller Schadenfreude gewesen. In dieser Hinsicht hatte Connie absolut recht gehabt.

«Dann bist du hier drin verschwunden und nicht mehr nach unten gekommen», fuhr Suze fort. «Wir mussten uns eine Dreiviertelstunde sein Gelaber über Unternehmens-Coaching-Seminare anhören, bis er endlich ging.»

«O Gott. Es tut mir so leid.»

«Er hat sogar versucht, uns ein ausgestopftes Wiesel zu verkaufen, das Boxhandschuhe trägt.»

«Es tut mir wirklich leid.»

«Dann bin ich hier hochgekommen und habe dich zu einem Ball eingerollt in unserem Bett gefunden, ohne Jeans. Eigentlich genau wie ein kleines Wiesel. Oder eher wie ein Marder. Ich musste Paul zum Schlafen auf den Futon schicken.»

«Es tut mir ja so, so leid.»

«Ach, ist schon gut.» Suze grinste jetzt. «Im Gegensatz zu Paul bist du beim Schlafen ja offenbar gern der große Löffel.»

«Sie hat sich tatsächlich von den Toten erhoben! Halleluja!», bellte Paul, als Gwen einige Zeit später am Fuß der Treppe auftauchte. Er stand in der Küche und strich dick Marmelade auf ein süßes Brötchen. Auf dem Küchentisch lag die Sonntagszeitung, im Hintergrund plärrte das Radio. Ein häusliches Diorama. Die künstlerische Darstellung eines Erwachsenen.

«Also. Gwen.» Er verstummte, nahm einen genüsslichen Bissen, wischte sich die Krümel vom Kinn und betrachtete sie durch das runde Drahtgestell seiner Brille, von der sie schon immer heimlich angenommen hatte, dass sie nur Fensterglas enthielt, und fragte: «Ist es Liebe?»

Suze johlte von irgendwo hinter ihr, drückte sie grob auf

einen Küchenstuhl und begann, Kaffee in eine dunkelgraue, matte Tasse zu gießen. Alles, was sie besaß, war jetzt matt und dunkelgrau. Erstaunlich, wenn man bedachte, dass sie sich noch vor gar nicht so langer Zeit darüber einig gewesen waren, dass das Nachvollziehbarste in der gesamten *Sex-and-the-City-Serie* die Szene war, in der Miranda Steve gestand, dass ihre Küchenschwämme stanken.

«Na komm schon, wir sterben vor Neugier!», fuhr er fort. «Ist er ... *der Richtige*? Wird er dich zu *Mrs.* Ausgestopftes Wiesel machen? Hast du ihn schon deinen Eltern vorgestellt, oder ...» Er hatte sich das alles schon zurechtgelegt, das merkte sie genau. «... wird der Vorfall in unserem Gebüsch eine einmalige Angelegenheit bleiben?»

Gwen rülpste sanft und entschuldigte sich.

Paul war, wie ein gemeinsamer Freund es ausgedrückt hatte, die Sorte Mann, die ganz plötzlich und ohne jede Veranlassung einen Song von Gilbert and Sullivan anstimmte. «Ich bin der Archetyp eines modernen Riesenarsches», hatte der Freund gemurmelt, sobald Paul wieder einen seiner fernuniartigen Vorträge zum Thema begonnen hatte, welche Planeten wirklich Planeten und welche nur Gasbälle waren.

«Du bist ein Gasball.» Derselbe Freund hatte einmal mit Suze geschlafen und hoffte sehr, es irgendwann noch einmal wiederholen zu können.

Eigentlich war Paul kein Riesenarsch, er war noch nicht einmal ein Arsch. Es war nur leichter, ihn einen Arsch zu nennen und es zu glauben, als zu verstehen, dass Suze ihn wirklich liebte. Es war einfach nicht zu begreifen.

Paul hatte wenig an sich, was ihn als Freund attraktiv machte, und sogar noch weniger als Partner. Wenn er nur eine lockere Bekanntschaft gewesen wäre, wäre er womöglich jemand, mit dem man nach einer Party im Taxi nach Hause herumalberte. Aber so war sein Mangel an Charme irritierend, zumal er ja Suzes ständige Begleitung war; es wirkte wie ein Fehler im System. Als könnte jeden Moment ein anderer Mann, der nicht jedes Jahr zu den Cheltenham-Pferderennen ging, um dort «Kontakte zu knüpfen», durch die Tür eilen und sich für den Irrtum entschuldigen.

Während der ersten Monate ihrer Beziehung hatte Gwen ständig den Drang unterdrücken müssen, Pauls Arm wegzuschlagen, wenn er sich wieder einmal um die Taille ihrer Freundin legte. Sie wartete ständig darauf, dass Suze vor seiner Berührung zurückzuckte, aber das tat Suze nicht. Also zuckte Gwen an ihrer Stelle zurück. Schließlich zuckte sie durch halb London zurück.

Irgendwann hatte sie ihn natürlich geheiratet, in einem denkmalgeschützten Gebäude in der Nähe von Chalfont St Giles. Suze hatte zwei Schwestern und Paul eine ganze Armee an Shirley-Temple-haften Nichten, und das hatte Gwen erleichtert. Es bedeutete, dass sie zwar nicht gefragt worden war, Brautjungfer zu sein, aber rein technisch gesehen auch nicht nicht gefragt worden war.

Und so hatte sie den Tag am Rand einer bunt zusammengewürfelten Truppe verbracht, die aus Leuten bestand, die sie früher als «Studentenheim» oder «InsGebüschGekotzt» im Telefon abgespeichert hatte, deren Kontakt inzwischen jedoch auf Umzugspartys und gegenseitige Erwähnungen auf LinkedIn beschränkt war. Sie hatte höfliche Fragen zu den letzten Urlauben und Hausrenovierungen gestellt, sich an die Namen ihrer Sprösslinge erinnert, die heulenden Frauen im Klo umarmt und den Schwangeren Ginger Ales an der Bar besorgt. Sie hatte das Gefühl gehabt, dass die alten Freundschaften im Laufe des Abends wieder wärmer wurden, dass spröde Verbindungen in der Hitze der Party aufgeweicht und formbarer wurden. Die eine murmelte liebevoll alte Spitznamen in ihr Haar, und die andere sagte der Haut direkt links von ihrem Ohr, dass sie unbedingt demnächst einmal zum Abendessen kommen müsse.

Gegen 21 Uhr bellten sie einander Songtexte auf der Tanzfläche zu; sehr alte Songs, deren Melodien und Texten sie so oft ausgesetzt worden waren, dass *Die größten Hits No. 49* wie überlebenswichtige Informationen in ihren Zellen gespeichert waren. Sonique. Basement Jaxx. Groovejet ft. Sophie Ellis Bextor. Pauls vorher genehmigte Big-Band-Swing-Liste wurde nicht mehr beachtet, sobald der DJ die Reaktion sah, die «Let Me Blow Ya Mind» von Eve und Gwen Stefani auf der Tanzfläche hervorrief.

Dann, während der kurzen Aufregung, die entstand, weil alle glaubten, bei einer der Schwangeren hätten die Wehen eingesetzt, was sich aber nur als gerissenes Gummi in den Schwangerschafts-Miederhosen herausstellte, hatte Gwen hochgeschaut und gesehen, dass Suze auf sie zu ging. Mit schiefem Blumenkranz auf dem Kopf, barfuß und Käse in einer Hand. Grinsend.

Gwen wusste nie, was man den Leuten am Tag ihrer Hochzeit sagen sollte. Die ganze Angelegenheit war zu stressig. Nach den üblichen vorgeschriebenen Höflichkeiten – Glückwuuuuunsch, du siehst toll aus, so eine schöne Zeremonie, zeig mal den Ring, was für eine Rede, haben wir nicht ein Riesenglück mit dem Wetter, wie fühlt sich das denn an, schwebst du jetzt auf Wolke sieben und so weiter und so fort – kam ihr kein Gesprächsthema passend vor. Man konnte schließlich am schönsten Tag des Lebens nicht von der Arbeit, über das Fernsehen oder die ewige Suche nach der perfekten Badematte anfangen. Man konnte das gesegnete Paar nicht mit ödem Alltagsgeschwafel in Beschlag nehmen. Sie neigte dazu, sich zu verschließen und schnell weiterzugehen, damit die anderen Gäste ein Stück von der Braut haben konnten, und wenn sie dann wieder im Taxi saß, war sie traurig. Traurig, dass sie keine kleine, glitzernde Weisheit für die Braut gehabt hatte, an die sie in den nächsten Jahren immer wieder denken konnten. Einer echten Freundin wäre sicher mehr eingefallen als Glückwunschdusiehsttollaus- superWetterwiefühlstdudich.

«Ich hasse es, niemand spricht mit mir», hatte Suze verkündet, bevor Gwen auch nur ein Wort hatte sagen können, und holte ein Stück Stilton aus ihrem in Spitze verpackten Dekolleté. «Alle machen nur Fotos von mir und säuseln irgendwelches Zeug. Es kommt mir vor wie eins dieser beschissenen Meet- and-Greets in Las Vegas, wo man einen Tausender bezahlen muss, um ein Selfie mit Britney zu machen.»

An diesem Punkt hatte Gwen Suzes wunderschönes Brautge- sicht in ihre Hände genommen und tief in ihre wunderschönen Brautaugen geschaut. Die beiden schwankten leicht zum Takt von Trains «Drops of Jupiter». Sie hatte gehickst und zugesehen, wie ein einzelner Schweißtropfen von ihrer wunderschönen Brautstirn rann.

«Soll ich dir von meiner neuen Bademätte erzählen?»

«Bitte», hatte Suze erwidert.

Und jetzt stand sie in der makellosen Küche der Braut, und man bot ihr zögerlich Orangenmarmelade an. *Bitte pass auf diese Frau auf.* Gwen lehnte die Marmelade ab, weil sie bereits Galle in ihrem Mund schmeckte.

«Tut mir leid wegen Nicholas», wiederholte sie lahm. Sie hatte das Gefühl, gleich hysterisch zu werden. «Er ist – o *Gott*, ich kann nicht mal ... ich weiß nicht, was ...»

Leider wusste sie es doch. Es lief jetzt vor ihrem inneren Auge ab, Bilder, die in dreifacher Geschwindigkeit aufeinander folgten wie in diesen Viktorianischen Schaukästen. Die anderen Paare – nein, nicht die «anderen», sondern die *Paare*, von denen es nur drei gegeben hatte, weshalb es wohl doch nur «ein paar Freunde» und nicht der gesamte Bekanntenkreis waren, lachten über einer Platte mit mediterranen Vorspeisen, genau wie in den Beilagen der Sonntagszeitungen. Sie lobten das Fattusch und erkundigten sich nach der Herkunft des Tischläufers. Sie fragten Gwen, was sie so mache.

Was *machte* sie eigentlich so? Was sagte die Tatsache, dass man das Wort «machen» statt «arbeiten» benutzte, über die Psyche des Landes aus? Ihre Antwort: selbstironisch. Ihr Mund: trocken. Ihr Pony: fransig und zerzaust vom Regen. Nicholas, der erst später kam, strahlte und fluchte und eine Flasche von etwas Teurem, aber Peinlichem hochhielt – so etwas wie Cognac oder, Gott verhüte, Goldschläger. Der sich lustig in jede Unterhaltung mischte, immer mit einer Anekdote, die zu lang oder zu laut war oder damit endete, dass jemand im Abendanzug durch ein Buntglasfenster krachte. Paul, der ihr großzügig Wein nachschenkte. Suze, die ihr entzückt Wein nachschenkte. Nicholas, der ihr Wein nachschenkte und gleichzeitig unter dem Tisch ihren Schenkel streichelte, erst ängstlich, dann lässig, dann zielgerichtet. Seine Bemerkungen, die wie Wellen in der Ferne brachen. Wie sie sich diesmal selbst nachschenkte. Alles über sich ergehen ließ. Zum Nachtisch – der aus etwas Klebrigem und Beeindruckendem bestand, das in ihrem Magen zu gerinnen schien – mit den anderen ins Wohnzimmer umzog. Musik. Natürlich Vinylschallplatten. Nicht The Nolans. Sie, die aufs Klo floh, dort saß und auf den Handtuchheizkörper starrte, blicklos, zur Erholung. Wie sie die Toilette verließ, nur, um vor der Tür auf Nicholas zu stoßen, was beinahe hätte cool sein können, wenn das nicht ihr passiert wäre. Mit ihm. Pauls gerahmte Cover vom *New Yorker*, die im Flur auf sie herunter-stürzten – zu viele illustrierte Augenpaare für ihren Geschmack. Er, der sie auf eine Zigarette in den Garten schob – nein, Moment, auf eine E-Zigarette, natürlich eine E-Zigarette –, und das gedämpfte Quäken von Cards Against Humanity, das nach draußen drang, als sie sich willig gegen das Efeu-Rankgerüst drücken ließ, fühlte, wie die Feuchtigkeit durch ihr Top drang, sich fragte, an welchem Punkt sie diese Sache beenden sollte. Die eifrige Hand unter ihrem Rock. Die Wolke feuchter Atem-luft an ihrem Hals, dann der Geschmack – er war noch immer in ihrem Mund, begriff sie, unter dem ätzenden Geruch – nach synthetischem Zitronen-Baiser.

«Lass sie in Ruhe, du Fiesling», befahl Suze und schlug mit dem Kulturteil der Zeitung nach ihrem Mann. «Wenn sie schon was mit Jungs anfängt, ist es doch besser, wenn sie es unter unserem Dach tut. Oder, du weißt schon, unter unserem Verandalicht.»

Sie genossen das beide sehr und grinsten in ihre Kaffeetassen wie Mütter zu Beginn des 19. Jahrhunderts, wenn sie von einem Skandal erfuhren. Eine kleine Kostprobe jugendlicher Indiskre-tion, die die sahnige Reichhaltigkeit ihres Wochenendes würzte. Gwen zwang sich zu einem selbstironischen Lachen. Ihr Mund kribbelte und fühlte sich geschwollen an.

«Aber mal im Ernst, Gee.» Jetzt wurde Suze ernst; Gwen spürte, dass sie jetzt zurückrudern würde. «Er wirkt doch echt … äh, süß.»

«Aaaahhh, nicht», protestierte Gwen. «Bitte nicht.»

«Nein, aber ernsthaft! Wir freuen uns für dich. Es ist doch toll, dass du … du weißt schon. *Datest*?» Sie hob die Stimme am Ende des Satzes, als suche sie nach Bestätigung.

Gwen ärgerte sich darüber, obwohl Ärger ihr Kopfweh verursachte. «Ich meine, ich *bin* doch mit Männern ausgegangen ... jahrelang hab ich ...»

«Klar! Klar. Aber von denen haben wir nie einen kennengelernt.» Sie sagte das, als argwöhne sie, die Männer bisher seien womöglich nur eine Erfindung gewesen. «Und nach der Sache mit Ryan ...» Suze zögerte und atmete tief durch. «Und ... deiner Familie.»

Jetzt zog sich Gwens Magen gefährlich zusammen. Sie hatte das Gefühl, dass ihr die Tränen in die Augen traten, dass alles aus dem Lot geriet. Suze fuhr fort.

«Es ist so lange her, und es hat sich irgendwie ... ich weiß nicht. Ich hatte schon Sorge, dass du ... dass du dich irgendwie bestrafen willst. Es war, als hättest du die Pausetaste in deinem Leben gedrückt.»

Paul schwieg hinter seiner Zeitung, die er unnatürlich hoch hielt. Nicht, weil er sich befangen fühlte, nahm sie an – Paul war niemals befangen –, sondern weil er sie in diesem schwierigen Moment nicht mit seiner Gegenwart belästigen wollte. Der pflichtbewusste Ehemann. Der Trophy-Ehemann. *Sieh mal, was du vielleicht auch hättest haben können.*

Es kam ihr leichter vor, einfach mitzuspielen, sowohl für Suze als auch ihrem eigenen Magen zuliebe. «Du hast recht», seufzte Gwen und nickte. «Vielleicht habe ich mich selbst bestraft. Verdammt, ihr habt Nicholas kennengelernt – vielleicht bestrafe ich mich immer noch.»

Das sollte lustig sein, aber es klang tragisch. Zudem stimmte es noch nicht einmal. Diese Erkenntnis ging ihr einen Herzschlag danach auf – ba-bumm –, die Erkenntnis, dass sie sich wahrscheinlich, nein, ganz sicher, gleich würde übergeben müssen. Sie bedauerte es nicht.

An ruhigen Tagen vertrieb sich Finn die Zeit damit, sich in seine Kunden zu verlieben.

Er versuchte oft mit ihnen zu flirten, auch wenn sie nicht immer reagierten. Ein besonderer Tiefpunkt war das eine Mal gewesen, als er eine Frau mit einem einnehmenden, versonnenen Blick angelächelt und sie gefragt hatte: «An was denken Sie gerade?», und sie geantwortet hatte: «An den Darmkrebs meines Schwiegervaters.»

Dennoch war es aufregend, dieses kleine Ventil zu haben, von dem niemand wusste. Über die übliche Dreifaltigkeit aus Arbeit, Freunden, Apps war der Laden ein Geheimnis, ein Bonus, das Versprechen auf mögliche … was? Romanzen. Aufregungen. Sex. Liebe. Ablenkung. Da Finn keine bestimmten Präferenzen hatte, was Geschlecht oder Alter anging, hatte er von vornherein gute Chancen («Wie diese Fleischesser, die vegetarische Quorn-Würstchen essen», hatte sein Freund Li eines Morgens nach einer besonders wilden Hausparty gegrummelt, woraufhin eine Diskussion entstand, warum die Vorstellung von «Pansexualität als Gier» problematisch sei, aber keiner von beiden hatte genügend Energie gehabt, sich wirklich zu engagieren), und er hatte Spaß an der Vorstellung von einem süßen zufälligen ersten Kennenlernen im Sozialkaufhaus; wenn sein Blick den des- oder derjenigen über einer Stange mit Polyesterblusen oder einem Korb mit kaputten CDs hinweg traf.

Finn war zweiundzwanzig und fand CDs und Musikkassetten auf dieselbe Weise verlockend, wie zwei Jahrzehnte ältere Leute Vinylschallplatten und Drehscheibentelefone liebten. Heute wischte er die klebrigen Überreste eines uralten Preisschilds von Megahits '97 und betrachtete liebevoll

einen Mann – hochgewachsen, rundlich, gut aussehend,
grau an den Schläfen –, der sich mit einer enormen Dringlichkeit durch die Hemden wühlte. Das war ganz normal
im Laden. Auf jeden Kunden, der das Sozialkaufhaus als Ort
sah, in dem er entspannt ein wenig herumstöbern konnte,
kam einer, der es eilig hatte. Eine Kostümparty, eine Beerdigung, ein bevorstehendes Vorstellungsgespräch, und man
hatte gerade einen großen Pizzasoßenfleck auf dem Hemd.

«Brauchen Sie Hilfe dahinten?», rief Finn. Der Mann drehte
sich dankbar um, was selten war. Meistens verließen die
Leute den Laden, wenn man sie fragte, ob sie Hilfe brauchten. Die normale Reaktion eben.

«Welches soll ich nehmen?», fragte der Mann und hielt
zwei beinahe identische karierte Hemden hoch. Finn wusste,
ohne auf das Etikett zu schauen, dass sie beide von Uniqlo
waren.

Er tat so, als dächte er nach. «Das grüne. Es lässt Ihre
Augen hervortreten.»

«Ist das … was Gutes?», fragte der Mann, und seine
Augen traten hinter der Schildpattbrille unwillkürlich etwas
hervor.

«Unbedingt», versicherte Finn ihm. Er gab den Bedürftigen
gern Ratschläge. Erst letzte Woche hatte Jeremy einen
Stapel Pringle-Golfpullover gebracht und zugeben müssen,
dass seine neue Frau dabei war, ihn neu einzukleiden.

«Man kann ein Pferd in Arket einkleiden, aber man kann es
nicht zum Saufen bringen», hatte Finn ihm weise mitgeteilt.
«Was denn saufen?», hatte Jeremy gefragt.

«Orangefarbenen Wein», hatte Finn erwidert.

«Es ist ein D-Date», gab der Mann jetzt zu, wobei er ein
wenig über das Wort stolperte. Er zupfte an seinem Sweat-

shirt. «Ich habe das hier getragen – ich meine, ich trage es gerade –, aber wissen Sie ... kennen Sie das, wenn Sie das Haus verlassen, Ihr Spiegelbild in einem Schaufenster sehen und denken: Meine Güte, was für eine Katastrophe?»

Finn hatte das noch nie erlebt. «Passiert mir ständig!», antwortete er.

Der Mann fuhr fort: «Also dachte ich, dass ich mich schnell neu einkleide. Mehr so wie Superman.»

«Mit den Unterhosen über den Hosen?»

Der Mann kicherte nervös. «Wenn Sie glauben, dass dann meine Augen mehr hervortreten.»

Schließlich hatte er sich für das grüne Hemd entschieden, sich zu einem Gürtel überreden lassen und sich hastig und ein wenig verschämt vor dem Spiegel umgezogen. Finn riet ihm, sein Hemd leicht geöffnet über dem T-Shirt zu tragen, nicht bis oben hin zugeknöpft, was er auch so machte. Das Resultat war eindeutig mehr Clark Kent als Superman, aber das war nicht schlecht. Der Mann betrachtete sich von oben bis unten und nickte seinem Spiegelbild scheu, aber wohlwollend zu.

«Und hey, wenn das Date nicht gut läuft ...», rief Finn fröhlich von seinem Platz hinter dem Verkaufstresen aus. Die Worte hingen einen köstlichen Moment lang in der Luft zwischen ihnen, dann fügte er hinzu: «... lassen Sie das Preisschild dran, Sie haben ein dreißigtägiges Rückgaberecht.»

Der Mann wirkte kurz etwas beunruhigt. Dann lächelte er, legte sein abgelegtes Sweatshirt auf den Tresen – es war noch warm – und verließ den Laden.

17.

Andere Leute meckerten über Sonntagabende. Über die dräuende schwarze Wolke, die sich niemals ganz auflöste, dass ein Bad anstand oder die Hausaufgaben noch nicht gemacht waren, egal, wie viele Jahre seit der letzten Klassenarbeit vergangen waren, egal, wie sehr man inzwischen das Baden liebte.

Aber für Gwen waren es die Samstagnachmittage. In ihrem leicht synästhetischen Hirn waren die Samstagnachmittage immer irgendwie auf der Grauskala. Sie waren wie Schwarzweißfilme im Fernsehen oder das einschläfernde Vermelden der Fußballergebnisse. Regen, der auf eine Mantelkapuze auf dem Weg aus der Stadt nach Hause prasselte. Samstagmorgen waren weiße, leere Seiten voller Möglichkeiten, und Samstagabende waren ein einziges Durcheinander, ein knallbuntes Kreuzfahrtschiff der leichten Unterhaltung, das einen in die Schlafenszeit trug. Aber zuerst musste man ungefähr fünfunddreißig Stunden des Nichts ertragen. Sogar an den ereignisreichsten Samstagen ihres Erwachsenenlebens hätte sie schwören könne, dass sie es immer noch hörte, auf einer weit entfernten Ebene, das Herz unter den Fußbodendielen. *Peterborough United, ein Punkt. Accrington Stanley, null Punkte.*

Selbst sonnige Samstagnachmittage wie dieser waren falsche Freunde, mit viel zu viel Druck, unterwegs sein zu müssen. Und nicht, wie Gwen bei sich dachte, einfach im Mantel ins Bett zu kriechen.

«Pass auf dich auf», war das Letzte, was Suze gesagt hatte, als sie die Tür hinter ihr geschlossen hatte, und dieser Satz kreiste in Dauerschleife in Gwens Kopf, während sie nach Hause stolperte. Weinschweiß drang aus ihren Poren, die Tüte mit den mediterranen Resten schlug gegen ihre Waden. Das war eigentlich ein ziemlich heiterer und harmloser Spruch, zumal für eine Frau, die gerade zwanzig Minuten damit verbracht hatte, mitfühlende Geräusche durch die Tür ihrer eigenen Toilette im Erdgeschoss zu machen – aber Gwen konnte nicht anders, sie überlegte die ganze Zeit, ob darin nicht auch etwas Bedrohliches mitgeklungen hatte. Oder war es ein Flehen? *Pass auf dich auf ..., weil du wertvoll bist. Pass auf dich auf ..., weil du mir nicht so wichtig bist, dass ich auf dich aufpassen würde. Pass auf dich auf ..., denn wenn du das nicht schaffst, wie zum Teufel sollst du dann jemand anderen lieben können?* Nein, das war von RuPaul.

Gwen rülpste und fühlte sich ein wenig besser.

Es war so lange her seit ihrem letzten echten Kater, dass sie diesen Zustand beinahe vermisste hatte – den Freifahrtschein, das Gefühl wie an einem Schneetag, wenn man einen wirklich schlimmen Wochenendkater hatte, alles einfach von sich warf und sich darin suhlte. Diese Tage, an denen sie Kohlehydrate wie eine Feuerlöschdecke brauchte, Tage, die die stürmische See so weit glätten konnten, dass sie zur Mittagszeit wieder einigermaßen beieinander war. Damals, bevor ihr Inneres die Anfang-dreißig-Revolte inszenierte. Danach waren schon zwei Gläser Sauvignon vom Laden an der Ecke ausreichend, um einen mehrstufigen Plan inklusive Gaviscon, Vitamindrinks und strategisch eingesetzten Ingwerkeksen in Gang zu setzen.

«Deine Kater sind wie Frühschwangerschaften», hatte Suze einmal gesagt, nachdem Gwen sie aus dem Bus gezerrt hatte, damit sie mit der Stirn gegen eine gefliese Wand dastehen und abwarten konnte, bis das flaue Gefühl nachließ. «Und gleichzeitig wie die letzten Wochen einer Schwangerschaft», hatte sie hinzugefügt, als Gwen begonnen hatte, mit geschlossenen Augen schwer zu atmen, und die Fingernägel in Suzes Unterarme gekrallt hatte.

Damals hatten sie noch oft über Schwangerschaften gewitzelt, mit der lockeren Arroganz derjenigen, die es noch nie damit versucht hatten. Sie hatten sich die Bemerkungen zugeworfen wie Kinder Bälle auf einem Spielplatz. «Krieg ein Baby!» «Nein, krieg DU ein Baby!» Bevor das Wort allein etwas Heißes und leicht Entflammbares geworden war, das man mit Vorsicht benutzen musste. Wenn man es im falschen Kontext fallen ließ, wusste man nie, wen man damit verletzen konnte.

Gwen sah jetzt schon ein Jahrzehnt lang zu, wie Freunde und Kollegen sich in zwei streng voneinander abgegrenzte Lager aufteilten: die, die hatten, und die, die nicht hatten. Sie hatte gelernt, das schwarzweiße Gegrissel eines Ultraschallfotos zu erkennen, bevor sie es auch nur heruntergeladen hatte. Sie hatte gelernt, den Tonfall einer Stimme zu erkennen, die «Neuigkeiten!» verkünden wollte, und sich innerlich gegen den Schlag zu wappnen. Innerhalb des Lagers derer, die nicht hatten, gab es natürlich noch kleinere Fraktionen – die, die nicht wollten, die, die wollten, die, die versuchten, die, die trauerten, die, die sich nicht entscheiden konnten –, aber sie alle schienen für sie keinen Platz zu haben, den Menschen, der willentlich seine Chance vertan hatte. Der sein Happy End aufgegeben hatte. Und wofür?

Inzwischen neigten die, die hatten, sie mit äußerster Vorsicht zu behandeln; sie zerrten ihre Sprösslinge mit den klebrigen Fingern sofort von ihrem Rock weg und entschuldigten sich hektisch. *«Lass Tante Gwen in Ruhe!»* Sie war sich nie ganz sicher, ob diese Leute glaubten, dass sie Kinder hasste, oder ob sie befürchteten, sie könne sich eins von ihnen in die Handtasche stecken, wenn sie nicht hinsahen.

«Tante Gwen ist sowieso voller geschmolzener Schokolade, schon okay!»*, hatte sie beim letzten Mal fröhlich erwidert, beim

Babyshower einer Kollegin. Die Frau hatte die Nase gerümpft und nichts gesagt.

Die Leute verloren für ein, zwei Jahre ihren Sinn für Humor, wenn sie ein Kind bekommen hatten, das hatte sie bemerkt. Das lag vermutlich nur am Schlafentzug, wobei sich Gwen manchmal fragte, ob dem nicht noch eine tiefere Ursache zugrunde lag.

Vielleicht war ihre Welt ernster, wahrer geworden? Vielleicht war es schwieriger, schlagfertig und locker zu sein, jetzt, da ihre Gefühle Fleisch geworden waren und sich bewegten, verletzlich und exponiert. Oder vielleicht rissen sie jetzt Mami-Witze, brillante Pointen übers Abpumpen und Zahnen und über Dammnähte, die sie für die Leute aufbewahrten, die sie besser verstanden? Wer wusste das schon.

Jetzt war Suze erneut eine große Unbekannte. Zumindest für Gwen. Vielleicht gab es andere Freundinnen, Legionen unterstützender WhatsApper, die genau wussten, was es mit Suzes Reproduktionsplänen oder deren Abwesenheit auf sich hatte. Es schmerzte ein wenig, wenn sie darüber nachdachte. Aber im Laufe der Jahre hatten sie sich immer weiter voneinander entfernt, waren höflicher zueinander geworden, und ihr Kontakt war auf einige wenige Gelegenheiten zusammengeschrumpft – Geburtstag, Einweihungspartys, Silvester, Eurovision –, und Pauls Anwesenheit wurde zu einer Gegebenheit, er war bei jeder Einladung dabei, Gwen war nie lange genug mit Suze allein, um sie fragen zu können.

Hätte Gwen sie gefragt, wenn sie die Gelegenheit gehabt hätte? War das überhaupt erlaubt? Es war eine Frage, die man vom feministischen Standpunkt aus eigentlich nicht stellen durfte, zudem war es sozial irgendwie unangebracht. Frauenkörper waren schließlich nichts, was man öffentlich diskutieren konnte. Weibliche Unterleiber waren keine Räume, die man mieten konnte, um dort sein Gerümpel zu lagern. Jedes Mal, wenn jemand diese Frage stellte, war es wie ein unaufgefordertes Nachhaken, wie der spitze Finger der Gesellschaft, der in ihren Lebensentscheidungen herumbohrte.

Gwen wusste aus eigener Erfahrung: Das Schlimmste daran, gefragt zu werden, wann man und ob man Kinder haben und auch heiraten wolle, und wenn ja, in welcher Reihenfolge, war nicht, dass man seine Gefühle offenbaren musste, sondern dass man überhaupt gezwungen war, diese Gefühle zu analysieren. Denn meistens lautete die ehrliche Antwort darauf: «Ich weiß es nicht, und ich möchte bitte auch nicht darüber nachdenken.» Zwing mich jetzt, hier, in dieser Bar, bei diesem Picknick, auf diesem Hartplastikstuhl in dieser Arztpraxis, nicht dazu, darüber nachzudenken. Wirf in der Büroküche keine scharfe Granate auf mich. Erwarte nicht von mir, dass ich meine auf Treibsand gebauten Hoffnungen, Träume, meinen Mutterinstinkt und meine biologische Uhr in ein hübsches Paket wickele, das man in der Pause zwischen Vor- und Hauptspeise auspacken kann.

Und doch war da immer noch der Teil in ihr, der fragen wollte. Ehrlichkeit war Intimität, oder nicht? Die harte Wahrheit zu kennen, war das, was einen wirklich an einen anderen Menschen band, nicht nur in Krimis. Es war schwierig, den Punkt in ihrer Freundschaft festzumachen, an dem sich alles verändert hatte, sodass sie jetzt nicht einmal mehr wusste, ob Suze Kinder wollte oder nicht, nachdem sie früher ihre PIN-Nummer und alle ihre Nahrungsmittelunverträglichkeiten bis ins Detail gekannt hatte; und es war noch schwieriger, herauszufinden, wie sie die Zeit zurückdrehen konnte, wenn das überhaupt möglich war.

Aber sie war sich ziemlich sicher: Sich auf Suzes Terrasse befummeln zu lassen, war nicht die Antwort.

Das Wochenende verging in ungleichmäßigen Abschnitten. Von Nicholas kam keine Nachricht, was eigentlich eine Erleichterung hätte sein sollen, aber alles noch schlimmer machte – es war ein wenig so, wie wenn man sich übergeben musste, aber nicht konnte. Noch am Sonntagmorgen, als ihr Kater nur noch ein dumpfes Pochen im Kopf war, blieb das gallige Bohren in ihrer Magengrube bestehen. Es blieb sogar noch, nachdem sie es mit Purdey's aus dem Geschäft an der Ecke begossen und unter einem Haufen Katsu-Curry vom Lieferdienst begraben hatte. Das Gefühl war, begriff sie ein wenig verärgert, Scham.

Nicht Scham über das, was sie mit Nicholas *getan* hatte, sondern eher darüber, was sie ihm *angetan* hatte. Und wie hatte er es, ehrlich gesagt, überhaupt wagen können. Er hatte sie in eine Lage gebracht, in der sie gezwungen gewesen war, ihn zurückzuweisen, und jetzt sollte *sie* sich deswegen schlecht fühlen. War es nicht so gewesen?

Sie brütete eine Weile darüber und wischte mit der Hand einen Klecks leuchtend rote Currysoße von der Tischplatte. Sie war gezwungen zuzugeben, dass er das nicht getan hatte. Nein.

Obwohl die Vorstellung, dass sie absichtlich jemanden verführt hatte (O Gott, war sie jetzt so wie diese Männer, die Frauen so lange belogen, bis sie sie in ihrem Bett hatten?), lächerlich schien, fühlte sie doch so etwas wie ... nicht gerade Reue ... war es nicht beinahe ... *mütterliche* Sorge? Gräuliche Bilder poppten in ihrem Kopf auf. Nicholas als kleiner Waisenjunge Oliver, wie er aus dem Armenhaus gejagt wurde, weil er um Nachschlag gebeten hatte. Nicholas als Roger, der verschmähte Nachbar, in der Serie *Sister, Sister*. Nicholas, wie er sich in einem Lagerhaus voller Hirschgeweihe und geblümter Teekannen bitterlich weinend einen runterholte.

Zur Strafe hängte Gwen ihre Wäsche in völliger Stille auf, statt dabei einen der Podcasts zu hören, die sonst den Soundtrack zu ihren wachen Stunden bildeten. Sie zwang sich, den Biomüll zu entleeren, auf dem sich schon eine schneeweiße Schimmelschicht gebildet hatte. Sie arbeitete eine Reihe langweiliger Haushaltsaufgaben und die Stunden ab, aus denen ihr leeres Wochenende bestand, bis sie endlich ihre härteste Bestrafung auf sich nahm.

«Hallo?»

«Hallo, Mum, ich bin's.»

«Oh! Hallo.» Dann, alarmiert: «Ist alles okay?»

«Ja! Alles gut. Geht es dir auch gut?»

«Ja, ja», antwortete Marjorie, und es klang, als fände sie die Frage einen Hauch beleidigend. «Gut! Gut.»

Eine kurze Pause, dann legte sie los: «Wir hatten diese Woche den Klempner da, das war wirklich ein Albtraum. Er hat nicht mal die Stiefel ausgezogen, hat den ganzen Schmutz die Treppe hinaufgetragen, dann hat er sich mit einem Rohrschneider verletzt, ist weggegangen, um sich einen Verband zu holen, und drei Tage lang nicht wieder aufgetaucht.»

«Warum?»

«Na ja, es war eben ein Unfall, oder zumindest nehme ich das an. Er hat ein Rohr zurechtgeschnitten.»

«Nein, ich meinte: Warum habt ihr einen Klempner gebraucht?»

«Ach so. Dad dachte, dass da ein Leck im Wäschetrockenschrank ist.»

«Oh.» Gwen fiel nichts anderes dazu ein. «Ach du meine Güte.»

«Na ja. Jedenfalls war das einer, den Teresa Hibbert uns empfohlen hat, aber den wollen wir nicht mehr. Unter uns frage ich mich, ob er irgendwie mit ihr verwandt ist, dass sie ihn den Leuten ständig aufdrängen will. Wie damals, als ihre Patentochter mir diese Highlights gemacht hat.»

«Mm.» Ein altes Bild von Marjorie mit kupferfarbenen Tigerstreifen erschien vor Gwens innerem Auge. Ihr Kopf hämmerte, sie zuckte zusammen und gab dabei ein Geräusch von sich.

«Was ist los?», wollte ihre Mutter wissen. «Du klingst, als hättest du Schmerzen. Hast du Schmerzen?»

«Zahnschmerzen», sagte Gwen. «Ich muss mal zum Zahna...»

«Dann geh unbedingt zum Zahnarzt!», unterbrach Marjorie sie.

«Ich hab doch gerade gesagt, dass ich das tun will.»

«Geh unbedingt!»

Eine Pause.

«Irgendwelche Neuigkeiten, was die Beförderung angeht?»

«Noch nicht. Irgendwas hält die Sache auf, glaube ich. Kommt bestimmt von der Personalabteilung. Mum, eigentlich ...»

Marjorie unterbrach sie erneut. «Ich dachte, dass das vielleicht der Grund ist, warum du anrufst. Um die Neuigkeiten zu verkündigen.»

«Nein, ich wollte nur ... anrufen.»

«Also keine Neuigkeiten?»

«Keine Neuigkeiten.»

«Oh. Dann ist das so. Gut, ich lass dich wieder in Frieden.»

Jacke

Es war ein Patchwork-Anorak, aber nicht von der trendigen Sorte. Er hatte ein Band an der Taille, Plastikknebel zum Schließen, und eine Kapuze, die mit schäbigem Kunstpelz eingefasst war. Weiße und gelbe Blumen waren auf die Taschen gestickt, und als Lise die Hand hineinsteckte, fand sie ein paar Zugtickets von 2011, nach Godalming und Box Hill & West Hubble. Orte, die in ihrer englischen Fadheit beinahe wie eine Satire klangen.

Die Jacke war irgendwie lila, aber weder flieder- noch lavendel- oder veilchenfarben oder wie irgendeine andere Blume; die Farbe war eher körperlich. Wie ein Bluterguss. Es war ein Anorak von der Farbe eines Blutergusses. Die Farbe sah aus wie altes Blut, das sich unter ihrer Pergamentpapierhaut ausbreitete. Er entsprach überhaupt nicht ihrem Stil, und das ärgerte sie, und es ärgerte sie, dass es sie ärgerte. Sie sollte froh sein über jeden Krümel Trost, den man ihr hinwarf, ihren persönlichen Geschmack hintanstellen und sich über eine Jacke freuen, die aussah wie etwas, worin ihre Mutter mit den Hunden Gassi gehen würde. Als müsste Dankbarkeit jetzt ihr Stil sein. Hier hätten wir Lise, im aktuellen Mitleid-Ton. Beachten Sie die tugendhafte Verzierung am Saum.

Aber nein. Lise war immer noch Lise war immer noch Lise, und jetzt musste sie Lise in einem Anorak sein, den sie scheußlich fand.

Es war schwer, die Vorstellung abzuschütteln, dass diese Jacke sie erdrückte und ihre wahre Identität verbarg, obwohl sie ihre Knochen wärmte. Sie machte sich Sorgen, dass Jakob, wenn er je zurückkommen würde, sie in dieser hässlichen Jacke gar nicht erkennen würde. Dass er, genau wie jeder andere, einfach an ihr vorbeigehen würde.

An jenem Morgen hatte ihr ein Mann einen Zehn-Pfund-Schein gegeben und erklärt, er «habe nichts gegen die Polen, sie arbeiten hart, wenn sie nicht gerade hart trinken». Als sie ihn verbessert hatte – sie war Norwegerin, eine Nationalität, die offenbar gar keinen Platz in der Landschaft von

Vorurteilen und Mitgefühl hatte –, hatte er einen Moment lang ausgesehen, als wolle er das Geld wiederhaben.

Sie hatte gesehen, wie Menschen unverschämt wurden, wenn ein Obdachloser ihre Gabe ablehnte. Normalerweise eine Schachtel mit kalten Pommes oder etwas Sündhaftes wie ein Sandwich mit Thunfisch und überbackenem Käse oder ein Eierbrötchen. Sie hatte den Siegesfunken in ihren Augen gesehen, der ihre Scham kurzzeitig wegbrannte. In nur ein paar Sekunden wurde die Zurückweisung zu etwas anderem: Verachtung. Selbst diejenigen, die nicht spuckten oder schrien, benutzten sie, so sah sie es, als Argument gegen sie. Wieder ein Häkchen an der Liste im Kopf, die riet, «einfach weiterzugehen». Es gibt nichts Schlimmeres als einen undankbaren Bettler.

Lise hatte mindestens ein paar Minuten lang so getan, als wäre sie dankbar für die Jacke, lange genug, dass die Gebende ein warmes Gefühl haben konnte; den gedanklichen Fototermin, der Lises Teil des Handels war. Natürlich war es kein wirklicher Fototermin, Gott sei Dank, wobei es so etwas auch schon gegeben hatte.

«Hättest du was dagegen, wenn ich …», hatte ein Typ gefragt, nachdem er ihr einen Fünfer in ihren Becher gesteckt hatte. Er hatte sein iPhone auf Armlänge von sich gehalten; die universelle Selfie-Haltung. Wenn es dir zu peinlich ist, den Satz zu beenden, ist das praktisch schon deine Antwort, Kumpel, hatte sie gedacht. Aber sie hatte keine Zeit gehabt, um das auszusprechen, denn er war schon zu ihr gestürzt – sein Kopf hatte ihren nicht ganz berührt, aber er war ihr nah genug gekommen, dass sie seinen Kaffeeatem riechen konnte – und hatte das Foto geschossen.

«Danke», hatte er gesagt und schnell das Handy wieder

eingesteckt, ohne ihr das Bild zu zeigen. «Das ist für diese, na ja, ich arbeite da an was.»

Lise hatte danach noch lange über dieses Foto nachgedacht. Sie dachte daran, wenn sie die Augen schloss, um zu schlafen, in die Jacke eingemummelt, das Gesicht zur versifften Ziegelwand in der Unterführung gewandt. Über dem Kopf ratterte der Güterzug von ein Uhr morgens vorbei. Sie fragte sich, wie ihr Haar wohl ausgesehen hatte, und hoffte, dass der Typ tot umgefallen war.

18.

Die Hitzewelle hatte inzwischen nachgelassen, und die Außenwelt war in zwei Lager gespalten: die zu leicht und die zu dick Angezogenen. Beide Gruppen trieben es auf die Spitze, in wattierten Mänteln und Mikro-Shorts, keiner wollte nachgeben. Kamelienblüten lagen wie dicke kleine Duschschwämme auf dem Bürgersteig, und durch diesen Teil der Stadt zu wandern, fühlte sich für Gwen wie Urlaub an, obwohl sie kaum zwanzig Minuten von zu Hause entfernt war.

Im ersten Winter nach ihrem Umzug nach London war sie oft durch diese Straßen gegangen. Damals hatte sie gern in die hell erleuchteten Fenster in der Dunkelheit gespäht, die hohen Decken und weißen Wände und der kühle, spartanische Luxus hatten ihr Schauder über den Rücken gejagt, die sie nicht ganz hatte erklären können. «Stell dir mal vor, so reich zu sein!», sagte Suze dann, ein wenig zu laut, als hoffte sie, die Besitzer hörten hinter der Hecke mit und … was? Spürten vermutlich bourgeoise Schuldgefühle. Oder hinterließen ihnen das Haus in ihrem letzten Willen.

Inzwischen schaute Gwen lieber in die Kellerwohnungen, die ihre Fenster unter der Straßenebene hatten. Sie genoss die seltsame Intimität, die man empfand, wenn man direkt in den Abwasch eines Fremden blickte.

Connie hatte ein ganzes Haus in einer Straße, in der die Gebäude zu Wohnungen umgebaut worden waren, sodass es sofort eine gewisse Würde ausstrahlte. Es war hoch, im Viktorianischen Stil gebaut, und aus cremefarbenen Ziegeln, und der Zugangsweg hatte noch die originalen Kacheln – zersprungen und an einigen Stellen angeschlagen, nicht glänzend und erneuert wie bei einigen der Nachbarhäuser. Es hatte einen Vorgarten, in dem die Hortensien und Kletterpflanzen in blau glasierten Töpfen und Terrakotta-Wannen blühten, außerdem stand darin eine ansehnlich verrostete Eisenbank. In die Tür waren Buntglasfenster eingelassen, die nicht zueinander passten, und Gwen hielt automatisch die Luft an, als sie den Klopfer betätigte (waren Klingeln jetzt nicht mehr modern?) und darauf wartete, dass Connies Umriss vom Ende des langen Flurs her näher kam, durch die bunten Glaswirbel zu einem Picasso verzerrt.

«Hallo! Da bist du ja! Komm rein, komm rein.» Gwen war auf die Minute pünktlich, aber Connie gab ihr irgendwie das Gefühl, gleichzeitig zu spät und peinlich zu früh zu sein. Sie trug einen langen Wickelrock zu einer Leinenbluse, eine wuchtige Bernsteinkette und eine Schürze mit verblichenem Blümchendruck, die aussah, als hätte sie sie absichtlich zu ihren Kleidern kombiniert. Eine Schildpatt-Katze erschien und rieb sich hübsch an ihren Beinen. «Zieh ab, du räudiges Katzenvieh», sagte sie zu ihr und winkte Gwen herein.

Ein großer Flur erstreckte sich vor ihnen, getaucht in das Licht des frühen Abends. Auf dem Boden lagen ein paar lange

Teppichläufer, die den Weg in eine etwas tiefer liegende Küche wiesen, die mit Terracotta-Fliesen gekachelt war. Die Möbel darin bestanden aus honigfarbenem Holz, und Musik und köstliche Gerüche drangen heraus. An den Wänden hingen Kunstwerke, Fotos, Skizzen, gerahmte Poster; es wirkte, als hätte sich alles über Jahrzehnte «einfach so» angesammelt. Nicht so strategisch geplant wie eine «Galeriewand». Nicht so krass wie «Dekoration». Tatsächlich erweckte das ganze Haus den Eindruck, als wäre es gar nicht gebaut und entworfen worden, sondern eher geboren und aufgewachsen. Überall waren die besten, geschmackvollsten Teile eines jeden Jahrzehnts zu sehen; keine schlimmen Blümchenborten oder Überbleibsel aus dem Baumarkt. Die Jahre hatten sich sanft auf das ganze Haus gelegt – wie Staub.

Es gab hier tatsächlich auch echten Staub, eine dünne Schicht auf einer Vase, und ein paar elegante, geschwungene Spinnweben, die irgendwie nur die Höhe der Decken betonten. Durch die offene Tür konnte Gwen im Wohnzimmer noch mehr verblichene Perserteppiche ausmachen, einen großen, grün gekachelten Kamin und ein durchgesessenes altes Chesterfield-Sofa, auf dem Decken und verzierte Kissen lagen, die ihre Mutter «folkloristisch» genannt hätte. Stapel von Büchern, Zeitschriften und Zeitungen auf wackeligen Couchtischen schafften es, gerade so eben nicht auszusehen, als gehörten sie einem Messie, sondern so, als würden sie vielleicht sogar gelesen.

Nicht einmal Connies Klo im Erdgeschoss, in dem Gwen beinahe sofort landete, weil ihre Blase gerade so eben eine U-Bahn-Fahrt und keine Sekunde länger durchhielt, wirkte kühl und praktisch. Seine Wände waren mit gerahmten Zeitungsausschnitten bedeckt, politischen Cartoons und kleinen privaten Scherzen – eine Karikatur von Connie, verkleidet als Madonna aus der Blonde-Ambition-Phase; ein handgeschriebener Limerick auf dem Fetzen einer braunen Papiertüte. Eine Molton-Brown-Handcreme stand auf dem Waschbecken, aber die Seife war von der Marke Imperial Leather, schon ein wenig rissig, und lag in einer olivgrünen Schale, die an Messdienergeschirr erinnerte. Der Wasserhahn war ein bisschen verkalkt. Marjorie hätte das niemals zugelassen.

Gwens Eltern wohnten in einem kleinen, makellosen Doppelhaushalt aus den Fünfzigern. Die letzten vier Jahrzehnte hatten sie damit verbracht, sie von allem zu befreien, was irgendwie als Charakter hätte durchgehen können. Das Haus, an das sie sich erinnerte, war früher voll von Familienleben gewesen – ein paar schrill bunte, geblümte Sofas, Schuhe im winzigen Flur und abblätternde Aufkleber auf den alten Küchenfliesen. All das war gründlich ausgeräumt und geputzt und lackiert worden, Stück für Stück. Dicke Teppiche und Laminat und so viele Schichten weißen Hochglanzlacks waren aufgetragen worden, dass sich das ganze Haus jedes Mal noch kleiner und beengter anfühlte, wenn Gwen nach Hause kam.

Bei ihrem letzten Besuch, der schon ziemlich lange her war, waren zwei große, perfekt kugelförmige Bälle aus Plastiklaub rechts und links der Eingangstür aufgetaucht. Gwen hatte sich immer schon gefragt, wer so etwas überhaupt kaufte – und warum.

«Aber du arbeitest doch im Garten. Du hast *echte* Pflanzen», hatte sie gesagt, und ihre Mutter hatte die Plastiklaub-Bälle verwirrt angeschaut, als wäre nachts jemand in ihr Haus eingebrochen, nur, um sie heimlich aufzuhängen.

«Yvonne hat auch solche», hatte sie schließlich entgegnet, um sich zu verteidigen. «Ich dachte, die sehen vielleicht nett aus.»

Jetzt wurde es Gwen bei der Vorstellung plötzlich ganz heiß, dass Connie diese Bälle sehen könnte. Oder wenn sie die gepolsterten Knietabletts oder die «Keine-Werbung-bitte»-Sticker auf dem Briefkasten sähe, die sie alle paar Jahre erneuerten. Oder wenn sie wüsste, dass ihre Mutter jeden Keks, den man ihr in einem Lokal zum Kaffee servierte, einpackte und aufbewahrte, «für die Gäste». Sie hatten nie Gäste.

Sie hatte immer angenommen, dass die Leute nur in Romanen beim Kochen Bücher lasen. Aber als sie in die Küche zurückkam, stand Connie, barfuß und sich wiegend, mit einem Taschenbuch in der einen und einem Holzlöffel in der anderen Hand vor einem blubbernden Kochtopf, vom Scheitel bis zur Sohle eine Titania aus einem Toast-Katalog. Der Effekt wurde ein wenig dadurch gemindert, dass Connie einen Lee-Child-Thriller las und kein zerlesenes Exemplar von Madame Bovary, aber nur ein winziges Bisschen.

Connie kochte etwas ausgesprochen Würziges. Dazu benutzte sie einen großen, blubbernden Le-Creuset-Bräter und einige weitere Pfannen mit mysteriösem Inhalt. Sie röstete Zwiebeln und Nüsse. Einige kleine Häufchen gehackter Kräuter lagen auf der Arbeitsfläche wie gemähter Rasen im Sommer, und Gwen schämte sich erneut, als sie an das staubige Glas mit gemischten Allzweck-Kräutern dachte, die sie neuerdings in alles streute, weil sie es irgendwie mochte, sodass all ihre Mahlzeiten nach Pizza Hut schmeckten.

«Setz dich! Setz dich!», befahl Connie. Also hockte sich Gwen auf einen Hocker am Frühstückstresen und wartete schweigend, bis ihre Gastgeberin einen strengen Finger hob, ihr Kapitel beendete und das Buch dann mit Schwung schloss.

Connie schob ihr ein großes Glas Rotwein über den Tresen,

rührte dabei immer noch mit der anderen Hand im Bräter und stellte dann eine kleine Schüssel Oliven und eine Untertasse für die Steine daneben.

«Ich hoffe, du magst Lamm», sagte Connie, obwohl es eher eine Feststellung als eine Frage war. «Ich habe nie gefragt, ob du überhaupt Fleisch isst! Aber du siehst nicht aus wie eine Vegetarierin.» Sie wandte sich zu ihr um, um sie über den Rand ihrer Brille zu mustern, die ihr im Dampf halb von der Nase gerutscht war. «Oder wie eine Veganerin.»

Gwen war Flexitarierin, was bedeutete, dass sie Vegetarierin war, wenn sie mit Leuten zu Abend aß, die sie sonst verurteilen könnten, und keine Vegetarierin, wenn dem nicht so war. So ging es ihr mit den meisten Problemen der Gegenwart, und manchmal machte sie sich Sorgen, dass sie womöglich absolut gar keine Prinzipien hätte, wenn sie in einem Vakuum ohne jeglichen Zugang zu den Meinungen anderer lebte.

Aber das sagte sie Connie nicht. Sie nickte nur, nein, sie esse Fleisch, und ja, sie möge Lamm.

«Gut!» Connie wirkte eher besänftigt als erleichtert. «Unser Opferlamm.»

Während des Essens redeten sie über den Laden. Connie war voller Theorien und Beobachtungen und Tratsch und wusste lauter Dinge, die Gwen, die schon drei Wochen länger ehrenamtlich dort arbeitete als Connie, nicht bemerkt hatte. Sie fühlte sich dumm. Hatte sich der heilige Michael die Falten unterspritzen lassen, oder war es nur seine Persönlichkeit? Warum sagte Brian immer ja, wenn man ihm eine Tasse Tee anbot, trank sie aber niemals aus?

Connie sagte ihr, dass der Stille Harvey hoffnungslos in Keeley verliebt sei, was Keeley unterstütze, indem sie ihm hin und wieder ihre benutzten Wimpernverlängerungen überließ («Schon in Ordnung, die kann ich von der Steuer absetzen», hatte sie Connie gesagt). Dass Gloria letzten Dienstag eigenhändig einen Ladendieb gestellt und so lange mit ihm gesprochen habe, dass er sich schließlich entschuldigt und seinen eigenen Gürtel gespendet habe. Dass einige Promis, die in der Gegend wohnten, oft ihre Taschen und Kleider spendeten, die wirklich guten Sachen aber so schnell verschwanden, dass man spekulierte, die Zentrale betreibe einen Only-Fans-Account.

An diesem Punkt hatten sie bereits zwei Gläser nicht orangefarbenen Wein intus und mit sinnlichem Genuss das Fleisch von den Knochen genagt. Connie lehnte sich in ihrem Stuhl zurück und sagte: «Gut. Jetzt erzähl mir mal, warum du hier bist.»

Einen Moment lang spürte Gwen Panik in sich aufsteigen. Hatte sie sich die Einladung nur eingebildet? Es alles völlig falsch verstanden? War sie hier hereingeschneit wie eine sabbernde Schlafwandlerin, und Connie war einfach zu höflich gewesen, um sie wieder wegzuschicken?

«Die schreckliche Dinnerparty!», sagte Connie. «Na los, du hast mich schon viel zu lange schmoren lassen. Ich will jedes peinliche Detail hören. Du musst für dein Abendessen arbeiten.»

«O Gott.» Gwen schauderte bei der Erinnerung an den Abend. Sie poppte wieder vor ihrem inneren Auge auf wie etwas, das sich absolut nicht in der Toilette hinunterspülen ließ.

«Es war brutal. Ich meine, *ich* habe ebenfalls lange geschmort ...»

Connie würdigte diesen lahmen Witz keines Lächelns. Sie wollte den saftigen Teil der Geschichte. Bei ihrer letzten gemeinsamen Schicht war sie knapp und geschäftsmäßig gewesen, was dieses Trost-Abendessen anging, als wäre ihr scherzhaftes Versprechen ein bindender Vertrag. Sie hatte ihren Kalender hervorgeholt – einen Moleskine-Kalender, nicht den Kalender auf dem Handy –, um Termine vorzuschlagen, bevor die Worte *«Es ist ... nicht gut gelaufen»* auch nur aus Gwens Mund heraus waren. Connie schien es offenbar für das Normalste der Welt zu halten, eine Verabredung zu treffen und sie auch tatsächlich einzuhalten.

«Deine Freundin, die mit dem schrecklichen Ehemann. Ist es ihre Schuld? Hat sie versucht, dich mit jemandem zu verkuppeln, der stinkt? Der seine Autoschlüssel in einer Schale aufbewahrt? O Gott, sie hat dich doch wohl nicht gebeten, zu kellnern ...?»

«Ha! Nein. Das war alles überhaupt nicht ihre Schuld. Nur dass sie überhaupt diesen Abend veranstaltet hat, nehme ich an. Und dass sie gesagt hat, ich könne jemanden mitbringen.»

Connie nickte aufmunternd, und Gwen fuhr fort.

«Daher habe ich also ... ähm, Nicholas mitgenommen. Kennst du Nicholas aus dem Laden?»

Connie runzelte die Stirn. «Den lauten Jungen mit der Aktentasche? Rosarotes Gesicht? Die Taschen voller Papierservietten?»

«Genau den.»

«Oje, Gwen.»

«Ich weiß. Ich habe absolut keine Ahnung, warum zum Teufel ich ihn gefragt habe. Es war einfach so, dass ich die Vorstellung nicht ertragen konnte, auch nur einen weiteren Abend am Kopf der Tafel sitzen zu müssen – oder, noch schlimmer, direkt in der Mitte wie die exotische Füllung zwischen Sandwich-Scheiben –, nur, um ... nur, um all die höflichen Fragen zu beantworten und mitfühlende Geräusche zu machen, wenn sich die anderen über die Kosten der Kinderbetreuung aufregen. Nur, um auf den unausweichlichen Moment zu warten, an dem sie mich alle bitten, ihnen doch mal mein Tinder-Profil zu zeigen.»

«Uhhh», machte Connie mitfühlend, obwohl Gwen argwöhnte, dass es auf ihren Abendessen vermutlich anders zuging.

«Ich bin nicht mal auf Tinder», fügte sie hinzu.

«Natürlich nicht», sagte Connie. «Aber red weiter.»

Connie gab ihr nicht nur das Gefühl, so etwas wie eine Therapeutin zu sein, sie strahlte auch die Energie der lockeren Mutter einer Freundin aus, mit der man wegen der ersten Blasenentzündung zum Arzt geht. Die ganze Geschichte war so pubertär, dass das gut passte, also gab sich Gwen ihrer Erzählung hin und garnierte die Teile, die sie besonders peinlich fand, mit Stöhnen und Quieken. Als sie zum Garten-Teil kamen, belohnte Connie sie mit einer Reaktion wie aus einem Comic: Sie sprühte vor Schreck Cabernet Sauvignon über den Esstisch, schaffte es dabei aber irgendwie, ihre eigene weiße Bluse unbefleckt zu lassen.

«Du Luder!», kreischte sie in gespielter Schockiertheit. «Nicholas ist ein Glückspilz! Der arme Nicholas! Du Arme. Aber ich hatte doch recht, oder?», fügte Connie hinzu. «Bei so etwas kommt am Ende immer eine gute Geschichte heraus.»

«Niemand wird *jemals* diese Geschichte zu Ohren bekommen», sagte Gwen. Ihr Lachen verwandelte sich in prustende Panik, als sie sich vorstellte, wie Brenda, Brian und Harp im Büro hinten im Laden darüber die Köpfe schüttelten. Eine unwahrscheinliche Szene, aber keine unmögliche. «Du musst mir versprechen, dass du das niemandem erzählst. *Versprich es mir.*»

«Mach dir keine Sorgen, das tue ich nicht. Versprochen. Ich kann Geheimnisse gut für mich bewahren», sagte Connie. «Ich habe in den zweiunddreißig Jahren meiner Ehe niemals jemandem von der Steuerhinterziehung meines Mannes erzählt. Wobei ich das inzwischen jedem auf die Nase binde. Also, was ist dann passiert?»

«Dann bin ich am nächsten Tag im Bett meiner Freundin aufgewacht. Offenbar hatte ich mich dort versteckt, bis er weg war, und bin dabei eingeschlafen.»

«Das war's?»

«Reicht das nicht?»

Connie neigte dazu, zuerst mit ihr zu sprechen, als wäre sie eine Vertraute, um dann plötzlich den Ton zu ändern und zu klingen, als wäre Gwen ein störrisches Kind.

«*Das* ist also die Quelle deiner existenziellen Panik? Du hast ihn im Garten gevögelt und bist dann ohnmächtig geworden?» Sie verstummte gerade noch rechtzeitig, bevor sie sagen konnte: «Also zu meiner Zeit war es gar keine *Party*, wenn nicht jemand ...», aber Gwen spürte es auch so. Vielleicht sollte sie sich dumm vorkommen, aber in Wirklichkeit fühlte sie sich zum ersten Mal seit Tagen wieder besser. Sie nahm einen freudigen Schluck Wein.

Dann fragte Connie: «Und wie steht's mit der Liebe?»

Gwen schluckte den Wein hinunter. «Ich mag ihn noch nicht einmal besonders!»

«Nicht Nicholas. Ich meine ganz allgemein. Bist du verliebt? Jemals verliebt gewesen?»

«Nein», sagte sie nach einer kurzen Pause des Nachdenkens. «Und ja. Oder – zumindest einigermaßen. Ich dachte, ich wäre verliebt. Was Liebe auch immer bedeuten mag.»

«Wenn du Prinz Charles zitieren willst, kann es nicht besonders toll gewesen sein», versetzte Connie.

«Nein, das war es schon – eine Weile lang», antwortete sie ehrlich. «Aber nicht toll genug. Irgendwann nicht mehr.»

Als sie zu Ende gegessen hatten, ging Connie zu Gwens Begeisterung zum Kühlschrank und kam mit einer riesigen Schüssel Tiramisu zurück. Sie hatte angenommen, dass Connie jemand war, der glaubte, Käse sei ein anständiger Nachtisch, und der schockiert war, wenn man um Zucker für den Tee bat, um dann eine verkrustete alte Dose mit Sirup aus dem hintersten Teil des Küchenschranks hervorzuholen. Während Gwen, kindisch, wie sie war, heimlich alle Hauptgerichte als den Preis sah, den man zahlen musste, um den Nachtisch essen zu dürfen.

Es war ein gutes Tiramisu. Die matschige Sorte, nicht die Sorte feuchter Kuchen. Sie aßen schnell und unmanierlich mit großen Löffeln, schaufelten es erst aus gefleckten Steingut- schälchen und dann direkt aus der Schüssel. Hinterher kochte Connie Kaffee, den sie in kleinen, glasierten Tassen servierte, die etwas größer als eine Espresso-Tasse, aber kleiner als ein pöbelhafter Becher waren. Sie ließ Gwen nicht beim Abwasch helfen oder den Geschirrspüler beladen, machte aber auch keinerlei Anstalten, es selbst zu tun. Stattdessen öffnete sie die großen, bodentiefen Fenster am Ende der Küche und zündete sich eine Zigarette an, wobei sie eine leere Olivenbüchse als Aschenbecher benutzte.

«Schrecklich», murmelte sie nach jedem Zug und sah sehr zu- frieden aus.

Um elf Uhr verkündete Connie plötzlich: «Also, jetzt ist es schon nach meiner Schlafenszeit! Ich ruf dir ein Taxi.»

Das war die eleganteste, selbstbewussteste Überleitung, um einen Gast loszuwerden, die Gwen je gehört hatte. Einen Mo- ment lang saß sie nur da und starrte Connie bewundernd an, bis ihr dämmerte, dass sie diejenige war, die sie loswerden wollte.

«Komm gut heim!», rief Connie von der Tür aus, als der Uber- Wagen losfuhr. Gwen nickte auf der Fahrt ein und wachte wie- der auf, als das Auto vor ihrer Wohnung anhielt.

Als sie nach oben ging, lag eine tote Maus in der Falle neben der Küchentür. Ihre Augen waren geöffnet, glasig und vorwurfsvoll. Sie schloss die Küchentür und ging ins Bett. Sie würde sich am nächsten Morgen darum kümmern.

Im Schlafzimmer schaltete Gwen das Licht aus und schlurfte vorsichtig in der Dunkelheit zu ihrem Bett. Das tat sie jeden Abend. Ungefähr jedes zehnte Mal stieß sie sich dabei den Zeh an. Sie wusste, dass sie sich eine Nachttischlampe kaufen sollte, aber ein Anstoßen bei jedem zehnten Schlurfgang war nicht ausreichend Druck für sie.

Gerade als sie einschlafen wollte, leuchtete das Display ihres Handys auf. Es war Nicholas.

«Ich habe jetzt lange genug cool getan», schrieb er. «Gwen, darf ich dir einen Martini ausgeben?»

Sie stöhnte laut in die Stille. Eine Weile lag sie in der Dunkelheit und drückte die Knöchel in die Augenhöhlen, bis braune, geometrische Formen vor ihren Augen erschienen, die aussahen wie eine Retro-Tapete. Dann drehte sie das Handy um, stieg wieder aus dem Bett und machte sich daran, die Maus zu entsorgen.

Kapuzenpulli

Sie liebte es, sie aufwachsen zu sehen. Jedes neu erlernte Wort und jede Persönlichkeitsnuance in ihren wunderbaren, sich entwickelnden Identitäten. Das war es, was man eigentlich sagen musste, oder? Das waren die Worte, die man auf jeder Party von sich geben sollte.

Aber die Wahrheit war, dass sie es gleichzeitig auch hasste, sie aufwachsen zu sehen. Jedes neu erlernte Wort und jede Persönlichkeitsnuance ließen den Abstand zwischen ihnen

und ihr wachsen. Die Blütenblätter einer blühenden Rosen-
knospe entfalteten und entfernten sich von ihr. Manchmal,
in ihren weniger rationalen Augenblicken, hätte sie sie am
liebsten gepackt und sie beide an ihren Bauch gedrückt, ganz
fest, sodass sie alle drei wieder eins werden konnten. Wie
feuchter Ton wieder zu einem Klumpen geformt werden kann.

Immer, wenn Alicia sich bei diesem Gedanken ertappte,
nahm sie eine Valium und schickte eine Tüte mit Dingen ins
Sozialkaufhaus. Sie hatte feststellen müssen, dass sie die
Sorte Mutter geworden war, die über Milchzähne und alte
Haarlocken heulte und ihre Zimmer wie Altäre behandelte.
Sie wirbelte durchs Haus, mit einer blauen Ikea-Tüte in der
Hand, hob Gegenstände auf, alles, was auf dem Boden
oder unter dem Bett lag und schon Staub angesetzt hatte,
und forderte die Besitzer auf, dazu Stellung zu nehmen.

«Du hast das hier noch nie getragen!»

«Du hast das hier unbedingt zu Weihnachten haben wollen,
es aber kaum angesehen!»

«Es gibt arme Kinder auf der Welt, die begeistert wären,
wenn sie all deinen Mist haben könnten.»

Und wenn der Besitzer zufällig nicht in der Nähe war, tja,
dann war das eben Pech. Ihre Kinder hatten sich daran
gewöhnt, dass ihre Besitztümer über Nacht verschwanden,
und zwar so sehr, dass sie sich nicht einmal mehr die
Mühe machten, sich deswegen mit ihr zu streiten. Das Geschrei und das Türenknallen dauerten nur ein paar Minuten. Sie fürchtete inzwischen, dass diese Methode sie
nur dazu brachte, dass sie ihre Dinge noch weniger wert-
schätzten, nicht mehr.

Alicia hörte oft die Stimme ihrer eigenen Mutter im Kopf,
wenn sie das tat; sie fühlte sie an ihrer Schulter, wie sie

ihr heißen Tadel ins Ohr atmete. Aber sie konnte nicht aufhören. Ein Taschenbuch mit Eselsohren. Ein Party-Plastikspielzeug. Ein grauer Kapuzenpulli mit einem Aufdruck auf der Brust – von einem Rennen oder einer Strandhütte oder einer Ranch oder irgendeiner ausgedachten amerikanischen Institution –, der in britischen Ladenzeilen verkauft wurde. Sie stopfte alles in die Tüte und machte so lange weiter, bis sie voll war. Dann marschierte sie aus dem Haus und ließ das Protestgeheul – all die neu erlernten Worte, die heutzutage so unflätig waren – hinter sich verklingen.

Sie marschierte dann die Straße entlang und um die Ecke und die Hauptstraße hinauf, wobei sie an weggeworfenen Brathähnchenschachteln und Fußgängern vorbeilief, bis sie am Laden ankam, wo sie oft nicht einmal mehr zum Verkaufstresen ging und darauf wartete, dass man sich um sie kümmerte; sie rief nur noch «Spenden!» in einem Singsang und ließ die Tüte an der Tür fallen. Je schneller, desto besser. Sie blieb nie lange genug zum Stöbern.

Zu Hause fühlte sie sich immer besser, jetzt, da die Zimmerböden aufgeräumt waren, die Kinder schmollten und die Wirkung der Tabletten nachließ, das Wohlgefühl ihrer guten Tat sie aber noch einhüllte. Sie umarmte sie dann und lachte über ihre traurigen, verwöhnten Gesichter, um dann zur Entschuldigung ihr Lieblingsessen zu bestellen. Sie bettelte sie an, am Abend zu Hause zu bleiben, ihre Handys liegen zu lassen und mit ihr auf dem Sofa einen Film zu schauen, wo sie sie an sich drückte und lachte, lachte, lachte, bis sie sich von ihr frei machten.

«Nur ihr und ich, Kinder», sagte sie dann zu ihnen, wie sie es schon seit Jahren tat. «Mehr brauchen wir nicht.»

19.

«Ich habe eine neue Freundin», erzählte sie ihrer Mutter und bereute es sofort.

«Wen denn?», fragte Marjorie, die sofort misstrauisch wurde. «Die will dir doch nichts verkaufen, oder?»

«Nein! Sie ist ... ein echter Mensch. Sie ist nett. Sie ist übrigens ungefähr so alt wie du.»

«So alt wie *ich*? Warum zum Teufel brauchst du eine Freundin, die so alt ist wie ich? Die wird nicht aufhören, von der Menopause zu reden.» Marjorie war stolz darauf, sieben Jahre schrecklicher Hitzewallungen, Nachtschweiß und Stimmungsschwankungen ertragen zu haben, ohne es je erwähnt zu haben.

«Ich glaube, sie ... ähm, hat das schon erreicht», erwiderte Gwen, als wäre das Klimakterium ein Spiel, bei dem man aufs nächste Level kommen könnte.

«Na ja.» Eine Pause. «Schön für sie.»

Dann: «Hast du Susannah in letzter Zeit gesehen?»

Das hatte sie nicht. Die Nachrichten nach der Party waren lustig und liebevoll gewesen – noch ein paar Entschuldigungen von Gwen, noch eine Versicherung von Suze, dass sie sogar dankbar sei, es habe den Abend deutlich aufgelockert –, aber nach ein paar Runden war die Unterhaltung abgeebbt. Jetzt – nichts mehr. Gwen war wieder an dem Punkt, an dem sie zuvor gewesen war. Sie schaute sich mit Adleraugen in ihrem Leben um, um etwas zu finden, das lustig oder interessant genug war, dass sie ihre beste Freundin damit belästigen konnte. Sie fühlte sich wie eine Katze, die einen Vogel jagt, um ihn auf den Fußabtreter zu legen.

«Alle machen sich heimlich Sorgen, dass ihre Freunde sie hassen», hatte Connie achselzuckend gesagt, als sie ihr ihre Furcht gestanden hatte. «Das ist normal. Und die, um die du dir *keine* Sorgen machst, machen sich ziemlich sicher Sorgen, dass *du* sie heimlich hasst.»

Das hatte so herrlich einfach geklungen, wie sie es in jenem Moment gesagt hatte, den Kopf über eine Jeans und einen Topf mit Fleckenpaste gebeugt. Aber kaum, dass Gwen wieder allein war, begann sie sich Sorgen zu machen, dass Connie sie ebenfalls hassen könnte.

«Suze? Ja, ich war neulich am Wochenende bei ihr zum Abendessen», sagte sie zu ihrer Mutter. «Ihr geht's gut! Paul hat irgendetwas Kompliziertes mit einer Aubergine gekocht. Sie haben einen neuen Bio-Ethanol-Kamin.»

Ihre Mutter fragte, was ein Bio-Ethanol-Kamin sei, und Gwen war gezwungen zuzugeben, dass sie es nicht wusste.

Als Gwen Connie das nächste Mal traf, hatten sie beide die Freitagnachmittagsschicht übernommen, die immer etwas Bacchanalisches hatte – es gab dabei immer Snacks und manchmal sogar Alkohol. Brian hatte eine Schachtel mit Mini-Schokoröllchen mitgebracht. Sie sangen schief zu den Songs, die Heart FM spielte, und führten eine lange Diskussion über die verschiedenen logischen Fehler im Film «Die Hochzeit meines besten Freundes», den Connie erst neulich zum ersten Mal gesehen hatte und ganz eindeutig noch verdauen musste.

«Sie ist angeblich siebenundzwanzig Jahre alt!», hatte Connie gewütet und mit der Auspreispistole gewedelt. «Siebenundzwanzig!»

Und «Der Haupttyp hat ungefähr das Charisma eines Betonklotzes!» – das schrie sie von der Trittleiter hinunter.

Und «Und wir sollen ernsthaft glauben, dass Carmen WiewarnochderName, Diaz, das College abbricht, um ihm sein Bier aufzumachen?» – während sie einem Kunden half, eine Cargo-hose von einer armlosen Schaufensterpuppe zu zerren.

«Ich weiß», sagte Gwen jedes Mal beruhigend. «Du hast ja so recht.» Aber sie waren sich beide einig, dass die kleine Musical-Szene beim Abendessen perfekt war.

Ein wenig später überredete Connie Gwen dazu, sich ein paar Schuhe zu kaufen. Sie waren weiß, mit schwindelerregenden Stiletto-Absätzen, spitz und schmal und mit Riemen, die kreuz und quer über dem Spann verliefen. Schuhe von der Sorte, die Gwen noch nie getragen hatte, nicht einmal zu den Zeiten, in denen sie noch in Clubs gegangen war oder, zehn Jahre später, zu Hochzeiten. Sie streichelte sie abwesend, mehr wie ein Kunstwerk denn etwas, das man tatsächlich tragen konnte, aber Connie zwang sie, sie anzuprobieren.

«Die sind doch lächerlich», sagte sie zu Connie, als sie beide sie im Spiegel anschauten, wobei Gwen eine Hüfte heraus-schoss, wie in der Parodie eines Musikvideos.

«Die sind fabelhaft», beharrte Connie, obwohl sie eigentlich nicht die Sorte Mensch war, die das Wort «fabelhaft» benutzte. «Natürlich nicht mein Geschmack, aber *du* siehst großartig da-rin aus. Und schau mal! Sieh mal dein Gesicht an, du liebst sie, eindeutig.»

Tat sie das? Das glaubte sie eigentlich nicht.

«Im Ernst, Gwen», fuhr Connie fort. «Kauf dir all die hohen Schuhe! Trage sie alle. Verhunze dir deine Füße, bis sie knotige kleine Pfoten sind, das Leben ist kurz.» Sie sagte das mit der heiteren Überzeugung einer Frau, die Slipper für 300 Pfund trug. Connie würde solche Schuhe niemals tragen, dessen war sich Gwen sicher.

«Wirklich, Connie, ich führe nicht das Leben für Killer-Heals. Ich führe ja kaum ein Clogs-Leben.»

«Na ja, das liegt daran, dass du diese Schuhe nicht besitzt.» Sie zog jetzt Röcke und Kleider von den Stangen und hielt sie vor Gwen, um sie zu begutachten. Cheryl Lynns «Got To Be Real» spielte im Radio, und plötzlich wirkte alles so sehr wie in einer romantischen Komödie, dass es Gwen unhöflich vorkam, den Augenblick zu ruinieren.

«Aber die sind nicht *ich*», versuchte sie es erneut.

«Dann sei einfach nicht *du*! Sei jemand anders, für einen Abend. Lauf Amok.»

«Ich kann ja kaum Amok humpeln.»

Connie lachte ihr typisches Lachen, das wie ein lautes Bellen klang. Aber sie war jetzt richtig in Fahrt, legte die Schuhe in ihre Schachtel, kassierte sie ab und schrieb den Verkauf in die Liste der Dinge, die die Ehrenamtlichen kauften.

«Du willst sie, das sehe ich in deinen Augen. Jetzt lass den sexlosen Selbstverleugnungskram und gib dir die Erlaubnis.» Es war leichter, nachzugeben, weil die Gefahr bestand, dass Connie sie womöglich noch irgendwelche Mantren würde singen lassen. Also gab ihr Gwen folgsam ihre Karte.

Was die Sexlosigkeit anbetraf, so war das letzte Wort noch nicht gesprochen, weil sie sich mit Nicholas für morgen Abend verabredet hatte. Irgendwie war die morbide Neugier geblieben, nachdem das Ekelgefühl nach dem Abendessen verblasst war. «Okay», hatte sie ihm leise gesagt, als er zu Beginn ihrer Dienstagsschicht in den Laden gekommen war. «*Einen* Drink. Aber eins muss dir klar sein: Wenn du auch nur einmal auf Ian Fleming anspielst, gehe ich sofort.»

Nicholas hatte gelacht und es versprochen. Den Rest des Nachmittags hatte er «Nobody Does It Better» gepfiffen, während er Liebesroman-Heftchen abgewischt hatte. Gwen hatte den Rest des Nachmittags so getan, als wäre er gar nicht da.

Erst als er am Ende des Tages sagte: «Wir sehen uns dann am Sonntag, Gwen», und zwar vor Lise, und Lise ihr sonst so cooles Gehabe ablegte, um «Entschuldigung, *was?*» zu keuchen, und Gwen wenig überzeugend stammelte, dass er sie um eine Beratung wegen seines Retro-Kram-Unternehmens gebeten habe, und Lise es Brian erzählte, der es wiederum Brenda sagte, die es Connie weitererzählte, die sie bei ihrer Ankunft zur Mittwochnachmittagsschicht mit den fröhlichen Worten «Da kommt ja Mrs. Robinson» begrüßte – erst da gab sie zu, dass der Drink etwas war, das wirklich passieren würde. Sie gab es am nächsten Morgen noch etwas mehr zu, als sie sich zu Hause die Bikini-Zone wachste.

Jetzt juckte es, der ganze Bereich juckte, und sie machte ein paar diskrete Kniebeugen hinter dem Tresen, um mit dem Problem fertig zu werden. Das funktionierte allerdings nicht. Bei Ladenschluss fühlte sie sich wie ein einziger riesiger Schritt auf zwei Beinen.

«Na los, viel Spaß! Versüß ihm den Tag – ach was, das ganze Jahr! Und erzähl mir all die pikanten Einzelheiten, bitte!», sagte Connie, zwinkerte ihr zu und schubste sie zur Tür hinaus. «Und zieh die Schuhe an.»

Handtasche

Es war das Erste, was Asha kaufte, als sie ihr erstes Gehalt bekam. Noch vor dem Mittagessen und den neuen Strumpfhosen, um die alten zu ersetzen, die eine Laufmasche bis hoch zum Oberschenkel hatten, als sie heute Morgen auf der Rolltreppe in der U-Bahn-Station Turnpike Lane stand. Eine Tasche. Die richtige Art von Tasche.

Sie liebte sie nicht, aber das war nicht so wichtig. Asha

war sich nicht so sicher, was es überhaupt bedeutete, eine Tasche zu lieben, oder ob sie es merken würde, wenn sie es tat. Sie liebte Menschen, Musik, intensive Gespräche und mittelmäßiges Thai-Essen. Die anderen Junior-Partnerinnen wussten, wie man Taschen liebt. Sie konnten jedes einzelne Modell auf den ersten Blick erkennen (an der Art, wie es hergestellt war? Am Geschmack?) und wussten sofort, wie es hieß oder welche Nummer es hatte. Sie konnten die winzigen Design-Entwicklungen daran erkennen, die den Preis um dreihundert Pfund teurer machen konnten. Sie wussten, wie man über Metallteile und Fassungsvermögen und Exklusivität sprach – vor allem über Letzteres –, während sie das butterweiche Narbenleder der Tasche der jeweils anderen streichelten und die neuesten Errungenschaften bewunderten, als wären es Schoßhündchen mit Tragegurten.

Einige von ihnen trugen schon teure Taschen, seit sie Studentinnen waren, oder sogar schon früher. Sie merkte das. Für sie war es selbstverständlich. Sie trugen sie ganz lässig, warfen sie auf klebrige Pub-Fußböden und ließen sie von der Ellenbeuge baumeln, als wögen sie gar nichts.

Bei anderen war das aber nicht so, und auch das merkte sie sofort. Sie trugen ihre Taschen ein wenig zu vorsichtig, hielten sie etwas zu fest in der Schlange vor der schicken japanischen Restaurantkette. Sie sah das Glimmen von Ehrfurcht und Trotz in ihren Augen, in denen sich die goldene Label-Plakette spiegelte, die bewies, dass dies ganz eindeutig keine Fälschung vom Straßenmarkt war. Asha hielt ihre Tasche, als wäre sie das Baby von jemand anderem oder eine Bombe, die jederzeit hochgehen konnte (aber im Ernst, war das nicht dasselbe?). Sie konnte die Stimme ihrer Mutter nicht überhören, die quäkte, dass überall Diebe seien; dass

Stolz eine Sünde sei und die Welt schon Schlange stehe,
um von ihrem hohen Ross heruntergestoßen zu werden.

Die Wahrheit war, dass sie die Tasche, die sie gewählt
hatte, gar nicht so recht mochte. Aber das schien ihr die beste
Strategie zu sein – gegen all ihre natürlichen Instinkte an-
zuarbeiten, sich zur anderen Seite zu bewegen. Sie hoffte,
die Tasche praktisch als korrigierendes Mittel nutzen zu
können, anhand dessen sie in die richtige Richtung wachsen
konnte. Vielleicht half sie, ihren Akzent, ihre Schuhe, die Nägel
auszugleichen, die auf der Tastatur klackerten und die irgendwie anders klangen als die klackernden Nägel der anderen.

Sie war vor Stolz ein paar Zentimeter gewachsen, als
sie den Laden mit ihrer Tasche verlassen hatte (die in einer
weiteren Tasche, in einer Schachtel und wiederum einer
Tasche gelegen hatte, denn so lief dieser Irrsinn nun mal).
Stolz, nicht so sehr, weil sie die Tasche selbst verdient hatte,
sondern weil sie erfolgreich gegen ihren eigenen Geschmack
angearbeitet hatte. Und obwohl eine überteuerte Tasche
zu kaufen vielleicht nur eine Kleinigkeit war, verglichen mit
den anderen Versuchen, Weniger Asha Zu Sein – weniger zu
reden, leiser zu reden, weniger Fragen zu stellen, Skilaufen
zu lernen –, fühlte sie sich gut genug an für den Anfang.

Innerhalb von ein paar Wochen hatte sie diese Tasche mit
den Dingen gefüllt, die sie immer in ihre Taschen gesteckt
hatte: mit Taschentüchern, Lipgloss und losen, schon leicht
aufgeweichten Halstabletten, zusammengeknüllten Bons mit
einem hineingespuckten Kaugummi darin, Tampons ohne
Hülle, die wie entkommene Mäuse in der Tasche herumflogen,
und einer Menge von diesem mysteriösen groben Sand, der
immer und für alle Zeiten in jeder Handtasche zu finden
sein wird. Aus ihrer Plastiklunchbox war Öl in eine Ecke des

Futters mit dem Monogramm geleckt. Viele Jahre später
würde sie wütend an dem Fleck herumschrubben, weil sie
wusste, dass er bedeutete, dass sie es gar nicht erst auf
einer schicken Secondhandplattform zu versuchen brauchte,
dass die Tasche stattdessen für das Sozialkaufhaus be-
stimmt war. Sie würde diese Tasche als Symbol für all das
sehen, was sie so unbedingt hatte haben wollen und
dennoch hatte fallen lassen. Bisher. Sie zuckte die Achseln.

Die Tasche war bald an den Ecken abgestoßen, und zwar
so, dass sie hoffte, damit genauso lässig zu wirken wie die
anderen, wenn sie sie fröhlich auf Taxirücksitze und auf den
Fußboden von Toiletten schleuderte, weil sie mal wieder
einen ihrer üblichen Vier-Uhr-morgens-Weinkrämpfe hatte.

Aber sie wirkte nicht lässig. Und würde es niemals tun.
Irgendwie war das Ding nicht auf die richtige Weise abge-
stoßen.

Vielleicht war es einfach nicht die richtige Tasche.

20.

Gwen hatte die Schuhe angezogen.

Sie fühlte sich vollkommen absurd, wie sie da auf ihren Sti-
lettos die Seven Sisters Road hinunterschwankte und jede Un-
ebenheit auf dem Bürgersteig in ihren zarten Fußballen spürte.
Es war schon einige Zeit her, seit sie hohe Absätze getragen
hatte, und sie hatte das Gefühl schon fast vergessen. Sie hatte
es auf eine Weise vergessen, die einen zerbrechlich macht, aber
irgendwie auch mutig in der eigenen Zerbrechlichkeit. So, wie
roter Lippenstift einen ständig an den eigenen Mund denken
lässt. Darin bestand vermutlich auch seine Macht.

Sie hatte vergessen, dass sich jede Straße und jede Treppe, die man hinunterklackerte, ohne hinzufallen, wie ein Sieg anfühlten, und vielleicht war auch das das Geheimnis: dass man den Tag in hohen Absätzen verbrachte und damit dem Tod wieder und wieder ein Schnippchen schlug. Wer fühlte sich danach nicht stark?

In der U-Bahn-Station spielte ein Straßenmusiker eine rührselige Version von «Clint Eastwood» von den Gorillaz, und Gwen stellte sich vor, wie sie die Rolltreppe hinunterfiel. Das tat sie oft, selbst wenn sie Turnschuhe trug. Sie stellte sich dann genau vor, wie sie fallen würde, jeden einzelnen Aufprall, wenn ihre Glieder auf die Stufen trafen. Wie sich ihr Körper wie ein kaputter Treppenläufer verbiegen würde. Sie ließ die Szene wie einen Film immer und immer wieder vor ihrem inneren Auge ablaufen, zoomte verschiedene Einzelheiten davon heran – das wackelige Fußgelenk, womit der Fall begann, dann die Gesichter der Leute um sie herum, die sich in Zeitlupe veränderten, während sie hinunterstürzte – und die verschiedenen Formen von Schmerz und Verletzungen, kleine Schürfwunden und solche, die sofort zum Tode führten. Je mehr sie sich vorstellte, desto sicherer fühlte sie sich irgendwie.

Es war nicht dasselbe, wie wenn man sich vorstellte, vor einen Zug zu springen, wenn er in den Bahnhof einfuhr, oder das Baby von jemand anderem wie einen Rugby-Ball durch den Raum zu schleudern, oder der Drang, den Nacken eines Fremden zu küssen, ganz sanft, wenn man in der U-Bahn hinter ihm steht. Je mehr sie über diese Dinge nachdachte, desto mehr fürchtete sie, sie wirklich zu tun. Aber weil das Fallen nicht absichtlich war, sondern die Tat eines sadistischen Gottes, hatte sie das Gefühl, sie könnte sich am besten davor schützen, indem sie den Fall in Gedanken übte, immer und immer wieder, bis sie sich beinahe wünschte, es würde passieren, nur damit sie es endlich hinter sich hatte. Dann passierte es nämlich nicht. In ihrem Kopf war das alles ganz logisch.

Es stellte sich heraus, dass die Bar einem von Nicholas' Kunden gehörte, was bedeutete, dass sie das qualvolle Begrüßungsritual erdulden musste, bei dem er so tat, als wäre der Barmann ein alter Freund. Er fragte nach «Tom», als klar war, dass der Mann sich nicht an ihn erinnerte, fand heraus, dass der Barmann selbst Tom war, um dann ausführlich zu erklären, wer er war, in dem er mehrfach sagte: «Ich habe dir doch die Muskete besorgt.»

«Den Muskateller?», wiederholte Tom hilfsbereit.

«Nein», beharrte Nicholas und zeigte auf die Wand über dem Billardtisch, wo eine lange Musketen-Kopie neben gerahmten, sepiafarbenen Fotos von Wild-West-Pionieren hing. «Die Muskete.»

Als das geklärt war, führte er sie zu einer gemütlichen Ecknische – diesmal war die Hand auf ihrem unteren Rücken als Ballast willkommen –, und sie beide saßen einen Moment lang schweigend da, schlürften ihre Martinis und machten «Ah»-Geräusche. Sie war wild entschlossen, nicht als Erste nachzugeben.

«Also, Gwen, wie läuft denn deine Karrierepause?», fragte er schließlich.

«Sie pausiert noch immer!», witzelte sie.

«Aber fühlst du dich jetzt, äh, kreativ aufgetankt?»

Sie betrachtete prüfend sein Gesicht und suchte nach Anzeichen von Ironie, fand aber keine.

«Noch nicht so richtig, äh, *aufgetankt*, nein ... aber ganz sicher im Prozess des ... ähm.» Sie hielt inne. «Es ist schön, ein bisschen mehr Freiheit im, du weißt schon, Kopf zu haben? Ich habe jetzt immerhin eine viel bessere Vorstellung davon, was ich nicht tun will.»

«Was da wäre?», fragte Nicholas.

«Bisher alles.»

Er schüttelte den Kopf und drohte mit dem Finger. «Das ist eine defätistische Einstellung, Gwen. Ich dachte, du hättest mehr Ehrgeiz.»

«Nein, tut mir leid. Eigentlich nicht.»

«Deine Freundin Susan sagte, dass du in der Schule zum Mädchen gewählt wurdest, das am ehesten Premierministerin werden würde.»

«Das liegt daran, dass ich zu den Partys immer eine Zeitung mitgenommen habe.»

Nicholas schien nicht recht zu wissen, was er darauf entgegnen sollte, daher setzte er zu einer langen Geschichte über einen Diskutierwettbewerb an, in dem er einmal sogar den Neffen von Richard Branson, den Chef der Virgin Group, geschlagen habe. Gwen fischte die Oliven aus ihrem Drink und aß sie. Sie war plötzlich sehr hungrig. Sie zwang die betäubende Wärme des Wodkas hinunter in ihre schmerzenden Zehen.

Sie war beinahe froh, dass er Martinis gewählt hatte, weil sich die ganze Angelegenheit so eher wie ein komplexes Rollenspiel statt wie Dating anfühlte. Solange er diese Masche mit den Museen und Cocktails und Trenchcoats und antiken Waffen aufrechterhielt, konnte Gwen so tun, als ginge sie eigentlich gar nicht mit ihm aus, sondern nähme nur an einem Krimiwochenende teil, bei dem die Teilnehmer einen Mord aufklären mussten, oder an einer Amateur-Aufführung eines Noel-Coward-Stücks. Und solange sie keine Arbeit hatte, passte ihr diese merkwürdige Ablenkung ganz gut.

Solange sie sich mit Nicholas verbrüderte und sich nicht als

Sonderbeauftragte für spezielle Kunden in einer dynamischen Design-Agentur verdingte, die die Schiefertafeln vor den Coffee-Shops gestaltete («Curbside Straight-to-consumer Marketing, mit viel Sinn für Humor und Erfahrung mit Malkreide»), konnte sie diese Zeit einfach als kleine Verirrung abschreiben. Praktisch als kleine Entscheidungsfindungsstörung nach der Kündigung. Das konnte auch erklären, warum sie um drei Uhr morgens auf YouTube alte Wiederholungen der Spieleshow «Watercolour Challenge» schaute. Und wenn sie später furchtbar peinlichen Sex mit ihm hatte, was ihr bereits jetzt mit ziemlicher Sicherheit klar war, würde es das ebenfalls erklären.

Nicholas beendete seine Geschichte. Aber gerade, als er auf der Bank näher zu ihr rückte, was sehr so wirkte, als mache er Anstalten, drang eine Stimme durch die Geräuschkulisse.

«Oh, hey! Gwen!»

Es war eine der Gemmas aus dem Büro. Eine weniger bekannte Gemma – vielleicht eine Jemma oder sogar eine Jenna? –, die am Arm eines Mannes hing, der zwei Hemden trug, eins über dem anderen.

«Hi! Hey! Wie geht's dir?» Gwen versuchte, ihre Begeisterung nachzuahmen und gleichzeitig eine gegenseitige Vorstellung zu vermeiden.

«Wie geht's *dir*? Ich habe neulich erst zu Claire H gesagt, dass wir uns dringend mal wieder mit dir treffen müssten, um zu hören, wie es so läuft.» G/Jemma neigte den Kopf mitleidig zur Seite. «Ehrlich, es war so unfair, was mit dir passiert ist, wir waren alle *stocksauer*, nachdem du weg warst. Nach all den Jahren und so. Ein paar Leute haben echt darüber nachgedacht, sich ernsthaft bei der Geschäftsleitung zu beschweren.»

«Echt?», sagte Gwen. «Das ist ja … süß.»

J/Gemma nickte eifrig. «Ja, echt.»

«Aber mir geht es wirklich gut!», beeilte sich Gwen zu sagen und hob ihr Martiniglas in einer Gatsby-Pose hoch, wobei sie betete, dass Nicholas den Mund halten würde. «Ich mache gerade was ... äh ... Charitymäßiges. Nehme mir ein bisschen Zeit, um zu überlegen, was ich als Nächstes machen will.»

Irgendwie klang das weniger überzeugend als damals, als sie genau das zu Nicholas gesagt hatte. Es klang eher wie ein in Ungnade gefallener Politiker auf einem Pressetermin in der Suppenküche.

«Wow, das ist toll!», erwiderte Jemma, denn das mussten die Leute sagen. «So selbstlos! Ist es, na ja, so ein Mentoren-Ding?»

«Nein, es ist ... es ist ein Sozia...» Ihre Lippen formten gerade das Wort, als Nicholas sie unterbrach.

«Eigentlich ist es mehr ein Einzelhandelsberatungsunternehmen, nicht wahr, Gwen?», sagte er. «Ein soziales Unternehmen, das strategische Abfall-Management-Lösungen anbietet. Um den ökonomischen Kreislauf zu befeuern, indem man die Profite in eine ganze Reihe wichtiger gesellschaftlicher Institutionen speist. Als Besitzer eines kleinen Unternehmens ist ihre Unterstützung wirklich von unschätzbarem Wert für mich.»

Jenna blinzelte. «Großartig! Wow. Das ist ja so cool. Man muss wirklich etwas zurückgeben, das sage ich auch immer, nicht wahr, Felix?» Felix nickte pflichtschuldigst. «Ich finde das auch total toll, wenn man alte Leute zum Teetrinken ausführt.»

Sie wandte sich wieder an Gwen. «Freue mich aber sehr, dass es dir gut geht, Gwen. Ganz ehrlich, die sind doch echt selbst schuld. Und du hast es nicht von mir, aber ...» Sie beugte sich nah zu ihr, nachdem sie einen schnellen Blick über die Schulter geworfen hatte. «Den New-Roots-Account sind wir los. Nachdem du ihnen unsere Preispolitik gesteckt hast, haben sie sich eine Agentur gesucht, die sie nicht übers Ohr haut. Chris hatte einen Tobsuchtsanfall. Es war wirklich toll. Also hast du wirklich Spuren hinterlassen.»

Nach dem üblichen Chor der *Byebyeeees* und leeren Versprechungen, bald einen Kaffee trinken zu gehen, drehte sich Vielleicht-Gemma um und winkte beim Gehen über die Schulter, Felix-zwei-Hemden im Schlepptau. Gwen trank langsam ihr Glas aus und schaute ihnen dabei hinterher. Als es leer war, stellte sie es ab und bemerkte, dass Nicholas sie anstarrte.

«Also was ...», setzte er an.

«Können wir bitte nicht darüber sprechen?»

«Natürlich, klar, selbstverständlich», erwiderte er und redete dann doch weiter.

«Aber hast d...»

«Wirklich, ich möchte nicht darüber sprechen.»

«Aber ich will n...»

«Ernsthaft.»

«Okay. Gut. Egal», sagte er und schob schmollend die Lippen vor. «Aber du musst dann was anderes vorschlagen, Gwen. Ich finde, du schuldest mir etwas für die Lüge, die ziemlich gut war, wenn ich das selbst so sagen darf. Hab ich dir erzählt, dass ich mal Improvisationstheater gemacht habe?»

Gwen sah ihn an. Sein Haar war zerzaust, seine Wangen gerötet. Er lächelte sie neckisch an, aber auch hoffnungsvoll, und sie hatte plötzlich das Gefühl, der alte Schuft zu sein, der das naive Mädchen verdarb. Sie brachte es nicht über sich, die naheliegenden Sätze abzuliefern – «Ich hätte da ein paar Ideen ...» –, sondern beugte sich einfach vor und küsste ihn, mitten in seinem Satz über die Theatergruppe an der St.-Andrews-Universität.

Die Unausweichlichkeit der Situation war seltsam tröstlich. Denn sie hatte sich mit ihren Vorstellungen, wie das Treffen laufen würde, so oft gequält, dass sie sich diesen Ausgang beinahe gewünscht hatte.

Kleid

Das Kleid spannte über der Brust. Nicht so sehr, dass sie den Reißverschluss nicht mehr zu bekam, aber doch so sehr, dass Bronagh ihren BH auszog und ihre Brüste an Ort und Stelle rückte, erst die eine, dann die andere. Waren sie besser in der Mitte, wenn die Brustwarzen entschlossen nach vorn schauten statt nach unten? Oder – sie schob ihre Hand in den Ausschnitt und wühlte weiter darin herum – wenn sie sie zur Seite schob, sodass sie beinahe unter den Achseln saßen? Beides zugleich? Nein.

Sie atmete vorsichtig durch, spürte, wie die Nähte spannten und sich in ihr Fleisch gruben, als sich ihr Brustkorb gegen den Stoff presste. War ihr schwindelig, oder war das psychosomatisch? Musste sie jetzt alle halbe Stunde auf die Toilette fliehen, nur, um sich kurz hinzusetzen, den Reißverschluss zu öffnen und durchzuatmen?

Nicht zum ersten Mal gab sich Bronagh der Vorstellung hin, in ihre Haut zu schneiden und ein paar überflüssige Fettzellen herauszulöffeln. Nicht als Akt des Selbsthasses, denn sie liebte ihre Brüste meistens; sie mochte es, sie hüpfend und selbstbewusst in einem Bikinioberteil zu sehen, oder wenn sie wie zwei glänzend weiße Hügel, wie zwei triumphierend große Panna-Cotta-Portionen aus dem Badewasser auftauchten. Sie hatte es seit ihrer Teenagerzeit in dieser Hinsicht weit gebracht, in der sie die langen, hungrigen Zeiten ihres Tages meist damit gefüllt hatte zu googeln, ob «Spucke Kalorien» hatte oder in welche Nahrungsgruppe Kieselgel fiel.

Nein, sie würde das Fett aus rein praktischen Erwägungen herausschneiden. Als reine Notlösung. Es gab nicht mehr viel, was sie dazu brachte, ihren Körper zu hassen, aber Kleider gehörten dazu.

Sie hatte das Kleid in Panik gekauft, denn so kaufte sie die meisten ihrer Kleider. Die Vorstellung eines Kaufrausches hatte sie immer verblüfft, denn für Bronagh fühlte es sich eher an, als müsste sie sich ein Notmedikament verabreichen.

Sie shoppte in ihrer Mittagspause, wenn die Kleider, in denen sie am Morgen das Haus verlassen hatte, sich irgendwie falsch anfühlten – sozial falsch, ästhetisch falsch, moralisch falsch, aber auch körperlich falsch, wenn der Stoff sich in ihr Fleisch grub, hinunter- oder heraufrutschte, als wollten die Kleider vor ihrem Körper fliehen. Sie shoppte auch nach der Arbeit und griff einfach nach irgendetwas, ohne es anzuprobieren, weil sie zu erschöpft war – zudem wusste sie, dass sie zu faul sein würde, es zurückzugeben, wenn es nicht passte. Sie shoppte nachts im blauen Licht ihres Handys, wenn ihr Freund neben ihr schlief. Sie shoppte allein, immer, und konnte sich nicht mehr an das letzte Mal erinnern, als es Spaß gemacht hatte.

Dies hier war ein Midikleid mit einem bunten Blumenmuster, das verspielt und stylisch an der Schaufensterpuppe, aber clownesk und wenig schmeichelhaft an ihr aussah – sie wirkte darin wie ein Kleinkind, das sich als Rentnerin verkleidet hatte. Sie hatte es dennoch gekauft und es zur Legion von Kleidern in ihrem Schrank gehängt, die nur widerwillig getragen wurden und lediglich am Morgen toll aussahen.

An diesem Morgen war «toll aussehen» zu hoch gegriffen, aber sie war willens, sich mit «gut» zufriedenzugeben. «Du siehst gut aus», sagte ihre Schwester am Telefon, als Bronagh ihr sagte, sie würde nicht zu der Party gehen. Tatsächlich sagte sie: «Du siehst guuuuut aus», wobei sie den Vokal ganz lang zog, bis das Wort zu einem gereizten Grunzen zusammenfiel. Nicht «gut» wie in «schön». Gut wie in «angemessen». Gut wie in «Es guckt dich doch sowieso keiner so genau an».

«Ich kann gar nicht richtig atmen», hatte sie sich beschwert.

«Wie viel ist gar nicht richtig?», hatte Siobhan erwidert.

«Vielleicht fünfzig Prozent Lungenkapazität?»

«Irgendwelche Schmerzen unter den Rippen?»

«Noch nicht.»

«Braves Mädchen. Wirf dir eine Ibuprofen ein.»

Bronagh packte eine Faust Stoff. «Shiv, ich komme nicht.»

«Doch.»

«Nein.»

«Doch, das tust du wohl.»

«Es ist doch sowieso allen egal.»

«Mir nicht. Du kommst für mich.»

«Tu es für mich», war die Schwestern-Trumpfkarte, die jede von ihnen einmal im Jahr ausspielen durfte, nicht öfter. In ihrer Pubertät hatte Siobhan sogar ganz hinten in einem Schulheft eine Strichliste geführt, um sicherzustellen, dass keine von ihnen ihr Kontingent überzog.

Damals ging es meistens darum, für die jeweils andere die Eltern anzulügen, mit der anderen in Filme zu gehen, die für Erwachsene waren, und Schmiere zu stehen, wenn sie mit demselben Jungen hinten im großen Safeway abhingen. Altersmäßig so nah beieinander zu sein, bedeutete, dass sie alles querbeet tauschten und teilten – Kleider, Rasierklingen, Jungs –, bis eine von ihnen einen Hauch von Konkurrenz der anderen gegenüber spürte und dann ihr Territorium mit plötzlicher Aggressivität und bösem Knurren markierte.

Zwei Jahrzehnte später waren die Verpflichtungen, die sie füreinander hatten, viel komplizierter. Jetzt ging es um Rechtsanwälte, Vermieter, Umzugswagen, Krankenhauswartesäle, die Erfindung falscher E-Mail-Adressen und die Zerstörung belastender Beweismittel. Manchmal, wenn ihr Handy «ping» machte und es ihre Schwester war, die nach Monaten des Schweigens mit den Worten: «Tust du mir einen Gefallen?», wiederauftauchte, wurden ihre Handflächen sofort ganz nass, und sie verfluchte den Tag, an dem ihre Eltern mit dem neugeborenen Baby aus dem Krankenhaus nach Hause gekommen waren und sie zu einem Leben in familiärer Sklaverei verdammt hatten. Manchmal, obwohl sie das niemals zugegeben hätte, war sie aber auch begeistert.

Heute jedoch gab sie sich geschlagen. «Na gut», war alles, was sie sagte. Sie legte auf.

Dann öffnete sie den Reißverschluss ihres Kleides bis zur Taille, sog gierig die Luft ein und zog darüber eine alte Strickjacke an. Sie wandte sich wieder zum Spiegel. Gut. Guuuuut.

21.

Was Sex anging, hatte Gwen meistens Probleme, bei der Sache zu bleiben.

Das war besonders bei Ryan so gewesen, nach Jahren des immer gleichen Procederes, aber es passierte auch bei ihren wenigen Flirts in den Jahren danach. Ihre Gedanken schweiften ab, nicht nur zu sachlichen Themen, zu Dingen, die erledigt werden mussten – ob sie die Wäscheladung aufgehängt oder das Sky-Probeabo gekündigt hatte –, sondern auch auf surrealer Ebene, zu Bildern von Orten, die sie eigentlich schon lange vergessen hatte. Zur Küche einer Freundin aus der Kindheit, zum kühlen Raum eines Keramikladens, den sie früher einmal in Mallorca besucht hatte, zur mit dickem Teppich ausgelegten Eingangshalle ihrer Bankfiliale. Gesichter ehemaliger Lehrer und Kollegen, lange toter Verwandter und Fernsehmoderatoren tauchten aus dem Nichts auf. Sie ertappte sich dabei, wie sie an Belanglosigkeiten dachte oder versuchte, sich daran zu erinnern, wie sie durch den T K Maxx in ihrer Nähe gegangen war, und sie hörte erst damit auf, wenn sich plötzlich etwas änderte, das sie wieder zurück in ihren Körper brachte.

So gesehen war der Sex, den sie gehabt hatte, eigentlich nicht schlecht, aber weniger handfester Sex als vielmehr eine Art Meditationsübung. Sex ließ all die seltsamen Gedanken an die Oberfläche dringen und ihr Hirn überfluten, die sonst hinter gedanklichen Barrieren gefangen waren. Danach schlief sie immer tief und fest.

Aber diesmal war es anders. In den ersten paar Minuten wirkte ihre Scham wie eine Dosis Adrenalin. Jedes Geräusch schien lauter zu sein, jedes ungeschickte Manöver, jede Drehung und jedes «Huch, mein Haar klemmt fest» wurden zehnfach verstärkt. Sie fühlte sich von der seltsam fremden Situation geradezu elektrisiert. Wie von eintausend Neonlichtern erleuchtet, nackt mitten auf einer Bühne. Brennend vor Angst, dass sie nach mehr als zwanzig Jahren vielleicht immer noch falschen Sex hatte.

Dann zwang sie sich, Nicholas anzusehen, dessen Wangen rosiger waren, als sie sie je gesehen hatte. Er grinste wie ein Kind auf dem Jahrmarkt, und dann passierte etwas Großartiges.

Zuerst passierte jedoch etwas Scheußliches – er knurrte: «Du liebst das, oder?», während er ihre Brüste wie Brotteig durchknetete, was sie absolut nicht liebte –, aber plötzlich war es Gwen völlig egal, was er dachte, und das brachte ihr auf eine ganz neue Art Energie. Es war ihr völlig egal, ob sie einatmete, als sie den Rücken durchbog, um den BH zu öffnen, an dem er sich erfolglos zu schaffen machte; die Dehnungsstreifen waren ihr egal, die auf ihren Schenkeln ein Spinnennetz bildeten, auch ihre schwachen Enthaarungsbemühungen waren ihr egal, die eine unüberwindbare Grenze zwischen ihrer Generation und der seinen bildeten – zumindest hatte sie mal so etwas gehört. Mit einem Selbstbewusstsein, das Gwen im Bett noch nie gehabt hatte – vor allem nicht mit Ryan, der dazu neigte, freundliche Hinweise als persönliche Beleidigungen aufzufassen –, sagte sie Nicholas, was sie wollte und was sie nicht wollte und wo und wann und wie, und nein, das nicht, hör auf, bleib so, ja, nein, ja, ja ja. Endlich einmal gab sie sich keine Mühe, die Dinge zu beschleunigen, endlich einmal fühlte sie sich nicht bemüßigt, den ermunternden Stöhnchor zu früh anzustimmen, die Dinge dringender klingen zu lassen, als sie es waren. Das Geschlechtsverkehr-Äquivalent zu «Bin in fünf Minuten unten!», wenn man noch damit beschäftigt ist, die Haare zu föhnen. Nein. Soll er doch warten.

Nicholas schien keinerlei Probleme damit zu haben. Tatsächlich schien er es sogar zu genießen.

Hinterher saß Gwen auf der Toilette und betete, dass er von allein gehen würde. Ihr Mund fühlte sich wieder geschwollen und fremd an. Sie zog ihre Unterlippe so weit hoch, bis sie ihre Oberlippe vollkommen bedeckte, und genoss das warme, feuchte Gefühl auf ihrer Haut. Gwen tat oft solche Dinge, wenn sie allein war. Das war eine Form von Sinnlichkeit, die weder in Pornos noch in der Parfümwerbung vorkam.

Sie saß noch eine Minute so da, vielleicht auch drei, und es war ihr egal, ob ihre Abwesenheit langsam seltsam wirkte. Zwei kurze, dunkle Haare lagen neben der Badewanne, zu Fragezeichen gekrümmt. Sie ließ sie dort liegen. Im Spiegel wischte sie sich die verschmierte Mascara unter ihren Augen weg. Dann nahm sie die Linsen heraus, band ihr Haar zu einem Knoten auf dem Kopf und wischte sich den Rest des Make-ups aus dem Gesicht, langsam und methodisch, bis sie im Spiegel nur noch einen runden, rosigen Ballon mit Ohren sehen konnte.

Schließlich durchdrang Nicholas' Stimme die Stille. Nicht aus dem Nebenzimmer, sondern direkt von der anderen Seite der Badezimmertür. Es fühlte sich unverschämt intim an, trotz allem, was sie gerade getan hatten.

«Äh, hi, Gwen? Ich dachte, ich bestelle jetzt mal eine Pizza», sagte er. Und fügte dann hinzu: «Was für eine möchtest du denn haben?»

Uhr

Als Janet acht Jahre alt war, kannten die Mitarbeiter hinter dem Tresen im Leihhaus sie schon.

Ihr Vater hatte sich angewöhnt, das kleinste und nied-

lichste seiner sechs Kinder als eine Art Versicherung mitzunehmen, wenn er dorthin ging. Dann wurden immer noch
böse Worte gesagt, Drohungen kaum verschleiert, aber
solange Janet in ihrem Trägerrock und ihren besten Schul-
Kniestrümpfen dastand und ihr zahnlückiges Lächeln
lächelte, genau wie ihre Schwester Linda zuvor und ihr Bruder Ralph davor und Ellen und Bernie und Phyllis vor ihm,
wusste er, dass er wenigstens nicht verprügelt und die
Flüche auf ein Minimum reduziert werden würden. Reggie
mochte es so lieber, denn er war ein zutiefst frommer
Mensch, wie er gern jedem beim Hunderennen erzählte,
wenn wieder eines seiner Gebete ungehört verhallt war.

Außerdem war Reggie McAffery gut für ihr Business,
und das wollte er sie nicht vergessen lassen. Grimes & Son
machte unterdessen Geld aus dem Unglück anderer
Menschen. Unter all den Nettigkeiten und JawohlmeinHerrs
und Keksen zu Weihnachten waren sie im Grunde nur ein
paar Schakale, die sich am Pech anderer satt fraßen, und
wenn Reggie ihnen die Hand schüttelte und ihre Kekse
nahm, dann nur, weil es sich auszahlte, wenn sie auf seiner
Seite waren. Außerdem mochte er rosa Waffeln.

«Es ist ja nicht wirklich ihr Geld», sagte er Janet oder
Ellen oder Bernie mit Nachdruck. «Aber unseres auch nicht
wirklich.»

Und so lebte die Familie in einem Zustand des ewigen
Auf und Abs, wie so viele in ihrer Straße, und nutzte den Ret-
tungsring ihrer Besitztümer, um den Kopf über Wasser zu
halten, wobei sie sie wöchentlich oder monatlich ins Pfandhaus brachte. In den schlimmsten Monaten brachte Reggie
sogar seinen besten Sonntagsanzug am Montag dorthin, um
ihn dann mit seinem Lohn am Samstag wieder auszulösen.

Die wenigen Male, als das Geld nicht ausreichte, um ihn rechtzeitig wiederzuholen, trug er auch in der Kirche seinen Overall und seine Stiefel und stellte sich, um zu singen, ganz hinten hin. Sein grober, schiefer Bariton schaffte es dennoch, fast alle anderen Stimmen der Gemeinde zu übertönen.

Aber die Uhr war das genaueste Barometer für das Geschick der Familie. Janet war noch ein Baby gewesen, als Reggie sie als Lohn für seine Verputzarbeiten auf der schickeren Seite der Roman Road bekam, wo ein junges französisches Paar das Haus eilig verlassen hatte und der Besitzer nicht für das gesamte Geld für die von ihnen angerichteten ausufernden – und irgendwie auch ziemlich mysteriösen – Schäden aufkommen wollte. Die Uhr war ein massiges, großes Ding aus vergoldetem Holz; ein Zifferblatt mit Messinglünette, eingelegt in eine tief ins Holz geschnitzte Sonne, mit Strahlen, die so kompliziert gestaltet waren, dass sie aussahen wie goldene Federn. Auf dem Rückenteil war ein Name aufgestempelt: Japy Frères. Überraschenderweise ging die Uhr inmitten all der mutwilligen Zerstörung auf die Minute genau.

«Sie hat mir gefallen», hatte er seiner Frau gesagt, als er sie an jenem Abend mit nach Hause brachte. «Jappy Freers weiß, was er tut.» Sie hatte die Nase gerümpft über den Kitsch und den schweren Prunk, und das in einer Zeit, in der alle nur Bakelit wollten. Und als ihm Regs Cousin, der in der Camden-Passage Antiquitäten verkaufte, gesagt hatte, dass die Uhr aus der Belle Époque stamme und vermutlich ein paar ordentliche Schilling wert war, hatte sie darauf bestanden, sie sofort zu verkaufen. Aber Reggie weigerte sich. Er war ein Ästhet, solange er es sich leisten konnte, und wollte die geschnitzte Sonne an seiner Wand hängen haben, wo alle Nachbarn sie durch die Gardinen sehen konnten. Er war, wie er dem Vikar gern sagte, wenn er wieder mit seinen Moralbroschüren vorbeikam, ein zutiefst moderner Mann.

«Das wird unsere grauen Tage erhellen, Vi», sagte er dann und pfiff ein paar Takte von «You Are My Sunshine», um dann mit ihr durch die Küche zu tanzen. Sie nannte ihn einen großen, dummen Bettler, aber die Uhr durfte bleiben.

Natürlich endete auch sie bei Grimes & Son. Tatsächlich ging und kam die Uhr im Laufe der Jahre mit solcher Regelmäßigkeit, dass sie schon ein wenig wie der Himmel über dem East End zu sein schien. «Wenn die Zeiten gut sind, hängt die Uhr an der Wand», sagte Reg gern. «Wenn sie schlecht sind, brauchen wir auch keine Uhr, die uns das sagt.»

Er war stolz auf diese kleine poetische Volte. Er sah sich gern als ein Alfred P. Doolittle aus My Fair Lady in seinen letzten Tagen, aber ohne die lockere Moral.

Eines Tages verstauchte sich Reggie sein Handgelenk bei einer schwierigen Deckenarbeit, und das wenige, was er an Glück hatte, ging dahin. Die Sonne blieb jetzt eine längere Zeit weg und dann noch länger, und als Janet acht war und ihre ältesten Geschwister schon ihr eigenes Geld verdienten, war das Geld so knapp, dass sie es selbst spürte – in den Schuhen, die drückten, dem Rock, dessen Bündchen ihr in die Taille schnitt, und den Knorpeln, die so schwer zu schlucken waren. Es waren die Sechziger, und überall sonst begann die Stadt aufzuleben, aber in ihren vier Wänden war das Leben beinahe zum Stillstand gekommen.

Bis sie das Geld fand. Ein kleines Bündel von Scheinen,

die mit Metzgerband zusammengebunden waren, versteckt hinter einer alten Huntley-&-Palmer-Dose ganz hinten im Schrank. Janet kletterte immer wieder gern hinein, um ihren Geschwistern zu entkommen, Cola-Bonbons zu essen und über das Leben nachzudenken. Ihre Freundin Nancy lieh ihr manchmal ein Bunty-Comic, wenn sie es ausgelesen hatte. In der Ausgabe von letzter Woche war es um eine Bande sehr unternehmungslustiger Schulmädchen gegangen, die bei einem Pony-Ausflug in einer Schmugglerhöhle verstecktes Geld entdeckten (oder hatten sie es in einem Zirkuswagen während eines Gewitters entdeckt?). Als sie die Dose öffnete, dachte sie daher nur: ein Schatz, natürlich.

In der Angst, bei ihrer kriminellen Aktivität erwischt zu werden und womöglich nicht so gut dabei wegzukommen wie die Mädchen in Strohhüten aus der Geschichte, fand sie es am schlausten, die Beute schnell wieder loszuwerden, und zwar auf die edelste Weise, die ihr einfiel. Also nahm sie heimlich das Geld, ging zum Pfandhaus, lächelte ihr zahnlückiges Lächeln und bat sehr nett darum, die Uhr zurückkaufen zu dürfen, bitte. Sie war das Lieblingsstück ihres Vaters, und es würde ihn so glücklich machen, wenn sie zu seinem Geburtstag wieder an der Wand hinge.

Man musste ihm zugutehalten, dass Reggie später erst schrie und wütete und gegen die Mülltonnen in der Gasse trat, nachdem Janet schon zu Bett gegangen war. Vor seiner jüngsten Tochter faltete er nur die Hände und sagte: «Na, das ist ja eine Überraschung. Das hast du schön gemacht, mein Mädchen.»

Die Uhr blieb von da an an der Wand hängen. Er war, wie er den Leuten im Dover Castle gern zur Sperrstunde erzählte, ein zutiefst sentimentaler Mann.

22.

Nicholas starrte ausgerechnet in ihren Kühlschrank.

«Warum hast du so viele Sorten Essig?»

Gwen starrte ebenfalls oft in den Kühlschrank und stellte sich vor, wie das wohl aussähe, wenn sie für einen Artikel aus der Rubrik «Was ist in deinem Kühlschrank» für die Klatschpresse interviewt werden würde.

Was würde eine Promi-Ernährungsberaterin wohl zu den zwei ganzen Fächern mit eingelegtem Gemüse und Gürkchen und Weihnachtsmarmeladen und Chutneys und Chili-Ölen und Senfsorten sagen, von denen jeweils immer genau ein Löffelchen fehlte? Zu dem alten Joghurtbecher, der wie ein toter Forschungsreisender schon lange in Eis eingeschlossen war, oder zum nachgedunkelten Tupperware-Behälter mit den undefinierbaren Resten, die so abschreckend wirkten, dass sie ihn bei sich nur noch «die Dose» nannte? Welche Geschichte konnte man aus dem Friedhof der halb gegessenen Äpfel ableiten, den Paketen mit getrocknetem Koriander, den Karottenstümpfen, die wie Hexenfinger verschrumpelt waren, und den mumifizierten Zitronenvierteln?

Optimismus, dachte sie dann. Nur eine Optimistin kauft eine ganze Packung Buttermilch, obwohl für das Rezept nur zwei Esslöffel nötig sind. Eine Optimistin glaubt, dass sie den Rest tatsächlich auch noch verzehren wird.

Natürlich würden die Leser nicht wissen, dass der Kühlschrank zudem einen unbestimmten Geruch hatte, dessen Quelle Gwen nie fand. Immer wieder grub sie ein Glas mit schimmeligem Pesto oder eine schleimige Frühlingszwiebel aus und glaubte, dem Ungeheuer damit den Kopf abgeschlagen zu haben, aber der Geruch kam dennoch immer wieder. Die Leser würde nie erfahren, dass sie, wenn sie einen Kater hatte oder traurig war, gern eine Großpackung Doritos zerkrümelte und sie mit dem Löffel aß wie Cornflakes.

Alle paar Monate ging Gwen zum Bio-Minimarkt im Nachbarviertel und verbrachte dort eine ganze Stunde, indem sie den Geruch von Sackleinen und Pflanzen-Handcreme einatmete, Tüten mit uralten Getreidesorten betastete und sich exotische Früchte ansah, als wären es Ausstellungsstücke in einer Galerie. Sie nahm nie einen Einkaufskorb – ein Korb wäre eine zu eindeutige Absichtserklärung gewesen. Stattdessen nahm sie die Waren in den Arm und hielt sie mit dem Kinn an Ort und Stelle.

An der Kasse ließ sie alles auf das Laufband fallen und versuchte auszusehen wie ein Mensch, der *haargenau* wusste, was man mit einem Beutel blauem Maismehl, eingelegten Pflaumen und Spirulina-Bällchen anfing. Beim Kassieren ihrer Einkäufe durchsuchte sie hektisch das Regal mit den Schokoriegeln, wie sie es in jedem Laden tat, als wäre dies ihre letzte Chance, je wieder Schokolade zu kaufen. Hin und wieder griff sie sich in den letzten Sekunden noch eine, bevor der Kassierer die Summe verkündete, und dann bereute sie es sofort, weil der Riegel 4 Pfund 79 Pence kostete und nach Seife schmeckte. Meistens tat sie es nicht, bereute das dann aber auch.

Gwen brachte ihre Errungenschaften nach Hause und reihte sie auf der Küchenarbeitsfläche auf, in der Hoffnung, der TV-Koch Nigel Slater würde wie von Geisterhand auftauchen und mit beruhigender Stimme Anweisungen zu ihrem Gebrauch geben. Sie knabberte vorsichtig an etwas, öffnete ein Paket von etwas anderem, tunkte einen Haferkeks in ein Glas Apfelbutter und begriff, dass es leider gar keine Butter war, sondern nur eine Art süßer, zäher Teer. Dann schob sie alles ganz hinten in die Küchenschränke und holte den Pastatopf hervor.

Was erklärte, zumindest in Ansätzen, warum Nicholas jetzt in ihrer Küche stand und fragte, warum sie so viele Sorten Essig besaß.

«Nicht dass du mich falsch verstehst, ich liebe Balsamico», sagte er. «Aber *Gwen*, ich hätte nie gedacht, dass du so eine Genussesserin bist.»

«Bin ich auch nicht», sagte sie. «Ich benutze das gegen ... den Kalk.»

Sie hatten ihre Pizza vor zwanzig Minuten aufgegessen – nicht im Bett, sondern an der Küchenarbeitsfläche wie zwei etwas verlegene italienische Geschäftsleute –, und obwohl er nicht so wirkte, als wollte er die Nacht über bleiben, machte er auch keine Anstalten zu gehen.

Er hatte endlich ihren Kühlschrank zu Ende inspiziert und lief nun in ihrer Wohnung herum, um die einzelnen Gegenstände zu identifizieren und laut zu benennen – «Vorhänge ... nett ... oh, eine Grünlilie ... Schimmelspray ... cool». Gwen gähnte und zupfte am Saum ihrer Pyjama-Shorts und nickte, ja, das stimme, das sei tatsächlich ein beheizbarer Wäscheständer.

Eigentlich sollte Musik spielen, fiel ihr auf. Es war doch merkwürdig, oder nicht, dass keiner von ihnen die Musik angeschaltet hatte? Hatte das nicht irgendwas zu bedeuten? Sie konnte jetzt Musik anmachen, aber vielleicht war es auch zu spät dafür und könnte so aufgefasst werden, als wollte sie eine Zugabe.

Dann, gerade als er die zweite Runde durch das Zimmer startete («Kissen»), erinnerte sie sich an Connie.

«Also, ich muss jetzt wirklich ins Bett!», verkündete Gwen und klatschte sich entschlossen auf die Schenkel. «Ich ruf dir mal ein Taxi.»

Zum Glück funktionierte es.

Am nächsten Tag brachte Gwen die Schuhe als Spende zurück.

Sie wischte sie gründlich ab, untersuchte das Leder nach Kratzern und Schmutz – insgesamt zwei Stunden und ein Taxi hatten natürlich nicht ausgereicht, um sie wirklich zu beschädigen –, steckte sie dann wieder in ihren Staubbeutel und warf sie zu Beginn ihrer Schicht in die Spendentonne.

Connie würde sauer auf sie sein, aber Connie war an diesem Nachmittag nicht da. Der heilige Michael aber war es, und er zog eine Augenbraue hoch, als er die Schuhe wiedererkannte.

«Wir sind keine Leihbücherei», rief er ihr hinterher, und es klang wie echte Verärgerung. «Lässt sich eigentlich heutzutage *niemand mehr wirklich auf etwas ein*?»

Gwen stammelte eine Entschuldigung. Finn wies hilfreicherweise darauf hin, dass der Laden auf diese Weise doppelt von den Schuhen profitierte. «Ich meine, alle leihen doch heutzutage Kleider? Wir sollten unbedingt auch in diesem Marktsegment aktiv werden.»

«Hmmpf», war Michaels Antwort. Er setzte den Preis der Schuhe um fünf Pfund hoch und stellte sie wieder in die Auslage.

Wegwerfkamera

«Daumen!», schrie ihr die Familie zu. Ihre Gesichter grinsten ein glückliches Knetmännchenlächeln aus einem Trickfilm.

«Was?», schrie Stephanie über das Europop-Gedudel von einem Spielsalon in der Nähe hinweg.

«Daumen!!!», schrien sie erneut, und jetzt verstand sie. Als sie das letzte Mal Fotos hatte entwickeln lassen, waren es achtundzwanzig Schnappschüsse von einer verschwommen-rosafarbenen Sonnenfinsternis gewesen, zwei von Lees Mund voller halb zerkauter Kekse und einer

vom Parkplatz des Supermarkts, um den Rest der Rolle auf-
zubrauchen.

Trotzdem war sie entschlossen, diesen Urlaub zu doku-
mentieren. Sie war die Wächterin der Erinnerungen. Das
würde ihre Rolle sein, und die Kamera war ein integraler
Bestandteil dessen. Immer wenn Stephanie den Film weiter-
drehte, spürte sie ein kleines Erfolgserlebnis. Das kleine
gezahnte Rädchen grub sich in ihren Daumen, aber selbst
das fühlte sich cool an, so wie ihr Musiklehrer, der vom
Gitarrespielen Schwielen an den Daumen hatte.

Hinter der Kamera war sie nicht nur nützlich, sondern
auch geschützt. Es war dann egal, dass sie die anderen
Kinder im Ferienpark nicht fragten, ob sie mitspielen wolle,
obwohl sie Lee und Kelly fragten, es war egal, dass ihre
Stiefmutter jede ihrer Eisportionen kommentierte oder versuchte, sie zum «lustigen Wettlauf am Strand» zu animieren,
«nur du und ich». Es war egal, dass ihr Dad jeden Abend für
Stunden verschwand und erst zurückkam, wenn er glaubte,
dass sie schon schlief, und über die Möbel stolperte, wenn
er versuchte, sich die Turnschuhe auszuziehen. Es war egal,
weil sie nicht aktiv an diesem Urlaub teilnahm, sie war nur
eine unparteiische Beobachterin. Sie war praktisch wie die
Tapete. Niemand konnte ernsthaft auf eine Tapete sauer sein.

Und was machte es schon, wenn die reichen Kinder in der
Schule Digitalkameras besaßen, auf denen man tatsäch-
lich das Bild sehen konnte, nachdem man es gerade erst
gemacht hatte? Stephanie mochte das gespannte Warten
auf den schmalen Umschlag in der Drogerie. Sie liebte die
Aufregung und die Freude darauf, und sie mochte es, die
Erinnerungen Wochen später noch einmal erleben zu können.
Meistens regnete es dann draußen. Wenn ihre Stiefmutter

gute Laune hatte, ging sie mit ihr hinterher zu Spud-u-Like auf eine Ofenkartoffel, um dort selbst in einer Portion Coleslaw herumzustochern, während Stephanie ihr zu jedem Foto einen detaillierten Kommentar gab. Wenn sie schlechte Laune hatte, gab es keine Ofenkartoffel und die ganze Fahrt nach Hause über Celine Dion im Auto. Aber selbst das war dann egal, weil Stephanie die Fotos hatte.

Früher hatte sie sie mit in die Schule genommen, obwohl sich eigentlich niemand für Fotos interessierte, auf denen sie nicht selbst zu sehen waren – oder zumindest der schmollmündige Kapitän der Schul-Rugby-Mannschaft, den alle nur «Phil Lippe» nannten. Aber vielleicht interessierten sie sich diesmal dafür. Vielleicht würden sie sich aufrecht hinsetzen und hinschauen, wenn sie ihnen die Szene zeigte, die sie gestern Abend hinter dem Hallenbad aufgenommen hatte.

Sie erinnerte sich schaudernd an die seltsame, leicht übelkeitserregende Aufregung in ihrem Bauch und fragte sich zum hundertsten Mal, wie das Bild wohl auf Hochglanzpapier im kalten Tageslicht aussehen würde. Wo sie es in ihrem Zimmer verstecken würde. Wie viel sie Lee und Kelly für einen Blick darauf berechnen würde.

Stephanie nahm ihren Daumen von der Linse, schaute in den Sucher – ihr Lächeln fiel jetzt schnell in sich zusammen – und drückte auf den Auslöser. Klick.

23.

Etwas weiter die Straße hinauf gab es ein weiteres Sozialkaufhaus. Aber das erkannte man vielleicht nicht sofort, weil es sich *Kindfulness Hub* nannte und wie eine dieser kühlen Boutiquen gestylt war, in die sich Gwen normalerweise nicht hineinwagte, weil sie fürchtete, auf etwas zu niesen und es dann kaufen zu müssen.

Die Fußböden bestanden aus poliertem Beton, die Wände waren mit den Werken eines hiesigen Kunstkollektivs behängt, und die Kleidungsstücke hingen an einem komplizierten Drahtsystem von der Decke, was bedeutete, dass die Mitarbeiter jedes Mal eine Art Cirque-du-Soleil-Aufführung für Arme vollführen mussten, wenn jemand einen Pulli anprobieren wollte.

Der heilige Michael war auf Spionagemission, seit der andere Laden geöffnet hatte, und schickte die Ehrenamtlichen regelmäßig dort vorbei, damit sie ihm berichteten. Wie viele Kunden waren im Laden? Für welchen Preis verkauften sie die Herrenjeans? Stimmte es, dass sich in einem Teil des Ladens ein Stick-and-Poke-Tattoo-Studio befand? Er hörte gerne den neuesten Tratsch über den Laden.

«Bruce vom Ethelred-Hospiz sagt, dass sie letzten Samstag nur zweihundert Pfund eingenommen haben, und die Hälfte davon war für eine Skulptur, die jemand mit der Einkaufstüte umgeworfen hat.»

«Christoph von Help Hamsters International hat dort ein Kleid von Atmosphere für dreißig Pfund gesehen. Sie haben es auch noch als *Vintage* bezeichnet.»

«Melly von Pain UK hat gehört, dass sie die Quittungen jetzt *Verbindlichkeitsbons* nennen müssen.»

Das waren die Tage, an denen Michael richtig gute Laune hatte.

Die Ehrenamtlichen waren angewiesen, dass sie auf jeden Kunden, der verdächtig hip oder selbstbewusst wirkte, ein Auge haben sollten, für den Fall, dass er vom *Kindfulness Hub* kam und beabsichtigte, ihre beste Ware aufzukaufen und sie dann im eigenen Schaufenster auszustellen, um sie zu verhöhnen. Was sie tun sollten, wenn das passierte, oder warum das eigentlich ein Problem war, solange das *Kindfulness Hub* dafür bezahlte, war ihnen nicht ganz klar. Aber immerhin hatten sie auf diese Weise ein gemeinsames Feindbild. Nichts verbindet die Menschen so schnell und fest miteinander wie etwas, das sie hassen können.

Nach sieben Jahren des Hasses auf verschiedene Konkurrenten im Strategischen Marketing – auf Agenturen, die Namen wie ein Nachtclub in Leicester trugen, der von Fünfjährigen geleitet wurde, wie zum Beispiel «Strawberry Zoo» oder «Rainbow Soup» oder «Fun Fun Incorporated» – war Grace enttäuscht, hier dieselbe Dynamik vorzufinden, hier im Zentrum der Mitmenschlichkeit und der Strickjacken. Oder zumindest war sie zunächst enttäuscht gewesen. Dann hatte sie sich daran gewöhnt.

«Heute wieder falsch gesetzte Apostrophe im Schaufenster vom Hub, Michael!», rief sie ins Büro, als sie zur Montagnachmittagsschicht kam. Sie hatte das auf ihrem Weg hierher geübt. «Record's and book's. Sogar laminiert.»

«Wie peinlich», kam Michaels erfreute Antwort. Gwen strahlte.

Aber gerade als sie ihr Handy herausholen wollte, um ihm die Fotos zu zeigen, tauchte Asha aus dem Büro auf. Sie wirkte müde, ihre Augen waren gerötet und ohne den typischen perfekten Lidstrich, das Haar hatte sie unter eine Baseball-Kappe gestopft. Gwen hatte sie sicher drei Wochen lang nicht mehr gesehen, ging ihr in diesem Moment auf. Es tat ihr leid, dass sie das nicht früher bemerkt hatte.

«Warst du weg?», fragte Gwen.

«Krank», antwortete Asha.

«Oh Mist», sagte sie. «Was hattest du denn?»

«Ach, ich war der Fäulnis und Pest ausgesetzt. Meine Energien waren nicht richtig ausgerichtet.» Asha lächelte schwach. «Nein ... Ich konnte einfach eine Weile nicht aus dem Bett aufstehen, weißt du?»

Gwen verstand.

«Na ja, schön, dass du wieder da bist! Wir haben dich vermisst.» War das zu viel? Vermutlich, aber Asha schien dankbar zu sein.

«Oh, ich euch auch», erwiderte sie. «An manchen Tagen hat mich nur der Gedanke an die Schaufensterdeko aufrechterhalten. Dann lag ich in der Dunkelheit, atmete bewusst und träumte davon, die Herren-Cargo-Shorts nach Farben zu ordnen.»

«Das musst du unbedingt tun», sagte Gwen. Asha grinste.

Dennoch war sie den ganzen Nachmittag über bedrückt und abwesend. Als eine Kundin durch den ganzen Laden rief, welche Größe eine Jacke hatte, die sie gerade in der Hand hielt – sie taten das oft, als hätten die Ehrenamtlichen jedes einzelne Stück des sich unablässig verändernden Inventars im Kopf –, schien Asha kurz davor zu sein, in Tränen auszubrechen, und entschuldigte sich dafür, dass sie es nicht wusste, statt einfach zu sagen: «Ich weiß das ebenso wenig wie Sie, meine Liebe!» Als der heilige Michael ihr eine große Schachtel mit Schals zum Auszeichnen gab, verbrachte sie eine ganze Stunde damit, sich hindurchzuarbeiten, bis sie merkte, dass sie auf jedem einzelnen Schild das falsche Eingangsdatum vermerkt hatte.

Aber statt einer sarkastischen Bemerkung summte Michael ein paar Takte aus «If I Could Turn Back Time» von Cher und tätschelte sanft Ashas Arm.

«Wenn wir die Zeit um eine Woche zurückspulen könnten, würde ich diesen zweifelhaften Shrimp von letztem Dienstag nicht essen», sagte er zu ihr. «Gute Idee.»

«Zweifelhafter Shrimp klingt wie ein Song auf der Spotify-Liste im *Kindfulness Hub*», sagte Gwen. Niemand reagierte darauf.

Hemd

Tief in ihrem Inneren war Denise darauf vorbereitet gewesen. Er war ein charmanter Kerl, schon immer – ein ladies' man, so hätte ihn ihre Mutter genannt, obwohl Denise die große Menge seiner weiblichen Freunde und Mitarbeiterinnen nicht als «ladies», sondern mit einem anderen, ausdrucksstärkeren Wort bezeichnet hätte. Er verteilte schnell Komplimente, hielt elegant Türen auf, rückte Stühle zurecht, erinnerte sich an Lieblingsdrinks und erkannte einen Duft wieder. Zusammengenommen war all das viel anziehender als sein durchschnittliches Aussehen und machte ihn zu einem überraschenden, aber hocheffektiven Frauenhelden. Das hatte sie gewusst, als sie mit ihm zusammengezogen war.

Also ja, sie war auf den klischeehaften Moment vorbereitet gewesen – auf den Lippenstift am Kragen, den Hauch eines süßen Promiparfüms, eine Rechnung vom Bistro in der Tasche, von dem sie gehofft hatte, dass er sie zu ihrem Geburtstag dorthin ausführen würde.

Was sie aber nicht erwartet hatte, war, dass sie von dem Hemd selbst betrogen werden würde. Von einem Hemd, das sie unter dem Bett fand, in einer Reisetasche, die sie nicht erkannte.

Dieses Hemd war das Unangenehmste an der ganzen Sache.

Es war – wie sollte sie es beschreiben? Blusig. Blusig,

aber keine Bluse. Es hatte bauschige Ärmel und ein Lederband, das kreuz und quer über dem Ausschnitt gebunden wurde. Mittelalterlich. Plötzlich erinnerte sie sich an all die «Arbeitsessen» am Donnerstagabend, an die «Golfausflüge» nach Wiltshire am Wochenende. All die Hinweise, vor denen sie die Augen verschlossen hatte – vor dem Pferdeschwanz, der plötzlichen Vorliebe für Met, der sonderbaren Lederweste, von der er behauptet hatte, er habe sie wegen seines schmerzenden Ischias gekauft.

«Du willst also sagen, dass er ein Transvestit ist?», fragte ihre Freundin Mandie, die sich mit dem modernen Vokabular nur mäßig auskannte.

«Gott, nein, das wäre schön. Du weißt doch, wie sehr ich Grayson Perry mag.»

Denise straffte sich.

«Mand, ich glaube, er ist … ein Cosplayer.»

24.

Als sie Connie von Nicholas erzählte, sah Connie gleichzeitig abgestoßen und begeistert aus.

«Ich hätte nie gedacht, dass du das wirklich durchziehst, du verrücktes Huhn! Aber erspar mir die Details, bitteeeee.»

Gwen versprach, keine Details zu liefern, aber Connie kreischte weiter.

«Also Gwen, ehrlich.» Als wäre sie ein Welpe, der die Fußmatte vor der Tür beschmutzt hatte. «Was fangen wir bloß mit dir an?»

Es wäre lächerlich zu behaupten, sie hätte mit Nicholas nur geschlafen, weil Connie sie dazu gedrängt hatte – schließlich war sie eine selbstständige, erwachsene Frau, oder etwa nicht? –, und doch musste sie ständig daran denken, wie Eliza May Fletcher aus dem Jahrgang über ihnen sie dazu getrieben hatte, während einer Gedenkversammlung für Prinzessin Diana an einer Mine eines Duftfilzstiftes zu saugen. «Mach!», hatte sie gesagt. «Das wird bestimmt richtig lustig.» Dann, als Gwen kreischgrüne Tinte auf den Zähnen und der Zunge hatte und das Zeug wie in einem schlechten Monster-aus-dem-Sumpf-Film als Schaum aus ihrem Mund kam, hatte Eliza May Fletcher nicht mehr gelacht, sondern sie stattdessen mit einer Mischung aus Ekel, Mitleid und etwas anderem angesehen – Verwunderung. Verwunderung über ihre eigene Macht und die tragische Schwäche der anderen.

«Ich kann nicht glauben, dass du das wirklich getan hast», hatte sie gesagt, als Gwen von dem chemischen Beinahe-aber-doch-nicht-ganz-Apfel-Gestank gewürgt hatte. «Das ist ja so eklig.»

Dann hatte sie beinahe freundlich hinzugefügt: «Weißt du, du solltest nicht einfach was machen, nur weil es dir andere sagen.»

«Wir müssen etwas für dein Selbstwertgefühl tun», sagte Connie gerade.

Sie waren wieder in der Küche, wo sie ein spontanes spätes Mittagessen nach einer öden Mittwochmorgenschicht zu sich nahmen («Ich schaffe es nicht bis zwei», hatte Gwen protestiert, als sie schon zum dritten Mal aufgestanden war, um sich einen Keks zu holen).

Draußen war es heiß, was Connie – die niemals zu schwitzen schien – noch verschlimmert hatte, indem sie den Ofen für anderthalb Stunden angestellt hatte. Jetzt öffneten sich ihre bodentiefen Fenster auf einen langen, geschmackvoll verwilderten Garten hinaus. Eine warme Brise leckte an Gwens feuchter Stirn, und Jackson Browne spielte im Hintergrund. Die Reste eines mit Harissa eingeriebenen Hühnchens lagen zwischen ihnen wie ein Patient auf einem OP-Tisch. Connie rülpste leise und fuhr fort.

«Wo sind eigentlich all die Freunde in deinem Alter, die dir sagen sollten, dass du nicht mit schrecklichen Männern schlafen sollst, und die mit dir schimpfen, wenn du es doch tust?», fragte sie. Gwen wurde rot. Sie fühlte sich bloßgestellt.

«Die sind ... na ja, du weißt doch, wie das ist», antwortete sie. «Ich hatte wirklich mal welche, gute! Oder zumindest welche, die okay waren. Aber einige sind wegen der Arbeit weggezogen, andere haben Babys bekommen, wieder andere sind hiergeblieben und haben Babys bekommen ... und bei all der Arbeit und den Babys und den Umzügen sind wir im Laufe der Zeit wohl irgendwie ... auseinandergedriftet.»

Es hatte sich wie ein zutiefst persönliches Problem angefühlt, das schon seit Jahren in ihr gärte, aber jetzt, da sie es aussprach, klang es wie ein abgegriffenes Klischee. Sie hatte das Gefühl, etwas von der Problemseite einer Zeitschrift vorzulesen.

«Vermutlich ist es meine Schuld», fügte sie hinzu. «Ich habe nichts dagegen unternommen.»

«Aber du hast doch noch die Freundin, die diese Abendgesellschaften gibt, oder?», sagte Connie. «Oder hat die in den letzten vierzehn Tagen auch Kinder bekommen und ist weggezogen?»

Gwen spürte, dass Suze und Connie einander großartig finden würden. Sie durfte es auf keinen Fall zulassen, dass sich die beiden jemals begegneten.

«Suze. Ja. Ich habe Suze. Geografisch zumindest, wenn auch nicht immer emotional.»

«Also ist dein Problem die Geografie?»

Gwen zuckte die Achseln.

Sie musste wieder an Eliza May Fletcher denken (sie hatte stets darauf bestanden, dass man alle drei Namen sagte, eine Geziertheit, die selbst dann noch überlebt hatte, als die anderen Mädchen herausgefunden hatten, dass ihr Mittelname überhaupt nicht May lautete, sondern Margaret). Sie wohnte jetzt in Ibiza und führte dort eine Art Fitness-Imperium, das aus einem Nachtclub entstanden war. Als sie die Facebook-Seite für ihr Unternehmen gestartet hatte, hatte sie Gwen dazu eingeladen, ein Like zu hinterlassen. Und Gwen hatte es getan.

«Nachbarn?», fragte Connie, die jetzt in Problemlösestimmung war. «Du hast gesagt, dass du schon ein paar Jahre in deiner Wohnung lebst, sicher gibt es dort noch ein paar andere Leute, die deine Kumpane sein könnten?»

Ein kleiner Teil in Gwen zog sich beim Wort «Kumpane» zusammen.

«Vermutlich», antwortete sie. «Ich habe mich gefragt, na ja ... zumindest habe ich es mal gesehen. Es muss da ein Forum oder so was geben, dem ich beitreten könnte. Ein paar – ich weiß auch nicht – Komitees.»

Connie johlte. «Das ist dein Plan? Einem Freundschaftskomitee beizutreten? Um Gottes willen, Gwen, du klingst ja schon wie *meine* Freundinnen. Rotary Clubs und Kirchenvereine und Anonyme Sankt-Florians-Jünger für die Über-Sechzigjährigen und für immer Verstopften.»

«Na ja, wir leben eben in London», protestierte Gwen. «Man kann nicht einfach bei den Mülltonnen Leute ansprechen und fragen: ‹Willst du mit mir befreundet sein?›»

«Warum zum Teufel eigentlich nicht? Damals in der Grundschule hat das doch auch gut funktioniert. Ich habe immer schon gefunden, dass es wirklich eine Schande ist, dass die

Erwachsenen sich das abgewöhnen. Meiner Tochter habe ich früher immer gesagt ...»

Dabei zuckte Gwen zusammen. Connie hatte noch nie eine Tochter erwähnt. In keiner der Anekdoten von nutzlosen Ex-Männern – und davon gab es eine ganze Menge – waren je Kinder vorgekommen. Selbst in ihrem Haus gab es keinerlei Hinweis darauf, jedenfalls nicht in den Zimmern, die Gwen zu Gesicht bekommen hatte – keine ungeschickten Kinderbilder, keine Muttertagskarten oder Examensfotos. Überhaupt keine Familienfotos, bemerkte sie jetzt – nur ein paar glamouröse Schnappschüsse von Connie in den 70ern, auf denen sie aussah wie die junge Carrie Fisher und in einem Badeanzug mit hohem Beinausschnitt am Strand stand, an einem Restauranttisch rauchte, auf einem Fahrrad sitzend lachte, während der Wind ihr Haar in Richtung Kamera wehte.

«Ich wusste gar nicht, dass du eine Tochter hast», sagte sie.

«Na ja, du hast ja nicht gefragt», versetzte Connie. Dann, bevor Gwen noch etwas sagen konnte, fuhr sie fort: «Wir stehen uns nicht sehr nah. Sie ist ...» Connie wedelte abwehrend mit der Hand. «... schwierig. Jedenfalls, als sie noch klein war, habe ich sie immer in den Park geschickt mit einem *himitsu-bako*» – sie sprach das Wort mit einem generischen «ausländischen» Akzent aus –, «was ein japanischer ‹Geheimnis-Kasten› ist, und sagte ihr, sie solle die anderen Kinder fragen, ob sie ihn mit ihr zusammen öffnen wollten. Der, der das Rätsel löste, gewann das Malteser-Bonbon, das ich im Geheimfach versteckt hatte, und: ta-da! Wieder ein neuer Freund.»

Gwen gedachte kurz Connies Tochter, wo auch immer sie sich gerade befand.

«Als sie älter war, habe ich dasselbe mit Alcopops gemacht», fuhr Connie heiter fort. «Obwohl sie so eine kleine Spießerin war, dass sie oft von den Partys heimkam und die Dinger noch immer in ihrem Rucksack schwappten.»

Gwen hatte so viele Fragen, zögerte aber, sie zu stellen. Stattdessen sagte sie: «Ich bin mir ziemlich sicher, dass meine Nachbarn die Türen doppelt verriegeln und die Aufnahmen ihrer Sicherheitskameras auf Facebook posten würden, wenn ich mit einem japanischen Geheimnis-Kasten an ihrer Tür klingeln würde.»

«Das war doch nur ein Beispiel, Gwen! Herrgott noch mal! Ich will doch nur sagen, dass das Leben zu kurz ist, um darauf zu warten, dass die Leute an *deiner* Tür klingeln. Manchmal muss man zu ihnen gehen. Da wir gerade davon sprechen: Ich muss nach all dem Essen ein paar Schritte gehen, ich fühle mich schon wieder etwas gichtig. Soll ich dich nach Hause bringen? Wäre das nicht ungeheuer romantisch von mir?»

Gwen wollte sich dagegen wehren. Sie wollte auf dem Heimweg einen Abstecher in die Drogerie machen und eine halbe Stunde die klimatisierten Gänge entlangschlurfen, um sinnlose Seren und saubere, fröhliche Fläschchen zu kaufen, damit sie sich selbst sauberer und fröhlicher fühlen konnte. Sie wollte still und breitbeinig auf einer Bank sitzen und die Stelle lüften, an der ihr Unterhosengummi ihre Haut gerade in Steak Tartare verwandelte. Auf gar keinen Fall konnte sie es zulassen, dass Connie spontan zu ihrer Wohnung kam, schon gar nicht *in* ihre Wohnung, wo der Mülleimer überquoll und die Lampen aus dem Baumarkt stammten und es die Handtücher nur in zwei Aggregatzuständen gab: rau oder feucht.

Aber Connie holte schon ihre Handtasche, und das Problem, wenn man jemandem gestanden hat, dass man weder Freunde noch Ziele hat, ist, dass man dann nicht plötzlich so tun kann, als habe man Verabredungen. Gwen wusste, dass sie mit Connie in der Drogerie landen würde, wenn sie ihr die Wahrheit sagte, und sie ihr Retinol empfehlen würde, und danach würde sie mit Connie auf der Parkbank sitzen, und sie würde ihr Ratschläge geben, wie sie mit ihrem überhitzten Schritt umgehen sollte.

Also gingen sie los.

Uhr

Janet hatte sie gar nicht weggeben wollen. Sie hatte sie nicht vorsichtig in eine Strickjacke wickeln, sie zuunterst in eine feste Einkaufstasche legen und die Tasche dann mit Socken und Pullis und den weichen alten Hosen füllen wollen, die ihr weicher alter Ehemann hinterlassen hatte, als er sie verlassen hatte, um ins Jenseits zu gehen. Sie hatte sie nicht zum Sozialkaufhaus bringen, sie bei dem netten, tätowierten Mädchen im Büro lassen und ihr sagen wollen, dass sich in der Tasche hauptsächlich Trödel befinde, der vermutlich nicht einmal ihre Zeit wert war, um dann auf dem Heimweg Hack, Joghurt, Putzmittel, Zitronensirup und einen Lotto-schein zu kaufen.

Sie hatte nicht anderthalb Tage vergehen lassen wollen, bis sie vom Fernseher aufschaute und den hellen Fleck mit-ten auf der verblichenen Tapete entdeckte; bis sie fühlte, wie ihr der Magen absackte, als sie den Fehler im System begriff. Einbruch! Haltet den Dieb! Wenn Henry noch da ge-wesen wäre, statt selbstsüchtig in den Tod zu gehen, hätte er vielleicht … na ja, er wäre nutzlos gewesen. Aber immer-hin hätte er mit ihr zusammen geschrien.

Janet hatte eigentlich zum Fenster rennen und um Hilfe schreien wollen – nicht die Polizei, niemals die Polizei –, aber dann, als sie am Knauf des Schiebefensters herumfummelte,

*fiel etwas in ihrem Hirn an seinen Platz, und eine Erinnerung
leuchtete auf.*

*Sie sah sie jetzt, die Uhr, wie sie eingewickelt ganz hinten
im Schrank lag, damit die Schurken an der Tür sie niemals
finden würden. Ihre Mutter, die sie anblökte, gefälligst vorsichtig zu sein, sie sei wertvoll, aber auch schnell, schnell-
schnellschnell. Ihre Mutter würde so wütend sein, dass
Janet es schließlich doch zugelassen hatte, dass sie sie
ihnen wegnahmen. Hatte sie nicht ihr Bestes gegeben? Hatte
sie sie nicht so gut eingewickelt, in ihre beste Strickjacke?*

*Wenn die Zeiten schlecht waren, musste die Uhr es ihr nicht
noch sagen. Der weichen, alten Janet.*

25.

Ein Stück die Straße hinauf lag ein Mann ohnmächtig auf dem
Bürgersteig. Seine Beine waren in einem seltsamen Winkel
gespreizt, sein Gesicht rot und wächsern von der Sonne. Eine
Dose Black-Ace-Cidre stand neben ihm, perfekt aufrecht wie
ein Requisit in einer Werbung.

Als sie näher kamen, trat eine Frau aus dem nächsten Laden
und hockte sich neben ihn. «Es geht ihm gut! Er atmet», verkündete sie der Welt im Allgemeinen, klang dabei aber beinahe
enttäuscht. Ein paar Leute in der Nähe nickten ihr zu, als wollten sie sich den Anschein geben, sie wären kurz davor gewesen,
erste Hilfe zu leisten. Gwen und Connie gingen weiter.

Als sie um die Ecke in Gwens Straße bogen, sahen sie die Familie aus dem Erdgeschoss in ihrem Garten versammelt, einem
zugewachsenen, aber recht gepflegten Rasenstück neben den
Mülltonnen. Sie grillten. Ein Tapeziertisch auf Böcken und mit

Essen darauf stand an der Mauer des Gebäudes, neben einem kleinen aufblasbaren Pool, in dem Eis und Drinks lagen. Toots and the Maytals sangen blechern aus einem kleinen Bluetooth-Lautsprecher. Diese Szenen hatte Gwen immer romantisiert, sie waren ein Punkt auf ihrer «Gründe-warum-man-London-lieben-kann»-Liste, gemeinsam mit den Coffeeshops auf den Kanalbooten und Kindergeburtstagen unter Parkbäumen. Die Liste wurde zugegebenermaßen mit jedem Jahr, das verging, immer theoretischer und weniger praktisch angewandt.

«Eine Party, sehr gut! Wer ist das?», fragte Connie, und eine Sekunde lang fragte sich Gwen, ob Connie dieses Barbecue vielleicht arrangiert hatte.

«Ich bin mir eigentlich nicht sicher», gab Gwen zu. Sie fühlte sich wie eine Politikerin, die den Preis für eine Packung Milch nicht kennt. «Ich habe es nie richtig geschafft, mit ihnen zu plaudern. Ich meine, ich wollte eigentlich immer! Aber du weißt schon ... nach dem ersten Jahr kam es mir irgendwie komisch vor.»

«Jeder braucht gute Nachbarn», stellte Connie fest. «Ich bin mir sicher, das irgendwo gehört zu haben.»

Und bevor Gwen sie aufhalten konnte, war sie schon zu ihnen hinübergegangen und hatte ein Gespräch mit ihnen angefangen. Jetzt zeigte sie auf Gwen und winkte sie hektisch herbei.

«Das ist Gwen.» Als Gwen hinzutrat, hielt Connie bereits einen Hähnchenschenkel in der Hand. «Gwen wohnt schon fünf Jahre hier!» Es waren beinahe vier. «Und sie behauptet, keinen ihrer Nachbarn zu kennen, und das fand ich einfach *lächerlich*. Findet ihr das nicht auch lächerlich?»

Die Erwachsenen in der Familie lächelten, wenn auch ein wenig vorsichtig. Die Kinder – ungefähr elf und neun, nahm sie an – starrten sie nur an.

«Hallo!», sagte sie. «Entschuldigt bitte die Störung! Ich heiße Gwen, ich wohne im zweiten Stock.» Sie machte mit der Hand eine Geste, um «oben» zu illustrieren. Die anderen nickten. «Aber das wisst ihr sicher schon», fügte sie lahm hinzu. Sie nickten erneut.

Dann wischte sich der Mann die Hand an seinen Shorts ab und streckte sie ihr hin. «Darrell», sagte er. «Schön, dich richtig kennenzulernen, Gwen. Das hier sind Jackson und Summer» – die Kinder winkten schüchtern – «und meine Frau Heather, ihre Schwester Rochelle und Rochelles Mann Nathan.» Er sprach jetzt wie ein Team-Kapitän aus einer Spieleshow. Rochelle, die auf einem geblümten Liegestuhl lag, prostete ihr mit einem Gin-Becher zu.

«Und ich heiße Connie», verkündete Connie. «Ich wohne hier nicht, ich bin nur die Vermittlerin.» Die Vermittlerin bediente sich am Coleslaw.

Darrell und Heather nahmen es gefasst hin, dass ihre kleine Familienfeier gesprengt wurde, besonders nachdem Gwen den letzten Burger abgelehnt hatte. Sie plauderten darüber, wie lange sie schon im Haus und in der Gegend wohnten, ob sie schon die neue Pizzeria in der Straße ausprobiert hätten und wie frech die Füchse neuerdings wurden. Hatten sie übrigens schon von dem Typ gehört, der jeden Dienstag um vier Uhr morgens mit dem Motorrad herumbrauste, und glaubte sie auch, dass der Ventilatorladen in der Straße in Wirklichkeit sicher eine Crack-Höhle war? Gutmütiges Nachbarschaftsgeplauder.

Es wäre sicher netter gewesen, wenn Connie sie nicht durch ihre Gleitsichtbrille beobachtet, ihr wie eine strenge Turntrainerin zugenickt und unterstützende Kommentare abgegeben hätte. *«Das stimmt!»*, *«Das tut sie wirklich, wisst ihr.»* Als Darrell den Gruppenchat der Hausgemeinschaft erwähnte und

Gwen fragte, ob sie auch hinzugefügt werden wolle (sie wollte nicht, tat aber so, als wollte sie), sah Connie aus, als würde sie gleich losjubeln und applaudieren. Sie fragte sich, ob Darrell und Heather wohl dachten, dass Connie so eine Art Jugendhelferin sei. Vielleicht war es sogar besser, wenn sie das glaubten.

Das gesamte Unterfangen war ziemlich peinlich, und doch konnte sie nicht sagen, dass sie nicht dankbar dafür war. Als es am Himmel blitzte und die ersten fetten Tropfen eines warmen Sommerregens fielen, merkte Gwen, dass sie zu gleichen Teilen erleichtert und traurig war, dass sie sich jetzt verabschieden musste.

«Ich hab dir doch gesagt, dass das ganz leicht ist», sagte Connie, klappte ihren Schirm auf und ließ eine Scheibe von Rochelles Kokoskuchen in ihre Longchamp-Tasche gleiten. «Du musst nur fragen.»

Wieder zu Hause, legte sich Gwen aufs Sofa und starrte eine Weile an die Wand. Sie war vom Alkohol mitten am Tag und der sozialen Interaktion etwas benommen; müde auf eine Weise, die man nur erlebt, wenn man draußen in der Sonne war, wenn man all seine Energie mit dem Schweiß ausgeschieden hat und sich die kühle Decke der Lethargie wie Schnee auf einen senkt.

Sie wusste, dass sie den Abend eigentlich dafür nutzen sollte, sich um eine neue Stelle zu bewerben, aber sie hatte das Gefühl, nicht einmal mehr ihre linke Sandale ausziehen zu können. Also lag sie ganz regungslos da, einen Arm auf die Stirn gelegt wie eine antike Statue, und atmete den schweren, mineralischen Geruch von nassem Asphalt, verbrannter Kohle und warmem Müll ein, der durch das offene Fenster drang. Wenn sie jetzt hier starb, wie lange würde es dauern, bis man sie fand? Vielleicht wäre es doch besser, nach draußen zu gehen und sich vor einen Laden zu legen.

Als sie etwas später nach ihrem Handy griff, machte ihr Herz jämmerlicherweise einen Sprung, weil sie eine LinkedIn-Nachricht sah. Sie öffnete sie. Nicholas hatte sie für ihre «sozialen Kompetenzen» empfohlen.

Jeans

Es waren eigentlich keine Jeans. Eher jeansartige Hosen, die nur aus einiger Entfernung so aussahen wie Jeans. An Jeans grenzend, wenn man den Begriff etwas dehnte. Und Dehnen war das Schlüsselwort, denn was ihnen an Authentizität und Bruce-Springsteen-haftigkeit fehlte, glichen sie durch Elasthan aus. Sie beulten an den Knien etwas aus.

Sie hatte sie online gekauft oder nahm an, dass es so gewesen sein musste. Aber als der Paketzusteller kam und ihr zuzwinkerte, wie er es immer tat, als wäre er der fröhliche Komplize in ihrem Verbrechen, konnte sie sich kaum noch daran erinnern, «Zum Warenkorb hinzufügen» geklickt zu haben. Sie fragte sich, ob sie wohl wieder im Schlaf geshoppt hatte.

Sie hatte sie angezogen und sich damit in die Badewanne gesetzt, damit sie sich ihrem Körper perfekt anpasste, so wie ihre Mutter früher in den Siebzigern. Aber die Farbe hatte sich aus dem Stoff gelöst und einen unansehnlichen Rand auf der Emaille der Badewanne hinterlassen, und die Jeans beulten sich immer noch an den Knien aus. Ihre Mum hatte ihr nie gesagt, dass man ein Schaumbad nehmen musste.

26.

Gwens Tage flossen auf eine Art ineinander, die nicht unangenehm war.

An den Wochenenden im Sozialkaufhaus zu arbeiten bedeutete, dass sich der übliche Rhythmus ihrer Wochen veränderte.
Jene früher nachhallenden Samstagnachmittage waren jetzt
angenehm zwischen Kunden und den verschiedenen Aufgaben
im Laden aufgeteilt: einer zehnminütigen Teepause; einer
vierzigminütigen Unterhaltung mit Gloria darüber, wie man
Socken am besten einrollt; einer Stunde Dampfglätten, einer
Stunde Preisschilder anbringen, einer Stunde Spendensortie-
ren, natürlich unter Michaels kritischem Blick. *Ja, Sir, Ja, Sir,
drei Tüten voll, Sir.* Dann wieder nach Hause, mit einem Umweg
über Sainsbury's, elf Minuten für eine Al-dente-Pasta und drei,
vier, fünf Folgen von irgendwas vor der Schlafenszeit.

Aber an den Tagen, an denen sie nicht im Laden war – und
die Verwaltung bestand darauf, dass es solche Tage gab –, war
die Zeit wie Quecksilber. Ganze Nachmittage konnten vergehen, an denen sie ihre schwierige Hüfte wieder ins Lot bringen musste. Die Stunden waren kürzer als die Minuten, und es
dauerte immer viel zu lange bis zum Mittagessen.

Sie zwang sich zu langen Spaziergängen aus dem Haus wie
jemand, der sich nach langer Krankheit erholt. Sie lief immer
dieselbe Strecke, dieselben vertrauten Straßen entlang und sah
zu, wie sich die anderen zum Gassigehen trafen, als wäre es
das Einfachste auf der Welt. An jenen endlosen Zwischentagen
machte sich Gwen Sorgen, dass sie womöglich das Sprechen
verlernte. Sie fand es einfacher, jemandem auf dem Bürgersteig
auszuweichen und dafür auf die Straße zu treten, als das Wort
«Entschuldigung» hervorzubringen.

Wenn sie sich besonders produktiv und lebendig fühlen wollte, ging sie mit ihrem Laptop in einen Coffeeshop und las so lange Artikel auf amerikanischen Nachrichtenseiten, wie sie sich konzentrieren konnte. Hin und wieder tippte sie das Wort «Stellen» in Google ein. Unweigerlich füllten sich die Coffeeshops irgendwann mit großen Schwärmen Eltern und Babys. Ihr ständiges Gebrabbel und die Schlafliedchen, die dann das Café erfüllten, ließen ihre eigenen Bemühungen dann irgendwie nur noch kindisch und lächerlich erscheinen.

Suze hatte sich jetzt schon zwei Mal gemeldet – Gwens Herz tat immer einen Sprung, wenn sie ihren Namen auf dem Display sah, nur, um dann wieder zu sinken, weil dort immer nur stand: *Wie läuft die Arbeitssuche? x»*

Das fühlte sich an wie eine Strichliste, als hätte Suze ihre Pflicht getan, indem sie die einzige greifbare Tatsache abgefragt hatte, die ihr einfiel. Vielleicht würden sie in ein paar Jahren alle wichtigen Details in einer öffentlichen Datenbank hochladen, damit sich die Leute nicht jedes Mal die Mühe machen mussten zu fragen: Schon verlobt? Schwanger? Umgezogen? Neuer Job? Scheidung? Krebs? Tot?

Sie hatte ihr nichts zu sagen. Abgesehen von einem vorläufigen Telefoninterview für die Stelle einer Co-Leiterin Content Strategy in einer Kommunikationsberatungsfirma («Wir glauben nicht an Abteilungsleitungen, zu hierarchisch», hatte die Personalleiterin erklärt), hatte keiner ihrer Versuche bisher Früchte getragen, daher bemühte sie sich auch nicht mehr. Einige potenzielle Arbeitgeber hatten ihr gesagt, sie sei überqualifiziert. Gwen versuchte jedes Mal an dieses Wort zu denken, wenn sie wieder vor einem Kunden eine Teekanne unordentlich in Zeitungspapier wickelte und sich das Klebeband dabei an ihrem Finger verhedderte.

Es war nicht ganz richtig, wenn man behauptete, dass der Laden ihre einzige Freude war, zumal sie ziemlich viel Zeit damit verbrachte, in einer Schachtel mit kleinen Plastikwürfeln zu wühlen, auf denen «S», «M», «L» und «XL» stand – aber es gab hier Momente der Unbeschwertheit und auch des Dramas, die sie für Tage aufrecht hielten. Ladendiebe tauchten überraschend häufig auf, und obwohl der Diebstahl an sich gar nicht so sehr ins Gewicht fiel, folgten darauf doch immer eine gute Dreiviertelstunde Spekulationen und Tratsch. Es gab Verschwörungen und Intrigen. Kleinliche Zankereien und tatsächlich auch so etwas wie Kleinstadtpolitik.

In der letzten Woche war Gwen zu ihrer Schicht gekommen und hatte gleich Verrat gewittert. Verrat und einen neuen Vanille-Duftdiffuser, der den ganzen Laden wie eine Pralinenfabrik riechen ließ. Lise unterhielt sich leise mit dem heiligen Michael, der einen Stressball in Form eines Minions drückte.

«Was ist los?», hatte sie Brian gefragt.

«Keeley ist desertiert», flüsterte Brian. «Hinter die Feindeslinien geflohen.»

«Aber doch nicht zu ...»

«Doch, zum NicenessHive, genau da hin.»

«KindfulnessHub», korrigierte ihn Asha, die sich zu ihnen gesellt hatte. «Sie hat gesagt, dass der Laden besser zu ihrem persönlichen Wertesystem passt.»

«Igitt», machte Gwen.

«Daher hat Michael sie im Supermarkt ignoriert.»

«Wow. Shit.»

«Ja, oder?»

Zwei Tage später war der Kellner eines türkischen Restaurants in der Nähe vorbeigekommen und hatte die unverkauften Mezze an die Ehrenamtlichen gespendet. «Für all das Gute, das ihr tut!», hatte der strahlende Junge gesagt und Gwen einen Bottich mit Tarama Salatasi in die Hand gedrückt. «Esst das bitte vor Mitternacht.»

Das KindfulnessHub, das hatte Finn aus einer unbestätigten Quelle, erhielt jede Woche vegane Kuchenteilchen und Cold Brew von einem wohltätigen Sponsor. Aber als er, Gwen, Lise und Jeremy nach Ladenschluss auf dem braunen Teppich saßen und einander mit gefüllten Weinblättern zuprosteten, waren sich alle einig, dass sie niemals zur dunklen Seite der Macht würden überwechseln.

Dann gab es Augenblicke wie heute, als Gwen ihre Hand in eine harmlose Tüte mit T-Shirts steckte und einen riesigen violetten Dildo wie ein Excalibur-Schwert herauszog.

Eine Sekunde lang starrte sie das Ding an und fragte sich, ob das vielleicht eine Fahrradpumpe oder eine besonders formschöne Pfeffermühle sei. Dann ging ihr die Wahrheit auf, sie schrie und schleuderte ihn durchs Büro, wo er fröhlich über den Teppich rollte und schließlich neben dem Drucker liegen blieb.

Der heilige Michael streckte den Kopf durch die Tür und betrachtete die Szene. Gwen wappnete sich für einen Tadel, aber stattdessen schaute er zwischen ihr und dem Dildo hin und her und sagt dann: «Herzlichen Glückwunsch! War das dein erstes Mal?»

Bevor Gwen etwas antworten konnte, war Lise hinter ihm aufgetaucht, gefolgt von Brenda, die sich auf die Zehenspitzen stellte.

«Gwen hat ein goldenes Ticket gefunden», sagte er zu ihnen. Lise kicherte und holte ihr Handy heraus, um den Moment festzuhalten.

«Verzeihung, *was*?»

«Das ist eine Art Initiationsritus», sagte er. Bisher hatte Michael ihr noch nie so viel Aufmerksamkeit geschenkt. Eine besorgniserregende Sekunde lang befürchtete sie sogar, er würde sie vielleicht umarmen.

Brenda nickte feierlich. «Deinen ersten Dildo vergisst du nie.»

Gwen formte aus einem Küchentuch eine Art Schutzhandschuh und versuchte, unbeeindruckt zu klingen. «Na ja, wenn es nicht schlimmer wird, bin ich froh, den Test bestanden zu haben.»

«Ach wie niedlich! Es wird natürlich noch viel schlimmer», sagte Brenda heiter. Dann zählten sie alle die Spenden auf, die ihnen am meisten im Gedächtnis geblieben waren, und zwar sowohl die beabsichtigten als auch die zufälligen.

«Gebisse und Medaillons mit Menschenhaar darin», fing Michael an.

«Benutzte Klobürsten», sagte Lise und sah entsetzt aus. «Nippel-Ringe.»

«Ein mumifizierter Hamster», sagte Michael. «Ein paar Inhalatoren, ein Rucksack mit einem Beutel Hundekacke ...»

«... die noch warm war», fügte Lise hinzu.

«Echt bayerische Lederhosen für Erwachsene, eine Schachtel mit Diabetikerspritzen», fuhr Michael fort. «Ein VHS-Video mit jeder Wettervorhersage für Granada von 1989 bis 1993 ...»

«Jemands tote Oma, in einem Einweckglas», sagte Brenda.

«... ganz viele Schwangerschaftstests in ganz vielen Handtaschen-Innenfächern ...»

«Wir wussten es nur, weil auf einem Aufkleber ‹Oma› stand.»

«... ein Exemplar von *Fifty Shades*, in dem alle Sexszenen mit Edding geschwärzt waren.»

«... und eine Tasche mit zerbröselten Keksen», schloss Brenda. «Drei Jahre nach Ablauf des Mindesthaltbarkeitsdatums.»

«Was *machen* wir denn mit all diesen Dingen?», fragte Gwen.

«Na ja.» Brenda hielt inne und dachte einen Augenblick lang nach. «Die Kekse haben wir gegessen.»

Pullover

Derek hatte nicht gewusst, was er mit dem Pulli anfangen sollte.

Er hatte ihn noch schnell mitgenommen, als er aus dem Haus gerannt war, weil es schon früh am Abend und für Ende August ungewöhnlich kalt war. Es gab nichts, was Derek mehr hasste, als zu frösteln. Seitdem hatte er den Pullover jeden Tag lang verflucht, wegen dieser verlorenen Sekunden. Wertvolle Sekunden hatte er damit verschwendet, nach etwas auf den Garderobenhaken zu suchen, das er mitnehmen konnte (sie mussten diese Haken endlich einmal aufräumen, das hatte er schon seit Jahren gesagt), Sekunden, in denen er stattdessen seinen Sohn im Arm hätte halten können, bevor die Sanitäter kamen. Bevor man ihn aus dem Weg schob und auf die Rolle des «nutzlosen Zuschauers, der einen Pulli in der Hand hält», reduzierte.

Er hätte so tun können, als hätte er ihn für seinen Sohn mitgenommen, in einem Moment der Hellsichtigkeit. Damit er es auf dem Bürgersteig liegend nicht so kalt hatte, denn die kreidige Blässe seines Gesichts ließ ihn bereits wie eine schlechte Nachbildung eines Menschen aussehen. Aber das stimmte nicht. Er hatte den Pullover ganz eindeutig für sich selbst mitgenommen. Zu wissen, dass er die Sorte Mann war, der die Worte «Ihr Sohn ist zusammengebrochen, kommen Sie schnell» hörte und als Erstes dachte: Da nehme ich mir besser etwas Warmes mit, quälte ihn.

Im Krankenhaus hatte er auch nicht gewusst, was er tun sollte, es war ihm peinlich gewesen, den Pullover in der Hand zu haben, als seine Frau kam. Er wollte nicht, dass sie es bemerkte und sofort über diese dummen, verschwendeten Sekunden Bescheid wusste. Seine Frau hätte niemals erst einen Pulli gesucht. Oder vielleicht doch?

Letztlich hatte sie es nicht bemerkt. Sie war gar nicht in der Lage gewesen, irgendetwas zu bemerken, als sie durch den Raum auf ihn zu stolperte, die Arme ausgestreckt, als tastete sie sich durch die Dunkelheit. Aber er war sich des Pullovers bewusst, als er sie in den Arm nahm, als sie beide bei jedem ihrer Schluchzer bebten, die gar nicht aus ihr heraus, sondern von woanders her zu kommen schienen; aus den Tiefen des Bodens unter ihnen, als stünden ihre orangefarbenen Plastikstühle auf einer Bruchlinie. Sein Arm war auf merkwürdige Weise gebeugt, als er sie festhielt, daran erinnerte er sich. Er war bereits völlig taub, aber er war zu verängstigt gewesen, um ihn zu bewegen. Als würde die kleinste Bewegung alles erneut zusammenbrechen lassen.

Als seine Tochter eine Weile später nach Luft ringend ankam, den stummen Freund im Schlepptau, hatte sie auf seinen Pulli auf dem leeren Stuhl geschaut und sich verwirrt danebengesetzt. Die Lücke in der Reihe ihrer Familie war ihm gleichzeitig makaber und angemessen vorgekommen. Tut mir leid, dieser Platz ist besetzt.

Auch später, als er zu frösteln begann – es war schließlich kalt im Krankenhaus, da hatte Derek recht gehabt –, zog er den Pullover nicht an. Denn was nützte ihm jetzt noch Wärme? Aber selbst als der Schock noch durch seine Adern strömte, drehte er sich um, um nachzusehen, ob es Luke kalt war und ob er seinen Pulli wollte. Obwohl er wusste, dass sich Luke zweifellos für zu cool hielt, um den Pulli seines Dads anzuziehen. Obwohl er außerdem wusste, dass Luke nicht da war.

Derek sah jemand anderen im Krankenhaus Flip-Flops tragen, wieder einen anderen in Pyjama-Hosen und Unterhemd, und erneut schämte er sich. Was wäre gewesen, wenn er unter der Dusche gestanden hätte, als es klingelte? Wäre ein guter Vater nur mit einem Handtuch um die Hüften auf die Straße gerannt?

Er musste den Pullover wieder mit nach Hause genommen haben, obwohl er sich nicht mehr daran erinnerte. Musste ihn ordentlich gefaltet und zurück in eine Schublade gelegt haben, woran er sich ebenfalls nicht erinnerte. Derek hatte alle Kleider weggeworfen, die er an jenem Tag getragen hatte, bis hin zu seinen Socken und seiner Unterwäsche – er hatte sie alle fest zusammengeknüllt und sie tief unten in der Mülltonne draußen vergraben. Wenn seine Frau davon gewusst hätte, hätte sie das für sündhafte Verschwendung gehalten. Vielleicht aber auch nicht.

Aber den Pulli hatte er nicht weggeworfen, weil er ihn nicht getragen hatte. Es kam ihm unsinnig vor, ihn ebenfalls wegzuwerfen. Er wollte ihn nie wieder tragen, aber ihn zu behalten, war wie eine kleine Buße, wie eine Erinnerung, jedes Mal, wenn er die Schublade öffnete. Eine Erinnerung woran? Da war sich Derek nicht so sicher, aber irgendwie war es ihm dennoch wichtig.

Es war ihm wichtig wie die Stunden, die er damit verbrachte, sich wegen der Flasche Bier zu quälen, die er dem Nachbarn gebracht hatte, der den Krankenwagen gerufen hatte. So wichtig, wie die Gebühr für das Zimmer im Studentenwohnheim wiederzubekommen, weil Luke jetzt doch

nicht zur Universität gehen würde. So wichtig wie der ein-
geklemmte Nerv in seiner Schulter, der ihn monatelang
quälte, Jahre sogar, nachdem er den Sarg bei der Beerdigung
mit getragen hatte – Derek hatte das nicht tun wollen,
auf keinen Fall, aber irgendwie hatte er auch nicht die rech-
ten Worte gefunden, um sich aus der Sache herauszuwin-
den. Er ließ die Schulter nie behandeln, weil es ihm wichtig
erschien, mit dem Schmerz zu leben.

Die Leute sagten immer, dass man nie wisse, wann man
sein Kind zum letzten Mal auf dem Arm tragen würde.
Manchmal stimmte das nicht.

27.

Sie aßen jetzt jede Woche gemeinsam zu Abend, und Gwen
wusste selbst nicht, wie es dazu gekommen war.

Sie aßen auch zusammen zu Mittag oder tranken etwas, nach
ihren Schichten im Laden. Und wie bei allem, was Connie tat –
ob sie nun ein Sandwich aß oder ihren Schal in einer einzigen,
flüssigen Bewegung abnahm oder einen Joghurt öffnete, ohne
dass ihr alles ins Gesicht spritzte –, lag eine elegante Leichtig-
keit darin, wie sie ihre Freundschaft in nur ein paar Wochen auf
eine ganz andere Ebene gehoben hatte. Gwen hatte es kaum
bemerkt.

Vielleicht war es eine Generationenfolge. Connie war in einer
Zeit groß geworden, in der spontane Pläne noch etwas Aufre-
gendes und nichts Beängstigendes gewesen waren. Sie hätte es
einen «kulturellen» Unterschied genannt, aber sie wusste nicht,
welche Kultur sie damit hätte meinen können, außer dass Connie ihr wie der französischste Mensch unter allen Leuten vor-

kam, die Gwen je kennengelernt hatte und die nicht tatsächlich Franzosen waren. Vielleicht lag es auch nur an ihrer Persönlichkeit. Oder an ihrer Intensität, die sie lebhaft und charismatisch und lebenslustig machte – im Gegensatz zu Leuten wie Gwen, die so lebendig waren wie alte, ausgewaschene Putzlappen. Aber egal, woran es lag: Connie hinterließ immer den Eindruck von jemandem, der niemals eine Tür aufzudrücken versucht hatte, auf der «Ziehen» stand.

Gwen hatte oft darüber nachgedacht, Connie zu sich in die Wohnung einzuladen, natürlich hatte sie das. Aber Gwen spürte, dass das für keine von ihnen erfreulich sein würde, wenn sie panisch in der Küche herumfuhrwerkte, die gleichzeitig ihr Wohnzimmer war, das Dreifache ihres wöchentlichen Budgets für Lebensmittel ausgab, um ein Stück Biofleisch in Ledersohlen zu verwandeln, und Connie sich aufregte, dass sie weder eine Knoblauchpresse noch einen Zestenreißer besaß. Eines Tages würde sie sich vielleicht auf Augenhöhe revanchieren können. Aber heute Abend aßen sie Rindfleisch-Stifado mit griechischen Kartoffeln und sprachen erneut über Connies Ex-Mann.

«Er hat immer auf seinen Zehennägeln herumgebissen, kannst du dir das vorstellen? Seine Flexibilität hat mich immer überrascht, und doch habe ich davon nie etwas gehabt.»

«Mein Ex hat seine Nägel immer in einem kleinen Häufchen auf dem Sofatisch liegen gelassen», sagte Gwen, froh, dass sie etwas beitragen konnte. «Ex-Verlobter», fügte sie hinzu, obwohl sie das Wort damals nie benutzt hatte. «Nicht Ex-Mann.»

Gwen hatte Ryan seit jenem ersten Abendessen nicht mehr erwähnt, weil sie annahm, dass Connie sich sofort auf jede Information stürzen und sie als Grundlage für eine ihrer Lieblingstheorien verwenden würde. Was sie jetzt natürlich prompt tat. Sie rief aus: «Aha!», als hätte sie soeben ein großes Geheimnis entdeckt. «Du hast es also geschafft, der Institution zu entkommen, was? Gut gemacht! Wie kommt ihr denn jetzt so miteinander aus, ihr beide?»

«Gar nicht», erwiderte Gwen und tat sich noch ein paar Kartoffeln aus der handbemalten Schüssel auf. Sie waren knusprig geröstet und mit süßen Zwiebeln, Kräutern und Fetakäse durchmischt. Sie dachte daran, wie Ryan in dem Versuch, nett zu sein, einmal nach dem Bratkartoffelrezept ihrer Mutter gefragt hatte, und Marjorie gezwungen war zuzugeben, dass Tante Bessie sie gemacht hatte.

«Ich habe ihn nicht mehr gesehen, seit ich Schluss gemacht habe.»

«Was, nicht ein einziges Mal?» Connie wirkte ehrlich verblüfft. «Nicht einmal ein frecher kleiner One-Night-Stand, um der alten Zeiten willen? Einen kleinen Abstecher zurück in die Erinnerung?»

Gwen schüttelte den Kopf. Das war vermutlich nicht besonders französisch von ihr.

«Ach du meine Güte, *Gwen*, da sieht man's mal wieder! Du brauchst ...» Connie benutzte einen kalifornischen Akzent, den man unbedingt für das Wort brauchte, von dem Connie wusste, dass es kommen würde: «... *closure*, damit du *abschließen* kannst. Du musst ihn treffen. Die Sache bereinigen, ein paar Dämonen austreiben.»

Die Vorstellung von Ryan als Dämon – Ryan, der ein so duldsamer Mensch war, dass er sich drei Jahre lang «Rylan» von einem Kollegen hatte nennen lassen, ohne ihn je zu korrigieren – war zu komisch. Ryan, der sie umarmt hatte, wenn sie geweint hatte; der die Nachrichten von den Freunden abgefangen hatte, die davon gehört hatten, und denen, die es nicht gehört hatten, diskret alles erklärt hatte. Der mit einem recht netten Ring vor ihr auf die Knie gegangen war – sein kaputtes Knie – und zusammengezuckt war, als er aufstand, um sie zu umarmen. Es wäre so viel einfacher gewesen, wenn an ihm irgendetwas gewesen wäre, was sie hätte hassen können. Es wäre so viel einfacher gewesen, wenn an ihm überhaupt irgendetwas gewesen wäre. Punkt.

«Hinterher fühlst du dich viel besser. Vertrau mir», sagte Connie. Vielleicht stimmte das?

Als sie eine Flasche Xinomavro intus hatten und Gwen die Geschichte ihrer Trennung und der folgenden wilden Jahre erzählt hatte, war sie sich sicher, dass das stimmte. Connie war ein ausgesprochen überzeugender Mensch.

«Klingt, als wäre das ein typischer Fall von mach endlich oder geh vom Klo», verkündete Connie und schenkte ihre Gläser wieder voll. Betrunken drohte sie ihr mit dem Finger. «Und nachdem du vom Klo gegangen bist, hast du dich so sehr verkrampft, dass du nie wieder gehen konntest.»

Gwen stellte fest, dass ihr Appetit auf geröstete Feigen mit Mascarpone auf geheimnisvolle Weise verschwunden war, aber sie war gezwungen zuzugeben, dass diese Diagnose womöglich richtig war.

«Aber du bereust es nicht, oder?»

«Nein», erwiderte Gwen, und das sagte sie nicht, weil es die Antwort war, die Connie hören wollte.

Es war keine Reue, die sie quälte, was Ryan anging, denn Reue war immerhin ein Gefühl, mit dem man etwas anfangen konnte. Nein, es war noch viel weniger greifbar als das – das höllische Fegefeuer, nicht zu wissen, ob die Dinge besser oder schlechter geworden wären. Ob es besser gewesen wäre zu bleiben, als zu gehen. Und zu wissen, dass man es nie wissen würde, jetzt nicht mehr. Nicht mit Sicherheit.

«Du solltest ihm gleich jetzt eine Textnachricht schreiben! Frag ihn, ob er etwas mit dir trinken geht. Sag, dass ihr noch etwas zu klären habt.» Connie legte ihr das Handy in die Hand, als wäre es eine Mutprobe auf einer Übernachtungsparty, und Gwen sah sich selbst dabei zu, wie sie eine neue Nachricht öffnete und folgsam in ihren Kontakten zum «R» scrollte. Würde sie das jetzt wirklich tun?

«Die Wahrheit wird dich befreien!», rief Connie und trommelte vor lauter Spannung auf dem Tisch herum.

Das Display war verschwommen, und Gwen begriff überrascht, dass sie weinte. Zumindest rannen ihr die Tränen aus den Augen, auch wenn sich das weniger wie ein Ausdruck ihrer Gefühle als vielmehr wie eine allergische Reaktion auf die ganze Unterhaltung anfühlte. Sie ließ das Handy fallen. Sie würde das jetzt nicht tun.

«Tut mir leid», Gwen wedelte vor ihren Augen herum und warf dann ihr Glas um. Der Wein sickerte in den Tisch hinein, und ihre stillen Tränen wurden zu lauten, bebenden Schluchzern. Ihre Gastgeberin nahm ein Stück Küchenrolle von der Arbeitsfläche und reichte es ihr ruhig, wobei sie sie mit zur Seite geneigtem Kopf fasziniert beobachtete.

«Entschuldige, o Gott», sagte Gwen und tupfte mit einer Hand auf der Weinlache herum, während sie versuchte, sich mit der anderen die Nase zu schnäuzen. Der Rotweinfleck sah sofort ziemlich glamourös aus und trug damit irgendwie zur Patina von Connies restauriertem Holztisch bei. «Entschuldige, entschuldige – hrmpf – tut mir leid.»

Nach ein paar Minuten hatte sie es geschafft, beide Quellen zum Versiegen zu bringen, aber der Druck hinter ihren Augen blieb.

«Weißt du, was dein Problem ist?», sagte Connie schließlich und zündete sich eine Zigarette an, ohne sich die Mühe zu machen, die Fenster wieder zu öffnen. «Du entschuldigst dich ständig für alles.»

«Ich weiß. Entschuldige.»

«Das ist nicht niedlich, Gwen. Es nervt.»

«Entschuldige», wiederholte Gwen.

«HÖR AUF, hör auf, dich ständig zu entschuldigen!», schrie Connie. Sie sah aus, als würde sie sie gleich schütteln. «Du läufst rum, als fühltest du dich dafür schuldig, dass du am Leben bist!»

«Na ja, vielleicht *tue* ich das ja auch irgendwie», schrie Gwen zurück.

Das war etwas Neues. Sie hatte Connie noch nie angeschrien. Sie hatte überhaupt noch nie jemanden angeschrien, jedenfalls konnte sie sich nicht daran erinnern. Connie sah einen Moment lang erschrocken aus, dann fasste sie sich wieder. Sie zog an ihrer Zigarette.

«Und warum zum Teufel tust du das?», wollte sie wissen, jetzt wieder im Therapeuten-Modus. Als wäre das eine neue Methode: Gwen zunächst aus der Reserve zu locken, um sie dann wiederaufzubauen. «Nenn mir einen guten Grund.»

Das Blut pochte jetzt in Gwens Ohren. Die Wände schienen sich zu wölben und dann an ihr vorbeizurasen wie in einem Tunnel. Connies Augen waren die einzige Konstante, listig und hinter der Gleitsichtbrille zu Schlitzen verengt. Gwen atmete tief durch, hörte auf, nach einem Halt zu suchen, und ließ sich einfach auf sie zu gleiten.

«Weil mein Bruder gestorben ist.» Sie krächzte die Worte zwischen zwei Atemzügen hervor. «Vor sieben Jahren. Herzversagen. Mit neunzehn. Ich möchte nicht darüber sprechen.»

28.

Connie gab das Geräusch von sich, das die Leute in dieser Situation immer von sich gaben. Ein leises, unwillkürliches kleines «Oh».

Das Geräusch enthielt die Wahrheit. Die Worte, die ihm folgten – Es tut mir ja so leid wie furchtbar was für eine Tragödie du Ärmste wenn das nicht unsensibel ist darf ich fragen wie –, kamen ihr immer wie aus einem Drehbuch vor. Sie ließ sie normalerweise über sich ergehen und nickte an den richtigen Stellen, bis der Strom des Mitleids versiegte. Aber das Geräusch war der Teil, der sie jedes Mal kalt erwischte.

Connie drückte ihre Zigarette aus und wollte etwas sagen, aber Gwen war noch nicht ganz fertig.

«Bitte, erspar mir deine Ratschläge zu Therapien und Selbsthilfegruppen und dass ich darüber reden muss und … und irgendeinen beschissenen Topf zu seinem Gedenken bemalen soll oder so. Mir geht es gut. Es ist alles gut. Ich brauche keinen Rat.»

Connie streckte die Hand über den Tisch aus und drückte ihren Unterarm sanft. Aber als sie wieder sprach, klang ihre Stimme so forsch und selbstsicher wie immer. «Eigentlich wollte ich nichts davon sagen. Ich wollte nur fragen, wie er hieß.»

Gwen atmete bebend durch. «Luke», sagte sie.

«Luke», wiederholte Connie. «Dann erzähl mir mal von Luke.»

Trotz der vereinten Bemühungen von Edith Piaf und Robbie Williams bereute Gwen eine Menge.

Was Luke betraf, so waren die Dinge, die sie bereute, gleichzeitig ausgesprochen kleinteilig – Worte, die sie gewählt, Streitigkeiten, die sie angezettelt, ein ganz bestimmtes Schokoei, dass sie zirka im Jahr 2002 aus seinem Osternest gestohlen hatte – und sehr groß, Dinge, die sich über Monate und Jahre erstreckten, ganze Kapitel des Lebens, die sie wünschte, anders gehandhabt zu haben. Es war schwierig, an all die Reue zu denken, ohne sich die eigene Haut aufkratzen zu wollen.

Eine ganze Weile nach seinem Tod hatte sie es hin und wieder mit Selbstverletzung versucht, aber nur auf stümperhafte Weise, und sie glaubte nicht, dass das zählte. Sie lief kilometerweit ohne Mantel in der Kälte. Sie grub ihre Nägel in weiches Fleisch, bis es blutete. Sie badete so heiß, bis ihre Schenkel ganz rot und roh waren, ihr schwindelig wurde und sie mit braunen Wirbeln vor den Augen aus dem Badezimmer in ihr Bett wanken musste.

Sie bereute es, nicht mehr mit ihm gespielt zu haben, als er noch klein war. Sie bereute es, ihn nicht öfter angerufen zu haben, als er älter war – oder ihn überhaupt nicht angerufen zu haben, wenn sie ehrlich war, aber welcher Junge im Teenager-Alter wollte lange mit seiner unansehnlichen Schwester telefonieren? Sie bereute es, dass er sie damals in der Universität besuchen wollte und sie es abgelehnt hatte, weil man einen Achtjährigen nicht zu einer Datingparty mitnehmen konnte. Sie bereute es, dass er sie damals in der Universität besuchen wollte und sie Ja gesagt hatte, und dann hatte er Angst im York Dungeon und langweilte sich im

Eisenbahnmuseum und aß eine Pizza, die er nicht mochte, und wollte früher nach Hause.

Sie bereute es, dass sie ihn nicht mehr angeschaut hatte. War das ein merkwürdiger Gedanke? Sie bereute es, sich nicht alle Einzelheiten eingeprägt zu haben, sich nicht mehr Zeit genommen zu haben, genau zu beobachten, wo sich ihre Genetik überschnitt und wo nicht. Als er noch ein Baby war, freute sie sich über jeden der seltenen Momente, in denen sie ihn allein anschauen durfte, ohne dass ihre Mutter dabei war. Sie schlich sich in sein Zimmer, wenn er sein Mittagsschläfchen hielt, und fuhr mit dem Finger seine Wange entlang – ihre –, sein Kinn – nicht ihrs –, seine Augen – ihre, aber hübscher – und tippte dann auf sein kleines Himmelfahrtsnäschen – noch nicht ihrs, aber der typische Gundle-Schnabel würde sich entwickeln, sobald er in die Pubertät kam, und dann würde sie darüber lachen, sie würde lachen über die Tatsache, dass die Genetik irgendwann alle holte.

Heute erkannte Gwen einige seiner Züge in ihrem eigenen Gesicht, was völlig falsch herum war. Als alterte sie irgendwie in seine Richtung; oder an seiner Stelle. Seine jugendlichen Züge schrumpelten so mit der Zeit.

Sie bereute jedes Wort der Kritik, das sie ihm je gesagt hatte, und doch bereute sie es ebenso, ihm nicht mehr beigebracht zu haben. Sie bereute es, ihn nicht davon abgehalten zu haben zu rennen, was völlig sinnlos war, denn warum hätte sie ihn davon abhalten sollen? Fitte junge Männer fallen nicht einfach so um. Sie bereute es, ihn nicht zum Arzt geschickt zu haben, um sein Herz prophylaktisch zu untersuchen. Als sie selbst später auf Druck ihrer Mutter zur Untersuchung ging und dabei keinerlei Unregelmäßigkeiten festgestellt werden konnten, bereute sie auch das.

Sie bereute es, nicht da gewesen zu sein, als es passierte. Aber noch mehr bereute sie es, all die anderen Tage nicht da gewesen zu sein. Sie bereute es, nicht am Wochenende davor nach Hause gefahren zu sein, obwohl sie dafür keinen Grund gehabt hatte. Sie bereute die Tatsache, dass sie damals ohne Grund nie nach Hause fuhr, auch jetzt noch nicht.

Sie bereute die Tage, an denen sie da war, nachdem es geschehen war, weil sie sich nutzlos und jämmerlich und überflüssig vorkam. Weil sie nicht in der Lage war, ihre Rolle als ältere Schwester auszufüllen und ein Vorbild zu sein. Weil sie nicht die Fassung bewahrte, während alle anderen ihre verloren. Weil sie nicht in der Lage war, ihren Eltern zu sagen, dass sie unrecht hatten und alles ein Fehler war. Weil sie ihn nicht zurückbringen konnte.

Stattdessen hatte sie Ryan zurückgebracht, und er hatte sich tadellos verhalten, was alles nur noch schlimmer machte. «Halt den Mund!», hatte sie jedes Mal schreien wollen, wenn er den Mund öffnete, um wieder etwas Angemessenes, Respektvolles und Hilfreiches zu sagen. Als übertönte er das, was ihr Bruder zu sagen hatte. «Halt den Mund! Wir können Luke sonst nicht hören.»

Ryan und Luke hatten sich gut verstanden; überraschend gut sogar, trotz ihres Altersunterschieds. Ryan hatte ihn so gemocht wie einen Freund oder Neffen, irgendwas dazwischen, und genoss es, sich mit ihm jung und sorglos zu fühlen. Dafür bezahlte er jedes Mal die Drinks. Luke hatte ihn ebenfalls gemocht, trotz seiner braunen Wanderschuhe. «Den kannst du heiraten», hatte er einmal zu ihr gesagt. Das war so ziemlich das einzige Mal gewesen, dass sie irgendeine Art des Austauschs über ihr Liebesleben gehabt hatten. Es hatte ihr gefallen, wie er «den» gesagt hatte, als hätte es massenweise Männer vor Ryan gegeben.

Als sie sich verlobten, waren es nicht ihre Eltern oder ihre Freunde, denen sie davon erzählen wollten. Sondern Luke.

Sie bereute es, keine eigene Grabrede geschrieben, sondern stattdessen ein Gedicht vorgelesen zu haben, das ihre Mutter gefunden hatte und das Luke vermutlich scheußlich gefunden hätte. Sie bereute es, gefasst genug gewesen zu sein, um es überhaupt vorlesen zu können, mit fester Stimme, obwohl alle anderen mit den Tränen kämpften. Sie bereute es, beim Leichenschmaus hungrig gewesen zu sein, obwohl es doch immer hieß, Trauer verderbe jeden Appetit. Sie aß ein Eiersandwich vom Büfett, machte sich danach die ganze Zeit Sorgen, dass sie nach Ei roch, und traute sich nicht, mit den anderen zu reden. Mit keinem der Jungs, die in ihren geliehenen Anzügen schlaksig und gequält wirkten, oder mit den jungen Frauen, die mit wilden Haaren wunderschön wie Ophelia in ihrer Trauer wirkten. Sie beobachtete sie stattdessen alle aus ihrer Ecke heraus und fragte sich, welche von ihnen er wohl geliebt hatte.

Sie bereute es, den Menschen – sie erfuhren nie, wer es war – nicht kennengelernt zu haben, der einen welken Nelkenstrauß an den Laternenpfahl in der Straße gehängt hatte, in der er gestorben war, mit einem Zettel daran, auf dem mit Filzstift geschrieben stand: für Luke. Marjorie hatte die Nelken abgerissen und sie in den Mülleimer geworfen. Gwen bereute es, das zugelassen zu haben.

Sie bereute das letzte Geburtstagsgeschenk, das sie ihm gekauft hatte: ein Kochbuch für Studenten, obwohl er sich genau das gewünscht hatte. 101 idiotisch einfache Studentenrezepte. Sie hätte seinen Wunsch ignorieren und ihm

stattdessen irgendetwas Riesiges, viel zu Teures kaufen sollen.
Sie hätte sich die Zeit nehmen sollen, ein Geschenk zu fin-
den, das die Botschaft «Ich kenne dich, und ich liebe dich»
transportierte. Aber das hatte sie nicht getan. All das
bereute sie.

29.

Also erzählte sie Connie von Luke.

Zuerst erzählte sie ihr, was geschehen war. Connie hörte zu und war plötzlich ein Ausbund an mitfühlender Zurückhaltung, sodass Gwen ihr ein wenig schilderte, wie sich das angefühlt hatte.

«Ich konnte einfach nicht verstehen, warum sie das nicht in den Abendnachrichten meldeten», sagte Gwen. Connie nickte, als wäre das vollkommen verständlich.

Aber es stimmte. In jenen ersten Tagen war der Drang, einfach nur dazusitzen und vor Trauer zu schluchzen, irgendwie nicht so stark gewesen wie der Drang, in Restaurants zu rennen und auf Züge aufzuspringen, die sich schon in Bewegung gesetzt hatten, und TV-Studios zu belagern, zu winken und darauf zu bestehen, dass alle alles stehen und liegen ließen. Sie sah die Menschen auf den Straßen lachen und lächeln und fühlte sich beunruhigt, weil sie etwas wusste, was sie nicht wusste. Hatten sie es etwa nicht gehört? Sollte sie es ihnen sagen? Dann, als ihr Hirn wieder funktionierte, verdrängte eine ruhige, kalte Wut ihre Panik. Die Wut, dass es ihnen egal war und dass es ihnen auch egal sein konnte.

Menschen waren ins Haus gekommen – nicht viele, aber einige –, und sie schaute ihnen vom Fenster aus hinterher, wenn sie wieder gingen, und wartete auf den kaum erkennbaren Moment, in dem sich ihre Schultern und ihr Schritt entspannten und sie die Leidenshaltung so schnell ablegten wie einen Mantel an einem warmen Frühlingstag.

«Ich habe die Worte *Ich denk an dich* zu hassen gelernt», sagte sie zu Connie. «Ich hasse sie immer noch. Sie bedeuten gar nichts. Sogar noch weniger als nichts – allein die Vorstellung, dass alle um einen herum an einen *denken*. Das gibt mir ein Gefühl der Verletzlichkeit. Alle denken an einen, aber niemand *redet* mit einem, weil sie Angst haben, das Falsche zu sagen. Weil sie denken, dass ich vielleicht nicht gestört werden will.»

In Wirklichkeit aber, dachte Gwen, war sie diejenige gewesen, die die anderen störte. Sie war diejenige, die eine Party beenden, einen sonnigen Tag verderben, eine Unterhaltung mit dem Sprengsatz hochgehen lassen konnte, den sie jetzt mit sich herumtrug, befangen, überall, immer. Ein plötzlicher Tod ist ein Akt der emotionalen Gewalt, und Monate und Jahre später hallte er immer noch in Gwen nach.

«Die Briten sind ganz schlecht darin, mit dem Tod umzugehen; das ist eins der großen Probleme unserer Kultur», sagte Connie.

Gwen stimmte zu. «Allein die Dinge, die die Leute von sich geben. Auf einer der Beileidskarten stand: «Immerhin hattest du das Glück, ihn eine Weile zu haben», und ich ... ich konnte mit dieser Unverfrorenheit nicht umgehen. Das Wort einfach so zu schreiben! *Glück*.» Es fühlte sich gut an zu wüten, gut, endlich diese guten Absichten mit dem Zorn zu verfluchen, den sie nicht verdienten. «Andere wiederum faselten darüber, was Luke jetzt dachte und fühlte, dass er sicher wollen würde, dass wir stark sind. Als wüssten sie Bescheid. Als ob das irgendwer wüsste!»

«Vollpfosten», sagte Connie genüsslich. Ganz offensichtlich war sie vollkommen davon überzeugt, so etwas niemals zu tun.

«Einige erzählten uns sogar, dass Luke uns von irgendwoher zusehen würde», fuhr Gwen fort. «So wie damals, wenn wir ihn an Weihnachten ins Bett geschickt hatten, nur, um eine Stunde später aufzuschauen und sein kleines Auge in der Türritze des Wohnzimmers zu entdecken.» Ihre Stimme war am Ende des Satzes ganz erstickt, und sie schluckte die Tränen mit noch mehr Wein hinunter.

«Uuuh», machte Connie, tätschelte ihr mit der einen Hand den Arm und schenkte mit der anderen nach.

Es war nicht so, dass Gwen nicht an den Himmel geglaubt hätte, aber sie konnte sich ihn dort nicht vorstellen. Sie wusste gar nicht genug über ihn, begriff sie – über diesen Menschen, der ihr rein biologisch näher war als jeder andere Mensch auf der Welt. Sie wusste nicht, wie sein Himmel aussehen oder was er den ganzen Tag dort machen würde. Sie wusste nicht, welchen Song er hören würde, wenn er für die Ewigkeit nur einen einzigen wählen könnte. Sie wusste, dass sein Lieblingsessen Marshmallows waren, seit er auf einem Pfadfinderausflug gelernt hatte, wie man sie im Lagerfeuer grillte –, aber die Vorstellung von Luke, wie er in einem wolkigen Nirvana herumhüpfte und pinkfarbene Marshmallows aß, war zu niedlich, als dass sie funktionierte. Also stellte sie es sich nicht vor.

«Ich habe Bücher gelesen und Podcasts über Trauer gehört und war eifersüchtig – richtig *eifersüchtig* – auf die Leute, die vor dem Tod eines ihrer Lieben gewarnt worden waren», gab sie zu. «Auf die Leute, die Zeit hatten. Letzte Worte und bedeutungsvolle Urlaube und lustige Momente, an die man sich später erinnern kann. Wir hatten nichts dergleichen.»

Obwohl sie sich manchmal vorzustellen versuchte, was sie

wohl getan hätten, wenn sie es vorher gewusst hätten, und dann schämte sie sich. Wären sie nach Disneyland gefahren? In den Zoo gegangen?

«Aber du musst doch auch glückliche Erinnerungen haben!», beharrte Connie, und Gwen versuchte zu erklären: dass ihr Altersunterschied von zwölf Jahren bedeutete, dass ihre Rolle in seinem Leben immer eher die eines abwesenden Elternteils gewesen war als die einer echten Schwester.

«Ich war zu viele Jahre älter, als dass ich lustige Gesellschaft für ihn gewesen wäre.» Selbst in seinen Teenagerjahren fand er sie nie cool genug, um mit ihr etwas Rebellisches zu unternehmen, wie zum Beispiel etwas mit ihr trinken zu gehen – «aber nicht alt genug, als dass ich eine echte Hilfe gewesen wäre oder meine Eltern hätte unterstützen können. Mum hat sich immer so viele Sorgen um seine Sicherheit und sein Glück gemacht. Daher durfte ich mich nicht oft allein um ihn kümmern. Eigentlich nie.»

Marjorie benutzte die Worte «zweite Chance» oder «diesmal» fast nie, aber man konnte sie in jedem Streicheln über den Kopf spüren, in jedem teuren Hobby, dem er nachgehen durfte, und in jeder Laune, die man ihm gestattete. Sie war zwar eine pragmatische Frau, die nicht zu Aberglauben neigte, aber Luke passte genau in die Lücke, die sie für den Glauben übrig hatte. Es war klar, dass sie glaubte, fünf vor zwölf noch eine Zugabe erhalten zu haben, noch eine Chance auf den großen Preis. Einen letzten Versuch auf der Töpferscheibe, genau in dem Augenblick, in der ihre letzte Kreation auszuhärten begonnen hatte, unvollkommen, wie sie war. Und sie war entschlossen, ihn nicht zu vertun.

Aber Marjorie war unsicher, weil sie eine ältere Mutter war, das merkte Gwen, und verblüfft, wie viel sich im letzten Jahrzehnt verändert hatte. Um das auszugleichen, tauchte sie mit heiliger Regelmäßigkeit vor dem Schultor auf, um Luke abzuholen, und gab den jüngeren Eltern mit dem gebieterischen Habitus von jemandem Ratschläge, Der Das Alles Schon Einmal Gemacht Hat.

Gwen begriff plötzlich, dass ihre Mutter im selben Alter gewesen war wie sie jetzt, als Luke auf die Welt gekommen war.

«Du Arme», sagte Connie, was merkwürdig klang. Gwen war daran gewöhnt, seit Lukes Tod Mitleid zu bekommen, aber nicht für all das, was vorher geschehen war.

Trotz seines Status als Goldkind und Wunderbaby war sie nie eifersüchtig auf Luke gewesen. Zumindest nicht so, dass es ihr bewusst gewesen wäre. Nicht, als er noch am Leben gewesen war. Als er älter wurde und Marjorie den Dampfkochtopf ihrer Liebe Jahr für Jahr ein Grad höher stellte, war sie meistens sogar froh, nicht in der Nähe zu sein. Nach zwölf Jahren intensiven Einzelkindertums war es gleichzeitig befreiend und beängstigend, sich plötzlich außerhalb des innersten Kreises ihrer Mutter zu befinden.

Eine Weile nach Lukes Geburt hatte ihr Vater mit ihr jeden Sonntag einen Fahrradausflug unternommen, nur sie beide. Sie hatte schon kurz vor der Adoleszenz gestanden, daher war es eigentlich ein paar Jahre zu spät gewesen für eine ehrliche Vater-Tochter-Beziehung, die über Schokoriegeln und lauwarmer Limo hätte entstehen müssen. Gwen hatte versucht, die unternehmungslustige Energie der Mädchen mit den Pferdeschwänzen aus ihren Teenager-Büchern aufzubringen, die es stets schafften, ihren Frieden mit ihren frisch geschiedenen Dads zu machen, die sie «Champ» nannten. Aber da ihre Eltern nicht geschieden waren und es rein technisch gesehen nichts gab, womit sie ihren «Frieden» hätte machen können, und da sich Derek Grundles väterliche Bemühungen nicht darauf erstreckten, Meinungen zur unterschiedlichen Knutschbarkeit der Mitglieder von East17 oder zur Debatte Rasieren/Nicht Rasieren zu haben, verlief die Kommunikation meist stockend.

Meistens erzählten sie einander die Handlung von Sitcom-Serien. *Keeping Up Appearances, Two Point Four Children, The Brittas Empire.* Dann fragte er nach jedem einzelnen ihrer Schulfächer, der Reihe nach («Gut. Langweilig. Gesteinsformen. *Von Menschen und Mäusen*»), gefolgt von Fragen nach ihren Freundinnen, nur wenig zartfühlender gestellt als «... hast du endlich welche?». An dieser Stelle waren die Ausflüge meist zu Ende, und die eine oder der andere von ihnen konnte mit Fug und Recht sagen: «Wir fahren wohl besser zurück, Mum wartet bestimmt schon.»

«Was ist denn mit deinem Vater?», fragte Conny und schenkte die Neige aus ihrer zweiten Flasche ein. «Hat er sich auch an den Rand gedrängt gefühlt? Was meinst du?»

«Ich weiß nicht», antwortete Gwen. «Vielleicht.»

Es war ihr nie in den Sinn gekommen, ihrem Vater Fragen zu stellen. Wenn sie ehrlich war, fiel es ihr heute immer noch nicht ein.

Jetzt fühlte sich ihre Trauer nicht mehr an wie ein fehlendes Glied, sondern eher wie ein Knochen, der falsch zusammengewachsen war. Sie spürte sie beinahe, als sie sich wieder einmal ins Taxi setzte, das sie nach Hause bringen sollte, und sich vorsichtig zurücklehnte. Sie war vollständig, aber für immer ein wenig schief.

Es gab kein Wort, jemanden zu beschreiben, der einen Bruder oder eine Schwester oder ein Kind verloren hatte. Wenn man einen Ehepartner verlor, wurde man zum Witwer oder zur

Witwe, wenn man seine Eltern verlor, wurde man eine Waise. Gwen und ihre Eltern dagegen existierten in einem Zustand ohne Etikett, ohne Aussicht auf eine neue Identität. Sie hatten nur noch die Überreste ihres zerbrochenen Selbst, aus denen sie das Beste machen mussten.

Manchmal vergaß sie es, sich traurig zu fühlen, ebenso, wie sie vergaß, genug Wasser zu trinken oder sich Sorgen um einen terroristischen Anschlag in der U-Bahn zu machen. Manchmal hatte sie das Gefühl, dass es gar nicht so sehr seine Abwesenheit war, die schmerzte, sondern eher die Tatsache, dass es ihn gegeben hatte. Dass es einfacher wäre, wenn sie es schaffen könnten zu vergessen, dass es ihn je gegeben hatte. Sie wusste, dass das das exakte Gegenteil von dem war, was man fühlen sollte.

Ein Teil der Trauer, wenn man ein Geschwister verlor, bestand angeblich im Schmerz über den Verlust gemeinsamer Geschichte, über den Verlust des Menschen, der sich an dieselben Dinge erinnerte wie man selbst. Aber sie hatten beide so viel Zeit ihrer Kindheit ohneeinander verbracht. Sie hatte zwölf Jahre ohne Luke verbracht, dann neunzehn mit ihm, dann wiederum sieben ohne ihn, und das bedeutete, dass sie ihn genau die Hälfte ihres Lebens gehabt hatte. Und sie hatten nur sechs Jahre zusammen unter einem Dach gelebt, bevor sie zu Hause ausgezogen waren. Sechs Jahre waren gar nichts.

Gwen hasste diese Rechnereien, aber sie tat es trotzdem. Sie zwang sich auch jetzt, im Taxi, mit schwindeligem Kopf durch die Zahlen. Die Lichter der Straße verschwammen zu zwei einzelnen hellen Streifen.

Sie war jetzt doppelt so alt, wie er geworden war. Und nächstes Jahr würde die Zahl der Jahre ohne Luke größer sein als die mit ihm. Das war nichts, worüber sie mit jemand anderem hätte reden können oder was sie in den sozialen Netzwerken mit einer weitschweifigen Unterschrift hätte veröffentlichen können, aber für sie war das doch bedeutsam. Sie fürchtete sich davor, was passieren würde, wenn sie diese Schwelle überschritt, und doch ertappte sie sich hin und wieder dabei, wie sie sich wünschte, die Zeit möge schneller vergehen. Den Schmerz mit Zeit und Wein zu verdünnen, erschien ihr ein guter Plan.

Gebundenes Buch

Es war nicht das Buch, das sie hatte schreiben wollen.

Sie hatte etwas Rohes, Reduziertes, Brutales und Grundlegendes schreiben wollen; etwas, das die Kritik «unnachgiebig» genannt hätte. Aber sie begann zu argwöhnen, dass das Buch, das sie geschrieben hatte, alles andere als unnachgiebig war. Sondern voller Nachgiebigkeit. Extrem nachgiebig.

Ganz sicher schreckten die Leser davor zurück. Andererseits erklärten ihr Agent ihr beim Lunch und ihre Freunde beim Cocktail und in geduldigen Sprachnachrichten um zwei Uhr morgens, dass es viel besser sei, eine kleine aktive Fangemeinde zu haben als eine zahnlose Meute lauwarmer Buchclub-Mitglieder und Leute, die im Discounter Großpackungen Milchschokolade kauften.

Es sei denn, man wollte Geld machen, natürlich. Dann traf das Gegenteil zu.

Sophie ging es nie so sehr ums Geld als vielmehr um die Anerkennung. Deshalb zwang sie sich, spätnachts Online-Rezensionen zu lesen, wobei sie Spekulatius-Aufstrich direkt aus dem Glas löffelte; ein bisschen Zucker, damit die bittere

Medizin besser runterging. Deshalb schmollte sie, wenn sie die Shortlists für Preise sah, für das ihr Buch sich nicht qualifiziert hatte, und durchstöberte Sozialkaufhäuser nach Exemplaren ihres Romans, wobei sie nie wirklich wusste, ob sie eines finden wollte oder lieber nicht.

Wenn es nicht da war, und das war es selten, nahm sie das als Bestätigung ihrer mageren Verkäufe. Ihr Buch war so wenig in den Bücherregalen der Nation vertreten, dass sie in hundert Sozialkaufhäuser und Antiquariate gehen konnte, ohne es je zu finden. Sie stellte sich ihr Werk wie einen homöopathischen Tropfen im riesigen, brodelnden Ozean der Literatur vor. Vermutlich spendete es niemand, weil sich noch niemand die Mühe gemacht hatte, es zu lesen. Vermutlich sah das Cover einfach zu nachgiebig aus.

Aber wenn es da war – und sie konnte den Buchrücken inzwischen schon vom Eingang aus erkennen, manchmal sogar von der Straße aus –, fühlte sie sich persönlich beleidigt. Dass ihr Buch einen solch flüchtigen Fingerabdruck beim Leser hinterlassen hatte, dass er es so schnell weitergeben konnte, und zwar nicht wenigstens an Freunde oder Verwandte, sondern an Fremde. (Wobei es gleichzeitig auch stimmte, dass «Es hat mir so gut gefallen, dass ich es all meinen Freunden und Verwandten geliehen habe!» Worte waren, die einem Autor einen Tritt in die Magengrube versetzten.) Die Tatsache schmerzte, dass sie vier Jahre Schichten in der Bar und selbstzerstörerischer Lehrerjobs dafür aufgewandt hatte, dieses Ding zu schreiben, ihre Leser aber nicht das Bedürfnis hatten, es bei sich zu behalten. Sowohl buchstäblich als auch im übertragenen Sinne.

Dann war da das Preisschild, das je nach Laden und Gegend variierte. Sie konnte nicht anders, sie musste die

Preise jeweils mit den anderen Büchern vergleichen, und fragte sich, nach welchen Kriterien die Bücher ausgezeichnet wurden. In einem Laden sollte es ein Pfund fünfzig kosten, obwohl all die anderen gebundenen Bücher drei Pfund kosteten, und als Sophie beiläufig fragte, warum das so war, antwortete der Mann hinter der Kasse mit ausdruckslosem Gesicht: «Dreck.» Sie hatte das als heftige kritische Rezension aufgefasst und war beinahe in Tränen ausgebrochen, bis er auf einen Marmeladenfleck auf dem Umschlag deutete, der beinahe das Zitat auf dem Cover überdeckte. Dreck.

Sie nahm an, dass das mit der Zeit einfacher werden würde. In ein paar Monaten vielleicht – ein vernünftiger Zeitraum, sagte sie sich selbst, in dem man das Buch lesen, tief beeindruckt sein, es sacken lassen, die Lieblingsstellen noch einmal lesen und es dann, erst dann in die Spendentüte legten konnte, weil man wusste, dass es für immer im Herzen und in der Erinnerung bleiben würde. Vielleicht würde sie dann das Buch in Antiquariaten und Sozialkaufhäusern sehen und nur Stolz empfinden. Sie freute sich schon auf den Tag.

Aber fürs Erste drehte sie es auf dem Regal so um, dass man das Cover sehen konnte, direkt neben Barbara Kingsolver und Arundhati Roy. Sie ging nie ohne ein Paket Feuchttücher aus dem Haus, für alle Fälle.

30.

«Wir suchen dir jetzt einen Job.»

Es war ein ruhiger Donnerstagmorgen, der dadurch noch ruhiger wurde, dass der Stille Harvey Bügeldienst hatte und der heilige Michael auf dem Sofa im Hinterzimmer unter einem riesigen Strandhut lag und gegen eine Migräne ankämpfte. Das Damoklesschwert der drohenden Migräneattacke hing irgendwie über dem gesamten Laden. Sogar die Kandidaten bei Ken Bruces Radioquiz waren schlecht.

Harvey arbeitete sich im Schneckentempo durch ein Regal voller Hemden, die er mit der Präzision eines Butlers bedampfte, wobei er besonders auf die kleinen Stoffabschnitte zwischen den Knöpfen achtete. Connie hatte es mit einer aufblasbaren Luftmatratze in Form eines Kackwurst-Emojis zu tun – eine Aufgabe, die selbst Connies ewigen Gleichmut ins Wanken brachte.

Der Laden legte Zeugnis ab von Modeerscheinungen und kleinsten Hypes aus vielen Jahrzehnten. Aber während der Nippes aus den Sechzigern und Siebzigern wirklich wertvoll wurde und die Dinge aus den Achtzigern und Neunzigern als Sammlerkitsch durchgehen konnten, waren es vor allem neuere Trendprodukte, die das Hinterzimmer zumüllten und die Regale verstopften: Lichtkästen im Stil klassischer Kinos. Tassen mit Schnurrbärten darauf. Riesige, mit Plastikperlen besetzte Haarspangen. Lichterketten in Form von Kakteen, Malbücher für Erwachsene, Plastikblumenkränze, Kissen in Form von Alpakas, Salz- und Pfefferstreuer in Form von Möpsen, Lippenbalsam mit Gin-Aroma, Badekugeln mit Gin-Duft, Kerzen mit Gin-Duft und *Hey Sexy Lady: Das Gangnam Style Workout*. Ringhalter in Form von tätowierten Händen und Blumentöpfe in Form von Brüsten, mit Sternzeichen verzierte Schmuckständer. Alles Mögliche in Roségold. Dekorative Streichholzschachteln und pastellfarbene A4-Drucke des Slogans: «Aber zuerst Cronuts». Die Fotosammlung der Website *I Can Has Cheezburger: Das Jahrbuch*. Finger-Skateboards und Pikachu-Strampler und Kopfmassagegeräte aus Draht und Schlafmasken aus Samt und Kosmetiktaschen in Form von Wassermelonenscheiben und Mini-Wäscheleinen zum Aufhängen von Polaroid-Fotos, Einhorn-Yogamatten und Handyhüllen, die mit winzigen Vulven bedruckt waren, sowie zahllose andere Souvenirs aus einer Zeit, die noch zu kurz zurücklag, um einen nostalgischen Wert zu schöpfen, aber auch nicht so kurz zurücklag, dass der Plunder noch etwas wert gewesen wäre.

Gwen verspürte jedes Mal einen Anflug von Wehmut, wenn sie eine dieser Sachen verkaufte, obwohl schwer zu sagen war, warum. Wenn jemand in seinem Leben und in seinem Herzen Platz hatte für einen aufblasbaren Getränkehalter in Form einer Avocado, wer war sie, ihn ihm zu verwehren?

Connie war da weniger aufgeschlossen. Mehr als einmal hatte Gwen beobachtet, wie sie sich über den Tresen gebeugt und eine Hand auf die Hand eines Kunden gelegt hatte, als wollte sie ein tiefgründiges Geheimnis mit ihm teilen, und dann gesagt hatte: «Sie brauchen diesen Mist nicht.» Mit welcher Reaktion Connie dabei rechnete, war unklar. Was geschah, war, dass der Kunde den Mist in der Regel trotzdem kaufte, und zwar mit finsterem Blick.

Heute zählte Gwen Puzzleteile. Als Lise Gwen zum ersten Mal darum gebeten hatte, hatte sie gelacht, sie hatte es für einen Scherz gehalten. Jetzt schrieb sie hastig «352» auf das nächstbeste Post-it, bevor sie zu Connie aufblickte.

«Wir suchen dir jetzt einen Job», wiederholte Connie, lehnte die Kackwurst erfolgreich gegen eine Stehlampe und drehte sich zu ihr um. Sie sagte es auf dieselbe Weise, wie sie auch «Ich rufe dir jetzt ein Taxi» oder «Ich lade dich auf einen Gin ein» sagen würde. Sie sagte es so, wie Connie die meisten Dinge sagte, dämmerte es Gwen. Mit unerschütterlicher Autorität und voller Zuversicht, dass man ihr gehorchen würde.

Trotzdem konnte Gwen nicht leugnen, dass sie einen Job brauchte. Es waren nun schon fast neun Wochen vergangen (Gwen zog es vor, in Wochen zu zählen, was in ihren Ohren weniger beängstigend klang als «über zwei Monate»), und das Geld wurde immer knapper. Gwen fragte sich, wie ein Mensch so alt werden konnte wie sie, ohne ordentliche Rücklagen für schlechte Zeiten in der Spardose zu haben. Oder vielmehr, wie man so alt werden konnte wie sie und noch immer eine Spardose besitzen konnte. Wie schafften es die Leute, den hungrigen Pacman des modernen Lebens davon abzuhalten, alles wegzuknabbern?

Niemand konnte ihren Lebensstil als extravagant bezeichnen. Der Begriff «Lebensstil» war schon beinahe übertrieben. Und doch schmolz ihr Geld jeden Monat unbarmherzig weg. Es waren nicht nur die Miete und die Nebenkosten, sondern auch ihr Telefon, die Telefonversicherung, die Monatskarte für den Öffentlichen Nahverkehr, die Hausratsversicherung, die Streaming-Dienste, das Kontaktlinsen-Abo, Medikamente, die Abonnements mehrerer Medienseiten hinter Paywalls, die sie abgeschlossen hatte, um einen bestimmten Artikel zu lesen, und dann wegen der düsteren Zukunft des Journalismus aus Mitleid behalten hatte, und die Spende an ein Asyl für Esel, die sie seit vier Jahren monatlich leistete.

Mit den Spenden für die Esel hatte sie angefangen, weil in einem schwachen Moment vor Pret ein Mann mit Klemmbrett Blickkontakt zu ihr aufgenommen hatte. Er hatte so eindringlich, beinahe tränenerstickt von den Eseln gesprochen, dass Gwen auf der Stelle ihre Bankdaten herausgerückt hatte, weil sie sich gewünscht hätte, selbst auch einmal für irgendetwas solch leidenschaftliche Gefühle zu entwickeln. Sie hatte gehofft, sich damit im Gegenzug ein Stückchen von seiner Anständigkeit zu erkaufen.

Eine Woche später hatte sie denselben Mann mit seinem Klemmbrett wiedergesehen, diesmal in einem T-Shirt zum Thema Hodgkin-Lymphom, und sich seltsam hinters Licht geführt gefühlt. Sie hatte versucht, die Lastschrift zu stornieren, aber als die Person vom Eselsasyl am Telefon nach dem Grund dafür gefragt hatte, erschien ihr «vorgespielte Betroffenheit eines Mannes, dem auch Blutkrebs am Herzen liegt» nicht mehr als hinreichender Grund. Am Ende des Telefonats hatte sie ihre monatliche Spende um fünf Pfund aufgestockt.

«Bring sie nicht auf dumme Gedanken!», rief der heilige Michael aus dem Hinterzimmer, den Hut noch immer über das Gesicht gezogen. «Niemand braucht hier einen Job.»

«Du jedenfalls hast einen», erwiderte Connie.

«Ja, und sieh nur, was es mit mir macht», stöhnte er, und seine gedämpfte Stimme klang aus ihrer Strohkuppel heraus beinahe wie die Stimme Gottes. «Tu es nicht, Gwen, es erwartet dich Schreckliches. Pendeln. Besprechungen. Keine Gratis-Kekse.»

Mit den Keksen lag er falsch, aber was das Pendeln anging, hatte er recht. Vor Kurzem hatte sie ihr Monatskarten-Abo gekündigt und stattdessen begonnen, die Einzelfahrten kontaktlos zu bezahlen, was wirtschaftlich sinnvoll war, da ihre einzige regelmäßige Wegstrecke ein zwölfminütiger Spaziergang zum Sozialkaufhaus war. Aber es war beschämend, sich einzugestehen, dass ihre Welt auf einen Radius von ein paar Postleitzahlen geschrumpft war. Gwen befürchtete, dass es sich um eine gefährliche Abwärtsspirale handeln könnte, die damit begann, dass sie ihre Monatskarte aufgab, und damit endete, dass sie sich ihrer Mikrowelle entledigte und sich weigerte, das Formular für die nächste Volkszählung auszufüllen. Sie musste an Marjories Cousine zweiten Grades denken, die im Wäscheschrank ihren eigenen Joghurt herstellte. Und an den Mann mit der leisen Stimme, der alle paar Wochen in den Laden kam, um Reiseführer für die entlegensten Ziele der Welt zu kaufen, aber nie braun gebrannt von irgendwo zurückzukommen schien.

«Das Problem ist», sagte sie zu Michael, «dass ich gelegentlich tatsächlich mal Dinge kaufen muss.»

Gwen war klar, dass der Vorteil daran, eine alleinstehende, kinderlose Enddreißigerin zu sein, ein gewisses Maß an finanziellem Wohlstand sein sollte. Sie wusste, sie hätte eigentlich die freigiebige Freundin sein sollen, die Designer-Kerzen schickte und einen einlud, wenn man zusammen essen ging; sie hätte die Person sein sollen, die einem einen leichten Stich versetzte, weil sie alleine Reisen auf die griechischen Inseln unternahm, während man selbst zu Hause saß und sich über Kitagebühren den Kopf zerbrach. Eigentlich war es ihre Rolle, eine Aura kostspieliger Gepflegtheit zu kultivieren, regelmäßig zu kosmetischen Gesichtsbehandlungen zu gehen und von Hand hergestellte Seifen und eine wöchentliche Abo-Box für frische Pasta zu besitzen.

Aber seit ihre Mutter ihr schon im zarten Alter beigebracht hatte, dass das Schaltfeld «Kontostand anzeigen» etwas war, das man fürchten musste («Nein!», hatte sie einmal geschrien und Gwens kleine Hand vom Geldautomaten weggeschlagen, um reflexartig den Bildschirm zuzuhalten, als zeigte er eine pornografische Szene. «Du darfst niemals auf dieses Feld drücken, hast du verstanden?»), war Geld ein spannungsreiches Thema gewesen. Keines, über das man in der Familie freimütig sprach, sondern etwas, das man heimlich und verschwiegen mit sich herumschleppte. Gwen geriet jedes Mal in Panik, wenn eine größere Ausgabe anstand – neue Schuhe für die Schule, ein neuer Auspuff, die jährliche Urlaubswoche im Freizeitpark,

Lukes Hobbys, Sportausrüstung, Schulausflüge –, und deutete jedes Kopfschütteln über ein Preisschild, jedes leise Wort hinter der geschlossenen Küchentür als Anzeichen für ihr unmittelbar bevorstehendes Abgleiten ins Elend.

Nun blickte sie zurück und stellte fest, dass es ihnen gut gegangen war. Vielleicht war es kein unbeschwertes Leben gewesen, aber ausreichend bequem wie eine Jeans, die nur im Schritt ein wenig zu eng sitzt. Inzwischen wusste sie, dass billige Turnschuhe und verregnete Ferien kein wirkliches Zeichen von Armut waren. Aber das bedeutete noch lange nicht, dass sie als achtunddreißigjährige Frau zu ihren Eltern gehen und um Almosen aus deren Rententöpfen bitten konnte, weil sie zu faul und nutzlos und zu großzügig gegenüber Eseln war, um für sich selbst aufzukommen.

Nein.

«Jetzt hab ich's!», rief Connie aus, als wäre ihr der Gedanke gerade erst gekommen und nicht der Grund für das Gespräch gewesen. «Ich schicke dich zu einer Freundin von mir: Saskia. Sie hat ein Start-up!»

Ein ersticktes, verächtliches Schnauben drang aus dem Hinterzimmer. Connie ignorierte es und tippte mit auf der Nasenspitze balancierender Brille eifrig eine Textnachricht. Gwen gab ein paar Protestlaute von sich, aber auch die wurden ignoriert.

«Frag mich nicht, *was* genau sie da gegründet hat, ich gehe immer aufs Klo, sobald das Wort Risikokapital fällt. Aber sie hat bestimmt was für dich, sie ist mir weiß Gott noch den einen oder anderen Gefallen schuldig. Sag, dass du dich mit ihr triffst. Tu's für mich!»

Gwen sagte widerspruchslos Ja. An Connie war eine hervorragende Straßen-Spendensammlerin verloren gegangen.

Es gibt hundert verschiedene Möglichkeiten, einen Schal zu tragen. Umso bedauerlicher ist es, dass die Sozialkaufhäuser voll von ihnen sind, diesen wehenden Fetzen, die ihr Potenzial niemals ausschöpfen konnten.

Es gibt hundert Möglichkeiten, einen Schal zu tragen, auch wenn das Repertoire der meisten Leute nur die offensichtlichsten umfasst. Um den Hals, das ist der Klassiker. Zweimal um den Hals oder dreimal, wenn man waghalsig ist. Die alte Schlinge, der Knoten, der Wasserfall, der Zopf. À la Rupert Bär, Doctor Who, Katniss Everdeen, Lenny Kravitz. Wie ein Kunstlehrer und ehemaliger Indie-Fan. Im Stil von «Ich besitze ein Audrey Hepburn-Wandtattoo». Wie mindestens fünf verschiedene Inkarnationen von David Bowie.

Als Halstuch, als Krawatte, als Toga. Als wenig wirksame Halskrause. À la Keith Richards oder à la Richard der Dritte. Wie Fred von Scooby-Doo.

Als Zeichen hingebungsvoller Frömmigkeit. Als Hilfsmittel, um das Haar über Nacht glatt zu halten. Als feministisches Statement wie ein politischer Prügelknabe oder als flotte Bandana im Sinne derjenigen, die unter «Kultur» Trinkjoghurt verstehen.

Als Gürtel. Als Sarong. Als Einschlafhilfe im Flugzeug. Als sehr knappes Top, um damit zu prahlen, dass man keinen BH braucht. Als Leine für einen kleinen Hund. Als Tragetuch für ein kleines Baby. Als Sonnenschutz für Leute, die schnell einen Hitzschlag bekommen.

Als Tarnung für Knutschflecken oder Tattoos, die man bereut. Als Mittel, um Mr. DeMille zu bedeuten, dass man bereit ist für die Nahaufnahme. Mit einer Schleife hinten am Nacken, als wäre man ein schönes Geschenk, oder wie ein schlechter Premierminister. Um einen Stock gebunden als kleinen Rucksack voller belegter Brote.

Als Bandage. Als Strandhandtuch. Als Wimpel für einen fröhlichen Anlass. Als sexuelles Accessoire für Leute, die zu beschäftigt oder verschämt sind, spezielles Klebeband im Internet zu kaufen. Als Geschenk für jemanden, der findet, dass Emma Thompsons Figur in Love Actually viel Lärm um nichts macht. Als Kunstwerk, ausgebreitet hinter Glas.

Um eine Studentenunterkunft zu verschönern und die Leute wissen zu lassen, dass man weit gereist ist. Als eine Möglichkeit, beim Basteln mit seinem Outfit zu sagen: «Ich bin praktisch veranlagt, aber liebenswert.» Als Stola bei einer Hochzeit, wenn dein fieser Freund dir nicht sein Jackett geben will. Als Requisit bei der Rhythmischen Sportgymnastik oder als Auftakt einer viel versprechenden Karriere in einer Großkanzlei. Als festen Bestandteil von «Blinde Kuh». Um damit im Bus Kotze aufzuwischen.

Als Pirat an Fasching. Als Karnevalsnonne. Als Dame Jenni Murray oder als keltische Kriegerkönigin. Als Kleidung für einen Schneemann. Als Verband für eine Wunde. Um hineinzuatmen, wenn die Person neben einem Makrele zu Mittag gegessen hat.

Als Möglichkeit, die eigene Scham zu bedecken, wenn einem beim Schwimmen im See alle seine Kleider abhandengekommen sind. Als Trick, wenn man verliebt ist, indem man ihn gerissenerweise liegen lässt, um dem Angebeteten einen Grund zu geben, sich zu melden. Um sich stilvoll die Tränen wegzuwischen, wenn man auf einem Bahnsteig verlassen wird.

Als Frida-Kahlo-Kostüm. Als Kostüm einer schottischen Witwe. Als echte schottische Witwe. Als Picknickdecke.

Als Treuebezeugung zu einer Fußballmannschaft, einem Hogwarts-Haus oder zur Queen. Als Superhelden-Umhang. Als Kuscheldecke. Als Überwurf für das Sofa, auf dem du Hummus verkleckert hast und von dem du weißt, dass du es nie wirst reinigen lassen. Als provisorischer Vorhang, der drei Jahre lang an dein Fenster geklebt bleibt. Als Geschenkpapier. Als Verpackung für Lebensmittel. Demonstrativ um einen Arm gebunden oder absichtslos an den Riemen einer Handtasche.

Als schnelle Todesursache in einem offenen Wagen. Als Zeichen der Kapitulation gegenüber einer anrückenden Armee. Als Gesichtsmaske in einem viralen Krieg, von dem man noch nicht einmal ahnt, dass er auf uns zu kommt.

Dramatisch. Elegant. Enthusiastisch. Verlegen, weil man befürchtet, er könnte ein bisschen übertrieben sein. Verräterisch. Flirtend. Apologetisch. Mysteriös. Lässig. Gemütlich. Dekorativ. Verlassenerweise. So, als befände man sich damit meilenweit außerhalb seiner Komfortzone, oder so, als hätte man ihn schon jeden verdammten Tag seines Lebens getragen.

Es gibt hundert verschiedene Arten, einen Schal zu tragen – und doch stapeln sie sich wie hauchdünne Spaghetti, die sich an den äußersten Rand der Nützlichkeit klammern, weil sie wissen, dass sie jeden Moment zu einem Knäuel geballt, in eine Tragetasche gesteckt und weggeschickt werden könnten. Weil sie durchscheinend und überflüssig sind, weil sie zu viel Platz einnehmen.

Aber sie verdienen sich ihren Platz, wenn man ihnen die Chance dazu gibt, sie schlängeln sich in die Ritzen deines Lebens und warten auf den Moment, in dem du sie am meisten brauchst. Gebt den Schals eine Chance, *beschwor*

Michael seine Kunden, wenn sie an der Truhe in der Ecke des Ladens vorbeikamen. Ein paar heiß geliebte Stammkunden gingen schnurstracks zu der Truhe, tauchten ihre Arme in den Glückstopf aus Chiffon und Quasten und kauften die unwahrscheinlichsten Beutestücke. Aber die meisten Schals waren eine sich windende Plage, die er nie ganz in den Griff bekam.

Michael kaufte sie natürlich niemals selbst. Er war nicht der Typ für Schals.

31.

«Entschuldigen Sie?»

Die Frau, die vor Gwen stand, war aufgeregt und wippte leicht von einem Fuß auf den anderen. Sie reckte den Hals und sah sich im Laden um, während Gwen der Kundin vor ihr das Wechselgeld herausgab.

Die Leute waren hier oft aufgeregt, und in einem Anflug von Bosheit stellte Gwen fest, dass die Eile der Frau in ihr nur den Wunsch weckte, sich langsamer zu bewegen.

Oft waren es die Leute, die nirgendwohin mussten, die am hektischsten waren, hatte sie festgestellt. Diejenigen, die ihre Mutter als «arme Seelen» oder «Menschen mit ihren eigenen Problemen» bezeichnen würde, um dann diskret die Straßenseite zu wechseln für den Fall, dass ihre Probleme ansteckend waren. Man sah sie auf sich zukommen, sie stürmten mit doppelter Geschwindigkeit über den Bürgersteig und schwangen in Parodie eines Soldaten ihre steifen Arme. Sie schritten zielstrebig den Laden auf und ab, ihre Augen huschten zwischen den Regalen hin und her, und sie nahmen wahllos Gegenstände in die Hand, bevor sie wieder hinausstürzten.

Manchmal stahlen sie etwas, manchmal auch nicht. Manchmal baten sie darum, etwas umsonst mitnehmen zu dürfen, was eigentlich besser war, sich aber schlimmer anfühlte. Denn dann wurde es eine Ermessensentscheidung. Dann musste sie zusehen, wie eine der Führungskräfte sich die Bitte anhörte und dabei so tat, als würde er oder sie nicht auf Einstichstellen und verwaschene Worte achten, auf zu sauber aussehende Kleidung oder eine allzu fröhliche Tonlage. Allzu anspruchsberechtigt. Nicht verzweifelt genug. Sie zogen eine willkürliche Grenze zwischen moderner «Charity» und einfach nur guter alter Barmherzigkeit, während Ironie wie ein Disco-Beat durch den Raum pulsierte.

Michael war zuverlässig inkonsequent. Gwen hatte ihn schon gelegentlich ganze Outfits verschenken sehen, denen er gut gelaunt noch einen zusätzlichen Schal und ein Paar Lederhandschuhe beilegte, «damit der Pullover richtig zur Geltung kommt». Doch an anderen Tagen verneinte er kurz und knapp und fegte den Bittsteller wie einen Krümel aus der Tür, wobei er murmelte: «Wir sind hier nicht die Ausstatter für Halunken und Tagediebe» oder dergleichen, was andere Kunden entgeistert zur Kenntnis nahmen. Lise ließ sie normalerweise alles mitnehmen, was sie haben wollten.

Aber diese Frau vor ihr war aus einem anderen Grund aufgeregt.

«Meine Mutter glaubt, sie hat aus Versehen etwas gespendet», erläuterte sie. «Eine Uhr. So ein großes Ding aus Gold? Sie ist schon seit Jahren in Familienbesitz und hat früher meinem Großvater gehört. Sie ist ein bisschen was wert. Eine ganze Menge, unter uns. Sie sagt, sie hätte sie vielleicht hierhergebracht, aber ehrlich gesagt, wer weiß das schon.» Die Frau beugte sich vor und senkte ihre Stimme zu einem lauten Flüstern. «Sie ist nicht mehr ganz auf Zack, fürchte ich. Vergisst alles Mögliche.» Dann wieder lauter: «Stimmt's, Mum? Du vergisst alles Mögliche?»

Erst jetzt bemerkte Gwen die ältere Frau, die sich hinter ihr herumdrückte. Ihr Gesichtsausdruck war ähnlich besorgt wie der der jüngeren, aber in ein tieferes Relief eingegraben, das aussah wie mit einem Bleistift gezogen. Die ältere Frau nickte und versuchte ein schwaches Lächeln. Trotz der schwülen Junihitze trug sie einen violetten Steppmantel, dessen Reißverschluss bis zum Hals zugezogen war, die Taschen waren mit kleinen Blumen bestickt. Gwen erkannte ihn auf Anhieb: Vor ein paar Wochen hatte er an einem Ständer im Laden gehangen.

«Das stimmt», sagte die Frau und schüttelte entschuldigend den Kopf. «Ich bringe alles durcheinander. Zumindest sagt man mir das.»

«Ich habe leider keine ...», setzte Gwen an, aber die Frau sprach mit geweiteten Augen weiter, als befände sie sich in Erklärungsnot.

«Es ist alles meine Schuld, ich Dummerchen, ich wollte nicht ... sie gehörte meinem Vater, wissen Sie, er liebte diese Uhr, er sagte immer, sie bringe ihm den Sonnenschein. Ich wollte sie ihm zum Geburtstag wiedergeben, aber ich bin durcheinandergekommen, ich weiß nicht – ich habe sie zu den Sachen von meinem Henry gelegt, Sie wissen schon, Henrys alte Pullover? Die sind immer noch gut, aber er mag kein Grün, hat er noch nie gemocht, der alberne Kerl, und trotzdem kaufe ich sie ihm immer wieder, nicht wahr?!» Sie gluckste liebevoll. «Also kaufe ich sie hier, und dann bringe ich sie wieder hierher zurück, schon seit Jahren, aber die Uhr sollte ich nicht mitbringen – die Uhr gehörte Dad, und ich passe jetzt darauf auf, damit die Männer sie nicht ... die Männer sollen nicht ... sie ist eine Menge wert, wussten Sie das? *Japy Frères*, sehr guter Hersteller. Französisch. Aus der Vorkriegszeit. Und sie ist so schön, wahnsinnig schön – aus Gold, geformt wie die Sonne, eigentlich viel zu elegant für mich, aber ich würde sie natürlich nie verkaufen, sie gehört an die Wand, muss an der Wand bleiben, sonst wird er so ...» Die Stimme der Frau war nun schrill und bebend geworden, von Panik gezeichnet, und sie fummelte eine kleine Münzbörse aus ihrer Handtasche. «Es tut mir leid, ich weiß, es ist für einen guten Zweck, ich habe so ein schlechtes Gewissen. Ich kaufe sie gerne zurück, wenn Sie den Preis nicht zu hoch angesetzt haben, obwohl das natürlich Ihr gutes Recht ist, denn sie ist viel wert, und ich weiß, dass es für einen guten Zweck ist, aber bitte – ach bitte ...»

Sie brach ab, ihre um die Börse geschlossenen Hände zitterten, und sie sah sich gehetzt im Laden um, als könnte ihr die Uhr vor der Nase wegverkauft werden, während sie noch miteinander sprachen. Gwen merkte, wie auch ihr eigenes Herz klopfte.

«Habt ihr eine Uhr gesehen?», fragte sie ins Hinterzimmer.

«Heutzutage benutze ich eher mein Telefon», entgegnete der heilige Michael, der mit Filzstiften in extravaganten Schnörkeln sorgfältig auf ein DIN-A4-Blatt malte: «WIR NEHMEN KEINE BETTWÄSCHE ODER BADEZIMMERARTIKEL MEHR AN». Michael war stolz auf die handschriftliche Beschilderung des Ladens. Die Hauptverwaltung hatte sich schon lange nicht mehr die Mühe gemacht, markengeschütztes Material zu schicken.

Brian saß an seinem Lieblingsplatz, über den Überwachungsmonitor gebeugt. Er schaute auf die Uhr an der Wand über Gwens Kopf und sagte hilfsbereit: «Vierzehn Uhr fünfundvierzig.»

«Nein, nein – eine große, goldene Uhr? Hat jemand von euch so eine gesehen? Eine Frau hat sie aus Versehen gespendet.»

Daraufhin sah Michael auf und fragte: «Nicholas, hattest du nicht gesagt, du hättest eine große Uhr?»

Brian schnaubte. Gwen machte ein Geräusch wie eine erstickende Robbe.

Sie hatte ihn in dem Raum gar nicht bemerkt. Abgesehen von der Benachrichtigung (wer erledigte seine postkoitalen Verwaltungsaufgaben auf *LinkedIn?*), hatte sie Nicholas nicht mehr gesehen oder gesprochen, seit sie ihn letzten Samstag in den frühen Morgenstunden verabschiedet hatte. Der Dienstplan hatte ihr zuverlässig versichert, dass sich ihre Wege die ganze Woche über nicht kreuzen würden – und doch saß er hier auf einem Stapel von Mänteln auf dem Boden und polierte eifrig eine Sauciere.

Nicholas legte eine behäbige Theatralik an den Tag und räusperte sich. «Häm, mhm, mhm.» So ging es eine ganze Weile weiter. «Höhöm, ahahm. Ähem.»

Dann endlich, als die anderen das Interesse verloren und sich wieder ihren Tätigkeiten zugewandt hatten, sagte er: «Nein? Ich meine, äh, na ja – da *war* eine Uhr.»

«Eine große goldene?», fragte Gwen. «Vor ein paar Tagen gespendet?»

«So mittelgroß, würde ich sagen. Und ich nehme an, man könnte sie als goldfarben bezeichnen, obwohl es eigentlich eher ... äh, vergoldete Bronze war. Nur Blattgold auf Holz ...»

«Hast du sie?», unterbrach ihn Gwen, ungeduldig, den Austausch zu beenden.

Weiteres Räuspern. «Nein, nicht im eigentlichen Sinne», antwortete Nicholas.

«Was soll das heißen?»

«Das heißt natürlich, dass ich sie nicht habe, Gwen.»

«Aber du hattest sie?»

«Sie … ist kurz durch meine Hände gegangen, richtig. Ich habe sie beschafft, und jetzt hat sie bei einem Kunden ein neues Zuhause gefunden. Sie war ein äußerst begehrenswertes Stück. Amerikanisch, würde ich sagen. Mid-Century, ungefähr von 1955, schätze i…»

«Du hast sie *beschafft*? Das heißt, du hast 2,99 Pfund auf das Preisschild geschrieben und sie dann selbst gekauft?»

«Natürlich war sie nicht *wertvoll* oder so», protestierte er mit erhobenen Händen. «Nicht ohne fachkundige Wertermittlung und Positionierung auf dem Markt.»

«Also, der Tochter der Frau zufolge ist sie sehr wertvoll. Von großem finanziellem wie auch von sentimentalem Wert.» Sie senkte die Stimme, denn ihr war bewusst, dass die Kunden nur ein paar Meter entfernt waren und die Tür einen Spalt offen stand. «Ich glaube, du musst sie zurückgeben.»

«Das geht leider nicht, tut mir leid, Gwen.»

«Nicholas. Sie hat Demenz, so, wie sich das anhört. Sie ist ziemlich aufgeregt.»

«Klar, total verständlich. Das ist natürlich superhart.» Er nickte wie ein Politiker bei einer Wahlkreissprechstunde. «Aber ich fürchte, dass es schwierig wird, in diesem Stadium irgendetwas in der Sache zu unternehmen, weißt du?»

«Nein, weiß ich nicht», zischte sie. «Wir sind eine Wohltätigkeitsorganisation für psychisch Kranke. Ich kann da jetzt nicht rausgehen und ihr sagen: ‹Hoppla, tut mir leid, unsere hauseigene Hilfskraft hat sich Ihr Familienerbstück zum persönlichen Profit unter den Nagel gerissen.›»

Nicholas' Miene verdüsterte sich. Er stand auf.

«Hör zu, Gwen. Es ist natürlich wirklich schade, dass die Dame einen Fehler gemacht hat, ich habe Mitgefühl für sie. Aber die Sache ist mir wortwörtlich aus den Händen genommen. Wenn ich die Uhr noch hätte, würde ich sie ihr gerne zurückverkaufen, das schwöre ich.»

«Du meinst, sie ihr zurück*geben*?»

«Logisch, das habe ich doch gesagt, ich würde sie ihr gerne zurückgeben. Aber vielleicht ist das einfach, na ja, der Lauf des Lebens? Die Uhr hat jetzt ein neues Zuhause gefunden. Einen geistvollen Ort, an dem man empfänglich ist für ihre Geschichte.»

Sie spürte, wie Tränen der Wut in ihren Augenwinkeln zu prickeln begannen. Gwen betrachtete es als eine der großen Ungerechtigkeiten ihres Lebens, dass sie immer heulte, wenn sie wütend war, was sie schwach erscheinen ließ, und selten, wenn sie traurig war, wodurch sie kaltherzig und lieblos wirkte. Sie sah ihn mit zusammengekniffenen Augen an und zwang ihre Tränendrüsen, geschlossen zu bleiben.

«Wo?»

«Das kann ich dir nicht sagen, Gwen, aus Diskretion gegenüber dem Kunden.»

«Verflucht noch mal, Nicholas!» An dieser Stelle blickten der heilige Michael und Brian beide wieder auf. «WO?»

Er schluckte und zuckte mit den Schultern. «Im The Boar and Balls auf der High Holborn.»

«Alles klar.» Sie machte auf dem Absatz kehrt und stürmte in den Laden zurück, was wesentlich wirkungsvoller gewesen wäre, wenn sie dabei nicht mit der Schulter schmerzhaft an einer Kleiderstange hängen geblieben wäre.

Die Tochter und ihre Mutter warteten. Die eine sah ungeduldig, die andere schuldbewusst aus. «Es tut mir sehr leid …», setzte Gwen an, aber die Wahrheit war einfach zu unglaublich.

Sie arbeitete gedanklich bereits an ihrer Lüge – heute Morgen mitgenommen worden, keine Möglichkeit, den Kunden ausfindig zu machen, sehr bedauerlich, was für ein Pech –, aber etwas hielt sie davon ab. Die Frau im violetten Mantel war nicht einmal besonders alt, fiel ihr auf, als sie sie genauer betrachtete. Nicht viel älter als ihre eigene Mutter. Diese wirkte ebenfalls ständig besorgt, flatterte auf dieselbe Weise nervös mit den Augenlidern. Doch wo Marjories Gesicht dauerhaft von einer Art vorauseilendem Unmut umwölkt war, immer auf der Suche nach potenziellen Ärgernissen, sah diese Frau einfach nur vom Leben erschöpft aus. Sie lächelte Gwen hoffnungsvoll an – ein Zahnfleischlächeln –, während ihre Tochter mit langen Nägeln auf den Tresen trommelte.

«Wir vermuten leider, dass sie an eine unserer anderen Filialen geschickt worden ist», erklärte sie ihnen. «Aber wir sind zuversichtlich, dass wir sie wieder beschaffen können. Würden Sie uns bitte Ihre Kontaktdaten hierlassen, damit wir uns melden können, sobald wir mehr wissen?»

Das taten sie, wobei die Tochter der Mutter über die Schulter sah, während diese ihren Namen und ihre Telefonnummer notierte. *Janet McAffery*, schrieb die Frau in zittriger Schreibschrift. «Das ist dein Mädchenname, Mum», sagte die Tochter und griff nach dem Stift. Aber Janet riss ihn zurück. «Die Uhr kennt mich als eine McAffery», erwiderte sie, als läge das auf der Hand. Die Tochter machte den Mund auf, um etwas zu erwidern, überlegte es sich dann aber offensichtlich anders.

Sie bedankten sich und verließen gemeinsam den Laden, die Tochter ging mit großen Schritten voraus, und Janet McAffery schlurfte hinterher.

Am Ende der Schicht ließ Nicholas eine Papierserviette vor ihr auf den Tresen fallen. «Verzeih mir x», stand in klecksiger Kugelschreiberschrift darauf.

Gwen nahm sie und schnäuzte sich vor seinen Augen hinein, als sie den Laden verließ. Zum ersten Mal seit langer Zeit fühlte sie sich beinahe durchsetzungsstark. Diese Wirkung wurde etwas abgeschwächt, als sie nach Hause kam und feststellte, dass sie sich Tinte auf der Nase verschmiert hatte, aber nur ein bisschen.

Gurkengabeln

Es waren vier Stück in einer cremefarbenen, altersfleckigen Pappschachtel. «Gurkengabeln», stand auf dem kleinen Filzschild, das davor im Regal lag. Das Schild hatte etwas Genervtes an sich, als wären schon zu viele ratlose Kunden an der Kasse aufgetaucht, um nachzufragen, worum es sich handelte. Aber Tim wollte gerne glauben, dass er es auch ohne das Schild gewusst hätte. Tim war jetzt ein großer Fan des Einlegens.

Zuvor hatte sein Herz fürs Fermentieren geschlagen. Kefir, Kombucha, Kimchi, Kwas. Aber der Versorgungsaufwand war zu groß, vergleichbar mit dem bei einem mittelgroßen Haustier. All das Entlüften, Füttern und Versorgen von Scoby (er hatte seine symbiotische Kultur aus Bakterien und Hefe «Scoby Doo» getauft, was Tim selbst in dem Moment deprimierend unoriginell vorkam, als er es ersann) war endlos. Er brauchte ein Hobby mit einem besseren Verhältnis von Aufwand und Ertrag.

Vor dem Fermentieren war es der Sauerteig gewesen, was jedoch ein Ende gefunden hatte, als er seinen Starter Clint Yeastwood durch die Trennung verlor. Tim hatte Stunden damit verbracht, sein Handwerk zu verfeinern, mit dem Feuchtigkeitsgehalt zu experimentieren und

Brotfotos auf Instagram zu posten. Er wetteiferte mit anderen Teigkumpels darum, wie hoch ein Brot aufging, und um die Durchmesser seiner Löcher.

Davor hatte er seinen eigenen Lachs geräuchert – die Dämpfe aus seiner improvisierten Räucherkammer im Hauswirtschaftsraum waren vielleicht nicht jedermanns Sache, aber er genoss die Ergebnisse und konnte jetzt nicht so tun, als hätte er das nicht getan. Und davor hatte er einen holzbefeuerten Pizzaofen aus gebrauchten Ziegeln gebaut. Davor: selbst gebrautes Bier. Davor: die Kunst des Milchkaffees. Davor Ketamin. Davor hatte er sein eigenes Sushi mit einer kleinen Bambusmatte gerollt.

Aber jetzt: eingelegtes Gemüse. Angefangen hatte er mit den Anfängersachen: Gurken, Zwiebeln, Roter Bete, den vertrockneten alten Möhren, die in seinem Gemüsefach herumlagen. Doch schon bald begann er ausgreifender zu werden und Blumenkohlröschen, Wassermelonenschalen, Weintrauben und sogar Kräuter einzulegen. Er fing an, die Welt als Abfolge von möglichen Einmachoptionen zu sehen, und betrachtete die Produkte in seinem Supermarkt an der Ecke wie durch eine Essigbrille. Konnte man Tomaten einlegen? Bananen? Käse? Gab es irgendetwas, das man nicht verbessern konnte mit einer Menge Würze und etwas Zeit?

Das Ganze erinnerte ihn an damals, als seine Familie ihren ersten Toaster bekam und Tim als Zehnjähriger einen ganzen Monat lang nichts anderes zu sich nahm als toastbasierte Mahlzeiten – Bohnen auf Toast, Thunfisch auf Toast, Sheperds Pie auf Toast, Marsriegel auf Toast – einen gesamten Monat lang. Schließlich zwang eine schwere Verstopfung seine Mutter, mit ihm zum Arzt zu gehen, und der Genuss von Toast wurde auf die Frühstückszeiten beschränkt.

Aber Tim widmete sich einem Projekt immer noch gerne mit ganzem Herzen. Das war der Hauptgrund, warum ihn die Trennung so sehr belastet hatte.

Jetzt waren die beiden obersten Fächer seines Kühlschranks vollständig mit Einmachgläsern von unterschiedlicher Größe und Alter gefüllt, und die Zubereitung von Mahlzeiten zur Begleitung seiner eingelegten Gemüse interessierte ihn immer weniger, das Einlegen selbst dagegen umso mehr. Alle paar Tage verbrauchte er eine Packung Magentabletten, und seine Finger rochen ständig nach Essig und Nelken – etwas, was seine letzte Verabredung über Hinge tatsächlich kommentiert hatte. Damals hatte er gehofft, dass sie es nicht negativ gemeint hatte, aber inzwischen waren drei Tage ohne Nachricht von ihr vergangen, sodass er zu dem Schluss gekommen war, dass sie es wohl doch so gemeint haben musste.

Immerhin war dies ein Aspekt, an dem er arbeiten konnte. Denn jetzt hatte er nicht nur Essiggurken. Er hatte Gurkengabeln.

32.

Plaudern, so hatte es Connies Freundin in ihrer E-Mail formuliert. «Wollen wir uns treffen und ein bisschen plaudern? Ich freue mich.»

Wie bei vielen erfolgreichen Menschen, mit denen Gwen im Laufe der Jahre zusammengearbeitet hatte, schien auch Saskias Kommunikation davon geprägt zu sein, dass sie Nettigkeitsfloskeln und Interpunktion als Zeichen von Schwäche und Zeitverschwendung wegließ. Ihre Nachrichten bestanden aus knappen Stakkato-Sätzen, die selten alle notwendigen Informationen enthielten, und sie sprang wahllos zwischen verschiedenen Kommunikationskanälen hin und her. «HI Gwen steht morgen», erkundigte sich gestern Abend um 23 Uhr eine anonyme SMS. «Spät dran, 10 Minuten!», vermeldete eine unbekannte Nummer in ihren WhatsApp-Nachrichten. Sie war beinahe überrascht, als sie Saskia dann tatsächlich das Café betreten sah.

Die Frau, die hereinkam, war genauso elegant zerknittert wie Connie, aber etwa zehn Jahre jünger und hatte eine teuer aussehende, aschblonde Föhnfrisur, die mit grauen Strähnen durchzogen war. Sie trug Jeans mit Schlag, weiße Cowboystiefel, ein Motörhead-T-Shirt und darüber eine knappe, verzierte Weste. Gwen zupfte an ihrem Kleid und kam sich peinlich provinziell vor.

Saskia? Gwen. Schön, dich kennenzulernen.

Gwen streckte die Hand aus, aber Saskia packte sie an den Schultern, zog sie zu sich heran und küsste sie auf beide Wangen. Gwens Hand landete kurz in Saskias Weste, wo sie auf ein warmes, seidenes Futter traf. Es war ein schönes Gefühl, kurz Saskia zu sein. Hastig zog sie sie wieder zurück.

«Hi, hiii, ich freue mich so, dass wir das hingekriegt haben!» Während Saskia sich auf ihrem Stuhl niederließ und die Jacke auszog, schaute sie auf ihr Handy, dann legte sie es mit der Vorderseite nach unten auf den Tisch und richtete den Blick auf Gwen. «Connie hat mir erstaunliche Dinge über dich erzählt.»

Erstaunliche Dinge.

«Einige davon sind hoffentlich wahr!», erwiderte Gwen, und Saskia lachte heiser.

«Connie sagt grundsätzlich die Wahrheit. Sollen wir Kaffee trinken? Oder ... Wein?» Sie blickte sich um, als erwarte sie, dass in diesem Franchise-Café ein eleganter Kellner auftauchte. Hinter dem Tresen sah sich gerade eine Barista mit blauen Haaren auf ihrem Handy Videos an.

«Ein Kaffee wäre gut, danke», sagte Gwen für den Fall, dass dies ein Test war. Obwohl Wein genauso gut «bestanden» bedeuten konnte wie «durchgefallen».

«Fabelhaft. Und Kuchen? Lass uns Kuchen essen, okay? Yes.»

Gwens Darm hatte etwa fünfzehn Minuten zuvor auf der Café-Toilette sein übliches nervöses Feuerwerk veranstaltet, aber sie spürte, dass es unklug wäre, den Kuchen abzulehnen. Nicht nur wegen des Jobs, sondern möglicherweise auch aus feministischen Erwägungen. Sie entschied sich für den Karotten-Pistazien-Kuchen, weil sie ihn für die smarteste Wahl hielt. Saskia rümpfte leicht die Nase und bestellte einen Brownie.

Nachdem die Versorgung sichergestellt war – Saskia hatte Gwen mit ihrer Bankkarte zur Kasse geschickt, was dem Ganzen einen nicht gerade angenehmen Beigeschmack von «Ausflug mit Mutti» verlieh –, begannen sie mit dem Smalltalk. Saskia wirkte überschwänglich, zerstreut und verschwenderisch indiskret. Gwen war angespannt und lauerte auf den Moment, in dem aus dem «Geplauder» plötzlich das Bewerbungsgespräch wurde. Es fühlte sich ein wenig an wie auf einer Wasserrutsche, wenn man sich innerlich auf den Plumps ins Schwimmbecken einstellte.

Aber nachdem sie fast eine Stunde lang durch seichtes Gewässer geschippert waren, gab es immer noch keine Anzeichen etwa dafür, dass Saskia sie auf einmal zu einer Präsentation auffordern würde. Sie hatten darüber gesprochen, woher sie beide stammten («Wir Heimatvertriebenen müssen zusammenhalten!», sagte Saskia ohne jede Spur von Ironie), über Orte geredet, an denen sie gelebt hatten oder auch nicht («Ich habe einmal darüber nachgedacht, nach Bristol zu ziehen», sagte Gwen. «Aber ich habe es dann doch nicht getan»), einander berichtet, woher sie jeweils Connie kannten, einander bestätigt, wie großartig Connie war, wollte man nicht einfach Connie *werden*, wenn man erwachsen war? Sie hatten über den Buchclub von Saskias Mann geredet («Es ist eine reine Männergruppe, aber sie lesen nur Werke von Autorinnen»), über die Tücken, eine Airbnb-Unterkunft in Southwold aus der Ferne zu betreiben, und über alles, was an veganem Käse falsch war. «Wie in Chipsgewürz getunkter Klebestift», sagte Gwen, woraufhin Saskia zustimmend schnaubte.

Gerade als Gwen sich fragte, ob Connie ihr ein Vorstellungsgespräch nicht für einen Job, sondern für eine High-End-Swinger-Community vermittelt hatte, sagte Saskia plötzlich: «Also. Dann erzähle ich dir mal von Fred.»

«Ist Fred dein Partner?», fragte Gwen. «Oder ... dein Haustier?»

Saskia blinzelte irritiert. «Fred ist die *Firma*», antwortete sie. Dann fing sie an, sich vor Lachen auszuschütten. «Nun ja, in gewisser Weise!»

«Es tut mir so leid!», stotterte Gwen. «Connie hat das nie erwähnt. Ist es ein Akronym?»

«Nein, nein, nein», erwiderte Saskia. «Einfach nur Fred. Aber alles kleingeschrieben.»

«Ah», sagte Gwen, als würde das alles erklären. «Schön.»

«Also Gwen, was dein Tätigkeitsfeld betrifft», sagte Saskia – *Moment mal, war es das gewesen? War sie eingestellt?* –, «es handelt sich um eine Art halb kreative, halb logistische, halb ... leitende Unterstützungsfunktion. Wir sind an einem wirklich aufregenden Punkt, stehen kurz vor unserer ersten Investitionsrunde, und deshalb brauche ich jemanden, der sich im Büro richtig ins Zeug legt, solange ich herumlaufe und mit den Geldgebern flirte. Jemanden, der das Heft in die Hand nimmt und in der Lage ist, seine eigene Vision einzubringen. Jemanden, der keinen Babysitter braucht, verstehst du?»

«Sicher, absolut», sagte Gwen und wünschte sich, sie hätte ihren Kaffee selbst bezahlt.

«Aber ich weiß, du tanzt auf jeder Menge Hochzeiten! Deshalb dachte ich, wir könnten es zu Anfang ganz flexibel halten», fuhr Saskia fort. «Dann sehen wir, wie viel du übernehmen möchtest, damit du es mit deinen anderen Projekten unter einen Hut bringen kannst.»

«Mhm», machte Gwen und nickte, als hätte sie diverse andere Projekte.

«Ich würde dich natürlich in unseren Büroräumen unterbringen», sagte Saskia. «In den ersten Tagen finde ich es sehr hilfreich, wenn man am selben Ort ist, meinst du nicht auch? Man wirft mit Ideen um sich und sieht, was vielversprechend ist. Wir überlegen, bald in ein größeres Büro zu ziehen, aber das hängt natürlich von den finanziellen Mitteln ab!»

«Natürlich», echote Gwen. «Also, wo ist denn das Büro von fred im Moment?» *Konnte man etwas klein aussprechen?*

«In Gospel Oak», sagte Saskia. «Das ist doch nicht zu weit weg, oder?»

Nein, versicherte Gwen, das sei es nicht. Saskia redete weiter, aber Gwen hörte nicht mehr zu, denn vor ihrem inneren Auge entstanden Bilder von einem ganz anderen Arbeitsleben. Einem Leben, in dem sie wie ein anmutiger Schwan über die exklusiven Grenzen von Zone Zwei gleiten würde und nie wieder in die trüben Gewässer der echten City vordringen müsste. Sie würde zwischen den gut konservierten älteren Damen von Hampstead mit ihren straffen Wangenknochen und ihrer taufrischen, gebräunten Haut umherwandeln. Sie könnte in ihrer Mittagspause in den Hampstead Heath gehen, vielleicht vor der Arbeit im *Ladies' Pond* schwimmen. So etwas machte man dann doch, oder?

Gwen stellte sich vor, wie sie sich in Straßencafés zu Geschäftsessen traf, mit Schilf im Haar und einem Baguette, das aus ihrer Handtasche ragte. Vielleicht war dies die Belohnung, die sie nach sieben Jahren Neonlicht, Teppichfliesen, gammeligen Donut-Tellern und «Kennenlern-Meetings» mit Männern verdient hatte, die auf Socken im Büro herumliefen. Dieses Gespräch heute könnte der entscheidende Wendepunkt in ihrem Leben sein.

«Ich schicke dir die Karten mit unseren Brainstorming-Ideen rüber», sagte Saskia in diesem Moment. «Wirklich toll wäre, wenn du die bis Donnerstag ausarbeiten könntest, damit ich etwas habe, das ich Giles zeigen kann» – *wer war Giles?* –, «und dann am Freitag ins Büro kommen würdest, um alles durchzusprechen. Dann können wir dich nächste Woche an die anderen digitalen Objekte setzen.»

Digitale Objekte. Sie hatte jetzt digitale Objekte. Und ein Büro. Und einen Giles. Gwen nickte, gab zustimmende Geräusche von sich und sammelte ein paar übrig gebliebene Kuchenkrümel auf.

«Lässt sich das mit deinen anderen Verpflichtungen vereinbaren?», fragte Saskia.

Gwen dachte über ihre anderen Verpflichtungen nach. Sie stellte sich Brenda und Harvey mit Bluetooth-Headsets vor, wie sie an einem langen, gläsernen Konferenztisch Stapel von alten James-Patterson-Romanen abwischten. Asha, wie sie ungeduldig eine E-Mail tippte, in der sie Gwen um ihre Einschätzung bezüglich der neuesten Verschwörungstheorie um ein angebliches Promi-Baby bat. Kunden in Anzügen und mit Bowlerhüten, die Chips-Packungen in der Schuhauslage und mysteriöse Flecken auf dem Spiegel der Umkleidekabine hinterließen.

«Klar», sagte sie. «Das müsste gehen.»

Saskia lächelte breit und entblößte eine glamouröse Lücke zwischen ihren beiden Vorderzähnen. «Großartig, großartig. Toll.»

Erst später, als Gwen der völlig begeisterten Saskia hinterherblickte und dann an den Tresen zurückkehrte, um jetzt sich selbst einen Brownie zu bestellen, wurde ihr klar, dass sie keine Ahnung hatte, was die Firma tat. Oder herstellte. Oder war.

In unbeschwertem Optimismus gab sie «fred» bei Google ein. Das jedoch half ihr nicht weiter.

Wegwerfkamera

Finn war Künstler. Finn war Künstler, so wie alle seine Freunde Künstler waren, das heißt, er war der Überzeugung, dass er der Welt etwas Wichtiges und Dringendes mitzuteilen habe, er hatte nur noch nicht herausgefunden, was es war.

Er hatte sich an verschiedenen Medien versucht – Ton, Wandteppich, Batik, TikTok –, musste sich aber erst noch für die Ausdrucksform entscheiden, die sein wahres Ich voll zur Geltung bringen konnte und auch in sein Zimmer in einer WG in Clapton passte, das er inoffiziell zur Untermiete von einer australischen Drag Queen übernommen hatte. Barbie Q Prawn war nachts nur selten da, hatte aber starke Vorbehalte gegen pflanzliche Farbstoffe in der Nähe ihrer Perücken mit Spitzenbesatz.

Finn hatte keine Skrupel, seine laufenden Arbeiten zu Geld zu machen, denn jeder wusste, dass die Idee, Kunst umsonst zu verschenken, eine neoliberale Masche war. Infolgedessen kauften seine Freunde ihm eine ganze Menge seiner Arbeiten ab, und er war gezwungen, im Gegenzug eine ganze Menge von ihnen zu kaufen. Dadurch verlor er allmählich den Überblick darüber, welche Dinge er tatsächlich selbst erschaffen und welche er lediglich erworben hatte.

«Das ist ein interessanter Gedanke, oder?», hatte er kürzlich zu Li gesagt. «Wenn ich den wahren Wert eines Werkes erkenne und ihm eine Plattform gebe, bin ich dann nicht in gewisser Weise sein wahrer Schöpfer?»

«Nein», hatte sie geantwortet. «Es ist mein Bild, weil ich es gemalt habe. Schau», sie stupste mit der Spitze ihres Holzschuhs gegen die Leinwand und löste damit einen kleinen Glitzerregen aus. «Da steht mein Name drauf, neben den Eileitern.»

Als Finn die Einwegkamera fand, begeisterte sie ihn als eigenständiger Gegenstand. Seht sie euch an, ganz aus Plastik und grau! Ein Relikt aus einer Zeit, in der man nur zu besonderen Anlässen Fotos machte – Fotos waren eine optionale Zugabe und nicht der Maßstab, mit dem man die Höhen und Tiefen des Alltags maß.

Obwohl Brenda ihn darauf hinwies, dass man immer noch Wegwerfkameras kaufen konnte – in Drogerien gab es sie neben den Insektenschutzmitteln und den Kaugummis gegen Reisekrankheit –, kaufte Finn diese Kamera ihrer Authentizität wegen. Wegen des verblassten Fujifilm-Logos und des kleinen Warnhinweises an der Seite, auf dem «Keep cool» stand.

Ursprünglich hatte er vor, sie auf Partys mitzunehmen und

seine Freunde mit einem Medium einzufangen, das wunderbar zu ihren Radlerhosen und Schiebermützen passte. Aber er war noch erfreuter, als er entdeckte, dass der Film darin bereits voll war. Oder genauer gesagt, als Brenda ihm das kleine Fenster mit der Nummer zeigte – «27», so seltsam willkürlich und doch vielleicht irgendwie symbolisch? –, auf dieselbe Art, wie sie ihm bei seiner allerersten Schicht beigebracht hatte, wie die Sache mit den Chipkarten und der Pineingabe funktionierte, nachdem er einen verwirrten älteren Kunden aufgefordert hatte: «Drücken Sie einfach drauf, wenn Sie fertig sind, bitte.» Finn und Brenda waren gute Freunde.

Die Vorstellung, dass diese kleine Plastikschachtel seit zwanzig Jahren die Erinnerungen eines anderen Menschen bewahrte, erschien Finn aufregend romantisch – er hatte eine fatalistische Ader, die kürzlich durch die Affäre mit einer Amateurschamanin kultiviert worden war, und eine voyeuristische Ader, die durch einen alleinerziehenden Vater kultiviert worden war, der viele Dates gehabt hatte und nicht an verschlossene Türen glaubte. Vielleicht würde das zu seiner Kunst führen?

«Da fällt mir ein, ich habe meine Kamera im Urlaub mal einem Typen gegeben, der genauso aussah wie Steven Seagal», sagte Brenda, während sie die Kamera in die Kasse eingab. «Und als wir die Fotos abholten, waren nicht Roy und ich im Parthenon drauf, sondern ausschließlich seine – hallo, meine Liebe, der graue Pulli soll es sein? Bin auf dem Weg.»

Als Finn die Kamera schließlich zum Drogeriemarkt brachte, hatte er den Inhalt in seiner Vorstellung bereits in einem nicht gerade hilfreichen Ausmaß aufgebauscht. Er stellte sich Skandale, Morde, unglaublich schöne Menschen vor, die abscheuliche Taten vollbrachten – oder andererseits ruhige, romantische, inhaltslose Szenen, wie sie in Galerien und im Guardian zu sehen waren. Tankstellen in abgelegenen Gegenden, die in den USA oder genauso gut in der UdSSR liegen konnten. Klobige alte Autos, die über sepiafarbene Highways brausten, und glasäugige Kinder, die auf unbefestigten Straßen ihre Teddybären umklammerten.

Er war dann enttäuscht, als die Fotos eine Reihe normaläugiger Kinder zeigten, in einem Wasserpark und mit Slushis in den Händen.

Es gab Einzelporträts (ein Kind, das seine Augenlider umstülpte und die untere Zahnreihe in die Kamera fletschte) und Gruppenaufnahmen (dasselbe Kind, das sich schreiend in die Haare eines kleinen Mädchens verkrallte). Es waren auch Stillleben dabei: eine Portion Pommes mit Ketchup und Mayonnaise, ein gelbes Teletubby, das halb im Sand vergraben war, und ein Paar Füße, das von der Sonne braunweiß gestreift vor einem wolkenverhangenen grauen Himmel in der Luft schwebte. Die Füße waren fast schon interessant, dachte Finn und stellte sich die Bildunterschrift vor, die er in etwa so formulieren könnte: «Konzeptionen des Selbst in der Ära vor dem Smartphone».

Dann blätterte er zum vorletzten Foto und sah sich mit dem verschwommenen Bild eines nackten Arsches konfrontiert, der halb von Büschen verdeckt war und dessen Besitzer eine Frau umschlang, die einen Bacardi Breezer wie eine Granate auf Armeslänge von sich hielt. Es war wunderschön, exquisit in seiner Schmuddeligkeit.

Finn betrachtete die historischen Details – das Haargel, das Kettenhemd, die Cargohose, die als Haufen auf einem

Paar Reebok Classics lag – und beschloss, dieses Bild rahmen zu lassen. Barbie Q würde es lieben. Brenda möglicherweise auch.

33.

Gwen war gestresst. Nach ausgiebiger digitaler Recherche war es ihr gelungen, Saskia auf Facebook, LinkedIn und als aktives Mitglied eines Forums für Innenarchitektur namens «Farrow & Ballers NW3» ausfindig zu machen. Aber Klarheit über fred (*fredd? frhed?*) war nicht zu erlangen.

Wenn für die Stelle spezielle technische Kenntnisse erforderlich gewesen wären, die Gwen nicht besaß, wäre das sicher schon zur Sprache gekommen. Saskia kannte ihren Lebenslauf. Sie wusste, dass Gwens beruflicher Werdegang mit einer Aushilfsstelle an der Rezeption begonnen und dann einen moderaten Aufstieg von einem Job bei einer Agentur für Medienbeobachtung bis hin zu einer Beratungsfirma genommen hatte, die auf Aufklärungskampagnen für Kommunen spezialisiert war («Sie sagt den Leuten, wann sie ihre Mülltonnen rausstellen sollen», hatte Marjorie es einmal einer Nachbarin erklärt), bevor sie ihre Arbeit bei Invigorate antrat. Das bedeutete, dass Gwen wohl keine Kenntnisse über das endokrine System oder so etwas wie einen Lkw-Führerschein vorweisen musste.

Doch selbst wenn fred nur ein weiteres Unternehmen war, das irgendeine Art von Content-Marketing anbot – was vielleicht nicht der Fall war! –, war Gwen sich nicht sicher, ob sie diesen Job noch machen wollte. Falls sie das jemals gewollt hatte. Im Nachhinein betrachtet, war es von Saskia beinahe herablassend anzunehmen, dass Gwen einfach an Bord kommen würde, ohne auch nur einen flüchtigen Blick auf die Jobbeschreibung geworfen zu haben.

Noch unhöflicher war, dass vierundzwanzig Stunden später immer noch nichts in ihrem Posteingang aufgetaucht war. Gwen war kurz davor, die ganze Sache als koffeinhaltige Fata Morgana abzutun, als um Mitternacht eine E-Mail eintraf:

«Für dich!! xS».

Im Anhang der E-Mail befanden sich mehrere Dokumente – eine Reihe von Branding-Richtlinien mit Pantone-Referenzen für verschiedene Kitt- und Taupe-Töne, ein Audiofile, in dem erklärt wurde, dass fred «witzig, aber warm, freundlich, aber verbindlich, umgangssprachlich, aber nicht übermäßig leger» sei, sowie ein einzelnes Dokument mit der Überschrift «Wer ist fred?». Gwen schickte ein stilles Stoßgebet gen Himmel, bevor sie sie öffnete.

fred ist eine ganz neue Erfahrung, las sie. *fred ist keine Einheitsgröße. fred ist für all die Menschen, aus denen du bestehst. fred ist für dein Gestern, dein Heute und dein Morgen.*

«Verdammt noch mal», hauchte Gwen.

fred ist Erzählkunst für Menschen, die keine Zeit für Geschichten haben. fred ist eine neue Familie. fred ist der Freund, den man sich wünscht, und der Liebhaber, den man nie hätte gehen lassen sollen.

Gwen grub die Fingernägel in ihre Oberschenkel.

fred ist in der Natur verwurzelt, aber voll optimiert. fred verpflichtet sich zu radikaler Transparenz. fred hat keine Angst, Aufsehen zu erregen.

Gwen biss sich fest auf den Fingerknöchel.

fred ist eine App.

Eine App! Natürlich war es eine App!

... aber anders als jede andere, die du kennst.

Gerade als sie kurz davor war, ihren Laptop an die Wand zu werfen, bemerkte sie eine URL am unteren Rand der Seite. Diese leitete sie zu einer Warteseite – *bleib dran, fred kommt bald* –, die mit einem Instagram-Account verlinkt war – sechs taupefarbene Kacheln, die jeweils ein Fragment des Wortes «fred» enthielten – und mit einer Twitter-Seite, die aus identischen, an Fernsehmoderatoren und Podcast-Hosts gerichteten Tweets bestand, die lauteten: *«Hi @Name, wir würden dir gern mehr über fred erzählen.»*

«Erzähl MIR mehr über fred!», flehte Gwen das Universum an. Sie starrte auf ein leeres Dokument, bis es vor ihren Augen zu tanzen begann. Sie schrieb drei allgemeine Absätze darüber, wie man in einer übersättigten digitalen Landschaft den Durchbruch schafft, und setzte sie dann in Schriftgröße 14. Sie las einen langen Artikel über eine Frau aus Wisconsin, die ihre gebrauchten Reinigungstücher im Internet an Männer verkaufte und damit zur Millionärin geworden war. Sie ging ins Bett.

Als sie am nächsten Morgen aufwachte, fand sie eine weitere E-Mail von Saskia, die um fünf Uhr siebenundvierzig abgeschickt worden war.

Sie lautete: «Habe vergessen, die Kurzdarstellung anzuhängen, sorry! xS».

Vase

Es handelte sich um ein Objekt, das einem in einem Raum auffällt, und daher auch um ein Objekt, bei dem einem auffällt, wenn es weg ist.

Etwa 30 cm hoch, aus geschwungenem Ton, in leuchtenden Farben bemalt und mit einem Chor aus fetten tanzenden

Tulpen um die geschwollene Mitte. Eine Vase, die so dekorativ war, dass sie meist leer blieb, weil sie die echten Blumen in ihr zu verhöhnen schien.

Jahrelang war man davon ausgegangen, dass es sich um eine Clarice Cliff handelte, bis Lucindas Mutter sie zu der Antiquitäten-Roadshow in Bramber Castle mitgenommen hatte und ihr am Sonntagabend vor Fiona Bruce und den Zuschauern unter erheblicher Verletzung ihres Stolzes gesagt wurde, dass dem nicht so sei.

«Bewundernswert, zweifellos!», hatte der Keramikexperte versucht, den Schlag abzumildern, doch Lucindas Mutter hatte ihn mit einem Blick bedacht, den sie auch den Hunden zuwarf, wenn sie einen toten Vogel hereinbrachten. «Und es ist eine so gute Nachahmung, dass es kaum ins Gewicht fällt!»

Die Vase hatte, solange sie denken konnte, auf dem Kaminsims ihrer Großmutter gestanden, zwischen dem Hochzeitsfoto ihrer Eltern – die natürlich längst geschieden waren, aber in ihrer Familie hatte die Wahrheit einer guten Optik noch nie im Wege gestanden – und einer Reiseuhr, die ihr Großvater bei seiner Pensionierung von Legal & General geschenkt bekommen hatte. Die Uhr war angeblich wertvoll, aber insgeheim hatte Lucinda immer gedacht, dass sie genauso aussah wie diejenigen, die man beim Abschluss einer Premium-Lebensversicherung geschenkt bekam. Vielleicht hatten sie sie von June Whitfield segnen lassen.

Die Vase passte nicht so recht zum Rest des Zimmers, denn sie war mutig und farbenfroh, während der Rest des Zimmers aussah wie hochgezogene Augenbrauen in Inneneinrichtungsform. Alles war in Beigetönen gehalten, auf jeder Sessellehne ein steifer Schonbezug und auf dem Beistelltisch, wo eigentlich die Fernbedienung liegen sollte, ein Apfel aus geschliffenem Glas.

Einmal, Lucinda war nicht älter als vier Jahre, hatte sich Lucinda am Ostersonntag hinter das Sofa erbrochen. Ein klebriger brauner Schwall halb zerkauter Cadbury-Schokolade, schnell verdünnt von Tränenfluten. Sie erinnerte sich an das Geschrei und an die Ohrfeige – nur eine einzige, vor der Hintertür verabreicht, eine Ohrfeige, die in der ganzen Sackgasse widerzuhallen schien, sodass sie die Scham noch vor dem Schmerz spürte.

Sie erinnerte sich an die wütend zusammengepressten, weißen Lippen ihrer Mutter auf der Heimfahrt, und sie erinnerte sich an den nagelneuen Teppich bei ihrem nächsten Besuch, rehbraun mit kleinen rosa Rosen, den trotz des unverkennbaren Geruchs der Plastikunterlage niemand erwähnte. Sie war erleichtert, nicht mit dem Geist ihres Vergehens konfrontiert zu werden, von der Putzfrau ihrer Großeltern in Grund und Boden geschrubbt – aber sie war auch verletzt, als ihr klar wurde, dass sie lieber alles herausreißen und neu kaufen würden, als im Haus Spuren ihrer Existenz zu tolerieren. Ihres Adoptiv-Enkelkindes.

Nicht lange danach fing das mit den Diebstählen an. Zuerst waren es kleine, unbedeutende Dinge – Brühwürfel aus der Schachtel in der Speisekammer, Prospekte aus dem Regal im Postamt, Tampons aus der Frisiertischschublade ihrer Mutter, die aussahen wie riesige Ausgaben des Karamellfingers aus der Quality-Street-Dose, sich aber bloß als hervorquellendes Teddybärfüllmaterial entpuppten. Dann folgten größere Dinge, wobei sie den Adrenalinstoß genoss, der mit jeder neuen kleinen Trophäe einherging. Kleingeld aus dem Topf, den ihr Vater in seinem Arbeitszimmer aufbewahrte. Die nagelneue Schildpatt-Haarspange einer Mitschülerin nach dem Sportunterricht. Nagellacke, die sie im Kiosk mit einer geschickten Handbewegung von der Vorderseite von Zeitschriften ablöste.

Sie bewahrte alles in einem Schuhkarton unter ihrem Bett auf, den sie nur dann hervorholte, wenn es ihr besonders gut ging oder wenn das Geschrei und Gepolter von unten ihr zu viel wurden. Lange Zeit beschränkte sie sich auf kleine Beute, weil sie sich einredete, dass sie, solange alles sicher in einen Karton passte, auch ihre Schuldgefühle wegpacken konnte.

Als sie ein Teenager war, wurden die Gegenstände größer, dafür wurden die Diebstähle seltener und gezielter. Sie dienten weniger einem Gewinn als dazu, etwas loszuwerden: ein erstickendes, aufgestautes Etwas. Ihre Freundinnen hielten sich dazu manchmal Rasierklingen an die Oberschenkel. Das Portemonnaie der beliebten Lehrerin, die sie bei der Wohnheiminspektion gedemütigt hatte. Das Armband der Frau mit der steifen Frisur, die beim Elternwochenende einen lüsternen Finger durch die Gürtelschlaufen ihres Vaters geschoben hatte. Lippenstifte aus der Dorfdrogerie, wo man sich geweigert hatte, ihr Kondome zu verkaufen. Die Chanel-Ohrringe der betrunkenen Cousine, die sie auf der Goldenen Hochzeit bedrängt, ihr Haar angefasst und sie gefragt hatte, ob es nicht an der Zeit sei, «ihre richtige Familie zu suchen».

Heutzutage tat sie es so selten, dass es sie jedes Mal schockierte, wenn der Impuls zurückkehrte. Manchmal begriff sie nur dadurch, dass sie wütend war – durch ein verräterisches Zucken in ihren Fingern, wenn anderen Menschen vielleicht die Tränen in die Augen stiegen.

Gestern Abend, als sie aus der Küche die gemurmelten, gemeinen Worte über sich gehört hatte (ihre Großmutter war jetzt taub, auch wenn sie sich weigerte, das zuzugeben), hatte sie ganz still dagesessen und die Hände zu Fäusten geballt, bis ihre Knöchel weiß wurden. Sie hatte ein paar Sekunden lang dem Ticken der Reiseuhr gelauscht, bevor sie dem Drang nachgegeben hatte.

Heute Morgen, nachdem sie sie sorgfältig in Zeitungspapier eingewickelt, in eine Tragetasche gesteckt und seelenruhig auf dem Tresen des Sozialkaufhauses abgestellt hatte – «hier sind ein paar alte Sachen für Sie» –, hatten ihre Hände eine Stunde lang gezittert. Sie zog gerade die ausgefransten Bündchen ihres Sweatshirts darüber, als ihre Mutter im Türrahmen auftauchte.

«Lucinda», sagte sie scharf und hielt die Hand über die Muschel des Festnetztelefons, auf dem sonst niemand anrief. «Hast du eine Ahnung, wo Großmutters Vase geblieben ist? Die Clari..., die bunte, vom Kaminsims.»

Lucinda runzelte die Stirn, als versuchte sie sich zu erinnern, und antwortete dann: «Vase? Nö. Keine Ahnung.»

Ihre Mutter sah sie eine Sekunde lang an, gerade lange genug, um zu begreifen und sie verstehen zu lassen, dass sie begriffen hatte.

Sie hatte gelogen. Aber sie hatte es so perfekt getan, dass es kaum eine Rolle spielte.

34.

Die Büroadresse war nicht, wie sie angenommen hatte, ein hübsches kleines Loft in Hampstead, das über einem Immobilienmakler und einer Filiale von JoJo Maman Bébé lag, sondern ein Haus. Oder zumindest sah es aus wie ein Haus. Ein weißer modernistischer Zuckerwürfel am Ende einer Reihe viktorianischer Reihenhäuser.

Saskia hatte sich das Telefon zwischen Schulter und Ohr geklemmt, als sie Gwen die Tür öffnete, formte mit den Lippen die Worte «Hi, hiii» und zog eine entschuldigende Grimasse. Sie trug eine Lederhose und eine voluminöse weiße Bluse mit Rüschen um den Kragen – ungewöhnlich, wenn man bedachte, dass draußen siebenundzwanzig Grad herrschten. Eine neonfarbene Baseballkappe und ein Paar klobiger, kreidebunter Turnschuhe vervollständigten den Look nicht, sondern erweckten eher den Eindruck, als sei Lord Byron in einen Pez-Spender verwandelt worden.

Als Gwen eintrat, ließ sich bestätigen, dass das, was von außen wie ein Haus aussah, im Inneren ganz eindeutig ein Haus war. Ein riesiger Strauß Hortensien stand auf einem Tisch in der mit Parkett ausgelegten Diele, die sich bis zu der strahlend weißen Küche mit Glasdach dahinter erstreckte. Vielleicht war das Büro ganz in der Nähe, und sie trafen sich einfach nur hier, bevor sie dorthin aufbrachen? Vielleicht hatte sich Gwen versehentlich auf die Stelle als Saskias neues Kindermädchen beworben.

Während Saskia ihr Telefonat in einem Schwall von «Ja, jupp, genau, ja richtig» fortsetzte, betrachtete sich Gwen in einem großen, runden Spiegel. Ihr Pony teilte sich in zwei verschiedene Richtungen, und es war unmöglich zu sagen, wo ihr Hitzeschweiß aufhörte und ihr Nervositätsschweiß anfing. Sie war sich des Geruchs ihres eigenen BHs deutlich bewusst.

Endlich legte Saskia auf, wandte sich um und begrüßte sie. «Hi! Entschuldigung! Willkommen im Irrenhaus!» Gwen blickte sich nach Zeichen des Wahnsinns um, konnte aber außer einer benutzten Kaffeetasse und einer leicht schief liegenden Ausgabe der *Elle Decoration* nichts entdecken.

«Ich bin so froh, dass du hier bist», fuhr Saskia fort. «Es gibt einfach, ach, so viel zu tun, es wird toll, ein weiteres Paar Hände zu haben, das mit anpackt. Kaffee? Wein?»

Es war zehn Uhr morgens. Gwen fragte sich, ob das mit dem Wein ein nervöser Tick war. Sie bat um ein Glas Wasser, und Saskia füllte ein sehr kleines Trinkglas aus einer Brita-Kanne. Gwen trank es in zwei Schlucken aus und hielt das leere Glas noch in der Hand, als Saskia sie verwirrenderweise in den Garten führte.

«Und hier ... ist das Büro!», verkündete Saskia. «Ta-da!» Sie deutete auf eine bescheidene, in schönem Blaugrau gestrichene Hütte im hinteren Teil des Gartens.

«Die ...? Oh! Okay, gut. Ich verstehe», sagte Gwen, denn plötzlich verstand sie. Plötzlich ergab vieles einen Sinn.

«Natürlich bin ich den ganzen Tag unterwegs, du wirst den Raum also oft für dich allein haben», sagte Saskia, führte sie zur Hütte und trat die Tür auf, die ein wenig im Rahmen klemmte. Gwen folgte ihr hinein. «Platz» war eine interessante Wortwahl. Im Inneren der Hütte roch es stark, wenn auch nicht unangenehm, nach Rindenmulch. Es gab zwei Schreibtische, die im rechten Winkel zueinander standen, zwei teuer aussehende Bürostühle mit Rollen und flexibler Lendenwirbelstütze, einen Dyson-Ventilator, ein paar Farbdosen und einen riesigen Plastiksack, auf dessen Etikett *Premium Luxus Mulch* stand.

«Natürlich ist das ein bisschen ungeschliffen, aber es ist viel schöner als so ein schreckliches, seelenloses Firmenaquarium, nicht wahr?», sagte Saskia. Gwen wurde von einer plötzlichen Sehnsucht nach ihrem schrecklichen, seelenlosen Firmenaquarium ergriffen. Bei Invigorate war sie zwar vertraglich zu einer Clean-Desk-Policy verpflichtet gewesen, aber wenigstens hatte niemand versucht, darunter Mulch zu lagern. Saskia schien

Gwens Schweigen als ehrfürchtige Begeisterung aufzufassen und fuhr fort.

«Das WLAN ist hier draußen ein bisschen wackelig, aber wenn du Probleme damit hast, kannst du jederzeit ins Wohnzimmer gehen, um E-Mails und so weiter zu verschicken. Graham wird nichts dagegen haben. Und du kannst die Nespresso-Maschine benutzen, wann immer du willst, außer, Magdalena reinigt sie gerade. Und natürlich ist der Trog mit den Snacks immer gut gefüllt.» Dabei deutete sie auf den kleinen Korb von Fortnum & Mason auf dem Schreibtisch, in dem sich ein Beutel Mini-Schokoriegel und eine Packung Popchips befanden. «Ich muss meine Arbeitsbiene doch bei Kräften halten!»

In diesem Moment erschien vor dem Fenster ein Mann mittleren Alters in grauer Weste, Tarnshorts und Timberland-Stiefeln und schwang eine Kettensäge. «Ah», dachte Gwen ruhig. «So sterbe ich also.»

«Ist das Graham?», fragte sie, als der Mann zum anderen Ende des Gartens weiterging und einen Baum zu zersägen begann.

«Graham? Was, wo?» Saskia zuckte leicht zusammen. «Ach so! Nein, das ist Olek. Der Gärtner.»

Olek, der Gärtner, das klang wie eine Kindersendung im Fernsehen. Bei der Hitze in der Gartenhütte und den Schokoladendämpfen, die aus dem Futtertrog aufstiegen, fragte sich Gwen, ob sie kurz vor einem dissoziativen Anfall stand. *Gwen und der Schuppen. Gwen, die fleißige Arbeitsbiene.* Eine grässliche Vision tauchte vor ihrem inneren Auge auf: sie selbst als Marionette mit schlaffem Kiefer, die auf Saskias ledernem Knie saß. Ihr wurde ganz schwummerig zumute.

«Sollen wir die Dokumente durchgehen?», fragte Saskia jetzt und setzte sich etwas ungeduldig auf einen der ergonomischen Stühle. Gwen setzte sich neben sie – in der Enge des

Büroschuppens berührten sich beinahe ihre Knie – und klappte ihren Laptop auf. Sie musste an den unglücklichen Auftritt bei der Kindertalentshow im Freizeitpark vor dreißig Jahren denken und fragte sich, ob sie sich wohl jetzt noch retten könnte, indem sie eine dreiminütige Freestyle-Disco-Nummer zu Belinda Carlisles *Leave The Light On* aufs Parkett legte.

Gwen stammelte irgendetwas in die Richtung, dass ihre Ideen noch nicht ausgereift seien – *eigentlich eher Prä-Ideen, Ideenchen, spekulative Grübeleien* –, und verbrachte einige Sekunden damit, dass sie die Textgröße änderte und den Laptop-Bildschirm im richtigen Winkel adjustierte. Schließlich konnte sie es nicht länger hinauszögern, also überreichte sie den Computer und sah Saskia beim Lesen zu. Die scrollte weiter und murmelte dabei leise Wörter vor sich hin. «Aktivierung.» «Gegenseitige Befruchtung.» «Influencer-Ansprache.»

Erstaunlicherweise schien Saskia zufrieden zu sein. «Großartig. Toll. Giles wird das sicher viel besser verstehen als ich, aber es sieht ganz danach aus, als hättest du einen wirklich soliden Start hingelegt.» Hatte sie das? Gwen fragte sich, ob sie wirklich viel klüger war, als sie dachte, oder ob alle anderen einfach nur dümmer waren.

Sie wollte gerade fragen, wer Giles war, als Saskia verkündete: «So, ich muss los. Tut mir leid, ein verrückter Tag! Aber du kannst hierbleiben, dich einrichten, die Telefone im Blick behalten.»

«Es gibt Telefone?», fragte Gwen und drehte sich suchend um, wobei sie die Kontrolle über ihren Stuhl verlor. Saskia sah sie genau so an, wie Eliza May Fletcher sie immer angesehen hatte.

«Nein, nein, im übertragenen Sinn! Ha! Obwohl, wenn es dir nichts ausmachen würde, nach dem Mann von Amazon Ausschau zu halten, wäre ich dir sehr dankbar. Und ich schicke dir ein paar kleine Aufträge rüber, mit denen du dich beschäftigen kannst.»

Dann verschwand sie. Es war unklar, ob sie das Haus verlassen hatte oder drinnen herumschlich und sich um dringendere häusliche Angelegenheiten kümmerte. Gwen blieb eine Weile sitzen, fächelte ihren Hals und stellte ihre Lebensentscheidungen infrage. Einen Moment lang fing Olek durch das Fenster hindurch ihren Blick auf und zuckte mitleidig mit den Schultern.

Nach ungefähr zwanzig Minuten traf eine Nachricht ein.

«Also Gwen was echt super wäre wenn du für mich rechtefreie Bilder suchen könntest die wir für die Website nehmen könnten – irgendwas das zu den visuellen Guidelines von fred passt und nicht zu sehr nach Stockfoto aussieht aber vor allem umsonst ist okay?? Du bist meine Lebensretterin! xS»

Das war eine der Aufgaben, die man bei Invigorate den Praktikanten übertragen hatte. Es war üblicherweise Panik ausgebrochen, wenn die Rezeption anrief und verkündete, eine neue Praktikantin sei eingetroffen. Die Leute wühlten hastig nach Einstiegsaufgaben, die anständig genug waren, um als «Arbeitserfahrung» durchzugehen, die man aber nicht länger erklären musste, als man brauchen würde, um sie selbst zu erledigen. Sie hatten das «Scheiße-Schürfen» genannt.

Bei den Praktikanten handelte es sich in der Regel entweder um Oberstufenschüler aus der Nachbarschaft oder um die Neffen und Nichten von Vorstandsmitgliedern der Agentur. Alle waren an ihren Schuhen zu erkennen: Erstere trugen schicke Schnürschuhe und Loafer, die anderen kunstvoll verschmuddelte Gucci-Sneaker. Wenn sie sie nach sechs Uhr abends an ihren Schreibtischen hatte sitzen sehen, die Panik in ihren hellen jungen Augen erleuchtet vom Schein eines Laptop-Bildschirms, wie sie sich damit abmühten, irgendeine unsinnige Aufgabe zu erledigen, hatte Gwen oft den Drang verspürt zu beichten. Sie hätte sich gern vorgebeugt und geflüstert: «Psst ... das interessiert niemanden!»

Aber das hätte die Illusion zerstört und das gesamte berufliche Ökosystem zum Einsturz gebracht. Und was dann? Stattdessen hatte sie sie «Lebensretter» genannt und nach Hause geschickt.

Und hier saß sie nun und war selbst zur Lebensretterin geworden. In einem Schuppen, mit einem noch undefinierten Gehalt bei einem noch undefinierten Unternehmen, und es fühlte sich verdächtig so an, als sollte sie nach Scheiße schürfen. Oder wenigstens nach hochwertigem Luxusmulch.

Langsam, halb in der Erwartung, dass sie es sich jeden Moment anders überlegen würde, steckte Gwen ihren Laptop zurück in die Tasche, stand auf und verließ den Schuppen. Im Vorbeigehen winkte sie Olek vorsichtig zum Abschied zu und verließ leise durch ein Seitentor das Grundstück.

Dann begann sie zu rennen.

Schlips

«Ich spiele die erste Rolle in dem Stück», sagte er und rannte aus dem Tor, wobei seine Sporttasche auf dem Asphalt hinter ihm her geschleift wurde.

«Meinst du die Hauptrolle?», fragte Greg.

«Nein, die erste Rolle! Roxy Robinson. Ich werde gleich am Anfang umgebracht.»

«Umgebracht? Gleich zu Beginn?»

«Na ja, umgespritzt», erläuterte Louie geduldig. «Wir erschießen uns gegenseitig mit Sprühsahne, Dad, nicht mit Pistolen.»

«Alles klar», sagte Greg.

«Weil wir nur Kinder sind, dürfen wir keine Waffen nehmen.»

«Verstehe.»

Louie hatte wenigstens Text in dem Stück – drei Zeilen, bei denen es sich hauptsächlich um das Wort «Boss» handelte. Trotzdem hatten er und Greg Spaß daran, den Gangsterslang zu perfektionieren, und sie unterhielten sich darüber, wie Roxys Kinn vor Angst zittern könnte, bevor er sein böses Ende fand.

«Ich muss richtig gut schauspielern, oder, Dad?», fragte Louie.

«Klar», pflichtete ihm Greg bei.

«Die Sache ist nämlich die», fuhr Louie fort, «ich mag Sprühsahne eigentlich ganz gerne.»

Was Kostüme anging, wollte Greg nur ungern Geld für etwas ausgeben, das nur volle zwei Minuten lang zu sehen wäre und dann auf dem Boden eines Mietcontainers entsorgt werden würde. Zumal Bugsy Malone zumindest teilweise deswegen ausgewählt worden war, weil die Kinder darin die zu großen Kleider ihrer Eltern tragen und hinreißend aussehen konnten, ohne dass es zu Spannungen zwischen den Familien kommen würde, die sich angemessene Kostüme leisten konnten, und denen, die das nicht konnten. Selbst der kleine Teil des Elternbeirats, der sich über die Hypersexualisierung von Tallulah beschwert hatte, und die Gruppe, die das Fehlen einer laktosefreien Alternative zur Sprühsahne bemängelt hatte (es gab eine erhebliche Überschneidung), mussten zugeben, dass das Ganze niedlich werden würde.

Greg wusste allerdings nichts davon, weil er nicht zu den Elternabenden ging. Greg hatte sich nicht als Weg-zum-Bus-Begleitung gemeldet und auch nie etwas zur WhatsApp-

Gruppe beigetragen. Er wusste nicht, welches Kind aus der
Klasse eine Nussallergie hatte oder wie man am effektivs-
ten nach Nissen kämmt, und auch nicht, dass Gabriella und
Shappi ihn in ihren zickigeren Momenten als AMV bezeich-
neten. Absolut minimalverantwortlicher Vater. Allerdings
hatten sie, nachdem er in Badehose auf Milo Pevensies
Schwimmbadgeburtstagsalbtraum erschienen war, auch
beide zugegeben, dass sie ihn nicht von der Bettkante
schubsen würden.

Da er selbst keinen passenden Schlips im Schrank hatte –
nur ein altes gestricktes Exemplar aus seinen Mod-Zeiten
und eine mottenzerfressene mit Paisleymuster –, ging Greg
mit Louie zum Sozialkaufhaus in der Nähe seiner Schule,
um eine zu besorgen. Auf diese Weise erwarb Roxy Robinson
eine marineblaue Polyesterkrawatte für 2,40 Pfund,
und Greg sah zum ersten Mal seit elf Jahren Michael wieder.
Er schaute immer noch ein bisschen zu gut aus für seine
schäbige Umgebung, genau wie damals in dem 24-Stunden-
Imbiss.

Auf diese Weise, sagte sich Greg, wurden Helikopter-Eltern
bestraft.

35.

Gwen rannte, bis sie das Ende von Saskias Straße erreicht hatte,
wo ihr dürftiges Fitnesslevel über ihren Adrenalinspiegel siegte
und sie zwang, anzuhalten und langsamer zu gehen. Sie versuchte sich nicht vorzustellen, wie ihr Herz wild und lebens-
gefährlich gegen ihren Brustkorb hämmerte wie einer dieser
Punching-Luftballons auf einem Jahrmarkt.

Gwen hatte immer geglaubt, sie könne in Gefahrensituationen – etwa bei einem Brand oder einer Zombie-Apokalypse – auf so etwas wie eine besondere, übermenschliche Kraftreserve zurückgreifen, mit der sie sich in Sicherheit bringen würde. Betrüblicherweise musste sie nun feststellen, dass dies nicht der Fall war. Aber zumindest für ein paar Sekunden, bevor sich ihre Lunge mit Schleim gefüllt hatte und ihre Gliedmaßen schreiend zu protestieren begonnen hatten, hatte es sich irgendwie wunderbar angefühlt.

Wann war sie zuletzt irgendwohin gerannt? Die Erinnerung an ein grauenerregendes High-Intensity-Intervalltraining in der Agentur kam ihr in den Sinn: Gwen war gezwungen gewesen, mit einer Gruppe von Junior-Kundenbetreuern in fleischfarbenen Radlerhosen teamfördernde *Ass Crunches* zu machen. Aber Laufen um des Laufens willen? Einfach so? Nicht mehr seit ihren Zwanzigern. Nicht mehr seit – und jetzt stach es ihr dermaßen ins Auge, dass sich ihr Magen auf Talfahrt begab, als wäre sie versehentlich über eine Bordsteinkante getreten –, nicht mehr seit Luke.

Sie ging schnaufend weiter, bis sie die nächste Ladenpassage erreichte und ein Café fand. Das wiederum, so überlegte sie, würde ihr eine plausible Ausrede bieten, falls sie Saskia in die Arme lief.

Es war 11.05 Uhr, und das Café war fast leer. «Hi! Was darf ich Ihnen bringen?», fragte der Mann hinter dem Tresen, bevor sie Gelegenheit gehabt hatte, einen Blick auf die Speisekarte zu werfen. Gwen hasste das. Verärgert bestellte sie ein Sandwich, das sie nicht haben wollte, und aß es missmutig auf einer Bank.

Während sie kaute, dachte sie an das Sandwich, das sie sich stattdessen gewünscht hätte – und konzentrierte sich so sehr auf den Geschmack und die Beschaffenheit des anderen Sandwichs, dass das Sandwich in ihrem Mund zu Sägemehl und Klebstoff wurde. Von den vielen tausend Mahlzeiten, die sie im Laufe ihres Lebens zu sich genommen hatte, hatte sie nur fünf bis zehn Prozent hinterher nicht bereut, schätzte Gwen. Etwa zwanzig Prozent lösten solche Zerknirschung aus, dass sie einen ganzen Abend oder einen Urlaub ruinieren konnten. Der Rest sorgte bis zu zwei Stunden lang für Verdruss.

Auf der anderen Straßenseite parkte ein Krankenwagen, Sanitäter und Gaffer drängten sich um eine reglose Gestalt auf dem Bürgersteig. Zeitgleich vollführte ein Bootcamp-Trainingsteam auf einem kaum zwei Meter entfernten Rasenstück Hampelmänner. «Noch mal! Und noch mal!», brüllte der Trainer, und in diesem Kontext erschien Gwen alles an dem gesunden Elan der Leute widerwärtig.

Sie wandte den Blick von beiden Grüppchen ab und schaute stattdessen in den Himmel. Der Mond war am helllichten Tag zu sehen, was eigentlich immer unangenehm war. Eine dünne, wässrige Mondspur, die fast verlegen aussah, als wollte sie sagen: «Ich sollte nicht hier sein.»

«Ich auch nicht», antwortete Gwen.

Nachdem sie das Sandwich aufgegessen hatte, holte sie ihr Handy heraus und tippte eine E-Mail an Saskia, in der sie erklärte, dass sie sich von dem Jobangebot sehr geschmeichelt fühle, aber leider nach reiflicher Überlegung doch nicht davon ausgehen könne, dass der Job sich mit ihren anderen Projekten vereinbaren ließe. Wie schade! Sie drückte auf «Senden» und hielt den Atem an, als die Nachricht aus ihrem Postausgang rauschte. Sie machte sich nicht einmal die Mühe, den «Gesendet»-Ordner anzuklicken, um die Mail noch einmal auf Tonfall und Tippfehler hin zu überprüfen. Stattdessen schaltete sie ihr Handy auf Flugmodus und fühlte sich sofort besser.

Auf dem Weg zur U-Bahn blieb Gwen vor einem Eiswagen stehen. Es war ein zweitklassiger Wagen, der anscheinend kein Markeneis führte, sondern nur Billigsorten («Big Choc» anstelle von Magnum, «Brill» anstelle von FAB), also kaufte sie in einem Anflug von Nostalgie ein Limonadeneis am Stiel. Es machte sie selig, solange sie daran schleckte, und danach fühlte sie sich durstig und klebrig.

Als sie zu Hause ankam, leicht berauscht von Zucker und Freiheit, traf sie im Eingangsflur auf Heather von unten, die die Post sortierte. «Hi, Heather!», hörte sie sich sagen.

«Hi, äh, Gwen», erwiderte Heather mit der Andeutung eines Fragezeichens, und Gwen war froh, mit einem Lächeln bestätigen zu können, dass dies tatsächlich ihr Name war. Sie tauschten Banalitäten aus – *war es nicht heiß, so heiß, zu heiß, obwohl sie jetzt doch vorhergesagt haben, dass es regnen wird –*, und Heather sagte, sie hoffe, die Kinder hätten gestern Abend nicht zu viel Lärm gemacht, und Gwen versicherte ihr frohgemut, dass sie das nicht getan hatten (obwohl sie es sehr wohl getan hatten).

«Das da sieht nach was Schönem aus», sagte Heather, reichte ihr ein paar Briefe und wies auf den dicken silbernen Umschlag obenauf. «Sieht aus wie eine Einladung.»

Gwen öffnete sie an Ort und Stelle, da sie das Gefühl hatte, Heather eine Antwort zu schulden. Es *war* eine Einladung, und zwar zur Hochzeit einer Freundin von der Universität. Nell, Gwen hatte ihr irgendwann einmal einigermaßen nahegestanden, sie aber zum letzten Mal vor einem Jahr auf einer Weihnachtsfeier auf der anderen Seite des Zimmers gesehen. Nell hatte mit den Lippen «Wie geht's dir? Wir sprechen gleich!» geformt, denn sie war in eine Diskussion über das Abschalten und anschließende Wiederauflegen von *Baby It's Cold Outside* verwickelt gewesen. Das «gleich» ließ immer noch auf sich warten. Die Hochzeit war nächsten Monat.

«Ooh, eine Hochzeit! Neid!», seufzte Heather, und Gwen sah ihr ins Gesicht, um zu überprüfen, ob das ein Scherz sein sollte. «Seit die Kinder da sind, kommen wir gar nicht mehr zum Tanzen», fuhr Heather fort. «Früher habe ich es geliebt! Jetzt kann ich von Glück sagen, wenn er mich einmal durch die Küche wirbelt. Wie auch immer, viel Spaß.»

Heather wandte sich zum Gehen, und aus einem Impuls heraus rief Gwen ihr nach: «Ich kann babysitten!»

Ihre Nachbarin sah verblüfft aus.

«Ich meine, ich könnte – wenn ihr mal jemanden braucht. Du weißt schon, dann hättet ihr mal einen freien Abend?» Noch während Gwen diesen Vorschlag machte, geriet sie in Panik. Kannte sie die Namen der Kinder, wenn sie gefragt würde? Irgendetwas mit J am Anfang?

Aber Heather lächelte und bedankte sich. Sie werde es im Hinterkopf behalten.

s c h l i p s

Es war nicht das erste Mal, dass Michael im Laden auf eine alte Flamme traf – bei Weitem nicht –, aber es war das erste Mal, dass er dabei einen Siebenjährigen in Schach halten musste.

Michael konnte mit Kindern gut umgehen, was die Leute überraschte. Kinder reagierten positiv auf seine nonchalante Gleichgültigkeit und bemühten sich umso mehr um seine Anerkennung, je länger er so tat, als gäbe es sie gar nicht. Mit alten Flammen war es dasselbe, obwohl sie schwerer bei Laune zu halten waren.

Eine Sekunde lang dachte er, es wäre der Anblick dieses Mannes gewesen, der ihn getroffen hatte wie ein Schlag. Dieser Mann, der Greg so ähnlich sah, stand an Michaels Krawattenständer. Aber dann sah er nach unten und begriff, dass in Wirklichkeit der kleine Junge für den Schlag verantwortlich war: Er sah ebenfalls wie Greg aus und war gerade mit hoher Geschwindigkeit mit seinem Oberkörper zusammengestoßen.

«Louie!», rief der Mann, und Michael war auf irrationale Weise verletzt davon, dass dieser Mann, der wie Greg aussah, den Namen eines Kindes, eines Fremden, vor seinem eigenen Namen rief. Aber dann sah Michael den Jungen an, der wie Greg aussah, sich den Staub abgeklopft hatte und gerade seine verrotzten Finger an der Sonnenbrillenauslage abwischte, und er sah Gregs Kinn und Gregs Nase und Gregs entschlossenen Haarwirbel, und er begriff. Es gab nicht mehr nur einen Greg auf der Welt, sondern mehrere, und sie alle hatten die Macht, ihn zu verletzen.

«Vorsicht», sagte Michael in seinem traurigen Black-Country-Akzent zu dem Jungen. «Gestern lag noch ein Rasiermesser in der Vitrine, und gegen die Verletzung elterlicher Fürsorgepflichten sind wir nicht versichert.»

Greg strich sich über den entschlossenen Haarwirbel – er hatte noch Haare, wenn jetzt auch eher in einem Salz- als in einem Pfefferton – und sah Michael an.

«Alles klar, Alter», sagte er leise und gluckste. In seiner Stimme lag nur ein Hauch desselben Akzents. «Hoppla, du hier?»

«Du bist also wieder zurück, was?», sagte Michael. Er wollte lässig wirken, hatte sich aber zu weit vorgewagt. Ihm war bewusst, dass seine Mundwinkel zuckten.

«Zurück von wo?», fragte Greg und runzelte die Stirn. «Ich war nirgendwo.» Doch die kleine, zappelige Gestalt zwischen ihnen sah ganz so aus wie ein Souvenir von irgendwo, wo Michael sicher noch nie gewesen war.

«Louie hier soll in einem Theaterstück mitspielen», erklärte Greg und klopfte seinem Sohn etwas zu fest auf die Schultern.

«Bugsy Malone!», plärrte das Kind.

«Das ist kein Theaterstück, Louie, das ist ein Musical», sagte Michael. «Ich hoffe, dein Dad ist nicht der Regisseur. Er glaubt, Moulin Rouge handelt von einer chinesischen Kriegerprinzessin.»

Das Wort «Dad» zu benutzen, kostete ein wenig Überwindung, aber es war vielleicht weniger schmerzhaft, einfach eine Vermutung anzustellen, als nachzufragen und es bestätigt zu bekommen. Der Junge glotzte ihn an. «Woher kennst du meinen Dad?», fragte er. Okay, es war doch schmerzhaft.

«Wir waren zusammen in der Schule», antwortete Greg schnell.

«Genau genommen stimmt das nicht.» Michael sprach direkt mit dem Jungen. «Er hat im Gymnasium lateinische Verben konjugiert, ich hab mir auf der Gesamtschule ein Stück die Straße hoch die Ohren lang ziehen lassen.»

«Okay, wir sind nebeneinander zur Schule gegangen», räumte Greg ein. «Aber du warst immer der Schlauere von uns beiden.» Dem widersprach Michael nicht.

«Wir sind auch als Erwachsene Freunde geblieben», sagte Greg zu Louie. «Obwohl Michael immer ein viel besserer Freund war als ich.» Er sprach in demselben singenden Tonfall weiter, doch Michael spürte, dass ein sich anbahnender Vortrag die Luft zu färben begann. «Ich war manchmal ziemlich ... dumm.»

Aber Louie hatte bereits das Interesse an dieser persönlichen Geschichte verloren. Er begann jetzt die Vitrine mit den Wertsachen zu verschmieren, in der sich eine Sega Megadrive, ein verstaubtes Geschenkset mit Miniprodukten von Clarins, ein Diamantring in einer kleinen Samtschachtel und eine Plexiglasbrosche in Form einer glitzernden Muschel befanden.

Greg wandte sich wieder zu ihm um und sah ihn an. «Ich wusste gar nicht, dass du jetzt hier arbeitest, Mickey», sagte er strahlend.

Tatsächlich hatte er das sehr wohl gewusst. Michael hatte ihm von dem Laden erzählt, als sie sich das letzte Mal getroffen hatten — eine verkrampfte Fünf-Uhr-Verabredung 2008 in Soho, zu spät für einen Kaffee, zu früh für ein Abendessen, zu bitter für Alkohol und zu angespannt für irgendeine andere Substanz. Zu diesem Zeitpunkt war Michael noch nicht lange wieder draußen aus der Anstalt — er nannte es gerne so, die Anstalt, und wackelte dazu mit den Augenbrauen, in der Hoffnung, dass die Leute vielleicht annehmen könnten, er sei neben einem Freigeist trocken geworden und habe nicht mit einem selbstmordgefährdeten Teppichleger namens Tony Malzmilch getrunken. Er hatte sich gerade als Aushilfe im Laden beworben, dankbar dafür, dass es keine demütigende Dienstkleidung gab und nur wenig Gefahr bestand, hier jemanden zu treffen, den er kannte.

Greg hatte damals bei dem Gedanken, dass er in einem Sozialkaufhaus arbeiten könnte, gelacht. Michael hatte bei dem Gedanken an Gregs dritte Ehefrau gelacht.

Aber Greg war immer vergesslich, wenn er angespannt

war, es war typisch für ihn. Bei Prüfungen in der Schule war er ein hoffnungsloser Fall gewesen, bei seiner kurzen Phase als Frontman einer New Wave Band noch mehr. Als man sie einmal vor den Richter gezerrt hatte, hatte er tatsächlich sein eigenes Geburtsdatum falsch angegeben. Und nachdem sie sich zum ersten Mal geküsst hatten, im hinteren Teil des Rialto nach einem Konzert der Fine Young Cannibals, war es ihm anscheinend volle achtzehn Monate lang entfallen.

Greg sah sich jetzt um, seine Miene unlesbar. «Ganz schön verrückter Laden, den du hier hast.»

An den meisten Tagen war Michael auf seine aufbrausende Art sehr stolz auf das Kaufhaus. Er schmückte und putzte es, schützte es vor den Beschmutzungstendenzen der Kunden. Er meldete es – bisher erfolglos – für Auszeichnungen durch die Vereinigung für Wohlfahrtsbekleidung an. Sein leidenschaftliches Eintreten für «Salons zweiter Chancen» war ein Partytrick, der mehr als einen Freund eines Freundes aus der alten Primrose-Hill-Dinnerparty-Runde dazu veranlasst hatte, ein oder zwei Schichten in Gummihandschuhen zu schieben und sich in dieser Erfahrung zu suhlen, als handelte es sich um eine entgiftende Schlammpackung für die Seele.

Aber aus Gregs Mund, der jede Chance zur Wiederverwertung, die sich ihm bot, ergriff wie seine persönliche Haute Couture, klangen die Worte verletzend. Michael hätte am liebsten das ganze Gebäude genommen und in seine Jackentasche gesteckt, um es vor Urteil oder Spott zu bewahren.

«Danke, Gregory», sagte er leichthin. «Jetzt, wo ich dein Baby kennengelernt habe, ist es nur angemessen, wenn du auch meine kennenlernst.»

«Gibt es noch mehr davon?», fragte Greg.

«Oh, eine ganze Rasselbande! Eins in Kilburn, eins in Golders Green. Eins in Streatham, eins in Elephant and Castle.»

Michael sah zu dem Kind hinüber, das jetzt einen weißen Blouson mit mittelalterlichen Ärmeln trug und sich im Ganzkörperspiegel in Pose warf. Er sah aus wie ein winziger Neo-Romantiker. Er sah aus wie ein winziger Greg als Teenager.

«Gibt es noch mehr davon?», fragte Michael.

Greg lachte und schüttelte den Kopf. «Nur Louie.» Seine Stimme wechselte in eine kindische Tonlage, als er sich dem Jungen zuwandte, ihn spielerisch in den Schwitzkasten nahm und mit den Fingerknöcheln über sein braunes Haar rieb. «Aber der ist mehr als genug, stimmt's, Junior?»

Louie nickte mit ernster Miene. «Mit mir hat man alle Arme voll zu tun», sagte er zu Michael. «Das ist wie alle Hände voll haben, nur mehr.»

Michael erwiderte sein Nicken. Er verkaufte Louie einen Schlips mit einem Preisnachlass von zwanzig Prozent, was, wenn er selbst Dienst hatte, noch nicht vorgekommen war. Kunden, die Blutflecken entdeckt hatten, bot er nicht mehr als zehn Prozent Preisnachlass an.

«Gib Mickey das Geld», wies Greg Louie an und stellte Blickkontakt mit Michael her, während Louie die Karte seines Vaters mit der Versiertheit eines zeitgenössischen Kindes an das Lesegerät hielt. «Sag ihm, wir kommen bald wieder vorbei.»

«Das hast du ihm doch gerade gesagt!», kicherte Louie und verdrehte die Augen.

«Aber er wird es eher glauben, wenn es von dir kommt», entgegnete Greg. Diesmal mied er Michaels Blick.

«Hals und Beinbruch für Bugsy», sagte Michael ernst

zu dem Jungen. «Ich halte im Theatermagazin die Augen danach auf.»

«Schön, dich zu sehen, Alter», sagte Greg, versetzte Michael einen kumpelhaften Klaps auf den Arm und drückte einmal fest zu. Der Tresen zwischen ihnen zwang ihn dazu, sich etwas zu weit vorlehnen zu müssen, um es natürlich aussehen zu lassen. «Gut zu wissen, dass du hier bist.»

Das war das Problem, wenn man im Einzelhandel arbeitete, überlegte Michael, nachdem sie gegangen waren; man war ein leichtes Ziel. Die Leute wussten immer, wo sie einen finden konnten, wenn sie wollten.

Man selbst hingegen musste immer auf der Hut sein. Sich auf die Vibrationen jeder Türschwingung einstellen, mit schmerzenden Knochen von der Anstrengung, den ganzen Tag aufrecht hinter einer Glasscheibe zu stehen. Man wühlte sich durch die Überreste vergangener Leben und gescheiterter Beziehungen anderer Menschen und fragte sich ständig, wann jemand auftauchen würde. Man hoffte, sie würden es nicht tun, und betete, dass sie es tun würden.

36.

Einige Ehrenamtliche machten es sich zur Aufgabe, sich in das Leben so vieler Kunden wie möglich einzumischen. Finn war der Schlimmste von allen – oder der Beste, je nachdem, wie man es betrachtete. Kaum eine Schicht verging, ohne dass nicht mindestens zwei oder drei Leute vorbeikamen, um ihn über ein Beziehungsdrama, ein Geburtstagsgeschenk oder einen verdächtigen Leberfleck in Kenntnis zu setzen.

«Oh, hey!», begrüßte er wahllos jeden Kunden, als teilte er mit ihm eine intime persönliche Geschichte, die er nur aus Höflichkeit nicht am Tresen thematisierte. Auf diese Weise begrüßte er auch Gwen. Insgeheim liebte sie das.

Von Zeit zu Zeit gab es auch Kunden, die sie faszinierten. Wie die Frau, die ein Kleid spendete – ein buntes, geblümtes Midi-Kleid – und sich dafür entschuldigte, dass es nach verbranntem Salbei roch. Oder die Frau, die mit hoher, zitternder Stimme wissen wollte, warum ein bestimmtes Buch so viel weniger kosten sollte als die anderen. «Gibt es da ein System? Eine Reihe von Kriterien, oder ...?»

Nachdem sie ohne das fragliche Buch wieder gegangen war, hatte der heilige Michael Gwen ein seltenes, verschwörerisches Lächeln zugeworfen und die hintere Klappe des Schutzumschlags aufgeschlagen. Und da prangte ebendiese Frau in makellosem Schwarz-Weiß, das Haar unnatürlich über eine Schulter geworfen, die Lippen in ironischer Naivität geschürzt. Gwen hatte angefangen zu lachen, aber Michael hatte einen Eddingstift genommen und das Buch um 50 Pence teurer gemacht.

«Wenn es ihr hilft», hatte er gesagt und es mit einem Schulterzucken zurück ins Regal gestellt.

Aber im Allgemeinen zog Gwen die Anonymität vor. Es gefiel ihr, ein fühlendes Möbelstück zu sein, das den Laden von der Seitenbühne aus beobachtete, ohne sich verpflichtet zu fühlen, am Geschehen teilzunehmen. Umso erschreckender war es, als eines Sonntagmorgens Suze durch die Tür hereinspazierte.

Sie sah extrem normal aus, das war Gwens erster Gedanke. Es war nicht die Hochglanz-Wochenendausgabe von Suze, die sie inzwischen im Kopf hatte, in tadellos geschnittenen Jeans und teuren Turnschuhen, mit Sauerteig unter dem einen und

Pfingstrosen unter dem anderen Arm. Sie sah einfach wie Suze aus. Aber sie im Laden zu sehen war trotzdem surreal, wie eine menschliche Schauspielerin, die in einem Zeichentrickfilm mitspielt.

«Oh, hey!», sagte Finn.

«Hiya!», grüßte Suze strahlend zurück. Gwen blieb stehen und fragte sich, ob Umarmen von Kunden auf der Liste verbotener Verhaltensweisen des heiligen Michael stand. Aber Suze zog sie mit einem Arm an sich.

«Was machst du hier?», fragte Gwen in ihr Haar.

«Ich bin auf dem Weg zu einem Brunch in diesem neuen Café unter den Eisenbahnbögen.» Gwen wusste gar nicht, dass es ein neues Café unter den Eisenbahnbögen gab. «Ich bin hier vorbeigelaufen und dachte, warte mal, das könnte Gwens Laden sein, und dann hab ich hineingespäht, ob du da bist, und da bist du.»

«Da bin ich!», echote sie und bekämpfte den Drang, Suze zu fragen, mit wem sie brunchen ging und warum es nicht sie war.

«Ich bin Finn», sagte Finn und beugte sich über den Tresen, um ihr die Hand zu schütteln. «Nimm die Hash Browns, die sind unglaublich.»

«Hatte ich schon vor!», erwiderte Suze. «Ich gehe natürlich nirgendwo essen, ohne vorher auf die Speisekarte zu schauen.»

«Natürlich nicht.» Er grinste.

«Ich bin schließlich keine Anfängerin», sagte sie, und ihre Wangen röteten sich auf eine Weise, die Gwen seit Jahren nicht gesehen hatte.

«Oh, das sehe ich.» Finn zwinkerte tatsächlich.

«Wo ist Paul?», fragte Gwen. Es war, als schüttete sie einen Eimer voll Eiswasser mitten hinein, und sie hatte sofort ein schlechtes Gewissen.

Suze zog eine Grimasse. «Golfen. In Wanstead. Mein Mann ist hundertdrei.»

Finn sah auf diese Offenbarung hin nur noch glücklicher aus.

Da kam Connie mit dem Arm voller Röcke gerade rechtzeitig, um Suze die unvermeidliche Frage stellen zu hören.

«Wie läuft es mit der Jobsuche?» Sie flüsterte das Wort «Jobsuche», taktvoll, als könnte es Gwens neue Kollegen verletzen zu erfahren, dass sie nicht für immer ehrenamtlich arbeiten wollte.

«Oh, ich habe ihr einen Job verschafft!», verkündete Connie, trat zu ihnen und legte Gwen auf eine Weise den Arm um die Schultern, die weder bequem noch normal war. «Bei einer Freundin, die ein Start-up hat. Alles geregelt!»

«Oh, toll!», entgegnete Suze und sah amüsiert aus, als Gwen etwas stammelte von den Tag nicht vor dem Abend loben, nur ein Versuch, könnte auch nicht das Richtige sein. Suze und Connie ermahnten sie beide, nicht so negativ zu denken. Finn fragte Suze, ob sie bei Instagram sei.

Suze ging wenig später, nachdem sie einen flüchtigen Rundgang durch den Laden gemacht, aus Höflichkeit ein paar Gegenstände in die Hand genommen, aber letztlich nichts gekauft hatte. Sie umarmten sich erneut, sie drückte Gwen etwas fester an sich als sonst, womit sie ihr hoffentlich etwas sagen wollte, was sie nicht aussprechen konnte.

«Habt ihr den Laden am anderen Ende der Straße gesehen, wo sie alle Klamotten an Drähten aufgehängt haben?», fragte Suze beim Gehen. «Das solltet ihr hier auch machen.»

Gwen sagte, sie würde den Vorschlag weitergeben.

Die So-was-wie-eine-Jeans wird als «Nothose» von einer Frau gekauft, die sich in einen warmen Haufen Taubenscheiße gesetzt hat, der von einer Taube hinterlassen wurde, die anscheinend einen ebenso schlechten Tag hatte wie sie selbst.

Ihre Freundin wird «Das bringt Glück!» sagen, was man, wie jeder weiß, nur sagt, um Elend zu lindern, so wie «Krankheit bedeutet, dass das Baby gesund ist!» oder «Nissen mögen nur sauberes Haar!».

Und außerdem muss Glück von oben kommen. Es zählt nicht, wenn man sich hineinsetzt.

Sie wird sich die So-was-wie-eine-Jeans schnappen, weil sie in zehn Minuten bei der Arbeit sein muss und es im Sozialkaufhaus die einzige Hose in ihrer Größe ist, die kein Pseudo-Graffiti an den Seiten oder einen Strassbesatz am Hintern hat. Sie wird unverhofft bequem sein – hat es mit den geräumigen Knien zu tun? –, und zu ihrer Überraschung wird sie die Hose danach noch einmal tragen. Und danach wieder und wieder.

Sie wird sie an dem Tag tragen, an dem sie wieder auf derselben Bank sitzt, die längst vom Regen abgewaschen ist, und den Anruf entgegennimmt, auf den sie seit Monaten gewartet und gehofft hat. Vielleicht bringt Taubenscheiße ja doch Glück.

37.

Gwen hatte auf der Reserveliste gestanden, so viel war klar.

Eine Hochzeitseinladung erst einen Monat vor der Hochzeit hätte unter anderen Umständen auf ein lässiges, spontanes

Paar hindeuten können, das in letzter Minute eine coole Feier auf die Beine gestellt hatte. Aber hier handelte es sich um Neil und Nell, die Sorte von Paar, das Karten mit ihrer neuen Adresse verschickte, auf denen mehrere professionelle Fotos ihrer marmorverkleideten Kücheninsel zu sehen waren. Nell und Neil hatten sich 2015 bei einer Flugblattaktion der Liberaldemokraten kennengelernt und waren so verliebt, dass sie selbst der peinliche Umstand, dass sie fast identische Namen hatten, nicht voneinander abhalten konnte.

Außerdem erinnerte sich Gwen, vor mindestens acht Monaten ein Verlobungsfoto gesehen zu haben, auf dem die beiden vor einer Weichzeichnerlinse Herbstblätter in die Luft warfen. Sie hatte definitiv auf der Reserveliste gestanden.

Die Einladung schloss jedoch eine Begleitperson mit ein, was zwar den Schlag abmilderte, Sitzplatzfüllerin Schrägstrich Figur im Ehe-Tetris zu sein, aber seine eigenen Aufregungen mit sich brachte.

Ihr kam der Gedanke, jemanden aus dem Laden mitzunehmen. Connie wäre die nächstliegende Wahl, obwohl Gwen sich nicht sicher sein konnte, dass sie nicht den ganzen Tag lautstark über die Sinnlosigkeit der Ehe und die Allgegenwart von Ziegenkäsetörtchen lamentieren würde. Asha wäre die sicherere Wahl. Seit sie in den Laden zurückgekehrt war, hatten sie mehrere Schichten zusammen gearbeitet, und Asha schien jedes Mal ein wenig mehr wieder sie selbst zu sein.

Obwohl Gwen, wie ihr klar wurde, ihr altes Ich gar nicht wirklich gekannt hatte – und sie würde es vielleicht auch nicht kennenlernen, wenn Asha sich erst einmal gut genug erholt hatte, um ihr altes Ich wieder mit zur Arbeit zu bringen. Würde sie sich außerhalb des Ladens mit ihr treffen wollen? Der Altersunterschied von neun Jahren zwischen ihr und Asha kam ihr irgendwie bedeutender vor als die fünfundzwanzig Jahre zwischen ihr und Connie. Als ob die unter Dreißigjährigen in einer eigenen Biosphäre lebten und um jeden Preis vor Leuten geschützt werden müssten, die keine Ahnung von NFTs hatten oder davon, was ein «süßes Top» ausmachte. Vielleicht könnte sie sie zum Mittagessen einladen? Aber die Vorstellung, Asha mit ihrem City-Gehalt, ihrer schlagfertigen Neugier und ihrem satten, kehligen Lachen irgendwohin «einzuladen», kam ihr absurd vor.

«Warum gehst du nicht einfach nicht hin?», fragte Asha, als Gwen ihr von der Hochzeit erzählte.

Merkwürdigerweise war ihr das gar nicht in den Sinn gekommen. Obwohl es im Laufe eines Monats ein Leichtes gewesen wäre, eine Ausrede zu erfinden, war sie fest entschlossen, die Sache durchzuziehen. Sie hatte einen Auftrag. Sie hatte sogar ein Kleid. Ein metallfarbenes Kleid, das sie für die letztjährige Weihnachtsfeier von Invigorate unter dem Motto «Städtischer Weltraumspaziergang» gekauft hatte.

«Nein, warte – nimm ihn mit!» Asha deutete mit dem Kopf in Richtung der Buchabteilung, wo ein Stammkunde, ein großer Mann mit Brille, die Rückseite eines Jeffrey Eugenides studierte.

«Klar, logisch», entgegnete Gwen, ohne eine Miene zu verziehen. «Meinst du, er nimmt lieber Hühnchen oder Lachs?»

«Ich meine es ernst, er schaut dich immer so an.» Ashas Bühnenflüstern war lauter als ihre normale Stimme. «Und ich sehe immer, dass er nach dir Ausschau hält, wenn du nicht da bist.»

«Quatsch.»

«Das stimmt! Ich dachte, du wüsstest das. Wir nennen ihn Mr. Gwen. Sir Gwen und das grüne Hemd.»

«Nein, das tut ihr nicht!»

«Okay, tun wir nicht. Aber dass er immer herüberschaut, stimmt, ich schwör's.»

Gwen sah ihn sich jetzt genauer an. Sie schätzte ihn auf Anfang vierzig, er hatte dichtes, gewelltes Haar, das an den Schläfen ergraute, eine Hornbrille und trug ein grünes Karohemd über einem weißen T-Shirt. Möglicherweise war er Grafikdesigner auf den unteren Stufen der Karriereleiter oder ein halbwegs stylisher Buchhalter. Wobei, wenn Letzteres zuträfe, dachte sie, würde er wahrscheinlich nicht an einem Dienstagnachmittag in einem Sozialkaufhaus herumstöbern. Während sie über ihn gesprochen und ihn begutachtet hatten, hatte der Mann weiter die Rückseite des Buches studiert – oder jedenfalls so getan –, und nun dämmerte Gwen, dass er entweder ein sehr langsamer Leser sein musste oder aber sich der Tatsache völlig bewusst war, dass sie ihn anstarrten. Sie stupste Asha mit dem Ellenbogen an, und beide wandten sich unisono ab und unterdrückten ein Kichern. Gwen kam sich vor wie vierzehn.

Nach ein paar weiteren Minuten, in denen sie mit irgendwelchen vorgetäuschten Aufräumarbeiten beschäftigt waren und er vermutlich die ISBN-Nummer des Buches auswendig lernte, trat der Mann an den Tresen.

«Nur das hier, bitte», sagte er und legte das Buch ab.

Alle sagten: «Nur das hier.» Entweder sagten sie es bedauernd, als hätten sie Schuldgefühle, weil sie nicht mehr kauften, oder abwehrend, als befürchteten sie, Gwen könnte ihnen zusätzlich noch ein Teeservice andrehen wollen. Seit ihr das aufgefallen war, bemühte sich Gwen, in anderen Geschäften selbst nicht mehr «nur das hier» zu sagen, aber wie sich herausstellte, war es eine körperliche Unmöglichkeit.

Sie sah auf den Preisaufkleber hinten auf dem Buch – 2,50 Pfund –, obwohl sie den Preis bereits wusste. Alle Taschenbücher kosteten 2,50 Pfund, außer abgegriffenen Penguin-Classics-Ausgaben (3 Pfund) oder welche mit verdrecktem Umschlag (1,50 Pfund). Während der Mann da stand, ertappte sich Gwen dabei, wie sie die Artikelnummer auf besonders kecke, selbstbewusste Art eintippte. Den Kopf zur Seite gelegt, den kleinen Finger eigenartig abgespreizt. Ihr üblicher mechanischer Spruch – Hiyaa das sind dann 2,50 bitte großartig halten Sie einfach Ihre Karte vor wenn Sie so weit sind super danke möchten Sie die Quittung einen schönen Tag noch – kam ihr nervös und gekünstelt über die Lippen. Sie war schon bei dem Teil mit der Quittung, bevor die Quittung überhaupt gedruckt war, und musste deswegen tragischerweise auf das Gerät zeigen, das sie langsam ausspuckte.

Der Mann bedankte sich, fröhlich, neutral, und ging.

Asha stieß sich von dem Türrahmen ab, von dem aus sie die gesamte Begegnung verfolgt hatte, und legte ihr mitleidig die Hand auf den Arm.

«Warum gehst du nicht einfach nicht hin?», schlug sie erneut vor.

«Das war deine Schuld», antwortete Gwen, während sie mit dem Blick dem grünen Hemd folgte, das die Straße hinunter verschwand.

Suze und Paul gingen natürlich hin.

«O, mega, du kommst auch!!!», schrieb Suze ihr zurück – Gwen war so froh, einen Vorwand zu haben, mit ihr in Kontakt zu treten, dass die Tatsache, bloß die Zweitbesetzung zu sein, schon weniger schmerzte. Es folgten ein Austausch über den Dresscode, ob man sich für den Rückweg aus Greenwich ein Uber teilen solle und Gedanken darüber, wie man den Zusatz zu verstehen hatte: *Bitte keine Geschenke! Aber wenn ihr unbe-*

dingt darauf besteht, würden wir uns über eine Kleinigkeit von
unserer Wunschliste bei West Elm freuen.

Erst nach anderthalb Tagen stockenden, aber vergnügten Hin und Hers ließ Suze die Bombe platzen:

«Übrigens – wollte nur sichergehen, dass du weißt, dass Ryan kommt? Er und Nell spielen immer noch Fußball zusammen oder so x»

Das Küsschen war der einzige Hinweis darauf, dass Suze auf Zehenspitzen um ihre Gefühle herumschlich, aber schon dafür war Gwen dankbar. Natürlich hatte sie das nicht gewusst. Was war Suzes Vermutung, woher sie diese Information haben sollte? Trotzdem hatte sie Verständnis dafür, dass es für Suze vermutlich weniger stressig war, sich vorzumachen, Gwen würde unabhängig von ihr immer noch Zeit mit ihren gemeinsamen Freunden verbringen und die Tatsache nur einfach nie aufbringen.

«Oh!», schrieb sie zurück. «Wusste ich nicht.»

Suze begann zu tippen. Gwen schrieb schnell weiter, bevor ihre Antwort auftauchte, und drückte auf Senden.

«Aber das ergibt wohl Sinn. Danke für die Warnung!»

Sie tippte.

«Ich komme damit klar. Absolut.»

Sie tippte. Sie konnte fühlen, wie Suze entwarf und löschte. Eilig schrieb Gwen weiter.

«Ich dachte mir tatsächlich, es wäre vielleicht an der Zeit, mich mal wieder zu melden. Ihn zu fragen, ob er mal einen Kaffee trinken will oder so. Du weißt schon, den Stier bei den Hörnern packen. Alte Geister vertreiben. Erwachsen sein.»

Das Tippen hörte auf. Gwen wartete. Es begann erneut. Endlich erschien die Nachricht.

Suze: «Ich glaube, das ist eine richtig gute Idee x.»

38.

Sie schob es eine Woche lang vor sich her. Aber am Ende war es beinahe einfach.

Seine Nummer war immer noch dieselbe, denn Ryan war kein Mensch, der im Leben ein Chaos heraufbeschwor, das es nötig gemacht hätte, die Nummer zu wechseln. Und auch Gwens Nummer war noch dieselbe, was bedeutete, dass der schmerzhafteste Teil des Vorgangs darin bestand, ihre letzte Unterhaltung im Fenster über ihrer Nachricht erscheinen zu sehen. Es war ein höflicher Austausch über eine Reinigungsgebühr nach Beendigung des Mietverhältnisses. Andere Verflossene hatten doch sicher betrunkenes Schwelgen in Erinnerungen dort stehen, passiv-aggressive Sticheleien, ein mitternächtliches «Hey», im Nichts baumelnd wie eine vom Winde verwehte Plastiktüte in einer Baumkrone? Connie hatte recht. Es war seltsam, einen so klaren Schlussstrich gezogen zu haben. Die saubere Trennung war eine eigene Kategorie von Fiasko.

Sie fasste sich kurz und brachte ihr Anliegen direkt auf den Punkt, versuchte aber, die Nachricht so unbeschwert klingen zu lassen, dass sie keine Schlüsse auf eine unheilbare Diagnose oder eine heimliche Schwangerschaft nahelegte. Sie erwähnte die Hochzeit nicht, um die Illusion aufrechtzuerhalten, dass sie sich ganz von selbst meldete. Als wären die sechs Jahre vielleicht in einem Strudel aus beruflichen Erfolgen und erotischen Abenteuern vergangen und sie hätte erst jetzt Zeit gefunden, einmal Luft zu holen und sich zu fragen, was aus dem Mann geworden war, den sie beinahe geheiratet hätte.

«Ich habe mich nur gefragt, wie es dir geht und ob du vielleicht mal zusammen was trinken gehen willst? Falls das nicht zu seltsam ist? Es wäre schön, mal wieder mit dir zu reden.»

Ein solider Text. *Eine gute Entscheidung.*

Er antwortete dreißig Minuten später mit einem «Sorry für die späte Antwort!», was typisch Ryan war. Er wirkte weder überrascht noch aus der Fassung gebracht und schlug umgehend ein Abendessen vor, was überhaupt nicht typisch Ryan war. Oder gewesen war. Sie schrieben sich ein paar Nachrichten hin und her, um einen Termin zu finden und sich zu verabreden, wobei seine Anspielungen auf «Schlafenszeiten» und «Abholzeiten bei Tageslicht» bestätigten, was sie von ihren nächtlichen Online-Forschungsmissionen bereits wusste: das nicht ganz so geheime Kind der Liebe. Gwen war irritiert, aber auch dankbar, dass er nicht das Bedürfnis hatte, es direkt hinauszuposaunen. Ryan war wenigstens noch ein Mensch, der wusste, dass die angemessene Antwort auf die Frage «Wie geht es dir?» «Gut, danke» lautete und nicht aus einem Videoclip bestand, in dem die Nachkommenschaft ein Liedchen vortrug.

«Ich gehe nächste Woche mit meinem Ex Abendessen», berichtete sie Connie am nächsten Tag nicht ohne Stolz.

«Warum zum Teufel solltest du das tun?», fragte Connie. «Bist du masochistisch veranlagt?»

Gwen hatte das vertraute Gefühl, in einem Fahrgeschäft auf dem Jahrmarkt zu sitzen und zu versuchen, den Kopf in die richtige Richtung zu halten.

«Ach weißt du …», sie räusperte sich und stieß ein kleines, ironisches Lachen aus. «Die Luft reinigen, ein paar Dämonen austreiben. Eine Art von, hm, *Abschluss*?» Sie imitierte Connies Dialekt in der Hoffnung, diese daran zu erinnern, dass das alles ihre Idee gewesen war. Aber es klang irgendwie schwedisch.

«Tja», schnaubte Connie. «Viel Glück, Gwen. Ich habe die Erfahrung gemacht, wenn man eine Tür zu fest zuschlagen will, schwingt sie zurück und schlägt einem ins Gesicht.»

«Sie hat recht», mischte sich Gloria ein, die hinter einer Hand-
taschenauslage stand. «So hat meine Schwägerin ihre neue Nase
bekommen.»

Blumentopf

*Sie führten einen leisen Krieg um den Platz einer Topf-
pflanze auf dem Regal im Wohnzimmer. Er stellte sie auf
die eine Seite des Fernsehers, sie stellte sie auf die andere.
Das ging nun schon seit sechs Jahren so, und keiner der
beiden hatte es je erwähnt.*

*Je nachdem, wie es zwischen ihnen beiden gerade lief,
blieb der Topf ein oder zwei Wochen oder auch nur ein paar
Stunden am selben Ort stehen. Einmal hatte sie einen
besonders erbitterten Streit dadurch unterstrichen, dass
sie ihn in die Hand nahm – einen Moment lang dachte er,
sie würde ihn ihm an den Kopf werfen – und ihn dann an
der richtigen Stelle wieder aufs Regal knallte. Oder an
der falschen Stelle, je nachdem, auf wessen Seite man
stand. Aber ansonsten wurde der Topf niemals erwähnt,
obwohl sie die Pflanze darin – ausgerechnet eine Friedenslilie, die eine Freundin der Familie ihnen zum ersten
Jahrestag geschickt hatte mit einer unsäglichen Botschaft,
in der «grüne Triebe» und «Neuanfänge» vorkamen –
regelmäßig gossen, düngten und die sich kräuselnden
braunen Spitzen gelegentlich kommentierten.*

*Marjorie und Derek waren keine reinen Zimmerpflan-
zenliebhaber. Ihre Generation bevorzugte das Grün im
Garten, wo es hingehörte. Aber Friedenslilien konnten einen
britischen Winter nicht überleben, und nun hatten sie
eine mit Gefühlen aufgeladene Pflanze am Hals, die sie um*

jeden Preis am Leben erhalten mussten. Auf der einen Seite des Fernsehers, auf der anderen.

Sie gingen nie zu getrennten Schlafzimmern über, da sie beide insgeheim glaubten, dass Einschlafen ohne das beruhigende Gewicht des anderen im Bett jede vorübergehende Erleichterung durch dessen kurzzeitiges Nichtvorhandensein nicht aufwiegen könnte. Aber sie fingen an, getrennt zu essen, und Marjorie machte sich zahllose Teller mit Eiern auf Toast oder traurige Haferkekse mit Hüttenkäse und Tomaten, bevor Derek nach Hause kam. Er begann, auf dem Rückweg von der Arbeit gefrorene Fertiggerichte zu kaufen, «um ihr Mühe zu ersparen». Manchmal änderte sie ohne Vorwarnung den Kurs und verbrachte den ganzen Nachmittag damit, ein großes Essen zu kochen – und wenn Derek dann um sechs Uhr abends mit seinem abgepackten Biryani in der Hand durch die Tür kam, schaute sie zwischen dem Biryani und ihm hin und her und sagte knapp: «Wie ich sehe, kommst du zurecht.» Und er wusste nicht, wie er ihr sagen sollte, dass dem nicht so war, ganz und gar nicht.

Schließlich taute das Eis ein wenig. Sie wurden milder. Sie hatten sich nicht in «radikaler Vergebung» geübt oder sich «neu ineinander verliebt», sondern sie hatten einfach ganz allmählich, über Monate und Jahre hinweg, vergessen, sich gegenseitig zu bestrafen. Sie hatten die Lust daran verloren. Hatten keine Energie mehr. Sie hatten das Leben, das sie vorher geführt hatten, schließlich länger eingeübt. Unter dem Schmerz blieb das Muskelgedächtnis an liebevolle Worte, zärtliche Berührungen und sanfte, eheliche Schikanen erhalten.

Der Ruhestand hatte auch geholfen, obwohl Marjorie sich auf die Hinterbeine gestellt hatte. Zuerst hatte sie sich dagegen gewehrt, dass Derek die Logistikfirma verließ, in der er fünfunddreißig Jahre lang gearbeitet hatte («Du wirst mir den ganzen Tag vor den Füßen herumlaufen! Ich habe zu tun, weißt du?»), und dann hatte sie sich dagegen gewehrt, ihre eigene Teilzeitstelle im Sekretariat einer örtlichen Volkshochschule aufzugeben («Was soll ich denn den ganzen Tag mit mir anfangen?»). Doch als sie schließlich mit der Realität des jeweils anderen konfrontiert waren, fiel es ihnen leichter, in ihre alten Gewohnheiten zurückzufallen, als weiterhin wie Hausgenossen zu leben und den Kummer des anderen vorsichtig zu umschiffen, als wäre er ein rücksichtsloser Haufen Schmutzwäsche. Allmählich begannen sie wieder gemeinsam zu essen. Derek fing sogar an zu kochen, und es stellte sich heraus, dass er darin besser war, als Marjorie es je gewesen war.

Trotzdem ging es mit der Pflanze hin und her, hin und her. Sie war zwar gewachsen, aber nicht viel. Eigentlich hätte sie schon mehrmals umgetopft werden müssen, aber selbst das erschien zu riskant. Die Freundin, die sie geschickt hatte, war nie vorbeigekommen, um nach dem Rechten zu sehen, und es war unwahrscheinlich, dass sie es jetzt noch tun würde, da sie nach Northumberland gezogen war und in den letzten drei Jahren nicht einmal mehr eine Weihnachtskarte geschickt hatte. Aber das Gießen, das Düngen, das Nachschauen und das passiv-aggressive Umstellen behielten sie bei, weil es jetzt zur Routine gehörte. Der Zweig, um den herum ihr unglückliches Leben wieder gewachsen war.

Und außerdem: Was, wenn die Freundin eines Tages unangemeldet auftauchen würde und sie sehen wollte? Was sollten sie dann sagen? «Hoppla, tut uns leid, wir haben die Pflanze für unseren toten Sohn eingehen lassen?»

Nein.

Also lebte die Pflanze weiter – sie gedieh nicht, aber sie überlebte. Genau wie sie beide.

39.

Eine Frau rief dem Busfahrer «Danke!» zu, und nachdem sie ausgestiegen war, klatschte sie an die Scheibe vorne am Bus und wiederholte das Wort durch das Fenster hindurch – «DANKE. DANKE» –, um ganz sicherzugehen, dass es auch wirklich angekommen war.

Gwen wollte sich gern immer beim Fahrer bedanken. Sie konnte verstehen, dass es objektiv gesehen eine nette Geste war. Aber es fühlte sich peinlich aufmerksamkeitsheischend an, ihren Dank durch den gesamten Bus zu schreien, wenn es sonst niemand tat, und deshalb machte sie es selten. Manchmal fragte sie sich, ob die anderen Leute es nicht taten, weil sie es nicht getan hatte. Und ob wiederum weitere Leute es nicht taten, weil *diese* es nicht getan hatten, und ob es vielleicht das war, was mit der Welt nicht stimmte.

Heute war der Verkehr das, was mit der Welt nicht stimmte. Gwen war spät dran, weil sie eine Viertelstunde länger gebraucht hatte, um ihren Pony in eine konvexe statt in eine konkave Form zu bringen. Den Bus zu nehmen war eine dumme Entscheidung gewesen. Sie hatte gedacht, es wäre darin kühler und ruhiger als in der U-Bahn, und schöner, aus dem Fenster zu schauen. Jetzt musste sie die Qual ertragen, im Bus durch die verstopften Straßen von Haringey zu zuckeln, und der Stress machte ihre Sinneseindrücke noch intensiver. Die Vibrationen des Motors brummten in ihren Knochen und lockerten ihre

Eingeweide. Die kleinen Zischlaute der Mitreisenden zerrten an ihren Nerven, und der Bus machte immer wieder einen Satz vorwärts und bremste dann plötzlich auf eine Weise ab, die sie langsam in den Wahnsinn trieb. Schlingern und Stop, Schlingern und Stop. Hoffnung und Enttäuschung, immer und immer wieder.

Ein paar Sitze weiter nieste ein Mann heftig in seinen Ellbogen. Gwen fühlte sich, wenn sie einem Fremden «Gesundheit» wünschte, genauso, wie wenn sie dem Busfahrer dankte.

Sollte sie eine Nachricht schicken, dass sie sich verspäten würde? Oder würde das neurotisch wirken, wenn sie es doch noch schaffte, pünktlich zu sein? Vielleicht würde Ryan erwarten, dass sie sich verspätete, weil er davon ausging, dass sie vielleicht einen dramatischen Auftritt hinlegen wollte. Aber davon würde er nur ausgehen, wenn er völlig vergessen hatte, wer sie war. Gwen gehörte zu den Leuten, die es hassten, zu spät zu kommen – nicht sosehr aus Rücksicht auf die Menschen, mit denen sie sich traf, sondern weil sie es hasste, sofort interagieren zu müssen. Wenn sie irgendwo ankam, ging sie lieber zuerst auf die Toilette und verbrachte ein paar Minuten damit, ihr Äußeres auf verschmiertes Make-up, Essensflecken, eigenwillige Frisurabweichungen und jede andere Quelle von Peinlichkeit zu überprüfen, die auf dem Hinweg entstanden sein könnte. Ryan würde noch wissen, dass sie so war. Bestimmt.

Der Bus setzte sich jetzt wieder in Bewegung. Ein Mann ließ aus seinem Telefon Musik dröhnen. Aber statt des üblichen Grime oder Electronic Dance Music spielte er in voller Lautstärke *Father Figure* von George Michael. Das verlieh der Fahrt durch Green Lanes einen mitreißenden, filmischen Charakter, und Gwen genoss es, fühlte sich kurzzeitig mit ihren Mitfahrenden vereint und verzieh ihnen ihr Schnaufen und Zischeln.

Dann fiel ihr ein, dass Ryan jetzt Vater war, und das bedeutete, dass sie sich danach erkundigen und interessiert wirken musste. Sie biss die Zähne zusammen.

Ging es in dem Lied tatsächlich um Vaterschaft, oder war es so wie in *All That She Wants* von Ace of Base, von dem sie all die Jahre geglaubt hatte, es handle von einer Frau, die noch ein Baby haben wollte? Das Lied endete, bevor sie genauer hinhören und es herausfinden konnte.

Tatsächlich schaffte sie es zwei Minuten vor dem verabredeten Zeitpunkt zum Restaurant (ein Mexikaner, der zu einer Kette gehörte, die vorgab, keine Kette zu sein). Ryan hingegen war spät dran. Gwens Eingeweide fühlten sich wieder wie in dem schlingernden Bus an, als sie ihn zur Tür hereinkommen sah. Er sprach mit dem Wirt an der Tür, nannte seinen Namen und wartete geduldig darauf, von einem Kellner zu dem ihnen zugewiesenen Tisch geführt zu werden, anstatt sich einfach im Raum nach ihr umzusehen, wie es die meisten Leute tun würden. Ryan hatte schon immer großen Respekt vor Ordnung und Systemen an den Tag gelegt. Infolgedessen wurde Gwen bei ihrer ersten Begegnung mit ihrem ehemaligen Verlobten nach sechs Jahren Sendepause von einem lächelnden Chaperon gefragt, ob sie schon mal mit Tortillachips und einer Auswahl an Dips beginnen wollten.

«Hallo», sagte Ryan und setzte sich, ohne Anstalten zu machen, sie zu berühren.

«Auch hallo», erwiderte sie etwas zu aufgeräumt, um natürlich zu wirken.

«Ja, bitte», ließen sie den Kellner wissen.

Ryan hatte sich einen Bart wachsen lassen, was im ersten Moment verwirrend war, aber nicht überraschend. Es wäre für einen Mann seiner Generation und seiner Lebenslage ungewöhnlicher gewesen, sich keinen Bart wachsen zu lassen. Und als sie begannen, sich zu unterhalten, stockend zunächst und förmlich, stellte Gwen fest, dass sie dankbar war, nur eine Hälfte seines Gesichts sehen zu müssen.

Er sah älter aus – müder, mit ein paar tiefen Furchen auf der Stirn und beginnenden Tränensäcken unter den Augen – und dicker – nur ein bisschen, seine Statur war weicher, was nicht so sehr nach Hedonismus und hartem Trinken aussah als vielmehr nach Zufriedenheit und so, als würde er öfter die übrig gebliebenen Fischstäbchen aufessen. Neben seinem Mund waren Zahnpastaspuren zu sehen, die entweder auf eine spezielle Zahnreinigung ihr zu Ehren hinwiesen oder schon den ganzen Tag da gewesen waren. Auf jeden Fall versuchte sie nicht hinzusehen.

Gwen setzte sich auf ihrem Stuhl etwas aufrechter hin und nippte an der Margarita, die sie aus einer Laune heraus bestellt hatte, was sie bereute, sobald Ryan nach der Auswahl an alkoholfreiem Bier fragte. Ihre Hand zitterte jedes Mal ein wenig, wenn sie nach dem Glas griff. Sie versuchte, trotzdem gelassen zu wirken.

Den ersten Teil des Essens verbrachten sie damit, sich über Leute auszutauschen, die sie kannten. Das heißt, Gwen durchforstete ihr Hirn nach irgendwelchen Schnipseln, die sie ihm anbieten konnte – «Omar hat einen neuen Job und ist nach Amsterdam gezogen», «Polly hatte echte Probleme mit einem Abszess am Zahn», «Suze und Paul lassen einen Anbau machen» –, und Ryan sagte, das wisse er, er habe es in den sozialen Medien gesehen, und Gwen machte «Oh». Über diese Scheinwelt schien er mit ihren Freunden mehr in Kontakt zu stehen als sie.

Sie erkundigte sich nach seiner Familie, und er erzählte ihr von Jobwechseln, Babys, Hausrenovierungen und gesundheitlichen Problemen, und dass sich die alten Macken der Eltern im Ruhestand noch verstärkt hatten. Ryan erkundigte sich nach Marjorie und Derek, und Gwen antwortete: «Ach, du weißt schon, immer das Gleiche, immer das Gleiche», was sich anfühlte, als hätte sie zu wenig gesagt.

«Dad ist eben doch nicht der achte Maori», fügte sie hinzu, und Ryan sagte, es tue ihm leid, das zu hören.

Danach verstummten sie beide und gaben nur leise, anerkennende Geräusche von sich, während sie sich über ihre jeweiligen Gerichte hermachten. Bei der Bestellung war es ihnen zu intim vorgekommen, sich Vorspeisen zu teilen, aber jetzt sahen sie aus wie zwei Geschäftsleute, die nur wegen der Spesenabrechnung zusammen aßen. Ryan gab ein vertrautes Schnüffelgeräusch von sich, und Gwen wusste, dass er die reinigende Wirkung der scharfen Soße in seinen Nebenhöhlen genoss. Sie fand es furchtbar, das zu wissen. Aber dann lächelte er sie durch die Stille hindurch freundlich, fast ermutigend an, und sie hatte keine andere Wahl, als sich ein Herz zu fassen und sie zu füllen.

«Also, ich wollte ... na ja,» sie zögerte. «Ich wollte dich treffen, weil ich dachte, es wäre vielleicht gut, wenn ich – das heißt, wenn wir ... äh. Du weißt schon.»

«Die Sache abschließen könnten?»

«Ähm, sicher. Genau.»

«Cool. Ich dachte, du hättest vielleicht meine Torwarthandschuhe gefunden», scherzte Ryan. Hatte er wirklich gescherzt?

«Nein, tut mir leid, die sind nie mehr aufgetaucht», entgegnete sie. Sie stellte sich die längst verschwundene Mülltüte mit seinen Sachen vor, mit den Schienbeinschonern und den Flip-Flops und der Beard-Butter, die er jetzt tatsächlich benutzen könnte. «Ich habe danach gesucht, ehrlich! Aber egal, das war nicht der Grund ... wie gesagt, ich dachte, es wäre vielleicht gut, hilfreich, wenn wir ... reden.»

«Gerne.» Er verschränkte die Finger wie ein Psychiater und wartete. Sie zwang sich fortzufahren.

«Ich ... ich wollte ... na ja, mich entschuldigen.» Es fühlte sich an, als müsste sie ihre eigene Epiglottis schlucken. «Es tut mir leid, dass ich unsere Beziehung auf diese Weise beendet habe. Es tut mir leid, dass ich dich aus meinem Leben herausgeschnitten habe. Du warst immer sehr gut zu mir und hast das nicht verdient, und ich wollte, dass du weißt, dass ich mich seitdem ziemlich scheiße fühle.»

Sie sagte nicht: «Ich fühle mich deswegen beschissen.» Sie sagte «scheiße».

Ryan nickte, schniefte und nickte wieder.

«Ich dachte damals wirklich, ich würde das Richtige tun, das Beste», fuhr sie fort. «Aber ich bin schlecht damit umgegangen, und ... es tut mir leid.»

Sie konnte in ihrem Kopf Connie hören, die mitzählte, wie oft sie sich entschuldigt hatte. Gwen schwor sich, von jetzt an keine Entschuldigungen mehr vorzubringen.

«Was, äh, was meinst du dazu?», fragte sie, aber Ryan hatte gerade einen ganzen Mund voll Nachos in sich hineingeschaufelt. Sie saß geduldig da und hörte zu, wie seine Kaugeräusche leiser und feuchter wurden. Schließlich schluckte er und sagte: «Ich glaube, das war das Mutigste, was du je gemacht hast.»

Damit hatte sie nicht gerechnet.

«Mutig?»

«O ja», sagte er lässig und schob mit einem Tortilla-Chip einen Klecks Guacamole auf seinem Teller hin und her. «Das muss schrecklich für dich gewesen sein. Besonders nach allem, was passiert ist.»

Das war es auch gewesen. Sie erinnerte sich noch an Marjories gequältes Schluchzen am Telefon – «nicht auch noch Ryan!» –, was äußerst seltsam gewesen war, zumal sie ihrem Schwiegersohn in spe kaum mehr Wärme oder Zuneigung entgegengebracht hatte als dem Bestatter. Als sie die Verlobung bekannt gegeben hatten, hatte ihre Mutter weniger erfreut als vielmehr tolerant geklungen. Sie schien erleichtert, ein Gesprächsthema zu haben, das nichts mit dem Aussortieren von Lukes Sachen, Dankesbriefen oder dem Anruf bei der Stadtverwaltung wegen der Bank zu seinem Gedenken zu tun hatte. Ihr Vater hingegen hatte sich rührend gefreut. Als sie sich getrennt hatten, erzählte er ihr, dass er seine Hochzeitsrede bereits geschrieben habe.

«Was passiert ist, nachdem Luke gestorben ist ...» Auch das sagte Ryan so beiläufig, als würde er die Handlung einer Sitcom rekapitulieren. Gwen zuckte bei dem Namen ein wenig zusammen. «... es fühlte sich an, als würden wir bergauf strampeln. Alles war so viel schwerer, und alles, was ich für dich gemacht habe, war falsch. Und deswegen habe *ich* mich scheiße gefühlt, weil ich eigentlich intuitiv hätte wissen sollen, was du brauchst und wie ich dich unterstützen kann.»

Gwen nickte. Sie erinnerte sich daran, dass sie sich in den Wochen und Monaten danach weniger traurig als vielmehr wund gefühlt hatte. Geschunden. Jeder Nerv hatte freigelegen, es war, als würde sie ihre Organe außen an der Haut mit sich herumtragen. Sie hatte sich weniger als Mensch gefühlt, sondern eher wie ein Embryo, formlos, eine Vorform von Leben. Ein Haufen sich windender, hilfloser Zellen. Als Ryan um ihre Hand angehalten hatte, hatte sie zwar ihre eigene Stimme Ja sagen hören, aber gedacht hatte sie: Ich bin nicht alt genug, ich bin nicht befugt, diese Entscheidung zu treffen. Das wusste er doch sicher? War es nicht offensichtlich gewesen? *Wo war der oder die Verant-wortliche gewesen?*

Ryan redete weiter: «Es war wie ... ich sollte nicht mehr einfach nur ein guter Partner sein, sondern auch Trauerbegleiter, ein persönlicher Assistent, eine beruhigende, aufmunternde, ewig stabilisierende Präsenz ohne eigene Gefühle. Ich musste mich besonders anstrengen, um dich auch nur ein kleines bisschen glücklich zu machen. *Aber ...* », und hier kam die Wendung, «ich habe das gerne gemacht, Gwen, ich wollte das machen. Für dich. Für uns.»

Den Leuten zu sagen, dass sie verlobt waren, hatte sich für Gwen so angefühlt, als würde sie verkünden, dass ihr etwas zugestoßen sei. Ein extremes Wetterereignis oder das Vergehen eines Kleinkriminellen. Ein paar Leute hatten sie besorgt angeschaut. Sie hatte die Sorge hinter ihrem Lächeln aufflackern sehen, als wollten sie eingreifen, wüssten aber nicht, wie.

Die meisten Leute jedoch gurrten und jubelten und sagten, das sei aber eine schöne, *schöne* Nachricht – mit extra Betonung auf dem zweiten «schön», eine Extraportion schön für die arme alte Freundin. «Endlich mal eine gute Nachricht!», sagten sie, als könnte diese hübsche, gerüschte kleine Entscheidung all den Schmerz, der ihr vorangegangen war, überdecken. Papier übertrumpft Stein. Hochzeit übertrumpft Tod.

Sie wollte etwas sagen, aber Ryan fiel ihr ins Wort. «Nein, ernsthaft, lass mich erst ausreden. Ich habe nämlich in den letzten Jahren viel darüber nachgedacht und möchte wirklich, dass du weißt, dass ich dich nicht gefragt habe, ob du mich heiraten willst, weil ich das Gefühl hatte, dazu verpflichtet zu sein. Als Wiedergutmachung für den Tod deines Bruders. War dir das klar? Im Nachhinein hatte ich Sorge, dass du denkst, ich hätte es deswegen getan. Vielleicht dachten das alle. Aber weißt du, ich hätte es ohnehin getan. Ich habe mich darauf gefreut, dich zu fragen. Weil ich dich geliebt habe und glücklich war. Und, na ja, du weißt schon. Weil man das eben so macht.»

Gwen zupfte an einem Stück erkaltetem Käse, der seitlich an einer nun kalten Quesadilla hing. Glücklich – es klang wie Gezwitscher, sinnlos.

Nun lehnte er sich zurück und ließ sie antworten, was sie nur langsam tat, die Gedanken formten sich erst in dem Moment, in dem ihr die Worte über die Lippen kamen. «Die Sache ist die», sagte sie, «du hast mir vielleicht nicht aus Pflichtgefühl einen Antrag gemacht. Aber ich glaube, ich habe Ja gesagt, weil ich dachte, ich wäre dazu verpflichtet.»

Das laut auszusprechen fühlte sich radikal an. Sie blickte auf und erwartete halb, eine Armee gemeinsamer Freunde und Bekannter durch die Tür hereinmarschieren zu sehen, die alle mit dem Finger auf sie zeigten und «A-ha!» riefen. Aber es kam niemand, und Ryan war nicht in Tränen ausgebrochen oder hatte sich mit dem neumodischen Maiskolbenhalter gestochen. Er sah nicht einmal überrascht aus. Sie fuhr fort.

«Du warst für mich … Kontinuität, nehme ich an? Luke kannte dich. Er mochte dich. Er war einverstanden. Du warst ein Überbleibsel aus der Zeit davor, etwas, woran ich mich klammern konnte. Ich glaubte es meinen Eltern schuldig zu sein, damit sie sich auf etwas Positives konzentrieren konnten. Und ich glaubte es natürlich auch dir schuldig zu sein. Dafür, dass du für mich all das warst, was du gerade aufgezählt hast, dass du zu mir gehalten hast, auch wenn ich ein wandelnder Albtraum gewesen sein muss. Ich habe Ja gesagt, weil ich nicht die Kraft hatte, Nein zu sagen. Zu dem Zeitpunkt.»

Sie trank einen Schluck von ihrem Getränk, und als die Säure in ihrer Kehle ankam, begannen ihre Augen zu tränen.

«Außerdem», fügte sie hinzu, «macht man das eben so.»

Ryan nahm das alles zur Kenntnis und nickte mit einem Ausdruck von Toleranz und Geduld, den er sich vermutlich als Vater zugelegt hatte. Er lächelte wieder, fast selig, und plötzlich wirkten seine Augenringe nicht mehr müde, sondern weise. Ryan hatte also die Erleuchtung erlangt – war es das?

«Natürlich», sagte er einen kurzen Moment später. «Ich möchte mir gern vorstellen, dass wir auf einem alternativen Zeitstrahl zusammengeblieben wären.»

«Einem alternativen ... Zeitstrahl?»

«Ja. Du weißt schon, Quantenphysik?»

«Oh. Klar. Quantenphysik.»

«Auf dem anderen Zeitstrahl sind wir zusammengeblieben und nehmen uns gemeinsam deine Probleme vor ...»

«Meine Probleme», wiederholte sie.

«Entschuldigung, dein *Trauma*», wiederholte er ernsthaft.

«Klar.»

«Und wir haben geheiratet und Kinder bekommen und sind vielleicht nach Hitchin gezogen oder so ...»

«Hitchin?»

«... oder wohin auch immer, und vielleicht hat sich für uns alles zum Guten gewendet.»

«Klar.»

«Oder vielleicht auch nicht. Wir werden es nie erfahren.»

«Nein.»

Manchmal rechnete sie die Sache mit Ryan ebenfalls durch. Wenn sie ihn geheiratet hätte, würden sie jetzt ihren fünften Hochzeitstag feiern. Theoretisch könnten sie schon zwei Kinder haben. Sie könnten sich aus ganz anderen Gründen an einem Restauranttisch verkrampft unterhalten. Wäre das besser? Wer wusste das schon.

Doch Ryan schien damit völlig im Reinen zu sein. Das teuflische Fegefeuer des Nichtwissens, in dem Gwen so lange geschmort hatte, war genau das, was die Sache für ihn abmilderte. Das Wissen, dass sie beide in einem Paralleluniversum ein Heim gründen und sich vermehren könnten, bereitete ihm offensichtlich Freude.

«Aber das ist in Ordnung», fuhr er fort, wobei sich ein verschämtes Grinsen auf sein Gesicht schlich, «denn auf diesem Zeitstrahl bin ich Clara begegnet. Und dann wurde alles, na ja …»

Sag es nicht, flehte Gwen ihn im Stillen an.

«… klar.» Ryan gluckste nachsichtig und widmete sich einem tropfenden Taco. Das war offensichtlich ein Lieblingssatz von ihm. *Ich kann endlich KLAR sehen, jetzt, wo die schusselige Trantüte weg ist.*

Sie fragte sich, ob sie vor diesem Abend über sie gesprochen hatten. *Wie man zu seiner verstörten Ex freundlich ist.* Hatten sie eine Strategie ausgearbeitet? Ryan war ein Mensch, der gern gut vorbereitet in jedes Treffen ging. Sie spürte, dass Clara ein Mensch war, der ihn dabei gerne unterstützte. Eine Person, die sich ihrer selbst sicher, die gegenüber anderen großzügig war und wegen der er niemals vierzig Minuten zu spät zu einer Party erscheinen würde, weil sie Kleider durch den Raum geschleudert und sich das Gesicht zerkratzt hatte. Sie wusste nicht, ob sie sich noch einmal entschuldigen oder «gern geschehen» sagen sollte.

Schließlich entschied sie sich für: «Da bin ich froh.» Was ihr in diesem Moment gar nicht so weit von der Wahrheit entfernt erschien.

Auf einer anderen Zeitachse war sie vielleicht wirklich froh. Auf dieser anderen Zeitachse würde sie sich vielleicht zum

Abendessen in die Doppelhaushälfte in Streatham einladen, das Kind umschwärmen und Claras Tischdekoration loben, während ihre Gastgeber in der Küche gemurmelte Unterhaltungen führten. Auf wieder einer anderen Zeitachse würde sie sich vielleicht während des Desserts ihrer Gastgeberin zuwenden und freundlich fragen: «Sag mal, zittern seine Beine immer noch, kurz bevor er kommt?»

Auf noch einer anderen würde sie sich vielleicht über den Tisch beugen und den Tropfen brauner Soße abwischen, der verführerisch in seinem Bart hing. Vielleicht würde sie sich vorlehnen und noch einmal Besitzansprüche auf seine rasselnden Nebenhöhlen erheben.

Aber auf diesem Zeitstrahl erweckte sie den glaubhaften Eindruck von freudiger Erleichterung, und das genügte. Schwarze Bohnen und Süßkartoffeln essend, saß sie dem Mann gegenüber, den sie hätte heiraten können, den sie aber nicht geheiratet hatte, und sie hätte es unerträglich finden können, aber sie tat es nicht. Sich zurückzulehnen und durch dieses lauwarme Wasser zu waten, fühlte sich bereits an wie ein Sieg.

J a c k e

Lise war seit zwei Jahren clean («Im doppelten Wortsinn», sagte sie gerne zu ihren Verabredungen, um sie zu entwaffnen) und berufstätig, bevor sie sich dazu bereit fühlte, sich von der Jacke zu trennen.

Die Jacke, die sie hasste und ablehnte und die sie dennoch zärtlich im Waschbecken ihrer neuen Wohnung von Hand wusch, weil es ihr widerstrebte, in den Waschsalon zu gehen, aus Angst, danach vielleicht nie wieder in die Wohnung hineinzugelangen. Eine feste Adresse. Die Jacke hängte sie zum

Trocknen auf den winzigen Backsteinbalkon, von dem aus sie The Gherkin, The Shard und Canary Wharf sehen konnte, eine Skyline aus spitzigen Objekten, vor denen sie durch die kastenförmige braune Ausdehnung der Wood Green Mall geschützt war. Eine feste Adresse wie der Punkt in der Mitte eines Kreisverkehrs. Halt dich fest, oder du wirst rausgeschleudert.

In der ersten Woche, die sie hier verbracht hatte, hatte sie in der Jacke geschlafen. Zuerst aus reiner Gewohnheit, dann aus einem abergläubischen Impuls heraus, der ihr weismachte, dass ihr das Zuhause in dem Moment, in dem sie sie auszog, sich entspannte und es sich gemütlich machte, unter den Füßen weggerissen werden würde. Seitdem hing sie an der Rückseite ihrer Wohnungstür wie ein beschissener mauvefarbener Talisman, ein Wächter, ein Butzemann, der sie daran erinnern sollte, wie übel es werden konnte. Wer weiß? Hätte man ihr eine schönere Jacke gegeben, wäre sie jetzt vielleicht wieder da draußen.

Irgendwann aber war sie doch bereit. Nachdem sie die Wohnung geschrubbt, Gardinen aufgehängt, Dill in einen Terrakottatopf gepflanzt, das durchhängende Sofa mit einem Tuch bedeckt und die traurigen Stühle mit zartgrüner Kreidefarbe gestrichen hatte. Nachdem sie sich mit ihrem Callcenter-Gehalt eine neue Matratze, einen Espressokocher für den Herd und eine extrastarke Kette für die Tür zusammengespart hatte. Nachdem sie die Nachricht über Jakob gehört hatte und nicht zusammengebrochen war, sich nicht von der Trauer unter Wasser hatte ziehen lassen, sondern starr und aufrecht im scharfen, hellen Tageslicht ihres Schmerzes stehen geblieben war – erst da fühlte sich Lise bereit, die Jacke wegzugeben.

An dem Tag, an dem sie den Anorak dem Sozialkaufhaus überließ, sah sie die Anzeige für die Stelle als Direktionsassistentin, die am Tresen klebte. Um ehrlich zu sein, war es weniger eine Anzeige als vielmehr ein Plakat mit der Aufschrift «BIST DU CHEFMATERIAL?» neben einem ausgeschnittenen Foto von Jürgen Klopp. Lise glaubte nicht an das Schicksal, aber sie glaubte an Geschichten, und dies war eine sehr gute Geschichte. Der Laden war jahrelang ihre einzige Konstante gewesen. Er war ein Ort, an den sie gehen konnte, wenn sie nirgendwo anders hinkonnte. Wenn selbst die anspruchslosesten Cafés sie hinauswarfen, wenn selbst die Bibliotheken kühl und feindselig wurden, in Sozialkaufhäusern galt öffentliches Wegerecht, und dieses hier war ihr besonderer Favorit.

Sie hatte nicht gesehen, wie die alte Frau die Jacke gekauft hatte, aber sie hatte sie sie danach tragen sehen und hatte sich gefreut. Sie sah warm aus. Eigentlich zu warm für das Wetter – warum zogen sich alte Leute immer so an, als würden sie das Wetter nicht wahrnehmen? Das hatten sie und Junkies vermutlich gemeinsam.

Es war immer noch ein hässlicher Anorak, dachte Lise, aber vielleicht etwas weniger hässlich als vorher.

40.

Die ganze Woche über hatte Gwen Mühe gehabt, das Gesicht von Janet McAffery aus dem Kopf zu bekommen.

Janets Tochter war nun schon zweimal im Laden gewesen, um sich zu erkundigen, ob es Neuigkeiten zu der verschwundenen Uhr gab. Einmal war sie allein gewesen, das andere Mal hatte sie ihre Mutter wie einen Hund draußen auf dem Bürgersteig geparkt, von wo aus sie in ihrem lila Anorak entschuldigend durch das Fenster gelächelt hatte. Beide Male hatte Gwen versprochen, sie würden alles in ihrer Macht Stehende tun, um die Uhr zu finden, und die Lüge hatte sich wie eine Geste angefühlt, die für echte Freundlichkeit einsprang. Das war jetzt nicht mehr der Fall.

Ihr Abendessen mit Ryan hatte ihr unerwarteten Schwung gegeben. Sie war mutig, hatte er gesagt. Sie war eine Person, die zu großen, entschlossenen Taten fähig war. Und jetzt fühlte sie sich angehalten – auf seltsame Art und Weise geradezu verpflichtet, was nicht gänzlich unabhängig war von der Tatsache, dass sie ihn nackt gesehen hatte –, Nicholas' Unrecht wiedergutzumachen.

Heute herrschte zum dritten Mal in Folge eine schwüle Hitze von dreißig Grad, und sie und Connie beendeten gerade ihre Nachmittagsschicht, in der sie abwechselnd vor der stotternden Klimaanlage des Ladens gestanden hatten. Ungefähr alle zwanzig Minuten kam jemand herein und fragte, ob sie Ventilatoren im Angebot hätten.

Connie erzählte gerade, dass sie am Morgen im Bus einen Teenager gesehen habe, der eine dicke Jogginghose und einen Kapuzenpulli mit über den Kopf gezogener Kapuze getragen habe – «Stell dir das mal vor!» –, und dass sie sich zu ihm umgedreht und gefragt habe: «Entschuldige, aber ist dir in alldem nicht furchtbar heiß?» Und gerade als sie gedacht habe, er würde sie abstechen, habe er gelächelt und zugegeben, dass ihm tatsächlich heiß sei, und sie hätten zusammen gelacht. Gwen war nicht ganz sicher, dass sich all das wirklich zugetragen hatte.

Sie stellte sich jetzt die Uhr vor, diese Uhr, die sie noch nie gesehen hatte, an der Wand eines seelenlosen Pubs in der City. «Soziale Kontakte pflegen», sagte eine Stimme in ihrem Hinterkopf. Es war eine teilnahmslose und farblos roboterhafte Stimme wie die eines Satellitennavigationsgeräts.

«Connie», begann Gwen. «Du weißt doch, die Uhr, von der ich dir erzählt habe?»

«Uhr? Die, die dein Liebster aus Eigennutz entwendet hat?»

«Nenn ihn nicht so, bitte.»

«Wenn der Stiefelschoner passt!» Connie stieß ihr einen spitzen Ellbogen in die Rippen.

«Wie auch immer, ja, diese Uhr – ich dachte, äh ... also, das heißt, hättest du Lust, mitzukommen und ... na ja, sie mit mir zusammen zu befreien? Heute Abend?»

Was freundliche Einladungen anbelangte, war diese ein schwierigeres Geschäft als Kino – aber sie spürte, dass Connie an dieser Art von Kapriolen Spaß hätte. Außerdem konnte sie Connies Selbstvertrauen und Chuzpe gut gebrauchen. Ihre mühelose Art, sich durch die Welt zu bewegen, würde sich bestimmt als nützlich erweisen, wenn es darum ging, einen misstrauischen Gastwirt zu berücken. Vielleicht könnten sie danach Pasta essen gehen.

«Ich kann nicht, tut mir leid!», antwortete Connie. Oh. *Sie haben Ihr Ziel verfehlt.* «Klingt nach vergeblicher Liebesmüh, wenn ich das so sagen darf, Gwen, und außerdem habe ich Pilates.»

«Klar», antwortete Gwen. «Keine Sorge! Du hast wahrscheinlich recht.» Sie hatte das beängstigende Gefühl, gleich wieder in Tränen auszubrechen.

Da sagte eine Stimme hinter ihnen: «Ich komme mit.»

Sie drehten sich um und entdeckten Asha, die mit verschränkten Armen und undurchsichtiger Miene dort stand. Sie war an diesem Nachmittag wieder still und in sich zurückgezogen gewesen und hatte sich darauf beschränkt, im Hinterzimmer CDs auf Kratzer zu untersuchen, während der heilige Michael ihr Tee gekocht hatte. Michael kochte anderen Leuten nie Tee.

«Da hast du's, nimm Ayesha mit!», sagte Connie. Asha korrigierte sie nicht. Gwen spürte, dass sich das Zeitfenster, in dem sie Asha beispringen und Connie korrigieren konnte, allmählich schloss, aber sie stand nur da und glotzte wie eine Idiotin.

«Bist du dir sicher?», fragte sie stattdessen Asha, nachdem Connie sich von ihnen verabschiedet hatte und aus dem Laden eilte.

«Hundertprozentig!», sagte Asha. «Nimm Ayesha mit!» Sie lächelte schief. «Ich brauche ein Abenteuer. Ich werde zu Hause noch wahnsinnig. Ich meine, mehr als das.»

«Man braucht eine Beschäftigung, oder?», bestätigte Gwen. Das war alles, was Suze jemals gebraucht hatte, um einem Plan zuzustimmen. Eine Beschäftigung.

«Also, was ist der Plan?», fragte Asha. «Wir gehen da hin und erklären denen, dass unser Kumpel, der seelenlose Nick, einer verwirrten alten Dame die Uhr gemopst hat, und bitten ganz freundlich um Rückgabe?»

«Genau! Ja, auf jeden Fall», sagte Gwen. Sie hielt inne. «Und wenn das nicht klappt, nehmen wir sie einfach mit.»

«Wir klauen sie?»

«Äh. Ja?»

Asha kniff die Augen zusammen, und Gwen hatte plötzlich eine Vision von ihr vor Gericht mit Anwaltsperücke. Sie wusste, das war nicht Ashas Job, aber er hätte es sein sollen.

«Gwen, ich lasse mich nicht verhaften. Was zum Teufel.»

«Nein! Nein, natürlich nicht.» Gwen zwang sich zu einem Lachen, um anzudeuten, dass sie offensichtlich – *offensicht-*

lich – einen Scherz gemacht hatte. Aber innerlich fühlte sie sich beschämt. Als sie noch in WGs gelebt hatte, hatten sie oft irgendwelches Zeug aus Kneipen gestohlen. Meistens Pint-Gläser. Manchmal auch Besteck. Ganze Klopapierrollen, wenn es nötig war. Abgesehen von dem einen Mal, als Suze vor dem Türsteher eines Nachtclubs ihre Tasche öffnen musste und sich herausstellte, dass sie voller Schmuggelware war – er hatte sie trotzdem hineingezwinkert –, waren sie nie erwischt worden und hatten ihre Angewohnheit im Großen und Ganzen als Verbrechen ohne Opfer abgetan. Sie waren arm, die Kneipen waren reich. Es war ein inoffizielles Treueprogramm.

Als sie älter wurden und es sich leisten konnten, passende Bechersets bei Wilko und dann bei John Lewis zu kaufen, waren sie der Angewohnheit entwachsen und wurden nur noch rückfällig, wenn ein besonders schönes oder bemerkenswertes Glas ihren Weg kreuzte. Und dann konnte es als Nostalgie gerechtfertigt werden, als kleiner Nervenkitzel, um ihr sonst so nüchternes, gesetzestreues Leben aufzupeppen.

Das letzte Mal war es im Winter vor ein paar Jahren vorgekommen. Gwen hatte sich in einem Pub mit knisterndem Kaminfeuer in Highgate in ein hübsches kleines Whiskyglas verliebt, neben dem sie drei Stunden lang gesessen und Suze dabei zugesehen hatte, wie sie auf Pauls Geburtstagsparty ihre Runden drehte. Sie blieb bei jeder lärmend heiteren Gruppe von Freunden, Kollegen und Cousins in Barbourjacken stehen, um zehn Minuten lang charmant und witzig zu sein, bevor sie elegant zur nächsten überging. Gwen fragte sich, wo sie das gelernt hatte. Irgendwann hatte sich Suze neben sie gesetzt und den Kopf auf Gwens Schulter gelegt.

«Hast du jemand Nettes kennengelernt?», hatte sie gefragt.

«Dieses Glas», hatte Gwen geantwortet und es ihrer Freundin

vors Gesicht gehalten, damit sie sehen konnte, wie perfekt es sich in ihre Handfläche schmiegte. «Dieses Glas ist mein neuer Lebenspartner.»

«Stark, solide. Schöne Kurven. Gute Aussichten. Ich glaube, du wirst sehr glücklich werden.»

Im Bus nach Hause hatte Gwen das Glas in Servietten eingewickelt unten in ihrer Tasche gefunden.

«Keine Ahnung», hatte Suze am nächsten Tag zurückgeschrieben. «Das müssen Elfen gewesen sein! Ihr gehört ganz offensichtlich zusammen x»

Gwen hatte sich bemüht, davon gerührt, anstatt beleidigt zu sein.

Und jetzt war sie hier und beleidigte Asha, indem sie zu der Sorte weißer Frau gehörte, die Kleinkriminalität als verzeihliches Vergnügen betrachtete. Gwen entschuldigte sich nervös stammelnd. Asha hob die Augenbrauen und grinste.

«Schon gut, Winona, beruhige dich. Ich komme mit.»

41.

Gwen entdeckte die Uhr sofort, als sie eintraten. An der Wand gegenüber leuchtete sie in einem allgegenwärtigen Petrol. Es war wirklich eine schöne Uhr, soweit Gwen je eine Meinung über eine Uhr gehabt hatte. Sie war viel zu schön für *The Boar and Balls – The Bore and Bollocks*, wie Asha es sofort umtaufte – mit seinen billigen Bilderrahmen und den Schildern an den Toilettentüren, auf denen «Chicks», «Chaps» und «Whevs» standen.

Die Uhr war von dem üblichen peinlichen Gerümpel umgeben: mehreren Porzellantellern in Tellerhaltern, einem Fluggänse-Trio aus Keramik, einem Neonschild mit der geschwungenen Aufschrift «Carpe diem!» und dem Porträt der jungen Elisabeth II. mit Graffiti-Baseballcap, Goldkette und über die Augen geklebten Penny-Münzen. Auf einer Karte, die in der rechten unteren Ecke des Rahmens steckte, stand erschreckenderweise: «860 Pfund».

«Hier sieht's ja aus», murmelte Asha leise.

Der Raum roch nach schwitzigen Körpern und Industrie-Desinfektionsmitteln. Es war viel los – mehr, als Gwen um 18 Uhr an einem Dienstag erwartet hätte –, und vor der Wand mit der Uhr saß um einen niedrigen Tisch eine Gruppe von Frauen. Sie reichten sich alle ihre Handys hin und her und kreischten vor Lachen.

Asha und Gwen näherten sich der Bar, an der ein laminiertes Schild mit der Aufschrift «Happy Hour! 2 Aperol Spritz für 12 Pfund» hing, und hielten sich an den Ablauf, den sie auf dem Weg hierher eingeübt hatten.

«Was darf ich den Damen bringen?», fragte der Barmann mit den gegelten Stirnfransen.

«Hallo», begann Gwen, deren Mund plötzlich trocken war und auf deren unterem Rücken sich ein Schweißfilm bildete. «Wir sind ziemlich beeindruckt von Ihrer ... äh, schönen Deko! Ihr Chef muss ein gutes Auge haben.»

Der Mann sah verblüfft aus. «Äh, danke», antwortete er und blickte auf das Regal, in dem ein Fasan in einem Glaskasten neben einer Sammlung alter Nintendo-Spielekassetten und einem LEGO-Millennium-Falcon stand. «Die Zentrale hat letzte Woche jemanden geschickt, der das alles gemacht hat. Davor sah es hier aus wie in einem Premier Inn.»

Gwen lachte darüber ein bisschen zu laut, um natürlich zu wirken. Asha übernahm.

«Sehen Sie die Uhr da hinten an der Wand? Wir würden mit Ihnen gerne über diese Uhr sprechen.»

Sie modulierte ihre Stimme, bemerkte Gwen, klang ein wenig höher, die Vokale waren rund und die Konsonanten hart. Gwen richtete sich neben ihr auf und versuchte, ebenso anwältinnenhaft selbstsicher zu wirken.

Der Barmann schaute auf die Uhr, dann wieder die Frauen an. «Was ist damit?»

«Wir befürchten, sie wurde Ihnen versehentlich verkauft.»

«Versehentlich?»

«Ja», fuhr Asha mit ernster Miene fort. «Leider wurde die Uhr fälschlicherweise für wohltätige Zwecke verschenkt, wodurch sie in den Besitz einer dritten Partei gelangte, die sie ohne Erlaubnis oder die erforderliche, äh, Lizenz an Sie weiterverkauft hat.»

«Lizenz?»

Asha nickte. «Sehen Sie, für Wohltätigkeitsorganisationen gelten andere Vorschriften als für kommerzielle Unternehmen» – sie deutete erläuternd auf die Theke –, «was bedeutet, dass der Verkauf leider nicht rechtmäßig war und die Uhr wieder in den Besitz des ursprünglichen Eigentümers übergeht.»

«Des was?»

«Des ursprünglichen Eigentümers.»

«Der Uhr?»

«Korrekt.»

Er runzelte die Stirn und sah zwischen ihnen beiden hin und her. Schließlich sagte er: «Ist das wieder so eine Schatzsuche von Design My Nights? Gehört ihr zu einer Junggesellinnenparty?»

Diese Anschuldigung wiesen sie vehement zurück. Asha versuchte es erneut, diesmal etwas energischer.

«Wir sind als Vertreter der Eigentümerin der Uhr hier – einer älteren Dame, die sich durch das Abhandenkommen der Uhr erheblichem Stress ausgesetzt sieht. Je schneller wir ihr ihr Eigentum wieder zurückbringen können, desto besser. Am besten natürlich, ohne höhere, äh, Mächte hinzuziehen zu müssen.»

Gwen fragte sich, ob sie die Pub-Kette oder die Polizei meinte. Oder – den lieben Gott?

«Okay», sagte der Barmann, nachdem sie mehrere Variationen desselben Wortsalats wiederholt hatte. «Also, damit ich das richtig verstehe: Jemand hat uns die Uhr verkauft, hätte das aber nicht tun dürfen, und jetzt wollen Sie sie zurückhaben, weil eine alte Dame traurig ist? Trifft es das im Wesentlichen?»

Asha öffnete den Mund, als wollte sie noch mehr sagen, aber ihr schien die Luft ausgegangen zu sein. Sie nickte nur.

«Nö, sorry. Das kann ich nicht, das gibt mein Job nicht her.»

«Können Sie nicht – oder wollen Sie nicht?», reizte sie ihn.

«Ehrlich gesagt, meine Chefin würde mich umbringen.»

«Ihre Chefin, könnten wir die bitte sprechen?»

Der Barmann verzog das Gesicht zu einem unangenehm berührten Grinsen. «Sie ist heute nicht da, tut mir leid.»

«Scheiße», antwortete Asha immer noch in demselben forschen, geschäftsmäßigen Ton. Der Barmann schnaubte vor Lachen und ging davon, um einer Gruppe von Immobilienmaklern eine Runde schäumender Cocktails zu servieren. Gwen wandte sich zu Asha, um mit ihr darüber zu lachen, aber Asha schien vor ihren Augen in sich zusammenzufallen.

«Scheiße», wiederholte sie, atmete schwer aus und mied Gwens Blick. Der Pub füllte sich nun, und sie wurden von allen Seiten von Happy-Hour-Ellbogen bedrängt.

«Wir könnten ihn bestechen», schlug Gwen ohne große Überzeugung vor. «Ihm einen Zwanziger zustecken?»

«Hast du Bargeld dabei?», fragte Asha.

«Äh, nein.»

«Dann buttern wir seine Handfläche mit einem Kartenlesegerät?»

«Okay, vergiss es.»

Asha drückte die geballten Fäuste gegen ihre Augenlider und stöhnte frustriert. «Das war meine Schuld. Ich habe es versaut.»

«Hast du nicht! Du warst fantastisch!», sagte Gwen. «Es war dumm. Die ganze Sache war eine extrem dumme Idee.» Das war sie wirklich, jetzt sah sie es ein. Extrem dumm. Ein *Raubzug*? Sie, Gwendoline Grundle (38, weiblich, Furcht vor elektronischen Nachrichten), eine schmeichlerische Betrügerin? Sie schlug vor, noch auf einen Drink zu bleiben, aber Asha behauptete, ihre Würde lasse das nicht zu.

«Verschwinden wir hier lieber», sagte sie, «bevor er ‹Uhrenlizenzen› googelt. Oder mir sein Exemplar von *Lean In* leihen will.»

Sie scherzte, aber sie lächelte nicht dabei. Gwen gab nach, aber Würde war ihrer Blase herzlich egal.

«Wir treffen uns draußen», sagte sie zu Asha und machte sich auf den Weg zu den Toiletten.

Wusste sie da schon, dass sie es tun würde? Um ihren Stolz zu wahren, hätte sie es nie gewagt. Aber jetzt hatte Gwen Ashas enttäuschtes Gesicht neben dem von Janet vor Augen und die Frisur des Barmanns neben Nicholas' höhnischem Grinsen. Plötzlich war es nicht mehr der Plan zur Befreiung der Uhr, der ihr absurd vorkam, sondern alle um ihn herum, alle, die vor der Uhr lachten und flirteten, die grausamen Massen mit ihren Getränken und porenfreien Gesichtern und die brodelnde Ungerechtigkeit der Welt im Allgemeinen. Es war eigentlich erstaunlich, dachte Gwen, als sie hinter der Schwingtür bei «Chicks» saß und aus unsichtbaren Lautsprechern einen True-Crime-Podcast hörte, dass sie so lange durchgehalten hatte, ohne sich einem kriminellen Leben zuzuwenden.

Als sie aus der Toilette kam, war der Moment perfekt. Der Barkeeper stand mit dem Rücken zum Raum, schnitt gerade Limetten, was gewagt war, da er sein Handy-Display nicht aus den Augen ließ. Asha war draußen in Sicherheit. Gwen sah den freien Fluchtweg zur Tür, die von einem vergoldeten Flamingo und einer Windmühle vom Minigolfplatz flankiert wurde. Sie machte ein paar seitliche Schritte auf die Uhr zu und tänzelte entschuldigend, als sie sich der Gruppe näherte, die vor der Uhr saß. Sie blickten kaum auf und sprachen weiter.

Also haben wir die Sache mit dem Stripper vertuscht, sagte eine von ihnen.

Wäre Dave damit nicht einverstanden gewesen?

Nein, ich meine wortwörtlich: mit Babyöl.

«Ups», sagte Gwen und stützte sich auf der Armlehne des Sofas ab. «Tut mir leid, ich muss nur ...»

Sie stellte sich auf die Zehenspitzen, reckte sich über die Köpfe der Frauen und hob die Uhr mit einer sauberen Bewegung vom Haken. Sie war schwerer, als sie erwartet hatte, und ihr Handgelenk gab fast nach, als sie das gezackte Gebilde aufrecht auf ihren Fingerspitzen balancierte. In diesem Moment blickten die Frauen auf und sahen sie. Gwen stand in Superman-Pose auf einem Bein und hielt das goldglänzende Ding in der ausgestreckten Hand über ihren Köpfen wie eine Statue des Helios. Eine falsche Bewegung, und Gwen wäre schuld an höchst originellen Verletzungen. Es lief ihr kalt den Rücken hinunter.

Aber die Frauen sagten nur grundlos «Oh, Entschuldigung!» und rückten ein paar Zentimeter nach rechts, sodass Gwen die Uhr sicher in die Arme schließen konnte. Wie viele Frauen, fragte sie sich in dieser Sekunde, würden sich bei einem Dieb dafür entschuldigen, dass sie ihm im Weg standen? Wahrscheinlich die meisten.

Gwen bedankte sich ruhig, warf einen letzten Blick in Richtung Barmann und machte sich in der Haltung eines olympischen Schnellläufers auf den Weg zur Tür – Hüften und Knöchel arbeiteten frenetisch, ihr Oberkörper war auf einen Aufprall vorbereitet. Als sie an der Bar vorbeikam, wandte sie sich zur Seite, um die Uhr zu verbergen, und bahnte sich den Weg zwischen den anderen Gästen hindurch – jetzt fand sie die Menge großartig, hätte am liebsten jedem einzelnen von ihnen einen riesigen orangefarbenen Cocktail spendiert –, bis sie endlich, endlich an der Tür anlangte, die Brise im Gesicht spürte und sich die herrlich verdreckte High Holborn vor ihr erstreckte wie Xanadu.

«Scheiße!», rief Asha erfreut, als sie sah, wie Gwen mit der Uhr durch die Tür stolperte.

«Lauf!», schrie Gwen.

42.

Im Nachhinein betrachtet, war die Flucht unnötig gewesen. Niemand verfolgte sie, und das war auch nicht zu erwarten. Aber wegzurennen fühlte sich in diesem Moment angemessen an, ihre Füße patschten kindlich auf den Bürgersteig, und Gwen hatte die Melodie von – wie peinlich – *Lust For Life* im Kopf. Es war ihre zweite Flucht innerhalb von zwei Wochen, wurde ihr bewusst, und sie hoffte, dass das als erste Schritte eines Trainingsprogramms durchgehen konnte.

Danach lagen sie mitten auf dem Red Lion Square und keuchten vor selbstgefälligem Gelächter, die Uhr lag als auffälliger Hügel im Gras zwischen ihnen. Sie hatten sie in einen alten Pashmina eingewickelt, den Gwen zu ihrem Abschlussball getragen und aus unerklärlichen Gründen behalten hatte. «Gute Idee, die Decke mitzunehmen», hatte Asha gesagt, und sie hatte sie nicht korrigiert.

Nach einer Weile hörten sie auf zu lachen und blieben einfach liegen. Ameisen kitzelten in ihren Haaren, und das verdorrte gelbe Gras kratzte an ihren Knöcheln. Rund um den Park herum saßen Büroangestellte mit ausgezogenen Jacketts und hochgezogenen Röcken, tranken Rosé und aßen Dreikornsalate aus Schachteln, die Gesichter hungrig zur Sonne gewendet. Gesprächsfetzen drangen herüber, allesamt banal. Gwen fühlte sich wie ein Eindringling. Sie sahen alle so jung aus. Sie spürte sie förmlich, ihre Entschlossenheit, einen idyllischen Moment zu schaffen, und das gegenseitige Einverständnis, dass jeder so tun musste, als wäre es schön. «Schön», würden sie sagen, immer und immer wieder, bis sie es glaubten. Oder bis es sich wirklich schön anfühlte.

«Mein Büro ist gleich da drüben», sagte Asha plötzlich. Sie zeigte nicht darauf, sondern hielt die Augen geschlossen und die Hände hinter dem Kopf verschränkt. Gwen öffnete den Mund, aber Asha fuhr fort: «Näher bin ich ihm in den letzten sechs Monaten nicht gekommen.»

Gwen schwieg und ließ sie weiterreden. Ashas Finger strichen über Grashalme und rissen sie ab, während sie sprach.

«Jedes Mal, wenn ich versuche herzukommen, sogar an den Wochenenden, habe ich diese – ich weiß nicht, diese Art von Ganzkörperreaktion. Als würde das ganze Blut aus meinem Gehirn abfließen oder so. Das letzte Mal saß ich anderthalb Stunden auf dem Bahnsteig von Chancery Lane, und das ist keine Übertreibung.»

Gwen merkte, dass sie den Atem anhielt, als könnte ein einziges hörbares Ausatmen ausreichen, um Asha wieder in ihr Schneckenhaus zurückzutreiben.

«Die ganze Zeit war ich davon überzeugt, dass gleich jemand aus dem Büro vorbeikommen und sehen würde, wie ich da sitze und aussehe wie ein Stück Scheiße. Es war wie in einem dieser Träume, in denen man weglaufen muss, aber nicht kann, in denen man schreien will, aber keinen Ton herausbekommt. Ich musste von dieser Bank aufstehen, aber ich ... konnte einfach nicht. Jedes Mal, wenn ich versucht habe aufzustehen, sagte mein Hirn ‹Nein›.» Sie schüttelte langsam den Kopf, die Augen immer noch geschlossen. Dann fügte sie hinzu: «Zum Glück war es erst sechs Uhr abends, und die arbeiten alle bis mindestens neun, also war ich in Sicherheit.»

Schweigen. «Was hast du dann gemacht?», fragte Gwen.

«Ein Typ von der U-Bahn kam vorbei und fragte, ob es mir gut geht», sagte Asha. «Ich weiß nicht, ob er mir helfen wollte oder ob ich ihm verdächtig vorkam, aber er holte mir Wasser und gab mir einen Jaffa Cake, und dann fing ich an zu weinen und konnte nicht mehr aufhören. Am Ende nahmen sie mein Telefon und riefen meine Mutter an.»

«O Gott.»

«Ja. Aber sie war nicht mal böse, sie kam einfach und holte mich ab wie einen vergessenen Regenschirm. Entschuldigte sich ungefähr zwölfmal bei den U-Bahn-Typen und bedankte sich in meinem Namen. Irgendwie kriegte sie mich in den Zug, und auf dem gesamten Heimweg herrschte Schweigen. Dann steckte sie mich ins Bett und kochte mir einen Eintopf und hat nie wieder irgendetwas dazu gesagt.»

«Auwei.»

«Erst ungefähr eine Woche später ist mir eingefallen, dass meine Mum schreckliche Angst vor der U-Bahn hat. Sie hat sie seit 2001 nicht mehr benutzt.»

Dann verstummte Asha wieder.

«Es tut mir leid», sagte Gwen nach kurzem Schweigen. «Ich hätte dich nicht hierher mitgezerrt, wenn ich das gewusst hätte.»

«Ich habe es doch angeboten, du Dummkopf», erwiderte Asha, womit sie recht hatte. «Egal, es ist gut. Man muss sich mit seinen Dämonen auseinandersetzen. Sich wieder in den Sattel schwingen.»

«Das ist also ein erfolgreicher Tag», wagte sich Gwen vor.

«Ich genieße Erfolge nicht», sagte sie so sachlich, wie jemand anderes «Ich vertrage Käse nicht» sagen würde.

Sie verstummten wieder.

«Schieß los», sagte Asha nach einer Weile. «Ich weiß, du willst mir Fragen stellen, Gwen. Du gibst ständig Geräusche von dir, wie wenn du etwas sagen wolltest, und dann hältst du dich zurück.»

«Okay», sagte Gwen, der das nicht bewusst gewesen war. «Okay, ich habe eine Frage.» Sie hielt inne. «Also die Dämonen ... reiten die auf dem Pferd? Oder ist der Dämon das Pferd, und du reitest auf *ihm*?»

Asha stieß ein einzelnes Johlen aus und grinste in den Himmel, die Augen immer noch geschlossen. Im Profil war ihr Gesicht schön und undurchdringlich.

«Ich bin ein Schiffszwieback, Baby.»

Gwen lachte ebenfalls. «Was soll das heißen?»

«Ein eigenartiges Symbol der Hoffnung während der Great Depression.»

Sie lagen da und gackerten, bis die letzten picknickenden Feierabendmenschen zusammengepackt hatten und zu ihren Dates und reservierten Tischen weitergezogen waren und nur noch ein paar Männer mit Bierdosen auf einer Bank übrig waren. Gwen wurde ihrer gewahr, als die Sonne hinter einer Wolke verschwand und die Hitze der vergangenen Stunden auf ihrer Haut kühler wurde: die unerträgliche Traurigkeit, es schön gehabt zu haben, die sich manchmal einschleicht, obwohl man eigentlich immer noch eine gute Zeit haben könnte.

«Komm, Robin Hood, gehen wir nach Hause», sagte Asha schließlich.

Die beiden saßen in geselligem Schweigen nebeneinander in der Piccadilly Line, und Asha drückte die Uhr an die Brust wie ein großes Mutantenbaby. Als sich der Zug dem Russell Square näherte, sprang eine Touristenfamilie zu früh auf, und eines ihrer Mitglieder stolperte und spießte sein mit Khakis bekleidetes Gesäß auf einem der vielen Stacheln der Uhr auf. Gwen rief ihnen *«Scusa! Pardon!»* hinterher, als sie auf den Bahnsteig humpelten, während es Asha neben ihr vor Lachen schüttelte.

«Das hat Spaß gemacht», sagte Asha, als sich ihre Wege trennten und sie einander steif gegenüberstanden, die Uhr in der Lücke, wo eigentlich die Umarmung hätte stattfinden müssen. «Ich bin stolz auf uns, das Team Gerechtigkeit.»

Gwens Herz schwoll ein wenig an bei dem alten Gefühl der Kameradschaft, das sie immer empfunden hatte, wenn die Agentur einen großen Wettbewerb gewann. Nur war es diesmal besser, denn dieses Mal rechtfertigte der moralische Zweck die verrückten Mittel.

Am nächsten Tag überreichte sie Janet McAffery die Uhr an der Türschwelle ihrer kleinen Wohnung in einem Sozialwohnungsblock aus den Sechzigerjahren. Die Frau schaute sie ausdruckslos an und sagte ganz ohne Dank und Förmlichkeit: «Oh, die Uhr ist also wieder da?», und für einen kurzen Moment verspürte Gwen den Drang, sie ihr wieder zu entreißen.

Doch dann blickte sie an Janet vorbei ins Wohnzimmer und sah den hellen Fleck auf der verblichenen Blümchentapete an der Stelle, wo die Uhr eindeutig hingehörte. Gwen hängte sie wieder für sie auf, wofür sie einen klappbaren Tritthocker mit Vinyltrittbrett benutzte. Es war befriedigend, die Uhr an ihren Platz zu hängen und zu sehen, wie sie dort oben in der Morgensonne glitzerte, als wäre sie wieder neu aufgegangen. Sie ließ sich dazu hinreißen, ungefragt die Vorhänge zu öffnen und den Raum mit Licht zu fluten, aber Janet blinzelte und bat sie, sie doch wieder zuzuziehen, sie könne den Fernseher nicht sehen. Gwen verstand.

«Sie geht immer noch richtig!», sagte sie zu Janet und verglich die Uhr mit ihrem Handy.

«O ja», antwortete Janet, ohne den Blick von *Escape To The Country* abzuwenden. «Die geht nie falsch.» Sie gluckste leise vor sich hin. «Nur wir anderen tun das.»

Als Gwen in dem schwach beleuchteten Raum stand, war sie versucht, sich einen Stuhl heranzuziehen und zusammen mit Janet fernzusehen, vielleicht eine charmante Freundschaft zwischen unterschiedlichen Generationen anzuleiern. «In Wirklichkeit kümmert *sie* sich um mich», würde sie in ihrer Vorstellung bei Suzes nächster Dinnerparty süffisant erzählen. Aber dann platzte eine Pflegerin herein und fragte, ob Gwen noch lange bleiben würde, also entschuldigte sie sich und schlüpfte hinaus.

«Machen Sie es gut, Liebes, und passen Sie auf diese Beine auf», sagte Janet. Was zwar unpassend war, aber nett.

«Ausgeh-Top», lautet die an die Fabrik gesendete Beschreibung, von der Leakena annimmt, dass es sich um eine holperige Übersetzung handeln muss, bei der es sich aber tatsächlich um die Bezeichnung handelt, mit der die Marke das Oberteil aufgrund seiner Kleinheit und Albernheit einordnet.

Es ist schon komisch, sinniert Leakena, dass zum Ausgehen weniger Stoff benötigt wird als zum Drinnenbleiben. Nicht nur in Phnom Penh, wo die Hitze von den Straßen aufflimmert und weiße Rucksacktouristen wie gedünstetes Schweinefleisch aussehen, die rosarot aus ihren Herbergen hüpfen, um sich über die Luftfeuchtigkeit zu beschweren und sich dann wieder ins Haus zurückzuziehen – sondern auch in Großbritannien, wohin das Ausgeh-Top unterwegs ist, um dort von Frauen gekauft zu werden, die sich offenbar vom sonnenlosen Ruf ihres Landes nicht abhalten lassen. Sie macht sich Sorgen um sie und hofft, dass sie darüber Mäntel tragen.

Leakenas Chef hat vom Entwurf an elf, vielleicht zwölf Tage Zeit, um das Oberteil ins Geschäft zu bringen; eine umständliche Reise, wenn man bedenkt, dass das Top und seine Tausendetausenden von identischen Schwestern knapp zehntausend Kilometer zurücklegen werden, um in unmittelbarer Nähe des Zeichenbretts, auf dem sie erdacht worden sind, verkauft zu werden. Aber Logik kann sich gegen die Marge nicht durchsetzen. Leakena arbeitet elf, vielleicht zwölf Stunden, aber sie wird für die Anzahl der Oberteile bezahlt, die sie näht, nicht für die Zeit, die sie zum Nähen braucht. Auch nicht für die Zeit, in der sie in Ohnmacht fällt, weil die unerbittliche Hitze und die chemischen Ausdünstungen sie zu ersticken drohen.

In ihrer Freizeit besucht Leakena eine Fachschule für Kosmetik, finanziert mit dem wenigen Geld, das sie nicht ihren Eltern nach Hause schickt. Das soll ihr Ausweg werden.

Leakena schafft es vielleicht raus, aber das Top nicht. Es wird elf, vielleicht zwölf Monate lang in einem Lagerhaus in einer Kiste liegen, während draußen das allmächtige Fließband der Mode weiterläuft und jedes neue Ausgeh-Top dieses eine zu einer weiteren Übernachtung verdammt. Woche für Woche, Masche für Masche, wird es jenseits der düsteren Kiste im Lagerhaus im Industriegebiet von helleren, glänzenderen, alberneren, ausgehgeeigneteren Tops überholt und mit jedem neuen, frisch vom Fließband hüpfenden Teil ein Stück weiter in die Bedeutungslosigkeit gestoßen. Bis es schließlich nach oben ins Licht gerufen wird.

Leider nicht in einen Nachtclub, sondern direkt in ein Sozialkaufhaus, wo es sich in den ewigen Tanz des toten Lagerbestands einreiht – eine großzügige Spende Produktionsüberschuss von einem #engagiertenUnternehmen, das seine Fehlermargen nicht mehr auf dem Scheiterhaufen verbrennen darf. Aber nicht, bevor nicht das Etikett herausgeschnitten worden ist, um die Marke vor dem Makel falscher Assoziation zu schützen. Schließlich ist das Top in Überschüssigkeit exklusiv.

Dort wird es noch zwei Monate lang neben geblümten Blusen, Rollkragenpullovern und einem Junggesellinnenabschieds-T-Shirt mit Rechtschreibfehler an einem Ständer hängen – weil es wirklich ein sehr albernes Oberteil ist. Die Leute werden es auf der Stange weiterschieben, manche mit einem Finger darüberstreichen und dabei ans Abendessen denken. Es wird elf-, vielleicht zwölfmal pro Woche vom Bügel rutschen, auf den Boden fallen und darauf warten, dass Gwen (oder Asha oder Brenda oder Lise) es aufhebt und wieder aufhängt. Und als klar wird, dass trotzdem niemand in dem Top tanzen geht, wird es in einen Lumpensack gesteckt, ein Aschenputtel im Rückwärtsgang, und wieder über Ozeane hinweg verfrachtet – dieses Mal nach Accra auf ein riesiges Gebirge, das aus all den anderen Kleidern besteht, die niemand haben wollte. Kleider, die sich niemand aufhalsen wollte.

Obroni waawu werden sie genannt, tote Weiße-Leute-Kleider, obwohl in diesem Oberteil noch kein lebendiger Körper jemals geatmet hat. Jeden Tag erklimmen junge Frauen den Berg, bewirtschaften die Kleider wie Feldfrüchte und versuchen, aus den schweren Ballen etwas Brauchbares zu machen. Wenn es Glück hat, wird das Oberteil von einer anderen jungen Frau, Nanyamka, von dem zitternden Berg gepflückt. Sie säubert das alberne Top sorgfältig, repariert und überarbeitet es, indem sie Bahnen aus schönem Stoff hinzufügt, wo vorher nur Luft war. Wie eine gute Fee gibt sie dem Oberteil eine Außenseiterchance, aber trotzdem geht niemand damit aus. Schließlich ist es eines von hunderttausend dummen kleinen Tops.

Schließlich wird das Oberteil, nachdem es lange genug vor seinem Schicksal fortgetänzelt ist, im Dunkeln begraben, diesmal für immer. Dieses traurig verhinderte Ausgeh-Top, das nie seine Chance unter den Discolichtern bekam – aber wenigstens die Welt gesehen hat.

43.

Connie empfing sie auf die übliche Weise an der Tür, als begrüßte sie einen verspäteten Klempner. «Na, dann los, komm rein! Das Essen ist gleich fertig.»

Sie trug einen dunklen Jumpsuit aus Leinen, der auf wundersame Weise nicht zerknittert war, und künstlerisch anmutende Clogs. Da steckte – Gwen kniff die Augen zusammen, nur, um zu überprüfen, dass sie nicht halluzinierte – ein Bleistift in ihrem Haarknoten.

In der Küche quoll aus dem Topf auf dem Herd intensiv wohlriechender Dampf, und sie mussten laut rufen, um die etwas zu laute Musik von Neil Young zu übertönen.

«Also, erzähl!» Connie reichte Gwen ein Rotweinglas, aus dem sie in Ermangelung von Wasser gierig trank. Connie bot nie Wasser an, man musste darum bitten. «Wie ist der Job bei Saskia?»

Gwen bekam Panik. «Äh ... also, ehrlich gesagt habe ich ihn abgelehnt», sagte sie. Gwen war überrascht, dass diese Nachricht ihren Weg zu Connie noch nicht gefunden hatte. «Tut mir leid. Aber danke! Ich bin dir wirklich dankbar, dass du uns zusammengebracht hast. Nur war es nicht ... also, ich bin mir nicht sicher, ob das ... dem nahekommt, was ich machen will.»

Connies Augen traten darauf ein wenig hervor, dann zuckte sie mit den Schultern und drehte sich wieder zum Herd.

«Wie du meinst.»

Sie hob den Deckel von dem Le-Creuset-Topf und rührte mit gerunzelter Stirn. Gwen hatte das Gefühl, ausführlicher werden zu müssen.

«Ich meine, Saskia ist toll, und bestimmt wird sie mit fred noch viel erreichen ...»

«Welcher Fred?», fragte Connie, holte einen Teller mit gebratenen Brokkolistielen aus dem Ofen und schüttelte ihn so heftig, dass ein paar Strünke über Bord gingen.

«Das ist ... die Firma? Das Start-up? Fred», wiederholte Gwen und konnte nicht widerstehen hinzuzufügen: «Alles in Kleinbuchstaben.»

Connie johlte auf und schlug die Ofentür zu. «Die Firma heißt fred? Jesus, Maria und Josef.»

«Wie auch immer», fuhr Gwen fort. «Ich weiß, sie ist deine Freundin, und ich habe ein furchtbar schlechtes Gewissen, ihr falsche Hoffnungen gemacht zu haben. Ich hoffe wirklich, dass das nicht misslich zwischen euch stehen wird.»

«Saskia? Ach Gott, ich kenne sie kaum», antwortete Connie und winkte ab. «Nur eine Bekanntschaft, die unterwegs dazugekommen ist, ich habe vergessen, wie wir uns überhaupt kennengelernt haben. Aber ich dachte, für dich sei sie ein guter Kontakt, Gwen. Du musst die Midlife-Crisis» – Gwen zuckte zusammen –, «in der du steckst, überwinden.»

Connie nahm den Topf von der Herdplatte und trug ihn zum Tisch, wo sie ihn schwer neben einer riesigen, öligen Focaccia abstellte. Aber auch das Gespräch über den Job schien noch auf dem Tisch zu liegen. «Nein, nein, ich nehme es nicht persönlich», fuhr sie fort und schwang eine Kelle. «Ich wollte nur helfen! Aber sieh mal, wenn du nicht interessiert bist, dann ist das allein deine Entscheidung.»

Gwen sprudelte Widerspruch hervor. Sie beharrte darauf, dass Connie ihr sehr geholfen habe, bedankte sich erneut, entschuldigte sich erneut, aber Connie übertönte sie.

«Aber nein, mach dir wegen mir keine Sorgen – ich bin weiß Gott nicht überempfindlich bei so was. Ha! Es ist dein Leben, Gwen, du musst selbst für dein Glück sorgen.»

Gwen plapperte weiter, bedankte sich hartnäckig. Connie sah einen Moment lang zufrieden aus und nahm einen Schluck Wein. Dann fügte sie hinzu: «Ich hoffe wirklich, dass du etwas anderes findest, Gwen. Schließlich weißt du ja, wie es auf dem Arbeitsmarkt aussieht.»

Gwen nickte. *Wusste sie das?* Und, was noch wichtiger war, wusste es Connie?

Sie setzten sich zum Essen. Doch trotz aller Beteuerungen auf beiden Seiten füllte Anspannung den Raum aus wie Schaumstoff. Die Katze hatte einen ihrer seltenen Auftritte, sie pirschte sich vom Flur herein und ließ sich wie ein Schiedsrichter auf einem Stuhl zwischen ihnen nieder. Da wurde Gwen klar, dass sie den Namen der Katze gar nicht kannte. Sie hatte keine Lust, danach zu fragen.

Es war beunruhigend, Connie schmollen zu sehen. Gwen hatte in den letzten zwei Jahrzehnten nichts erlebt, was man als «Zerwürfnis» hätte bezeichnen können, nicht mehr seit dem Streit über die Anzahl der Fahrgäste in der Limousine bei der Abschlussfeier, der damit geendet hatte, dass sich Suze und Gwen zum Zeichen des öffentlichen Protests in Dereks Mondeo chauffieren ließen. Gwen war immer die Friedensstifterin gewesen, die anderen die Hand hielt, das Bier oder die Ohrringe, niemals diejenige, die quer durch die Pommesbude Zeter und Mordio schrie. Konfrontation war eine Sprache, die sie nie zu sprechen gelernt hatte, und doch erkannte sie sie an der Tonlage und Kadenz. Sie wusste, dass sie den Kopf einziehen musste, wenn sie auf der Straße an einer vorbeiging, und dass sie aufhören musste zu zappen, wenn im Fernsehen eine aus einem Real-Housewives-Marathon herausschallte. Und wenn Connie sagte: «Wie du meinst», wusste sie, das bedeutete, dass sie nun unfreiwillig an einem einseitigen Groll beteiligt war, aus dem man nur entkam, wenn man durch ihn hindurchging.

«Du könntest eine Umschulung zur Lehrerin machen, es ist noch nicht zu spät!», schlug Connie jetzt ungefragt vor. «Die Bezahlung ist nicht so schlecht, wie alle sagen, vor allem dann nicht, wenn du bereit bist, an Schulen zu gehen, in denen die Kinder alle Messer in den Socken stecken haben. Aber vielleicht ist dir das zu viel.»

«Hm», machte Gwen. «Vielleicht.»

«Meine Nichte macht irgendwas Beeindruckendes mit Programmieren. Kannst du programmieren?»

«Eigentlich nicht.»

«Wärst du bereit, es zu lernen? Komm schon, Gwen, solche Fähigkeiten sind die neue Währung.»

Das Gespräch holperte eine Weile so weiter, Connie schlug immer neue Maßnahmen vor, die Gwen ergreifen sollte, und Gwen gab zustimmende Laute von sich. *Ja. Vielleicht. Du hast wahrscheinlich recht. Ehrlich gesagt, ist mir die alte Währung lieber.* Die zweite Portion Ossobuco lag ihr schwer im Magen, und sie fühlte sich aufgebläht, schläfrig und dumm. Sie fühlte sich auch schuldig, als würde es sie zu einer Art Trickbetrügerin machen, dass sie Connies Gastfreundschaft annahm, ohne auch ihren Rat zu befolgen. Wie viele Abendessen entsprachen wie vielen Gelegenheiten, mit einer zweizinkigen Gabel in Gwens Privatleben herumzustochern? An welchem Punkt hatten sie diese Abmachung getroffen?

«Ich komme klar, Connie, wirklich.» Sie setzte sich auf und versuchte gesprächsweise Land zu gewinnen. «Egal, genug von mir. Wie geht's dir? Was hast du diese Woche gemacht?»

Ihre Gastgeberin ignorierte sie und fragte: «Was würde dir Liam raten?»

«Liam?» Gwen blinzelte sie an.

Connies Lippen waren vom Côte du Rhone violett verfärbt, was ihr in Verbindung mit dem dunkler werdenden Himmel draußen eine Art schurkischen Glanz verlieh.

«Dein Bruder.» Sie füllte die Gläser wieder auf.

«Luke.»

«Den meine ich.» Connie schnippte mit den Fingern. «Was würde er sagen? Ich bin mir sicher, er würde wollen, dass du dich selbst ein bisschen antreibst, um etwas zu errei...»

«Können wir meinen toten Bruder bitte nicht in alles hineinziehen?», sagte Gwen. Sie versuchte rotzig zu klingen, um den verzweifelten Unterton in ihrer Stimme zu verbergen. Sie hatte nicht vor, Connie zu sagen, dass morgen der Jahrestag war. Morgen würde er in allem und in nichts vorkommen.

«Aber er steckt doch eindeutig schon in allem, Gwen, das ist ja das Problem!» Connie griff über den Tisch und legte ihr eine Hand auf den Unterarm, den sie ein wenig zu fest drückte. «Du hast offensichtlich eine Menge unaufgearbeitete Trauer in dir, und ehrlich gesagt glaube ich, dass dich das hemmt. Haben deine Eltern dich danach nicht in Therapie geschickt?»

«Na ja», entgegnete Gwen, «ich war einunddreißig. Es lag nicht wirklich an ihnen, mich irgendwo hinzuschicken.»

«Trotzdem! So was reißt Familien auseinander, wenn man nicht aufpasst. Der einzige Weg zu verhindern, dass die Trauer dich bestimmt, ist, sie zu definieren, sie ans Licht zu holen und gemeinsam zu verarbeiten.»

«Ich bin mir sicher, du hast recht, aber ...»

«Hast du mal versucht zu joggen?», unterbrach Connie sie. «Das ist toll fürs Gehirn, weißt du.»

Das wusste Gwen. Es war kein besonders gut gehütetes Geheimnis.

«Ich jogge nicht», antwortete sie rundheraus.

Connie stieß ein missbilligendes Brummen aus. «Und haben deine Eltern ihre Trauer verarbeitet?»

Das fragte sie so, wie man fragen würde, ob man einen Bungalow gekauft oder die Mülltonnen rausgebracht hatte. *Verarbeitet.* Gwen versuchte sich an einer Erklärung, suchte nach einer Möglichkeit, den unbestimmten Zustand zu beschreiben, in dem sich ihre Familie so lange befunden hatte. «Die Sache ist die», begann sie, «es gibt kein Wort für einen Menschen, der ein Geschwister verloren hat, oder für Eltern, die ein Kind verloren haben ...»

«*Vilomah*», fiel ihr Connie ins Wort.

«Pardon?»

«Vilomah. Das ist das Wort für einen Elternteil, der ein Kind verloren hat. Auf Sanskrit.»

«Oh», sagte Gwen und kam sich dumm vor. «Das wusste ich nicht.»

«Das wissen nicht viele», sagte Connie.

«Okay», antwortete Gwen. Sie hielt kurz inne. «Gibt es auch ein Wort für jemanden, der einen Bruder oder eine Schwester verloren hat?»

«Kann ich mir schon vorstellen», entgegnete Connie leichthin.

«Aha. Na ja.» Sie hatte ihren Schwung verloren und verstummte.

Connie hatte Nachtisch gemacht, wie immer. Eine riesige Rührschüssel mit Schokoladen-Olivenöl-Ganache, umkränzt von undefinierbarem Alkohol. Gwen aß ihn wie immer, löffelte ihn sich unter Connies glitzerndem Blick in den Mund. Als der Zucker auf ihre hinteren Backenzähne traf und einen freiliegenden Nerv zwickte, zuckte sie zusammen. Letzte Woche hatte sie eine weitere Erinnerungsnachricht von der Lovely-Smile-Zahnklinik ignoriert.

«Nimm noch ein bisschen», drängte Connie sie. Gwens Kehle fühlte schon ganz glitschig an. Ihr Kopf schmerzte von der Süße. Sie wollte nichts mehr, und das sagte sie auch.

«Gott, mit dir kann man wirklich keinen Spaß haben», schnaubte Connie und schüttete den Rest der Schüssel in den Mülleimer. Als Gwen ungläubig zuschaute, drehte sich etwas in ihr und schnappte zu.

«Also», Connie ließ sich schwer wieder auf ihren Stuhl fallen, «wenn du mich fragst ...»

«Ich habe dich aber nicht gefragt!»

Die Worte schossen durch den Raum, bevor ihr überhaupt klar war, dass sie sie laut ausgesprochen hatte. Joan Armatrading hatte schon vor einiger Zeit aufgehört, aus der Stereo-anlage zu singen, und nun durchbrach das entfernte Geschrei zweier brünstiger Füchse die Stille.

Connie starrte sie mit geblähten Nasenflügeln an. Es kam Gwen so vor, als würde Connie sie zum ersten Mal richtig ansehen. Auch die Katze blickte alarmiert herüber.

«Ich habe nur versucht zu helfen», sagte Connie schließlich, ihre Stimme klang rau und verwundet. «Ich mache mir Sorgen.»

Gwen fröstelte plötzlich, und sie war unglaublich müde. Eine unerwartete Sehnsucht schmerzte in ihr. Nach Marjorie. Marjorie, die sich Sorgen machte, die die falsche Handseife kaufte und die falschen Zeitungen las, die sie vielleicht nicht besser verstand als Connie, deren Schwächen aber dennoch mit ihren eigenen zusammenhingen, deren Hoffnungen eng mit ihren eigenen verwoben waren. Gwen fragte sich, warum sie jede Wo-che hier saß und um Anerkennung buhlte, wo sie doch schon eine Mutter hatte, die sie enttäuschen konnte.

«Ich habe dich nicht um Hilfe gebeten.» Diesmal sagte sie es mit fester Stimme. Mit Nachdruck. «Ich habe dich nicht darum gebeten, dir Sorgen zu machen.»

Connie erwiderte nichts, sondern stand auf und begann, den Geschirrspüler einzuräumen, wobei sie jedes einzelne Stück Porzellan klirrend hineinstellte und die Tür dann heftig zuschlug.

«Ich glaube, ich mache mich jetzt auf den Weg», sagte Gwen.

Sie nahm ihre Tasche und zog sich die Jacke an, wobei sie Mühe hatte, ihren Arm in den umgedrehten Ärmel zu fädeln. Sie musste auf die Toilette, sie wollte sich jedoch nicht den Abgang verderben. Connie brachte sie nicht zur Tür.

Als sie auf der Straße stand, rief sich Gwen ein Uber. Aber anstatt nach Hause zu fahren, ließ sie sich zur Victoria Station bringen. Der Fahrer stellte keine Fragen, und sie lehnte die Wange ans Fenster und ließ die Stadt aus verwirbelter Tinte und Neon vor ihren Augen verschwimmen.

Als sie nach Mitternacht in der hallenden Bahnhofshalle ankam, stellte sie fest, dass der letzte Zug bereits abgefahren war. Sie hatte es gewusst und fragte sich, warum sie diese Tatsache bis jetzt ignoriert hatte.

Gwen konnte sich damit abfinden, dass sie dieses Ende vermasselt hatte, aber nicht damit, wieder den Schwung zu verlieren. Also zog sie ihre Jacke fest um sich und setzte sich bis zum Morgen auf eine Bank.

Connie weinte exakt sieben Minuten lang, nachdem sie gegangen war, dann begann sie das Zimmer aufzuräumen.

Die Aufgabe hätte ihr eigentlich schon vertraut sein sollen, wenn man bedachte, dass Maddy nun seit Jahren kam und ging. Sie schwang in das Leben ihrer Eltern hinein wie eine Abrissbirne und danach wieder hinaus. Sie besuchte sie entweder unhöflich kurz – sie kam um Mitternacht und war noch vor dem Frühstück wieder weg – oder unhöflich lang. Dann ärgerte sie sie wochenlang durch nasse Handtücher auf dem Boden und unbekannte Freunde in der Küche, bevor alles implodierte und sie wieder verschwand.

Aber dieses Mal waren Worte gefallen, die keine überraschende Zwangsräumung und kein frühmorgendlicher Flug von Stansted bequemerweise auslöschen konnten. Diesmal hatte es kein Geschrei gegeben, keine kathartische Aufwallung von Abscheu, kein Auskotzen aller Gefühle, um sich hinterher besser zu fühlen. Es war ruhig und kontrolliert abgelaufen, als würde Maddy ihre Rede für einen unsichtbaren Regisseur aus einem Drehbuch ablesen.

Worte waren vor Connie geschwebt, Modeworte, aber sie hatte Mühe zu begreifen, was sie mit ihr zu tun haben sollten. Toxisch. Manipulativ. Grenzen setzen. Mitgefühl mit mir selbst. Diesmal gab es kein «sie», kein «wir», keinen zweiten verschmähten Elternteil, der sie aus ihrem Schmollwinkel herausgeholt hätte. Connie war jetzt allein, um das leere Haus pfiff ihr Schmerz.

Maddys Telefonnummer war abgemeldet. Nachrichten kamen zurück. Connie wusste nicht einmal, wo ihre Tochter lebte. Ihr Stolz hatte sie davon abgehalten zu fragen, und sie bezweifelte, dass sie überhaupt eine klare Antwort bekommen hätte. Aber vor ein paar Wochen hatte Connie eine alte Bekannte getroffen, die gesagt hatte: «Ich habe neulich deine Madeleine gesehen, sie sieht dir jetzt so ähnlich, nicht wahr? Es ist bestimmt schön, sie zurückzuhaben. Und das mit dem Baby ist so wunderbar!»

Und Connie musste dastehen und die Demütigung ertragen, musste zustimmen, ja, es sei schön, und ja, wunderbare Neuigkeiten, und ja, sie ist mein Ebenbild (Maddy würde sich aufregen, sie zog es vor, zu glauben, sie hätte ausschließlich die Gene ihres Vaters geerbt). Sie musste wohlwollend lächeln und dann einen Vorwand finden zu gehen, um das Gespräch zu beenden, bevor ihr Versagen als Mutter in der grausamen Kälte von M&S Simply Food aufflog. Sie ertappte sich dabei, dass sie versuchte, wie eine gute Mutter wegzugehen, wie auch immer eine gute Mutter gehen mochte.

Jedenfalls deutete all dies darauf hin, dass Maddy in der Nähe geblieben sein könnte, und diese Tatsache ließ Connie nicht los. Zu wissen, dass ihre Tochter sie in Bogotá, Belgrad oder Margate ablehnte und hasste – das war eine Sache. Aber zu wissen, dass die Ablehnung und der Hass möglicherweise im selben Postleitzahlenbereich stattfanden, war irgendwie besser und schlimmer zugleich.

Connie konnte nicht anders, als überall nach Hinweisen zu suchen für den Fall, dass Maddy eine Spur für sie auslegte. Dieser halb ausgetrunkene Kaffee am Nebentisch, war das ihr dunkler Lippenstiftabdruck darauf? War der Flyer, der am Schwarzen Brett des Delikatessenladens hing und für Unterricht bei einer «TEFL-Lehrerin mit grenzenloser Geduld und intuitiver Wellness-Erfahrung» warb, Maddys Griff nach einem festen Arbeitsplatz? Sie ertappte sich dabei, wie sie bestimmte Haltungen einnahm, bestimmte Entscheidungen traf und auffallend fröhlich und lässig durch ihren Alltag ging. Alles für den Fall, dass Maddy sie beobachtete.

Die ehrenamtliche Arbeit im Sozialkaufhaus war für Connie eine Möglichkeit, aus dem Haus zu kommen, aber auch, sich an einem Ort zu verankern. Damit würde es wahrscheinlicher werden, dass sich ihre Wege früher oder später kreuzten. Es war die Umkehrung der Devise, die sie ihrer Tochter Jahre zuvor eingeschärft hatte für den Fall, dass sie sich verlief: Sie sollte dann an einer Stelle stehen bleiben. Ich komme zu dir. Lauf nicht ständig herum. Bleib stehen, dann werde ich dich irgendwann finden. Das verspreche ich dir. Ich verspreche es dir.

Der Laden sollte ursprünglich nicht mehr sein als eine besänftigende Kulisse. Ein Ort, an dem sie sich aufhalten konnte, jetzt, wo sie nirgendwo mehr sein musste. Besser, man tut etwas, als man tut nichts. Aber die Wochen waren vergangen, und Maddy hatte sie nicht gefunden – eine lächerliche Hoffnung, sie saß wahrscheinlich schwanger auf irgendeinem Baum in Tblisi oder so –, und nun meldete sich Connie aus purem Aberglauben für immer mehr Schichten, überzeugt davon, dass der eine Tag, an dem sie nicht arbeitete, der Tag sein würde, an dem ihre Tochter zur Tür hereinkäme.

In der Zwischenzeit war sie damit beschäftigt, alles um sich herum aufzumöbeln, wie sie es für richtig hielt. Angefangen bei der Anordnung der Taschenbücher im Regal bis hin zu der Art und Weise, wie die arme, verlorene Gwen ihr Leben organisierte. Und welches war wohl die undankbarste Aufgabe?

Als Connie an einem Dienstag Mitte August damit begann, die Schnickschnack-Abteilung komplett neu zu organisieren, stieß sie auf die Puzzlekiste.

Glattes, helles Holz, auf allen vier Seiten mit komplexen geometrischen Intarsien versehen. An einigen Stellen war sie etwas abgestoßen, was sie nur noch begehrenswerter erscheinen ließ und weniger wie etwas, das man bei Flying Tiger für 5,99 Pfund kaufen konnte.

War es dieselbe Schachtel? Das war schwer zu sagen. Es war ja nicht so, dass es auf der ganzen Welt nur eine einzige gegeben hätte, und es war lange her, dass sie sie zum letzten Mal gesehen hatte.

Aber wenn es sich um die Kiste handelte, was, wenn sie absichtlich hier platziert worden war? Was, wenn darin ein Hinweis von Maddy versteckt war? Eine Entschuldigung oder ein Geständnis? Oder – und das erschien wahrscheinlicher – eine weitere, endgültige Zurückweisung? So oder so, die Neugier nagte an Connie wie Sodbrennen. Sie schüttelte sie, roch daran, hielt sie an ihr Ohr. Sie schob ein paar der eingelegten Plättchen von ihrer Stelle und tastete hilflos auf den nackten Holzstücken herum, die sie freigelegt hatte.

Sie hatte ihre Tochter als schlaksiges Kind auf dem Spielplatz vor Augen, das die Kiste umklammert hielt, die diese gewesen sein mochte oder auch nicht. Die Wahrheit war, dass sie den Trick nur einmal ausprobiert hatte und keines der anderen Kinder sich daran interessiert gezeigt hatte. Das war vielleicht das allerletzte Mal gewesen, dass Maddy einen Rat ihrer Mutter befolgt hatte.

Frustriert knallte sie die Kiste auf den Tresen. Der heilige

Michael steckte den Kopf aus dem Hinterzimmer und hob eine Augenbraue.

Das Problem war, Connie konnte das Puzzle selbst nicht lösen. Sie hatte es nie geschafft.

44.

Aus Trotz aß Gwen im Zug ein Eiersandwich.

Sie kaute langsam, ließ sich Zeit, legte es zwischen den Bissen weg und blickte sich um, sodass sie, falls ihr jemand in die Augen sah, ihn mit einer Miene bedenken konnte, die besagte: «Jawohl, ich esse ein Eiersandwich.» Das tat aber niemand.

Der Bahnhof hatte sich an diesem Abend wie eine Filmkulisse angefühlt, seltsam klein und intim, ohne das Weitwinkelobjektiv, durch das tausend andere Menschen weiterreisten. Vom Dach über der Bahnhofshalle hingen verblichene Gewerkschaftsfahnen, Überbleibsel des letzten staatlich inspirierten Ausbruchs von Patriotismus – das Thronjubiläum, oder waren es die Olympischen Spiele gewesen? –, und ihr Anblick fütterte Gwens melodramatische Stimmung. Wären da nicht die Leuchtreklamen über den geschlossenen Filialen von Wetherspoons und Paperchase gewesen, hätte sie sich einbilden können, dass sie auf die Rückkehr ihres als Soldat dienenden Freundes aus der Normandie wartete.

Sie hatte insgesamt sieben Minuten lang aufrecht an eine Säule gelehnt geschlafen, was, wie sich herausstellte, immer noch lange genug war, um davon einen steifen Nacken zu bekommen, und war verwirrt und hungrig aufgewacht. Sofort hatte sie den unverwechselbaren Geruch der Bahnhöfe im einundzwanzigsten Jahrhundert wahrgenommen: Der Geruch von Bio-Badebomben vermischte sich mit dem aufgewärmter Backwaren, Dieselabgase mit dem Duft von Suppe zum Mitnehmen. Eine Stunde lang schlurfte sie wie benommen durch die Victoria Station, wog Frühstücksoptionen gegeneinander ab und befingerte Tester bei Boots. Gwen hatte Bahnhöfe schon immer gemocht. Sie mochte diesen Zwischenzustand, in dem jeder entweder der Zeit hinterherlief oder sie totschlug und in dem jede freie Minute gezwungenermaßen zur Freizeit wurde. In dieser Hinsicht ähnelten Bahnhöfe Sozialkaufhäusern. Ein Hinterland zwischen echtem Leben und Zuhause.

Jetzt raste sie mit beängstigender Geschwindigkeit vorwärts und versuchte sich auf ihr Sandwich und nicht auf ihr Ziel zu konzentrieren.

Als an den Haltestellen Clapham Junction und Sutton weitere Leute zustiegen, sah sie, wie einige in die Luft schnupperten, im Gang kehrtmachten und in die entgegengesetzte Richtung gingen. Das gefiel ihr. Es fühlte sich gut an, durch die schiere Kraft von Eigensinn und Eiermayonnaise eine Art abweisendes Kraftfeld zu schaffen. Plötzlich hatte sie eine Vision von sich selbst im Alter von fünfundachtzig Jahren, wie sie mit Baskenmütze und fingerlosen Handschuhen in der letzten Reihe des 141er mit den Händen ein Brathähnchen aß. Wie sie einen Schlegel in das offene Senfglas in ihrem Einkaufsnetz tunkte und damit ungebärdigen Schulkindern drohte.

Gwen schüttelte sich ein paar Krümel aus dem Haar und lächelte bei dem Gedanken.

45.

«Es gibt keine Beförderung.»

Sie begann es zu rufen, als die lockige Gestalt ihrer Mutter hinter der verglasten Verandatür erschien. Doch bis Marjorie die Tür geöffnet und ihre Tochter erkannt hatte, die an einem Samstagmorgen um halb neun vor der Tür stand, waren die Worte verpufft und der ganze kathartische Moment musste wiederholt werden. Das schmälerte seine Wirkung etwas.

Immerhin rief ihre Mutter erfreut: «Gwendoline!» Dem ließ sie ein scharfes «Was machst du hier?» folgen, aber wenigstens hatte sie ihr einziges lebendes Kind nicht mit dem Mann verwechselt, der kam, um den Gaszähler abzulesen.

«Es gibt keine Beförderung, Mum.»

Sie sagte es noch einmal, langsamer. «Ich bin entlassen worden. Schon vor einer Weile. Es tut mir leid.» Aus den Augenwinkeln nahm sie wahr, wie Alison nebenan mit ihrem Yaris vorfuhr. Aber die Worte sprudelten bereits aus ihr heraus und klangen erbärmlicher, als sie es sich ausgemalt hatte: «Ich war den ganzen Sommer über arbeitslos, niemand will mich einstellen oder vielleicht doch, aber ich habe umsonst in einem Sozialkaufhaus gearbeitet, anstatt wirklich nach einem neuen Job zu suchen, weil ich nicht weiß, was ich machen will und wofür ich geeignet bin, und ich hasse alles und habe keine Ideen und keine Perspektive und keine Energie, und manchmal dusche ich an den Tagen dazwischen nicht einmal, und ich weiß, ich habe großes Glück, weil ich zu essen habe und ein Dach über dem Kopf und deswegen kein Recht, mich so zu fühlen, wo da draußen doch echte Menschen echte Probleme haben, aber ich bin irgendwie verdammte achtunddreißig Jahre alt und habe mein Leben in den Graben gefahren, und ich habe keine Ahnung, was ich deswegen tun soll. Und es tut mir leid, dass ich dir das alles vor die Füße schütte, aber ich habe dich vermisst und mir ist klar geworden, dass ich es dir sagen muss, weil du meine Mum bist, und dann habe ich auf einer Bank im Bahnhof geschlafen, und es tut mir leid, und ich ... ich ...» Die Tränen kamen jetzt, heiß und wütend, ihre Nase lief, und ihre Wangen brannten vor Selbstmitleid. «Ich ... ich wollte, dass du es weißt.»

«Aha. Tja.» Marjorie war verlegen. Sie hatte Alison ebenfalls entdeckt, die nun begann, ihre Morrisons-Einkäufe auf übertrieben natürliche Weise auszuladen.

Marjorie legte den Arm um Gwen, nicht, um sie zu umarmen, sondern um ihre schluchzende Tochter ins Haus zu führen – aber selbst diese Berührung war fast mehr, als Gwen ertragen konnte. Ihre Mutter roch nach ihrem typischen Duft, einer Mischung aus Elizabeth Arden und Meister Proper. Gwen schmiegte sich an sie, während Alison einen unsichtbaren Kratzer auf ihrer Motorhaube untersuchte.

«Du hast auf einer *Bank* geschlafen?», zischte Marjorie, als sie die Türschwelle passierten.

«Im Sitzen», erklärte Gwen zwischen zwei Schluchzern.

«Aha. Tja», wiederholte sie. «Nun komm erst mal rein.»

s c h u h e

Da war wieder Kotze in ihrem Haar.

Sie konnte sie riechen, aber sie konnte sie nicht finden. Marie fuhr sich mit den Händen durch die Locken und versuchte, die Quelle des Geruchs zu lokalisieren – milchig, anwidernd, eigenartig süßlich –, aber sie fand kein Klümpchen, das sie mit den Fingern herauspicken konnte.

Vielleicht, wenn sie in den Spiegel schaute? Aber das würde bedeuten, dass sie die Augen öffnen müsste, und Gott weiß, wann sie wieder den Luxus genießen würde, sie zu schließen. Es würde auch bedeuten, vom Badezimmerboden aufzustehen, was sich im Augenblick so unmöglich anfühlte, dass es schon fast amüsant war. Wie ein übermenschlicher Kraftakt.

Egal. Vielleicht war gar keine Kotze in ihrem Haar, vielleicht strömte der Geruch jetzt einfach aus ihren Poren. Eau de Bébé. Newborn von Givenchy. Oder vielleicht hatte er sich in ihren Nasenlöchern eingenistet, es heißt schließlich auch, dass Polizisten den Geruch einer Leiche nie wieder loswerden. Verglich sie da schon wieder Mutterschaft mit Mord? Offenbar ja.

Marie öffnete die Augen. Ihre Schwiegermutter hatte das Baby vor einer halben Stunde in Empfang genommen, mit einem grandiosen Auftritt, bei dem Sätze wie «Die Kavallerie ist da!» und «Super-Nana eilt zur Rettung!» gefallen waren, die sie sich offensichtlich auf der Fahrt hierher überlegt oder vielleicht aus einem der Foren für Großeltern entliehen hatte, in denen sie mindestens fünf Jahre vor Maries überfälliger Schwangerschaft zu surfen begonnen hatte.

«Jetzt kannst du schön duschen» – ein Befehl, kein Vorschlag – «und dich in Ruhe um den Wäscheberg kümmern!» Als wäre das ein kostbares Geschenk. «Und wenn du so lieb wärst und mir kurz etwas zum Mittagessen machen könntest, die Sandwiches in East Croydon sahen fürchterlich aus.»

Es hatte vierzig Minuten gedauert, die beiden aus dem Haus zu bekommen, und jetzt lag Marie auf dem Badezimmerboden. Sie lag hier, seit sie gegangen waren.

Neben ihrem Ohr hörte sie ein leises Scharren, und als sie den Kopf wandte, sah sie eine Kellerassel an ihrem Kopf vorbei über die Fliesen wuseln. Es sah nach einer glücklichen Existenz aus. Als Kind hatte sie einmal eine Kellerassel an beiden Enden gepackt, auseinandergezogen und zugesehen, wie der lange, weiße Strang ihrer Innereien in einer einzigen sauberen Bewegung herausgeglitten war. Es war ungemein befriedigend gewesen. Sie erinnerte sich nicht, sich deswegen schuldig gefühlt zu haben.

Jetzt war sie hier gefangen und zappelnd unter Glas, und ihre eigenen Eingeweide wurden von oben und von unten auseinandergezogen. Und jetzt fühlte sie sich schuldig.

Marie stand auf. Sie stemmte sich vom Boden hoch, mied den Blick in den Spiegel und tappte durch die Wohnung zum Schlafzimmer, wobei sie über eine Spur von Spielsachen und Feuchttüchern und Handtüchern und Binden und vollgekrümelten Tellern und verstreuten Socken und winzigen, dreckigen Stramplern stieg. Obwohl sie wusste, dass sie sich ins Bett legen und schlafen sollte – scheiß auf die Wäsche, scheiß auf die Dusche, sei ein Schatz und steck dir das Mittagessen sonst wohin, Genevieve –, stellte sie fest, dass sie nicht wollte. Ihr Körper sehnte sich danach, aber ihr Hirn war dieses verkehrte Unterwasserleben bereits leid, das Schlafen am Tag und die nächtlichen Kriegshandlungen, war die gesellschaftsfeindlichen Arbeitszeiten leid. Der Rest der Welt stieß Begeisterungslaute aus und bezeichnete sie als «Champion» oder «Heldin» oder «Kriegerin», weil sie es geschafft hatte, ihre Beine in die richtigen Löcher der Hose zu stecken, während sie alle zum Brunch gingen.

Also ging Marie aus. Nicht zum Brunch – obwohl sie das eigentlich tun könnte? –, sondern in den erstbesten Laden, der hell und sauber aussah und in dem Musik lief, die gerade laut genug war, um sie zu beruhigen. Donna Summer sang Love to Love You Baby. Unter diesen Umständen fühlte es sich wie Sarkasmus an, aber egal. Sie schluckte es runter und ließ es durch ihre Adern pulsieren.

Marie strich mit einer Hand über die Kleiderstange, fühlte die verschiedenen Stoffe, sah nicht wirklich hin – waren ihre Augen offen? So gerade eben –, aber sie fühlte. Was war das für ein Ort? Ein Laden. Ein Sozialkaufhaus. Gut, ja. Sie konnte hierbleiben und nach Kotze riechen. Man konnte sie nicht rausschmeißen. Sozialkaufhäuser sind für Leute da, die nach Kotze riechen. Man konnte sie nicht nach Hause schicken, um die Wäsche zu waschen, Flaschen zu sterilisieren und ihrer Schwiegermutter eine verdammte Frittata zu braten. Vielleicht konnte sie hierbleiben, bis sie schlossen, oder für immer.

You put me in such an awful spin

Sie sang nun mit, wurde ihr klar, obgleich sie zuerst dachte, der Klang käme von anderswo. Dieser hohe, tierische Klagelaut. Er unterschied sich nicht so sehr von den tiefen, gutturalen Schreien, die sie vor sechs Wochen ausgestoßen hatte, die auch so geklungen hatten, als käme sie ganz woandersher. Der Song sollte sexy sein, das wusste sie, aber im Augenblick klang er wie ein frustrierter Aufschrei. Die Frustration, überhaupt in einem Körper gefangen zu sein. Körper machten einem nichts als Ärger.

When you're laying so close to me

Sie fragte sich, wo die Kellerassel jetzt war. Vielleicht schon Meilen weit entfernt.

Marie sang weiter und wünschte sich nichts mehr, als auf-, auf-, aufzusteigen und ihren Körper in einer Wolke aus

Glitzer und Weltraumstaub zu verlassen. Hinter dem Tresen lachten eine alte Dame und ein hübscher Junge mit Bucket Hat. Es machte ihnen nichts aus, dass sie nicht geduscht hatte. Sie würden ihr erlauben hierzubleiben.

There's no place I'd rather you be

Dann sah sie die Schuhe. Sie schienen von eigens für sie aufgestellten Scheinwerfern angestrahlt zu werden, oder vielleicht wurde das Licht auch nur von einer pailletten-besetzten Jacke im Fenster reflektiert. Sie zu sehen war so, als würde man in einer Menschenmenge eine alte Freundin entdecken und sich einen Moment lang fragen, ob es sich nicht um einen berühmten Menschen handelte, den man gar nicht kannte.

Die Schuhe waren weiß und hatten gekreuzte Riemchen – eine andere Art von Fesselung, die ihr früher einmal gefallen hatte. Sie sehnte sich danach, ihre Birkenstocks auszuziehen und sich hineinzuzurren. Und das tat sie auch, ganz langsam, sie fummelte an den Schnallen und fluchte, als ihr offenes Haar ihr in die Augen fiel. Unter ihrer grauen Jogginghose sahen die Schuhe perfekt aus in ihrer Absurdität.

Marie machte ein paar Salsa-Schritte und taumelte leicht gegen einen Kleiderständer. Ich hab es immer noch drauf. Sie wirbelte vor dem Spiegel in der hinteren Ecke des Ladens herum, kostete jeden Takt der Musik aus und blendete irgendwie das Telefon aus, das in ihrer Tasche klingelte, klingelte, klingelte, während Donna sang.

Soothe my mind and set me free, set me free

Diese Schuhe zu kaufen, war das absolut Unpraktischste und Sinnloseste, was sie im Moment tun konnte, das wusste Marie. Donna wusste es auch.

Und deswegen tat sie es.

46.

Innerhalb von zehn Minuten im Haus ihrer Eltern fiel Gwen in einen quasi-adoleszenten Zustand zurück, was neuer Rekord sein musste.

Sie stand in der Küche, schnäuzte sich und sah hilflos zu, während ihre Mutter Kenco-Granulat in einen Becher löffelte – hatte sie überhaupt um Kaffee gebeten? Dann räumte sie um sie herum auf und schnalzte unwillig mit der Zunge wie jemand, der in zehn Minuten ausländische Würdenträger empfangen soll.

Niemand setzte sich. Das war im Haushalt der Grundles ein angelerntes Verhalten, denn dort verging keine Mahlzeit, ohne dass Marjorie ein halbes Dutzend Mal aufsprang, um etwas zu holen, abzuwischen, abzustellen, Beilagen aufzufüllen, Knochen wegzubringen, sich zu entschuldigen, zu schimpfen. Es reichte, ihr sitzend zuzusehen, um ein schlechtes Gewissen zu bekommen. Besser, man blieb gleich auf den Beinen, als aus einer bequemen Ruheposition gedrängt zu werden.

Also stand Gwen vor ihnen beiden und wiederholte Derek zuliebe ihren Wortschwall. Zumindest versuchte sie es, aber ihre Mutter unterbrach sie ständig.

«Aber die können doch nicht ...»

«Wie auch immer, wirst du ...»

«Warum in aller Welt hast du nicht ...»

«Natürlich, Sozialkaufhäuser sind jetzt alle teurer als normale Läden.»

Bei diesem letzten Satz schluckte Gwen den Köder. «Sind sie nicht, Mum.»

«Na ja», sagte Marjorie. «Ich habe neulich bei Air Ambulance einen Rock von Per Una für zwanzig Pfund gesehen, kaum billiger als neu!»

«Vielleicht war er neu», sagte Gwen. «War noch das Etikett dran?»

«Ich habe nicht nachgeschaut. Aber die Leute gehen nicht in Sozialkaufhäuser, um zwanzig Pfund für einen Rock zu bezahlen, jedenfalls nicht hier. Vielleicht in London ...»

«London, wo die Röcke mit Gold gefüttert sind», sagte Gwen. «Ich meine ja nur ...»

«Gwen», unterbrach ihr Vater sie. Beide drehten sich um und sahen ihn an. «Du hättest es uns sagen können, weißt du.»

Aber als sie ihn das sagen hörte, wurde ihr klar, dass sie es ihnen wirklich nicht hätte sagen können, nicht bis jetzt. Sie wäre an den Worten erstickt. Das letzte Mal, dass sie ihnen wirklich etwas erzählt hatte, war vor sechs Jahren gewesen, als sie ihnen mitgeteilt hatte, dass sie Ryan verlassen hatte, und danach hatte sie sich übergeben. Nicht nur wegen der Tatsache selbst, sondern auch, weil es so traumatisch war, es ihnen zu erzählen. Es zu erzählen machte es real, unumkehrbar, und diejenige zu sein, die «Neuigkeiten» hatte, anstatt sie nur zur Kenntnis zu nehmen, machte Gwens Verfassung nicht besser.

«Ich weiß», sagte sie, ihr Hals fühlte sich von Tränenresten noch immer zugeschwollen an.

«Ich verstehe nicht, warum du das nicht getan hast», stieß ihre Mutter hervor. «All diese Lügen über die Beförderung. Wir hätten helfen können!» Selbst Marjorie sah nicht überzeugt aus, als sie das sagte. «Du hättest es uns sagen sollen», wiederholte sie schwach.

«Es tut mir leid», sagte Gwen. «Es tut mir leid, dass ich es euch nicht gesagt habe. Es waren ja nur ein paar Monate, ich wollte euch nicht beunruhigen.»

Der Satz klang abgedroschen, wenn man sich vor Augen führte, dass sie gerade die Sorgen von drei Monaten in einer konzentrierten Dosis abgeladen hatte, indem sie schluchzend vor ihrer Haustür auftauchte. «Oder wahrscheinlich war es dadurch, dass ich es euch nicht gesagt habe, einfacher, so zu tun, als wäre es nicht passiert. Ich hatte das Gefühl, ich sollte es euch erst sagen, wenn ich einen neuen Job oder zumindest einen Plan habe. Wenn ich ein bisschen ... gesammelter bin.»

Gwen nahm einen Schluck Kaffee aus einem Becher, den sie nicht kannte. Er schmeckte leicht nach Spülmittel.

«Wie auch immer, jetzt habe ich es euch gesagt. Also.»

«In der Tat», sagte ihr Vater. «Betrachte uns als aufgeklärt.»

Sie standen alle herum und nippten an ihren Getränken. Derek summte leise vor sich hin. *Dum di dum di da*. Marjorie schaute aus dem Fenster auf die Terrasse, wo eine dickbäuchige Taube im Vogelbad herumplanschte.

«Du hast doch Ersparnisse, oder?», fragte sie plötzlich, als wäre ihre Aufmerksamkeit wie an einem Gummiband ins Zimmer zurückgeschnellt.

«Ja, ich habe Ersparnisse», log Gwen. Halb wünschte sie sich, ihre Mutter würde noch mehr fragen, Kontoauszüge als Beweis verlangen – aber mehr Versicherung schien sie nicht zu brauchen.

«Du wirst also nicht hier einziehen müssen?»

Das schmerzte. Obwohl Gwen sich eher vorstellen konnte, in Saskias Schuppen zu wohnen, als freiwillig nach Dorking zu ziehen, tat die Panik in der Stimme ihrer Mutter weh.

«Nein, nein, keine Sorge, ich dränge mich nicht auf.»

Erleichterung blitzte in Marjories Miene auf, bevor sie den Sarkasmus bemerkte. «Natürlich», fügte sie schnell laut hinzu, «wenn es nötig ist, können wir sicher ... »

«Ja, ja, natürlich könnten wir das», mischte sich ihr Vater ein.

Er sah besorgt seine Frau an und wandte den Blick dann zur Decke über seinem Kopf.

«Wenn du uns nur gewarnt hättest ...»

«Gib uns ein bisschen Zeit, um ...»

Gwen sah zwischen den beiden hin und her und suchte nach dem, was sie nicht aussprachen. Das war die bestimmende Pose ihrer Jugend gewesen, ihre Eltern ständig nach Hinweisen auf unbezahlte Rechnungen und ungelöste Probleme abzuhorchen, auf Rätsel, die sie lösen musste, auf Geheimnisse, für die sie zu jung war, aber auch zu alt, um sie munter zu ignorieren.

«Was ist los?», fragte sie und begann langsam wieder hektisch zu werden.

Derek sah seine Frau an und legte ihr zaghaft die Hand auf die Schulter. Da war etwas zwischen ihnen, ein Einverständnis, das Gwen völlig ausschloss. Sie verspürte einen einsamen Stich. Ausgerechnet hier in der Küche ihrer Kindheit mit ihren verblichenen Geschirrtüchern und TK-Maxx-Tischsets nahmen ihre Eltern vor ihr die Pose eines Regency-Porträts ein, und sie war einsamer als je zuvor.

«Nichts! Es ist nichts.» Marjorie schnappte sich Gwens fast leeren Becher und begann, ihn mit einem Scheuerschwamm zu bearbeiten. Draußen lufttrocknete die Taube ihr Gefieder, indem sie oben auf dem Zaun entlangstolzierte. «Also, wenn niemand etwas dagegen hat, ich muss noch jede Menge welker Blüten abschneiden.»

Ohne weitere Entschuldigung öffnete sie die Gartentür und ging.

Gwen folgte ihr.

Im Garten beobachtete sie, wie ihre Mutter sich an die Rasenkante kniete und zügig begann, die braunen Reste des Sommers abzuschneiden. Dabei gab sie laufend Kommentare zum

Wachstum oder mangelnden Wachstum der einzelnen Pflanzen ab. Den Schädlingen, die sie überstanden hatten oder denen sie zum Opfer gefallen waren. Sie lobte die Überlebenden und ermahnte die Schwächelnden.

Der kleine Garten musste vor ein paar Wochen noch ein sensationelles Bild abgegeben haben, stellte Gwen fest. Sie wünschte, sie hätte ihn gesehen. Diese Erkenntnis ärgerte sie, und der Ärger spornte sie an.

«Mum, warum bist du so entsetzt über die Vorstellung, dass ich wieder hierherziehen könnte?»

«Was? Bin ich nicht! Sei nicht albern, ich habe nie gesagt ...»

«Du hast erleichtert ausgesehen, das stand dir ins Gesicht geschrieben.»

«Das ist nur mein Gesicht, Gwendoline.»

«Nein, ist es nicht. Dein Gesicht, wenn du es nicht bewegst, zeigt das Gegenteil von Erleichterung.»

«Also, das ist sehr unfreundlich.»

Marjorie schnappte sich einen brüchigen Stängel. Ihre Züge hatten sich jetzt zu einer selbstbewusst ruhigen Miene geglättet, aber im linken Augenlid ihrer Mutter entdeckte Gwen ein vertrautes Zucken. Es war dasselbe Zucken, das sie als Kind zu fürchten gelernt hatte, das Warnlicht, das ihr signalisierte, dass es nun genug war. Doch umgeben von entwurzeltem Unkraut und Erdklumpen, hatte Gwen keine andere Wahl, als weiterzugraben.

«Hör mal, ich sage ja gar nicht, dass ich wieder hier einziehen *will*. Das möchte ich natürlich nicht. Aber für mich hat es den Anschein, dass die meisten Eltern, wenn ihr erwachsenes Kind plötzlich arbeitslos wird und allein in einer der teuersten Städte der Welt lebt, es ihnen zumindest anbieten würden? Zumindest würden sie so *tun*, als wollten sie ihr Kind wieder im Schoß der

Familie willkommen heißen und sich, ich weiß nicht ...» – ihre Stimme brach schmählich am Ende des Satzes –, «eine Zeit lang um es kümmern?»

«Aber wir haben doch gerade gesagt, dass wir dich gerne wieder aufnehmen würden, falls es nötig ist! Sehr gern! Du hast uns nur überrumpelt, das ist alles.» Und dann: «Schneide die Ringelblume bitte bis zur Knospe ab.»

Gwen erstickte fast an einer erneuten Flut von Emotionen, die ihr in die Kehle stieg.

«Es tut mir leid, hätte ich euch vorab eine Zusammenfassung schicken müssen? Hätte ich zu einem günstigeren Zeitpunkt einen Termin vormerken sollen, an dem mein Leben zusammenbricht, damit das nicht mit dem Gärtnerkalender kollidiert?»

«Nicht die Rudbeckia.» Marjorie schlug ihre Hand weg, als sie nach einem verdorrten gelben Gänseblümchen griff. «Die Vögel lieben die Samen.»

«Mein Gott, Mum, ist das alles? Pflanzen?»

Jetzt sah Marjorie wirklich beleidigt und verwirrt aus. «Nun», sagte sie und wandte sich wieder dem Rhododendron zu. «Es tut mir leid, dass ich dich langweile.»

Eine Zeit lang sagte keine von ihnen etwas. Sie arbeiteten nebeneinander weiter, Marjorie beschirmte mit zärtlicher Präzision jede gealterte Knospe mit ihrer Hand, bevor sie sie abschnitt, während Gwen wahllos an allem riss, was nicht grün oder rosa war.

Es hatte zu nieseln begonnen, ein Sommerregen, der sich beinahe für sein Auftreten entschuldigte, den Boden unter ihren Knien befeuchtete und das Haar beider Frauen in denselben dichten Lockenteppich verwandelte, für den Marjorie in der Schule gehänselt worden war, weil sie aussah wie David Essex, und Gwen, weil sie aussah wie King Charles II. Ihre Mutter schien entschlossen, weder den Regen zur Kenntnis zu nehmen, noch ihr Haar, noch die Tatsache, dass ihre Tochter jetzt weinte. Heiße, wütende Tränen.

Gwens Knie begannen als Erste zu streiken. Schließlich stand sie ächzend auf und suchte erfolglos Schutz unter einem Apfelbaum mit knorrigem Stamm. Sie wischte sich die Nase am Ärmel ab und fühlte sich wieder wie zwölf.

«Verschweigt ihr mir etwas, du und Dad?»

«Mach dich nicht lächerlich!», spottete Marjorie ein wenig zu schnell. «Was sollten wir schon zu verbergen haben?»

Gwen dachte darüber nach und blickte zum Haus auf. Oben rechts war ein dunkles Quadrat zu sehen, ein schwarzes Auge mitten im Kieselrauputz. Zugezogene Vorhänge.

«Hör mal, es tut mir leid, dass du so eine schwere Zeit durchmachst, das ist wirklich schlimm», fügte Marjorie hinzu. «Aber es gibt keinen Grund, sich aufzuregen. Bitte nicht hier draußen.»

«Verdammt noch mal, Mum, hier ist doch niemand! Oder hast du Angst, dass wir im Gemeindeblatt landen?»

Marjorie zuckte bei dem Fluch zusammen, beschnitt aber weiter, und jedes blecherne *Schnipp, Schnipp* reizte Gwen, bis sie es nicht mehr aushielt.

«AAAAAAHHH!»

Sie überraschte sich selbst mit der Lautstärke des Schreis, der tief klang und kehlig und die Taube wie ein federleichtes Leuchtsignal in den Himmel aufschießen ließ. Es fühlte sich gut an, reichte aber nicht aus. Gwen sah sich ohnmächtig nach etwas um, das sie werfen oder zerschlagen konnte. Das war der Grund, warum man sich in Gärten nicht streiten sollte.

Sie entschied sich für einen Tritt gegen den Apfelbaum, der zwar keine sichtbare Wirkung auf den Stamm hatte, aber ihrem großen Zeh wirklich wehtat. Ihre Mutter schürzte die Lippen und wandte verlegen den Blick ab, so, wie sie es tun würde, wenn sich auf der Straße ein Fremder zum Affen machte. Gwen brüllte wieder, dieses Mal gequält.

«Aauuuuuuuu!»

Wie aus dem Nichts tauchte eine Erinnerung daran auf, wie Marjorie, jung und energiegeladen in Jeans, sich im Asda auf den Boden legte und zusammen mit einer winzigen, dunkelrotgesichtigen Gwen vor den Augen entsetzter anderer Kunden mit den Fäusten in die Luft boxte und mit den Füßen strampelte, bis ihre Tochter erstaunt verstummte und der Wutanfall abklang. Früher war Marjorie ihr durchaus ebenbürtig gewesen, was öffentliche Gefühlsausbrüche anging. Aber jetzt nicht mehr.

Jetzt stutzte sie weiter Pflanzen, während ihre achtunddreißigjährige Tochter sich umdrehte, ins Haus zurückhumpelte und als letzten Rebellionsversuch die Tür zum Garten zuschlug. Der PVC-Rahmen gab nicht mehr als ein leises «Pffffft» von sich.

Drinnen war die Wohnzimmertür nur angelehnt, und sie konnte sehen, wie ihr Vater mit hochgelegten Füßen und einer Packung Schokoladenstäbchen auf dem Beistelltisch ein Autorennen im Fernsehen verfolgte. Gwen stürmte an ihm vorbei die Treppe hinauf, vorgeblich, um auf die Toilette zu gehen, aber hauptsächlich aus dem kindlichen Vergnügen heraus, mit dreckigen Schuhen über den sauberen Teppich zu trampeln.

Doch als sie oben ankam, merkte sie, dass ein anderes Gefühl von Dringlichkeit sie vorwärtstrieb. Oder war es rückwärts?

Gwen blieb atemlos auf dem Treppenabsatz stehen, an einer Stelle, an der sie sonst nie innehielt. Sie streckte eine Hand aus und fuhr mit ihr über den abblätternden Lack. Bevor sie es sich ausreden konnte, stieß sie Lukes Schlafzimmertür auf und trat ein.

47.

Der Raum war immer noch genau so, wie er ihn verlassen hatte, und das hieß: ekelhaft. Die Luft war abgestanden und staubig, und es mischte sich etwas anderes, Durchdringendes hinein, etwas Reifes und Stechendes, wie auf dem Boden eines Tierkäfigs. Es war ein Schock nach den zitronenfrischen Wischtüchern und Airwick-Raumduftsteckern, die das Regiment ihrer Mutter im Rest des Hauses verlangte. Gwen atmete tief ein.

Als sich ihre Augen an das Halbdunkel gewöhnt hatten, kamen Stapel von seinen Besitztümern zum Vorschein. Haufen durcheinandergeworfener Kleidung, Berge von Büchern, Zeitschriften und Sportzeug. Die in Asche konservierte Landschaft eines Lebens. Früher war sie eine sporadische Besucherin gewesen, die auf Zehenspitzen hineinschlich, um ihn aus seinem Mittagsschlaf zu wecken, den er mit glühenden Wangen schlief, oder um ihm seinen Weihnachtsstrumpf zu bringen; die hereinstürmte, um zu vermelden, dass das Abendessen fertig war, dass seine Freunde da waren, dass seine Musik zu laut war, dass der Boden im Badezimmer wieder mit Handtüchern übersät war. Jetzt kam sie sich vor wie eine Touristin.

Gwen musste irgendwie gewusst haben, dass sie es nie ausgeräumt hatten. In den letzten Jahren hatte sie jedenfalls nicht nachgesehen und war lieber schnell an seiner Zimmertür vorbeigegangen, so, wie sie jeden August mit den Augen schnell über das leere Feld im Kalender hinweghuschte. Indem sie nie nachgefragt hatte und immer seltener nach Hause gekommen war, hatte sie zugelassen, dass das ganze Zimmer ins Nichts versank, zusammen mit ihren ungelesenen Nachrichten, den Erinnerungen an Abstriche und dem Toaster, für den sie leider nie eine Online-Bewertung abgeben würde.

Jetzt dämmerte ihr, dass dies vielleicht kein persönliches Versagen war, sondern eine genetische Veranlagung. Wie die Eltern, so das Kind.

Sie blieb noch ein paar Minuten stehen, da sie fürchtete, die schwere, dumpfige Ruhe zu stören. Sie fürchtete, eine Alarmanlage könnte losgehen, ausgelöst von unsichtbaren Lasern. Hunde würden herausgestürzt kommen, und man würde sie mit Heugabeln und Handschellen zurück in die Gegenwart zwingen. Doch nach einer Weile tastete sie sich mit zusammengekniffenen Augen vorsichtig über den Teppich zum Fenster.

Gwen zog die Vorhänge auf und ließ wässriges, graues Licht in den Raum. Unten im Garten kauerte Marjorie immer noch über einer winterharten Staude. Sie war jetzt völlig durchnässt. Durchnässt und beleidigt, ihre kleine Gestalt zerbrechlich und knospenhaft in dem hellrosa Regenmantel.

In diesem Moment blickte sie zum Haus hinauf und direkt ihre Tochter an, die sich als Silhouette im Fenster abzeichnete. Beide zuckten ein wenig zusammen, als sich ihre Blicke kreuzten.

Und da begriff Gwen. Sie begriff, dass sie hier doch noch gebraucht wurde.

Als Marjorie auf dem Treppenabsatz ankam und Gwen in seinem Zimmer stehen sah, gab sie ein leises Geräusch von sich. Es war mehr ein Hicksen als ein Wort.

«Du hättest es mir sagen können, weißt du.»

«Ja, gut», sagte ihre Mutter. Marjorie benutzte diese Wendung als Allzweckwaffe auf jede Aussage, die ihr nicht gefiel. *Ja, gut. Ich weiß genau, dass mein Haar in Flammen steht.* Sie betrat den Raum ebenso zögerlich, wie Gwen es getan hatte, und sah sich um, als sähe sie ihn zum ersten Mal.

«Ich hätte geholfen. Ich wollte helfen. Das wusstest du.»

«Also – pff, na ja.» Marjorie schnaufte ein wenig. «Wir wollten kein großes Tamtam machen.»

«Das ist ein ziemlich breites Spektrum», sagte Gwen – und brach damit das Gelübde, das sie erst Sekunden zuvor abgelegt hatte, diesmal geduldig, freundlich und erwachsen mit ihrer Mutter umzugehen –, «auf der einen Seite macht man ein Tamtam, auf der anderen tut man so, als wäre gar nichts passiert.»

«Niemand hat so getan, als ob nichts passiert wäre», antwortete ihre Mutter.

«Doch, Mum, das hast du.» Es war hoffnungslos, ihre Stimme wurde schon wieder schrill. «Du hast nicht aufgehört, über den Garten, die Nachbarn und den Vandalismus am Kreisverkehr zu reden, und dabei – und dabei soll mich nicht verletzen, dass du mit mir nie über Dinge sprechen willst, die wirklich wichtig sind?»

Die Antwort ihrer Mutter klang schriller als ihre eigene. «Das hat nichts mit *dir* zu tun, Gwendoline. Wir wollten mit niemandem darüber reden.»

Gwen schnaubte aufgebracht.

«Dabei ist das ja bekanntlich das Einzige, was man tun sollte. Darüber reden! Das Einmaleins der Trauerarbeit.»

«Und was zum Teufel hätten wir sagen sollen?», platzte Marjorie heraus. «Niemand von unseren Freunden konnte es nachempfinden, sie haben es alle lächerlicherweise mit dem Tod ihrer Eltern verglichen oder alternder Ehemänner oder Babys, die noch gar nicht geboren waren. Was traurig ist – natürlich ist es das, es ist alles sehr traurig –, aber es ist nicht dasselbe. Es tut mir *leid*», sagte sie nachdrücklich, als wolle sie sich gegen einen unsichtbaren Chor von Kritikern verteidigen, «aber es ist einfach nicht dasselbe.»

Gwen antwortete mit einem Geräusch, aber die Schleusen waren jetzt geöffnet. Ihre Mutter gestikulierte wild und streifte ihre Gartenhandschuhe ab, wobei ein kleiner Regen von Schmutz hinunterprasselte. «Niemand wusste, wie er mit uns reden sollte. Niemand schien mehr zu wissen, wer wir *waren*. Mein Gott, jeder sagt, sein Kind zu verlieren, ist das Schlimmste, was einem passieren kann, aber es gibt nicht einmal ein richtiges Wort dafür ...»

«Vilomah», unterbrach Gwen sie, ohne nachzudenken.

«Wie bitte?», fragte ihre Mutter.

«Das ist die Bezeichnung für einen Elternteil, der ein Kind verloren hat», erklärte Gwen. «Auf Sanskrit.»

Marjorie presste den Mund zu einem schmalen Strich zusammen. «Nun, es gibt kein englisches Wort dafür! Kein Wort, das irgendjemand, den wir kennen, benutzen würde.»

Gwen pflichtete ihr bei und bedauerte, etwas dazu gesagt zu haben.

Ihre Mutter sprach weiter, ihr zerzaustes Haar bebte von ihrer Heftigkeit. «Aber du – du warst raus. Raus aus diesem Haus. Raus aus dieser Stadt. Du hast Karriere gemacht, dein Leben gelebt, geheiratet, bist befördert worden und hast deine ...», sie suchte nach einem konkreten Detail aus Gwens abstrakter Berufslaufbahn, «... deine *Präsentationen* gehalten. Dein Leben hatte noch so viel Potenzial. Du hattest die Chance, es zu überwinden. Du musstest nicht hier sein und jeden Tag daran denken.»

«Ich – was? Mum, komm schon.» Gwens Stimme klang erstickt, ein weinerliches Quengeln, wie sie es seit ihrer Jugend nicht mehr von sich gegeben hatte. «Das ist so unfair. All das bedeutet doch nicht, dass ich nicht jeden Tag daran gedacht habe – an *ihn*. Natürlich habe ich an ihn gedacht. Manchmal war – ist – er alles, woran ich denken kann, manchmal ...»

«Nein», unterbrach Marjorie sie und schüttelte heftig den Kopf. «Nein, das habe ich nicht gemeint. Ich meinte, du ... warst alles, was wir noch hatten. Du warst alles. Du hattest noch dein ganzes Leben vor dir, und wir wollten dich nicht ... ich weiß nicht. Wir wollten dich nicht *anstecken*.»

«Mich anstecken?»

«Ich weiß nicht! Dich zu uns runterziehen. Dich in unser Elend hineinziehen. Auch dein Leben zerstören und dir die Hoffnung nehmen.»

Sie sank auf das Bett, als hätte dieses Geständnis sie erschöpft, und begann mit rauen, knotigen Fingern über die Bettdecke zu streichen. In der darauf folgenden Stille öffnete sich nebenan die Wintergartentür, und beide Frauen blickten alarmiert zum Fenster.

Marjorie sprach leiser weiter: «Es schien das einzig Gute zu sein, was wir tun konnten, dir deinen Freiraum zu lassen. Dich gehen und glücklich sein zu lassen.»

«Ihr dachtet, ich wäre glücklich?»

«Wir haben angenommen, dass du glücklich bist!»

«Weil ihr nie nachgefragt habt!», rief sie.

«Man läuft nicht herum und *fragt* andere Leute, ob sie glücklich sind, Gwen.»

Das stimmte auch wieder, da musste Gwen ihr beipflichten.

Sie verstummte, drehte sich zum Fenster und sah hinaus. Nach einer Weile spürte sie, wie Marjorie aufstand und zu ihr herüberkam.

Als ihre Mutter schließlich das Wort ergriff, sagte sie: «Wir haben diesen Baum in dem Jahr gepflanzt, in dem er geboren wurde. Den Apfelbaum.»

Gwen erinnerte sich düster. Wie Derek versucht hatte, eine Art feierlichen Spatenstich zu vollziehen. Wie Luke sich eine Handvoll Erde in den Mund gesteckt hatte, die ihre panische Mutter dann Klumpen für Klumpen wieder herausfriemeln musste. Gwen selbst hatte ein *Point*-Horror-Buch gelesen und sich geweigert, den Spaten zu schwingen, als sie an die Reihe gekommen war.

«Dein Vater hatte so eine altmodische Vorstellung, dass Kinder auf Bäume klettern. Wollte ihm ein Baumhaus bauen, wenn er alt genug dafür wäre.»

«Also, das ist sexistisch», sagte Gwen. «Ich hätte vielleicht auch gern ein Baumhaus gehabt.»

«Er hat es dir angeboten, als du fünf warst», erwiderte ihre Mutter milde. «Du hast gesagt, du hasst Bäume und Vögel, und das Haus wäre bestimmt voller Spinnen und könnte herunterfallen und dich erschlagen.»

«Ja, gut», sagte Gwen.

Marjorie versuchte es noch einmal mit ihrer Erklärung, sie sprach stockend und präzise. «In diesem ersten Winter. Nachdem – nachdem es passiert war. Ich konnte es nicht ertragen, viel im Haus zu sein. Ich hatte das Gefühl, als würden die Wände auf mich zukommen. Die ganze Zeit über. Als würde ich ersticken.»

Gwen kannte dieses Gefühl. Obwohl es in ihrem Fall, als sie in der festgefügten, stillen Umgrenzung von Ryans Liebe gelebt hatte, nicht die Wände gewesen waren, die sich klaustrophobisch angefühlt hatten.

Ihre Mutter fuhr fort, den Blick auf die Blumenbeete gerichtet: «Ich bin bei jeder Gelegenheit rausgegangen, zu jeder seltsamen Tages- und Nachtzeit, und habe Sachen gepflanzt. Natürlich zur völlig falschen Zeit, der Boden war halb gefroren, und ich wusste, dass ich Geld auf Blumenzwiebeln verschwendete, die wahrscheinlich nie das Licht der Welt erblicken würden – ganz schön dumm. Aber diese kalte Luft war wie ein … ein Schlag, auf gewisse Weise. Sie hat mich jeden Tag geweckt. Sie zwang mich zu atmen und mich zu bewegen, sodass ich nicht einfach ins Bett kriechen und für immer schlafen konnte. Und als dann nach ungefähr hundert Jahren endlich der Frühling kam und ein paar kleine Triebe ihre Köpfe heraussteckten, gegen jede Wahrscheinlichkeit … tja.»

Sie räusperte sich ein wenig und wischte sich mit dem Ärmel ihres Fleecepullovers übers Gesicht, wobei sie auf der Stirn eine Schmutzspur hinterließ. «Vielleicht klingt es für dich wie ein albernes Klischee. Aber für mich war es das einzige Zeichen, das ich hatte, dass sich die Welt noch dreht.»

Gwen nickte, obwohl ihre Mutter immer noch auf den Garten hinunterblickte.

«Komisch», murmelte Marjorie. «Aus diesem Blickwinkel sehe ich ihn nie. Von hier oben ist viel einfacher zu sehen, was fehlt.»

«Es klingt nicht wie ein Klischee», sagte Gwen sanft.

«Vermutlich erzähle ich dir vom Garten, weil er mir hilft und ich angenommen habe, er könnte dir auch helfen. Und weil es für dich vielleicht nett ist zu erfahren, dass hier noch ein paar Dinge blühen und wachsen. Ich wollte nicht, dass du glaubst, dein Zuhause wäre ein Ort des … na ja.» Marjorie zögerte.

«Todes», ergänzte Gwen.

«Ja», bestätigte ihre Mutter. «Das.»

In diesem Moment kündigte das leise, sinnlose *Dumm-di-dumm* jenseits der Tür an, dass Derek auf dem Weg nach oben war. Auf der Suche nach seiner Familie oder vielleicht auf dem Weg zum Klo. Mutter und Tochter blickten beide wieder auf den Apfelbaum, der solide und stattlich war und den Eindruck erweckte, schon immer da gewesen zu sein, obwohl er erst vor … wann noch mal gepflanzt worden war? Vor sechsundzwanzig Jahren, rechnete Gwen schnell aus. Das war nicht nichts. Über ein Vierteljahrhundert war leise unter seinen Blättern verstrichen.

«Das glaube ich nicht», sagte sie zu Marjorie, als die Tür vorsichtig aufgeschoben wurde und ihr Vater mit verblüfftem Gesichtsausdruck im Türrahmen auftauchte und prompt über einen herumliegenden Turnschuh stolperte. «Wirklich. Das habe ich nie gedacht.»

48.

Keiner von ihnen erwähnte das Datum, das mussten sie nicht. Falls ihre Eltern für den restlichen Tag andere Pläne gehabt hatten, erwähnten sie auch diese nicht. Sie kamen mehr oder weniger wortlos zu einem Fazit. Sieben Jahre der Unentschiedenheit mündeten in den wenigen Sekunden, die sie alle gemeinsam hier in Lukes Zimmer versammelt waren, in einen Entschluss. Zusammen begann die Familie, seine Sachen auszusortieren.

Am Anfang war es eine kolossale Anstrengung. Gwen spürte, wie sich ihre Eltern dagegen sträubten und wehrten und wie auch ihr eigener Körper am liebsten ganz woanders gewesen wäre. Marjorie verkrampfte sich sichtlich, als Gwen wahllos den ersten Gegenstand aufhob – einen riesigen Plastikbecher, so einen, wie man ihn in Vergnügungsparks und Bowlingbahnen mit bunten Slushies füllt – und mit der Hand den Staub abwischte. Gwen war nervös und darauf gefasst, dass jeder Gegenstand, den sie berührte, eine Lawine auslösen könnte, sei es physisch oder emotional. Es war schmerzhaft, die vertrauten Dinge anzusehen, aber die unbekannten waren schlimmer, denn sie gaben ihr das Gefühl, die Habseligkeiten eines Fremden zu durchwühlen. Deren Bedeutung oder den Mangel einer solchen erraten zu müssen.

Sie dachte, sie konnte sich Luke mit dem riesigen Becher vorstellen. Vielleicht? Wie er ihn nach einem sommerlichen Ausflug in den Thorpe Park umklammert hielt, aus dem Auto der Eltern eines Freundes ins Haus gerannt kam, ein Feuerwerk aus Zucker, Schweiß und Sonnenbrand, erledigt von einem Tag, den er mit der Sorte von gefährlichem, überteuertem Vergnügen verbracht hatte, das unter Marjories Aufsicht niemals erlaubt worden wäre. Aber vielleicht war es auch nur eine falsche Erinnerung, eine, die sie bewusst heraufbeschworen hatte. Und nichts davon erklärte, warum der Becher immer noch hier war oder warum er es verdient hatte, hier zu sein. Dieses Stück billigen Mülls, das dennoch Hunderte von Jahren weiterleben würde, während ihr Bruder nicht mehr lebte.

Für sie hätte das alles in ein Museum gehört. Jedes alte Schulheft und jeder stinkende Turnschuh schienen ihr mehr zu wiegen als sie selbst. Jede Bewegung war, wie durch Sirup zu waten. Aber sie machten weiter, nicht besonders methodisch, nahmen von jedem Stapel die am wenigsten zusammenpassenden Dinge, suchten sich Sachen aus, die sie mit der geringsten Wahrscheinlichkeit zerbrechen lassen würden.

Gwen fand eine CD-Tasche, die sich selbst im Zimmer eines Jungen, der seit sieben Jahren tot war, seltsam archaisch ausnahm. Sie blätterte sie durch. Hip-Hop aus den Charts und Mainstream-Indie, durchsetzt mit selbst gebrannten Alben auf schlichten Silber-CDs, Relikte vom letzten Röcheln des analogen Zeitalters.

Was hatte sie erwartet? Eine CD mit der Aufschrift «Für Gwen» voller bittersüßer Tracks, die die komplexe Natur ihrer Geschwisterliebe perfekt einfingen? Tja, so eine gab es nicht. Aber es gab eine CD, die mit königsblauem Markerstift beschriftet war mit «Mikes Krankheitsmix».

Mit vielen von Lukes Schulfreunden hatte sie nichts zu tun gehabt, weil sie nicht oft genug da gewesen war – oder, wie sie vermutete, nicht heiß genug, um deren Aufmerksamkeit zu erregen. Aber sie erinnerte sich an Mike, der schon als Dreizehnjähriger im Stimmbruch eine selbstbewusste Geschäftemacher-Mentalität an den Tag gelegt hatte und das Haus der Grundles selten betreten hatte, ohne ihren Eltern irgendeinen Mist verkaufen zu wollen. Fragwürdige Wohltätigkeitsarmbänder, raubkopierte DVDs, eine Uhr, die er als sein Projekt bei den «Jungen Unternehmern» aus Löffeln gebaut hatte. Sie ging das Risiko ein und legte Mikes Krankheitsmix in Lukes abgenutzten CD-Player, der einst ihr gehört hatte.

Der Sound von *My Humps* von den Black Eyed Peas erfüllte das Zimmer. Die Sache, die sie mit der geringsten Wahrscheinlichkeit zerbrechen lassen würde – und dennoch.

Ein Schluchzen, das sich in ihrer Kehle bereithielt, entwischte als Schnauben. Es war zu lächerlich. Sie versuchte, ein weiteres Kichern in ihrem Ärmel zu ersticken, aber schon bald bog sich Gwen vor Lachen und keuchte. Ihre Eltern schauten fassungslos zu, wie ihrer Tochter vor Lachen Tränen aus den

Augen liefen und sie sich auf der nächstgelegenen Kommode abstützen musste – die prompt zusammenbrach. Splitter von Holzfaserplatten, einzelne Socken und zusammengeknüllte T-Shirts wurden über den Boden geschleudert, was sie nur noch heftiger zum Lachen brachte. Einen quälenden Moment lang befürchtete sie, alles ruiniert und ihre Eltern wieder verloren zu haben. Aber dann fingen auch sie an zu lachen, auf ihre Weise, Marjorie gackerte und rollte mit den Augen, Derek hustete ein schuldbewusstes Gewieher heraus. Die CD lief weiter, schrill und unpassend und auf seltsame Weise perfekt, riss sie mit auf einer Welle unerträglicher Chart-Hits der späten Nullerjahre. Sie machten munter weiter, sortierten, falteten, packten zusammen und wippten dabei leicht im Takt.

Seltsamerweise war ihre Mutter die rabiateste von ihnen. Jedes Mal, wenn Gwen einen Gegenstand zu ihrer Begutachtung hochhielt – eine Trucker-Mütze, eine Blackberry-Hülle, eine Handvoll Scooby-Doo-Armbänder aus Plastik –, rümpfte sie die Nase und sagte: «Weg damit.» Sie hatte ihr Tempo nun erhöht und durchwühlte die Schubladen in ihrem Trödelmarkt-Modus, mit ausgefahrenen Ellbogen wie eine Dreschmaschine, als hätte sie Angst zu kollabieren, falls sie langsamer würde.

«Viele dieser Oberteile sind noch vollkommen in Ordnung», verkündete Marjorie mit dumpfer Stimme aus dem Inneren des Kleiderschranks. Sie hielt einen karierten Pullover mit ausgefransten Daumenlöchern in den Ärmelbündchen hoch, ein Relikt aus Lukes kurzlebiger Emo-Phase. In diesem Moment empfand Gwen ein solches Aufflammen von Liebe für ihren Bruder, denn sie wusste, wie peinlich es ihm wäre, sie da stehen und das Teil anschauen zu sehen. Luke hatte es gehasst, wenn ihre Mutter seine Kapuzenpullis «Oberteile» nannte.

«Die können wir nicht einfach wegwerfen, manche sind kaum getragen. Wir müssen sie spenden. Du kannst sie mitnehmen, Gwendoline. Für deinen Laden.»

Gwen hielt sich davon ab, darauf hinzuweisen, wie unsinnig das war, da es mehrere Sozialkaufhäuser in Laufnähe gab und Hunderte zwischen hier und Nordlondon. Aber sie hielt sich zurück, weil sie wusste, dass dies eine Art Geste war. Auf diese Weise schloss ihre Mutter Frieden mit Gwens neu zusammengesetzter Welt, baute eine Brücke zwischen dem Kind, das sie verloren hatte, und dem, das vor ihr stand.

«Es ist nicht *mein* Laden», war alles, was sie sagte.

Derek war sentimentaler. Mehrmals bemerkte Gwen, wie ihr Vater reglos über irgendeinem kurzzeitig interessanten Stück aus der Kindheit verharrte – einem Sparschwein von The Woolwich, einem alten FunFax-Organizer mit Einlagen voller Zaubertricks, Snooker und «Wie man Haie zeichnet» – dann musste sie ihre Hände auf seine legen, um ihn sanft in die Gegenwart zurückzuholen. Aber es wurde einfacher, als sie sich an die Abläufe gewöhnt hatten. Aufheben, abstauben, ein ganzes Leben in Tüten packen.

Plötzlich musste Gwen an Suze denken, die sie nach Lukes Tod pragmatisch und systematisch unterstützt und behutsam zu kleinen Entscheidungen gedrängt hatte. Welches Essen? Welche Blumen und welche Kirchenlieder? Hast du einen passenden BH? Dieselben Fragen stellte sie ein Jahr später erneut als Gwens Trauzeugin und drängte ihre lustlose Freundin sanft, aber bestimmt zum Handeln. Jedes Mal, wenn Gwen jammerte, sie wisse es nicht, sie könne sich nicht entscheiden, hatte Suze mit den Schultern gezuckt und gesagt: «Okay, wir legen es auf Wiedervorlage. Wir kommen später darauf zurück.»

Dasselbe hatte sie auch in den Jahren darauf gesagt, jedes

Mal, wenn Gwen sich geweigert hatte, den Müllsack mit Ryans Sachen zu entsorgen. Dein emotionales Gepäck. Leg es auf Wiedervorlage und komm später darauf zurück. Als ob das so einfach wäre. Suze machte einem das Leben leicht. Ihre Geduld und ihre Beständigkeit hatten Gwen durch die ersten Monate getragen, und jetzt, während sie die Erinnerungsstücke eines abgeschnittenen Lebens stumm in Marjories beste wiederverwendbare Einkaufstüten packten, verspürte sie den Drang, Suze anzurufen und ihr alles zu erzählen. Jetzt darauf zurückzukommen und zu sehen, was passierte.

Pullover

Marjorie behielt ihre Erinnerungen an diesen Tag größtenteils für sich. Sorgfältig unterdrückt unten im Dunkeln. Aber von Zeit zu Zeit tauchten bestimmte Bilder auf, die ohne Vorwarnung direkt an die Oberfläche kamen. Sie dümpelten in ihrem Unterbewusstsein vor sich hin, monströs und grotesk, gammelig, weil sie solch lange Zeit dort liegen gelassen wurden.

Ihn dort auf der Bahre zu sehen, genau so, wie er ausgesehen hatte, wenn er vor der Schule verschlafen hatte. Wie sie ihn am liebsten an den Schultern gepackt und wachgerüttelt hätte. Ihm das Laken vom Leib gerissen, sich vor ihn gehockt und in sein blasses, gleichgültiges Gesicht geschrien hätte, dass dies kein Scherz mehr war. «Steh auf!», hatte sie ihm mit solch bewegter Heftigkeit zugeraunt, dass Derek reflexartig den Arm um sie gelegt hatte, um sie zurückzuhalten. «Steh auf! Steh auf! Steh auf!»

Der Befehl war zur Bitte geworden, zu einem Flehen, war von einem schweren, röchelnden Schluchzen verzerrt worden, wie es Marjorie nur hervorbrachte, wenn sie wütend war, nicht traurig.

Steh auf. Stehaufstehaufstehauf.

Steh.

Auf.

«Traurig» war kein Wort, das in diesen ersten Tagen und Monaten, ja sogar Jahren, für sie eine Bedeutung hatte. Es klang hohl. Aufgeschrieben war es, als würde man eine andere Sprache lesen. Sie war nicht traurig. Sie war wütend. Wütend auf alles und auf niemanden; wütend ohne Objekt oder Ventil, was die schmerzhafteste Art ist, wütend zu sein. Wut umfloss sie in einem ununterbrochenen Kreislauf und verätzte sie von innen heraus.

Manchmal hatte sie Angst, Menschen zu berühren, um ihnen keinen Schlag zu versetzen. Für den Fall, dass sie Funken schlug.

Derek war traurig. Während seine Frau vor Wut loderte und spröde wurde, lastete der Kummer auf ihm wie nasser Sand. Kummer und noch etwas anderes: Scham. Er schämte sich dafür, dass das passiert war, schämte sich wegen des Aufhebens und des Versagens, schämte sich dafür, dass diese große Welle des Unglücks seine Familie überrollt hatte und nicht die von jemand anderem. Er schämte sich zutiefst, dass er nicht in der Lage gewesen war, Luke zu retten, aber noch mehr, weil er sich nicht stärker dagegen gewehrt hatte, weil er die Entscheidung nicht irgendwie angefochten hatte, weil er den Kampf zu früh aufgegeben hatte. Er schämte sich, nicht ins Grab gesprungen zu sein und sie, wer auch immer «sie» waren, überredet zu haben, ihn an seiner Stelle mitzunehmen. Unter einem Leichentuch aus kühler, feuchter Erde zu liegen, hätte sich vollkommen angemessen angefühlt. Es war das, was er verdient hatte.

Stattdessen musste Derek weiter im Tageslicht leben, blinzelnd und mit zusammengekniffenen Augen seinen Weg durch wer-weiß-wie-viele weitere Jahre gehen. Er wusste nicht, wie er dieses Glück annehmen oder mit diesem Privileg leben sollte. Wusste nicht mehr, wie man sein Gesicht in die Sonne hielt. Dafür schämte er sich.

Nun, während seine Familie in ihre Aufgabe vertieft war, steckte Derek seinen alten Pullover leise in eine der Baumwolltaschen, neben ein eselsohriges Studentenkochbuch und ein Paar mit Farbe bespritzter Lautsprecher. Er hob die Tasche auf und trug sie die Treppe hinunter in den Flur, wo die nachmittägliche Wolkendecke endlich aufriss und ein paar goldene Strahlen auf den Teppich fielen. Sie war schwer, aber dieses eine Mal fühlte er sich leichter.

49.

Einige Stunden waren vergangen, und Gwen bekam allmählich Schmerzen, innerlich wie auch äußerlich vom vielen Bücken und Heben, als sie die beiden in einem alten Nylonbeutel mit Kordelzug entdeckte. Sie stieß ein leises, hohles Lachen aus.

Soweit sie es beurteilen konnte, waren sie noch gut erhalten – orangefarbenes und schwarzes Neopren und geriffeltes Latex mit Klettverschluss an den Handgelenken und comicartig aufgeblasenen Fingern. Es hätten irgendwelche alten Torwarthandschuhe sein können, nur wusste sie, dass dem nicht so war. Denn plötzlich fiel es ihr wieder ein, als hätte jemand eine Staubschicht von der Erinnerung heruntergepustet. Ryan hatte sie noch in den Anfängen ihrer Beziehung auf einem Besuch mitgebracht, «falls Luke Lust hat zu kicken» – verschämt, auch noch als sie zu ihm gesagt hatte, dass das eine gute Idee sei. Sie erinnerte sich daran, wie sie Luke dankbar angelächelt hatte, als die beiden pflichtschuldig in den Park um die Ecke aufgebrochen waren, während ihre Mutter hinter ihnen herrief, sie sollten Jacken und Capri-Sonne aus der Speisekammer mitnehmen.

Sie waren eine ganze Weile später mit rosigen Gesichtern und feuchten Haaren zurückgekommen, beschwingt von dem Triumph, anscheinend wirklich eine gute Zeit gehabt zu haben. «Behalte sie erst einmal», hatte Ryan gesagt, als Luke ihm die Handschuhe zurückgeben wollte, denn so war Ryan nun mal, und in London spielte er sowieso nie.

Gwen lächelte in sich hinein, die Handschuhe lagen heiter und harmlos in ihren Händen. Es war eine schöne Erinnerung, die durch die kleine Bestätigung, dass sie letztlich doch recht gehabt hatte, noch schöner wurde.

50.

Am Abend machte Derek seine Samstags-Spaghetti-Bolo, und sie aßen von gepolsterten Knietabletts vor dem Fernseher, wobei sie einen Becher mit vorgeriebenem Parmesan hin- und herreichten. Es war eine gute Bolognese, mit viel Wein und schimmernd vor Öl, und Gwen versuchte, sich nicht darüber zu ärgern, dass ihr Vater siebenundsechzig Jahre seines Lebens gewartet hatte, um kochen zu lernen.

Sie bat um einen Nachschlag, um ihre Wertschätzung zu zeigen, aber es gab keinen. Denn sie hatten nicht mit ihr gerechnet.

Sogar das Thema, dass sie über Nacht bleiben würde, war peinlich, denn ihre Mutter machte ein großes Tamtam darum, das Gästezimmer für sie herzurichten – das Zimmer, das ehemals ihr eigenes Schlafzimmer gewesen war mit Smash-Hits-Postern und gerafften Vorhängen und der staubigen Federboa, die um den Bettpfosten gewickelt war. Jetzt war es hellrosa gestrichen und mit Maisdosen, einem Heimtrainer und Plastikboxen voller alter Ausgaben des Reader's Digest gefüllt. Gwen fragte sich, zu welchem Zeitpunkt in den letzten zwanzig Jahren sie die unsichtbare Schwelle überschritten hatte, die bedeutete, dass sie nun höflich darum bitten musste, eine Nacht unter dem Dach ihrer Eltern verbringen zu dürfen. Wann wurde man zum Gast in dem Haus, das man einst sein Zuhause genannt hatte?

Gwen ging vor ihnen ins Bett, weil sie wusste, dass man sie sonst auffordern würde, «bitte alles auszuschalten» – eine Aufforderung, die sie immer so nervös machte, dass sie einmal aus Angst vor Wohnhausbränden fast den Kühlschrank ausgesteckt hätte. In späteren Jahren hatten sie und Luke den Wettstreit gehabt, wer als Letzter unten wäre. Dabei waren sie übereinandergeklettert und hatten körperlich miteinander gerungen wie die kleinen Kinder, die sie nie zusammen gewesen waren.

Als sie aufstand, sich streckte und überlegte, ob sie ihre Mutter mit einer Gute-Nacht-Umarmung überfallen sollte, bemerkte Gwen eine Pflanze am Rand des Fernsehtischs. Eine verwelkte Friedenslilie in einem zu kleinen glasierten Keramiktopf. Die Blätter waren an den Spitzen braun, die Blüten verblüht und vertrocknet.

«Die sieht halb tot aus», sagte sie zu ihren Eltern. «Muss sie gegossen werden?»

Die beiden blickten vom Fernseher auf.

«Sie bekommt auf dieser Seite nicht genug Licht», sagte Marjorie hastig, während ihr Mann gleichzeitig abwehrte: «Sie steht immer vor dem Bildschirm im Weg.»

Sie sahen einander an, und der Gesichtsausdruck ihrer Mutter veränderte sich, wurde beinahe schelmisch. Ohne ein weiteres Wort zu sagen, nahm sie Gwen die Pflanze aus der Hand, ging in den Flur, kippte sie in einen bereitstehenden Müllsack aus und stellte den Topf vorsichtig in einen der Kartons mit der Aufschrift «Sozialkaufhaus».

«So», sagte sie, wischte sich die Erde von den Händen und ließ sich wieder auf dem Sofa nieder. Derek tätschelte seiner Frau das Knie. «Besser.»

Pantoffeln

Es war Dougs erster Ausflug seit siebzehn Tagen.

Eine Welle der Übelkeit überkam ihn, als er den Laden betrat, aber es war schwer zu beurteilen, ob das Panik war oder vom zuckrigen Vanilleduft kam, der aus einer Glasflasche mit Stäben die Luft schwängerte. Zu seiner Enttäuschung fand er keinen einzigen Reiseführer im Regal, außer einem alten Exemplar des Lonely Planet Lissabon. Dieselbe Ausgabe hatte er bereits, sodass er nicht einmal Aktualisierungen im Text vergleichen konnte. Aber trotzdem war es gut, mal rauszukommen.

Als er gehen wollte, nachdem er seine übliche Runde gedreht hatte – einen Rundgang durch den gesamten Laden, zwei Minuten vor den Büchern, sobald der Weg dorthin frei war, eine weitere Runde in die entgegengesetzte Richtung, dann nach Hause –, stach ihm ein Paar Hausschuhe ins Auge. Sie waren aus weißem Frottee, noch in ihrer Plastikverpackung, und auf der Oberseite waren ein Logo und

die Aufschrift Grand Hotel Kempinski Vilnius *eingestickt.*
Doug holte tief Luft, machte noch einmal einen Schlenker
zum Schalter zurück und kaufte sie.

Zwei Pfund fünfzig mag manchen viel vorkommen für
einen Gegenstand, der bekanntlich umsonst ist. Aber da er
den genauen Preis des billigsten Zimmers im Grand Hotel
Kempinski Vilnius aus dem Jahr 2016 kannte, hielt Doug es
für ein ziemlich gutes Geschäft.

51.

Gwen erwachte mit einem Ruck aus einem Traum, in dem sie
und will.i.am ein Paar ausgestopfte Fasane aus einem Pub ge-
schmuggelt hatten, nur, um dann festzustellen, dass die Vögel
noch lebten, sie beide auffliegen ließen und mit einem Konfetti
aus Fäkalien überschütteten. Die Sonne schien ihr unter den
gerafften Jalousien hindurch ins Gesicht, und sie fühlte sich von
innen heraus ausgetrocknet. Ihr Mund war trocken, ihr Kopf
schwammig. Es war wie ein Kater, aber sie konnte nicht verkatert sein. Oder doch?

Sie streckte sich probehalber, um festzustellen, was wehtat.
Ihr Fuß stieß gegen die Heizung, was ihr bestätigte, dass sie
nicht verkatert war, sondern sich im Haus ihrer Eltern befand,
wo die Heizung standardmäßig über Nacht angestellt blieb. Sogar im August. Die Ereignisse des vergangenen Tages setzten
sich in ihrem Kopf wieder zusammen. Jetzt wusste sie, was
wehtat.

Es war erst kurz nach sieben Uhr, aber Gwen hörte bereits
geschäftige Aktivitäten im Zimmer nebenan. Sie tastete nach
ihrem Telefon.

«Ich werde es heute leider nicht schaffen, tut mir leid», schrieb sie in den Gruppenchat des Ladens. Normalerweise hätte ihr der Stress, Leute im Stich zu lassen, Magenschmerzen verursacht, aber hier, inmitten der Reader's-Digest-Ausgaben, war sie ungewöhnlich ruhig. Der Laden kam ihr weit weg vor, beinahe fiktiv. Ein grelles Oz bevölkert von Gestalten, die hier in Kansas niemand verstehen würde.

Sie musste allerdings einen Grund angeben. «Familiärer Notfall» hätte gepasst, abgesehen davon, dass der familiäre Notfall schon sieben Jahre her war.

Sie konnte sich krankmelden. Aber das würde Folgefragen nach sich ziehen, möglicherweise ein Rezept von Gloria. Und natürlich *brauchte* sie eigentlich keine Ausrede – die Ehrenamtlichen sagten ihre Schichten ständig ab, aus den fadenscheinigsten Gründen. Letzte Woche war Finn nicht erschienen, weil er auf eine Netflix-Dokumentation emotional reagiert hatte.

«Musste unerwartet für ein paar Tage verreisen», tippte sie. «Tut mir wirklich leid x»

Innerhalb weniger Minuten schickte Asha ihr eine persönliche Nachricht: «Geht es dir gut?»

«Ich ordne gerade mit meinen Eltern ein paar Sachen», antwortete Gwen, was sowohl im wörtlichen als auch im übertragenen Sinne stimmte. Asha schickte ein Daumen-nach-oben-Emoji als Antwort, und Gwen war enttäuscht, dass sie nicht weiter nachfragte.

Nach der seltsam feierlichen Stimmung am gestrigen Tag herrschte an diesem Morgen eine eigenartige Atmosphäre, die an den zweiten Weihnachtsfeiertag erinnerte. Halb verspürte Gwen den Drang, sich ein Sandwich mit Gänsefüllung zu machen und sich mit der *Radio Times* unter eine Decke zu verkriechen. Stattdessen fand sie nebenan Marjorie vor, die dieselben Sachen anhatte wie gestern und vor einer großen Plastikkiste kniete. Das Zimmer sah verwüstet, aber friedlich aus, sauber gewaschen vom Morgenlicht, das durch die frisch geöffneten Vorhänge fiel. Kansas nach dem Sturm.

Ihre Mutter blickte auf und nickte ihr zu, ein einfaches «Da-bist-du-ja»-Nicken. Und so kniete sich Gwen in ihrem geliehenen Pyjama neben sie und begann erneut zu sortieren. Heute fiel ihr die Arbeit schwerer, weil sie eine Pause eingelegt hatten. Sie fragte sich, ob es falsch gewesen war, aufzuhören und schlafen zu gehen. Dann sah sie sich zwischen den gepackten Kartons und Taschen um, mehr als ein Dutzend inzwischen, und fragte sich, ob ihre Mutter das überhaupt getan hatte.

«Wie geht es dir?», fragte Gwen nach ein paar Minuten.

Marjorie ignorierte die Frage und begann, ihr Ordnungs-system zu erklären. «Oberteile links von mir, Unterteile rechts. Sportkleidung auf den Polsterhocker – Yvonnes Laura kann sie vielleicht für die Asylbewerber gebrauchen.»

«Geht es dir gut, Mum?», versuchte sie es erneut.

«Mir? Ja! Gut, gut. Ich muss nur ...»

Sie wandte sich ab und begann, eine Stelle auf seinem alten Schreibtisch zu schrubben, wieder und wieder, ihre Knöchel wurden weiß vor Anstrengung. Gwen wusste, ohne hinzuse-hen, dass es sich um die Überreste eines längst verblassten Fuß-ball-Aufklebers handelte.

«Dieses verdammte Ding, ich habe ihm doch gesagt ...»

Schrubb. Schrubb. Abblätternde Farbe und splitterndes Holz zu ihrem Gemurmel.

«Der Junge hat nie gehorcht. Vielleicht Spiritus ...»

Plötzlich wurde es zu viel. Gwen schlurfte über den Teppich und legte mit aller Kraft die Arme von hinten um ihre Mutter, drückte ihr die Ellbogen an die Seiten und brachte das frenetische Kratzen des Scheuerschwamms zum Erliegen. Marjorie wehrte sich eine Sekunde lang, dann spürte Gwen, wie sie nachgab und in ihrer Umarmung schwer wurde. Sie hielt sie noch fester, wie, um zu verhindern, dass ihre Mutter unterging oder wegrutschte.

Als Marjorie schließlich das Wort ergriff, klang ihre Stimme klein und hoch und gedämpft, weil sie in Gwens Ärmel sprach.

«Es war richtig, weißt du. Ihn nicht zu heiraten.» Überrascht lockerte Gwen ihren Griff ein wenig. «Ich glaube nicht, dass ich dir das jemals gesagt habe, damals, in all dem Durcheinander. Aber vielleicht hätte ich es tun sollen. Es war sehr ... sehr ...», sie brach ab.

«Mutig?», ergänzte Gwen mit einem Mund voller Haare.

«Ja», stimmte ihre Mutter zu. «Sehr mutig.»

«Danke», sagte Gwen. «Das bedeutet mir viel.» Sie war überrascht festzustellen, dass dem so war.

Aus der Küche unter ihnen drangen das Ächzen eines in die Jahre gekommenen Wasserkochers und die Verkehrsnachrichten auf Radio 2 herauf. Sie blieben noch einige Zeit in ihrer Umarmung stehen.

52.

Ihre Eltern umarmten sie zum Abschied, fester als sonst, und Marjorie sagte Gwen, ihre Jacke sei zu dünn.

«Es ist August!», erwiderte Gwen.

«Ende August», erwiderte ihre Mutter, «so gut wie Herbst.» Und während sie noch die Augen verdrehte, spürte Gwen den verräterischen Hauch von Kühle in der Luft. Am Gestrüpp in der Gasse neben dem Haus hingen bereits Brombeeren, was sich zu früh anfühlte. Aber so war es immer.

Im Zug zurück nach London saß sie inmitten eines Bergs aus Tüten und sah zu, wie die Surrey Hills den dünn ausgewalzten Rändern der Vorstädte wichen.

Früher war es für Gwen eine Tradition gewesen, auf der Rückfahrt von ihren Eltern im Zug zu weinen. Damals, in der Zeit davor, als es sich noch poetisch angefühlt hatte über Kopfhörer Joanna Newsom zu hören, die Wange ans Fenster zu pressen und sich Tränen in die Augen steigen zu lassen aus Sorge darüber, dass sie vielleicht als Tochter nicht gut genug war. Jedes scharfe Wort und jeden übellaunigen Moment noch einmal zu durchleben und sich zu ermahnen, dass sie sie jetzt zu schätzen wissen musste, weil sie eines Tages nicht mehr da sein würden. Normalerweise war sie in Worcester Park schon darüber hinweg.

Aber seit Lukes Tod hatte sie sich das nicht mehr gestattet. Sie hatte sich angewöhnt, alles auszublenden, was jenseits der automatischen Türen existierte, und füllte jede ihrer sporadischen Fahrten mit Podcasts und Büchern und scrollte, scrollte, scrollte, bis ihr Gehirn leer im Takt der Gleise surrte. Jetzt erlaubte sich Gwen, sich wieder gehen zu lassen. Vorsichtig ließ sie sich hineingleiten wie in eine zu heiße Badewanne.

Während sie sich in ihren Gefühlen suhlte, traf eine Nachricht von Asha ein.

«Also, ich habe heute Morgen deine Schicht übernommen. Brian hat sich auf einen Kunden gestürzt, weil er dachte, der würde eine Mütze klauen.»

«Hat er nicht gemacht.»

«Hat ihn zu Boden gerungen.»

«Und wollte er die Mütze klauen?»

«Nö. Er hatte nur … eine Mütze auf.»

«O Brian.»

«Es war eine potthässliche Mütze, um ehrlich zu sein. Ich finde, es beleidigt uns mehr als den Kunden.»

Gwen schickte ein vor Lachen weinendes Emoji und hoffte, dass Asha ihr das verzieh. Es entstand eine Pause, dann eine neue Nachricht:

«Kein Druck, aber wann bist du wieder zurück?»

Es war schön, gefragt zu werden.

«Heute! Ich sitze gerade im Zug aus Dorking Deepdene.»

«Als ob das ein echter Ort wäre.»

«Ich schwöre dir, ist es.»

«Soll ich dich vom Zug abholen, dir mit dem Gepäck helfen?»

Gwen lächelte in sich hinein. «Ja, bitte!», schrieb sie zurück. «Halt ein kleines Schild mit meinem Namen hoch. Und vielleicht kannst du mit einem Spitzentaschentuch winken?»

Asha schickte ein Daumen-nach-oben-Emoji, dann nichts mehr.

Doch als Gwen aus dem Zug stieg, saß Asha auf dem Bahnsteig vor dem Sandwich-Kiosk unter dem obszönen Foto eines gefüllten Croissants, das vor geschmolzenem Käse explodierte. Sie sah auf, erblickte Gwen durch die Lücken zwischen schwankenden Fußballfans und zaudernden Touristen hindurch und grinste.

«Bin gekommen, um dich abzuholen!»

«Du ... was?»

«Ich bin gekommen. Um. Dich. Abzuholen», sagte Asha langsam und betont wie zu einem Idioten. «Wie bestellt.» Schon riss sie Gwen eine der vielen Tüten aus den Armen.

«Das war ein Scherz! Ich dachte, wir albern herum! Ich wollte nicht ...»

Asha wedelte mit der Hand. «Ich weiß, dass du einen Scherz gemacht hast, du Dummi. Aber es hörte sich so an, als könntest du wirklich Hilfe gebrauchen, und ich saß nur zu Hause auf meinem Hintern rum, also.» Sie zuckte mit den Schultern, als wäre die dreißigminütige U-Bahn-Fahrt nur ein Spaziergang um die Ecke gewesen. «Bittet, so wird euch gegeben, Gwenneth.»

Gwen schluckte weitere Proteste hinunter und schlang stattdessen die Arme um Asha. «Danke», hauchte sie an ihrer Schulter.

Wie es aussah, brauchte sie wirklich Hilfe. Zwei Tragetaschen in jeder Hand waren schon ohne Koffer eine Herausforderung, und die geflochtenen Riemen schnitten ihr bereits in die Handgelenke. Gwen ließ sich von Asha drei abnehmen und war dankbar, dass sie nicht hineinschaute und – ausnahmsweise – auch keine Fragen stellte. Gwen protestierte auch nicht, als Asha aus dem Bahnhof voranging und sie nicht zum Eingang der U-Bahn, sondern in den nächsten Pub führte.

Es war die traditionelle Sorte von Pub, mit gerahmten Bildern von Fish and Chips an den Wänden und zum Glück ohne Neonschilder oder Musketen. Eine Gruppe von Touristen nippte genüsslich an schaumigen Pints, Harrods-Tragetaschen standen um ihre Füße.

Marjorie hatte sie einmal mit zu Harrods genommen, als sie dreizehn war, und sie hatten sich den ganzen Weg über gestritten, weil Gwen ein Oberteil mit Weste tragen wollte und Marjorie nicht glaubte, dass sie so hineingelassen würden. Am Ende war alles gut gegangen, und sie hatten ein paar vergnügliche Stunden damit verbracht, erst das billigste Teil zu finden, das sie kaufen und sich in die größte Tragetasche packen lassen konnten, und dann zu versuchen, die Toiletten zu finden.

«Also, ein paar persönliche Neuigkeiten», verkündete Asha, sobald sie sich gesetzt hatten. Bei diesen Worten vollführte Gwens Magen seine üblichen pawlowschen Zuckungen. «Ich gehe wieder arbeiten. Ab nächsten Monat. Du genießt also besser jetzt meine freundlichen Seiten, bevor ich bald nur noch ein dunkler Schatten von einem Menschen bin.»

«Oh! Das ist toll!», sagte Gwen. Dann: «Ist es toll?»

«Es ist gut. Glaube ich.» Asha zuckte mit den Schultern. «Sie führen eine Menge neuer Personalrichtlinien ein, kürzere Arbeitszeiten, bessere Unterstützung, neue Abläufe zur Meldung größenwahnsinniger Chefs, bla, bla, bla. Wir werden sehen. Aber sie lassen mich eine Zeit lang vier Tage die Woche arbeiten, also kann ich immer noch samstagnachmittags im Laden sein. Du weißt schon, wegen des Nervenkitzels.» Sie betrachtete nonchalant ihre Nagelhaut. «Und weil du mich zu sehr vermissen würdest, wenn ich aufhören würde.»

Gwen stimmte ihr zu.

«So viel jedenfalls zu meinen Neuigkeiten. Aber wie war dein Wochenende?», fragte Asha wie eine professionelle Friseurin. «Hast du was Schönes gemacht?»

«Es war ... gut, eigentlich. Letzten Endes», sagte Gwen. «Kathartisch.»

«Ja? Willst du es mir erzählen oder lieber nicht?»

Gwen zögerte.

«Wenn du nicht willst, erzähle ich dir jedes Detail von dem Date, das ich gestern Abend mit einem Typen hatte, der mir einen achtwöchigen Motivationskurs für Berufstätige verkaufen wollte. Es ist eine ziemlich spektakuläre Geschichte, also habe ich ehrlich gesagt nichts dagegen.» Asha schlürfte von ihrem schaumigen Pint.

«Na, das will ich jetzt aber hören», sagte Gwen.

«Wir haben Zeit für beides», sagte Asha. «Oder hast du heiße Pläne für den Sonntagabend?»

«So was wie Fernsehen oder die Wohnung saugen?»

Asha schnaubte.

«Okay», lenkte Gwen ein. «Also.»

Es war das erste Mal, dass sie die Worte aussprach, ohne den Atem anzuhalten. In der eigenartigen Umgebung, gegenüber von Ashas offenem und aufmunterndem Gesicht und ohne jeden Hintergedanken flutschten sie ganz einfach aus ihr heraus. Mein. Bruder. Ist. Gestorben. Sie hielt die Worte in die abgestandene Sonntagnachmittagsluft hoch und präsentierte sie als Tatsache.

Aber Asha reagierte nicht mit der üblichen Antwort – es tut mir so leid, wie schrecklich, was für eine Tragödie, du armes Ding, falls das nicht unsensibel ist, darf ich dich fragen ...

Stattdessen sagte sie: «Meiner auch.»

Gwen brauchte eine Sekunde, um das zu begreifen.

«Warte, dein ...?»

«Bruder, ja. Emmanuel. Leukämie. Er war sechzehn, ich war zwölf.»

Da machte Gwen das Geräusch selbst. Das leise, unwillkürliche kleine «oh».

Und Asha lachte leise, vermutlich über ihr betroffenes Gesicht. Gwen versuchte ihre Gesichtszüge so zu arrangieren, dass sie weniger wie jemand aussah, der glaubte, das Monopol auf geschwisterliche Trauer zu haben, aber ihre Muskeln schienen wie eingefroren.

«Ich weiß», sagte Asha und nickte, als würde ihr Blick Bände sprechen. «Es ist scheiße.»

Da stimmte Gwen ihr zu.

«Wie auch immer, ich möchte, dass du deine Geschichte fertig erzählst», fuhr Asha unbeeindruckt fort. «Was ist das alles für Zeug? Warum hast du es hierhergeschleppt?»

«Emotionaler Ballast», erläuterte Gwen. «Seine alten Sachen – für den Laden. Auf diese Weise will meine Mutter mich unterstützen, denke ich.»

«Verständlich», sagte Asha. «Der heilige Michael wird dich zur Ehrenamtlichen des Monats machen, wenn er das alles sieht.»

«Ich wusste gar nicht, dass wir einen Ehrenamtlichen des Monats haben», sagte Gwen.

«Ja, das gab es schon immer – in den meisten Monaten hält er nur niemanden dieses Titels für würdig.»

«Das ergibt Sinn.»

«Also, willst du mich etwas dazu fragen?» Asha fuhr mit einem Finger methodisch über die Innenseite einer aufgerissenen Chipspackung.

«Zu Emmanuel?», fragte Gwen. «Das würde ich gerne, wenn es für dich in Ordnung ist ...»

«Oh – nein.» Asha schüttelte den Kopf. «Ich meine, kannst du, klar! Ich rede gerne über ihn. Es ist gut, es hilft. Aber ich meinte den motivierenden Geschäftsmann.»

«Oh! Auf jeden Fall.»

«Gwen, der Kurs nannte sich ‹Fordern Sie Ihr Schicksal ein› und kostete achthundert Pfund.»

«O Gott.»

«Er hat zu mir gesagt, er wüsste, dass ich mit ihm schlafen werde, weil es sich ihm *of-fen-bart* hat.» Sie schlug bei jeder Silbe mit der Handfläche auf den Tisch, die Augen in genüsslichem Entsetzen aufgerissen.

«Es tut mir so leid. Meine Gedanken und Gebete sind bei dir.»

«Danke.» Asha verstummte kurz und sah verlegen aus. «Ich meine, ich habe trotzdem mit ihm geschlafen.»

«WAS hast du?»

«Er war superheiß, Gwen! Es war sehr motivierend für mich.»

Sie prusteten beide vor Lachen, als Asha sich verteidigte. «Ich habe mich nicht für den Kurs angemeldet, und ich finde offen gestanden, dass das große Charakterstärke beweist.»

«Hey, ich bin die Falsche, darüber zu urteilen», sagte Gwen in dem eifrigen Bemühen, ein bisschen Solidarität zu zeigen. Dabei wurde ihr klar, dass sie dazu in der Lage war. «Ich habe in letzter Zeit selber nicht die besten Entscheidungen getroffen. Was ... dieses Gebiet betrifft.»

Ashas Augen weiteten sich erneut.

«Und was meinst du damit, kleine Gwen ... nifer?» Sie ließ beschwörend ihre Augenbrauen hüpfen.

«Gwendoline.»

«Klar.»

Obwohl sie gerade in Beichtstimmung waren, stellte Gwen fest, dass sie Asha nicht in die Augen blicken konnte, als sie es aussprach. Sie legte ihre Wange auf den klebrigen Lack des Pubtisches und sagte mit erstickter Stimme: «Nicholas.»

«Ach so, das weiß ich», sagte Asha und riss gelassen eine neue Tüte Thai-Sweet-Chili-Chips auf.

Gwen spähte durch ihren Pony zu ihr hinauf. «Du *wusstest* das?»

«Ja. Logisch.»

Gwen richtete sich ruckartig auf. «Hat er es dir erzählt?»

«Um ihm Gerechtigkeit widerfahren zu lassen, nein, hat er nicht.»

«Wer dann?»

Sie rechnete halb damit, dass Asha sagen würde, sie habe es

im Gefühl gehabt, die Vibes gespürt. Doch stattdessen sagte sie: «Connie.»

«Oh.» Gwen wäre gern schockiert und wütend gewesen, stellte aber fest, dass ihr dazu die Energie fehlte. Also sagte sie nur: «Das ergibt Sinn.»

«Sie hat gesagt, sie macht sich Sorgen um dich, weil du so schlechte Entscheidungen triffst.»

«Das glaube ich sofort.» Sie grinsten einander wieder an.

«Sie hat es vor Nicholas gesagt, was brutal war.»

Gwen seufzte. «Kommt hin.»

Sie blieben mehrere Stunden in dem Pub. Zuerst molken sie jeden Tropfen Komik aus der Nicholas-Saga, dann tauschten sie Geschichten über Emmanuel und Luke aus. Sprachen darüber, was für kleine Arschlöcher ihre Brüder oft gewesen waren. Und wie sie sie nun mehr als je zuvor liebten.

Handtasche

Sheena konnte ihr Glück kaum fassen. Sicher, die Tasche war ein bisschen zerkratzt, und auf dem Futter war ein Fettfleck – aber die Kratzer waren nichts, was sie nicht mit ein bisschen Schuhcreme wegpolieren konnte, und außerdem, machten sie die Tasche nicht noch schöner? Sie ließen sie gebraucht wirken, was sie wie jemand aussehen ließ, der es sich leisten konnte, eine noble Tasche zu kaufen und sie nicht für besondere Momente im Schrank zu verwahren. Vielleicht war sie genau der Talisman, den sie für diesen neuen Job brauchte, für dieses neue Leben, in dem sie für ihren Lebensunterhalt selbst aufkam und niemand sie mehr als Schmarotzerin bezeichnen konnte. In dem sie eine Klein-

unternehmerin *war*. Eine Kleinunternehmerin mit einer
großen Business-Handtasche.

Für ein Sozialkaufhaus war sie teuer, ja, aber im Gel-Lyfe-
Handbuch hieß es damals, man müsse Geld ausgeben,
um Geld zu verdienen. Alle sagten das, es war eigentlich sogar ein Gemeinplatz. Und mit der schicken Tasche würden
die Leute bei Terminen wissen, dass sie sie ernst nehmen
konnten. Die Leute würden zu ihr aufschauen und ihr vertrauen, wenn sie ihnen darlegte, dass auch sie ihr erstarrtes
Potenzial verflüssigen und sich dem Pool der engagierten
Gel-Lyfe-Anhänger anschließen konnten.

Es brauchte jemanden, der vertrauenswürdig war, jemanden, der ein gewisses Etwas hatte. Sheena wusste das, denn
auch sie war anfangs skeptisch gewesen. Es war eine Menge
Geld, um es alles auf einmal für ein Kräutergel auszugeben.
Es war viel, um es für irgendetwas auf einmal auszugeben.

Aber als Maxine – Maxine war ihre Diamond Team Queen,
die sich wie sie von der niedrigen Flint-Ebene hochgearbeitet
hatte, unglaublich inspirierend –, als Maxine in ihrem aloe-
grünen Maserati mit dem personalisierten Nummernschild
zu dem Termin gekommen war und Sheenas Hände in die
ihren genommen und ihr in die Augen geschaut und gesagt
hatte: «Zweifel ist der Damm, der den Speicher deines
Potenzials verschließt», und Sheena an ihre gigantisch
großen Teenagersöhne und ihre zugeschlagenen Türen gedacht hatte, an die Art und Weise, wie sie durch sie hindurch-
und an ihr vorbei- und über ihren Kopf hinwegschauten,
nie in die Augen, es sei denn, sie wollten wieder Geld, und
sie sich vorgestellt hatte, ihnen am Weihnachtsmorgen
nagelneue Yeezys und iPhones und XBoxes schenken zu können, hatte sie einfach das Bauchgefühl gehabt, dass es

richtig war, das Geld auszugeben. Es war eine mutige Entscheidung, hatte Maxine gesagt.

«Es ist mutig, in dich zu investieren, in deine eigene Zukunft und in die Zukunft deiner Familie», hatte sie gesagt, während ihre Assistentin die Gelicious Booster Packs austeilte. «Feiglinge machen es sich bequem in der Gegenwart. Sieger wagen den Sprung in die Zukunft. Was willst du sein, ein Feigling oder ein Sieger? Ein Fels oder ein Fluss?»

«Ein Fluss!», hatten sie alle geschrien. Dann hatte Maxine erklärt, dass Felsen manchmal verkleidete Diamanten sind und nur den Sog des Flusses brauchen, um zu funkeln. Das erschien widersprüchlich (bestand der Fluss aus … Gel?), aber niemand stellte es in Frage.

Also nahm Sheena ihre Ersparnisse, lieh sich noch etwas von ihrer Schwester, verteilte den Rest auf ein paar Kreditkarten und investierte in sich selbst. In ihre Zukunft und die Zukunft ihrer Familie. Es war alles so aufregend. An dem Tag, an dem die Kiste ankam (und erschreckenderweise war es eine Kiste, kein Karton, aber sie konnte sie auch erst mal als Couchtisch verwenden), hatte sie einen so seltsamen Ansturm von etwas verspürt, was Maxine als «Widerhall des Potenzials» bezeichnete, dass sie sich für den Nachmittag ins Bett legen musste. Offenbar war das normal.

Jetzt musste sie nur noch auf ihr Gelevation-Starterpaket warten, und dann konnte sie endlich damit beginnen, ihr Team zu rekrutieren. Und jetzt hatte sie auch noch die Handtasche! Es passte alles zusammen.

«Das war tatsächlich mal meine Tasche», sagte das Mädchen an der Kasse, als sie bezahlte – zur Hälfte in bar, zur Hälfte mit dem Restbetrag ihres Überziehungskredits. Sheena wusste nicht, was sie davon halten sollte. Wenn

das Mädchen in der Lage war, teure Handtaschen für Wohl-
tätigkeitszwecke zu spenden, warum arbeitete sie dann
in einem Sozialkaufhaus?

«Sie hat nie zu mir gepasst», fuhr das Mädchen fort. «Oder
vielleicht habe ich nie zu ihr gepasst? Jedenfalls bin ich
froh, dass die Tasche ein gutes Zuhause bekommt. Ich hoffe,
sie bringt Ihnen Glück.»

Sheena beschloss, dies als ein gutes Zeichen zu nehmen.
Sie versuchte im Kopf zu behalten, dass sie wiederkommen
musste, sobald sie die volle Gelifikation erreicht hatte,
um zu hören, ob das Mädchen Interesse hatte, in ihr Team
zu kommen.

53.

Als sie Nicholas das nächste Mal sah, war bereits eine Woche
vergangen, seit die goldene Uhr an ihre Besitzerin zurückge-
geben worden war.

Falls er wusste, was sich abgespielt hatte, gab er es nicht zu
erkennen – aber er sah Gwen auch nicht an, sprach nicht mit ihr,
interagierte überhaupt nicht mit ihr, es sei denn, es war absolut
notwendig – wie wenn er ihr ein Gummiband geben musste,
weil sie darum gebeten hatte, oder ihr im Lagerraum ausweichen
musste, um sie nicht anzurempeln. Es war schwer zu sagen, ob
er wütend auf sie war oder gelangweilt von ihr oder ob er glaubte,
dass sie in eine pikante neue Phase ihrer Beziehung eingetreten
wären, in der sie sich stritten und ignorierten und schließlich
explodierten und auf dem Stapel mit Luftpolsterfolien vögelten.

Für alle anderen war er immer noch Nicholas in seiner Reinst-
form – er schälte als Snack Pistazien, las ausgewählte Auszüge

aus «Darm mit Charme» vor, tanzte mit Gloria einen kleinen Walzer, als Andy Williams im Radio lief – aber Gwen wurde geschnitten, war Persona non grata, nicht einmal der geringsten Aufmerksamkeit würdig. Es war herrlich.

Sie dachte eine Weile über die Vorzüge nach, die es mit sich bringt, wenn man mit jemandem Sex hat, den man kritikwürdig findet, und danach nicht mit ihm sprechen muss. Wenn sie diesen Ausgang garantieren könnte, wie oft würde sie es im Laufe der Jahre dann noch tun? Mit dem Mann aus dem Bioladen, der diese Gummischuhe mit einzelnen Zehen trug? Mit Gregor, dem glatt gegelten Wachmann aus ihrem alten Bürogebäude, zu dessen kafkaesken Qualitäten es gehörte, in dem Moment seitwärts in den Aufzug zu huschen, in dem sich die Türen schlossen, und in ruhigen Phasen hinter dem Empfangsschalter auf dem Rücken liegend Yogaübungen zu machen?

Vielleicht mit Terry, dem Mann, der ihren Heizkessel repariert und gewartet hatte und ihr immer mit kaum verhohlener Verachtung angesichts ihrer mangelnden Kenntnisse über Heizkessel begegnet war. Oder, was soll's, vielleicht mit Jeremy? Nein, nicht mit Jeremy.

Vielleicht mit Jeremy?

Während dieser Träumereien spürte Gwen plötzlich einen harten Klaps auf ihrer Schulter, Als sie sich umdrehte, erblickte sie Janet McAffreys Tochter, die ein wenig außer Atem war und diesmal eine Krankenschwesternuniform und türkisfarbene Crocs trug.

«Ich wollte mich nur dafür bedanken, dass Sie Mums Uhr zurückgeholt haben», sagte sie laut. «Wir sind so dankbar.» Sie drückte Gwen eine kleine Schachtel Schokoriegel in die Hand.

Gwen nahm den Dank so leise und huldreich entgegen, wie sie konnte, und klang dabei wie ein Feuerwehrmann, der in den Nachrichten interviewt wird («Das war doch nur meine Pflicht!»). Aber als die Frau ging, drehte sich Gwen langsam um und sah Nicholas genau dort stehen, wo sie ihn vermutet hatte. Er hatte das ganze Gespräch mitangehört. Er beobachtete sie also doch.

Er holte sie ein, nachdem sie den Laden verlassen hatte, und versuchte, lässig zu ihr aufzuschließen, stolperte aber ein wenig über seine Segelschuhe, als er einem Mülleimer ausweichen musste.

«Hi, Nicholas.»

«Du hast also die Uhr geklaut. Offenkundig.»

Gwen schluckte. «Ich ... ich würde es nicht *klauen* nennen.»

«Seb aus dem Boar and Balls sagte, jemand hätte sie während der Happy Hour direkt von der Wand gestohlen.»

«Okay, ja, gut.»

«Dazu hattest du kein Recht, Gwen. Offenkundig.»

«Ich sage nicht, dass ich ... Janet, der sie gehörte, sie ... hör zu, das ist lächerlich», brauste sie auf. «Ich entschuldige mich nicht dafür, Nicholas, es war das Richtige.»

«Es war eine legitime geschäftliche Transaktion», polterte er zurück. «Du hast mein ... mein Geschäft untergraben, Gwen.»

Sie betrachtete sein finsteres Gesicht, seine vor Empörung rosa gefärbten Ohren und die Art und Weise, wie er «mein Geschäft» sagte, als würde ein Kleinkind über seine eigene Kacke reden, und hätte am liebsten gelacht. Über die Absurdität dieses Gesprächs, die ausgelassene Sitcom-hafte Farce, zu der ihr Leben offenbar geworden war.

«Du betreibst keine Geschäfte, Nicholas», schnauzte sie. «Du hast einen Etsy-Account.»

Nicholas machte ein Geräusch wie ein defekter Dunstabzug.

«Ich habe letztes Jahr über hunderttausend umgesetzt.»

Das erwischte sie kalt. Konnte das wirklich stimmen?

Eine selbstsicherere Frau hätte die Wogen glätten, ihn fragen können, wie genau er das angestellt habe und was seine besten Erfolgstipps seien und ob er eine Mitarbeiterin für die Beschaffung von Ramsch einstellen wolle. Stattdessen sagte Gwen: «Na bravo, herzlichen Glückwunsch.»

Nicholas nahm dies mit einem kleinen Schmunzeln zur Kenntnis.

Sie gingen ein Stück weiter. Gwen achtete darauf, dass der Abstand zwischen ihnen auf dem Bürgersteig groß genug blieb, damit ihre Hände sich nicht zufällig berühren konnten. Sie musste in einem unbeholfenen, synkopischen Tempo traben, um mit seinem schlaksigen Gang Schritt zu halten. Da sie spürte, dass Nicholas notfalls stundenlang so weiterlaufen würde, gab Gwen als Erste nach.

«Okay, verdammt, es tut mir leid. Es tut mir leid, dass ich die Uhr gestohlen habe.»

Er drehte sich um und sah sie sichtlich triumphierend an. «Danke», sagte er übertrieben gnädig. Und dann: «Versprichst du, dass du das nicht wieder tust?»

«Warum sollte ich das wieder tun?», blaffte Gwen und wich einem angeleinten Dackel aus. «Wie viele senile alte Frauen willst du noch um ihre Familienerbstücke bringen?»

Bei diesen Worten sah sie wieder Janets Gesicht vor sich. Im Profil, die Augen starr auf den Fernseher gerichtet, während das stattliche Ticken der Uhr wieder den kleinen Raum erfüllte. Sie hörte die müde Stimme, mit der sie weniger zu Gwen als vielmehr zur ganzen Welt gesagt hatte: «Manchmal wünschte ich, das verdammte Ding würde aufhören. Nur, um uns allen mal eine Pause zu gönnen.»

Auch das hatte Gwen verstehen können. *Haltet alle Uhren an.* Eine Tante hatte das Gedicht bei Lukes Beerdigung vorgetragen, weil niemand einen Weg gefunden hatte, sie davon abzuhalten. «Das schöne aus *Vier Hochzeiten und ein Todesfall!*», so hatte sie ihren eigenen Vorschlag angepriesen, also war es nicht so, als wüsste sie nicht, dass das Gedicht in dem Film vorkommt.

Nicholas redete immer noch. «... auf dem besten Weg, dieses Jahr noch mehr zu schaffen», sagte er. «Ich bin dabei, mich auf Escape Rooms auszuweiten. Habe einen großen Vertrag mit einem neuen Escape-Komplex in Vauxhall abgeschlossen. Das ist offenkundig ziemlich cool.» Dann fügte er hinzu: «Übrigens, du solltest nicht ‹senil› sagen. Die korrekte Bezeichnung lautet ‹demenzkrank›.»

«Oh.» Gwen war noch dabei, das Wort Escape-Komplex zu verdauen.

«Mein Onkel leidet daran.»

«Okay. Tut mir – o Gott, das tut mir leid, Nicholas.» Auf alle Fälle fühlte sie sich deswegen schlechter als wegen der Uhr. «Das wusste ich nicht. Weder, was das Wort angeht, noch ...»

«Schon gut, er ist ein ziemlicher Wichser. Das war er schon vorher.»

«Aha.»

Sie waren nun den ganzen Weg zur Hauptstraße gegangen. Sie wartete auf irgendeinen abschließenden Kommentar von ihm und dass er dann weggingen, aber er machte keine Anstalten dazu. Stattdessen bog er mit ihr nach links ab, in Richtung ihrer Wohnung. Nun wurde ihr klar, dass er nicht wütend war, vermutlich niemals wütend gewesen war, sondern sie beide eher als sexy Sparringpartner in einem Wortgefecht betrachtete. Eine Art von Katharine Hepburn und Spencer Tracy für Arme.

Gwen blieb mitten auf dem Gehweg stehen und wandte sich ihm zu. Sie fühlte sich unglaublich erschöpft.

«Was willst du?», fragte sie.

«Ich dachte, offenkundig sollten wir, du weißt schon. Reinen Tisch machen. Ein bisschen über alles sprechen.»

«Über alles sprechen?»

Nicht zum ersten Mal wunderte sich Gwen über die Entschlossenheit mancher Leute, unangenehme Gespräche förmlich zu suchen, während andere, die Normalen, davor davonliefen wie vor rasenden Dinosauriern. Hatte das etwas mit Klassenunterschieden zu tun? War das etwas Patriarchalisches? Ein Produkt von zu viel strukturiertem Reality-Fernsehen, bei dem sich alle in Weinlokalen unentwegt zur Seite nehmen, um zu reden?

«Wir könnten bei dir was trinken?»

«Warum?»

«Na ja, es ist näher als meine Wohnung, offenkundig, aber wenn du –»

«Nein, wieso solltest du das wollen?», fragte sie.

«Wie … wie meinst du das?»

Nicholas sah verwirrt aus.

«Wieso möchtest du mit mir was trinken?»

«Ich meine …» Seine Stimme wurde jetzt herablassend, auch wenn sie das Zittern darunter hören konnte. «Offenkundig, weil ich dich mag. Offenkundig.»

«Ich weiß», sagte Gwen, denn das tat sie.

«Offenkundig bin ich davon ausgegangen, dass du dasselbe empfindest.»

«Offenkundig.»

«Tust du aber nicht?»

Das war Folter. Warum mussten die Menschen immer ehrlich

zueinander sein? Warum konnte nicht jeder akzeptieren, dass eine höfliche Gesellschaft auf einer langen Tradition von Lügen und Ausflüchten aufgebaut war, dass man zwischen den Zeilen lesen, um den heißen Brei herumreden und die vernichtenden Worte nie laut ausgesprochen hören musste? Wie konnte man einem Menschen die Wahrheit ins Gesicht sagen, ohne umgehend in Flammen aufzugehen?

«Äh», stammelte sie. «Sieh mal, so würde ich das nicht sagen.»

Gwen hatte unter ihrem Pony zu schwitzen begonnen. Sie spürte, wie der Schweiß zwischen ihren Augenbrauen kribbelte. Sie fragte sich, wie sie sich noch immer Gedanken darüber machen konnte, für jemanden nicht attraktiv zu sein, den sie gerade sexuell zurückwies.

«Wie würdest du es denn sagen?» Er klang ernsthaft neugierig, wie, als er sie im Ramen-Restaurant nach ihrer Lebensgeschichte gefragt hatte. Vielleicht hatte er eine Akte. Notizen für zukünftige Zurückweisungen.

«Ich bin dabei ... Entscheidungen zu treffen?» Sie konzentrierte sich intensiv auf sein linkes Ohr. «Äh. Zu experimentieren.»

Sie zuckte zusammen, als sie es aussprach, und noch mehr, als er es wiederholte.

«Experimentieren?» Er hob eine Augenbraue, was auf sie nun den gegenteiligen Effekt hatte. Als hätte ihr jemand eine Ladung Katzenstreu in die Unterhose geschoben.

«Na ja, du weißt schon ... Ich war davor in einer Beziehung, und deswegen ...»

«Ich dachte, du hättest gesagt, es wäre vor vier Jahren Schluss gewesen?»

Sechs.

«Also theoretisch ja, aber ...»

«Also, ich glaube, du solltest das Experimentieren inzwischen hinter dir gelassen haben, was meinst du, Gwen?»

Darauf holte sie scharf Luft. Ehrlicherweise tat Nicholas das ebenfalls und schien von seiner eigenen Grausamkeit überrascht.

«Äh – ich meine – offenkundig nicht hinter dir, aber, offenkundig nur ...» Er unterbrach sich, und Gwen schwieg, hörte zu, wie er ruderte und wartete auf den Moment, in dem ihm klar werden würde, dass sie absolut, kategorisch keinen Sex mehr haben würden.

Und da war er.

«Es tut mir leid», sagte er. «Das war unangebracht. Aber offenkundig willst du nicht, also werde ich aufhören, mich offenkundig zum Narren zu machen.» Er räusperte sich und sah auf seine Schuhe hinab. «Ich mochte dich», schloss er lahm. Diesmal in der Vergangenheitsform.

«Ich weiß», sagte sie leise und zwang sich, ihm in die Augen zu sehen. Nicholas blinzelte. «Es tut mir leid.» Sie hoffte, er würde seinen verletzten Stolz nun in die Tasche packen und gehen, aber er blieb stehen, wo er war. Allem Anschein nach wartete er auf eine ausführliche Rede.

«Es tut mir leid, Nicholas», fuhr sie fort, «wie ich dich ... äh, behandelt habe. Ich bin nicht gut damit umgegangen.»

Erst als sie es aussprach, wurde ihr klar, dass das womöglich stimmte. Es war erschütternd zu entdecken, dass sie immer noch die Macht hatte, jemanden auf diese Weise zu verletzen. Dass ihre Zuneigung doch keine veraltete Währung war.

«Ich versuche nur ... du weißt schon, herauszufinden, was ich falsch gemacht habe. Wenn es so etwas wie kritische Punkte gab, wäre es hilfreich, das zu wissen.» Er errötete und rieb sich mit der Hand zügig über den Nacken. Und in diesem Moment sah sie seine Verletzlichkeit und wurde wenig hilfreich an den Moment zurückerinnert, als er ihr seine Verletzlichkeit ins linke Ohr gekeucht hatte. «Abgesehen von der Uhr selbstverständlich, obwohl ich nach wie vor dabei bleibe, dass es mein gutes Recht war ...»

«Ich glaube», unterbrach ihn Gwen, der die Selbsterkenntnis in Echtzeit dämmerte. «Ich glaube, ich war so sehr mit meiner eigenen Unsicherheit beschäftigt, dass ich vergessen habe, dass du auch Gefühle hast.»

Zu ihrer Erleichterung schien Nicholas dies zu akzeptieren.

«Ah ja, das stimmt», sagte er hilfsbereit, als wollte er sie in einem Pub-Quiz korrigieren. «Ich habe Gefühle.»

«Ja», bekräftigte sie und drückte ihm tröstend den Arm. «Offenkundig.»

Hut

Es sei bescheuert, so viel Geld für einen Hut auszugeben, sagte Poppy. Noch dazu einen aus einem Sozialkaufhaus, wo die Sachen doch eigentlich billig sein sollten, und noch dazu, weil man eine Million Hüte online kaufen könne, wo die Sachen noch billiger seien. Außerdem trage niemand, den sie kannten, so einen Hut.

Niemand, den xier kannte, trug so einen Hut, und Skye erklärte ihr, dass es genau darum ging. Zumindest für Skye, für xien sich die Konformität der Teenager allmählich anfühlte wie ein altmodisches Arcade-Spiel, bei dem man so vielen Schlaglöchern wie möglich ausweichen musste, um die Ziellinie zu erreichen, die sich immer weiter zurückzog.

Skye hatte das Gefühl, dass jetzt jede Entscheidung höchst heikel war, jede unschuldige Wahl eine Falltür, die xier in eine Schublade beförderte, in der xier nie hatte sein wollen. Gut / Böse. Mädchen / Junge. Alternativ / Mainstream. Light / dark academia. VSCO / Kidcore / Cyber / Lo-Fi / Nu Preppy / altmodisch-romantisch. Geografie oder Geschichte. Aktivist:in oder Nihilist:in. Mandel oder Hafer. Die Angst, keine Identität zu haben, wechselte ständig mit der Angst, von der falschen Identität verschluckt und mitgerissen zu werden. Skye stellte sich gerne vor, dass xier eine Meisterin des Gleichgewichts und der Widerstandskraft wäre, mit einer Rumpfmuskulatur, die all diesen duellierenden Kräften der Coolness ebenso standhielt wie denen der Schwerkraft auf einem Skateboard. Es war aufregend. Manchmal anstrengend.

Aber der Hut wusste von alledem nichts. Der Hut schien sich seiner selbst sicher zu sein, auf ostentative Weise, und das gefiel Skye genauso gut wie sein seidenes Futter, das ausgefallene Logo auf dem Etikett und die winzige Feder, die in der Krempe steckte.

Er passte in keine Subkultur, die Skye bewusst gewesen wäre, sondern schien über allem zu schweben, an seinem eigenen, hohen Haken. Surkultur, konnte man das sagen? Skye hatte einen Großonkel, der xier einmal in eine Oper im Coliseum mitgenommen und xiem ausführlich den Unterschied zwischen Untertiteln und Übertiteln, zwischen Tenor und Alt, zwischen echter Frauenfeindlichkeit und herrlicher Kunst erklärt hatte, die einfach aus einer anderen Zeit stammt, meine Liebe. Skye war zur Hälfte des zweiten Akts eingeschlafen und hatte darum gekämpft, die Augen offen zu halten, während die Musik wie eine schwere Decke auf xiem lastete. Xier hatte ein schlechtes Gewissen gehabt, bis xier sich umdrehte und sah, dass der Großonkel mit auf die Brust gesunkenem Kopf leise schnarchte.

«Aber deshalb sind wir ja hier, mein Kind», hatte er danach gesagt. «Für das beste Nickerchen der Stadt.»

Der Großonkel hätte so einen Hut tragen können, wenn man es sich recht überlegte. Nur war er jetzt tot.

Skye kaufte den Hut mit dem Geld von ihrem Job als Tee- und Kehrperson in einem örtlichen Friseursalon. Das war ein Ort, an dem xiese Rumpfmuskulatur jedes Wochenende hart trainiert wurde, sowohl beim Bücken über das Waschbecken als auch beim Ablehnen von Angeboten kostenloser Strähnchen, Tönungsshampoos und Tiefenpflegebehandlungen der unterschiedlichen Stylisten, die Skyes Haar «in Ordnung bringen» wollten. Der Hut könnte dabei helfen, diese Art von Aufmerksamkeit abzuwehren, hoffte Skye. Xier waren jetzt ein Hutgesicht.

Er fühlte sich auf Skyes Kopf schwer und fest an, und das gefiel xier. Er war vielleicht einen halben Zentimeter zu groß, und das gefiel xier auch – wie Platz zum Wachsen fühlte es sich an, obwohl xier mit fünfzehn nicht wusste, ob xieser Kopf wirklich noch größer werden konnte. Auch wenn er an ihrem nächsten schuluniformfreien Tag als eine verrückte Wahl erscheinen mochte, so hatte der Hut doch eine Beständigkeit, die sich beruhigend anfühlte. Im Gegensatz zu den bonbonfarbenen Regenbogensommersprossen, die Poppy sich jeden Morgen über den Nasenrücken bis hinauf zu den Schläfen aufmalte, reihte er sich in eine Tradition ein und nicht in einen Trend, und eine solche konnte man nicht wegwaschen.

Das Gesetz des ausgefallenen Modekaufs, das wusste Skye bereits, lautet, dass es nur in eine von zwei Richtungen geht: Entweder man trägt das Ding unaufhörlich und fragt sich, wer man überhaupt gewesen ist, bevor es auftauchte, um einen zu vervollständigen, oder man fühlt sich gleich beim ersten Tragen wie ein Vollidiot und zieht das Ding nie wieder an.

Skye war neugierig, als xier aus dem Laden trat und xieser keckes neues Spiegelbild im Schaufenster betrachtete, um zu sehen, was davon der Fall sein würde.

54.

In Gwens Bekanntenkreis war die erste Welle von Zweitheiraten in vollem Gange. In der Regel waren die Kleider unauffälliger, das Budget kleiner, die Gästelisten kürzer und die Tafeln mit bezaubernden Kreidebotschaften spärlicher, doch sie stellte erleichtert fest, dass der Alkoholkonsum derselbe geblieben war.

Letztendlich nahm sie niemanden mit und stellte das als großherziges Opfer zugunsten des Catering-Budgets dar. Es schien ihr einfacher, ungebunden zu sein. Und es waren genügend Leute auf der Hochzeit, die sie kannte, nicht bloß von der Universität, sondern von all den verschiedenen Gelegenheiten, bei denen man über die Jahre hinweg Leute kennenlernt – als Partner von Freunden, als berufliche Freunde von Freunden, als Kindheitsfreunde von Freunden, als Freunde von Freunden von Freunden, bei denen der gemeinsame Freund irgendwann unterwegs aus der Mitte herausgerutscht war. Es gab viele Überschneidungen mit dem Zirkel, aus dem sie fünf Jahre zuvor auf Suzes und Pauls Hochzeit einige so herzlich zum Abendessen eingeladen hatten. Abendessen, die meist nie stattgefunden hatten. Ein Meer von Leuten, die entweder nie eine Nachricht geschrieben hatten oder denen sie nie zurückgeschrieben hatte.

«Gwen! Wo hast du nur gesteckt?», wollten einige wissen. Das verblüffte sie, denn sie war diejenige, die im letzten halben Jahrzehnt mehr oder weniger reglos am selben Ort gesessen hatte wie ein verlorenes Kind im Einkaufszentrum. Aber ihr war klar, was sie meinten. Sie meinten: Wo hatte sie *digital* gesteckt? Optisch? Wo waren ihre Schlagzeilen, ihre Meilensteine, ihre stolz herausposaunten Lebensentscheidungen? Warum hatte sie es so achtlos zugelassen, von ihrem Radar zu verschwinden?

«Ach, weißt du», antwortete sie jedes Mal. «Bloß ... in der Gegend.»

Sie entdeckte Ryan schon früh auf der anderen Seite des Festsaals und wappnete sich dagegen, Clara und das Kind in Sichtweite auftauchen zu sehen, wahrscheinlich von Sonnenstrahlen erhellt wie ein Madonnenbild. Aber sie tauchten nicht auf, und ihr Magen gluckerte vor Erleichterung. Ryan schien allein gekommen zu sein, verbrachte aber den Großteil der Hochzeit am Handy, um das zu kompensieren. Sie ging etwas später an ihm vorbei, während die Canapés gereicht wurden, und er gab gerade mit gestresster Stimme detaillierte Anweisungen über den Verbleib von etwas, das er «Bluey» nannte.

Er verdrehte die Augen und schnitt eine Grimasse, die in etwa «Mein Leben, was?» besagte. Da hing Ziegenkäse in seinem Bart. Sie ging weiter.

Nachdem sie sich fast den ganzen Tag an Suze und Paul geklammert hatte, wurden sie Gwen beim Abendessen auf grausame Weise durch den Sitzplan entrissen. Sie saß mit Fremden zusammen am Tisch, einem Paar in ihrem Alter auf der einen Seite und dem Onkel des Bräutigams auf der anderen. Der Onkel hatte seine eigenen Gewürze in Tütchen mitgebracht, die er aus einem in seiner Anzugtasche verstauten wieder verschließbaren Beutel hervorholte, als der erste Gang serviert wurde. Gwen wandte sich an das Paar.

«Also», begann sie und hoffte, dass ihr eine bessere Frage einfallen würde, bevor ihr die unvermeidliche über die Lippen kam. Das geschah nicht. «Was macht ihr so beruflich?»

«Ich bin Fotograf», antwortete der Mann mit beträchtlichem Stolz.

«Oh, cool!», sagte Gwen. «Was hast du denn in letzter Zeit fotografiert?»

«Maismehl», antwortete er und griff nach dem Wein.

«Ist das ... eine Band?»

«Nein», sagte er. «Für Tesco. Ich mache die ‹Serviervorschlag›-Bilder auf den Packungen.»

In vielerlei Hinsicht fand Gwen das interessanter, als sie eine Band gefunden hätte. Und so verbrachte sie die nächsten zwanzig Minuten damit, mehr über das Geschäft der Verpackungsfotografie zu lernen. Sie erfuhr, welche Einzelhändler auf Archivfotos zurückgriffen und welche ihre eigenen Aufnahmen machen ließen, welche Tricks in der Branche angewandt wurden, um den besten Dampf aus einer Puddingkanne aufsteigen zu lassen, die möglichen rechtlichen Konsequenzen einer falsch dargestellten Gartenerbse oder einer übermäßig mit Fotoshop bearbeiteten Wurst. Der Fotograf schien begeistert, ein so interessiertes Publikum zu haben. Seine Freundin schien ebenso dankbar für die Gelegenheit, zwanzig Minuten lang auf ihr Telefon schauen zu können.

Gerade als er sich endlich gezwungen sah, sie zu fragen, was sie so machte, und sie es ihm beinahe hätte sagen müssen, klirrten die Gabeln gegen Gläser, und die Reden begannen. Die Reden waren gnädig kurz und überraschend kreativ, da das meiste auf der Hand liegende Material bereits bei den ersten Hochzeiten verfeuert worden war. Der Trauzeuge hatte 30 Pfund für eine App ausgegeben, über die ein Reality-Star dem glücklichen Paar ein wundervolles gemeinsames Leben wünschte. Er sah äußerst selbstzufrieden aus, bis klar wurde, dass das Paar nicht wusste, wer der Reality-Star war.

Danach folgte der unangenehme geschäftige Teil des Tages – den Suze immer «das Perineum» nannte – bei dem das glückliche Paar und ihr Fotograf versuchten, aus der wolkenverhangenen goldenen Stunde das Beste herauszuholen.

Gwen konnte nicht anders, als sich mit ihrer Sozialkaufhausbrille im Raum umzusehen. Sie betrachtete die Parade der winzigen, sinnlosen Clutch-Bags und der individuell gestalteten Bilderklammern für die Tische und fragte sich, wie viel von diesem Zeug wohl irgendwann in einem Müllsack landen würde, den jemand wie sie durchwühlen musste. Und wie viel von diesem Zeug dann in weiteren Müllsäcken landen würde und wieder weiteren, da all die Dinge, die einem einst so wichtig erschienen waren (die Bilderklammern waren, wie sie jetzt bemerkte, mit dem heutigen Datum und den Initialen des glücklichen Paares beschriftet), in einem riesigen Spiel aufgingen, bei dem das Paket immer weitergereicht wurde und schließlich in der Erde verschwand.

«Ich sehe überall Spenden», hatte sie Asha letzte Woche mit der Stimme von Hayley Joel Osmond zugeflüstert. Der heilige Michael hatte es gehört und beifällig genickt.

«Das kommt vor», hatte er gesagt.

Auch die Generationenverteilung bei dieser Hochzeit war anders: mehr Freunde, weniger tattrige Verwandte, die sich am Büfett bedienen ließen. Lag das daran, dass die familiären Schuldgefühle beim zweiten Mal schwächer ausgeprägt waren, oder daran, dass es nicht mehr viele tattrige Verwandte gab? Diesmal gab es auch weniger schwangere Freundinnen, für die man Softdrinks holen musste, dafür mehr von der Sorte, die von der Aussicht auf einen Babysitter und von einem Last-Minute-Angebot auf Booking.com vor Begeisterung feuchte Augen bekamen. Dave InsGebüschGekotzt forderte den DJ auf, *Born Slippy* zu spielen, und es war gerade mal acht Uhr abends.

Sie spürte, wie eine Hand über ihren Arm strich, drehte sich um und sah Ryan neben sich stehen. Er gab ihr zur Begrüßung ein Luftküsschen, was ihr übertrieben erschien angesichts der Tatsache, dass sie in den letzten sechs Stunden im selben Raum umeinander herumgeschlichen waren. Ryan war noch nie ein Luftküsser gewesen und war es eindeutig immer noch nicht.

«Ich kann nicht mehr viel länger bleiben», begann er und wedelte mit seinem Handy. «Ich muss nach Hause zu ...»

«Ja, ja. Klar.»

«Aber ich wollte nur, du weißt schon. Vorbeischauen. Es ist wirklich schön, dass du gekommen bist, Gwen.»

Vielleicht bildete sie es sich nur ein, aber Gwen glaubte zu spüren, wie ein kleines Knistern der Aufmerksamkeit durch den Raum ging. Augen flackerten in ihre Richtung. Köpfe drehten sich zu ihnen und dann schnell wieder weg.

«Danke. Ich – äh, es ist toll, hier zu sein», antwortete sie und klang dabei wie die Teilnehmerin einer Spieleshow.

«Und wenn du jemals etwas brauchst, weißt du, wo du mich findest», sagte er.

«Streatham», antwortete sie abgelenkt. Noch mehr Blicke, noch mehr gereckte Hälse und wissende Blicke. Sie und Ryan boten offenbar eine fesselndere Unterhaltung als der 30-Pfund-Reality-Star.

«Äh, ja. Genau.»

«Danke», sagte sie, denn das schien er von ihr zu erwarten. Jetzt schauten die Braut und der Bräutigam zu ihnen herüber. Gwen wurde schwindelig. Das vertraute Kribbeln und Stechen begann in ihrem Nacken heraufzukriechen.

«Wie auch immer, es ist einfach ... gut, dass wir wieder in Kontakt sind. Schön zu sehen, dass es dir so gut geht.»

Er drückte ihren nackten Arm, dann ließ er seine Hand eine Sekunde dort liegen, sein Zeigefinger strich zügig über ihre Haut, hin und her, hin und her, eine Geste, von der sie annahm, dass sie tröstend gemeint war. Suze strahlte sie von der anderen Seite der Donut-Mauer aufmunternd an.

Der Raum begann sich zu drehen. Es war schwer, die Augen von den Scheinwerfern zu unterscheiden, die von der Discokugel reflektiert wurden.

«Entschuldige mich», sagte Gwen. Sie entriss ihm ihren Arm und stürmte aus dem Raum, wobei sie die schwere Tür hinter sich zuschlagen ließ. *Abschluss.*

55.

Die Toiletten waren in einem üblen Zustand. Gwen ging von Kabine zu Kabine – zwei waren voller Papierberge, in einer stand braunes Wasser – und spülte in einer nach der anderen wie eine Art guter Toilettenfee.

Schließlich entschied sie sich für die letzte Kabine und blieb dort noch eine Weile sitzen, nachdem sie fertig war. Sie lehnte ihr Gesicht an die kühlen Kacheln der Kabinenwand und spürte, wie das Blut im Takt des Basses von der Tanzfläche (augenblicklich *Hey Ya* von Outkast) durch ihr Hirn pulsierte. Ihr Herz saß ihr im Hals wie ein übergroßes Kartoffelstück, ihr Magen hing irgendwo südlich der Füße.

Die Leute sprachen über Panikattacken, als wären sie etwas Emotionales – eine Aufwallung intensiver Sorge, die man mit beruhigenden, medizinischen Gedanken vertreiben konnte –, aber ihre waren immer etwas Körperliches. Sie spürte, wie ihre Augenlider und Ellbogen, ihre Speiseröhre und ihre Leber zuckten, schneller arbeiteten und eine drohende Katastrophe ankündigten. Jedes Organ in ihrem Körper wetteiferte um Aufmerksamkeit, während ihr Hirn über alldem saß und machtlos war, es nicht aufhalten konnte. Sie legte ihre Handflächen ebenfalls an die Wand und versuchte beim Ausatmen bis vier zu zählen. Bei drei blieb sie an dem Kloß in ihrem Hals hängen und musste husten und nach Luft ringen.

Dann kam jemand auf die Toilette, und Gwen verkrampfte sich, als die Person sich in der Kabine neben ihrer einnistete und ein lautes Medley aus Pinkeln, Naseputzen und stotternden Blähungen begann. Die Person machte sich dann am Waschbecken an ihr Make-up und summte dabei ein wenig vor sich hin.

Gwen war dankbar für ihren winzigen Bunker, so wie sie im Laufe ihres Lebens für Hunderte von Toilettenkabinen dankbar gewesen war. Sie waren kleine Zufluchtsorte, jede von ihnen ein vorübergehender Unterschlupf, der glückselige Anonymität gewährte, solange es eine abgeschlossene Tür gab, an die niemand klopfte. London war voll von diesen ehemaligen Panikräumen. Sie konnte den Geist ihres eigenen abgehackten Hechelns in den Kaffeehausketten und den Treppenhäusern der Kaufhäuser überall in der Stadt hören.

Wäre dies ein Film, würde jetzt jemand anderes den Raum betreten, und Gwen wäre gezwungen, ein wenig schmeichelhaftes Gespräch über sich selbst mit anzuhören. ‹Hast du gesehen, dass sogar Gwen eingeladen ist?› *Ich weiß, so ein hoffnungsloser Fall.* *Ich habe gehört, dass sie ihren Job aufgegeben hat, um in einem Sozialkaufhaus zu arbeiten.* ‹O mein Gott, wie seltsam.› *Ja, oder?* *Lass dich von ihr bloß nicht in ein Gespräch verwickeln.* *Kommst du mich retten, falls doch?* Dann hätte sie die Möglichkeit, aus ihrer Kabine zu treten, sich in der peinlichen Stille die Hände zu waschen und möglicherweise zu den ersten Takten von Aretha Franklins *Respect* hinauszumarschieren.

Aber dies war kein Film, und langsam, aber sicher begann die Langeweile ihr Nervensystem zu übermannen. Das Kribbeln in ihrem Gesicht hatte nachgelassen, der hektische Blasebalg in ihrer Brust war langsamer geworden. Sie erkannte die Anfänge ihres üblichen Panik-Abfalls – sie war immer noch zittrig, ihr war schwindelig und übel, aber das war beruhigend langweilig im Vergleich zu den wilden, unvorhersehbaren Symptomen, mit denen die Panik in die Höhe schoss.

Gwen hob versuchsweise den Kopf von den Fliesen und fand es erträglich. Sie verließ die Kabine und gönnte sich eine Ponywäsche mit Föhnen unter dem Händetrockner. Connies Worte hallten in ihrem Kopf nach. *Man bereut nie, hingegangen zu sein. Nicht wirklich.*

Als sie zurück in die Halle ging, konnte sie Ryan nirgends entdecken und war froh darüber. Aber in einer Ecke sah sie Paul, er war ein wenig zusammengesackt, seine Fliege war halb geöffnet, und das Einstecktuch flatterte lose wie bei einem Nachtclub-Magier. Suze befand sich auf der anderen Seite des Raums und unterhielt sich mit dem Künstler formerly known as Wazzo, der jetzt eine hohe Position in irgendeiner humanitären Hilfsorganisation besetzte und regelmäßig bei Radio 4 auftrat.

Gwen folgte Pauls Blick auf die Tanzfläche und begriff, dass er nicht seine Frau ansah, sondern ein Pärchen, das mit einem schwankenden Kleinkind mit Gehörschützern tanzte. Das Kind schien von der Situation weniger begeistert zu sein als alle anderen um es herum, aber es schien zu verstehen, was seine Rolle war. Es stampfte mit seinen kleinen gestiefelten Füßen unrhythmisch zu *Groove Is In The Heart*, während der Hochzeitsfotograf um es herumsprang und versuchte, den Zauber einzufangen.

Da es sonst niemanden gab, mit dem sie reden konnte, holte Gwen sich ein Glas Wasser von der Bar, ging hinüber und setzte sich neben Paul.

Er wandte sich um und lächelte sie mit glasigem Blick an.

«Gwen! Wo hast du gesteckt?»

«Klo», sagte sie wahrheitsgemäß. Da wurde ihr klar, dass das die Antwort war, die sie immer geben sollte. Wo hatte sie ihr ganzes Leben gesteckt? Klo.

«Alles klar bei dir, Kumpel?», fragte sie und reichte ihm das Wasser. Sie hatte Paul noch nie zuvor Kumpel genannt. Vermutlich hatte noch nie zuvor jemand Paul Kumpel genannt.

«Sehr gut, danke, ich bin sehr ... ja.»

«Sehr ja?»

«In der Tat.»

Eine Weile saßen sie in einvernehmlichem Schweigen da und blickten auf die Tanzfläche. Die Brautjungfern versuchten eine Art von choreografiertem Tanz aufzuführen und bekamen ganz starre Gesichter, als der Fotograf sie ignorierte und die Braut davoneilte, um verschiedene Gäste zu umarmen. Kellner gingen mit Speckbrötchen auf Silbertabletts herum.

«Das ist alles Mist, Gwen, weißt du», sagte Paul. «Das alles hier.» Er warf die Hand ernst in Richtung der sich ihnen bietenden Szene. Sie spürte einen kleinen sanften Sprühregen von Spucke auf ihrer Wange.

«Ja?», fragte sie. «Welcher Teil insbesondere?»

«Das ganze Zeug. Das Tamtam. Diese Aufführung.»

Das war nicht die tiefgründigste Ansicht, aber sie ließ ihn weiterreden.

«Du heiratest – du nicht, dich meine ich nicht. *Man* heiratet. Und es ist alles ganz reizend und voller Versprechen und für alle Zeiten, amen, ta-di-da, weißt du?»

«Ich glaube, wir haben festgehalten, dass ich darüber nichts weiß», sagte Gwen.

«Nein! Entschuldigung. Entschuldigung.» Es fühlte sich so an, als wollte er sie gleich «altes Mädchen» nennen. «Aber die Sache ist die, du heiratest und denkst, du hast dein Leben jetzt sortiert. Aber du hast es nicht sortiert, Gwen.»

«Habe ich nicht?»

«Nein, nicht du! Also nicht du – sondern niemand, das wollte ich sagen. Du bist immer noch einer von zwei Idioten, die planlos durch die Gegend eiern, nur in einer etwas stabileren Kiste als vorher.»

Das war erstaunlich tiefsinnig. Er zerstörte die Wirkung, indem er rülpste und bei dem Geräusch erschrocken zusammenfuhr.

«Aber du und Suze habt eine ziemlich hübsche stabile Kiste», antwortete sie. Paul schnaubte. Dann schüttelte er unzufrieden mit sich den Kopf und sah sehr traurig aus.

«Das stimmt, Gwen, haben wir. Ich habe großes Glück. Ich weiß gar nicht, wie ich dazu komme – hicks –, so großes – hicks – Glück zu haben. Aber meine liebe Frau und ich haben unterschiedliche Vorstellungen, wie sich herausgestellt hat. Wir sind in einigen wichtigen Punkten unterschiedlicher Meinung.»

Gwen hatte das Gefühl, dass das jedem, der Augen hatte, seit Jahren klar war, aber jetzt war wohl nicht der richtige Zeitpunkt, das zu sagen. Dass Paul sich verletzlich zeigte, war erschreckend. Es erinnerte sie daran, wie sie einmal versehentlich hereingeplatzt war, als Suze gerade antibiotische Creme auf ein Furunkel an seinem Hintern geschmiert hatte.

«Aber jedes Paar hat doch seine Differenzen», hörte sie sich sagen. «Dadurch bleibt es interessant.»

«O ja, jaaa, ja.» Paul versuchte unbeholfen zu zwinkern. «Sehr interessant. Großes ... großes Glück.» Er unterbrach sich. «Aber hier geht es um eine echt *fundamentale* Meinungsverschiedenheit, Gwen.» Sein Blick schweifte zur Tanzfläche zurück, wo das Kleinkind nun auf dem Bauch lag und in einem Wutanfall mit Händen und Füßen auf den Boden hämmerte, was poetischerweise von Daft Punks *Get Lucky* übertönt wurde.

«Wie auch immer. Ich bin mir sicher, du kennst Suzes Gefühle in dieser Frage.»

Sie kannte Suzes Gefühle in dieser Frage mitnichten, doch das einzugestehen, selbst gegenüber Paul in seinem jetzigen Zustand, hätte zu sehr geschmerzt. Außerdem erriet sie es allmählich. Sie lächelte Paul auf eine Weise an, die gleichzeitig wissend und mitfühlend wirken sollte. Sie war froh über die Einsicht, wenn sie sich auch dafür schämte, wie sie endlich dazu gelangt war.

«Ich will Vater werden, Gwen, ist das so ein Verbrechen? Macht mich das zum patriar-ch-chalischen Dinosaurier? Ich würde den verflixten Fötus selbst austragen, wenn ich könnte!»

In ihr entknotete sich etwas, und auch dafür schämte sie sich. All die Jahre hatte sich Gwen mit schlechtem Gewissen vor dem Ultraschallfoto gefürchtet, verkrampft auf die reißende Flut gewartet, die ihr ihre beste Freundin noch weiter entreißen würde.

Und die ganze Zeit hatte Suze um ihren eigenen Platz unter den Kinderlosen gekämpft. Sie hätten darüber reden können. Warum hatten sie nicht darüber geredet?

Sie tätschelte Pauls Arm, und er gab ein kindisches Winseln von sich und ließ seinen großen, vornehmen Kopf auf ihre Schulter sinken. Da sie nicht wusste, was sie sonst machen sollte, legte sie stützend den Arm um ihn und erlaubte ihm, wie ein nasser Sandsack dort zu liegen. Zum Glück hatte sich Suze gerade von Wazzo gelöst und schlängelte sich durch die Menge im Raum auf sie beide zu, wobei sie mit den Lippen «Tut mir leid!» formte.

«Sorry, gehört das dir?», fragte Gwen, als sie bei ihnen ankam.

«Nie zuvor in meinem Leben gesehen», antwortete Suze. «Du kannst ihn behalten.»

Aber dann setzte sie sich auf die andere Seite neben ihren Mann, legte ihm sanft die Hand auf den Oberschenkel und sagte mit solcher Zärtlichkeit und Vertrautheit: «Hallo, du», dass Gwen höflich den Blick abwandte. Paul hob den Kopf von Gwens Schulter und wandte sich mit einem verschlafenen Lächeln seiner Frau zu.

«Wollen wir?», fragte er sie.

«Los geht's», antwortete sie, zog ihn auf die Füße, warf Gwen zwei Luftküsschen zu, und sie bahnten sich den Weg zum Ausgang.

Nachdem sie weg waren, blieb Gwen noch ein paar Minuten sitzen und schaute auf die Tanzfläche. Jetzt war der beste Zeitpunkt, alle hatten genug getrunken, um ihren guten Geschmack und ihre Würde an der Garderobe abgegeben zu haben, aber noch nicht so viel, dass sie den Schwung oder ihre Wimpern verloren hätten. Die Erfahrung sagte ihr, dass sie noch ungefähr zwei gute Songs durchhalten würden, mit etwas gutem Willen drei.

In der Absicht zu gehen stand sie auf. Aber dann dachte sie an Heather, die sehnsüchtig von einer Nacht auf dem Tanzparkett träumte. Sie dachte auch an Asha und an Brenda und an Finn – sogar an Connie, deren Erbitterung noch immer wie ein Rauchmelder in Gwens Ohren schrillte. Anstatt leise hinauszuschlüpfen, trat sie auf die Tanzfläche und ließ sich von der Menge verschlucken.

Leute strahlten sie entzückt an, als sie sie mit wirbelnden Armen und fliegendem Haar in ihrer Mitte auftauchen sahen. Sie fielen ihr um den Hals und klatschten sie ab, griffen nach ihren Schultern und hauchten ihr weinhaltigen Atem ins Gesicht.

«Gwen! Wo hast du *gesteckt*?»

Dieses Mal sagte Gwen nichts, sie lächelte nur und zuckte mit den Schultern. Und tanzte und tanzte und tanzte.

Scrabble

In der Regel bevorzugten die Bewohner klassische Spiele.

So lautete jedenfalls die Parteilinie unter den Mitarbeitern des Pflegeheims, seitdem ein angeregtes «Karten-gegen-die-Menschlichkeit»-Spiel zu zahlreichen Beschwerden von Angehörigen geführt hatte, die fürchteten, ihre Elternteile oder Verwandten seien in eine neue dunkle Phase ihres Lebens eingetreten, für die nicht einmal das Daily-Express-Abo eine ausreichende Erklärung liefern konnte.

Nein, klassische Spiele waren das Beste. Obwohl «klassisch» sich in diesem Zusammenhang nicht auf uralten, ehrwürdigen Zeitvertreib wie etwa Schach, Backgammon oder Mah-Jongg bezog, sondern eher auf Spiele, die in Nostalgie gewandte und Rotkäppchen-getränkte Erinnerungen an den zweiten Weihnachtsfeiertag hervorriefen. Boggle, Cluedo, Monopoly, Schiffe versenken, Trivial Pursuit – nicht Twister, obwohl einige Bewohner darauf beharrten, dass es eine vergnügliche Ablenkung vom Senioren-Pilates darstellen würde – und Scrabble.

Brenda hatte das Scrabble-Spiel im Sozialkaufhaus gekauft, wo sie als Ehrenamtliche arbeitete, wenn sie nicht im Altersheim war. Die Heimleiterin hatte sie schon mehrfach darauf hingewiesen, dass sie als «private Besucherin» (das war die Bezeichnung, die sie benutzte, private Besucherin) keinen Kittel tragen musste, aber Brenda bestand darauf. «Es gibt nicht viel im Leben, das mir noch das Gefühl gibt, wichtig zu sein, Marian. Lass mir meinen Kittel. Außerdem», fuhr sie fort, «gibt er mir die Möglichkeit wegzugehen, wenn ich nicht mehr bei einem alten Knöterich sitzen bleiben möchte.»

Roy konnte nun seit über einem Jahr nicht mehr sprechen, was für jeden schwierig gewesen wäre. Aber für eine so plauderhafte Person wie Brenda fühlte es sich an wie ein besonders grausamer Scherz. Als wollte ihr das Universum sagen: Schweig, Frau.

Sie rächte sich, indem sie noch mehr redete. Sie erzählte ihre Geschichten und seine Geschichten und ihre gemeinsamen Geschichten, erzählte sie ihm und öfter noch jedem, der in Hörweite war. Ihre Reisen, ihre Abenteuer, ihre Meinungsverschiedenheiten, alle von den Jahren glatt gewaschen wie Kieselsteine. Sie erzählte jede in die Jahre gekommene Anekdote mit der Verve einer Hörspielsprecherin, mit Akzenten und allem. Dabei ließ sie ihn nicht aus den Augen für den Fall, dass in seinen Augen Wiedererkennen aufflackerte,

der Geist eines Lächelns. Oft schmückte sie die Details aus
oder veränderte absichtlich Tatsachen in der Hoffnung,
dass es Roy dazu bewegen würde, plötzlich aus seinem Stupor
zu erwachen und zu rufen: «Nein! Du täuschst dich!»

Auf mehr oder weniger dieselbe Weise spielte Brenda
mit den anderen Bewohnern Scrabble, indem sie sich neben
ihn setzte, sodass er ihre kleinen Spielsteine gut sehen
konnte, und die derbsten Wörter buchstabierte, die ihr ein-
fielen («Vierzehn Punkte für ‹Tittenwichsen›, Royston,
was hältst du davon?»), oder ihn mit einfachen, kurzen
Wörtern neckte, weil sie beide wussten, dass ihr mit etwas
Zeit und Geduld bessere einfallen würden. Brenda hatte
keine Zeit und keine Geduld mehr.

Unweigerlich gewann Gillian, eine pensionierte Schul-
leiterin mit dramatisch üppigen Augenbrauen, die es einmal
in ein Serienfinale von Countdown geschafft hatte.

«Viel Spaß mit dem Geld, Gillian. Mein Gott, Gillian, was
für ein trauriges kleines Leben», witzelte Brenda manchmal,
bevor ihr einfiel, dass keiner der Bewohner dieses Meme
kannte. Sie wünschte sich in diesen Momenten Finn herbei.
Finn und Brenda verband eine Freundschaft, die auf beid-
seitiger kultureller Prägung und der Liebe zum alltäglichen
Melodrama beruhte. «Überzählig sein», sagte Finn dazu.
Brenda hatte sich im Leben oft überzählig gefühlt, und
ihr gefiel die Idee, das als etwas Positives zu betrachten.

Einmal hatte Brenda nach einer besonders tragischen
Niederlage vor Wut das Scrabble-Brett umgeworfen,
sodass die Steine überall herumflogen, und ihrem 1,50 m
kleinen Körper ein gewaltiges, vorgetäuschtes Schmerzens-
geheul entlockt – nur, um etwas zu tun zu haben. Ein paar
der Bewohner hatten über die Störung den Kopf geschüt-

telt. Ein Mann, Kenneth, hatte geschrien: «Krieg deine Frau in den Griff, Roy!», worauf Brenda fröhlich geantwortet hatte: «Ich bin nicht seine Frau, aber alles Gute für sie!» Die meisten sagten nichts.

Als sie die Spielsteine einsammelte und das Spiel wegpackte, bemerkte sie die Schrift auf der Unterseite des Brettes. Mark ist ein Penner und ein Arsch, Rhyl '89, stand dort in jugendlicher Handschrift. Dann, in viel kleineren Buchstaben, ein Zusatz. Ich hasse Dad.

Sie fischte einen kleinen Bleistift aus der Tasche ihres Kittels und fügte ein eigenes Graffiti hinzu, als niemand hinsah. B 4 R in einem wackeligen Herzen mit einem Pfeil hindurch. Dann, als Nachsatz: Ich hasse Kenneth.

56.

Gwen beobachtete eine Frau auf der anderen Seite des Ladens und versuchte, darauf zu kommen, ob sie berühmt war.

Die Frau trug ihr orangenmarmeladenfarben gefärbtes Haar in einem kantigen Bob, der ihre Wangenknochen streifte, und einen kurzen Pony, der ihr bis zur Mitte der Stirn reichte. Der Gesamteindruck war, dass jemand eine Zwölfjährige skalpiert und ihr Haar auf den Kopf einer Erwachsenen gesetzt hatte.

Wer war sie? Sie war nicht unauffällig glamourös und auf teure Art ungepflegt wie die in Ungnade gefallene Frühstücksnachrichtensprecherin, die einmal in der Woche kam, um sich eine Sonnenbrille zu kaufen – aber sie hatte diese Aura, die berühmte Leute haben, ein Einbahnstraßen-Kraftfeld, das besagt: «Ich bedeute dir etwas, aber du bedeutest mir nichts.»

Wenn sie keine Berühmtheit war, dann arbeitete sie vielleicht in einem Laden, in dem Gwen einkaufte? Das war Suze einmal passiert, vor Jahren – sie war auf einen grauhaarigen Mann in Pikes zugegangen, weil sie dachte, er sei ein B-Promi und Mitglied einer Indie-Band, nur, um dann festzustellen, dass er in der örtlichen Filiale von Caffe Nero arbeitete.

«Genau genommen bin ich tatsächlich in einer Band», hatte er gesagt, und Suze hatte sich zur Strafe eine zwanzigminütige Ausführung über Nu-Prog anhören müssen.

Diese Frau war nicht in einer Band, da war sich Gwen ziemlich sicher, und wenn doch, dann boten ihr gelber Regenmantel und ihr Fahrradtaschen-Rucksack eine gute Tarnung. Sie arbeitete auch nicht bei Caffe Nero, aber ihr Gesicht kam Gwen so bekannt vor, dass sie den Drang verspürte, ihr entweder zuzuwinken oder sich unter dem Tresen zu verstecken. Es war schwer zu entscheiden, bevor sie nicht herausgefunden hatte, wer sie war.

Dann stieß die Frau mit einem anderen Kunden zusammen und entschuldigte sich mit einem weichen schottischen Akzent, und plötzlich wusste Gwen, wer sie war. Sie wusste es, und es war zu spät, um sich zu ducken und unter dem Tresen zu verstecken, denn die Frau kam mit einem grauen Kapuzenpulli, einem herzförmigen Eiswürfelbehälter und einer abgenutzten Ausgabe von *Shantaram* auf sie zu. Auch auf ihrem Gesicht begann die Erkenntnis zu dämmern.

«Hallo!», sagte die Frau strahlend, und Gwen merkte, dass sie immer noch damit beschäftigt war, das Missverhältnis zwischen ihr und ihrer Umgebung zu verarbeiten und darauf zu warten, dass der Groschen fiel.

«Hallo», sagte sie zurück. Und dann: «Lorraine, nicht wahr? Von New Roots? Ich glaube, wir haben zusammen – äh, kurz – bei Invigorate gearbeitet?»

Puh, das war es.

«Ja! Ja, natürlich», rief Lorraine fröhlich. Sie sah aus, als wäre sie diejenige, die eine Berühmtheit traf.

«Gemma, nicht wahr?»

«Gwen.»

«Gwen! *Natürlich*, tut mir leid. Mit Namen bin ich so schlecht. Aber ich bin froh, dass ich dich treffe, ehrlich gesagt …»

Gwen fing an, die Waren in die Kasse einzugeben, und war froh, etwas zu tun zu haben, während Lorraine anfing, sich bei ihr zu bedanken. «Gwen, wir sind unglaublich dankbar dafür, dass du den Mund aufgemacht und uns auf die, äh, finanziellen Unstimmigkeiten aufmerksam gemacht hast.» Lorraine senkte die Stimme und blickte nach rechts und links, als sie das sagte, als könnte eines der Vorstandsmitglieder im Karussell mit den Stricksachen lauern.

Gwen gab darauf die erforderlichen Antworten von sich. *Pschh, pffft. Es war einfach das Richtige. Das war doch gar nichts.*

«Nein, aber ehrlich, es kann nicht einfach gewesen sein. Ich weiß noch, wie der Mann mit dem schrecklichen Schnauzbart dir Blicke zugeworfen hat, die hätten töten können», fuhr Lorraine fort. «Du hast uns am Ende etwa acht Riesen eingespart, als wir zu einer neuen Agentur gewechselt hatten. Acht Riesen! Das ist eine Menge für eine Organisation unserer Größe, Gwen, das kann ich dir sagen.»

Gwen nickte und schluckte den kalten, mulmigen Kloß hinunter, der immer dann auftauchte, wenn sie über Geld nachdachte. Und das war jetzt die ganze Zeit der Fall. Letzte Woche hatte sie sich für eine Verwaltungstätigkeit bei einem «Fintech Accelerator Lab» beworben, das sich als drei Zweiundzwanzigjährige entpuppte, die in einer Filiale von *Joe & The Juice* arbeiteten. Sie war zu keinem zweiten Vorstellungsgespräch eingeladen worden.

«Es ist schade, wir haben so gern mit dir zusammengearbeitet», fuhr Lorraine fort. «Nicht unbedingt mit allen in der Agentur – aber mit *dir*.»

Gwen hatte auch gerne mit ihnen zusammengearbeitet. Lorraine und ihr Charity-Team hatten diesen echten Enthusiasmus, der in der abgebrühten Effekthascherei des Marktes für schnell drehende Konsumgüter seltener zu finden war. Soweit Gwen sich in ihren späteren Jahren bei Invigorate für irgendetwas hatte begeistern können – oder überhaupt jemals –, mit ihnen hatte sie es aufregend gefunden, ihr Projekt zu verwirklichen. Es war ein schönes Konzept gewesen, eine Drehscheibe für Ressourcen, auf die Eltern und Betreuer zugreifen konnten, um in den Schulferien kostenlose Aktivitäten zu finden. Es hatte umfangreiche Untersuchungen beinhaltet über die Vorteile für die geistige Entwicklung der Kinder, wenn sie Zeit in der Natur verbrachten. Lächelnde Kürbisse und animierte tanzende Bäume hatten auch dazugehört.

«Jedenfalls», sagte Lorraine, öffnete eine kleine bestickte Handtasche und holte ihre Bankkarte heraus, «vielen Dank, wirklich, Gwen. Und ich hoffe, du bist deswegen nicht in Schwierigkeiten geraten.»

Erst jetzt schien Lorraine zu bemerken, wo sie sich befanden, an einem Dienstagmittag. Sie verstummte, als sie Gwens Schlüsselband betrachtete, das sie als Ehrenamtliche auswies. Der Ladentisch ragte wie eine Barrikade aus Buchenfurnier zwischen ihnen beiden auf. Die Telefondebatte mit Beteiligung der Hörer der *Jeremy Vine Show* plärrte aus dem Radio und handelte von «woker Kultur, die Großbritanniens Jahrmärkte ruiniert». Lorraine sah verwirrt aus.

«Also, es ist nicht gerade brillant gelaufen», sagte Gwen lachend und hob beide Hände in die Luft.

«Nein!» Lorraine schlug sich die Hand vor den Mund. «Die haben dich doch nicht entlassen? Deswegen?? Diese Mistkerle!»

Gwen hatte beschlossen, dass sie Lorraine mochte, also fühlte sie sich verpflichtet, ein wenig zurückzurudern. «Offiziell war es eine betriebsbedingte Kündigung. Strategische Umstrukturierung, schrumpfender Markt und so weiter und so fort. Die Ausgaben seien höher als die Einnahmen. Also wurde ich auch zur Ausgabe.»

«Dann hätten sie wohl ein paar mehr Kunden abzocken sollen», sagte Lorraine, und sie kicherten beide. «Mein Gott, das tut mir leid, Gwen. Hast du schon was anderes gefunden oder ...?

Gwen hatte keine Lust zu lügen. «Nein», sagte sie. «Nichts Richtiges. Noch nicht.»

Aus den Augenwinkeln konnte sie sehen, wie Brenda ein weiteres Schild des heiligen Michael anklebte. *Bademode 30 % reduziert*, stand mit blauem Filzstift über einem Poster von Hokusais *Die große Welle vor Kanagawa*.

«Nur das hier», fügte sie aus Loyalität hinzu.

«ALSO», sagte Lorraine, wobei sich aufgeregte rosa Flecken in der Mitte ihrer Wangen bildeten, «wie es der Zufall will ... schau mal, die Stelle ist noch nicht ausgeschrieben, und natürlich müssten wir mit dir erst ein offizielles Bewerbungsgespräch führen, aber – wir suchen tatsächlich eine Abteilungsleiterin für Marketing und Sonderprojekte. Eine ganz neue Stelle, die alles von innen heraus steuern soll, damit wir nicht den Agenturen und ihren Aufschlägen ausgeliefert sind. Ich nehme nicht an, dass dich das interessieren könnte, oder doch?»

Plötzlich hatte Gwen Saskia allein in ihrer Holzhütte vor Augen. «Okay Gwen thx trotzdem», hatte ihre E-Mail-Antwort gelautet.

«Ich glaube, das könnte es schon», sagte sie zu Lorraine.

«Ich bin mir sicher, dass es das könnte!», sagte Lorraine mit anrührender Überzeugung. «Es ist mehr oder weniger einer interne Version der Aufgaben, die du für uns ohnehin übernommen hättest. Obwohl ich dich vielleicht warnen sollte, der Arbeitsplatz ist ein bisschen weniger glamourös als das, was du gewöhnt bist. Keine Laufband-Schreibtische oder Air-Hockey-Platten. Dafür eine Menge Besprechungen in Kleingärten im schüttenden Regen.»

«Kein Hard Seltzer aus dem Zapfhahn?»

Lorraine schüttelte den Kopf. «Es gibt einen Wasserkocher. Ist das für dich ein Dealbreaker?»

Hinter ihr versuchten Brenda und der Stille Harvey aus ein paar grauen Pullovern, einem Strohhut, einem Spielzeug-Basketballkorb und einem Füllfederhalter eine Schaufensterdekoration zum Thema Back to School zu gestalten. Ihre Gesichter waren ernst und kindlich, als sie darüber diskutierten, wo genau sie den Füller platzieren sollten.

Gwen dachte kurz nach und sagte Nein. Nein, das sei für sie in Ordnung.

57.

Die Zahnarztpraxis befand sich über einem Geschäft, das Mops, Katzenfutter und kleine Drachenfiguren mit LED-Lampen in den Augen verkaufte. Der Zugang erfolgte über eine Metalltür, an der ein Schild mit der Aufschrift «Loveley Smile» klebte. Hätte man den Kontext nicht gekannt, hätte man denken können, dass ein Straßenstörenfried hier einen Platzhalter hinterlassen hatte, während er Mittagspause machte.

Gwen klingelte, um eingelassen zu werden, und stapfte eine schmuddelige Linoleumtreppe hinauf.

Sie war erst ein einziges Mal hier gewesen, um sich als Patientin anzumelden, nachdem sie und Suze frisch in ihre vorletzte gemeinsame Wohnung über einem türkischen Restaurant eingezogen waren – «Hotel Sodbrennen», hatten sie sie wegen ihrer unmittelbaren Nähe zu den großzügigsten Knoblauchsoßenportionen im ganzen Bezirk genannt. Suze hatte sich mit der Frau angefreundet, die am Fenster saß und auf einem großen, runden Holzbrett Gözleme ausrollte. Eine Weile lang hatten sie ihr täglich zugewinkt und extra viel Feta in ihre Fladenbrote bekommen, bis die Frau Suze während eines besonders heftigen Katers in eine KFC-Tüte hatte kotzen sehen, danach war ihre Freundschaft abgekühlt. Suze hatte immer den Eindruck gehabt, dass es nicht das Kotzen war, das sie abgestoßen hatte, sondern das massenproduzierte Fastfood.

Am oberen Ende der Treppe ertönte ein weiterer Türsummer, und dahinter lag ein in bläuliches Licht getauchtes Wartezimmer, das Gwen an Entführungen durch Außerirdische denken ließ.

«Hallo», grüßte sie den Zahnarzthelfer am Empfang und rechnete fast damit, dass er aufspringen und sie umarmen würde. *Die verlorene Patientin.* Kann ich einen Termin für eine Kontrolluntersuchung bekommen?», fragte sie heiter, entschlossen, sich selbst Mut zu machen.

«Also», antwortete er, bereits gelangweilt. «Sie müssen nur auf unsere Website gehen und ‹Termin vereinbaren› anklicken.» Er deutete mit dem Finger auf ein Plakat, auf das jemand mit Filzstift eine lange Wix.com-Adresse geschrieben hatte.

«Aber ich bin doch hier», sagte Gwen. Sie breitete die Arme

aus, als wäre sie Liza Minnelli, die aus einem Lametta-Vorhang hervortrat.

«Mhm.» Er musterte sie von oben bis unten, um sich zu vergewissern. «Aber alle Termine müssen über unser digitales Terminplanungsportal laufen.»

«Digitales Terminplanungs...»

«Portal, ja. Haben Sie die App?»

«Die ...?»

«App, ja.»

«Klar. Nein, tut mir leid.»

«Sie können sie über unsere Website herunterladen.» Er deutete wieder auf das Plakat.

«Ich kann also nicht einfach hier und jetzt einen Untersuchungstermin bei Ihnen vereinbaren?», fragte sie.

«Nein, tut mir leid.» Seine Miene verhärtete sich ein wenig.

«Obwohl Sie einen Computer vor sich stehen haben?»

«Nein, tut mir leid.»

Gwen starrte ihn an und fragte sich, ob dies eine Art Ausdauertest war – wie lange genug in der Leitung zu bleiben, um einen günstigeren Telefontarif zu bekommen. Er starrte zurück. Keiner von ihnen blinzelte.

Wie auf ein Stichwort pochte ihr Zahn.

«Gut», sagte sie. «Dann setze ich mich hierhin und buche den Termin über mein Telefon.»

«Ich fürchte, die Plätze sind nur für Patienten bestimmt», sagte er. «Unsere Vorschriften.»

Gwen fragte sich, ob oft genug Leute versuchten, im Wartezimmer eines Zahnarztes im ersten Stock herumzulungern, um diese Vorschrift nötig zu machen. War es ein beliebter Treffpunkt für Teenager? Hatten die Leute ihre Laptops dabei und versuchten, Flat Whites zu bestellen?

«Aber ich *bin* Patientin.»

«Erst, wenn Sie einen Termin haben», sagte er mit triumphie-
rendem Funkeln in den Augen.

«Schön!», sagte Gwen. Sie versuchte, aus der Praxis zu
stürmen, musste aber warten, bis er sie durch die Tür hinaus-
summte. Eine Frau im Wartebereich schüttelte murmelnd den
Kopf, aber es war unklar, über wen.

Als sie wieder draußen war, sah Gwen, dass ihr Bus gerade
in die Haltestelle einbog, die etwa hundert Meter entfernt war.
Sie setzte zu einem Sprint an und überraschte sich damit selbst.
Aber sie rutschte in ihren Fußbettsandalen immer wieder ab,
sodass sie zu einem demütigenden Hoppeln verurteilt war und
den Bus erst erreichte, als der Fahrer schon losfuhr. Sie klopfte
gegen die Scheibe und versuchte, ihn zum Anhalten zu bewegen. Und als er nicht anhielt, schlug sie aus Frustration erneut
gegen die Scheibe. Ein paar Fahrgäste sahen erschrocken auf.
Ein paar andere sahen selbstgefällig aus, weil sie im Bus saßen
und Gwen nicht. Sie dachte an all die Gelegenheiten, wenn
sie jemandem am Straßenrand beim Pöbeln zugesehen hatte,
und fragte sich, ob sie dabei auch selbstgefällig ausgesehen
hatte.

Ein älterer Mann an der Bushaltestelle applaudierte, als sie
sich davonschlich und neben ihm Platz nahm. Sie zückte ihr
Handy und ignorierte ihn, aber er sah sie weiter an, gluckste
und schüttelte leicht den Kopf.

Nach ein paar Sekunden beugte er sich vor und sagte: «Drei
Minuten! Nur drei Minuten, bis der nächste kommt, es ist alles
okay.» Er deutete auf die Anzeigetafel. «Es gibt immer einen
nächsten Bus.»

Gwen sah sich gezwungen aufzublicken, verlegen zu lächeln
und Ja, ja danke zu sagen. Das sei gut zu wissen.

Sie sah sehr nach Suze aus. Das war das Erste, was sie dachte, als sie auf dem Regal mit dem Krimskrams zwischen kabellosen Kopfhörern und einer Edward-und-Sophie-Gedächtnistasse die Vase entdeckte. «Sie sieht sehr nach Suze aus.»

Vielleicht nicht nach der aktuellen Suze mit ihrem getrockneten Eukalyptus und ihrer Vorliebe für Dunkelgrau, aber nach der früheren Suze, die von Farben und Kitsch nicht genug bekommen konnte und nie einem knallbunten Einrichtungsgegenstand begegnete, der ihr nicht gefiel. Als sie frisch zusammengezogen waren, hatte Gwen Suze bitten müssen, nicht mehr jedes Wochenende Krimskrams von Flohmärkten mitzubringen – Camden, Spitalfields, Portobello, die heilige Dreifaltigkeit. Erstens ging ihnen der Platz aus, und zweitens hatte sich herausgestellt, dass in einer antiken Keksdose noch antike Kekse waren.

«Du hast keine Seele, Gwenneth, das ist dein Problem», hatte Suze gemeckert und die bläulich verfärbten Reste der Doppelkekse mit Vanillefüllung mit einem verschnörkelten Gurkenmesser in den Mülleimer geschabt.

Es war ein Scherz, aber Gwen hatte manchmal Sorge, dass er zutraf. Als ihre Eltern die Wohnung besichtigen kamen, war Marjorie mit dem Finger an den staubigen Regalen entlanggefahren und hatte sich jede Kuriosität erklären lassen («Das sind zwei Kerzenständer in Form von Zwergspitzen»; «Diese Glasschale mögen wir, weil sie so hässlich ist»), und Gwen war gereizt und auf Abwehr gepolt gewesen, obwohl Suze ihre Mutter schon seit zehn Jahren kannte und es liebte, ihre Rolle als schräge beste Freundin zu spielen. Wenn Gwen keine Seele hatte, musste das genetisch bedingt sein.

Diese Vase war eine Verbesserung gegenüber den Dingen, die Suze damals gekauft hatte, aber sie verströmte mit ihren lebendigen, klecksigen Blumen und ihrer runden, soliden Form denselben Geist. Sie hatte etwas Wertvolles an sich, dem das Preisschild von 3,99 Pfund nicht gerecht wurde. Und doch wäre sie nicht geeignet für teure Blumen; sie würden mit ihrer menschengemachten Schönheit kollidieren.

Als Teenager hatten sie beide einmal einen ganzen Vormittag damit verbracht, an der Böschung der stillgelegten Eisenbahnlinie ganze Arme voll Wiesenkerbel zu pflücken, und hatten sich für Genies gehalten, weil sie diesen Reichtum an kostenloser Flora entdeckt hatten. Sie hatten ihn in Biergläsern in Gwens Zimmer verteilt, nur, um ihn innerhalb von wenigen Stunden verwelken zu sehen.

«Man sollte keinen Wiesenkerbel pflücken», hatte Marjorie geschimpft, als die weißen Blüten an ihren hängenden Stängeln verwelkten. «Man kann ihn leicht mit dem Gefleckten Schierling verwechseln.»

Aber Suze hatte die Überreste genommen und sich trotzig ins Haar gesteckt, bis der Geruch nach welker Vegetation unerträglich wurde.

Gwen kaufte die Vase. Sie kaufte sie in der Absicht, sie vielleicht bis zu Suzes Geburtstag aufzuheben, der erst im November war – aber je länger sie neben ihr saß und die Vase sie aus dem Regal neben dem Fernseher anstarrte, desto stärker wurde der Drang, sie ihr sofort zu schenken, ohne Anlass, einfach so. Gwen wollte an ihrer Tür aufkreuzen und sagen: «Die habe ich gesehen und an dich gedacht!», was zumindest gesellschaftsfähiger war, als die Wahrheit auszusprechen, das unverblümt Entlarvende, das da lautete:

«Ich denke an dich.»

*Gwen kaufte die Vase, weil es die Art von Geste war,
von der das Fernsehen sie gelehrt hatte, dass sie der Schlüssel dazu war, die Liebe deines Lebens zurückzugewinnen.
Und weil es, wie sie jetzt mit einigem Verdruss bemerkte,
genau das war, wozu Connie ihr raten würde.*

58.

«Die habe ich gesehen und an dich gedacht!»

Gwen drückte ihr die Geschenktüte in die Hand – eine brandneue, makellose, sie hatte möglicherweise das erste Mal tatsächlich eine gekauft –, und Suze nahm sie mit amüsiertem Blick entgegen.

Vermutlich hätte sie der Sache ein bisschen mehr Vorlauf geben sollen. Aber der Versuch, spontan und ohne offiziellen Grund vorbeizuschauen (für wen hielt sie sich eigentlich, eine Sitcom-Figur? Ein Mitglied des ländlichen Klerus?), fiel ihr schwer, also übergab sie sie, sobald sie in Suzes Flur stand. In Suzes makellosem Flur mit seinem königlich dunkelgrünen Anstrich und dem verwirrenden, skulpturalen Garderobenständer.

Als Paul und Suze in dieses Haus eingezogen waren, hatte Gwen sich selbst eingeladen, «um euch beim Auspacken zu helfen», ohne zu ahnen, dass sie eine Firma dafür bezahlten, das alles für sie zu erledigen. Auf dem Weg dorthin hatte sie ein riesiges Stück Wassermelone gekauft, weil sie hoffte, dass die Leckerei für eine sommerliche Erinnerung sorgen würde – *Erinnerst du dich an den ersten Abend in eurem Haus, als wir die ganze Wassermelone gegessen haben?* –, aber Paul hatte sie nur schief angeschaut, als wolle er herausfinden, ob es vielleicht eine Anspielung auf Dirty Dancing wäre, die er vorgeben sollte nicht zu verstehen, und Suze hatte gesagt: «Oh. Ich hasse Melone. Aber danke.»

Gwen hatte sich geschämt, weil sie nicht gewusst oder vergessen hatte, dass ihre beste Freundin Melone hasste.

Jetzt öffnete Suze die Geschenktüte – Gwen war es peinlich, den kleinen goldenen Anhänger beschrieben zu haben in der Hoffnung, dass Suze vielleicht nicht an die Tür kommen würde und sie das Geschenk einfach nur hinstellen und sich aus dem Staub machen könnte. Dann hob sie die Vase heraus und sah dabei zu gleichen Teilen misstrauisch und entzückt aus.

«Alte! Was zum ...? Warum hast du ...? Oh. Oh, ich liebe sie. Schau dir das an. Ist es eine Clarice Cliff?»

«Sicher!» Gwen war vorbereitet. «Ich meine, wahrscheinlich.»

«Hast du die in deinem Sozialkaufhaus gefunden?»

«Ja. Sie hat mich einfach aus dem Regal angelacht», sagte sie. «Ich will zu Suze, hat sie gesungen.»

«Zur Melodie vom Dschungelbuch?»

«Genau.»

«Zum Glück sprichst du fließend die Sprache der Tiere, denn ...» – Suze drückte ihre Wange gegen die Vase und streichelte sie – «... ich liebe sie.» Sie sah Gwen an, und ihre Augen glänzten ein wenig. «Vielen Dank, du liebes Ding.»

Eine schreckliche Sekunde lang fragte sich Gwen, ob das alles war, ob sie sich umdrehen, nach Hause gehen und neben ihrem Telefon auf die nächste im Kalender eingetragene Einladung zu einem gesellschaftlichen Ereignis warten sollte. Aber dann fragte Suze: «Tee?», und schlenderte voraus in die Küche, als wäre das etwas ganz Normales. Und das war es wohl auch, nahm Gwen an.

Zunächst hielten sie sich an das vorgeschriebene Drehbuch. *Wie läuft es bei der Arbeit? Was macht der Laden? Wie ist es mit dem Haus? Wie ist es mit der Wohnung? Wie geht es deinen Eltern? Wie geht's Paul?*

Hier kamen sie ins Stocken, bis Suze, sichtlich ratlos, fragte: «Wie geht's dem Wiesel?»

Gwen schauderte. «Keine Ahnung. Hoffentlich stört er im Bau von jemand anderem.»

Suze schüttete sich darüber aus vor Lachen. «Schande!»

«Schande über mich.»

«Bist du dir sicher?», fragte sie. «Es lohnt sich nicht, ihn auf Teilzeitbasis zu behalten?»

«Ganz und gar nicht. Es hat sich ausgetechtelmechtelt.»

«Gemechtelt und getechtelt?»

«Mechtel und ... aus.»

«Mir dünkt, Mylady ...»

«KOMM MIR NICHT ARCHAISCH, MYLADY!», brüllte Gwen und warf ihr ein Geschirrtuch an den Kopf.

Falls ihre Freundschaft verkalkt war – voller Kalkablagerungen, wie sie es sich jetzt vorstellte –, dann lösten sich in diesem Moment ein paar Bruchstücke davon. Suze kicherte vergnügt vor sich hin, als sie den Teebeutel auspresste und eine kleine Spur brauner Tropfen auf der Arbeitsplatte hinterließ.

Als sie noch zusammengewohnt hatten, war Gwen mit knappem Vorsprung die pingeligere von ihnen gewesen. Sie fragte sich, ob Suze und Paul jetzt eine Putzfrau hatten, und kam zu dem Schluss, dass sie definitiv eine hatten. Obwohl sie wusste, dass Suze es leugnen würde, wenn sie danach gefragt würde.

«Also, ich habe mich ja mit Ryan getroffen», sagte sie. Das war eine gute Überleitung. «Vor der Hochzeit, meine ich. Wir haben zusammen zu Abend gegessen.»

«Wahnsinn, ja – erzähl mir, wie's war», sagte Suze und hielt mit einem Schokoladenkeks von Marks & Spencer auf halbem Weg zum Mund inne.

Gwen erzählte ihr, wie es gewesen war. Sie erzählte es ihr bis ins kleinste Detail, so, wie sie es immer getan hatten, als Zeit noch kein kostbares Gut gewesen war. Sie durchforstete ihre Erinnerung an die Begegnung nach allem, was von Bedeutung war, aber auch nach jeder Menge Belanglosigkeiten – dem Bart, dem Baby, der einzigartig beunruhigenden Erfahrung, mit einem Menschen Tacos zu essen, der einmal Cunnilingus an einem praktiziert hat. Als sie auf Clara zu sprechen kam, buhte Suze die Frau aus wie den Schurken in einem Märchenspiel. Gwen wusste das zu schätzen, fragte sich aber dennoch, ob Suze und Paul und Clara und Ryan sich jemals heimlich auf Drinks getroffen hatten.

Sie erzählte von ihrer Entschuldigung, worauf Suze ernst und mitfühlend wurde. Es war ein Gesichtsausdruck, den man bei Suze nur selten sah und der Gwen seltsam nostalgisch an die ersten Tage nach der Trennung denken ließ, als Suze sie in ihrem Gästezimmer untergebracht hatte. Sie hatte Gwen wie eine Zimmerpflanze gefüttert und hydriert, sie nur indirektem Sonnenlicht ausgesetzt und den Raum bei Bedarf gelüftet. Sie hatten unter einer Bettdecke auf dem Sofa Challenge TV und Food Network geschaut, Toast mit Marmite und Tomatencremesuppe gegessen und einen Krankheitstag aus der Kindheit nachgespielt. Dann noch einen und noch einen. Die liebevolle Fürsorge nach einem Liebeskummer, von der Gwen nie geglaubt hatte, sie zu verdienen, weil sie sich das Herz ja selbst und freiwillig gebrochen hatte.

Paul war die meiste Zeit über auf mysteriöse Weise abwesend gewesen und erst spätabends mit Brotlaiben nach Hause gekommen, um die Vorräte aufzufüllen. Suze hatte sich eine Woche von ihrem Jahresurlaub genommen, um sich um sie zu kümmern, wie Gwen erst später erfuhr. Sie hatte «vorübergehend» acht Monate lang bei ihnen gewohnt, in ihrem chaotischen Wald aus Kisten und Taschen und unterschlagenen Besitztümern.

«Du hast ihn nicht geliebt, weißt du», sagte Suze beiläufig und spielte mit dem ausgefransten Rand eines Kissens.

«Habe ich nicht?»

Sie schüttelte den Kopf und sah Gwen an. «Auf einer Party hat dich mal jemand gefragt, wie er ist, und du hast bloß ‹groß› gesagt.»

«Ist das so schlimm?»

«Er ist 1,70, Gwen. Er ist nicht groß.»

«Ja. Okay. Ja.»

Es entstand eine Pause, aber diesmal war sie nicht unangenehm. Dann trank Suze einen Schluck Tee und sagte, immer noch an das Kissen gewandt: «Ich war eifersüchtig, wenn ich ehrlich bin.»

«Eifersüchtig?»

«Ja.»

«Auf mich?»

«Auf ... na ja. Also, natürlich liebe ich Paul ...»

«Natürlich», wiederholte Gwen.

«Und ich will überhaupt nicht sagen, dass ich irgendetwas bereue.»

«Natürlich nicht.»

«Aber. Es war so, als wärst du plötzlich frei. Als hättest du alles zerrissen und neu angefangen, in dem Moment, in dem alle anderen ... Ich weiß nicht. Ihr Leben eingerahmt haben. Es mit Lack überzogen haben. Sich all ihre in den Zwanzigern getroffenen Entscheidungen für die Ewigkeit auf die Stirn tätowiert haben.»

Suze wurde immer etwas pompös und poetisch, wenn sie sich in die Defensive gedrängt fühlte.

«Aber *ist* das wirklich vorgekommen? Stirntattoos?»

«Klappe. Der Punkt ist, du konntest überall hingehen und alles tun.»

«Aber ich bin nirgendwo hingegangen. Und habe auch nichts getan. Ich tue immer noch nichts.»

«Sei nicht albern, natürlich tust du das.»

«Wirklich nicht.»

Suze sah sie verblüfft an. «Aber ... du brauchst manchmal so lange, um zurückzuschreiben – was natürlich in Ordnung ist! Völlig in Ordnung – aber ich dachte immer, das läge daran, dass du beschäftigt bist? Etwas vorhast. Mit anderen Leuten.»

Gwen johlte auf. «Mit welchen Leuten?»

«Ich weiß es nicht! Leute von der Arbeit? Es hat mich ein bisschen verbittert.»

«Suze.» Gwen sprach langsam, um es ihr verständlich zu machen. «Ich habe keine anderen Leute. Ich habe nichts gemacht. Ich habe in meiner Unterhose dagesessen und eine Fernsehserie nach der andern geschaut, weil ich zu viel Angst hatte, meine Freunde zu fragen, ob sie mit mir in einen Pub gehen wollen.»

Suze legte das Gesicht in Falten und verarbeitete diese Information. «Also, das ist doch lächerlich.»

«Ja, war es», pflichtete Gwen ihr bei. «Ist es.»

«Ich wäre mit dir in einen Pub gegangen! Ich hätte mich in Unterhosen neben dich gesetzt, wenn du mich gefragt hättest! Aber das hast du nicht.»

«Du auch nicht.»

«Das stimmt. Gut, warte.»

Suze öffnete den Reißverschluss ihrer Jeans und griff nach der Fernbedienung.

«Nicht *jetzt*.»

«Warum nicht jetzt? Jetzt ist besser als nie.»

Am Ende blieben die Hosen an, stattdessen wurde eine Flasche Gin herausgeholt. Suze hatte schon immer großzügig bis sadistisch eingeschenkt, und der Geschmack hatte etwas Proustsches an sich, er erinnerte sie so sehr an ihre ersten «erwachsenen» Trinkgelage – als sie von Lambrini und warmem Strongbow zu Gin Tonic in Plastikflaschen übergegangen waren –, dass Gwen sich sofort jünger und mutiger fühlte, weniger verblasst an den Rändern.

«Jedenfalls habe ich mich auf der Hochzeit ausführlicher mit Paul unterhalten», sagte sie, um das Terrain zu sondieren.

«Über Kryptowährungen?»

«Über Babys.»

«Oh. Natürlich.» Suze lachte trocken auf. «Er ist regelrecht besessen.»

«Paul will eins?», fragte Gwen, obwohl sie die Antwort kannte.

«Paul will mehrere. Einen ganzen Haufen. Eine ganze Rasselbande.»

Ein Bild blitzte in Gwens Kopf auf, ein vignettiertes Porträt von vier strammen Jugendlichen in Cricket-Pullovern. Paul und Suze beim Elternabend. Paul und Suze beim Fangenspielen am Strand von St. Ives. Paul und Suze beim Umschmeicheln des Polizisten, der den jungen Arlo wegen des Verkaufs von Gras an die anderen Jungs bei den Sea Cadets angezeigt hat. Paul und Suze, die sich grauhaarig die Tränen aus den faltigen Augen wischen, als der Jüngste seinen Abschluss in Influencer Management an der Durham University Business School macht. Irgend-etwas verknotete sich in ihrem Bauch.

«Ich aber nicht», fuhr Suze fort. Beim letzten Wort stockte sie, als wäre es das erste Mal, dass sie es laut aussprach.

Gwen bemühte sich, weiterhin neutral auszusehen. Es war, als wollte sie ein Eichhörnchen überzeugen, ihr aus der Hand zu fressen. Suze hatte mehr mit Asha gemein als mit Connie, das wurde ihr jetzt klar.

«Kein bisschen?»

Suze zuckte mit den Schultern. «Nope. Mir scheint das Gen zu fehlen.» Sie hielt inne, dann fügte sie hinzu: «Aber hey, wer weiß, vielleicht habe ich dasselbe Gen wie alle anderen auch, bin aber einfach besser darin, es mit gesundem Menschenverstand zu überlisten.»

Gwen lachte leise, sagte aber nichts weiter. Sie wandten sich beide dem Fernseher zu, der auf stumm geschaltet war. Auf dem Food Network bereitete eine rothaarige Frau etwas zu, das sich «siebenschichtiger Cheeseburger-Dip» nannte. Sie sahen zu, wie sie vorgeriebenen Käse auf einen Teller schüttete und ihn wie ein Potpourri anrichtete.

Dann sagte Suze: «Ich weiß, was du denkst.»

«Dass zwei Sorten Käse von unterschiedlicher Farbe nicht als zwei Schichten Dip durchgehen können?»

«Dass ich es ihm hätte sagen sollen, bevor ich ihn geheiratet habe.»

«Nein.» Gwen drehte sich um und sah sie an. «Das habe ich nicht. Tue ich nicht.»

«Ich war mir damals nicht sicher», sagte Suze. «Ich dachte, der Mutterinstinkt würde sich schon irgendwann melden. Aber alles, was ich weiß, ist, dass ich, je näher die 40 kommt, nicht über das Ende meiner fruchtbaren Jahre in Panik gerate, im

Gegenteil. Ich wünsche mir, die Zeit würde schneller vergehen. Ich wünschte, sie würde mich schneller über die biologische Ziellinie bringen, damit ich mich endlich umdrehen und sagen kann: ‹Hoppla! Zu spät. Sollen wir uns stattdessen einen Hund zulegen?›»

Es gab so viel, was Gwen darauf erwidern wollte. Sie wollte sagen, dass sie genau verstand, obwohl sie es nicht konnte, und dass sie dasselbe fühlte, obwohl sie es nicht tat. Sie wollte sagen, dass sie genau wisse, was für eine Art von Mutter Suze sein würde – eine großartige –, aber dass ihre Überzeugung, so entschieden keine sein zu wollen, ein wesentlicher Teil dieser Großartigkeit war und dass vielleicht das eine nicht ohne das andere denkbar wäre.

Sie wollte ihr sagen, wie oft sie den Drang verspürte, ihr Handy aus der Tasche zu ziehen und Suze etwas zu schreiben, irgendetwas, eine leere SMS wie einen Blankoscheck, den sie nach Belieben einlösen konnte. Vor allem aber wollte sie sich für das Eingeständnis bedanken. Sie wollte eine Reihe von Emoji-Herzen unter dem Gesicht ihrer Freundin posten und applaudieren. *Danke für deine Offenheit xx.*

Stattdessen sagte sie: «Du hasst Hunde.»

«Ich weiß», seufzte Suze. «Aber irgendwas muss ich ihm doch zugestehen.»

Sie wandten sich wieder zum Fernseher und sahen noch ein paar Minuten zu, wie die rothaarige Frau schweigend Hackfleisch anbräunte und Zucker über zerhackten Salat schüttete.

«Und Paul – kommt er ... damit klar?», fragte Gwen.

«Ja, tut er», sagte Suze. Dann verzog sich ihr Gesicht zu einer Grimasse, und sie schüttelte den Kopf. «Nein, das ist gelogen. Er hat ... resigniert. Die meiste Zeit über.»

Gwen nickte.

«Und dann, weißt du, dann taucht in einem Gruppenchat wieder ein Ultraschallbild auf, oder er darf bei einer Grillparty ein fettes Kleinkind auf dem Schoß wippen, oder er sieht sich ‹Feld der Träume› auf ITV3 an, und dann kommt alles wieder hoch.»

Suzes Stimme brach bei diesem Satz, und sie atmete lange und bebend aus.

«Ich fühle mich scheiße deswegen, wegen dieser ganzen Sache. Aber was soll ich machen? Man kann kein Kind bekommen, das man nicht will, nur weil es einem scheiße geht.»

«Nein», stimmte Gwen zu. «Soweit ich das verstehe, sind sie für die Scheiße zuständig.»

Suze prustete bei diesem Satz. Dann vergrub sie ihr Gesicht in den Händen und stöhnte. Ein tiefes, animalisches Heulen, das klang, als käme es von jemand ganz anderem. «Vielleicht hat er recht, vielleicht sollten wir trotzdem eins bekommen», murmelte sie durch ihre Finger hindurch. «Vielleicht werde ich es sonst bereuen. Alle sagen, dass es einen verändert und man es nicht verstehen kann, bevor man es nicht erlebt hat, also wie kann ich verstehen, dass ich es nicht erleben *will*?»

Da begriff Gwen, dass beides gleichzeitig wahr sein musste. Es musste wahr sein, dass Elternliebe etwas einzigartig Magisches, Unbegreifliches, Berauschendes war, das all den Schmerz, die vollen Windeln und die Opfer wert war. Sie hatte in den Augen von genügend erschöpften Eltern gesehen: Sie brauchten das Wissen, dass es wahr war. Sie brauchten diese Belohnung, um für den Fortbestand der menschlichen Rasse zu sorgen.

Aber gleichzeitig musste auch wahr sein, dass ein Leben ohne Kinder ganz genauso bereichernd, jedes bisschen so erfüllend und genauso *bedeutungsvoll* sein konnte wie ein Leben mit

Kindern. Wenn diese reproduktive Doppelmoral jemals aufgedeckt würde, könnte die Gesellschaft daran zerbrechen.

Sie dachte an die Phase kurz nach Lukes Tod, als sie und Ryan aufgehört hatten zu verhüten, ohne jemals darüber zu sprechen. Kein Austausch, sie hatten einfach wortlos weitergemacht, wo vorher das Kondom-Intermezzo stattgefunden hatte. Es war schwer zu sagen, ob es daran lag, dass ihnen die Konsequenzen in der Zukunft gleichgültiger waren oder ob es irgendein angeborenes Bedürfnis gab, «Tod» und «Fruchtbarkeit» wie in einem Schulbuch nebeneinanderzustellen, aber nach ein paar Wochen hatte Gwen Panik bekommen und ihm gesagt, er solle aufhören, so leichtsinnig zu sein, das sei das Letzte, was sie brauche. Als läge die Entscheidung allein bei ihm, und die Konsequenzen hingen einzig an ihr. Danach hatten sie ganz damit aufgehört.

Auf einem anderen Zeitstrahl hätte sie jetzt vielleicht ein fünfjähriges Kind. Vielleicht würde sie Suze damit in den Ohren liegen, dass dieses einzigartige magische, unbegreifliche, berauschende Etwas aus den Trümmern und dem Dreck dieser schrecklichen Zeit in ihrem Leben entstanden sei und Suze es nicht verstehen könne, wenn sie es nicht ebenfalls tue, und dass alle anderen recht hätten.

Wie die Dinge lagen, strich sie sich nur durchs Haar und sagte: «Scheiß auf alle.»

Suze wiederholte es murmelnd, *scheißaufalle*, als würde sie *Amen* sagen. Dann fragte sie: «Willst du eins? Darf ich das fragen? Ich weiß nie, ob ich das fragen darf.»

«Ja», antwortete Gwen schlicht. «Und ja.» Sie machte sich nicht die Mühe, es in hundert Vorbehalte zu verpacken. «Ich glaube schon. Wenn ich noch kann.»

Suze nickte, dann fragte sie ungerührt: «Willst du eins mit Paul?»

«Prima Plan!»

«Eine praktische Lösung für alle!»

Einige Augenblicke lang grinsten sie einander an, vielleicht stellten sie sich beide eine Welt vor, in der sie zu den Menschen gehörten, die einen solchen Plan umsetzen konnten.

«Aber», sagte Gwen, «es wäre schon ganz schön viel Ver...»

«Verwaltungsaufwand», schnitt Suze ihr das Wort ab, bevor sie zu Ende sprechen konnte, und beide brachen in Gelächter aus. «Du hast recht. Schon gut. Tut mir leid, Paul. Er ist auf ewig an die hartherzige Hexe gebunden, die ihn unter Vorspiegelung falscher Tatsachen in die Ehe gelockt hat.»

«So fühlst du dich nicht wirklich», protestierte Gwen.

Suze sah ihr in die Augen und lächelte schwach. «Nein, du hast recht», sagte sie. «So fühle ich mich tatsächlich nicht.»

«Gut», sagte Gwen. Und dann: «Es tut mir leid.»

Suze runzelte die Stirn. «Dass ...?»

«Dass ich von alldem nichts wusste.»

«Woher hättest du das wissen sollen? Ich habe es dir nie erzählt.»

«Aber ich habe nie gefragt.»

«Ach, du hattest deine eigenen Sachen am Laufen.»

«Nicht genug, um ehrlich zu sein», sagte Gwen. «Bei mir ist so gut wie nichts mehr los, seit ... na ja, seit Ewigkeiten. Ich hätte mir mehr Mühe geben sollen. Aber ich ... ich weiß nicht. Konnte nicht.»

Suze zuckte mit den Schultern. «Na und? Du hast dir eine Auszeit genommen. Wie Glastonbury.»

«Glastonbury hat sich nicht sechs Jahre lang eine Auszeit genommen, Suze.»

«Na ja», sagte sie und überlegte. «Du hast auch mehr hinter dir als das Gras.»

Draußen wurde es dunkel. Der Fernseher blieb stumm. Der Cheeseburger-Dip war von Schauspielern in karierten Hemden bei einem gemeinsamen Essen stillschweigend vertilgt worden, und mehrere Generationen von Grillmeistern und Cupcake-Monarchinnen waren seitdem stillschweigend gekrönt worden. In der Zwischenzeit waren sie – geräuschvoll, zögernd, sprunghaft – all ihre früheren Ich-bringe-dich-auf-Stand-Themen durchgegangen und diesmal tiefer vorgedrungen. Arbeit. Zuhause. Familie. Suzes ausbeuterischer Chef und Gwens berufliche Missgeschicke. Connies manipulative Abendessen und das Melanom von Suzes Vater.

Als sie von Gwens Fahrt nach Hause hörte, bekam Suze ein wenig feuchte Augen. «Das ist großartig», sagte sie immer wieder. «Gut gemacht. Von euch allen. Wirklich, wirklich toll. Grüß sie von mir.»

Schließlich fragte Gwen, vor allem, um den Strom des Lobes zu bremsen: «Wo ist Paul?»

Suze sah verlegen aus. «Er ist allein essen gegangen. Ich habe ihm vor einer Weile eine SMS geschickt, dass er nicht nach Hause kommen soll.»

«Weil ich hier bin?!»

«Doch nicht so! Ich wollte dich ausnahmsweise mal für mich haben. Aus Egoismus. Ich muss dich ständig mit lauter Leuten teilen.» Sie blickte sich um, als würde sie nach Spionen Ausschau halten. «Und ganz ehrlich, ich glaube, ihm ist peinlich, was er auf der Hochzeit zu dir gesagt hat.»

Gwen hatte gar nicht gewusst, dass Paul manche Dinge peinlich waren.

«Ich wusste gar nicht, dass Paul manche Dinge peinlich sind.»

Suze johlte auf. «Bei den meisten Leuten wäre es ihm egal.

Aber er weiß, dass du der Mensch bist, den er auf seine Seite bringen muss. Die Hüterin meines Herzens.»

«Oh», war alles, was Gwen darauf erwidern konnte.

Als sie ging, umarmten sie einander fest, sprachen aber nicht an, ob sich von nun an etwas ändern würde. Es gab keine leeren Versprechungen, «so etwas öfter zu machen», oder fadenscheinige, halbfertige Pläne für zukünftige Abendessen und für gemeinsame Wochenenden auf dem Land, und Gwen war froh darüber. Die Sache anzusprechen, hätte sie irgendwie im Keim erstickt. Wie grüne Triebe, die unter Laborlicht verwelken. Wie der Wiesenkerbel.

«Halt, warte, Gwendy!»

Suze huschte zurück ins Wohnzimmer und nahm einen massiven grauen Betonklumpen – eine weitere Vase, die zu auffällig groß und dünn war, als dass man Blumen hätte hineinstecken können. Sie machte ein großes Tamtam daraus, sie vorsichtig in die Geschenktüte zu stecken, in das Nest aus zerknittertem, gepunktetem Seidenpapier, und sie durch die neue Vase zu ersetzen, die sich wunderbar mit allem anderen im Regal biss. Paul, da war sie sich sicher, würde dazu eine eigene Meinung haben.

«Hochzeitsgeschenk», erläuterte sie. «Die habe ich immer gehasst. Sie sieht aus, als hätte jemand aus Mount Rushmore einen Penis herausgemeißelt.»

Suze hielt ihr die Tüte hin. «Bist du so gut und nimmst sie in deinen Laden mit?»

Gwen versprach es.

Als sie am Laden ankam, war er geschlossen. Ihr war eigentlich klar gewesen, dass er um diese Zeit nicht mehr geöffnet haben würde, aber sie war unwillig, die Vase mit nach Hause zu nehmen. Sie war schwer, ihre Hand tat weh, und sie hatte Lust auf einen Cheeseburger (ohne Zucker) aus dem Imbiss an der Ecke, um den Gin besser wegzustecken. Also beging sie die Kardinalsünde des Spendenhandels und ließ sie vor dem Laden stehen. Noch in der Geschenktüte und mit Etikett daran. Vielleicht würde sie ja über Nacht jemand mitnehmen.

Als sie morgens zu ihrer Schicht kam, peitschte der Herbstregen auf den Bürgersteig, und der übliche Haufen vor dem Kaufhaus abgeladener Spenden war durchnässt. Bilderbücher, zerknittert und aufgeweicht, Sweatshirts, die in den Fluten grau geworden waren. Aber Suzes Vase war verschwunden.

Regenschirm

Regenschirme gehörten zu den geheimnisvollsten Gegenständen, die dem Laden gespendet wurden – denn wer gibt schon freiwillig einen funktionstüchtigen Regenschirm weg? Hat irgendein Mensch jemals die Worte ausgesprochen: «Ich habe zu viele funktionstüchtige Regenschirme, ich muss meine Sammlung dezimieren?» Oder: «Es kann einem auch zu trocken sein?»

Selbst wenn man einen Regenschirm im Bus finden würde, würde man ihn behalten. Solche Schätze sind der verdiente Lohn für ein Leben in öffentlichen Verkehrsmitteln. Sie sind eine faire Entschädigung für all die vergessenen Jacken und Taschenbücher und leeren Tupperdosen, die man nie wiedersieht. Wenn man aus Versehen einen Regenschirm liegen lässt, tröstet man sich damit, dass der Finder ihn behalten und benutzen wird, und es wird der Ausgleich sein für all die Regenschirme, die er selbst verloren hat. Man redet sich ein, dass man im Gegenzug mit dem Schirm einer anderen Person entgolten werden wird.

Aber wenn man wüsste, dass der Mensch, der den eigenen Regenschirm findet, bereits so reich an Regenschirmen wäre, so niederträchtig aufklappbaren Regenschirmen, dass er sich dächte: Hm, den gebe ich einfach in einem Sozialkaufhaus ab, sollen die sich damit rumschlagen! – würde man sich dann nicht irgendwie beleidigt fühlen? Man stelle sich nur vor, das eigene Leben so im Griff zu haben. Oder sich an Regen so wenig zu stören.

«Regen ist mir eigentlich egal», verkündete Brian an diesem feuchten Septembermorgen im Hinterzimmer.

Wäre er ihm nicht, sagte ihm Gwen, wenn er einen Pony hätte.

59.

«Also, die sehen ja toll aus», sagte die Zahnärztin, eine fröhliche Frau aus dem Norden, die einen Hidschab trug und ungefähr so alt aussah wie ihre Patientin. Durch einen Mund voller Finger hindurch machte Gwen murmelnd ihrer Überraschung Luft.

«Soweit ich sehen kann, gibt es überhaupt keine Probleme», fuhr die Zahnärztin fort. Sie klang aufrichtig erfreut. «Sie haben sich offensichtlich hervorragend um Ihre Zähne gekümmert.»

Gwen dachte an das verstaubte Döschen Zahnseide, das sie nicht mehr angerührt hatte, seit sie den erfolglosen Versuch unternommen hatte, sich damit zu Hause die Augenbrauen zu zupfen. Sie dachte an all die Morgen, an denen sie vergessen hatte, sich die Zähne zu putzen, denn nach dem zweiten Frühstück und dem dritten Kaffee war es schon fast elf Uhr und damit so gut wie Mittag, wozu sich also noch die Mühe machen? Sie dachte an Marmelade auf Toast und Schokoladen-HobNobs und sämtliche Nachtische von Connie, an Magnums und Donuts und klebrige Karamellsoßenpfützen auf einem Löffel.

«Ich versuche es», murmelte sie an den Fingern vorbei.

«Haben Sie Schmerzen?», fragte die Zahnärztin. Widerwillig erzählte Gwen ihr von dem Pochen. Es wurden Röntgenaufnahmen gemacht, und Gwen stellte sich den morbiden Umriss ihres eigenen Schädels vor, als sie auf die Plastikplatte biss. Aber die Zahnärztin beharrte darauf, dass nichts zu sehen sei. Ihre Zähne seien alle in Ordnung.

«Wahrscheinlich nur eine kleine Überempfindlichkeit», erklärte sie. Gwen sagte, ja, wahrscheinlich sei es das.

Danach saß sie in einem Café ein Stück die Straße hinunter, riss Streifen von einer Zimtschnecke ab und rollte sie zu teigigen Kügelchen, bevor sie sie in den Mund schob. Der Zucker und das Koffein und der Rausch, eine Verwaltungsaufgabe erfolgreich erledigt zu haben, machten sie auf angenehme Weise hibbelig. Sie sehnte sich danach, jetzt jemanden zu treffen, den sie kannte, damit dieser sie fragte, was sie hier tue, und sie sagen konnte: «Ach, ich war gerade beim Zahnarzt.»

Die Frau neben ihr bearbeitete gerade ein Selfie. Anscheinend hatte sie es vor Kurzem aufgenommen, denn ihre Kleidung und ihre Frisur waren identisch, und im Hintergrund war die kahle Backsteinwand des Cafés zu sehen. Gwen sah verlegen weg, aber der Frau schien es egal zu sein.

Auf einem anderen Zeitstrahl würde Gwen vielleicht auch ein Selfie machen und der Welt ihre großartigen Zähne präsentieren, um diesen kleinsten und dämlichsten aller Siege für die Ewigkeit zu bewahren.

Aber bevor sie ihr Handy hochnehmen konnte, um es zu versuchen, wurde das Display schwarz, und «MUM» leuchtete auf, zusammen mit einem kleinen Foto von Marjorie mit zusammengekniffenen Augen auf einem National-Trust-Parkplatz.

Gwen nahm den Anruf hämmernden Herzens entgegen. «Was ist los?»

«Nichts!», gab ihre Mutter bereits verärgert zurück. «Kann eine Mutter ihre Tochter nicht einfach so anrufen? Ich grüße dich auch.»

«Oh. Nein, natürlich – ich wünschte nur, du würdest das Gespräch mit ‹Alles in Ordnung!› beginnen.» Sie wartete drauf, dass sich ihr Nervensystem wieder beruhigte. «Aber hallo. Hi! Äh. Wie geht es euch beiden?»

«Uns geht es sehr gut, danke», antwortete ihre Mutter wie jemand, der eine Fremdsprache übt. «Es war eine schöne Woche hier unten, weniger schwül als vorher. Natürlich ist der Rittersporn jetzt verblüht, aber die Dahlien sind noch in voller Pracht. Yvonne und Barry waren gestern hier, und wir haben auf der Terrasse gegessen! Nur Quiche, aber dein Vater hat Rosinen in den Salat getan.»

Gwen murmelte etwas Beifälliges.

«Und wie geht es dir?», fragte Marjorie. «Wie geht es dem ... dem Dingsbums ...?»

Gwen überlegte leise, während sie darauf wartete, dass ihrer Mutter das richtige Wort einfiel. *Laden? Wohnung? Klimakrise? Fortschreitende kollektive generationsspezifische Verzweiflung?*

«... Zahn?», beendete sie schließlich ihre Frage. «Ich hoffe, du warst beim Zahnarzt.»

Gwen berichtete, da sei sie in der Tat gewesen, und übermittelte ihr die gute Nachricht. Ihre Mutter fragte sich, ob der Zahnarzt vielleicht nachlässig gewesen sei. Gwen versicherte ihr, sie habe einen sehr gründlichen Eindruck gemacht. Ihre Mutter sagte: «Na ja, man will ja auch nicht, dass sie zu gründlich sind, sonst stellen sie dir Dinge in Rechnung, die du gar nicht brauchst.» Sie unterhielten sich noch eine Weile aufs Angenehmste in dieser Manier.

«Irgendwelche Neuigkeiten über die ... äh», Marjorie unterbrach sich und sagte dann einfach: «Irgendwelche anderen Neuigkeiten?»

Gwen berichtete von dem Vorstellungsgespräch bei New Roots. Entgegen jedem fatalistischen Impuls, es für sich zu behalten und den sprichwörtlichen Tag nicht vor dem Abend zu loben, erzählte sie ihrer Mutter alle Einzelheiten – und stellte sich selbst sogar als eine Art heldenhafte Whistleblowerin in Bezug auf die Sache mit der Erhöhung der Preisliste dar. Wagemutig erlaubte sie sich, erfreut zu klingen.

«Es geht um Gartenbau, Mum! Ich muss vielleicht dein Wissen über Pflanzen anzapfen.»

Bestimmt konnte ihre Mutter nicht umhin, sich über diesen unheimlichen Schlenker in ihre Welt ebenfalls zu freuen?

«Tja», schniefte Marjorie nach einer Pause. «Du wirst einen wärmeren Mantel brauchen.»

Schal

Greg kam zurück, als Michael am wenigsten darauf vorbereitet war.

Nicht, wie er gehofft hatte, als er gerade am Tresen stand und seinen Stift über einem Kreuzworträtsel schweben ließ, auch nicht, als er mit einem Stammkunden lachte oder ihm von jemandem aus der Zentrale dafür gedankt wurde, dass er das vierteljährliche Umsatzziel übertrof-

fen hatte. Was, um ehrlich zu sein, nicht stimmte. Nein, Greg kam wieder, als der Laden leer war und Michael Gummihandschuhe trug, um einen unidentifizierbaren Fleck von einem Halloweenkostüm zu schrubben, das für die Schaufensterauslage gedacht war. Anfang der Woche hatte Finn ihm den Tipp gegeben, dass The Kindness Hub ein zwei Meter großes Abbild von Audrey II aus dem Film Der kleine Horrorladen aufstellen würde, das von örtlichen Schulkindern aus weggeworfenen iPads und Einwegplastikmüll hergestellt worden war. Seitdem befand sich der heilige Michael in einem Zustand des Zorns.

Es war schon nach Ladenschluss, der Himmel begann sich bereits dunkel zu verfärben – aber an umsatzschwachen Tagen ließ Michael das Schild mit der Aufschrift «Geöffnet» gelegentlich noch etwas länger hängen, um denjenigen, die es früher am Tag nicht geschafft hatten, eine Chance zum Einkaufen zu geben. Salons der zweiten Chance. Niemand sollte sagen, er habe kein umsichtiges Naturell.

Greg war dieses Mal ohne Begleitung und hatte die Hände tief in den Taschen seiner Kapitänsjacke vergraben. Michael sah ihn gerade noch rechtzeitig kommen, um wieder nach unten zu schauen und so zu tun, als hätte er ihn nicht bemerkt, um seinen schweren Schritten auf dem Teppich zu lauschen und zu spüren, wie sich jedes Atom im Raum neu anordnete. Aber leider nicht rechtzeitig, um die Gummihandschuhe auszuziehen.

«Was ist das?», fragte Greg und trat hinter den Tresen, um sich neben Michael zu stellen, den Kopf zu neigen und den besagten Gegenstand in Augenschein zu nehmen. Er roch nach kühler Luft und Minze über warmem Golden Virginia.

«Ein sexy Kürbis», antwortete Michael, der immer noch schrubbte.

«Das Kostüm oder der Fleck?», fragte Greg.

«Kunden auf die andere Seite hinter der gelben Linie, bitte», antwortete Michael knapp.

Aber die Zeit, die er mit einem nassen Schwamm auf dem orangefarbenen Tutu herumschrubben konnte, war begrenzt, und als er schließlich aufblickte, grinste Greg ihn an.

«Okay, Mickey», sagte er. «Ich brauche einen neuen Schal.»

«Aha», sagte Michael. «Ich fürchte, wir haben nur alte Schals.»

Greg lächelte weiter. «Die tun es auch», sagte er leichthin. «Manchmal lohnt es sich, etwas Altes wieder aufleben zu lassen, meinst du nicht auch?»

Michael hatte darauf keine schnelle Antwort parat. Seine Zunge war ein Gewicht, das ihn fast erstickte, als eine Flutwelle von etwas Unerwartetem, aber entfernt Vertrautem aus seinen Eingeweiden aufstieg. Hoffnung.

Er hustete ein wenig, drehte sich wortlos um und führte Greg in die hintere Ecke des Ladens, wo die Kiste mit den Schals stand, seine Kiste voller Streuner und liebenswerter Ausreißer, die alle nach einem neuen Zuhause riefen. Greg blickte auf die Kiste hinab, als erwartete er, dass die Schals herausgeflogen kämen und zu seiner Unterhaltung eine Flugshow vorführten.

«Wieder eine Schulaufführung?», fragte Michael und gab sich gefasst. «Diesmal Der Schneemann? Doktor Schiwago?»

«Nein», antwortete Greg. «Mir war einfach nur kalt. Und du hattest schon immer einen sehr guten Geschmack.»

«Ich lasse mich durch Schmeichelei nicht zu einem weiteren Rabatt verleiten», warnte Michael, als Greg mit einer Fingerspitze leicht über seinen Ärmel strich. «Ich bin inzwischen ein integrer Mann.»

Greg wurde plötzlich ernst, und der Blick in seinen Augen war zweideutig.

«Kumpel», sagte er. «Das warst du immer.»

60.

Am Abend vor dem Vorstellungsgespräch – dieses Mal war es offiziell ein Vorstellungsgespräch und kein Treffen zum Plaudern, was beruhigend war – legte Gwen sich ihre Kleidung zurecht. Das Herauslegen am Vorabend war ein Tipp aus einer Frauenzeitschrift, den sie schon seit Jahrzehnten im Hinterkopf hatte. Das gleiche galt für den «Vom-Büro-bis-zur-Afterwork-Party-Look» und die halbe Zitrone für das Peeling der Ellbogen. Ihr zweidimensionales zukünftiges Ich dort auf dem Bett liegen zu sehen, war seltsam emotional.

Sie probierte den typischen Freizeitblazer an, den sie immer trug, wenn sie sich «gut angezogen» fühlen wollte, was paradox war, da er sich über der Brust nicht zuknöpfen ließ. Gwen ließ eine Hand in die Taschen gleiten und stieß auf ein ordentlich zu einem Quadrat gefaltetes Stück Notizbuchpapier.

1) Eine Beschäftigung suchen.
2) Soziale Kontakte pflegen.
3) Mum und Dad anrufen.
4) Zum Zahnarzt gehen.
5) Loslassen.

Am unteren Rand der Seite war ein bräunlicher Fleck zu sehen. Wehmütig dachte sie an den besten Sticky-Toffee-Pudding von Lutterworth und fragte sich, ob er jetzt noch genauso gut schmecken würde.

Als Verschleppungstaktik setzte sie sich mit einem Stift hin und hakte jeden Punkt auf der Liste mit Schwung ab. Dann fügte sie einen weiteren hinzu und hakte auch diesen ab, wobei sie ein wenig zusammenzuckte.

6) Erwachsen werden.

Der TED-Talk «Bessere Ziele setzen und die eigenen ungenutzten Superkräfte wecken» würde auch das nicht befürworten, aber Connie vielleicht.

Gwen warf den Zettel weg und brachte sicherheitshalber den Müll raus.

Am nächsten Morgen wachte sie exakt zehn Minuten vor dem Weckerklingeln auf, so, wie sie es früher immer getan hatte, bevor die Entlassung ihren Tagesrhythmus wie ein Club-Remix durcheinanderwirbelte. Ausnahmsweise zog sie sich an und frühstückte, ohne dass Netflix oder ein Podcast lief. Es war nicht nötig, die Stille mit den Nachrichten anderer Leute zu übertönen.

Draußen sahen die Gestalten auf der Straße aus wie ein Lowry-Gemälde, ihre Körper bogen sich wie von einem Magneten angezogen in Richtung U-Bahn-Station. Gwen wandte den Kopf, als sie am Metro-Tesco vorbeiging, und wartete auf den kalten, nach Croissants duftenden Luftzug, der es wert war, so früh aufzustehen. Er kam nicht. Sie erwog umzukehren und es noch einmal zu versuchen.

Sie war fünfundvierzig Minuten zu früh dran, um einen Puffer für Naturkatastrophen, politische Verwerfungen und Magen-Darm-Missgeschicke zu haben – trotzdem war sie unruhig, als sie die U-Bahn-Station betrat, und musste gegen den Impuls ankämpfen, hinter einem Mann zu ächzen und sich zu räuspern, der zu lange brauchte, um sich durch die Schranken zu schieben. Wie lange dauerte es, bis die großstädtische Ungeduld aus Körpern entwichen war? Fünf Monate und eine Woche reichten nicht.

An den Bahnhofswänden mahnten Plakate der Stadtverwaltung, man solle nicht vergessen, zum Arzt zu gehen. Gezeichnete Erwachsene umklammerten sich verängstigt über dem Untertitel: *Haben Sie seit mehr als drei Wochen Bauchschmerzen? Rufen Sie Ihren Hausarzt an*! – als wäre Krebs ein Schadenersatz, auf den sie ein Anrecht hatten.

Gwen fühlte sich gerade beruhigt von der Vorstellung, dass auch andere Menschen zu dieser grundlegenden Selbsterhaltung angehalten werden mussten, als sie plötzlich einen lauten Aufschrei hörte. Sie blickte gerade noch rechtzeitig auf, um zu sehen, wie eine Frau auf der benachbarten Rolltreppe den Halt verlor und nach vorne stürzte, wobei sie ein entsetztes Gesicht machte und mit den Gliedmaßen ruderte. Noch mehrere Tage danach sah Gwen jedes Mal, wenn sie die Augen schloss, diesen Gesichtsausdruck vor sich. Sie spürte den Luftzug, als die Frau an ihr vorbeiflog – oder vielleicht bildete sie sich das auch nur ein, aber sie hörte auf jeden Fall den dumpfen Aufprall, mit dem sie landete.

Eine quälende Sekunde lang war alles still. Die Frau war aus ihrem Blickfeld verschwunden, und die Menschen hinter ihr verharrten in einer Reihe von entsetzten Körperhaltungen: Arme ausgestreckt, Hände vor die Augen geschlagen, sich an das Geländer klammernd, nach ihren Handys greifend. Dann kam der Schrei. Ein Schrei, der Gwen verriet, dass er mehr Schock als körperlichen Schmerz enthielt – gefolgt von einem beruhigenden «Fuck fuck fuck fuck fuck».

Gwen stürzte die letzten Stufen ihrer eigenen Treppe hinunter. Sie fand die Frau auf dem Boden inmitten mehrerer Tragetaschen, deren Inhalt – hauptsächlich Bücher und Bananen – sich über das vergitterte Metall verteilte und nun vollständig zum Ende der Rolltreppe befördert wurde, während sich dahinter eine Anhäufung von Pendlern bildete. Ohne nachzudenken, schlug Gwen auf den roten Notknopf. Sie spürte einen Stromstoß, als das Ding zum Stillstand kam.

«Geht es Ihnen gut?», fragte sie die Frau, die, anstatt aus dem Weg zu kriechen, ihren Kopf gegen die Metallwand der Rolltreppe gelehnt und die Augen geschlossen hatte. Sie sah seltsam gelassen aus.

«Mir geht es gut», hauchte die Frau nach einer Sekunde und klang dabei unsicher. Die Leute stiegen jetzt über sie hinweg, verloren kaum einen Augenblick und schlängelten sich weiter durch den Pendlerverkehr. Einige verdrehten beim Weitergehen die Hälse, offensichtlich erleichtert darüber, dass sich jemand anderes – Gwen, wie es schien – der Situation annahm und sie es nicht selbst tun mussten.

Gwen sammelte die Habseligkeiten der Frau ein, steckte Bücher, Bananen, Servietten und eine Haarbürste zurück in die Tragetaschen, während die Frau langsam auf die Füße kam. Sie trug keine Absätze, bemerkte Gwen. Sie trug vernünftige Wandersandalen mit Klettverschlussriemen.

«Danke, vielen Dank», sagte sie mit starkem spanischem Akzent. Sie nahm Gwen die Taschen ab und lächelte schwach, ein Lächeln, das Gwen erkannte, ein Lächeln, das sie vollkommen verstand. Es war das Lächeln, das besagte: «Ich fühle mich gedemütigt, bitte gehen Sie jetzt.»

Also ging Gwen widerwillig, wobei sie an zwei besorgt dreinblickenden U-Bahn-Mitarbeitern vorbeikam. «Ich glaube, es geht ihr gut», sagte sie zu ihnen. Die Frau humpelte zum Bahnsteig, wedelte mit den Händen auf die Welt ein und sagte: «Es geht mir gut! Mir geht es gut», obwohl es genauso gut anders sein könnte. Einer der Angestellten folgte ihr und schwenkte einen Erste-Hilfe-Kasten.

Gwen drehte sich um und sah, wie der andere U-Bahn-Mitarbeiter mit den Schultern zuckte und einen Knopf drückte, um die Rolltreppe wieder in Gang zu setzen. Ein neuer Strom von Menschen begann hinunterzufahren und bewältigte reibungslos den Übergang von sich bewegendem Metall auf festen Boden. Und so ging das Leben weiter.

An diesem Abend zog Gwen zu Hause ein in der Wäsche verblasstes und weich gewordenes Sportshirt an. *Marathon South Downs 2009*, stand in rissiger gelber und grüner Schrift auf der Vorderseite. Es gehörte Luke. Aus der Tüte mit Sportbekleidung gerettet, die Marjorie als für das Sozialkaufhaus zu schäbig erachtet hatte. Nun gehörte es Gwen, zusammen mit einigen weiteren seiner T-Shirts. Sie fischte ein sehr altes Paar Turnschuhe aus dem Schrank, die an Ferse und Zehen zusammengeschrumpelt waren wie alte Garnelen, und zog sie an, wobei sie versuchsweise auf den Fußballen wippte. Sie nahm die Schlüssel mit, ließ aber ihr Telefon auf dem Küchentisch liegen.

Als sie wieder auf der Straße stand, ging die Sonne unter, und es war ein seltsames, aber schönes Gefühl, ohne eine schwere Tragetasche am Arm draußen in der Welt zu sein. Gwen streckte ein paarmal einen Arm über den Kopf aus und blickte sich um, um zu sehen, ob sie jemand beobachtete.

Und dann lief sie los, nur ein bisschen.

Torwarthandschuhe

Sie liegen in einem Regal in dem kleinen Bereich des Ladens, den der heilige Michael grob «sportlichen Aktivitäten» zugewiesen hat, neben einer Spielzeug-Dartscheibe, einem robusten Fahrradschloss und diesem Spiel, bei dem man flauschige Bälle auf einen mit Klettstreifen bezogenen Hut wirft.

Michael wird auf der Suche nach Geschenken für Louie an ihnen vorübergehen, mit denen er den kleinen Jungen mit dem entschlossenen Wirbel, der jetzt plötzlich Teil seines Lebens ist, für sich gewinnen kann.

Michael wird die Torwarthandschuhe nicht auswählen, aber nicht, weil er Fußball hasst – seine lebenslange Loyalität zu West Bromwich Albion ist eine weitere scheinbare Ungereimtheit, die er auf Partys gerne ins Spiel bringt –, sondern weil er am Ende unweigerlich derjenige sein würde, der im Tor steht, und Michaels Solarplexus hat für ein Jahr genügend überraschende Zusammenstöße erlebt.

Schließlich werden die Handschuhe von einem Mädchen im Teenageralter gekauft, Ruby, die vor Kurzem mit ihrer Schulmannschaft vom Aufschwung des Mädchenfußballs profitiert hat, der durch Englands Erfolg bei der FIFA-Frauen-Weltmeisterschaft 2019 ausgelöst wurde. Mit ihren vierzehn Jahren ist Ruby bereits 1,70 m groß, und ihr gefällt die Idee, ihre Körpergröße dafür zu nutzen, sich zwi-

schen Torpfosten zu stellen anstatt vor die unerbittliche
Linse ihrer Handykamera.

Ihr gefällt der Gedanke, dass sie, anstatt tapfer jedem
Kommentar, jedem Witz und jedem spitzen Blick stand-
zuhalten, der ihr von Gleichaltrigen zugeworfen wird,
ausnahmsweise auch einmal etwas zurückschleudern kann.

61.

Sie hatte den Laden am nächsten Tag gerade verlassen, als Lorraine anrief und ihr die Stelle anbot.

«Ich habe keinen Garten», war das Erste, was Gwen sagte, bevor sie sich bedankte. «Ich habe nicht einmal einen Balkon.»

«Ein Grund mehr!», entgegnete Lorraine unbeeindruckt. «So wirst du noch besser verstehen, wie sehr der Zugang zu einem Außenbereich einen verändern kann.»

Gwen dachte an ihre stickige Wohnung. Als sie sie besichtigt hatte, war die Sonne gerade in satten rosa Streifen am Himmel untergegangen, und sie war von der Aussicht aus dem Wohnzimmerfenster so angetan gewesen, dass sie damals gedacht hatte, das sei der einzige Außenbereich, den sie brauchte. Ihr fiel der Blumenkasten ein, den Marjorie ihr bei ihrem ersten und einzigen Besuch mitgebracht hatte und der mit Samen bepflanzt gewesen war. Gwen hatte nicht daran gedacht zu fragen, mit welchen.

Ein paar Monate später hatten sie plötzlich und üppig geblüht. Gwen war eines Morgens aufgewacht und hatte sie entdeckt, sie waren wie noble Fremde aufgetaucht und hatten den Ausblick auf die Straße vollkommen verändert. Sie hatte zahllose Fotos von den namenlosen Blüten gemacht, die sich im Sonnenlicht hinter ihrer Müslischale wiegten und tanzten. Sie hatte die Fotos nie gepostet oder an jemanden geschickt. Hatte sie ihrer Mutter erzählt, dass die Blumen aus der Erde gekommen waren? Sie konnte sich nicht erinnern. Aber die Fotos waren auf ihrem Handy geblieben, und in den Jahren seitdem hatte sie sich gelegentlich dabei ertappt, wie sie zu ihnen zurückscrollte.

Ja, sie stimmte Lorraine zu. Sie würde es verstehen.

Da sie noch nicht nach Hause wollte, ging Gwen eine Weile leicht benommen in die entgegengesetzte Richtung. Die Sonne brach durch die Wolke, die den ganzen Tag über ihnen geschwebt hatte, und es kam ihr in seiner Symbolik fast banal vor. Sie rollte mit den Augen und schwitzte ein wenig in ihrem Blazer.

Es war fünf Uhr nachmittags an einem Freitag, und die überraschende Draufgabe von Sommer bescherte den Straßen Anfang Oktober einen Hauch von Urlaubsstimmung. Vor den Kneipen wimmelte es von Leuten, die auf den Feierabend anstießen. Schulkinder in Uniformen kreischten, klammerten sich aneinander und verstreuten Chips. In Ermangelung von Gärten und Balkonen saßen die Leute auf Flachdächern und ließen ihre Beine über Fenstersimse baumeln. Eine Gruppe von Verwandten in einem Vorgarten sah aus, als würden sie sich schon seit mehreren Stunden voneinander verabschieden, es fiel ihnen aber immer noch etwas ein, was sie sagen wollten.

Im Gehen hinterließ sie Suze eine Sprachnachricht. Ein neues Medium, das sie beide nun nutzten, und eines, das Gwen Lampenfieber verursachte, aber es fühlte sich dennoch wie etwas Intimes an, die Stimme ihrer Freundin in der Tasche mit sich herumzutragen. «Rate mal, wer nicht länger prekär beschäftigt ist», trällerte sie und hoffte, dass es ironisch rüberkam. Dann: «Übrigens, habe ich dir schon erzählt, dass ich eine Uhr aus einer Kneipe geklaut habe?»

Als Nächstes schickte sie eine Nachricht an ihre Eltern – Marjorie hatte nachgegeben und einer WhatsApp-Gruppe zugestimmt, die sich nun mit unscharfen Fotos von Astern füllte – und übermittelte als Köder nur die wichtigsten Eckpunkte. Sie hatten geplant, Lukes Geburtstag im nächsten Monat mit einem Spaziergang auf einen Hügel und Essen zum Mitnehmen zu feiern. Wenn sie bis dahin mehr wissen wollten, mussten sie deswegen anrufen.

Da sie gerade im Schwung war, dachte sie sich: Warum nicht?, und schickte eine Nachricht in den Gruppenchat des Sozialkaufhauses.

«Habe einen neuen Job! Endlich!»

Die Nachricht landete mit einem leisen Plumps unter einer drei Tage alten Nachricht von Lise, die darum bat, keine Kaffeebecher mehr direkt unter der Theke abzustellen, da sie eine «Umfallgefahr» darstellten.

Sie starrte ein paar Sekunden lang auf den Bildschirm und überlegte, ob sie ihre Nachricht löschen sollte, dann fügte sie ein Postskriptum hinzu.

«PS. Ich übernehme weiterhin Samstagnachmittage.»

Nach einer quälenden Wartezeit trudelten die Antworten ein. Sie reichten von übersprudelnd bis verwirrt. «YES, GWEN!» von Asha. «Schlaue Lady!» von Gloria. «Tolle Neuigkeiten, Gwen, alles Gute, Brian» von Brian. Ein paar höfliche Glückwünsche ohne Satzzeichen von Leuten, denen sie noch nie begegnet war und denen sie unterstellte, dass sie schon vor einiger Zeit aus dem Dienstplan des Ladens gefallen waren, aber noch nicht den Mut aufgebracht hatten, den Gruppenchat zu verlassen. Erstaunliche vier Ausrufezeichen vom Stillen Harvey. Ein einzelnes Herz-Emoji, das bestätigte, dass Harp wirklich Harp hieß. Ein leicht besitzergreifendes «Gutes Mädchen!» von Connie. Sogar Nicholas schickte eine gnädige Beifallsbekundung. Das alles hätte erniedrigend sein müssen, aber seltsamerweise war es das nicht.

Der heilige Michael – er nannte sich auf WhatsApp selbst «St. Michael», ein interessantes Detail – schickte die längste Antwort. «Hervorragende Neuigkeiten, Gwen, und es freut mich zu hören, dass wir auf deine unvergleichlichen Fähigkeiten in der Kundenbetreuung nicht ganz verzichten müssen. xM»

Ob das alle machten, dass sie aus schlechtem Gewissen heraus versprachen, weiterhin Schichten im Laden zu übernehmen? Wahrscheinlich. Sie fragte sich, ob und wie bald sie es bereuen würde, und ihr wurde klar, dass es für sich genommen ein Grund zum Feiern wäre, wenn bei ihr jemals wieder so viel los wäre, dass sie ihre Samstagnachmittage wieder für sich beanspruchen müsste.

Mit gesenktem Kopf die Straße entlangzugehen wurde jetzt tückisch, also blieb sie stehen, schlüpfte in einen Durchgang, lehnte sich an die Wand und erlaubte sich, eine Minute lang in den Neuigkeiten zu schwelgen. Zuerst hatte sie pure Erleichterung empfunden, aber jetzt war da noch etwas anderes – Optimismus? Sie begann, weitere Nachrichten zu tippen.

«Hey! Es war so schön, dich auf der Hochzeit zu sehen. Wollen wir bald mal einen Kaffee trinken gehen? Ich würde gerne hören, wie es mit der Küchenrenovierung läuft.»

«Hi, Gemma! War schön, dich vor ein paar Wochen zu sehen. Sollen wir tatsächlich mal was trinken gehen? Mal hören, ob die Claires Zeit haben?»

«Hi! Der Sex, den wir 2016 hatten, hat mir gut gefallen. Hast du Lust, morgen mit mir ins Kino zu gehen?»

«Hey, Connie, ich schulde dir ein Abendessen. Was hältst

du von blauen Mais-Tacos, eingelegten Pflaumen und Apfel-butter?»

Sie schickte nur die erste Nachricht ab. Aber die anderen dort auf der Kante des Sprungbretts aufgereiht zu sehen, war beglückend. Ein Fortschritt.

«Ich hoffe, du feierst es mit etwas Nettem!», schrieb Brenda, und Gwen sah sich antworten: «Gehe schön essen!»

Sie öffnete ihre Banking-App. Ein schönes, billiges Essen.

Ring

«Hättest du Lust dazu?», fragte Trish, so, wie sie zehn Minuten zuvor gefragt hatte, ob Bridie eine Tasse Tee haben wolle. Ungezwungen, unverbindlich. Aber das hier war verbindlich, so verbindlich, wie es nur ging.

«Zum Heiraten?» Bridie blinzelte sie an.

«Ja.»

«Mit allem Drum und Dran?»

«Genau.» Trish wandte sich wieder ihrem Buch zu.

«Du und ich?»

Trish blätterte träge eine Seite um und kraulte den Hund am Kopf, während Bridie wie erstarrt dastand, eine Gabel mit kalten Crumble-Resten auf halbem Weg zum Mund.

«Wir wären die Hauptakteure, ja.»

«Aber … aber wir haben immer gesagt, dass wir das nie machen würden», sagte sie. «Nicht noch einmal.»

«Wir haben vieles gesagt», antwortete Trish. Sie blickte zu ihr auf, die grauen Augen so ruhig wie immer. Unmittelbare Anzeichen für Wahnvorstellungen oder Geistesgestörtheit waren nicht zu erkennen. Aber sie machte auch keine Witze, so viel war Bridie klar.

«Zu den Jungs haben wir für immer und ewig gesagt, und sieh nur, was daraus geworden ist», fuhr sie fort. «Es kann dich kaum überraschen, dass ich auch in diesem Punkt eine Niete bin.»

Es hatte als Insiderwitz angefangen, dass sie ihre Ex-Männer «die Jungs» nannten, aber irgendwann hatten sie es nicht mehr ironisch gemeint, und es war zu einer bequemen Kurzform geworden. Je älter sie beide wurden, desto passender erschien ihnen der Begriff – sie betrachteten ihre Ehejahre wie durch einen Rückspiegel, während sie sich zügig von der Szene entfernten. Die Jungs waren in ihren Erinnerungen konserviert und würden nie alt werden.

In der Zwischenzeit war Bridie mit jedem verstreichenden Jahr weicher und entspannter geworden, auf eine poetisch herbstliche Art und Weise, wie sie es gerne betrachtete. Sie wurde schlaffer und süßer und fiel in ihre Umgebung hinein wie eine überreife Pflaume. Trish war mit dem Alter kleiner und härter und zerknittert geworden wie eine Chips-Tüte, die man im Ofen gelassen hat.

Aber innerlich, wie es schien, nicht härter. Es waren offenbar sechsundzwanzig Jahre vonnöten gewesen, um sie mit Saft zu füllen.

Bridie schaute sie weiter abschätzend an. «Warum?», fragte sie. «Und wenn du jetzt ‹Warum nicht?› sagst, schmeiße ich diese Schüssel auf den Boden, so wahr mir Gott helfe.»

«Weil …» Trish seufzte und schloss entnervt ihr Buch. Sie trug ihre Emotionen immer so zur Schau, als würden sie sie jucken. «Weil ich es jetzt tun will, bevor wir es tun müssen, weil eine von uns im Sterben liegt oder so und es dann bloß zu einem langweiligen Verwaltungsakt mehr wird. Weil ich sechsundzwanzig Jahre lang damit verbracht habe, dich mit anderen Menschen zu teilen, ohne je ganz zu wissen, ob du mir gehörst, und jetzt glaube ich es endlich und will damit angeben, zum Teufel. Ich will mir von der Bürokratie anerkennend auf die Schulter klopfen lassen, um diese Tatsache zu zelebrieren.»

Bridie nickte schmerzlich langsam, so, wie sie es immer tat, um zu zeigen, dass sie zuhörte.

«Weil», fuhr Trish fort, leiser jetzt, «weil ich die ganze Zeit, in der du dich um Trevor gekümmert hast, die Ehe für eine Zwangsjacke gehalten und gehasst habe. Ich habe meine gehasst und deine noch mehr. Aber dann ist mir neulich etwas klar geworden. Mir ist klar geworden, dass du das nicht getan hast, weil du mit ihm verheiratet warst. Du hast es getan, weil du … na ja, weil du du bist. Und ich habe vielleicht meine Ehe gehasst und deine ebenfalls, aber ich glaube nicht, dass ich unsere hassen würde. Ich glaube sogar, dass ich sie sehr mögen würde, und bin stinksauer, dass ich so lange gebraucht habe, um darauf zu kommen. Und ich habe deine Kinder und meine Kinder gefragt, und sie haben das gesamte Spektrum durchlaufen von völlig enthusiastisch bis zu total verblüfft, und ich habe mir gedacht: Na also. Da sie auf unserer Seite stehen und unsere Eltern alle tot sind und der Hundesitter am Dienstagnachmittag Zeit hat, muss ich …», ihre Stimme zitterte ein wenig, und Bridie bemerkte mit Schrecken, dass Trish nervös war, «… muss ich, und es tut mir leid, muss ich es sagen. Warum auch nicht?»

Bridie schwieg.

«Außerdem liebe ich dich», fügte Trish hinzu. «Das hätte ich vielleicht zuerst sagen sollen.»

Sie lehnte sich scheinbar erschöpft zurück, schlug ihr Buch wieder auf und las weiter. Der Hund schaute zwischen ihnen hin und her wie ein Zuschauer beim Tennis, die Zunge hing ihm erwartungsvoll aus dem Maul.

«Also», sagte Bridie schließlich. «Wenn du dir ganz sicher bist, dass unsere Eltern tot sind.»

«Ziemlich sicher, ich habe es überprüft.»

«Deine Mutter wird sich im Grab umdrehen.»

«Sie kann die Trainingseinheit gebrauchen.»

«Na dann. Na dann.» Bridie war ein wenig schwindelig. Als ob ihr das Herz aus dem Mund springen wollte. Sie schluckte es hinunter. «Okay, schätze ich. Ja. Gut. Lass uns heiraten.»

Trish lächelte. Der Glorienschein aus Nachmittagslicht, das sich zwischen den Jalousien hindurchstahl, ließ sie für einen kurzen Moment geradezu heilig aussehen.

«Ich will aber einen Ring!», rief Bridie über ihre Schulter und ging in die Küche zurück.

«Oh, das ist mir klar», antwortete Trish. Es folgte eine kleine Pause, ein Rascheln aus dem Dielenschrank, dann trat sie hinter Bridie an die Spüle und schlang die Arme um sie. In der einen Hand hielt sie eine kleine Lederschatulle, die gerade so weit geöffnet war, dass der Diamant mit Smaragdschliff herausglitzerte. «Keine Sorge», murmelte sie in ihren Nacken. «Sozialkaufhaus. Er war nicht teuer.»

An einem Dienstag fünf Wochen später um drei Uhr nachmittags gingen sie ihre «unverbindliche» gegenseitige Verpflichtung im örtlichen Standesamt ein, einem hübschen Art-déco-Gebäude mit Steinsäulen auf der Vorderseite und einem Plakat mit der Aufschrift «Aktionsplan Luftqualität des Stadtrats von Haringey: NUTZEN SIE IHR MITSPRACHERECHT».

Es regnete. Bridie war enttäuscht, aber Trish sagte, es sei ihr lieber so. Die Kinder schossen mit ihren iPhones zahllose Fotos von den Bräuten. Die beiden verstreuten Blütenblätter von ihren kleinen Sträußen auf der Treppe und ermahnten die anderen, sie sollten aufhören, sich lächerlich zu machen, und strahlten. Strahlten einander einfach nur an. Irgendwie sahen sie jünger aus als je zuvor.

Danach gingen sie alle in den Pub.

«In welchen Pub?», hatte Eleanor gefragt, und ihre Mutter hatte gebrüllt: «Irgendeinen Pub! DEN Pub. Ich weiß es nicht, verdammt! Zu unserer Zeit hat man sich nicht einen Monat vorher die Speisekarte auf Trip Advisor angeschaut, man ist einfach in das nächstbeste Etablissement gegangen, in dem es einen Zapfhahn und Stühle und ein paar Tüten Nüsse gab!»

Eleanor und Bridie hatten sich also im Stillen beraten und eine kleine, kürzlich renovierte Kneipe mit dunkelgrau gestrichenen Wänden in einer Seitenstraße ausfindig gemacht, in der es neben kleinen Tellern mit venezianischem Fingerfood auch Pommes gab. Für den Tag, die Uhrzeit und das Wetter war es fast leer, und so fühlte es sich an wie ihr Lokal. Deswegen vergaß Trish, als jemand sein Telefon an das Soundsystem der Kneipe anschloss und Van Morrisons Sweet Thing auflegte, zu protestieren und die Augen zu verdrehen, und nahm stattdessen ihre neue Frau, ihre alte Frau, ihre neue alte Frau in die Arme und drückte sie an sich und drehte sich mit ihr im Kreis, wieder und wieder, bis ihnen schwindelig wurde und sie sich aneinander festhalten mussten, um nicht umzukippen, und dabei lachten sie, lachten, lachten die ganze Zeit.

Über ihnen auf dem Mahagoni-Regal sahen ihnen zwei ausgestopfte Otter zu.

62.

Anstatt wie üblich von Restaurant zu Restaurant zu pilgern und mit jedem Blick auf eine Speisekarte hektischer und anspruchsvoller zu werden (Ryan hatte es «die Hungerspiele» genannt), entschied sich Gwen für die erste Option, die sich ihr bot. Ein Ramen-Restaurant. Neu und ihr unbekannt.

Da es gerade mal sechs Uhr abends war, war das Restaurant halb leer, und sie sicherte sich einen Tisch am großen offenen Fenster, aus dem sie wie ein Hund den Kopf hinaushalten konnte.

Eine gute Entscheidung.

Während sie auf ihr Essen wartete, beobachtete Gwen die Leute draußen. Ein Auto brauste mit heruntergelassenen Fenstern vorbei, und es dröhnte in asozialer Lautstärke christliche Kirchenmusik heraus. An der Bushaltestelle aß eine elegant gekleidete Frau Kichererbsen mit einem Plastikspieß direkt aus der Dose. An einer Häuserwand lehnte ein riesiger Teddybär mit schaurig hängendem Kopf neben einem Stabmixer und einem rosa Morgenmantel. *Zu verschenken*, stand auf dem unsichtbaren Schild, das niemand anzubringen brauchte.

Im Geiste bedampfte Gwen diese Gegenstände. Wischte sie ab, setzte einen Preis fest. Sie fragte sich, ob jemand sie beobachtete, und wenn ja, was diese Person dachte. Kurz war ihr peinlich, dass sie diesen Gedanken hatte.

Im Restaurant beobachtete sie tatsächlich jemand. Er saß an einem Tisch auf der anderen Seite des Raumes und hatte gerade seine Rechnung bezahlt (sie war erfreut und urteilte gleichzeitig ein wenig darüber, dass jemand noch früher zu Abend gegessen hatte als sie), und nun trat er als scharfes Relief vor dem Hintergrund des Restaurants hervor, als hätten ihre Augen plötzlich in den Porträtmodus geschaltet.

Einen Moment lang fragte sie sich, ob er ein Promi war oder wieder ein ehemaliger Kunde, mit dem sie eine unbehagliche gemeinsame Geschichte verband. Arbeitete er in einem Geschäft?

Nein, begriff Gwen, er arbeitete nicht in einem Geschäft – sie arbeitete in einem.

Er trug dasselbe grün karierte Hemd, sah aber heute anders aus. Sein Haar war nass (hatte er vor Kurzem geduscht?), und er hatte es zu einem Seitenscheitel frisiert wie ein Soldat aus dem Ersten Weltkrieg. Er erinnerte sie an einen stattlichen Clark Kent. Jetzt lächelte er sie an, steckte seine Quittung ein und suchte seine Sachen zusammen, um zu gehen. Telefon, Brieftasche, ein Taschenbuch von Jeffrey Eugenides. Reflexartig lächelte Gwen zurück, während sie ihre Suppe schlürfte und ihr eine Udon-Nudel gegen das Kinn baumelte. Sie war noch dabei, sich die fettige Brühe vom Gesicht zu tupfen, als er an ihren Tisch kam.

«Hallo», sagte er und wedelte mit dem Buch auf und ab, als wäre es eine Handpuppe.

«Sie lesen es tatsächlich!», erwiderte sie.

Er sah amüsiert aus. «Sollte ich nicht?»

«Nein – doch! Ich meine, es ist nur, dass die Leute bei uns oft einfach nur so Bücher kaufen», sagte sie.

«Ach ja?»

«Oder sie kaufen sie, weil sie ihre Zeit gerne im Laden totschlagen.»

«Ich schlage meine Zeit auch gerne in eurem Laden tot, um ehrlich zu sein.»

«Na ja, es ist ein besonderer Ort.»

«Das stimmt.»

Sie nickten beide ein wenig ehrfurchtsvoll vor sich hin, als wäre das Sozialkaufhaus ein verfallenes Schloss in der Dordogne, das sie beide in einem diesigen Sommer bewohnt hatten.

Er räusperte sich. «Ich denke ehrlich gesagt oft, dass ich etwas Ehrenamtliches machen sollte.»

«Jeder denkt, er sollte sich ehrenamtlich engagieren», sagte sie zu ihm. «So wie jeder denkt, er sollte Blut spenden, und jeder denkt, er sollte in einem Mentorprogramm für benachteiligte Jugendliche mitmachen.»

«Gehst du Blut spenden?», fragte er sie.

«Nein», gab sie zu.

«Ich schon», sagte er triumphierend. «Allerdings hauptsächlich wegen der Kekse.»

«Na, da haben wir's doch. Wir sind quitt.»

Er grinste. «Willst du mich von eurem Laden fernhalten?»

Gwen gefiel, dass er immer von «ihrem» Laden sprach. «Ganz und gar nicht», versicherte sie ihm, obwohl sie das sehr wohl getan hatte und sich nicht im Klaren darüber war, warum. «Eigentlich brauchen sie dort jemand Neuen, ich habe nämlich heute die Zusage für einen Job bekommen.» Warum erzählte sie ihm das?

«Oh! Also. Glückwunsch», sagte er. «Feierst du heute Abend?»

«Ich feiere bereits», sagte sie und deutete auf ihre Nudeln, die Schar runder Dumplings und auf den Wasserkrug, den sie sich erbettelt hatte, als die Kellnerin ihr nur ein fingerhutgroßes Glas gebracht hatte. «Das ist meine Art zu feiern.»

Er lächelte und sagte: «Schön für dich.» Sie musterte ihn auf

Anzeichen von Mitleid oder Sarkasmus, konnte aber keine finden.

Da es ihr schwerfiel, länger als zwei Minuten vor einem Gericht zu sitzen, ohne zu essen, nahm Gwen mit ihren Stäbchen eine Teigtasche in den Zangengriff, während der Mann immer noch lächelnd zusah. Taktvoll mied sie seinen Blick und biss hinein. Das schien ihn wachzurütteln, als hätte jemand eine Münze in einen Schlitz geworfen. Er räusperte sich erneut, tastete nach dem Buch unter seinem Arm und sagte: «Wie auch immer, ich will dich nicht stören – genieß dein Essen. Das eingelegte Gemüse ist übrigens ausgezeichnet.»

Gwen versuchte, durch einen Mund voll dampfender Krabben und Schnittlauch hindurch zu antworten, aber die Füllung war so heiß, dass sie nur eine Grimasse schneiden und winken konnte. Der Mann ging einige Schritte in Richtung Tür, machte dann kehrt und stellte sich wieder vor ihren Tisch.

«Kommst du überhaupt noch mal wieder in den Laden, oder bist du für immer weg?»

«Samstagnachmittags», sagte sie und schaffte es endlich zu schlucken.

«Samstagnachmittags», wiederholte er. «Schön.» Er hielt ihr seinen gereckten Daumen vor die Nase und sah sofort entsetzt über sich selbst aus, was ihr ebenfalls gefiel.

Dann ging er tatsächlich, und Gwen beobachtete, wie er die halbe Straße hinunterlief, bevor er sich umdrehte und in die entgegengesetzte Richtung trabte. Sie sah zu, wie sein Rücken sich entfernte und kleiner wurde, bis er in der quirligen Menge vor der U-Bahn-Station verschwand. Dann richtete sie ihre Aufmerksamkeit wieder auf die Nudeln, die jetzt die ideale Temperatur hatten. Schillernde Fettaugen tanzten auf der Brühe, und das Eigelb ihres Eis war leuchtend orange und von perfekter

Konsistenz. Dazu gab es knusprig gebratene Zwiebeln und die unorthodoxe, aber nicht unwillkommene Zugabe von gebratenem Rosenkohl. Sie war dankbar, stellte Gwen fest, während sie kaute und schlürfte, dass niemand sonst hier war, um mit ihr zu reden oder sie abzulenken. Nicht jetzt.

Morgen musste sie Stunden ausfüllen, Leuten antworten – sie stählte sich innerlich bei dem Gedanken daran – und sich um hypothetische Probleme sorgen, während sie auf Montag wartete und dann auf den nächsten Montag und auf jeden Montag danach. Aber im Moment war die einzige Aufgabe, die sie zu erledigen hatte, diese Mahlzeit zu essen und danach heimzukugeln, beides Tätigkeiten, denen sie gut gewachsen war und die sie zuversichtlich auf höchstem Niveau erfüllen würde.

In diesem Moment war Gwen froh, dass sie existierte. Es konnte am Wetter liegen, dem Job, dem vagen, aber anhaltenden Gefühl, dass sie doch Menschen hatte, die sich um sie scharen würden, wenn sie sie brauchte. Aber es lag an nichts von alledem, entschied sie und hielt ihren letzten Dumpling hoch, damit er im Abendlicht glänzen konnte, bevor sie ihn sich in den Mund schob.

Nein. Es lag am Essen.